AF287271

ullstein

THERESA HEROLD

Als wir nach den Sternen griffen

Roman

Ullstein

Besuchen Sie uns im Internet:

www.ullstein.de

Wir verpflichten uns zu Nachhaltigkeit

- Papiere aus nachhaltiger Waldwirtschaft und anderen kontrollierten Quellen
- ullstein.de/nachhaltigkeit

Originalausgabe im Ullstein Taschenbuch

1. Auflage September 2024

© Ullstein Buchverlage GmbH, Berlin 2024

Wir behalten uns die Nutzung unserer Inhalte für Text- und Data-Mining im Sinne von § 44b UrhG ausdrücklich vor.

Umschlaggestaltung: bürosüd° GmbH, München

Titelabbildung: Botschaftsgebäude © mauritius images / Pitopia / Toenne, restliche Abbildungen © www.buerosued.de

Gesetzt aus der Quadraat Pro powered by pepyrus

Druck und Bindearbeiten: ScandBook, Litauen

ISBN 978-3-548-06939-5

»Liebe Landsleute ... Wir sind gekommen, um Ihnen zu sagen ...«

Hans Dietrich Genscher, Außenminister der BRD, auf dem Balkon der
Deutschen Botschaft in Prag
am Abend des 30. September 1989

Prolog

Judith

31. Dezember 1988, Deutsche Botschaft in Prag

»Vielen Dank für den wundervollen Empfang, Ihre Exzellenz.« Judith stellte ihre leere Champagnerflöte auf dem Tablett eines vorbeieilenden Kellners ab und klemmte sich ihre schmale Clutch unter den Arm, um Hermann Huber die Hand zu reichen. »Das Menü war köstlich. Feiern Sie gut ins neue Jahr hinein.«

»Sie auch, liebe Frau Gontrau.« Der Botschafter verzichtete auf einen förmlichen Abschiedsgruß und legte ihr jovial die Hand auf die Schulter. »Es ist mir jedes Mal eine große Freude, meine Mitarbeiter auch mal privat um mich zu haben. Aber nun beeilen Sie sich, um das große Feuerwerk über dem Hradschin zu sehen. Das ist sicher spektakulär.«

Er lächelte Judith und ihrer Kollegin und Freundin Anke Wegener, die bereits im Mantel hinzutrat, wohlwollend zu. Die Botschaftsmitarbeiter liebten Huber allesamt; er war Ende fünfzig, besaß ein ruhiges, umgängliches Wesen und hatte für jeden ein offenes Ohr. Das war manchmal auch nötig, befanden sich die Mitglieder des Diplomatischen Dienstes, die in der westdeutschen Botschaft in Prag stationiert waren, doch fernab von Zuhause.

»Ja, bestimmt. Letztes Jahr war ich noch an der deutschen Ver-

7

tretung in Mosambik, von Feuerwerk oder irgendwelchen Festivitäten war da keine Spur«, erinnerte sich Judith.

»Und ich habe damals in Togo gearbeitet, auch dort war tote Hose«, fiel Anke lakonisch ein. Sie stülpte sich ihre fellbesetzte Mütze über die dunkelblonden Haare, draußen herrschten fünf Grad unter null.

»Dann genießen Sie den Jahreswechsel heute umso mehr.« Huber prostete ihnen zu. »Morgen lassen Sie es ruhig angehen, und übermorgen sehen wir uns in aller Frische wieder.«

Im Flur der Dienstwohnung, die Huber mit seiner Frau Jacqueline im obersten Stock der barocken Villa Lobkowicz, die seit 1974 Sitz der Deutschen Botschaft war, bewohnte, zog auch Judith ihren dicken Mantel, Schal, Mütze und Fäustlinge an. Nach dem opulenten Essen und dem Champagner fühlte sie sich etwas schwindelig und müde, aber nichtsdestoweniger aufgekratzt. Silvester in Prag! Vor einem Jahr, als sie noch in Ostafrika arbeitete, hätte sie sich nicht träumen lassen, nun in der tschechoslowakischen Hauptstadt zu sein und ausgelassen zu feiern. Gut, dass sie sich bereits kurz nach ihrer Ankunft in der Tschechoslowakei vor fünf Monaten mit Anke angefreundet hatte. Sie waren etwa gleichaltrig, Judith dreißig, Anke zwei Jahre älter, und ohne Anhang.

»So, und jetzt lassen wir die Puppen tanzen.« Anke hakte Judith unter, als sie auf die Vlašská hinaustraten, die kopfsteingepflasterte Gasse, in der die Deutsche Botschaft lag. »Die Amerikaner sind etwas früh dran, haben die ihre Uhren falsch gestellt?«

Tatsächlich stiegen über der US-Botschaft, die sich ein Stück weiter hügelabwärts in derselben Straße befand, einige feuerrot und geisterblau leuchtende Raketen in die Höhe und erhellten für Sekunden den nachtschwarzen Himmel.

Judith kicherte. Ihr war der Alkohol ganz schön zu Kopf ge-

8

stiegen. Aber wie Huber gesagt hatte, morgen war Feiertag, da durfte sie ausschlafen. »Du kennst doch das geflügelte Wort von Gorbatschow, das im Moment in aller Munde ist: Wer zu spät kommt, den bestraft das Leben.«

Das Zitat des sowjetischen Generalsekretärs, der seit knapp vier Jahren an der Macht war und die verkrusteten Strukturen der alten Kommunisten aufzuweichen versuchte, passte in dem Zusammenhang zwar nicht allzu gut, doch Anke war von dem ganzen Sekt ebenso benebelt wie sie selbst und lachte herzlich. »Da hast du recht. Vorsicht, stolpere nicht.«

Das Kopfsteinpflaster war gefroren und rutschig, und Judith klammerte sich im letzten Moment an Ankes Arm, um in ihren Absatzschuhen nicht zu stürzen. Atemlos gingen sie die Vlašská hoch, wobei ihnen die Eiseskälte auf den Wangen brannte. Von hier oben würde man einen guten Blick auf das Feuerwerk haben.

Am höchsten Punkt der Straße hatten sich viele Menschen eingefunden, um zu feiern. Tschechoslowaken, Deutsche, Amerikaner und noch einige andere Nationalitäten tummelten sich in der Dunkelheit, manche mit Sektflaschen und Pilsner Bier ausgestattet, die meisten bereits angeheitert.

Kurz vor Mitternacht erfüllte ein kollektives Gemurmel die frostige Luft, ein jeder zählte in seiner Sprache rückwärts die Sekunden bis zum neuen Jahr herunter. Judiths Magen verknotete sich, als sie an ihre Eltern in Karlsruhe dachte, die sie zuletzt im Sommerurlaub gesehen hatte. Der unbändige Jubel, der mit den Glockenschlägen unzähliger Kirchen um Punkt zwölf Uhr ausbrach, beendete ihre aufkeimende Melancholie schlagartig.

1989!

Ein neues Jahr hatte begonnen.

Böllerschüsse zerrissen wie Kanonensalven die Dunkelheit, und das Feuerwerk explodierte in grellen Farben hoch über dem

9

Hradschin, der Prager Burg, malte Kreise, Kringel, Blitze und Spiralen an den Himmel.

»Alles Gute zum neuen Jahr!« Anke schlang die Arme um ihre Freundin, atmete kurz ihren vanilleartigen Duft ein und schmiegte sich an den weichen Pelzbesatz ihres Mantels.

»Dir auch.« Überall um sie herum wünschten sich Menschen Glück und stießen miteinander an. Atemwolken stiegen wie gefrorene Zuckerwatte in die Luft. »Auf uns! Auf Prag! Auf noch mehr Glasnost und Perestroika!«

Anke nickte gewichtig. »Genau. Offenheit und Umgestaltung, wie Genosse Gorbatschow nicht müde wird zu betonen, für den gesamten Ostblock. Für die Tschechoslowakei! Auf dass auch hier die Läden mit Nivea und L'Oréal gefüllt werden!«

»Auf Nivea und Coca-Cola!« Judith schüttelte sich vor Lachen. War es nicht herrlich, eine Nacht lang das seriöse Auftreten einer Mitarbeiterin des bundesdeutschen Kulturreferats abzustreifen wie ein zu enges Kleidungsstück und herumzualbern? Übermorgen – oder besser gesagt: morgen – würde sie wieder im gebügelten Hosenanzug und weißer Bluse in der Botschaft erscheinen und gemeinsam mit lokalen Schulen und Universitäten Deutschkurse organisieren. Aber bis dahin war es lange hin.

Plötzlich erkannte sie im Gedränge ein bekanntes Gesicht. »Schau, da ist Walter Edel.«

Bei dem etwa Sechzigjährigen handelte es sich um den Pförtner der Deutschen Botschaft, der zuvor auch zum Diner bei Hermann Huber und seiner Frau eingeladen gewesen war. Als er sie und Anke sah, bahnte er sich den Weg zu ihnen durch und tippte sich grüßend an seine Schirmmütze mit den Fellohren.

»'n Abend, die Damen Jontrau und Wejener. Dit Jahr jut anjefangen?« Es war nicht zu überhören, dass er aus Berlin stammte.

10

Edel zog einen Flachmann aus seiner Jacke und nahm einen Schluck. *Zum Aufwärmen von innen*, pflegte er zu behaupteten.

»Die ersten zwei Minuten sind schon mal gut verlaufen«, flachste Anke. »Sie haben beim Empfang vorhin etwas aufgelöst gewirkt. Gab es heute außergewöhnliche Vorkommnisse?«

Edel war die beliebteste Informationsquelle unter den Botschaftsangehörigen, ganz gleich, ob es um Dienstliches oder um Zwischenmenschliches ging, er besaß den Überblick und teilte sein Wissen gerne; deshalb trug er auch den liebevollen Spitznamen *Klatschweib*.

»Nich direkt.« Edel blies sich in die Hände, um sie zu wärmen. »Außer, dass am frühen Abend zwei junge Burschen aus der DDR Asyl bei uns jesucht ham. Sind übern Zaun jeklettert. Wurde auch mal wieder Zeit, wa hatten schon lange keene mehr hier, die rübermachen wollten.«

Eine Gänsehaut überzog Judiths Arme, und nicht nur wegen der Kälte. »Und? Sind sie noch hier?«

Sie stellte sich zwei Männer vor, die in der Winterdämmerung den nicht gerade einfach zu überwindenden, hohen Zaun am rückwärtigen Ende der Botschaft, der Gartenseite, bezwangen. Wie unglücklich musste man sein, um sein ganzes bisheriges Leben hinter sich zu lassen und sich zu so einer Verzweiflungstat hinreißen zu lassen?

»Nee, sind schon wieder abjedampft.« Edel hielt sowohl Judith als auch Anke seinen Flachmann hin, doch sie schüttelten beide die Köpfe. »Dieser Ostberliner Anwalt, der sich um die Flüchtlinge kümmert, wurde zurate jezogen. Den beeden wurde Straffreiheit zujesichert.«

»Ach so«, murmelte Anke. In ihrer Stimme lag Ernüchterung. »Sie sind wahrscheinlich schon wieder zurück in der DDR, nehme ich an?«

11

»Janz jenau.«

Judith betrachtete die bunten Leuchtkörper, die noch immer über dem Hradschin zerbarsten wie Farbpatronen, und ihre Fröhlichkeit bröckelte. Der Gedanke an die beiden Asylsuchenden beschäftigte sie. Was sie wohl in der DDR erwartete? Man munkelte, dass die Stasi *drüben* solche Menschen nicht gerade mit Samthandschuhen anfasste.

»Lass uns nach Hause gehen. Ich bin müde und durchgefroren.« Sie zog sich die Mütze tiefer über ihren aschbraunen Pferdeschwanz, ihr war, als dringe ihr die Kälte mit einem Mal bis in die Haarwurzeln, bis ins Mark.

Anke war sofort einverstanden, und so verabschiedeten sie sich in gedämpfter Stimmung von Edel, der seinen Flachmann zuschraubte und sorgfältig in der Innentasche seines dicken Parka verstaute, bevor er seiner nahe gelegenen Dienstwohnung entgegenstapfte.

I.

Mai – August 1989

»Die Mauer wird in 50 und auch in 100 Jahren noch bestehen bleiben,
wenn die dazu vorhandenen Gründe noch nicht beseitigt sind.«

Erich Honecker, SED-Generalsekretär der DDR, Januar 1989

1

Tobias

Mai 1989, bei Halle/Saale

»Mach hinne, du bist nicht zum Faulenzen hier.« Die Stimme des Vorarbeiters dröhnte durch die Werkshalle, übertönte mühelos das Summen der Maschinen und Fließbänder. Das war auch kein Kunststück, dachte Tobias, während er sich müde die Stirn rieb. Das Fließband, an dem er arbeitete, war das einzige, das in Betrieb war. Die restlichen standen still, die Kollegen lehnten müßig gegen die Wand oder waren nach draußen verschwunden, um zu rauchen.

»Schon gut.« Tobias beeilte sich, die winzigen Kunststoffteile, die auf dem Band an ihm vorüberliefen, zusammenzustecken, und warf dem Vorarbeiter aus dem Augenwinkel einen kurzen Blick zu. Er wusste, er stand in dessen Fokus, eine Pause wie die anderen Mitarbeiter durfte er sich nicht erlauben. »Allerdings sehen Sie selbst, es kommt kein Nachschub mehr.«

Er wies auf das Ende des Bandes; tatsächlich ratterte es leer vor sich hin, es kamen keine neuen Plastikteile mehr nach.

»Und somit steht wieder mal die ganze Produktion still«, warf Maik, einer der jüngeren Männer, der kaum zwanzig war, abgeklärt ein.

Dass kein Arbeitsmaterial mehr vorhanden war, gehörte in

15

den Chemiewerken Leuna zum Alltag. Der Betrieb war marode, auch wenn von der Werksleitung alles schöngeredet wurde.

»Wir kriegen schon wieder Nachschub«, versetzte der Vorarbeiter grob. »Manchmal kommt es eben zu Lieferschwierigkeiten.«

Manchmal ist gut, dachte Tobias verdrossen und lehnte sich mit verschränkten Armen gegen das nun stillstehende Band. Nicht nur in den Fabriken, auch in anderen Bereichen des gesellschaftlichen Lebens herrschte zurzeit Notstand. Seine Mutter, die herzkrank war, kämpfte wöchentlich darum, ihre Medikamente zu ergattern; auch in den Apotheken herrschte immer mal wieder gähnende Leere in den Regalen. Dagegen konnte selbst Martin, Tobias' Bruder, der ein SED-Parteibuch besaß, nichts ausrichten.

»Können wir früher in den Feierabend?«, fragte Maik. Die Kollegen, die an der Wand kauerten oder auf dem schmutzigen Boden hockten, nickten zustimmend.

Doch davon wollte der Vorarbeiter nichts wissen. »Ihr seid lustig. So weit kommt's noch.« Empört schnaubte er: »Wir müssen unsere vorgeschriebene Stückzahl erreichen.«

Die Männer murrten, insistierten aber nicht. Tobias setzte sich in seiner grauen Arbeitshose zu ihnen und starrte auf seine Armbanduhr, als könne er die Zeiger allein durch Willenskraft dazu bewegen, sich schneller zu drehen. War es nicht der absolute Irrsinn, was hier gerade ablief? Wenn der Chef nur nicht so ideologisch verbohrt wäre und jede noch so kleinste Vorgabe der Partei verbissen durchsetzen wollte, könnte er bereits auf dem Weg zum Kindergarten sein. Jasmin würde sich freuen, wenn sie einmal nicht das letzte Kind war, das abgeholt wurde.

Um die Zeit totzuschlagen, erzählten die Kollegen sich ihre Wochenendpläne, wobei sie Tobias demonstrativ den Rücken zudrehten. Seit zwei Jahren hatte er eine Außenseiterrolle inne, aber

16

damit musste er leben. Im tiefsten Innern verstand er, dass sie wenig mit ihm zu tun haben wollten – dem ehemaligen Fotografen, den man ans Fließband gezwungen hatte. Sicher befürchteten sie insgeheim, sich ebenfalls verdächtig zu machen, sollten sie sich mehr als nötig mit ihm abgeben. Im Grunde berührte ihn die Einsamkeit wenig; einzig seine Tochter lag ihm am Herzen, für sie nahm er das alles auf sich. Welches Leben sie einmal in diesem verhassten Arbeiter- und Bauernstaat erwarten würde? Er schluckte die Wut und die Niedergeschlagenheit herunter, die ihn regelmäßig überkamen. Es half ja alles nichts.

Nachdem die Uhr endlich sechs anzeigte, herrschte allgemeine Aufbruchsstimmung. Schweigend tauschte Tobias in der Umkleide Arbeitskleidung gegen die blaue Niethose, dem DDR-Äquivalent einer Jeans, während die Kollegen an den Nachbarspinden herumalberten, ohne ihn eines Blickes zu würdigen.

»Mal gespannt, ob nächste Woche wieder Material da ist oder ob wir dem Sozialismus durch Nichtstun helfen, den Kapitalismus zu überflügeln.«

»Hey, kennt ihr den? Ein DDR-Bürger will Schuhe kaufen, betritt aber versehentlich die Metzgerei. *Sie haben keine Schuhe hier?*, fragt er. Der Metzger: *Keine Schuhe gibt's nebenan. Hier gibt es nur kein Fleisch.*«

Das Gelächter der Männer verfolgte Tobias noch, als er sich mit dem abgewetzten Stoffbeutel, in dem sich seine Kleidung befand, auf den Weg machte.

Die Bushaltestelle lag in der milden Abendsonne, doch wie immer war der Bus unpünktlich. Tobias trat ungeduldig auf der Stelle. Die Erzieherin würde nicht sehr erbaut sein, wenn sie Jasmin über die Öffnungszeiten des Kindergartens hinaus beaufsichtigen musste. Ein klappriger Trabi zuckelte an der Haltestelle vorbei, Tobias erkannte den Vorarbeiter darin. Klar, mit Beziehungen gelangte man leichter an ein Auto. Als er mit achtzehn den Führerschein gemacht hatte – das lag nun bereits vierzehn Jahre zurück –, hatte er gleich den Antrag auf den Kauf eines Fahrzeugs gestellt, der ihm niemals bewilligt worden war. Die durchschnittliche Wartezeit von zwölf Jahren war zwar längst verstrichen, doch seit er zu den misstrauisch beäugten Subjekten gehörte, die öfter mal Besuch von der Stasi bekamen, lag ein Auto sowieso außer Reichweite.

Der Bus kam mit viertelstündiger Verspätung und brachte ihn durch Straßen, die grau vom Industriestaub waren, in Richtung Halle. Blicklos starrte er die Häuser zu beiden Seiten an.

»Mit Pünktlichkeit haben Sie es ja leider nicht so, Herr Seibold.« Wie erwartet blickte ihm Doris, die Erzieherin, tadelnd entgegen, die Arme vor der ausladenden Brust verschränkt. »Es ist unverschämt von Ihnen, von mir zu erwarten, dass ich länger bleibe, damit Ihr Kind nicht allein auf der Straße steht.«

»Tut mir leid.« Tobias verzichtete darauf, ihr zu erklären, dass er keine Schuld an der Verspätung trug. Er war viel zu ausgelaugt, um ein fruchtloses Streitgespräch zu führen, außerdem kam in diesem Moment Jasmin auf ihn zugehüpft und warf sich stürmisch in seine Arme. Sie war alles, was zählte.

»Vati.« Sie schmiegte ihr rosiges Gesicht in seine Halsbeuge, als er sie hochhob und sie auf die blonden Haare küsste, die zu zwei kurzen Zöpfen geflochten waren. »Endlich bist du da. Ich habe so lange auf dich gewartet, soooo lange ...« Sie streckte die dünnen Ärmchen aus, um eine unendlich erscheinende Zeitspanne auszudrücken. »Ich hab schon gedacht, du kommst nicht mehr ...«

In ihren wasserblauen Augen, die denen ihrer Mutter so sehr ähnelten, flackerte kurz Angst auf. Zur Beruhigung drückte er sie fest an sich. »Ich hole dich immer ab, jeden Tag, das weißt du doch.« Ob er ihr je die Sorge nehmen konnte, auch er würde sie im Stich lassen? Sich klammheimlich aus dem Staub machen?

Doris reichte ihm Jasmins feuerrote Tasche mit der Brotdose, und der Dreijährigen gab sie ein Blatt Papier. »Hier, vergiss dein Bild nicht.«

»Was hast du Schönes gemalt?« Tobias warf einen Blick auf das Bild, das ein verwackeltes Rechteck – die schwarz-rot-goldene DDR-Flagge mit dem Staatswappen – zeigte. Hammer, Zirkel und Ährenkranz in kindlicher Abstraktion gezeichnet.

»Die Fahne von unserem schönen Land.« Jasmin gähnte, der lange Tag im Kindergarten hatte sie sichtlich erschöpft.

Wortlos rollte Tobias das Bild zusammen und schob es in die Kindertasche. Widerlich, wie schon die Kleinsten mit der sozialistischen Ideologie indoktriniert wurden. Eine Dreijährige sollte Blumen und Bäume malen.

»Mein Mutschekiepchen!« Jasmin rutschte von seiner Hüfte und riss ihren Plüsch-Marienkäfer, den sie abgöttisch liebte und überall mit hintrug, von dem niedrigen Garderobenbänkchen.

»Gut, dass du an ihn gedacht hast, sonst könntest du heute Nacht nicht schlafen. Dann müsste ich in den Kindergarten einbrechen und ihn holen.«

Der – zugegeben lahme – Scherz erreichte Doris nicht; sie klapperte ungeduldig mit ihrem Schlüsselbund.

»Auf Wiedersehen, und kommen Sie morgen pünktlich. Obwohl – morgen kann es mir egal sein, wie spät Sie kommen. Da hat Iris Spätdienst, nicht ich.« Die Erzieherin konnte es offensichtlich kaum erwarten, sie durch die Tür zu schieben und hinter ihnen abzuschließen.

»Danke, dass Sie auf mich gewartet haben. Einen schönen Abend.«

Doris zuckte nur die Achseln. Auf der Straße nahm er Jasmin huckepack, und gemeinsam trabten sie ihrem Zuhause entgegen.

»Was gibt's zum Abendessen, Vati?« Jasmin bettete ihren Kopf gegen seinen Nacken. Es war ein schönes Gefühl, die Wärme und Liebe der Kleinen zu spüren; ein bisschen ließ ihn dies die Unannehmlichkeiten des Tages, die Ächtung durch die Kollegen, die Animositäten des Vorarbeiters vergessen.

»Mal schauen, was wir noch haben.« Kochen zählte nicht zu seinen Lieblingsbeschäftigungen, trotzdem war es ihm wichtig, seine Tochter gut zu versorgen. »Eierkuchen?«

Sein Vorschlag stieß auf Jasmins Zustimmung. »Mit Marmelade?«

»Na klar.«

»Schööön.« Schläfrig hielt sich die Kleine an seinem Jackenkragen fest und begann, leise vor sich hin zu singen. »Wenn Mutti früh zur Arbeit geht ...«

Tobias stöhnte innerlich auf. Nicht schon wieder dieses Lied, das das Idealbild der berufstätigen, treu dem Sozialismus ergebenen Mutter verherrlichte!

»... dann bleibe ich zu Haus. Ich binde eine Schürze um und feg die Stube aus.«

Endlich kam der unsanierte Altbau in Sicht, in dem sie in einer kleinen Zweizimmerwohnung ohne Warmwasser lebten, die ihnen vom Wohnungsbauamt zugeteilt worden war. Das Gebäude war schmutzbraun und trist, aber wenigstens gab es hinter dem Haus einen Spielplatz mit Sandkasten, Rutschbahn und Schaukel, wo Jasmin sich an den Wochenenden vergnügen konnte.

Tobias machte sich gleich daran, die Eierkuchen zu backen, während Jasmin mit dem Marienkäfer im Arm auf ihrem Kinderstuhl saß und wartete, zu müde, um zu spielen. Nach dem Essen duschte er sie im Badezimmer, das sie mit den Nachbarn teilten,

20

kurz ab und steckte sie ins Bett, las ihr ihre Lieblingsgeschichte vor – *Hirsch Heinrich* – und deckte sie fürsorglich zu.

»Schlaf gut, Minchen.«

»Das Mutschekiepchen will auch einen Gutenachtkuss.« Die Lider bereits auf Halbmast, hielt sie ihm ihr Tierchen hin. Er küsste sowohl das Plüschknäuel als auch sie, sog den zarten Geruch nach Seife und Kinderhaut in sich ein und knipste dann das Licht aus.

Im Wohnzimmer, das zugleich sein Schlafzimmer war, sank er matt auf den abgenutzten Sessel. Wieder einmal war ein Tag geschafft. Die Zeit verging in ermüdendem Gleichmaß, alles lief nach dem immer gleichen Schema ab. Arbeit, Jasmin abholen, schlafen.

In der Hoffnung, doch noch auf andere Gedanken zu kommen und die Stille in seinen Ohren zu übertönen, schaltete er den Fernseher ein. Kamen um diese Zeit im Westfernsehen nicht Wiederholungen von *Hart, aber herzlich*? Die Serie um das amerikanische Ehepaar Hart, das mit Humor und Köpfchen Kriminalfälle löste, schaute er gerne. Das half beim Herunterkommen. Doch bevor er zur ARD wechselte, blieb er kurz bei den Nachrichten im ZDF hängen.

Interessant. Ungarn baute die Grenzsicherungen zu Österreich ab. Damit klaffte von nun an ein Loch im Eisernen Vorhang, der den Osten vom Westen abriegelte.

21

2

Judith

Juni 1989, Prag

»Verdammt!« Stöhnend stellte sie das Bügeleisen ab und lief in die Küche, um sich den verbrannten Finger unter dem Wasserstrahl der Spüle zu kühlen. Mit Bügeln stand sie auf Kriegsfuß. Nachdem der Schmerz zu einem dumpfen Pochen abgeklungen war, begutachtete sie die halb gebügelte Bluse und beschloss, dass sie sie durchaus so anziehen konnte. Unter dem Ärmel ihres Jacketts würde man die zerknitterten Stellen sowieso nicht bemerken.

Ein letzter prüfender Blick in den Spiegel – der Hosenanzug wirkte adrett und seriös, die braunen Haare waren zu einem ordentlichen Zopf zurückgebunden, etwas Wimperntusche, Puder und rosenholzfarbener Lippenstift ließen sie dezent geschminkt erscheinen – , dann verließ sie ihre kleine Wohnung in dem Eckhaus in der Vltavská-Straße, die die Botschaft für Mitarbeiter angemietet hatte. An der Außenfassade bröckelte der Putz ab, das Gebäude war bei Weitem nicht so schön und imposant wie die alten Bürgerhäuser und Villen, die sich auf der anderen Seite der Moldau ans Flussufer schmiegten, aber sie beschwerte sich nicht. Die Unterkunft lag auf derselben Flussseite wie die Botschaft, und gleich um die Ecke befand sich die Tram-Haltestelle Anděl, wo sie allmorgendlich in die Linie 15 stieg, um an der Station Malostranské náměsti auszusteigen und den Rest zu Fuß zu gehen.

Es war warm, und die Morgensonne glänzte auf den Dächern von Prag. Einheimische Polizisten hielten die Fahrzeuge an, die über das Kopfsteinpflaster des Botschaftsviertels holperten, und überprüften sie auf möglichen Sprengstoff. Wie jeden Morgen passierte sie zuerst die amerikanische Vertretung, die sich im barocken Palais Schönborn befand – Franz Kafka hatte 1917 dort gewohnt –, nur wenige hundert Meter hügelabwärts vom Palais Lobkowicz, dem Sitz der Deutschen Botschaft. Grüßend nickte sie der wachhabenden Sicherheitsbeamtin in der strengen Uniform zu.

»Nice morning, isn't it?«

Judith kannte den Namen der Frau nicht, doch das Ritual, täglich genau einen Satz zu wechseln, verband. Im Winter sagte die Amerikanerin meistens *Cold as hell*, bei Regenwetter *It's raining cats and dogs*.

»Absolutely.« Das war stets Judiths Part, bevor sie sich zulächelten und sie weiterging.

Ein Stück weiter den Hang hinauf wartete bereits Anke vor den blauen Holztüren des kleinen Cafés, in dem sie manchmal schnell einen Kaffee tranken. Sie trug einen schmalen Rock mit passender Bluse, die Aktentasche unter den Arm geklemmt. Anke arbeitete im Wirtschaftsreferat der Botschaft, ihr Büro lag neben Judiths.

»Morgen. Reicht es noch für einen Kaffee?« Anke blickte auf ihre Armbanduhr.

»Ich glaube nicht. Bin etwas spät dran, tut mir leid. Mein Bügeleisen hat mich wieder geärgert.«

Anke lachte. »Vielleicht solltest du auf knitterfreie Blusen umsteigen.«

23

Judith sah sie hoffnungsvoll von der Seite an. »Gibt's so was tatsächlich?«

»Keine Ahnung.«

Seite an Seite liefen sie über das ins milde Morgenlicht getauchte Kopfsteinpflaster der engen Gasse.

»Heute Abend gibt es ein Konzert von Kabát. Wie wär's? Hast du Lust?«, fragte Anke.

»Ist das nicht die Gruppe, die diesen fürchterlichen Thrash Metal spielt? Deren Konzerte von der tschechoslowakischen Regierung verboten wurden?«

»Genau die.« Anke nickte. »Ihre Musik passte den Behörden nicht ins Konzept, deshalb trennten sie sich. Allerdings haben sie sich letztes Jahr wieder zusammengetan und stehen nun offiziell auf der Bühne. Der Sohn meines Vermieters arbeitet für den Konzertveranstalter, er könnte uns kurzfristig noch zwei Karten organisieren.«

»Ich weiß nicht. Auf Thrash Metal stehe ich nicht so.«

»Komm schon. Queen und Meat Loaf und wie die Gruppen heißen, die du hörst, treten nun mal nicht im Ostblock auf. Wir müssen uns mit dem begnügen, was uns hier geboten wird.«

»Queen ist vor drei Jahren in Budapest aufgetreten«, erinnerte Judith ihre Kollegin. »Ich habe die Platte von dem Konzert.«

»Mhm, das mag sein, aber Ungarn war ja schon immer etwas weichgespülter als die anderen sozialistischen Staaten.«

Judith gab sich einen Ruck. Nun gut, auch wenn sie die aggressive Musik der Band nicht mochte, wollte sie Anke doch auf das Konzert begleiten. Das war besser, als alleine in ihrer Wohnung zu sitzen. Man musste in jedem Land, in das das Auswärtige Amt einen schickte, das Beste mitnehmen; sich anpassen und offen sein für fremde Geschmäcker und Ansichten. Für Neues.

»Okay, ich komme mit.«

Anke lächelte zufrieden. »Prima.«

Inzwischen waren sie an dem mehrere Meter hohen, mit einem Rautenmuster verzierten und goldgeschmückten Tor der Villa Lobkowicz angekommen. Auf dem darüberliegenden steinernen Balkon flatterte die Flagge mit dem Bundesadler in einer lauen Brise, tschechoslowakische Sicherheitskräfte standen müßig auf der Bordsteinkante.

»Schönen juten Morgen, die Damen«, begrüßte sie Pförtner Walter Edel und hielt ihnen galant die Tür auf.

»Guten Morgen, Herr Edel.« Judith blieb einen Moment stehen und lauschte, denn oberhalb der Treppen lag aufgeregtes Gemurmel in der Luft, wie das Summen eines Bienenstocks. Die Atmosphäre in der sonst so stillen Villa schien zu knistern vor Energie; irgendetwas war geschehen, das spürte sie deutlich. Auch Anke schien dies aufzufallen, denn sie schaute den Pförtner fragend an.

»Was ist da oben los? Ehekrach bei den Hubers?«

Nur Anke erlaubte sich derlei flapsige Späße über das hoch angesehene Botschafterehepaar, Judith hatte viel zu viel Respekt vor Hubers, um derlei Äußerungen zu machen.

Edel schüttelte schmunzelnd den Kopf. »Nee, nich doch. Wa ham mal wieder Besuch. Aus der DDR. Heute Morgen in aller Herrjottsfrühe ham ein paar jeklingelt und sind durchs Tor marschiert. Janz dalli waren se drinnen. Wollen keenen Fuß mehr nach draußen setzen, sondern verlangen, von hier aus direkt in den Westen rübermachen zu dürfen.«

Ein Kribbeln lief Judiths Arme entlang, sei es vor Nervosität, Anspannung, sie vermochte es selbst nicht zu benennen. Seit der Silvesternacht war es immer wieder zu solchen Zwischenfällen gekommen. »Wie viele Menschen sind denn hier, Herr Edel?«

Der Pförtner setzte eine bekümmerte Miene auf. »Vierzig.«

25

»Vierzig?«, echoten Judith und Anke unisono. Judith hatte mit zwei oder drei Flüchtigen gerechnet, aber beileibe nicht mit einer solch hohen Anzahl.

»Das ist eine ganz andere Hausnummer als die letzten Male.« Anke reckte den Hals und blickte nach oben in die erste Etage, wo noch immer nichts zu erkennen war. Lediglich die Stimmen, die das Treppenhaus erfüllten, schwollen an, wurden lauter.

»Beeilen Sie sich, die Damen«, drängte Edel. »Seine Exzellenz hat eene Sondersitzung anberaumt. Alle sollen teilnehmen, auch die Kulturellen und Wirtschaftlichen.«

»Gut, danke, dass Sie uns schon mal vorgewarnt haben.« Judith wechselte einen letzten besorgten Blick mit Anke, dann eilten sie nach oben.

Dort erstarrten sie erst einmal, denn es erwartete sie ein verstörendes Bild. Der Flur, an dessen Wänden kostbare Ölgemälde hingen, glich einem Zeltlager – nur ohne Zelte. Dutzende Menschen, Frauen und Männer jeden Alters, dazu einige Kinder, saßen auf den wenigen Stühlen, die meisten hockten im Schneidersitz auf dem Boden, Taschen und Rucksäcke um sich herum verteilt. Sie unterhielten sich lautstark, ostdeutsche Akzente vermengten sich zu einem verwirrenden Sprachbad.

O mein Gott, dachte Judith. Diese vielen Menschen ... Wie würde man ihnen helfen können? Vorsichtig stieg sie über ein Paar ausgestreckte Beine hinweg und stolperte im nächsten Moment über einen Schuh mit sich ablösender Sohle, wie sie bestürzt feststellte.

»Verzeihung!« Erschrocken blickte sie dem zu dem Schuh gehörigen jungen Mann in die Augen. Er sah müde aus, Bartstoppeln ließen seine Haut rau und fahl aussehen.

»Schon in Ordnung.« Der junge Mann wich ein Stück zurück,

26

um sie durchzulassen, dann sprang er auf und hielt sie am Arm fest. Die Berührung ließ sie zusammenzucken.

»Können Sie etwas für uns tun?« Seine Stimme klang abgekämpft, heiser. »Ich für meinen Teil werde nie mehr zurückgehen. Da müsste man mich schon mit den Füßen voran raustragen.«

»Ich ...« Ein dicker Kloß saß in ihrer Kehle fest, erschwerte ihr das Sprechen. Welche Gefahren hatten diese Menschen auf sich genommen, um aus ihrem Land, das sie einsperrte, zu entkommen und sich bis zur bundesdeutschen Botschaft durchzuschlagen? Das Palais Lobkowicz musste ihnen wie eine goldumflimmerte Fata Morgana in der Wüste erscheinen, ein Ort, der Hoffnung und Freiheit verhieß. »Ich weiß leider noch gar nichts ... Die Botschaftsmitarbeiter halten jetzt erst mal eine Besprechung ab, dann sehen wir weiter.«

Sie versuchte, so viel Zuversicht und Ruhe in ihre Worte zu legen wie möglich, und der junge Mann ließ von ihr ab, nickte nur wortlos.

»Husch, husch, wo bleibt ihr denn?« Ihr Kollege Markus Erlenwein, ein Enddreißiger mit spärlichem Haupthaar und rahmenloser Brille, der wie der oberste Dienstherr Hans-Dietrich Genscher, der Außenminister, mit Vorliebe gelbe Pullunder unter seinem Maßanzug trug, erschien plötzlich und winkte sie ungeduldig in den Kuppelsaal, einen runden Raum mit kunstvollen Reliefen und hoher, stuckverzierter Decke, an der ein antiker Kronleuchter hing. Nüchterne Tische und hellblau bezogene Stühle standen auf wertvollen Teppichen, die man über dem Parkett ausgelegt hatte, um es vor Kratzern zu schonen. Vor den tiefen Fenstern hingen schwere, bronzefarbene Brokatvorhänge. Den Saal hätte man eher in Neuschwanstein vermutet als in einer Botschaft. Judith überkam stets ein feierliches Gefühl, wenn sie darin konferierten. Die Arbeit, die sie und ihre Kollegen erledigten, war wichtig und bedeutsam, und das edle Interieur verstärkte diesen Eindruck noch. In Mosambik hatten sie in kahlen Räumen gesessen, an deren Decken unablässig mit toten Fliegen besetzte Ventilatoren summten, um die träge Luft durchzuwirbeln.

Sie nahm neben Anke Platz. Am Tischende saß bereits Hermann Huber mit ernster Miene.

»Guten Morgen allerseits.« Der Botschafter hielt sich nicht mit Floskeln auf, sondern stieg direkt ins Thema ein, das ihnen allen unter den Nägeln brannte. »Wie Sie sehen, platzen wir heute aus allen Nähten. Unseren – ich nenne sie mal salopp *Besucher* –, unseren Besuchern ist es gelungen, sich an allen tschechoslowakischen Sicherheitskräften vorbeizuschummeln, um ins Gebäude zu gelangen.«

»Na ja, allzu streng haben sich die Wachleute bei den letzten Besuchern ja auch nicht gegeben. Vor einem Jahr noch hätten sie sie mit Gewalt daran gehindert, einzudringen, und ohne Rückfahrtschein in die DDR zurückbefördert«, warf Elias Trauth, der dem politischen Referat angehörte, ein. Mit seinen klassischen Gesichtszügen, der wie gemeißelt wirkenden Nase, dem vollen dunklen Haar und der athletischen, hochgewachsenen Statur war er der Traum mancher neu eingetroffener Botschaftsmitarbeiterin; allerdings galt seine Vorliebe nicht den Frauen.

»Ich weiß. Die Zeiten sind dabei, sich zu verändern.« Huber schob gedankenverloren ein paar Papiere auf dem Tisch hin und her. »Die Tschechoslowaken haben ein wenig die Orientierung verloren. Auf der einen Seite sind sie noch immer dem großen Bruder, der Sowjetunion, hörig. Doch diese befindet sich im Umbruch, politisches Tauwetter ist angesagt. Zugleich ist die Tschechoslowakei stark der DDR verbunden, die bisher nicht das kleinste bisschen von den marxistischen Maximen gewichen ist.

28

Auf der anderen Seite werden die wirtschaftlichen Beziehungen zur Bundesrepublik immer weiter ausgebaut.«

»Sehr schwierige Situation«, stimmte Elias zu.

»Sie sagen es. Aber es hilft uns im Moment wenig, die Hintergründe zu analysieren. Wir müssen uns überlegen, was wir mit den vierzig Leuten anfangen sollen. Wie Sie sicher gesehen haben, sind auch Kinder darunter.«

»Nun, ich schlage vor, wir halten uns an unser Standardprozedere.« Markus Erlenwein rückte seine Brille zurecht. »Wir schalten Vogel ein, der kümmert sich wie immer um die Details.«

Bereits kurz nach ihrem Arbeitsantritt vor einem Jahr war Judith mit dem Namen des Ostberliner Anwalts Wolfgang Vogel in Berührung gekommen. Der Mann schien eine Legende zu sein, gleichzeitig eine nicht zu greifende Nebelgestalt, die sowohl für die BRD als auch für die DDR tätig war. Angeblich war er sagenhaft reich und fuhr einen goldenen Mercedes. Er wurde hinzugezogen, sobald Ausreisewillige aus dem Osten einen nicht ganz legalen Weg beschritten – manche versuchten, über die Ostsee zu flüchten, andere über Fluchthelfer aus dem Westen, die sie im Kofferraum ihrer Autos durch die Transitzone zu schmuggeln versuchten. Regelmäßig sorgte er dafür, dass die Bundesrepublik Flüchtlinge, die nach ihrem Aufgreifen im Gefängnis schmorten, für viel Geld freikaufte. Der Gedanke, welche Unsummen Bonn für die Ausreise der DDR-Bürger bereit war auszugeben, verursachte Judith jedes Mal Gänsehaut. Diese Großzügigkeit war nicht selbstverständlich. War sie nicht vom Schicksal begünstigt, in einem Land groß geworden zu sein, das freiheitliche Werte großschrieb?

»Ob wir den geheimnisumwobenen Vogel jemals persönlich zu Gesicht bekommen?«, flüsterte Anke Judith hinter vorgehaltener Hand zu. Diese räusperte sich nur, denn Hubers eindringli-

29

cher Blick traf sie einen Moment, bevor er über die anderen Mitarbeiter glitt.

»Das wird dieses Mal nichts nützen. Ich habe vorhin lange mit den Flüchtlingen gesprochen. Sie sind zu keinerlei Kompromissen bereit. Sie lehnen jegliche Gespräche mit Vogel oder anderen ostdeutschen Instanzen kategorisch ab.«

»Hm.« Markus Erlenwein stützte nachdenklich das Kinn auf die Hand, und auch die anderen Kollegen waren schweigend in angestrengte Überlegungen versunken.

Judith malte Kringel auf ihren Notizblock, während ihre Gedanken Achterbahn fuhren. Die Lage war wirklich verzwickt. Sollten sich die Ostdeutschen weiterhin weigern, mit dem Versprechen der Straffreiheit – das Vogel normalerweise im Gepäck trug, zumindest, was sie so gehört hatte – wieder abzureisen, wäre wohl nicht viel zu machen. Huber würde die Menschen niemals auf die Straße setzen und den tschechoslowakischen Behörden überlassen, die sie postwendend an die ostdeutschen übergeben würden.

Als hätte er ihre Gedanken gelesen, fuhr der Botschafter fort, an eine junge Kollegin gewandt, die frisch von der Fachhochschule des Bundes kam: »Für uns macht es keinen Unterschied, ob West- oder Ostdeutsche zu uns kommen, Frau Leuchner. Für uns sind es Deutsche. Punktum.«

Christina Leuchner, eine Dreiundzwanzigjährige mit frisch gelegter Dauerwelle, wie sie gerade Mode war, knabberte an ihrem Bleistift. »Ja, das weiß ich. Aber ich verstehe nicht ... Also, ich frage mich, wie es die Ostdeutschen überhaupt in die Tschechoslowakei geschafft haben?«

Judith versetzte Anke einen sanften Stoß mit dem Ellbogen, denn die Freundin seufzte allzu offensichtlich über die – zugegeben – naive Frage der neuen Botschaftsangehörigen.

»DDR-Bürger dürfen ohne Visa in manche Ostblockstaaten

reisen, wie in die Tschechoslowakei, Polen oder Ungarn«, erklärte Judith freundlich. »Ein normaler Ausweis reicht.« Waren sie nicht alle einmal jung und unerfahren gewesen? Als sie nach Abschluss der Fachhochschule zu ihrem ersten Auslandseinsatz nach Lissabon geschickt worden war, hatte sie auch wenig über die dortigen Gepflogenheiten gewusst; genauso war es ihr in den anderen Ländern gegangen, in die man sie im Zweijahresturnus entsandte: Nach Portugal war es Wien gewesen, danach Hongkong und Kuala Lumpur, bevor sie nach Mosambik und schließlich Prag gekommen war. In jedem einzelnen Land lernte man so viel, sog wie ein Schwamm örtliche Gebräuche, geschichtliche und kulturelle Hintergründe in sich auf. Christina würde es genauso ergehen, da war sie sich sicher.

»Okay, verstehe.« Christina sah sie dankbar an.

Huber lehnte sich auf seinem Stuhl zurück und verschränkte die Arme im Nacken. »Ich werde weiterhin im Gespräch mit den Leuten bleiben. Vielleicht ändern sie ihre Meinung noch.«

»Aber was geschieht mit ihnen, solange sie hier sind? Wir können sie schlecht auf dem Flur sitzen lassen.« Anke lachte auf, doch es klang nicht heiter, eher sorgenvoll.

»Das ist die Frage aller Fragen.« Elias Trauth runzelte die Stirn und starrte an die Decke, als hinge dort die Antwort.

»Wir quartieren die Leute erst mal oberhalb meiner Wohnung ein. Auf dem Dachboden«, erklärte Huber resolut. »Meine Frau ist bereits losgezogen, um einzukaufen, schließlich brauchen die Leute etwas zu essen. Auf jeden Fall sind Sie, liebe Kollegen, heute Morgen fürs Erste von ihren üblichen Aufgaben freigestellt. Wir brauchen jede helfende Hand, um auf dem Dachboden Matratzen auszulegen und Decken zu verteilen. Zum Glück stapelt sich noch so einiges im Keller. Und ein bisschen Spielzeug für die Kinder wäre auch nicht schlecht. Könnte jemand ...«

»Darum kümmere ich mich«, fiel ihm Markus Erlenwein ins Wort. »Meine Jungs haben so einiges, womit sie nicht mehr spielen, ich bringe das Zeug morgen mit.« Mit seiner Frau und seinen Kindern bewohnte er eine Mietwohnung jenseits der Moldau.

»Ich komme jeden Morgen an einem altertümlichen Spielzeuggeschäft vorbei«, fügte Christina eifrig hinzu. »Ich könnte dort ein paar Teddybären oder Puppen und Bausteine besorgen.«

»Wunderbar.« Huber lächelte zufrieden und erhob sich, um zu symbolisieren, dass die Besprechung beendet war. »Dann ran an die Arbeit.«

Auch Judith und Anke standen auf, drängten sich auf dem Flur zwischen den Flüchtlingen hindurch, die inzwischen aus der Botschaftsküche mit Kaffee, Tee und Brötchen versorgt worden waren, und folgten Markus und Elias in den Keller, um zwischen Spinnweben nach Decken und Kissen zu suchen. Ein warmes Gefühl durchströmte Judith. Es war großartig, an einem Ort zu arbeiten, an dem man Landsleuten in Not helfen und sie unterstützen konnte. Sie vermochte sich keinen erfüllenderen Beruf vorzustellen. Dass man dabei die Welt kennenlernte, war der Zuckerguss auf dem Kuchen.

3

Tobias

Halle/Saale

»Vati? Nimmst du mein Mutschekiepchen? Es soll nicht schmutzig werden.« Jasmin drückte ihm das samtige Tierchen in die Hand und rannte zum Sandkasten, wo er bereits den Beutel mit ihrem kleinen Eimer, der Schaufel und den Plastikförmchen ausgeleert hatte. Ihre dünnen blonden Zöpfe standen wie Pinsel zu beiden Seiten ab.

Er setzte sich auf die Bank und legte den Marienkäfer neben sich. Jemand hatte *Neues Deutschland* auf der sandigen Sitzfläche vergessen, er nahm die Zeitung an sich, um die Schlagzeilen zu überfliegen, während seine Tochter Sandkuchen backte.

Jahresziel der Buna-Werke in Schkopau bereits jetzt erreicht!, schrie es ihm reißerisch entgegen. Als ob. Verdrossen faltete er die Zeitung wieder zusammen, für die Lügengeschichten der SED fehlte ihm jegliche Geduld. Nicht nur ihm; kein Mensch glaubte noch an das Narrativ, die Wirtschaft der DDR würde blühen, sah doch jeder, wie es an allen Ecken und Enden an Lebensmitteln, Medikamenten, Produktionsmitteln mangelte. Oft wurde die Schuld den Russen zugeschoben, die Ostdeutschland den Sozialismus aufgezwungen hatten.

»Schau, Vati! Ich habe einen Hugelhupf gebacken!« Stolz präsentierte Jasmin ihm ein bereits in sich zusammenfallendes Sandhäufchen, aus ihren Haaren und dem Kragen ihres kirschrot gestreiften Nickis rieselte es.

»Ein Gugelhupf, sehr schön, Minchen.« Er lächelte ihr zu, dann strich er mit dem Daumen sehnsüchtig über die Zeitung. Er vermisste seine alte Arbeit bei der Abendzeitung Azet, für die er als Fotograf tätig gewesen war. Bis ... nun ja, bis zu der Tragödie vor zwei Jahren, als sich schlagartig alles geändert hatte. Als sein und Jasmins Leben wie von einem Bombeneinschlag in tausend Stücke gerissen worden war. Seine Kehle verengte sich, sein Atem ging für einen Moment stockend, wie so oft, wenn ihm die Vergangenheit gedanklich wie Splitter um die Ohren flog.

»Probier mal.« Jasmin hielt ihm das nunmehr kärgliche Sandküchlein auf der flachen Hand direkt vor die Nase.

Augenblicklich beruhigte sich sein Atem, schlug sein Herz wieder gleichmäßig. »Mhm, lecker«, befand er und gab vor, mit einer imaginären Gabel ein Stück Kuchen zu probieren. Zufrieden hüpfte Jasmin zum Sandkasten zurück.

»Hübsch, deine Kleine. Ist ihrer Mutter wie aus dem Gesicht geschnitten.«

Alles in Tobias versteifte sich, gleichzeitig schien sich trotz der Juniwärme eine Eisschicht über seine Haut zu legen, die ihn frösteln ließ. Widerwillig wandte er den Kopf und sah einem etwa gleichaltrigen Mann in förmlicher grauer Hose und billigem Jackett in die zusammengekniffenen Augen.

»Das stimmt wohl.« Er drückte den Rücken gegen die Lehne der Bank und verschränkte die Arme vor der Brust, als könne er sich somit gegen das, was nun folgen würde, wappnen. Ein Verhör. Es war anscheinend mal wieder Zeit für ein Verhör.

»Lange nicht gesehen, Tobias.« Der Mann ließ sich neben ihm

34

nieder. Allein der Blick, mit dem er Jasmin musterte, verstärkte Tobias' Unwohlsein.

»Zwei Jahre, um genau zu sein.« Seine Stimme klang tonlos. Aber er würde mitspielen, wie er das immer getan hatte, gute Miene zum bösen Spiel machen. Vorgeben, ein ganz alltägliches Gespräch mit einem ehemaligen Arbeitskollegen zu führen, den er zufällig getroffen hatte. Zufällig! Beinahe hätte er bitter aufgelacht.

»Ich war gerade in der Nähe auf Verwandtenbesuch und dachte, ich schau mal nach dir«, spulte Michael Schulze seinen Text ab, wobei er ihm ein joviales Lächeln schenkte. »Wir waren ein gutes Team bei der *Azet*, stimmt's? Schade, dass sie dich nicht weiter beschäftigt haben.«

Tobias biss die Zähne so fest aufeinander, dass die Kiefermuskeln schmerzten. »Ja, schade.«

»Die Arbeit in Leuna ist sicher meilenweit unter deinem Niveau.«

»Hm.« Stocher nur weiter in der Wunde, dachte er und fixierte Jasmin so eindringlich, als würde das unleidliche Gespräch allein dadurch ein schnelleres Ende finden.

»Aber nun ja – nach dem, was siebenundachtzig passiert ist, haben dich die Genossen ja leider abgesägt. Du warst ihnen wohl zu suspekt, schließlich hättest du ja durchaus etwas mit der Sache zu tun haben können.«

Tobias hätte Schulze für dessen falsch-mitleidigen Tonfall am liebsten ins Gesicht geschlagen, aber er starrte nur weiterhin Jasmin an, alle Muskeln verkrampft.

»Habe ich nicht, sonst säße ich jetzt im *Roten Ochsen*«, erwiderte er knapp. Wie viele Male hatte ihn die Stasi damals unter dem Vorwand, einen *wichtigen Sachverhalt klären zu müssen*, von zu

35

Hause abgeholt und in einem alten Wartburg in das berüchtigte Gefängnis verfrachtet?

»Das weiß ich natürlich.« Schulzes Stimme troff vor aufgesetzter, honigsüßer Freundlichkeit. »Ich kenne dich doch, Tobias.«

Jasmin warf ihm vom Sandkasten aus einen fragenden Blick zu, dann legte sie die Sandförmchen beiseite und lief zu der Schaukel am Ende des Spielplatzes, so als wolle sie sich so weit wie möglich von dem geheimnisvollem Fremden entfernen.

»Ich habe letztens einen Schwimmwettkampf im Westfernsehen gesehen. Schaust du dir auch Sportsendungen an?« Schulze streckte müßig die Beine von sich.

Tobias war angespannt und in Alarmbereitschaft. War das eine, wenn auch nicht sehr subtile, Falle? Wollte dieser elende Spitzel herausbekommen, ob er verbotenes Westfernsehen schaute? Meine Güte, das tat doch jeder, von Rügen bis Bad Brambach klebte jeder am Bildschirm, wenn *Wetten dass ...?* oder *Einer wird gewinnen* ausgestrahlt wurde. Außer natürlich im *Tal der Ahnungslosen*, wie jene Gegenden im Bezirk Dresden genannt wurden, wo es technisch schlichtweg unmöglich war, Westfernsehen zu empfangen.

»Doreen ist mitgeschwommen, wenn ich mich nicht irre, hat sie sogar eine Medaille gewonnen«, fügte Schulze genüsslich hinzu. »Aber da weißt du bestimmt besser Bescheid als ich.«

»Keine Ahnung. Ich verfolge Doreens Karriere nicht«, stieß er zwischen den Zähnen hervor.

Schulze veränderte seine Sitzposition, fast schien es, als rutsche er ungeduldig auf der Bank herum. »He, Kleine!«, rief er in Jasmins Richtung. »Komm doch mal her, ich habe ein Bonbon für dich.«

Tobias krampfte seine Finger um das *Neue Deutschland* und rollte die Zeitung zusammen. »Lass meine Tochter in Ruhe.«

36

Schulze schnaubte nur verächtlich und streckte Jasmin, die sich zögerlich, am Daumen lutschend, näherte, ein Bonbon hin. »Hier, ist für dich.«

»Danke«, flüsterte sie, nahm die Süßigkeit rasch entgegen und griff nach ihrem Marienkäfer, bevor sie zur Schaukel zurücklief.

Hoffentlich würde dieser widerliche Spitzel bald verschwinden. Tobias benötigte seine gesamte Willenskraft, um nicht aufzustehen, Jasmin zu schnappen und mit ihr in die Wohnung zu eilen. Doch er wusste aus leidlicher Erfahrung, dass es kein Entkommen gab; sobald er sich der Situation entzog, würde der ehemalige Kollege ihm woanders auflauern, in der Fabrik, im Kindergarten. Oder schlimmer noch: Er würde seine Mutter besuchen und ihr wer weiß was erzählen. Das wollte er ihr auf jeden Fall ersparen, seit Vater gestorben war, war sie recht empfindlich.

»Wo ist deine Mutti, Kleine?«, rief Schulze zur Schaukel hinüber.

»Hör sofort auf!« Tobias' Hand mit der Zeitung flog in die Höhe, wo sie verharrte. Lächerlich. Als ob er Schulze damit ernsthaft Schaden zufügen konnte.

»Ich frag doch nur. Ist doch nicht verboten.« Das Lächeln seines ehemaligen Kollegen hatte inzwischen seine gespielte Freundlichkeit verloren, wirkte nunmehr schmierig wie eine verwischte Ölspur, die sich auf seinen glatten Zügen ausbreitete.

Glücklicherweise antwortete Jasmin nicht, sondern lutschte ihr Bonbon und drückte ihr Plüschtier fest an sich. Grenzenlose Wut auf diesen gewissenlosen Mistkerl, der sich nicht scheute, ein kleines Kind für seine Zwecke zu missbrauchen, vermischte sich mit dem Schmerz, der ihn jedes Mal überkam, wenn er daran erinnert wurde, dass Jasmin mutterlos war. Im Stich gelassen, so wie er selbst.

»Sie weiß nichts über ihre Mutter. Frag sie nie wieder danach.«

Und belästige uns nie wieder, fügte er in Gedanken hinzu, voller heißem Zorn.

»Was hast du ihr erzählt, wo Doreen ist? Die Kleine wird doch durch den Umgang mit anderen Kindern inzwischen gemerkt haben, dass sie die Einzige ist, die keine Mutter hat.«

»Ich habe ihr erzählt, ihre Mutter sei auf Reisen«, antwortete Tobias so knapp wie möglich. So traurig die Situation auch war, vielleicht war es gut, dass Jasmin bei Doreens Verschwinden erst eineinhalb Jahre alt gewesen war; sie schien sich kaum noch an sie zu erinnern und fragte selten nach ihr. Wenn sie dies denn einmal tat, stellten sie Tobias' ausweichende Antworten stets zufrieden. Zumindest jetzt noch. Ihm war klar, dass sich dies in nicht allzu ferner Zukunft ändern würde. Mit Sicherheit würde sie, je älter und verständiger sie wurde, Fragen stellen.

Schulze gab ein Lachen von sich, das wie das Schnauben eines Pferdes klang. »Auf Reisen, das ist gut. Stimmt ja auch irgendwie, oder?«

Tobias zog es vor, nicht zu antworten. Er wusste, alles, was er von sich gab, konnte bei Gelegenheit gegen ihn verwendet werden. Mit starrem Blick beobachtete er, wie seine Tochter ihrem Marienkäfer etwas zuflüsterte und immer wieder zu ihm hersah. Er wünschte, er könnte ihr ein Zeichen der Zuversicht schenken, ein tröstliches Nicken nur, um ihr zu zeigen, dass alles gut war. Doch das vermochte er nicht.

»Hast du mal wieder was von Doreen gehört?«, fragte Schulze beiläufig und wischte sich ein Staubkörnchen von seinem ausgetretenen Schuh.

Jetzt kommen wir zum springenden Punkt, dachte Tobias. Müde faltete er die Hände im Schoß und schüttelte den Kopf. »Nein.« Fast hätte er lakonisch hinzugefügt: Und wenn, dann hätte ich es natürlich sofort den Behörden gemeldet. Aber natürlich schwieg er, es kam nicht gut an, Stasimitarbeiter zu provozieren, Humor besaßen diese nämlich keinen.

»Gut.« Schulze stand auf und strich seine zerknitterte Hose glatt. »Du weißt, es hätte üble Folgen für dich, wenn du mit ihr Kontakt aufnehmen würdest. Oder sie mit dir. Oder wenn du gar ähnliche Pläne verfolgen würdest ... Eine Zelle im *Roten Ochsen* wäre dir sicher, und deine Kleine würdest du so schnell nicht wiedersehen. Viele Kinder, die ins Heim kommen, weil ihre Eltern eine republikfeindliche Gesinnung haben, werden letztendlich zur Adoption freigegeben.«

»Wie gesagt, ich habe seit ihrer Flucht nie wieder etwas von meiner Frau gehört, und ich habe nicht vor, es ihr gleichzutun und mich abzusetzen«, stieß Tobias heftig hervor. Trotz seines Vorsatzes, gefasst und ruhig zu bleiben, hämmerte ihm das Herz in der Brust, und er musste sich zusammenreißen, um nicht aufzustehen und mit Jasmin in den Armen um sein Leben zu laufen. Nur, wohin? Es gab keinen Ort in diesem verfluchten Land, an dem er und sein Kind in Sicherheit wären. Die Stasi würde ihnen überall auflauern.

»Das hört man gerne.« Schulze setzte wieder ein kameradschaftliches Grinsen auf, so als hätte er niemals damit gedroht, Tobias' Leben unter dem Schuhabsatz des sozialistischen Übervaters zu zermalmen. »War nett, mal wieder geplaudert zu haben. Man sieht sich.«

Ich wette, das werden wir, dachte Tobias und blickte dem ehemaligen Kollegen unbehaglich nach, wie er, lässig die Hände in die Taschen seiner schlecht geschnittenen Hose gesteckt, davonschlenderte, ein munteres Lied vor sich her pfeifend. Kaum war er hinter dem Gebäude verschwunden, erhob sich auch Tobias rasch und begann, Jasmins Spielsachen einzusammeln.

»Komm, Minchen, Zeit, nach oben zu gehen.«

Jasmin kam sofort zu ihm gelaufen. Zu seiner Überraschung protestierte sie nicht, dass der Spielnachmittag bereits beendet war, wahrscheinlich spürte sie, dass den ihr unbekannten Mann ein Hauch von Gefahr umweht hatte; die Kleine besaß feine Antennen.

»Wer war das? Ich mag ihn nicht.« Ihre kleine Hand schmiegte sich vertrauensvoll in die große ihres Vaters.

»Ich mag ihn auch nicht.« Tobias umfasste sie fester. »Aber denk nicht mehr an den Mann, er ist unwichtig.«

»Kommt er mal wieder?« Jasmin schaute mit ihren blauen Augen ängstlich zu ihm hoch. Sie war so klein, so verletzlich; er würde alles tun, um sie zu schützen.

»Nein.« Die Lüge schwirrte ihm noch im Kopf herum, als sie die Treppe hochstiegen und er die Wohnungstür aufschloss. Schulze würde todsicher wieder aufschlagen, wenn nicht er persönlich, dann ein anderer der Genossen.

»Gehst du auch irgendwann mal weg so wie Mutti?«

Er hob sie hoch und strich ihr eine Haarsträhne von der Wange, an der ein bisschen Sand klebte. »Nein, keine Sorge, Minchen.«

Als sie in ihr Zimmer lief und er ihr nachblickte, fühlte er sich elend. Vielleicht hatte er sie gerade angelogen. Woher sollte er wissen, ob es ihm immer gelingen würde, an ihrer Seite zu sein?

Noch immer wie betäubt bereitete er später das Abendbrot zu, legte mit Jasmin noch ein Märchenpuzzle, las ihr eine Geschichte vor und brachte sie dann ins Bett. Auf ihr kindliches Geplapper über das Bilderbuch reagierte er geistesabwesend, war er in Gedanken doch noch immer mit dem *Gespräch* auf dem Spielplatz beschäftigt. Schulzes unverhohlene Drohung, ihm Jasmin wegzunehmen und in ein Heim zu stecken, sollte er im Besitz von Informationen über Doreens Flucht sein oder gar planen, ihr in den Westen nachzukommen, lastete ihm wie ein Felsbrocken im Magen.

Seit zwei Jahren verhielt er sich so unauffällig wie möglich. Hatte darauf verzichtet, bei den Behörden einen Ausreiseantrag zu stellen oder – die weitaus gefährlichere, jedoch vielversprechende Variante – einen Fluchthelfer zu finden, obwohl er das Leben in der DDR, die ständige Überwachung rund um die Uhr, die Bevormundung, die latenten Drohungen, bis aufs Blut verabscheute. Alles, um auf keinen Fall zu riskieren, dass Jasmin ihm weggenommen wurde.

Er musste dringend versuchen, sich abzulenken, das ständige Grübeln, die Angst, die ihm unaufhörlich auf den Magen schlugen, machten ihn noch verrückt.

Aus der Schublade zog er eine Tüte Gelatine-Elastik-Zuckerwaren – wie idiotisch, konnte man die bunten Dinger nicht einfach Gummibärchen nennen wie im Westen? – und riss sie auf, während er den Fernseher einschaltete und sich in den Sessel sinken ließ. Hoffentlich half ihm der Zucker und das gleichförmige Kauen, sich zu beruhigen.

Bei der *Tagesschau* blieb er sogleich hängen. Neue Nachrichten aus Ungarn flimmerten über den Bildschirm: Die Außenminister Österreichs und Ungarns, Alois Mock und Gyula Horn, zerschnitten in einer Feierstunde den Stacheldraht des Grenzzauns, der die beiden Staaten voneinander trennte. Tobias' Hand verharrte über der Süßigkeitentüte, während er gebannt zuschaute, wie die Politiker etwas ungeschickt mit den schweren Zangen hantierten. Welch symbolischer Akt! Ein weiteres Stück der Öffnung des sozialistischen Ostens gegenüber dem kapitalistischen Westen!

Als die Nachrichten endeten, schaltete er weiter zum DFF1, wo es ebenfalls um die Öffnung des Grenzzauns ging. Grimmig zer-

41

biss er ein Gummibärchen; es war zu erwarten gewesen, dass die Genossen der SED sich heftig über die Aktion der beiden Außenminister echauffierten. *Ungarn verrate den Sozialismus*, empörte sich Horns und Mocks Amtskollege Oskar Fischer.

»Wie kann Horn sich nur dazu hinreißen lassen, unsere gemeinsame Sache mit Füßen zu treten?«, zeterte er. Es fehlte nur noch, dass ihm Schaum vor den Mund trat. Angewidert schaltete Tobias zum ZDF um.

»Vierzig Ostdeutsche sitzen zurzeit in der Deutschen Botschaft in Prag fest«, verkündete der Sprecher. »Sie weigern sich, die bundesdeutsche Vertretung zu verlassen, und fordern, ungehindert in die Bundesrepublik ausreisen zu dürfen.«

Kurz schwenkte eine Kamera über Menschen, die auf einem Dachboden auf Decken und Matten saßen, dann war der Beitrag auch bereits zu Ende, hatte kaum zwei Minuten gedauert. Eine flüchtige Randnotiz. Langsam zerkaute Tobias ein Gummibärchen, den zuckrigen Geschmack nahm er kaum wahr. Bewegte Zeiten waren das, das musste man zugeben. Was bedeutete das für ihn persönlich? Für Jasmin?

Früh zog er die ausklappbare Couch aus, um sich schlafen zu legen, war aber noch lange wach. Wie so oft wanderten seine Gedanken in diesen blauen Stunden der Dämmerung, wenn es noch nicht ganz dunkel war, die Schatten aber immer weiter um sich griffen, zu Doreen. Wo sie wohl war, wo sie wohnte? Einige wenige Male hatte sie nach ihrer Flucht bei seinem Bruder angerufen – ihm selbst war kein Telefonanschluss gewährt worden –, um Tobias ausrichten zu lassen, dass es ihr gut ginge. Er hatte natürlich nichts unternommen, um seinerseits Kontakt zu ihr aufzunehmen, die Stasi beobachtete ihn Tag und Nacht. Doch in Momenten wie diesen flimmerte sie durch seinen Kopf, das rosige, fröhliche, energiegeladene Mädchen, das sie einst gewesen war.

Seine Lebenspartnerin, Mutter seines Kindes. Wie hatte sie ihre kleine Familie im Stich lassen können?

Halle/Saale, 1976

Der Julitag war heiß, der Himmel klar und leuchtend blau, nur von watteweißen Schäfchenwolken durchzogen, und der Geruch süßer Blüten lag in der Luft.

Tobias hatte sich von seinem Bruder überreden lassen, ihn ins Freibad Petersberg zu begleiten, und er hatte zugestimmt, hatte er doch sonst nichts zu tun an diesem Samstag.

Er mochte Martins Freunde nicht, die mit ihnen an der Haltestelle herumlungerten und auf den Bus warteten, sie waren ihm zu laut, zu sehr von sich selbst überzeugt. Gerade grölten sie *Du machst mich müd'* von der Gruppe Kreis, deren einfältige Texte ihm nicht besonders gefielen. Natürlich waren sie wie Martin ausnahmslos Mitglieder der FDJ gewesen, nun, als junge Erwachsene, traten sie der SED bei.

»Stell dich nicht immer abseits, so als ob du nicht zu uns gehörst«, zischte Martin ihm zu.

Der Bruder war nur ein Jahr älter als Tobias und ähnelte ihm äußerlich, zumindest von der schlanken Statur her. Er war jedoch ein viel hellerer Typ, weshalb er seit Beginn des Sommers sonnenverbrannt war, die Nase leicht gerötet, das Haar ausgebleicht; seine Vorliebe, die Wochenenden an Baggerseen oder im Schwimmbad zu verbringen, trug ihren Teil dazu bei. »Schlimm genug, dass du dich auch sonst von allem fernhältst, so als wärst du was Besseres.«

Was Besseres? Tobias lachte freudlos auf. Wie konnte er sich als etwas Besseres fühlen, aufgrund seiner Weigerung, sämtli-

43

chen Jugendorganisationen beizutreten, war ihm doch von Kind an demonstriert worden, dass mit ihm etwas nicht stimmte.

Aber im Gegensatz zu seinem Bruder zog ihn nichts zu diesen Gruppen voller engagierter Jugendlicher, die ganze Nachmittage mit nervtötenden Diskussionen über den Sozialismus oder mit paramilitärischen Übungseinheiten verbrachten.

Er war neunzehn und Pazifist. Er las gerne und schrieb gerne – alles Mögliche, Beobachtungen über die Natur, manchmal auch kurze Gedichte –, er verkörperte all das, was von Gleichaltrigen mit einem herablassenden Grinsen quittiert wurde. Er sollte froh sein, dass Martin sich seiner erbarmte und ihm Zutritt zu seiner Clique erlaubte.

»Ich bin nichts Besseres. Ich bin nur anders.« Verdrossen strich er sich durch sein dunkles Haar, das ihm immer wieder in die Stirn fiel. Sein Vater nervte ihn ständig, es schneiden zu lassen, er sehe aus wie einer dieser arbeitsscheuen Hippies aus dem Westen.

Martin verzog das Gesicht, doch da der Bus sich näherte, enthielt er sich einer Antwort.

Im Schwimmbad war es voll und laut, ein Handtuch reihte sich ans andere. Martin und seine Kumpel zogen einige wenige Bahnen im Wasser, dann läuteten sie wie gewöhnlich den gemütlichen Teil des Tages ein und öffneten zischend ihre mitgebrachten Bierflaschen.

Tobias blieb länger im Wasser, kraulte von einem Ende des Beckens zum anderen. Hin und zurück. Die Sonne glitzerte auf dem Wasser, hinterließ grelle Lichtreflexe, die in die Augen stachen. Es roch nach Chlor, Würstchen und Bier, die aufgedrehten Stimmen unzähliger Jugendlicher vermischten sich mit dem Plätschern des Wassers. Er ließ sich treiben, wurde nur manchmal von Luftmatratzen oder Wasserbällen gestört, die ihn am Kopf oder den Schultern berührten, und träumte mit geschlossenen Augen vor sich hin.

Lautes Gejohle schreckte ihn aus seinen Gedanken. Er öffnete die Augen und bemerkte eine Traube junger Menschen, die sich am Beckenrand versammelt hatte, um zu einem Mädchen auf dem Sprungturm hochzuschauen.

Ihre Erscheinung fesselte auch ihn sofort. Sie stand ganz konzentriert am äußersten Ende des Sprungbrettes, in sich selbst versunken, als gebe es nichts außer dem blauen Wasser unter ihr und der warmen Luft um sie herum. Ihre Arme lagen an ihrem durchtrainierten, athletischen Körper an, jede Sehne, jeder Muskel schien wie aus Marmor gemeißelt. Anders als die anderen Mädchen und Frauen im Petersberger Freibad trug sie keinen schrill bunten, gemusterten Bikini, sondern einen schwarzen funktionalen Badeanzug ohne jeglichen Schnickschnack, wie Sportlerinnen ihn trugen.

Die Zuschauer sahen gebannt zu, wie sie schließlich anmutig und geschmeidig absprang, die Füße ausgestreckt wie eine Ballerina, sich mehrmals um sich drehte und wand wie eine Spirale und in einem graziösen Flug dem Wasser entgegenschoss. Sie durchbrach die Oberfläche, tauchte einen Moment unter – Tobias erkannte nur noch den verschwommenen, schwarzen Fleck ihres Badeanzuges –, dann kam sie wieder kerzengerade nach oben.

Einen Moment herrschte atemlose Stille, dann brach Jubel aus. Die Menge applaudierte ihr begeistert, Kinder trampelten mit den nackten Füßen und schrien: »Noch mal, noch mal!«

Das Mädchen strich sich das nasse Haar, das auf ihrer Haut klebte, aus dem Gesicht und lächelte, bevor sie mit kräftigen Bewegungen davonschwamm.

Tobias blickte ihr noch lange nach. Der kunstvolle Sprung hatte mächtig Eindruck bei ihm hinterlassen; er wünschte, er

45

würde irgendetwas im Leben so tadellos beherrschen wie sie. Das Mädchen war die reine Perfektion, ihr Körper in absoluter Harmonie mit den Elementen.

Später, als seine Finger bereits schrumpelig waren und er zu viel Chlor geschluckt hatte, stieß er kurz zu seinem Bruder und dessen Clique, doch sie hockten nur reichlich bierbeduselt auf ihren Decken und übertrumpften sich gegenseitig mit Zoten. Er schnappte sich sein Portemonnaie und stellte sich am Kiosk an.

»Eine Bockwurst bitte.«

Während er auf sein Essen wartete, drehte er sich um, um dem Treiben am Schwimmbecken zuzuschauen. Das Mädchen vom Sprungturm stand direkt hinter ihm, ebenfalls ein Portemonnaie in der Hand. Ihm schoss die Röte ins Gesicht. Die Blicke aus ihren blauen Augen glitten über ihn hinweg, bevor sie den Kopf senkte und ihre Münzen abzählte.

Sag was, sag was, trommelte ihm sein Herz stakkatoartig im Brustkorb. Wenn er die Gelegenheit nicht beim Schopf packte und sie ansprach, würde er es bereuen, das wusste er.

»Dein Sprung war wirklich toll.«

»Danke.« Sie lächelte ihn kurz an, doch da meldete sich bereits die Verkäuferin im Kiosk, und er schnellte herum.

»Ihre Bockwurst, junger Mann.«

»Danke.« Er legte das Geld zwischen die Limonadenpfützen auf den Tresen, griff nach der in eine fettdurchtränkte Serviette eingewickelten Wurst und trat beiseite, um das Mädchen vorzulassen. Tausend Gedanken wirbelten ihm durch den Kopf, als er langsam davonging. Es hatte nicht sein sollen. Dumpf pochte die Enttäuschung in ihm. Auf der anderen Seite – was sollte ein derart außergewöhnliches Mädchen auch mit ihm anfangen, ihm, dem orientierungslosen Neunzehnjährigen, der weder sportlich noch beliebt war?

»He, warte doch, du hast deine Geldbörse vergessen!«

Er hatte sich gerade auf eine von der Sonne heiße Bank gesetzt, als die Schwimmerin ihm nachkam, in der Hand eine Currywurst. Sie streckte ihm seinen Geldbeutel hin, den er wie in einem
Traum verfangen entgegennahm. Geschah dies wirklich? War ihm
das Mädchen tatsächlich nachgeeilt, stand sie wirklich vor ihm?

»Danke, das ist nett von dir.« Zum Glück schaffte er es, zu
sprechen, ohne zu stottern.

»Du hast dein Geld beim Kiosk liegen lassen. Ist da noch Platz
neben dir?« Unbefangen deutete sie auf die Bank, auf der offensichtlich noch jede Menge Platz war, und er rückte rasch zur Seite.

»Danke.«

Schweigend begannen sie, zu essen, wobei Tobias das Mädchen verstohlen aus dem Augenwinkel betrachtete. Ihre blonden
Haare standen ihr zerzaust vom Kopf ab, wie eine Wolke aus Gold.
Ihr Körper war muskulös, ihr Teint frisch wie ein rotbackiger Apfel. Er musste etwas sagen, ein Gespräch in Gang bringen, er …

»Bist du öfter hier im Schwimmbad?«

Sie biss herzhaft in ihre Wurst. »Manchmal, wenn ich zu Besuch bei meiner Oma bin. Ich wohne in Leipzig.«

»Dein Sprung war sensationell … Bist du in einem Schwimm-
verein, oder so?« Er starrte sie so fasziniert an, dass er vergaß, zu
essen.

Sie lachte. »Ja, das kann man wohl sagen. Ich schwimme seit
dem Kindergarten und wurde später in einem Leistungszentrum
ausgebildet. Ich nahm früh an Wettkämpfen teil.«

Sein Staunen wuchs. »Du bist Leistungsschwimmerin?«

Sie nickte, während sie die rote Soße von ihrer Wurst leckte.
»Und jetzt bin ich im Nationalkader.«

Sie war Mitglied des Nationalkaders. Er begriff, dass er nicht
neben einem durchschnittlichen Mädchen saß, sondern einer of-

47

fiziellen Leistungsträgerin. Natürlich hatte auch er mitbekommen, wie die SED-Funktionäre bereits die Kleinsten sichteten und auf außergewöhnliche Talente hin überprüften. Spitzensportler wurden gepuscht. Bei internationalen Wettkämpfen sollte verdeutlicht werden, dass die DDR dem Westen in jeglicher Hinsicht überlegen war, auch in sportlicher.

»Das ... das ist wirklich beeindruckend.« Er schluckte und betrachtete ihre Finger. Sie wirkten kräftig und schön zugleich, so wie sie selbst. Eine Wassernixe, auf ihr Ziel fokussiert und dennoch verspielt wie ein Kind. Sie wickelte sich eine Haarsträhne um ihren freien Finger und vergrub die nackten Zehenspitzen im Sand.

»Wie alt bist du denn?«

»Fünfzehn.« Sie blinzelte ihm aus ihren strahlenden Augen vergnügt zu. »Noch nicht alt genug für Olympia. Aber das nächste Mal bin ich bestimmt dabei.«

Olympia. Ihm blieb die Luft weg, die Wurst in seiner Hand wurde kalt, denn an Essen war nicht mehr zu denken. Er hatte noch nie jemanden getroffen, dem derlei Möglichkeiten offenstanden, ins Ausland reisen, die Welt sehen ... Sehnsucht brannte in ihm auf, doch er kämpfte sie rasch nieder, verscheuchte diese leise Traurigkeit, die er ständig mit sich herumtrug.

»Du schaffst es bestimmt.« Er war überzeugt, dass sie alles erreichte, was sie sich vornahm. Sie wirkte so in sich ruhend, dass ihr Selbstzweifel sicherlich fremd waren. Nicht so wie ihm ...

»Und du? Was machst du?«, fragte sie mit vollem Mund, etwas Soße im Mundwinkel. Sie war so unbefangen, und das imponierte ihm.

»Nichts Besonderes, eine Ausbildung zum Fotografen. Vielleicht werde ich danach bei einer Zeitung arbeiten, mal schauen.« Den Rest der Geschichte verschwieg er, was ihm widerfahren war,

war nichts, das man einem hübschen Mädchen beim ersten Kennenlernen erzählte. Zu schmerzlich war die Erinnerung, wie er vor drei Jahren zum Schuldirektor zitiert worden war:

»Ich habe gehört, du würdest gerne Abitur machen, Seibold.« Der Direktor, ein schwergewichtiger Mann mit imposantem Schnauzbart, musterte ihn über seinen wuchtigen Schreibtisch hinweg. Hinter ihm an der Wand hing ein Bild von Erich Honecker.

»Ja, Herr Weber. Ich möchte Germanistik oder Publizistik studieren, um in Richtung Journalismus zu gehen. Eines Tages würde ich gerne für Zeitungen schreiben.« Seine Hände baumelten nervös zwischen den Oberschenkeln. Wieso hatte der Schulleiter ihn hergebeten? Keiner seiner Klassenkameraden hatte eine Vorladung ins Büro erhalten, er war der Einzige. Er konnte sich nicht erinnern, etwas ausgefressen zu haben.

»Soso.« Nicht unfreundlich beugte Weber sich vor und spreizte die Finger auf der Schreibtischunterlage. »Ich muss dir leider sagen, Seibold, dass daraus nichts werden wird. Du warst nie Mitglied der FDJ, hast dich nie in irgendeiner Form für den Staat engagiert. Noch nicht mal die Jugendweihe hast du gemacht.«

»Nun, ich ...« Tobias wandte den Blick ab und schaute aus dem Fenster ins zart sprießende Frühlingsgrün. Sollte er dem Schulleiter wirklich von seinen innersten Überzeugungen berichten, die so wenig mit dem Sozialismus zu tun hatten wie Milka-Schokolade mit einer Schlager-Süßtafel? Er würde in Teufels Küche kommen.

Weber beendete seine Erklärung mit einer unwirschen Handbewegung. »Deine Beweggründe sind unwichtig, Seibold. Auf jeden Fall wollte ich dich schon mal vorwarnen, dass du dich nach

49

einer Alternative umsehen musst. Abitur ist für dich ausgeschlossen. Es werden ohnehin nur wenige Schüler zugelassen.«

»Aber ... aber warum?« Tobias klammerte sich an den Lehnen des Besucherstuhls fest, aschfahl im Gesicht. Verwirrung, fast Panik, traf ihn wie ein Keulenschlag. »Meine Noten sind doch gut.«

»Junge.« Der Direktor schlug einen sanften Tonfall an, erhob sich und legte ihm eine schwere Hand auf die Schulter. »Mit deinem Hintergrund ist es leider unmöglich, das Abitur ablegen zu dürfen. Wenn du bei der FDJ wärst, sähe die Sache vielleicht anders aus ...«

Die Stimme des Mädchens katapultierte ihn schlagartig wieder in die Gegenwart zurück. Das nach Staub und alten Akten riechende Büro des Schulleiters verblasste, die glühende Wärme auf seinem Scheitel, der Geruch nach Bock- und Currywurst, das ausgelassene Gekreische der Kinder im Wasser rückten wieder in sein Bewusstsein.

»Bei einer Zeitung zu arbeiten muss toll sein. Dabei kommt man sicherlich rum, sitzt nicht ständig im Büro.«

»Das stimmt.« Vielleicht schaffte er es wirklich zu einer Zeitung, allerdings wohl nie als Journalist, der spannende Artikel schrieb. Mit Mühe löste er sich von dem bangen Gedanken, wie seine Zukunft aussehen würde. Der Traum vom Journalismus war ausgeträumt, um nichts in der Welt würde er in die SED eintreten, so ein Opportunist war er nicht. Seinem Bruder Martin wurden keine Steine in den Weg gelegt, natürlich nicht, war seine politische Gesinnung doch offensichtlich. Seit einem Jahr studierte er Maschinenbau.

Als er das Mädchen heimlich dabei beobachtete, wie es sich die Currysoße von den geschwungenen Lippen wischte und von den Fingern leckte, löste sich seine ständige Grübelei auf wie die Samen der Pusteblumen, die von einer leichten Brise davongetragen wurden. Sie war so sorglos, ihre blauen Augen so offen, ganz im Jetzt gefangen. Und sie war so hübsch, auf eine gesunde und angenehme Art. Am liebsten hätte er mit der Fingerspitze ihre Wange berührt oder ihr eine feuchte Haarsträhne aus der Stirn geschoben.

»Besuchst du deine Oma öfter?«, fragte er heiser. Ihre Antwort war ihm enorm wichtig.

»Ja, klar.« Sie lächelte. »Samstags meistens. In der Woche habe ich ja jeden Tag Training.« Sie knüllte ihre Serviette zusammen und zielte nach dem Mülleimer, bereits im Gehen begriffen. Dann schien ihr noch etwas einzufallen. »He, wenn du willst, können wir uns für nächsten Samstag verabreden. Ich kenne in Halle niemanden.«

Freude erfasste ihn. Sie wollte sich mit ihm treffen, wie wunderbar war das denn! Doch Moment ... Geschah dies nur, weil sie, wie sie eben gesagt hatte, niemanden sonst in Halle kannte, mit dem sie den freien Tag verbringen konnte? Martin hätte gesagt, er habe einen Sprung in der Schüssel und er solle endlich aufhören, alles zu hinterfragen. »Gerne. Nächsten Samstag, selbe Zeit, selber Ort?«, hörte er sich sagen.

Sie nickte erfreut. »Abgemacht.«

Sie lief bereits davon, ihre nackten Füße versanken im Gras der Liegewiese, da rief er ihr hinterher: »Wie heißt du überhaupt?«

Lachend wirbelte sie herum, wobei ihr die Haare um den Kopf flogen wie mit glitzernden Wassertröpfchen besetzte, helle Seidenschnüre. »Doreen. Und du?«

4

Judith

Prag

»Mein Kopf hämmert, du hast nicht zufällig ein Ibuprofen dabei?«

Judith und Anke saßen hinter einen der winzigen runden Tische aus wurmstichigem Holz gequetscht und tranken einen Kaffee. Obwohl es am Vorabend nach dem Kabát-Konzert spät geworden war, war es ihnen heute Morgen gelungen, sich rechtzeitig aus dem Bett zu schälen, um sich auf einen Schuss Koffein in ihrem Stammcafé in der Vlašská zu treffen, das hinter den blauen Toren unterhalb der Botschaft lag.

»Mal schauen.« Anke kramte in ihrer Tasche. »Aber so sehr haben wir es doch gar nicht krachen lassen, dass du jetzt so in den Seilen hängst. Hier.«

»Dank dir.« Judith nahm die Tablette entgegen, spülte sie mit einem Schluck des noch heißen Getränks herunter und verzog das Gesicht. »Na ja, die Musik war kopfwehträchtig, und der Absacker hinterher war auch ein wenig zu viel des Guten.« Sie hatte heute Morgen lange gebraucht, um die dunklen Schatten unter ihren Augen mit Make-up zu kaschieren und ihre widerspenstigen Haare zu bändigen und ins Zopfgummi zu zwängen.

»Stell dich nicht so an.« Anke, die nicht frischer aussah als sie selbst, ihre Augen waren gerötet von zu wenig Schlaf, warf ihr über den Rand ihrer Tasse hinweg einen tadelnden Blick zu. »Du kennst meine Maxime. *When in Rome, do as the Romans do.* Nimm aus jedem Land, in dem du arbeitest, das Beste mit. Stürz dich ins Nachtleben wie die Einheimischen.«

»Das ist eine sehr eigenwillige Interpretation des Sprichworts.« Judith sah auf ihre Armbanduhr. Ihre Freundin schien keine Eile zu haben, sie ging die Dinge stets gelassen an. Sie selbst hätte den immer noch zu heißen Kaffee am liebsten schnell heruntergestürzt, um pünktlich in der Botschaft zu sein. Sie waren zwar immer rechtzeitig da, aber trotzdem die Letzten, die eintrudelten. Ob das beim Botschafter und den Mitarbeitern einen guten Eindruck hinterließ? Sie träumte davon, innerhalb der Botschaftshierarchie aufzusteigen, auch andere Abteilungen als das Kulturreferat kennenzulernen, vielleicht eines Tages Leiterin eines Fachbereichs zu werden ...

Resolut setzte sie ihre Tasse ab und suchte in ihrer Geldbörse nach ein paar Kronen, die sie mit Trinkgeld auf den Tisch neben die Kerze legte, die in einer wachsbetropften Weinflasche steckte. »Lass uns gehen. Mit den ganzen Flüchtlingen im Dachgeschoss wird es wieder eine Menge zu tun geben.«

»Okay.«

Zu ihrer Erleichterung bestand Anke nicht darauf, den Tag gemütlich zu beginnen, und so machten sie sich wenige Augenblicke später auf den Weg den Hügel hinauf. Ein nervöses Kribbeln durchlief Judith. Wie die Situation auf dem Dachboden momentan wohl aussah? Ob einige der Ostdeutschen inzwischen wieder abgereist waren? Welch ein Gefühl es sein musste, mit Dutzenden völlig Fremder auf einem Matratzenlager zu schlafen, alles zurückgelassen zu haben, was einem wichtig war ...? Sie mochte sich kaum vorzustellen, wie es war, alle Brücken hinter sich abzubrechen, das Risiko einzugehen, Familie und Freunde nie wie-

53

derzusehen ... Ganz fremd war ihr die Lage der Flüchtlinge nicht, auch wenn sie die Erinnerung daran, wie sie als Kind alles Hab und Gut verloren hatte, tief in ihrem Innern verschloss. Noch nicht einmal Anke hatte sie davon erzählt.

»Und?«, fragte sie Walter Edel, der ihnen die Tür öffnete. Wahrscheinlich gab es auch an diesem Tag nur ein einziges Thema innerhalb der Villa, sodass der Pförtner sofort wusste, was sie meinte.

»Jestern Abend sind nochma vier Leutchen uffjekreuzt.« Sorgenvoll zog er die buschigen grauen Augenbrauen zusammen. »'ne Familie mit zwei Jören, die waren janz ausjehungert. Ham janz normal mit ihrem Trabi rüberjemacht, ham vorjejeben, Urlaub in Prag zu machen. Die Kleenen ham jeschlottert vor Angst, kann ick Ihnen sajen ...«

»Oje.« Erneut juckte es Judith unangenehm auf den Armen. »Dann beeilen wir uns lieber, hochzukommen.«

Ihre Absätze klapperten auf der Treppe, als sie, an den zahlreichen Büros und der Wohnung der Hubers vorbei, nach oben auf den Dachboden eilte, gefolgt von Anke, die versuchte, Schritt zu halten.

Überall saßen Menschen. Allein, in kleinen Gruppen. Kinder kauerten auf den Schößen ihrer Mütter und ließen sich Bilderbücher vorlesen, die Christina eifrig verteilte. Erwachsene blätterten in Zeitungen, hielten sich mit müden Blicken an einer Tasse Tee fest oder lehnten mit geschlossenen Augen an der Wand. Matratzen und Decken bildeten ein bunt zusammengewürfeltes Durcheinander, dazwischen lagen Schuhe und andere Kleidungsstücke, ein fransiger Teddybär mit nur einem Ohr. Der Anblick ging ihr durch und durch.

»Sieht aus wie bei einer Evakuierung nach einem Bombenalarm«, murmelte Anke betroffen.

54

»Guten Morgen, Ihre Exzellenzen.« Atemlos trat Judith zum Botschafterehepaar und Elias Trauth, die sich in einer Ecke, die nicht belagert war, leise beratschlagten.

Hermann Huber legte ihr kurz die Hand auf den Arm. »Ich habe Ihnen schon so oft gesagt, lassen Sie das *Exzellenz* weg, Frau Gontrau, mein Name ist einfach Huber.«

»Gut.« Judith schluckte. »Wir haben gerade gehört, dass neue Flüchtlinge eingetroffen sind.«

»Ja.« Huber nickte ernst. »Eine Familie.«

»Vier weitere Personen bekommen wir untergebracht, kritisch wird es, wenn noch mehr ankommen.« Elias strich sich das dunkle Haar aus der Stirn und sah sich mit gemischten Gefühlen auf dem Dachboden um. Trotz der vielen Menschen herrschte eine angenehme Lautstärke, denn alle sprachen gedämpft und bewegten sich verhalten; die meisten schwiegen ohnehin. Sie befanden sich in einer Warteschleife, dachte Judith. Sie wussten nicht, wie es weiterging, niemand wusste das. Es musste schrecklich sein, nicht die blasseste Ahnung zu haben, welche Richtung das Leben fortan nehmen würde.

»Wir sollten uns auf den Moment konzentrieren.« Hubers Blicke schweiften über die Schützlinge, die so unerwartet Zuflucht in seiner Botschaft gesucht hatten. »Und auf die Versorgung dieser Menschen. Die Lebensmittel, die wir normalerweise einkaufen oder liefern lassen, reichen bei Weitem nicht aus für solch eine große Schar.«

»Mach dir darüber keine Gedanken, *chéri*«, unterbrach ihn seine Frau Jacqueline beruhigend. Obwohl sie perfekt Deutsch sprach, klang ihr französischer Akzent, der sich in Judiths Ohren sehr charmant ausnahm, unüberhörbar durch. »Ich mache mich gleich auf den Weg, um Nachschub zu besorgen. Wir haben schon

55

schwierigere Situationen durchgestanden, als ein paar Leute satt zu bekommen.«

»Danke, Liebling. Ich schicke dir jemanden zur Begleitung mit. Du kannst die Mengen, die nötig sind, unmöglich alleine schleppen.«

»Ich komme gerne mit.« Judiths Herz pochte heftig. Undenkbar, sich heute hinter den Schreibtisch zu klemmen und Papierkram abzuarbeiten.

»Das ist sehr nett von Ihnen, Frau Gontrau, danke schön.« Der Botschafter nickte ihr erfreut zu.

»Sollen wir nicht noch mal Rechtsanwalt Vogel kontaktieren?« Elias schob die Hände unschlüssig in die Taschen seiner schwarzen Anzugshose. »Vielleicht lassen sich die Menschen doch noch auf ein Angebot ein, straffrei und mit der Aussicht auf baldige Bearbeitung ihrer Ausreiseanträge in die DDR zurückzukehren.«

»Nein.« Hubers Stimme klang leise, aber bestimmt. »Ich war die halbe Nacht auf und habe mit den Leuten geredet. Sie lehnen jeglichen Kompromiss ab. Sie sind fest entschlossen, hierzubleiben, bis ihnen die Ausreise in die Bundesrepublik bewilligt wird.«

Judiths Bewunderung für Huber wuchs, je länger sie ihn kannte. Er war niemand, der groß Aufhebens um sich machte, doch sein Engagement kannte keine Grenzen. Er hätte den Flüchtlingen zusetzen können, sie drängen, auf ein Vermittlungsangebot des Berliner Anwalts einzugehen, ihnen klarmachen, dass sie sich nicht einfach mir nichts, dir nichts in der Villa Lobkowicz festsetzen konnten. Doch er tat nichts von alledem.

»Aber auf Dauer ist das keine Lösung«, sagte Anke nachdenklich. Der Ball eines Kindes rollte in ihre Ecke, und sie kickte ihn wieder zurück. Der kleine Junge winkte ihr schüchtern zu.

»Natürlich nicht.« Huber ließ die Blicke aus seinen wachen Augen über die Menschenmenge schweifen. »Aber die Leute hier

56

ausharren zu lassen ist das Einzige, was wir tun können. Sie weg-zuschicken ist keine Option. Sie sind Deutsche wie wir, auch wenn sie aus Leipzig oder Dresden oder Gott weiß woher kommen. Sie haben das Recht auf Schutz innerhalb unserer Mauern, genauso, wie es jeder Bundesdeutsche hat. Davon weiche ich nicht ab.«

Hubers Mitarbeiter nickten. Er besaß eine unaufdringliche, natürliche Autorität, die niemand infrage stellte. Obwohl Judith bereits in mehreren anderen Botschaften gearbeitet hatte, war dies, was sie diesen Sommer in Prag erlebte, völlig neu für sie. Bürger aus der DDR flüchteten aus ihrem Land – was geschähe, wenn eine Massenflucht einsetzen würde, die Menschen zu Tau-senden auf abenteuerlichen Wegen die Stacheldrahtzäune und Mauern überwinden würden? Aber das würde nicht geschehen, da ging die Fantasie mit ihr durch.

Sie straffte die Schultern und atmete tief durch. »Sollen wir aufbrechen, Ihre Exzellenz?«, wandte sie sich an Jacqueline Huber.

Diese lächelte ihr zu. »Sofort. Wir müssen nur noch ein paar große Körbe holen.«

Ein leichter Sommerregen setzte ein, aber da sie mit beiden Hän-den Körbe trugen und Tüten von ihren Ellbogen baumelten, konnten sie keine Schirme aufspannen. Jacqueline Huber schien dies nicht zu stören. Resolut schritt sie in ihrem eleganten, puder-rosa Kostüm – die bequemen Turnschuhe mochten nicht so recht dazu passen – durch das Viertel Malá Strana und wies die Verkäu-ferinnen in den Geschäften an, ihnen die Körbe zu befüllen.

Judith streifte die zierliche und doch so resolute Botschafter-gattin immer wieder mit einem verstohlenen Blick. Sie sah eher nach Teekränzchen in Jugendstil-Salons und gepflegter Konversa-tion denn nach tatkräftiger Mithilfe aus, aber das täuschte. Wie

57

geschickt sie mit den Ladeninhabern über Mengenrabatte verhandelte.

»Lassen Sie mich die Kartoffeln tragen.« Judith griff nach den Knollenfrüchten, die Frau Huber einem gebückt gehenden, ältlichen Geschäftsbesitzer mit grauem Spitzbart zum halben Preis abgeschwatzt hatte und die von ihrem bereits bis obenhin gefüllten Korb zu rutschen drohten.

»Unsinn.« Jacqueline Huber schüttelte so energisch den Kopf, dass ihre grauen Haare wippten. »Ich bin doch nicht aus Zucker, ma petite.«

Judith schmunzelte über den französischen Kosenamen, schaffte es aber, das Netz mit den Kartoffeln an sich zu nehmen und es auf ihre Einkäufe zu hieven. »Ich finde es toll, wie Sie sich engagieren und Ihren Mann unterstützen.« Das kam aus vollem Herzen.

Frau Huber lächelte ihr verschmitzt zu. »Was soll ich sonst tun? Es würde mir nicht im Traum einfallen, oben in unserer Wohnung zu sitzen und Damen aus gehobenen Kreisen zu Petits Fours einzuladen, während mein Mann sein letztes Hemd dafür gibt, deutschen Landsleuten zu helfen.« Sie reckte gespielt vornehm die schmale Nase. »Schließlich bin ich die deutsche First Lady in der Tschechoslowakei. Zumindest deutsch durch Heirat.«

Judith prustete vor Lachen. Die Botschaftsgattin war nicht nur engagiert, sie war noch humorvoll dazu. Es stellte eine schöne Abwechslung dar, einmal nicht hinter dem Schreibtisch zu sitzen, sondern mit ihr durch die Läden zu schlendern und zu schauen, womit man den unerwarteten Besuchern etwas Gutes tun konnte.

»Sie und Ihr Mann harmonieren so toll miteinander. Das spürt jeder, der Sie beide kennt.«

»Ja, wir sind ein gutes Team, schon immer gewesen.« Frau Huber blieb so abrupt stehen, dass Judith beinahe in sie gelaufen wäre, und fixierte sie mit einem durchdringenden Blick ihrer blauen Augen. »Ich wünsche jeder jungen Frau, die hier arbeitet, dass sie einen Gefährten wie Hermann an ihrer Seite hat. Es macht mich manchmal traurig, zu sehen, dass Sie und Ihre Kolleginnen ganz schön einsam zu sein scheinen, *ma chère*.«

Verlegene Röte stieg Judith in die Wangen. »Nun ja, im Diplomatischen Dienst ist es schwierig, jemanden kennenzulernen ...« Und noch schwieriger, eine dauerhafte Beziehung einzugehen, setzte sie in Gedanken hinzu. Wie sollte das auch möglich sein, wenn man alle paar Jahre woanders hinversetzt wurde? Sehnsüchtig dachte sie an die beiden Männer zurück, in die sie sich in den letzten Jahren verliebt hatte. Da war zum einen Leander gewesen, ein feinfühliger Anwalt aus Wien mit einer Vorliebe für Marathonlaufen und finstere Jazzkeller, zum anderen Julius, ein Kollege in der Deutschen Vertretung in Hongkong. Bevor ihre Beziehung sich vertiefen konnte, war er bereits nach Washington geschickt worden.

»Das ist wohl wahr«, stimmte Jacqueline Huber ihr nachdenklich zu. »Sie gondeln ja ständig in der Weltgeschichte herum, unmöglich, eine Familie zu gründen und sesshaft zu werden, nicht wahr?«

»Ja.« Judith presste die Lippen zusammen. Dies war ein schmerzhaftes Thema, das sie bereits so manchen Abend bei einer Flasche Wein mit Anke diskutiert hatte. Die meisten ihrer Schulfreundinnen aus Karlsruhe waren mittlerweile verheiratet, viele hatten Kinder – immerhin waren sie alle Anfang dreißig. Aber ihr war das wohl nicht vergönnt. Rasch versuchte sie, die düsteren Gedanken, die sie von Zeit zu Zeit überfielen, in eine hintere Ecke ihres Kopfes zu schieben, wo sie hingehörten. Auch wenn sie wenig Chancen auf die dauerhafte Liebe eines Mannes hatte – sie lernte die ganze Welt kennen, war das nicht etwas, wovon jeder träumte? Sie zumindest hatte sich schon als Jugendliche danach gesehnt, zu reisen, in fremde Kulturen einzutauchen, Sprachen zu lernen ... Kein Wunder bei der Art und Weise, wie sie aufgewachsen war.

Bevor noch mehr schmerzliche Erinnerungen an die Oberfläche kommen konnten, riss Jacqueline Huber sie wieder in die Gegenwart zurück. »Für euch junge Frauen ist es besonders schwer, denke ich mir immer, schwerer als für die Herren der Schöpfung. Diese heiraten, und die Frau gibt ihren Beruf auf und folgt ihnen in jedes Land, in das das Auswärtige Amt sie schickt, nicht wahr?«

Die Ehefrauen ihrer Kollegen kamen Judith in den Sinn. Markus Erlenweins Frau, die zu Hause als Lehrerin gearbeitet hatte, hatte mit der Heirat ihren Beamtenstatus aufgegeben, um ihrem Mann überallhin folgen zu können. Die Zeit im Ausland vertrieb sie sich mit Deutschunterricht. Ob das so erfüllend war? Vielleicht war Judiths Wahl doch die beste, auch wenn sie dafür auf manches verzichten musste.

»Das wäre nichts für mich.« Sie betraten einen Süßwarenladen, und Judith betrachtete die Auslagen in den glänzend bunten Verpackungen. »Ich liebe meinen Beruf zu sehr, um ihn aufzugeben.«

»Das merkt man.« Ein feines Lächeln umspielte Frau Hubers Lippen. »Mein Mann hält große Stücke auf Sie, Mademoiselle Gontrau.«

»Wirklich?« Judith freute sich über das unerwartete Lob. Bei dem von ihr so geschätzten und verehrten Botschafter einen Stein im Brett zu haben fühlte sich gut an. Dann entdeckte sie im Regal in gelbe, blaue und grüne Folie verpackte, runde Fidorka-Schokoladenwaffeln, eine typisch tschechoslowakische Nascherei. »Wollen wir nicht noch ein paar dieser Waffeln kaufen? Für die Kinder?«

60

»Natürlich.« Frau Huber stellte ihre großen Körbe ab. »Wir sollten vor allem an die Kinder denken.«

Die mit Schokolade überzogenen Süßigkeiten kamen gut an, als die Botschaftergattin und Judith sie kurz darauf auf dem Dachboden der Villa Lobkowicz verteilten. Der Marsch den Hügel hinauf war ihnen mit den schweren Körben nicht leichtgefallen, zumal der Regen nachließ und das noch feuchte Kopfsteinpflaster unter den hervorkommenden Sonnenstrahlen dampfte. Aber der Anblick der Kinder, die sich glücklich auf die Waffeln stürzten und begeistert die Verpackungen aufrissen, entschädigte Judith für die Mühe und die nass geschwitzte Bluse, die ihr am Rücken klebte.

»Krieg ich auch was ab?« Ein junger Mann, er mochte wohl kaum älter als neunzehn oder zwanzig sein, stand plötzlich neben ihr, die Hände in den Hosentaschen und unsicher dreinschauend. »Ich bin zwar kein Kind mehr, aber ...«

»Sicher doch.« Judith hielt ihm den Teller hin, auf dem sie die Waffelpackungen gestapelt hatte. Auf jeden Fall wirkst du noch wie ein halbes Kind, dachte sie, während sie zusah, wie er heißhungrig die Waffel auspackte. Was mochte ihn bewogen haben, aus seiner Heimat zu flüchten? Sie hatte den Eindruck, er befand sich allein in der Botschaft, ohne Eltern oder Geschwister.

»Was ... was hat Sie hergeführt?« Kaum waren ihr die Worte über die Lippen gekommen, bereute sie sie bereits. Welch dumme Frage ... Es war klar, was ihn zur Ausreise aus der DDR bewogen hatte, ein Leben voller Restriktionen, Verbote, Bevormundungen. Angst, seine Meinung zu sagen.

Doch der Bursche schien ihr die unbedarfte Frage nicht krummzunehmen. Mit vollem Mund grinste er sie an. »Ich war zu hitzköpfig. War ich leider schon immer, schon als kleiner Junge. Hab nie den Mund halten können. Auf der Arbeit – ich mache eine

61

Ausbildung in einer Autowerkstatt – sind mir in letzter Zeit ein paar Bemerkungen rausgerutscht ...«

»Welche Bemerkungen?« Sie hielt ihm nochmals den Süßigkeitenteller hin, und er bediente sich.

»Na ja, ich hab durchblicken lassen, dass ich die Genossen einfach scheiße finde ...« Er zuckte spitzbübisch die Achseln, trotzdem entging ihr nicht, dass sein Blick nervös flackerte, die Finger zuckten.

Seine unbefangene Wortwahl entlockte ihr dennoch ein Lächeln. »Das kann ich nachvollziehen. Was ist passiert?«

»Einer meiner Kollegen, vor denen ich mich ausgelassen habe, war wohl eine Petze. Vielleicht auch ein Spitzel, was weiß ich. Auf jeden Fall kam am nächsten Morgen einer dieser Herren im Anzug in die Werkstatt marschiert ... Ich habe sofort erkannt, dass er nicht gekommen ist, um seine Karre reparieren zu lassen. Der Meister hat mir gerade noch zugezischt, ich soll mich durch die Hintertür davonmachen, als der Typ sich schon vor ihm aufbaute und nach mir fragte.«

Die Erinnerung setzte dem jungen Mann sichtlich zu, denn er hielt einen Moment im Kauen inne und starrte gedankenverloren ins Leere. »Ich bin schnell heim, hab meine Tasche gepackt, meinen Ausweis gegriffen, und dann ab durch die Mitte.«

»Und Ihre Eltern? Sie wohnen doch sicherlich noch daheim, oder?«, fragte Judith leise. Die Geschichte berührte sie, so wie alle, die sie in den letzten Stunden gehört hatte.

»Ja.« Er hob die Schultern und zerknüllte die Süßigkeitenfolie. »Ich weiß nicht, wann ich sie wiedersehe. Und meine kleine Schwester. Vielleicht ... vielleicht können wir uns bald mal in der Tschechoslowakei treffen. Dorthin können sowohl sie als auch ich, wenn ich erst mal in der Bundesrepublik angekommen bin, problemlos reisen. Glauben Sie, es klappt?« Er schaute sie mit seinen eben noch so traurigen Augen so hoffnungsvoll an, dass sich etwas in ihrem Magen zusammenzog. »Ich meine, dass wir bald in den Westen dürfen?«

»Ich weiß nicht«, antwortete sie ausweichend. »Ich wünsche es Ihnen.« Still machte sie sich daran, die Folien, die die Kinder in ihrer Freude achtlos auf den Boden geworfen hatten, einzusammeln. Das Schicksal des jungen Mannes ging ihr nah. Wie schrecklich, nicht zu wissen, wann man die Eltern, die Geschwister wiedersah! Sie selbst lebte zwar seit Jahren weitab ihrer Familie, aber sie konnte sie jederzeit anrufen, theoretisch sogar über ein Wochenende nach Karlsruhe fliegen und sie besuchen. Das war diesen Menschen nicht möglich, vielleicht wären sie von nun an ein Leben lang von ihren Lieben getrennt.

5

Tobias

Ende Juni 1989, Halle/Saale

»Minchen, steh auf.« Er kauerte sich neben seine Tochter auf die Matratze und strich ihr sanft das verstrubbelte blonde Haar aus der schlafwarmen Wange, doch sie regte sich nicht. Sie murmelte lediglich ein paar unverständliche Worte und zog sich die Decke bis über die Nasenspitze.

»Minchen«, versuchte er es noch mal und legte ihr die Hand auf den Kopf. Dieses Mal streckte sie sich, öffnete blinzelnd die Augen und versuchte, im Dunkeln seine Gestalt auf der Bettkante auszumachen. Er hatte kein Licht eingeschaltet, wer wusste schon, ob nicht gerade jemand von der Straße aus zu ihrer Wohnung hochschaute und verdächtige Vorkommnisse witterte. Es war noch sehr früh, aber bald schon würde die Morgendämmerung den schwarzen Himmel aufweichen, und erste federgraue Schlieren würden die Finsternis verscheuchen.

»Bin sooo müde«, flüsterte Jasmin und rieb sich schlaftrunken die Augen.

Er nahm sie in die Arme und hob sie aus dem Bett. »Ich weiß, mein Schatz. Aber wir machen einen Ausflug. Einen tollen Ausflug. Du kannst nachher im Zug weiterschlafen. Doch zuerst müssen wir dich anziehen.«

Mit schlapp herabhängenden Armen, wie eine Stoffpuppe, ließ Jasmin es geschehen, dass er ihr den Schlafanzug auszog, ihr ein gestreiftes Nicki über den Kopf streifte und sie in eine blaue Hose steigen ließ. Kurz überlegte er, ob er ihr mehrere Kleiderschichten übereinanderziehen sollte, um möglichst viele Stücke mitzunehmen, verwarf die Idee jedoch wieder. Das würde ihr trotz ihrer drei Jahre verdächtig vorkommen, und es war wichtig, dass sie sich so unbefangen wie möglich verhielt.

Ihm selbst stand bereits der Schweiß auf der Stirn, doch er bemühte sich, ruhig zu atmen und die tausend Gedanken, Ängste und Vorbehalte, die ihm durch den Kopf schossen, beiseitezuschieben.

Konzentrier dich auf das Wesentliche, dachte er, als er seine Tochter in die Küche führte, wo er sie im Dunkeln das Gesicht waschen ließ; das Gemeinschaftsbad mied er lieber, wie hätte er einem plötzlich auftauchenden Nachbarn erklären sollen, was sie um diese Zeit hier machten? Zähne putzen. Haare bürsten, zu Zöpfchen binden, so wie an jedem anderen Tag auch. Seine Finger zitterten so sehr, dass er die Haarspangen, die die Form rosaroter Erdbeeren hatten, kaum über die dünnen Strähnen bekam.

Jasmin riss sich unwillig los. »Au, Vati, das ziept!«

»Tut mir leid. So, fertig. Nun hol noch deine Kindergartentasche, ich packe dir etwas Proviant ein.«

Während Jasmin im Schneckentempo zu ihrem Zimmer ging, überprüfte er noch einmal seinen Rucksack. Wasser, belegte Brote, die er mitten in der Nacht vorbereitet hatte, eine Packung Kekse. Eine Wanderkarte vom Erzgebirge. Nicht mehr und nicht weniger. Alles musste so harmlos wie möglich aussehen. Ein Vater, der mit seiner Tochter einen Sonntagsausflug in die Berge unternahm. Im letzten Moment fiel ihm ein, dass er keinerlei Papiere bei sich hatte, und eilte zur Kommode im Wohnzimmer.

Einen Ausweis besaß er nicht, diesen hatte ihm die Stasi nach Doreens unrühmlicher Flucht vor zwei Jahren abgenommen. Damit hatten sie es ihm für alle Zeiten unmöglich gemacht, wenigstens die »erlaubten« Urlaubsländer wie Ungarn, Polen oder die Tschechoslowakei zu bereisen. Er konnte sich noch gut an das dumpfe Gefühl der Trostlosigkeit erinnern, als er den Beamten den Ausweis bei einem der zahllosen Verhöre im Gefängnis *Roter Ochse* überreicht hatte. Im Gegenzug hatten sie ihm Ersatzpapiere überlassen, eine läppische Legitimationsbescheinigung, die jedem Polizisten, der ihn auf der Straße zufällig überprüfte, zeigte, dass er in staatsfeindliche Aktionen verwickelt gewesen war. Oder zumindest im Verdacht stand, etwas mit Doreens Republikflucht zu tun zu haben.

Rasch steckte er die Bescheinigung in den Rucksack und schloss mit bebenden Fingern die Schnallen.

»Da bist du ja, Minchen.« Seine Tochter stand regungslos hinter ihm, ihre Tasche quer über der Schulter; sie schien im Stehen zu schlafen.

»Du musst mich tragen, Vati«, murmelte sie mit schweren Augenlidern.

»Das mach ich, keine Sorge.« Er nahm den Rucksack auf die Schultern, hob sie hoch und sah sich ein letztes Mal in der Wohnung um. Fühlte sich so ein Abschied an? Tief im Innern pochte die fatalistische Gewissheit in ihm, dass er nie wieder hierher zurückkehren würde, egal, was in den kommenden Stunden geschah.

Er war gerade dabei, von außen die Wohnungstür abzuschließen – eine sinnlose Geste, das wusste er –, als Jasmin plötzlich hellwach erklärte: »Vati! Mein Mutschekiepchen! Es muss mitkommen auf unseren Ausflug.«

»Leise«, ermahnte er sie. Nicht auszudenken, wenn die helle

Stimme der Kleinen den halben Altbau aufweckte. Gleichzeitig war er froh, dass Jasmin an den Marienkäfer gedacht hatte; denn ohne das Plüschtier würde der »Ausflug« sehr ungemütlich werden. »Geh und hol den Käfer, aber beeil dich, Minchen.« Mit weichen Knien wartete er, bis seine Tochter das Mutschekiepchen aus ihrem Zimmer geholt hatte, dann zog er die Wohnungstür endgültig hinter sich zu. Seine Kehle schmerzte, so als säße etwas darin fest. Seine Mutter lebte einige Straßenzüge weiter – ob und wann er sie wiedersehen würde?

Am Bahnhof herrschte nachtschlafende Leere, es war kurz vor sechs Uhr, als sie dort ankamen. Außer einer älteren Frau mit einem Korb voller Eier stand sonst niemand auf dem Bahnsteig. Am Rand des Horizonts schwebte wie ein transparenter Schleier orange glühendes Licht, die Luft war klar und rein, es roch nach Blüten und frischem Gras. Der Sommertag versprach, herrlich zu werden.

Gott sei Dank regnet es nicht, dachte er, während er Jasmin festhielt, die sich an ihn schmiegte und vor sich hin döste. Bei schlechtem Wetter wäre es sehr schwer geworden, einem Kontrolleur glaubhaft zu versichern, er wolle mit seiner Tochter in die Natur.

»Ich hab Hunger«, maulte Jasmin an seiner Schulter. »Warum haben wir nicht gefrühstückt?«

»Das holen wir im Zug nach«, versprach er ihr und küsste sie auf den Scheitel.

»Wohin fahren wir, Vati?«

»Erst einmal nach Leipzig, dort steigen wir um.«

Ein unentwegtes Kribbeln durchlief seinen Körper, woran sich auch nichts änderte, als sie im Zug saßen und er Jasmin das erste

67

dick mit Nudossi bestrichene Brot auspackte. Er befand sich im Ausnahmezustand.

Später stiegen noch weitere Familien ein, bepackt mit Rucksäcken, Sonnenhüten und Wanderstöcken. Ein leichtes Gefühl der Erleichterung machte sich in ihm breit; sie waren nun nicht mehr die Einzigen, die an einem Sonntag in aller Herrgottsfrühe unterwegs waren. Die Sonne schien kräftig durch die Fensterscheiben und wärmte seine Haut unter den Hemdsärmeln.

In Karl-Marx-Stadt klappte der Umstieg problemlos, allerdings zeigte sich Jasmin zunehmend zappelig und quengelte. »Wie lange dauert es noch? Wann kommen wir an? Und was machen wir dort, wo wir hinkommen?« Sie baumelte mit den Füßen, und die Fersen schlugen geräuschvoll gegen das Sitzgestell.

Wieder bezwang Tobias seine Nervosität, indem er auf seinen Atem achtete und sich vorstellte, er fließe ruhig wie ein Gebirgsbach aus ihm heraus. »Wir sind insgesamt sechs Stunden unterwegs, Minchen, es dauert also noch ein bisschen. An unserem Zielort gibt es einen wunderschönen Wald, darin ist es schattig und kühl. Wir werden dort spaziergehen.«

Sein Puls stolperte, als er an die Wanderkarte in seinem Gepäck dachte.

»Ich habe ein Quartett dabei, möchtest du eine Runde spielen?« Er musste Jasmin unbedingt bei Laune halten. Sicher, die lange Reise war anstrengend für eine Dreijährige, die vor Morgengrauen aus dem Schlaf gerissen worden war, aber sie musste einfach durchhalten und keine Aufmerksamkeit auf sich ziehen.

»Mhm. Ich will mischen.« Etwas besänftigt nahm sie den Stapel Karten, den Tobias ihr reichte, und begann mit ihren kleinen Fingern zu mischen. Dabei konzentrierte sie sich so, dass ihre Zungenspitze aus dem Mundwinkel lugte und sich ihre zarte, glatte Kinderstirn in Falten legte. Tobias beobachtete sie zärtlich.

Trotz aller Zweifel, allen Zauderns wusste er, dass er das Richtige tat. Er tat es für seine Tochter.

6

Judith

Prag

Der Morgen war angenehm, die Sonne schien auf das saftige Gras im Botschaftsgarten, die Luft war erfüllt vom Summen der Insekten über den Hecken.

»Nehmen Sie sich reichlich, es ist genug da.« Judith half dem Küchenpersonal, Frühstück an die Flüchtlinge zu verteilen. Die meisten hatten sich mittlerweile vom Dachboden heruntergetraut und saßen auf der Wiese, munter miteinander plaudernd.

Dem jungen Mann, der ihr am Vormittag von seiner Flucht aus der Autowerkstatt erzählt hatte, hielt sie das Tablett mit belegten Brötchen und Obst hin, und er griff hungrig zu. Sie wusste inzwischen, dass er Marco hieß.

»Mhm, danke. Sie verwöhnen uns.«

»Sie können sich gerne noch mal Nachschub holen. Wir haben genug eingekauft.« Vorhin hatte ein weiterer DDR-Bürger am Tor geläutet, und Walter Edel hatte ihn hereingeführt. Wahrscheinlich würde sie Jacqueline Huber auch morgen beim Einkaufen begleiten und ihre eigentliche Arbeit hintanstellen; die Versorgung der Gäste war eine tagesfüllende Aufgabe. Doch sie erledigte sie gerne. Gab es etwas Sinnvolleres, als sich um Landsleute in Not zu kümmern?

»Ich hoffe ja, dass wir Sie und Ihre Kollegen nicht allzu lange auf Trab halten.« Marco schaute mit vollem Mund zu Botschafter Huber, der – die Krawatte gelockert, die Hemdsärmel lässig hochgeschoben – vor einem Grüppchen Flüchtiger im Gras hockte und aufmerksam zuhörte, wie sie eindringlich auf ihn einredeten. Judith reichte dem jungen Mann noch eine Banane, die in den Läden selten zu finden war, dann ging sie zu Huber hinüber und versorgte dessen Gesprächspartner mit Essen.

»Ich weiß, Sie lehnen es rundheraus ab, mit Rechtsanwalt Vogel zu sprechen, und bis jetzt habe ich Sie auch nicht dazu gedrängt. Aber glauben Sie mir, er hat uns in Fällen wie Ihrem schon oft geholfen.« Die Morgensonne ließ goldene Reflexe auf Hubers grauem Haar tanzen. »Vielleicht überlegen Sie es sich noch einmal, denn ich weiß mir keine andere Lösung. Vogel ist spezialisiert auf scheinbar ausweglose Situationen.«

»Was heißt ausweglos?« Ein Familienvater in einem karierten Hemd, dessen Frau und Kinder – drei blond gelockte Mädchen, die sich glichen wie ein Ei dem anderen – angespannt um ihn herumsaßen, schaute mit zuckenden Augenlidern immer wieder zu dem hohen Eisenzaun, der den Botschaftsgarten umgab. Judith rückte einige durcheinandergerutschte Brötchen auf ihrem Tablett zurecht und folgte seinem Blick. Es war ganz eindeutig – er hatte Angst. Angst, dass die tschechoslowakischen Sicherheitskräfte, die im Viertel patrouillierten, eindringen und sie den DDR-Behörden übergeben würden? Das war unmöglich. Das Gelände der Botschaft war bundesdeutsches Gebiet, niemand, wirklich niemand, durfte sich unerlaubt Zutritt verschaffen. Doch sie wusste, dass nackte Furcht sich meistens nicht von Tatsachen beeindrucken ließ.

»Wir sind unendlich dankbar, dass Sie uns nicht vor die Tür gesetzt haben, Herr Huber, aber es muss nun vorangehen.«

71

Judith lag die Bemerkung auf der Zunge, dass man einen Botschafter mit Ihre Exzellenz ansprach, aber sie konzentrierte sich auf die drei Mädchen, die ängstlich und stumm an ihren Brötchen knabberten, und steckte jedem noch eine Banane zu, was die blassen Gesichter strahlen ließ.

»Mit Vogel sprechen wir nicht, wir wollen mit der DDR nichts mehr zu tun haben, verstehen Sie? Alles, was wir wollen, ist auszureisen. In die Bundesrepublik. Wir wollen frei sein, mehr nicht. Nicht mehr jeden Tag die Repressalien dieser fürchterlichen Bananenrepublik spüren. Und Angst haben, was sich die Russen Neues für uns einfallen lassen. Unsere Kinder sollen eine Zukunft haben. Sie sollen studieren dürfen, ganz gleich, ob sie bei der FDJ sind oder nicht.«

Huber beschattete mit der Hand die Augen vor der Sonne. »Das verstehe ich. Sehr gut sogar. Aber wir müssen eine Lösung finden. Unser Platz in der Botschaft ist begrenzt, eben gab es einen weiteren Neuankömmling.«

»Die Bundesrepublik muss uns erlauben, einzureisen und dortzubleiben«, fiel die Ehefrau ein, deren Stimme vor Aufregung hoch und beinahe schrill klang. »Helmut Kohl kann eine Ausnahmegenehmigung erteilen, oder Hans-Dietrich Genscher, oder ... Die Russen werden das nicht erlauben, aber der Westen muss sich einfach durchsetzen.«

Huber seufzte. »So einfach ist das leider nicht. Man muss die Beziehungen zwischen den Ländern berücksichtigen, auch die Tschechoslowakei hat ein Wörtchen mitzureden. Wir könnten nicht einfach DDR-Bürger durch ihr Gebiet in den Westen schleusen. Man bedenke auch den Nachahmungseffekt, den das nach sich zöge. Bald wäre die Botschaft von unzähligen Menschen bevölkert!«

Eine absurde Vorstellung, das war klar. Trotzdem war Judith

nicht nach Heiterkeit zumute. So viele Schicksale hingen in der Schwebe.

»Egal«, mischte sich nun ein anderer Mann ein, der unverkennbar sächsisch sprach. »Wir bleiben hier. Uns kriegt so schnell niemand hier raus.«

»In Ordnung.« Huber erhob sich ächzend und klopfte sich das Gras von den Knien. »Ich kann Sie ja verstehen. Warten wir einfach ab, was die nächsten Tage bringen werden.«

Judith ging mit dem Botschafter zurück zur Villa, das Tablett war leer, nichts war von den Speisen übrig geblieben.

»Danke für Ihren Einsatz, Frau Gontrau. Es ist nicht selbstverständlich, dass Sie plötzlich Servierdame spielen. Und das an einem Samstag, normalerweise hätten Sie frei.«

»Ich finde es selbstverständlich, Ihre Exzellenz. Ich bin nicht in den Diplomatischen Dienst gegangen, um am Schreibtisch Papiere zu unterschreiben, nicht nur zumindest, sondern um mit Menschen zu arbeiten.«

Um seine Mundwinkel zuckte es. »Ich habe Ihnen schon so oft gesagt, Sie sollen die Exzellenz weglassen.«

»Ich werde mich bemühen«, gab sie zurück.

»Und nun ab mit Ihnen. Legen Sie eine Kaffeepause ein, Sie sind schon seit Stunden auf den Beinen, dabei haben wir nicht mal zehn Uhr.«

»Sie gönnen sich ja auch keine Pause.«

»Das ist was anderes. Ich habe mich nur unterhalten, nicht gearbeitet.« Mit einem Lächeln verabschiedete er sich von ihr.

In der Villa war es erstaunlich frisch, es zog durch die Ritzen des alten Treppenhauses. Sie lief Anke über den Weg, die gerade aus ihrem Büro kam.

»Zum Glück habe ich endlich die Akten abgearbeitet bekommen, die seit einer Woche auf meinem Schreibtisch liegen.« Die

Freundin seufzte. »Es ist alles so ermüdend im Moment, findest du nicht?«

»Auf jeden Fall ist es ganz anders als sonst«, stimmte Judith murmelnd zu.

»Hast du Lust, unten im Café schnell einen Kaffee zu holen? Eines dieser Mandeltörtchen könnte ich auch gut vertragen.«

Judith schüttelte den Kopf. Sie hatte das unbestimmte Gefühl, es sei unpassend, es sich gut gehen zu lassen, während gut vierzig Menschen die Nacht eng zusammengepfercht auf dem Dachboden verbracht hatten, ohne auch nur die blasseste Ahnung zu haben, wie der kommende Tag für sie aussehen würde. »Lieber nicht. Ich schau mal, was sich auf meinem Schreibtisch stapelt.«

Anke betrachtete sie aufmerksam, dann nickte sie. »In Ordnung. Dann spring ich schnell allein runter zum Café. Aber lass es nicht zur Gelegenheit werden, mich hängen zu lassen. Wir haben hier nur uns.«

»Ich weiß«, antwortete Judith leise.

Später bereute sie es, Ankes Angebot nicht angenommen zu haben, denn ihr knurrte der Magen. Gedankenverloren schob sie die Akten beiseite, griff nach den Müsliriegeln in ihrer Schublade, die ihre Mutter ihr im letzten Paket geschickt hatte, und riss einen auf. Kurz entschlossen nahm sie den Telefonhörer in die Hand und wählte die Nummer ihrer Eltern in Karlsruhe. Gewöhnlich telefonierten sie nur alle ein bis zwei Wochen, das letzte Gespräch lag erst vier Tage zurück; doch innerlich drängte es sie, die Stimme ihrer Mutter zu hören. Vielleicht, weil ihr so viele Dinge im Kopf herumspukten? Weil sie versuchte, den Anblick all der Menschen zu verarbeiten, die ihre Heimat, ihre Familie und Verwandten hinter sich gelassen hatten?

»Hallo, Mama.« Sie schluckte den Bissen Müsliriegel herunter und schlug die Beine übereinander.

»Judith! Ist es etwas passiert?«

So war ihre Mutter, stets beunruhigt, wenn etwas von der üblichen Routine abwich.

»Nein, keine Sorge«, versicherte sie rasch und starrte aus dem Fenster. Der Himmel über Prag war strahlend blau, bestimmt wimmelte es in der Altstadt nur so von Touristen. »Es ist nur etwas anstrengend heute, und ich wollte deine Stimme hören.«

»Gestern Abend gab es in den *Tagesthemen* einen kurzen Bericht über deine Botschaft.« Die Mutter sagte immer *deine Botschaft*, als sei die Villa Lobkowicz Judiths persönliches Besitztum. »Dich habe ich leider nicht gesehen, obwohl ich natürlich Ausschau gehalten habe. Ich habe deinen Vater gerufen, aber da war es auch schon wieder zu Ende.«

Judith hatte nicht mitbekommen, dass ein Fernsehteam da gewesen war. Nun ja, der Tag war auch sehr turbulent gewesen. »Ging es um die Flüchtlinge aus der DDR, die bei uns Zuflucht suchen?«

»Genau«, erwiderte ihre Mutter aufgeregt. Judith hörte Wasser laufen, so als schenke ihre Mutter sich ein Glas ein. »Das ist ja allerhand, was sich bei euch abspielt. Ich bin gespannt, wie es weitergeht. Und wie geht es dir, mein Schatz? Passt du auch gut auf dich auf? Lauf abends nicht allein durch dunkle Gassen, hörst du? Und funktionieren die Rauchmelder in deiner Wohnung noch? Du weißt, sie müssen regelmäßig ausgetauscht werden.«

Judith lehnte den Kopf gegen die Lehne ihres Schreibtischstuhls und verknotete mit den Fingern das Telefonkabel. Da war es wieder – unweigerlich landete jedes Telefonat mit ihrer Mutter bei diesem einen Thema, jenem Thema, das wie eine brennende Lunte ihr gesamtes Leben durchzog.

7

Tobias

Karl-Marx-Stadt

»Krieg ich ein Eis, Vati?«

In Karl-Marx-Stadt hatten sie fast eine Stunde Aufenthalt, bis der Bus, in den sie als Nächstes steigen mussten, abfahren würde. Tobias nahm Jasmin an die Hand und führte sie vom Bahnhofsgelände, um sich ein wenig die Füße zu vertreten. Die Kleine musste dringend etwas Bewegung bekommen, sonst würde sie die nächsten Stunden unleidlich werden.

»Hm, warte kurz.« Er nahm seinen Rucksack von den Schultern und kramte nach seiner Geldbörse. Er hatte alles, was er an Bargeld besaß – und das war nicht viel –, eingesteckt, in der Hoffnung, es, sobald sie über die Grenze wären, in Kronen umzutauschen. Sofern alles gut lief; einen anderen Gedanken erlaubte er sich nicht, um kühlen Kopf zu bewahren. Aber ein Eis für Jasmin wäre sicherlich drin. »Na gut, wollen wir mal schauen, wo es hier welches gibt.«

Er hielt ihre kleine Hand fest in seiner, als sie die morgendlichen Straßen entlangschlenderten. Es war wenig los, noch schien die Stadt vor sich hin zu dösen. Zu seiner Erleichterung stießen sie nach wenigen Hundert Metern auf einen Kiosk, der sonntags geöffnet hatte. Einige unrasierte Männer in Arbeitshosen gruppierten sich um den einzelnen etwas schmutzigen Stehtisch und unterhielten sich bei einem Bier.

»Was möchtest du denn, Minchen?« Er hob sie über den Tresen, damit sie das an der Rückwand des Kiosks angebrachte Aushängeschild begutachten konnte.

Ihr Zeigefinger fuchtelte lebhaft in der Luft herum. »Ein Eis am Stiel, das da, mit Vanille!«

»Gut. Eine Hexen-Kerze bitte«, wandte er sich an die Verkäuferin und zählte sein Geld ab.

Wenig später spazierten sie in der Gegend um den Bahnhof herum. Ein Gefühl der Ruhe senkte sich auf Tobias herab. Für den Moment war alles, wie es sein sollte. Bis jetzt war ihre Reise ohne Zwischenfälle verlaufen, und Jasmin schien glücklich, an ihrem Eis schlecken zu können. Liebevoll wischte er ihr einen Tropfen vom Kinn, bevor er auf dem Nicki landen konnte.

»Vati, schau mal, die Polizei.« Er kniete noch neben ihr, mit Abtupfen beschäftigt, als Jasmin auf das neben ihnen haltende Auto zeigte. Ruckartig schoss er in die Höhe, wobei er einen schmerzhaften Stich in der Wirbelsäule verspürte. Das durfte nicht wahr sein, bitte nicht, bitte nicht, nachdem bisher alles gut gegangen war ...

Ein Polizist stieg aus dem Wartburg und kam direkt auf sie zu, die Miene undurchdringlich. »Guten Morgen, die Herrschaften.« Sein Tonfall klang zackig, das lebende Klischee eines beflissenen Staatsdieners.

»Guten Morgen.« Tobias zerknüllte nervös das Taschentuch, mit dem er Jasmins Eisspuren beseitigt hatte, während seine Tochter den Polizisten erwartungsvoll anstarrte, in der einen Hand das tropfende Eis, mit der anderen drückte sie den Marienkäfer an die Brust.

77

»Schon früh unterwegs, was?« Der Polizist stemmte die Hände in die Hüften und musterte sie aufmerksam.

»Nun ja ... es ist Wochenende und schönes Wetter.« Ruhig atmen, ruhig atmen, bezwang er sich innerlich, denk an einen Gebirgsbach, der klar und bedächtig über die Felsen rinnt.

»Wo wollen Sie denn hin mit der Kleinen?« Das Gesicht des Beamten blieb ausdruckslos, eine reglose Miene.

»Wir wollen wandern.« Hoffentlich fiel sein zuckendes Augenlid nicht auf, oder der raue Klang seiner Stimme. Binnen Sekunden konnte alles, wirklich alles verloren sein.

»So?« Der Polizist beugte sich zu Jasmin herunter und sah ihr in die weit aufgerissenen blauen Augen. »Stimmt das, was dein Vati sagt, Kleine?«

Tobias legte schützend den Arm um Jasmin. Am liebsten hätte er dem Staatsdiener gesagt, er solle dahin gehen, wo der Pfeffer wächst. Unmöglich, ein Kind so zu bedrängen! Aber wenn er nur ein Wort des Unmuts äußerte, wäre der Ausflug ohnehin ein für alle Mal beendet, so viel war klar.

»Wir gehen in einen großen Wald, hat Vati mir erzählt, und dort darf ich Tannenzapfen sammeln und meine Füße in einen Bach stecken.« Die Worte kamen nur mehr als Flüstern aus ihrem Mund. Rasch streckte sie die Zunge heraus, um das verflüssigte Eis aufzufangen.

Ihre Aussage schien den Polizisten fürs Erste zufriedenzustellen. Er erhob sich wieder zu voller Größe. »Papiere.«

Tobias durchwühlte seinen Rucksack. Atmen, sagte er sich innerlich wie ein Mantra vor, atmen, während er im Geiste Fluchtszenarien entwarf. Falls es zum Äußersten käme, könnte er den Rucksack abwerfen, Jasmin unter den Arm klemmen und rennen, rennen, so schnell er konnte. »Hier.«

Er hielt dem Mann seine Legitimationsbescheinigung hin,

78

und während dieser einen argwöhnischen Blick darauf warf, wischte er sich unauffällig über den schweißnassen Haaransatz. Der Plan, einfach loszupreschen, würde niemals funktionieren. Der Polizist wirkte im Gegensatz zu ihm durchtrainiert, außerdem verfügte er über ein Auto.

»Das ist ja interessant. Den Ausweis haben die Kollegen Ihnen abgenommen, wie ich sehe.«

Tobias' Kiefermuskeln spannten sich an. »Das ist richtig.«

»Und wieso?«, fragte der Polizist hart.

»Meine Frau ist ... in den Westen gegangen.«

»Äußerst interessant«, wiederholte der Polizist. »Und Sie wollen wohin, sagten Sie?«

»Zum Wandern.« Gleich war alles aus. Wie in Trance lief ein Film vor ihm ab: Sie würden in den Wartburg einsteigen müssen, Jasmin würde bei der Jugendfürsorge abgeliefert werden und er in einem Verhörraum der Stasi.

»Ah ja.« Die buschigen Augenbrauen des Polizisten hoben sich. »Sie kommen aus Halle und fahren ewig durch die Gegend, nur um spazieren zu gehen?«

»Mhm ... ja.« Der Schweiß lief ihm nun den Rücken herunter. »Das könnte man so sagen. Allerdings ...« Fieberhaft durchforstete er sein Gehirn; es musste doch eine plausible Geschichte geben, irgendetwas würde ihm doch einfallen ... »Ich bin alleinerziehender Vater. Die Wochenenden sind lang, wissen Sie? Eintönig. Ich muss meine Kleine beschäftigen, bis sie montags wieder in den Kindergarten kann. Sonst ist sie nur am Maulen. Deshalb setzen wir beide uns sonntags gerne in den Zug und sind unterwegs. So bringen wir die Zeit herum.«

Ob seine kopflose Salbaderei den Polizisten überzeugen würde? Auf jeden Fall glätteten sich die scharfen Falten neben dessen Mundwinkeln ein wenig. Hoffentlich würde er nicht nach dem genauen Zielort fragen; sechs Stunden Fahrt, nur um die Füße in einen Bach zu hängen, wäre kaum glaubhaft.

»Bisschen aufwendig, wenn Sie mich fragen.« Mit den Fingern strich er über die Legitimationsbescheinigung, als würde sie ihm mehr über Tobias' Hintergründe verraten.

»Vati, ich will endlich in den Wald. Und ich muss aufs Klo.« Jasmin presste die Beine zusammen. Nicht das auch noch. Was, wenn sie in die Hose machte, weil der Beamte sie nicht rechtzeitig gehen ließ? Er hatte absichtlich keine Ersatzkleidung mitgenommen, um im Falle einer Kontrolle wie dieser nicht verdächtig zu erscheinen.

»Hören Sie, meine Tochter muss dringend ...«

»Das habe ich verstanden«, schnitt der Uniformierte ihm das Wort ab. Plötzlich seufzte er und gab Tobias mit einer lakonischen Bewegung das Dokument zurück. »Also gut, Sie können gehen, bevor das Kind in die Hose macht.«

»Danke.« Ganz flau im Magen steckte Tobias die Bescheinigung in seinen Rucksack und nahm Jasmin auf den Arm, die ihm mit dem übrig gebliebenen Holzstiel ihres Eises vor dem Gesicht herumwedelte und seine Augen knapp verfehlte. »Auf Wiedersehen.«

Hoffentlich nicht. Die letzten Meter zur Bahnhofstoilette rannte er fast, ihm war, als sei der Teufel hinter ihm her. Sie waren noch einmal davongekommen, hämmerte sein rasendes Herz ihm ein. Wenn alles gut lief, würden sie in zweieinhalb Stunden in Oberwiesenthal eintreffen, der grünen Grenze zwischen der DDR und der Tschechoslowakei.

Auch als sie endlich im Bus saßen, steckte ihm der Schreck darüber, was fast geschehen wäre, noch in allen Knochen. Er spielte noch eine Runde Quartett mit Jasmin, war aber froh, als sie auf seinem Schoß einschlief und er seinen Gedanken freien Lauf lassen konnte. Doreen, dachte er, bevor er selbst in einen leichten Dämmerschlaf glitt, hättest du uns nicht verlassen, wäre all dies nicht nötig gewesen ...

1980, Halle/Saale

»Die Wohnung ist klasse.« Beeindruckt sah Tobias sich in der hellen Dreizimmerwohnung um, die er – er vermochte es noch gar nicht zu glauben – ab nächstem Ersten mit Doreen beziehen durfte.

»Nicht wahr?« Doreen, die eben noch staunend wie ein Kind zu Weihnachten durch die leeren Räume geschlendert war, warf ihm ungestüm die Arme um den Hals und küsste ihn auf den Mund. Sie schmeckte immer ein wenig nach Erdbeeren mit Sahne, und an ihren langen Haaren haftete stets der Geruch von Chlor, auch wenn sie frisch gewaschen waren. Er konnte nicht genug von ihr bekommen. Nie hätte er sich träumen lassen, dass sich aus jener Begegnung im Freibad vor vier Jahren etwas Ernstes entwickeln würde. Aber dem war tatsächlich so, und seitdem waren sie trotz aller Widrigkeiten unzertrennlich. Vor vier Wochen hatten sie geheiratet. »Zum Glück wurde ich als Spitzensportlerin von der Wohnungsbehörde bevorzugt, sonst würden wir beide schön brav bei Mutti zu Hause wohnen.«

Er lächelte über ihre unverfälschte Begeisterung und küsste sie noch einmal zärtlich. »Ja, da haben wir wirklich Glück gehabt. Zwei meiner Kollegen bei der Zeitung warten bereits seit vier Jahren auf eine Wohnung, bisher sind sie immer leer ausgegangen.«

Seine Empörung darüber, dass die Wohnungen danach verteilt wurden, ob man die gewünschte politische Gesinnung vertrat oder sich gewisse gesellschaftliche Verdienste zuschreiben konnte, schluckte er herunter. Doreen war so glücklich, dass sie

81

nach vier Jahren der Wochenendbeziehung nun zusammenziehen durften; auf keinen Fall wollte er ihre Glückseligkeit schmälern, indem er darauf hinwies, wie ungerecht das System war, in dem sie lebten.

»Einen Vorteil muss die ganze Schinderei ja haben.« Mit langen Schritten maß Doreen die Fläche des Wohnzimmers ab. »Die ganze Plackerei im Wasser. Ich muss auch gleich wieder los zum Training. Was meinst du, sollen wir hier das Sofa hinstellen, mit dem Fenster im Rücken?«

»Wenn du möchtest.« Er hätte allem zugestimmt, was sie sich wünschte. Er liebte sie aus vollem Herzen, sie war der Fixstern an seinem Himmel. Sie war so frisch und unverstellt, in jedem Augenblick sie selbst. Liebevoll betrachtete er ihren muskulösen, vom Schwimmen braun gebrannten Nacken, die sehnigen Arme, als sie aus dem Fenster schaute. Vor dem Mehrfamilienhaus lag ein gepflegter Grünstreifen mit Blumenbeeten, rosa Pfingstrosen, lila Hortensien und weiße Margeriten mit pinkfarbenen Schattierungen verschwammen darin wie blühende Wolken. »Und in die Mitte stellen wir den Fernseher. Dann kannst du jeden Sonntag deine heiß geliebte *Muppet Show* im ZDF schauen.«

Er fand es süß, wie sie Kermit und Miss Piggy verehrte, deshalb sparte er bereits seit Längerem auf einen eigenen Apparat; zwar war es für Doreen als privilegierte Leistungsschwimmerin ein Leichtes, an ein Gerät zu kommen, doch war es ihm wichtig, auch seinen Teil zum gemeinsamen Haushalt beizutragen. Es wäre ihm zuwider gewesen, in allen Bereichen von ihren Vergünstigungen zu profitieren, sah er sie doch als gleichberechtigtes Paar.

»Wir werden sehr glücklich sein.« Sie trat zu ihm und schmiegte sich an seine Brust, wobei er das Kinn auf ihrem Kopf ruhen und seine Finger durch ihre Haare gleiten ließ. Sie waren

82

immer ein wenig spröde vom Beckenwasser und von der Sonne zu einem hellen Blond gebleicht. »Zwar werde ich von morgens bis abends beim Training sein, und auch am Wochenende oft unterwegs für Wettkämpfe, aber in der übrigen Zeit haben wir hier ein gemütliches Nest. Nur wir beide.«

Das erste eigene Zuhause. Wärme durchflutete ihn. In seinem Leben war nicht alles nach Plan verlaufen – so ganz hatte er es noch immer nicht verwunden, dass ihm ein Studium verwehrt blieb –, aber mittlerweile fühlte er sich rundum zufrieden und angekommen. An Doreens Seite war der Platz, an dem er sein sollte. Seine Ausbildung als Fotograf hatte er abgeschlossen, nun arbeitete er bei der Azet. Artikel durfte er für die Zeitung natürlich nicht verfassen, aber es bereitete ihm trotzdem Spaß, die Journalisten zu begleiten und die Ereignisse, über die sie berichteten, im Bild festzuhalten.

»Ich werde abends auf dich warten«, flüsterte er mit geschlossenen Augen und lehnte seine Stirn gegen ihre. »Egal, wie spät du vom Training zurückkehrst. Ich werde für uns kochen, und beim Essen erzählst du mir von deinem Tag.«

»Und du mir von deinem.« Doreen schloss ebenfalls die Augen, ein verträumtes Lächeln auf den Lippen. »Und wir werden jede Nacht eng umschlungen einschlafen. Ich liebe dich bis zum Mond und zurück.« So war sie – überschwänglich in ihren Gefühlen, aufrichtig und ehrlich, voller Liebe, die sie ihm großzügig schenkte. Er drückte sie an sich; nachdem er jahrelang der Außenseiter gewesen war, der sich keiner Jugendorganisation unterordnen wollte, der immer am Rand gestanden hatte, hatte er nun seine Nische im Leben gefunden, in die er gehörte.

Der Bus kam ruckelnd zum Stehen, der Fahrer verkündete mit schnarrender Stimme, dass sie an der Endstation angekommen waren. Tobias schreckte hoch, einen Moment orientierungslos – hatte er tatsächlich geschlafen und von Doreen geträumt? –, dann weckte er Jasmin, indem er ihr über die Haare strich.

»Minchen, aufwachen. Wir sind angekommen.«

»Mhm.« Sie machte Anstalten, ihren Kopf noch fester gegen seine Brust zu drücken, um weiterzuschlummern, doch mit einem Mal war sie hellwach. »Wirklich, Vati? Gehen wir jetzt wandern?«

»Ja, das machen wir.« Er griff nach seinem Rucksack und ihrer Kindertasche – das Mutschekiepchen hielt sie fest an sich gedrückt –, nahm sie an die Hand, dann folgten sie den anderen Passagieren nach draußen. Die Sonne stand hoch am Himmel, überflutete den kleinen Ort mit gleißendem Licht. Die Luft war hier ganz anders als in Halle, sie roch sauber und würzig nach Wald. Die grünen Hänge des Fichtelbergs stiegen ringsherum sanft an. Eine Idylle, die einen fast vergessen ließ, dass man sich noch immer in der DDR befand und jederzeit ein Polizeiwagen am Straßenrand halten und einen grundlos in die Mangel darüber nehmen konnte, wo man herkam und wo man hinwollte.

Nur einen Augenblick ließ er die Schönheit des Gebirges und der beschaulichen kleinen Stadt auf sich wirken, dann sah er sich unauffällig um. Beäugte ihn einer der Mitreisenden mit besonderem Interesse, waren Uniformierte in Sicht? Doch die Menschen, die sich von der Bushaltestelle entfernten, wirkten wie er und Minchen – Familien, die vom Sommerwetter profitierten, um sich im Wald zu erholen.

»Wann gehen wir endlich los?« Jasmin drehte sich im Kreis und nahm die Eindrücke, die sich ihr boten, in sich auf. Sie war

84

ja kaum einmal aus Halle herausgekommen, freie Natur, Kühe auf einer Weide, plätschernde Bäche kannte sie nicht. »Ich will Eichhörnchen sehen und am Bach entlanggehen.«

»Das wirst du.« Tobias faltete die Wanderkarte auseinander und überprüfte noch einmal den Weg, den sie nehmen mussten, obwohl er ihn in den letzten Tagen so oft angeschaut hatte, dass er ihn auswendig kannte. »Auf geht's.«

Sie ließen den Ort hinter sich und liefen auf den Wald zu. Dem Bachlauf folgen, wiederholte Tobias in Gedanken unaufhörlich, so als müsse er sich wichtigen Lernstoff einprägen. Zwanzig Minuten würden sie ungefähr gehen müssen, bis sie die grüne Grenze erreichten.

Jasmin hüpfte an seiner Seite auf und ab, sie schien über unendlich viel Energie zu verfügen, und begann, eines der Lieder zu singen, die sie im Kindergarten regelmäßig übten. *Kleine weiße Friedenstaube.*

»Sing doch mit, Vati!« Strahlend blickte sie zu ihm auf, während sie über einen hohen Grasbüschel sprang. »*Kleine weiße Friedenstaube, fliege übers Land; allen Menschen, groß und kleinen, bist du wohlbekannt!* Sing doch mit, Vati!«

»Sing du nur allein, Minchen, ich würde mich nur wie eine rostige Gießkanne anhören.« Jasmin krümmte sich vor Lachen über die Gießkanne. Er war froh, dass sie so guter Dinge war, es wäre schwierig geworden, mit einem quengelnden Kind die fröhlich wandernde Kleinfamilie zu mimen.

Mittlerweile hatten sie Oberwiesenthal hinter sich gelassen und folgten einem Waldweg. Zum Glück schlug die fünfköpfige Familie aus dem Bus, die vor ihnen gewandert war, einen anderen Pfad ein, sodass sie ungestört waren. Die Bäume wurden dichter und schlossen sie wie eine grüne, von Sonnenlicht gesprenkelte

85

Kuppel ein. Vögel zwitscherten in den Ästen, und Tiere raschelten im Gebüsch. Und da floss auch bereits träge der Pöhlbach dahin. Das Wasser sprudelte über Steine hinweg, Blätter und Rindenstücke schwammen auf der klaren Oberfläche. Erleichterung durchflutete ihn, und er merkte erst jetzt, wie angespannt er war. Sie waren auf dem richtigen Weg. Er spürte, dass er einen Stein im Schuh hatte, erlaubte sich aber nicht, innezuhalten und ihn zu entfernen. Der Weg ging steil bergauf, und sie kamen ordentlich ins Schwitzen. Mit einem Taschentuch wischte er sich über die nasse Stirn.

Plötzlich mischte sich ein Motorengeräusch mit Jasmins Gesang. Er hielt sie an der Hand fest und bedeutete ihr, still zu sein und stehen zu bleiben. Das konnte nicht wahr sein. Ein Polizeiauto fuhr langsam den engen Weg entlang; Äste und Zweige schabten am Blech entlang, herunterhängende Blätter streiften das Wagendach.

Blitzschnell zog Tobias seine Tochter vom Weg zurück, um sich hinter den Büschen zu verstecken.

»Ich hab Knast, Vati.« Jasmin rieb sich den Bauch.

»Später«, raunte er ihr zu. Das Herz hämmerte in seinem Brustkorb, und seine Knie auf der weichen Walderde fühlten sich an wie aus Holz. Wieder lief ihm der Schweiß über die Stirn. »Und jetzt sei leise, Minchen.«

»Aber wieso?« Sie wollte sich aufstellen, doch er zog sie rasch wieder in die Hocke und umklammerte ihre kleine Hand. Das hier würde nie gut gehen. Das Polizeiauto würde sie aufspüren und mitnehmen. Er wusste es, er spürte es. Gott, was hatte er sich nur dabei gedacht, dieses waghalsige Abenteuer einzugehen? Sein Atem ging stoßweise und flach.

»Es ist ein Spiel ...« Er konnte keinen klaren Gedanken fassen, und dennoch musste er der Kleinen irgendwie verständlich ma-

chen, dass sie sich verstecken mussten, ohne ihr Angst einzuja-
gen. »Das Auto darf uns nicht sehen, verstehst du?«

Der Polizeiwagen zuckelte gemächlich heran, Vögel flogen auf
und flatterten davon. Tobias zog Jasmin noch enger an sich und
legte ihr die Hand auf den Kopf, als könne er sie damit beschüt-
zen. Fahrt weiter, fahrt weiter, nicht anhalten! Wieso war die Polizei in diesem Staat nur überall? Keinen Schritt konnte man gehen, ohne in ihre Fänge zu geraten. Befanden sie sich nur auf
einer Routinekontrolle, oder hielten sie gezielt nach ihm und seiner Tochter Ausschau? Aber wie konnten sie Wind davon bekommen haben, dass er mit Jasmin flüchten wollte? Es war Samstag,
heute musste er nicht zur Arbeit, Jasmin nicht in den Kindergarten.

Sein Magen zog sich zusammen, als sich das Auto auf ihrer
Höhe befand. Die Kleine schmiegte sich so fest an ihn, dass er ihren Herzschlag spüren konnte; im Gegensatz zu seinem war er ruhig und gleichmäßig.

»Vati«, flüsterte sie just in dem Moment, als er durch das Blät-
terdickicht den Kopf des Fahrers sah. Er legte ihr die Hand über
den Mund. Es war vorbei. Er war sicher, es war aus und vorbei.
Der Wagen würde halten, die Polizisten würden ihn und Jasmin
ins Innere verfrachten, ihn zum Stasi-Verhör in einen fensterlosen
Raum im nächsten Gefängnis bringen, Jasmin den Behörden
übergeben, die sie so rasch wie möglich in ein Heim stecken würden.

Als das Auto rumpelnd weiterfuhr, ohne dass man sie entdeckt hatte, glaubte er, zu zerfließen wie Eis in der Sonne, sich
aufzulösen, seinen Körper nicht mehr zu spüren. Minutenlang
noch hielt er Jasmin an sich gedrückt.

»Krieg ich jetzt was zu essen, Vati?«

»Gleich. Wir müssen noch ein paar Minuten gehen, dann sind

87

wir am Ziel. Dort bekommst du was zu essen, ich verspreche es.«
Es war mindestens eine Viertelstunde her, dass das Polizeiauto an
ihnen vorbeigefahren war, so konnte er es wagen, sich wieder zu
bewegen. Mühsam rappelte er sich hoch, die Beine taub, die Arme
weich, als seien sie aus Gummi. Auch Jasmin zog er auf die Füße.

»Lass uns weitergehen, Minchen. Ist nicht mehr weit.«

»Ist gut.« Ihre Fröhlichkeit von vorhin war gedämpft, vielleicht
hatte sie die Gefahr gespürt, in der sie geschwebt hatten, auch
wenn sie über die Hintergründe ihrer *Wanderung* nicht Bescheid
wusste. »Arm, Vati.« Sie streckte beide Ärmchen zu ihm hoch, und
er hob sie hoch und trug sie.

Schweigend folgten sie dem Bachlauf. Libellen schwirrten
über dem Wasser, das die Lichtreflexe der Sonnenstrahlen ein-
fing, die wie Goldsplitter durch das dichte Geäst drangen. Der
Wald war wunderschön, ein Ort der Ruhe und des Friedens, doch
nach dem ausgestandenen Schrecken fühlte er sich abgestumpft,
unempfänglich für die Naturidylle. Wie lange noch, wie lange
noch? Die zwanzig Minuten, die der Fußweg laut Karte bis zur
tschechoslowakischen Grenze dauerte, kamen ihm unendlich vor.

Die Nachmittagssonne blendete sie, als sie schließlich aus der
dunkelgrünen Dämmerung des Waldes traten und den Bach hinter sich ließen.

Wie betäubt setzte er Jasmin ab, beschirmte die Augen mit der
Hand und starrte auf das vor ihm liegende Dörfchen. Loučná pod
Klínovcem. Böhmisch Wiesenthal. Ein kleiner Ort, der laut Lexi-
kon, das er zu Hause studiert hatte, noch viel weniger Einwohner
hatte als der sächsische Namensvetter jenseits der grünen Grenze
und sich anmutig in die sanften Hügel schmiegte.

»Sind wir da?«, fragte Jasmin verwirrt. »Wo sind wir? Wandern
wir hier weiter? Mir tun die Beine weh.«

88

»Wir sind noch nicht da, Schätzchen. Aber wir haben die erste Hürde geschafft.« Seine Stimme klang belegt, die Emotionen fraßen sich durch seine Eingeweide, Freude, Erleichterung, Hoffnung, der zweite Teil der Reise würde genauso glimpflich verlaufen wie der erste, und Angst, sie würden doch noch von Sicherheitskräften aufgegriffen werden. Die tschechoslowakische Polizei würde sie in diesem Fall schnurstracks den DDR-Behörden ausliefern, daran bestand kein Zweifel. »Aber keine Sorge, du musst nicht mehr laufen. Wir nehmen jetzt den Bus. Und während wir warten, kannst du noch ein Nudossi-Brot essen.«

Während er das Brot aus dem Rucksack fischte und auspackte, ließ er den Blick schweifen. Keine Menschenseele war zu sehen. Das war einerseits gut, andererseits war er dringend darauf angewiesen, ein Lokal oder dergleichen zu finden, wo er Ostmark in Kronen umtauschen konnte. Schließlich musste die Fahrt nach Prag bezahlt werden.

8

Judith

Prag

Die milde Abendsonne tauchte die Dächer des Viertels Malá Strana in ein kupferrot glühendes Licht, und jedes Gebäude strahlte Ruhe und Gemächlichkeit aus.

An frühzeitigen Feierabend war in der Deutschen Botschaft natürlich nicht zu denken. Jacqueline Huber hatte Judith gebeten, beim Bäcker Nachschub an Backwaren zu besorgen, denn die Brötchen, die normalerweise in die deutsche Vertretung geliefert wurden, reichten hinten und vorne nicht. Natürlich war sie der Bitte gern nachgekommen, kannte sie es doch aus eigener Erfahrung nur zu gut, wie es sich anfühlte, auf die Hilfsbereitschaft von Fremden angewiesen zu sein ... Rasch schob sie die Erinnerungen in einen hinteren Winkel ihres Gedächtnisses. Das Telefonat mit ihrer Mutter hatte wieder so einiges in ihr aufgewühlt.

Als sie nach dem Gang zum Bäcker wieder den kleinen Platz vor dem Palais Lobkowicz erreichte, waren ihr die Arme schwer von vollen Tüten. Vor dem hohen Rundtor unter der steinernen Balkonbalustrade der Botschaft diskutierte ein Mann in den Dreißigern, der ein weinendes Kind in den Armen hielt, händeringend mit zwei einheimischen Polizisten.

Judith konnte genug Tschechisch, um zu verstehen, dass die Beamten die beiden abwimmeln wollten.

Blitzschnell erfasste sie die Situation: Der Vater sprach deutsch, das kleine Mädchen, das er trug, schien völlig am Ende ihrer Kräfte. Tränen liefen ihr über die Wangen, während sie sich die tropfende Nase am Hemd des Mannes abwischte.

»Was ist hier los? Co se tam děje?«, wandte sie sich an die Polizisten. Immer schön resolut auftreten, das war ihrer Erfahrung nach die beste Strategie, um Ordnungshütern die Stirn zu bieten.

Ein tschechischer Wortschwall überschüttete sie und den Mann, der recht hilflos dreinblickte. Unter seinen dunkelblauen Augen lagen tiefe Schatten. Er wirkte, als sei er seit Tagen unterwegs. Seine Hemdsärmel waren hochgekrempelt, und ein Kratzer zog sich über seinen Unterarm, so als habe er sich ihn an einem Zweig oder dergleichen aufgeritzt. Ob er ein weiterer Flüchtling aus der DDR war? Instinktiv wusste sie, dass er Schutz bedurfte.

»Již žádné nelegální návštěvníky ambasády.« Der ältere der Polizisten sah ihr mit einer gewissen Verachtung ins Gesicht. *Es ist Schluss mit diesen ganzen illegalen Besuchern in der Botschaft.*

Illegale Besucher? Judith hielt es wie Seine Exzellenz Hermann Huber: Die Menschen, die in der Villa Lobkowicz Einlass begehrten, waren Landsleute. Punktum.

»Nech nás být.« *Lassen Sie uns in Ruhe.* Kurz entschlossen drückte sie auf den Klingelknopf, und sofort öffnete sich das Tor, und Walter Edel sah ihr fragend entgegen.

»Danke, Herr Edel.« Sie schob den Vater mitsamt Kind rasch ins Botschaftsinnere und atmete erst auf, als sich das Tor hinter ihnen schloss. Die Polizisten protestierten lautstark, aber das hatte sie nun nicht mehr zu interessieren. Sie befanden sich auf bundesdeutschem Gebiet.

Dem Mann musste gerade derselbe Gedanken gekommen

91

sein, denn er lehnte sich einen Moment gegen das marmorne Treppengeländer und schloss erschöpft die Augen, bevor er das Kind auf das Haar küsste und herunterließ.

»Vati, wo sind wir hier?« Das kleine Mädchen schaute sich gebannt um, die blauen Augen geweitet. Judith kannte sich mit Kleinkindern nicht aus, doch sie schätzte sie auf ungefähr drei oder dreieinhalb.

»Na, in der Deutschen Botschaft, Kleene.« Walter Edel ging in die Knie und durchwühlte die Tasche seiner Uniformjacke. »Wollen wa ma kieken, ob wa nüscht für dich haben, wa? Ah, ein Bonbon. Willste?«

Er hielt ihr ein in glänzende Folie eingepacktes Bonbon hin, das sie sofort strahlend ergriff und auswickelte. Ihr Vater, dem allmählich wieder die Farbe ins Gesicht zurückkehrte, räusperte sich bedeutungsvoll, und sie schob ein »Danke« hinterher.

»Wir sind aus der DDR. Aus Halle«, erklärte der Mann und sah Judith an. »Wir möchten um Asyl bitten.«

Der Ernst in seiner Stimme, die heiser hervorgebrachten Worte, die Tatsache, dass er mit seinem Kind ganz offensichtlich eine lange und beschwerliche Anreise hinter sich hatte – all das berührte Judith mehr als die Ankunft der früheren Flüchtlinge, deren Trabanten und Wartburgs noch immer am Straßenrand vor der Villa standen. Einen Moment hing sie in seinem Blick fest, dann betrachtete sie das Kind, das sich, zufrieden das Bonbon lutschend, am Hosenbein ihres Papas festhielt. Wo war die Mutter? War er ganz allein mit der Kleinen aus der DDR hierher ... getrampt? Gelaufen?

»Sie müssen kein Asyl beantragen«, erklärte sie weich. »Sie sind Deutsche. Wie alle hier.«

Ihr Blick fiel auf seinen Rucksack und die erdbeerrote kleine

Tasche, die ihm quer über den Rücken hingen. »Lassen Sie mich Ihnen das Gepäck abnehmen.«

»Sie sind doch selbst beladen wie ein Muli.«

»Oh.« Sie warf einen Blick auf die vollen Brötchentüten, die von ihren Handgelenken baumelten, als habe sie vergessen, dass sie dort hingen. Das hatte sie tatsächlich.

»Sie müssen müde sein. Wie sind Sie hierhergekommen?«

Ein schiefes Lächeln erschien auf dem Gesicht des Mannes. Sie stellte fest, dass er gut geschnittene, fast klassische Züge hatte, eine schmale Nase, ein markantes Kinn, und dann diese dunklen blauen Augen, die sie an einen Gebirgssee aus einem Urlaub in Tirol erinnerten. »Mit dem Zug und dem Bus. Wir mussten ein paar Mal umsteigen und sind seit heute früh unterwegs. Wir haben die Grenze im Erzgebirge überquert – zu Fuß.«

»Meine Güte.« Judith schluckte. Unfassbar, welche Strapazen, von den Risiken ganz zu schweigen, die Menschen auf sich nahmen, in der Hoffnung auf ein besseres Leben. Auf Freiheit und Selbstbestimmung nach einem Dasein in einem totalitären Staat. »Sie müssen völlig erschöpft sein. Vor allem die Kleine. Wie heißt du denn?«

»Jasmin.« Der Kleinen hing ein bonbonfarbener Speicheltropfen im Mundwinkel, den ihr Vater ihr rasch abtupfte.

»Tobias Seibold.« Er streckte ihr grüßend die Hand hin, und sie ergriff sie. Sie fühlte sich fest und warm in ihrer an.

»Ich freue mich, dass Sie unversehrt bei uns angekommen sind. Ich heiße Judith Gontrau, ich bin eine Mitarbeiterin der Botschaft.« Und nun sollte sie ganz schnell zu einer professionellen Routine zurückkehren, bevor es allzu auffällig war, welch Interesse die zwei Neuankömmlinge in ihr weckten. Lag es an den Augen des Mannes oder an der ungewöhnlichen Tatsache, dass er und das Kind ohne Frau unterwegs waren? Die Neugier quälte sie, doch sie konnte schlecht unverblümt fragen, wo denn die Mutter abgeblieben war. Zügig ging sie den beiden voran in die Villa.

»Sie haben bestimmt Hunger und Durst.« Vor der Großküche blieb sie stehen und sah Tobias fragend an. »So lange, wie Sie unterwegs waren.«

»Vor allem Durst.«

»Dann kommen Sie erst mal mit.«

In der Küche – der Koch, ein gemütlicher Bayer in weißer Schürze und mit langen Haaren, die er zu einem Zopf gebunden trug, war bereits mit der Zubereitung des Abendessens beschäftigt – gab Judith die Brötchen ab, goss zwei Gläser mit Wasser ein und reichte sie den Neuankömmlingen. Die Kleine trank so gierig, dass sie sich verschluckte und hochrot anlief, doch Tobias beruhigte sie rasch wieder, indem er ihr sanft auf den Rücken klopfte. Judith beobachtete die beiden in stiller Faszination; war es nicht rührend, wie liebevoll der Vater sich um seine Tochter kümmerte?

»Sind Sie mit der Kleinen allein unterwegs?« Kaum waren die Worte draußen, hätte sie sich am liebsten auf die Zunge gebissen. Die persönlichen Umstände von Tobias Seibold gingen sie nun wirklich nichts an.

Doch er nickte nur, ohne weiter auf seine Familienverhältnisse einzugehen. »Ja. Durch das Westfernsehen habe ich mitbekommen, dass gerade einige DDR-Bürger Zuflucht in der Botschaft suchen. Nach langem Abwägen habe ich mich entschieden, diesen Schritt auch zu gehen.« Jasmin streckte ihm wieder die Ärmchen entgegen, und er hob sie hoch und wiegte sie. Das Kind schmiegte sich an seine Brust, kurz vor dem Einschlafen; die lange Reise musste sie völlig geschafft haben. Tobias blickte Judith fest in die Augen. »In der DDR gibt es keine Zukunft für Jasmin und mich. Wir stehen unter Beobachtung. Ich darf meinen Beruf nicht mehr ausüben. Wir können nie mehr zurückgehen. Ich hoffe, mithilfe der westdeutschen Botschaft findet sich eine Lösung für uns.«

Judith schluckte. »Bestimmt.« Zwar hatte sie keine Ahnung, wie eine solche Lösung aussehen konnte, doch in diesem Moment hoffte sie inständig, dem sympathischen Vater und der niedlichen Kleinen würde geholfen werden. Unvorstellbar, welches Leben die beiden geführt haben mussten. Kurz überlegte sie, was es für sie bedeuten würde, ihren Beruf nicht mehr ausüben zu dürfen; allein der Gedanke, nicht mehr im Diplomatischen Dienst arbeiten zu können, erschreckte sie. Was hätte ihr Leben für einen Sinn, wenn man ihr stattdessen einen ungeliebten Job aufzwängte? Wieder erwachte die Neugier auf das Schicksal Tobias Seibolds in ihr. »Was haben Sie denn gearbeitet? Ich meine, welchen Beruf hatten Sie ursprünglich?«

»Ich war Fotograf bei einer Zeitung.« Behutsam stellte er sein Wasserglas, das sie ihm zweimal nachgefüllt hatte, auf dem Küchentresen ab. »Nachdem ich ins Visier der Stasi geraten war, wurde mir fristlos gekündigt, und ich musste am Fließband einer Chemiefabrik malochen.«

»Meine Güte.« Sie konnte nachempfinden, wie schockierend dieser plötzliche Wechsel für ihn gewesen sein musste, verkniff es sich aber, nach den Gründen zu fragen. »Das nenne ich mal ein Kontrastprogramm.«

»Kann man so sagen. Mein Alltag sah danach ein bisschen anders aus«, gab er zurück, und sie sah die Niedergeschlagenheit in seinen Augen.

Ein Moment des Schweigens schlich sich ein, nicht unangenehm, doch Judith wurde bewusst, dass sie nicht endlos in der Küche stehen konnten. Nach dem kurzen Gespräch galt es, zur Tagesordnung überzugehen, außerdem hatte sie bald Feierabend.

»Ich zeige Ihnen, wo Sie schlafen können«, sagte sie leise,

95

um das Kind, das inzwischen fest schlummerte, nicht zu wecken. Sollte sie die beiden wirklich auf den überfüllten Dachboden schicken, wo die jungen Leute bis spät in die Nacht diskutierten oder, wenn ihnen der Gesprächsstoff ausging, bis in die frühen Morgenstunden Karten spielten? Die Kleine würde dort niemals ungestört schlafen können. »Kommen Sie mit.« Kurz entschlossen führte sie die beiden in ihr Büro und wies auf das schmale weinrote Sofa, das unter einem Ölgemälde von der Prager Burg an der Wand stand. Hier würden Vater und Tochter es schön ruhig haben. Auch Tobias Seibold sah aus, als könne er Schlaf gut gebrauchen, er war ja seit dem Morgengrauen unterwegs. Aus dem Schrank holte sie eine Decke, die sie dort deponiert hatte, seit im Winter einmal die Heizung ausgefallen war, und reichte sie Tobias. Behutsam bettete er das Kind auf das Sofa und deckte es zu.

»Danke«, flüsterte er. »Danke für alles, Frau Gontrau. Ich weiß es sehr zu schätzen, wie Sie sich um uns kümmern.«

»Das ist mein Job«, gab sie lapidar zurück. Das stimmte natürlich nicht so ganz; um keinen der anderen Flüchtlinge hatte sie sich derart intensiv gekümmert. Aber die beiden hatten etwas an sich, das in ihr den Drang erweckte, besonders für ihr Wohlergehen sorgen zu wollen. »Und nun ruhen Sie sich aus. Morgen sehen wir weiter. Kommen Sie im Laufe des Tages zu mir oder einem meiner Kollegen, damit wir Ihre Personalien aufnehmen können.«

Einen Moment lang hielt er sie mit einem Blick aus seinen dunkelblauen Augen fest. »Dies wird die erste Nacht seit Langem sein, in der ich mich in Sicherheit fühle.«

Sie schluckte. »Ich wünsche Ihnen angenehme Ruhe. Wenn Sie noch etwas brauchen, sagen Sie Bescheid.«

Er sah sie so zögerlich an, als wöge er innerlich ab, ob er sie noch um etwas bitten konnte, aber befürchte, zu viel zu fordern.

»Wirklich«, setzte sie ermunternd hinzu.

»Nun, da ist tatsächlich etwas ...« Er warf einen kurzen Blick auf seine Tochter, die unter der Decke tief schlief, dann schien es, als fasse er sich ein Herz. »Ich weiß, dass es wahrscheinlich anmaßend klingt ... Aber dürfte ich kurz telefonieren?«

Der erste Gedanke, der ihr durch den Kopf schoss, war, dass er womöglich doch eine Frau hatte, die er über die geglückte Flucht informieren wollte. Aber das war Unsinn, denn in diesem Fall wären sie sicherlich zusammen nach Prag gereist. »Natürlich.« Sie zeigte auf den Telefonapparat auf ihrem Schreibtisch. »Sie wollen in die DDR telefonieren?«

»Ja.« Er fuhr sich durch das Haar. »Ich würde gerne meiner Mutter Bescheid sagen, wo wir sind, damit sie sich keine Sorgen macht. Sie ist herzkrank, und ich möchte nicht, dass sie sich allzu sehr aufregt. Nun, das wird sie ohnehin tun. Spätestens Montag wird alle Welt wissen, dass Jasmin und ich verschwunden sind, und die Stasi wird bei ihr aufkreuzen. Ich hoffe, dass sie ihr nicht den Telefonanschluss abstellen.«

»Sie müssen sie unbedingt anrufen.« Ihre eigene Mutter verging schon vor Sorge, wenn sie sich eine Stunde später als vereinbart meldete, dabei lebte sie in Sicherheit. Sie reichte ihm den Telefonhörer. »Wählen Sie die Siebenunddreißig als Ländervorwahl. Aber das wissen Sie bestimmt. Es kann mehrere Anläufe dauern, bis man durchkommt, habe ich mir sagen lassen.« Was redete sie da? Er wusste natürlich viel besser als sie, dass das Telefonnetz der DDR nicht das stabilste war.

»Danke.« Er lächelte schief. »Ich weiß, dass ich der Botschaft hohe Telefonkosten verursache, aber ich bezahle das Gespräch natürlich. Allerdings habe ich nur ein paar Ostmark, die wahrscheinlich das Papier nicht wert sind, auf das sie gedruckt sind, und ein paar Kronen, die ich an der Grenze in einem Gasthaus gewechselt habe.«

Sie winkte ab. »Behalten Sie das Geld. Das Telefonat fällt wirklich nicht ins Gewicht. Ein Großteil unserer Arbeit in der Botschaft besteht darin, jeden Tag in der Weltgeschichte herumzutelefonieren, auch ins Ausland.«

Es schien ihm nicht recht zu sein, sich nicht erkenntlich zu zeigen, doch schließlich ließ er es auf sich beruhen und wählte eine Nummer. »Hallo, Mutti. Ich bin es. Jasmin und ich sind in Prag, alles ist gut.«

Judith ließ ihn allein. Auf dem Flur begegnete ihr Anke, der mal wieder die Teebeutel ausgegangen waren. Sie hatte die Hand bereits auf der Klinke zu Judiths Büro, doch diese hielt sie im letzten Moment am Arm fest.

»Nicht, Anke. Ich habe gerade zwei neue Flüchtlinge in meinem Büro untergebracht.«

Anke schnalzte ungeduldig mit der Zunge. »Wieso denn das? Warum hast du sie nicht auf den Dachboden geschickt?«

Judith dämpfte ihre Stimme, auf keinen Fall wollte sie, dass ihr Gespräch hinter der Tür zu hören war. »Es handelt sich um einen Vater mit einem Kleinkind. Sie brauchen Ruhe. Oben finden sie die nicht, dort sind einfach zu viele Menschen.«

Anke seufzte. »Aber wo sollst du dann hin? Willst du deinen Schreibtisch auch hinter die Küche transportieren und dort eingenebelt von Essensgerüchen und mit Geschirrgeklapper im Ohr arbeiten? Sehr produktiv wirst du nicht sein.« Tatsächlich hatten bereits mehrere Botschaftsangehörige in den letzten Stunden ihre Arbeitsplätze in den Flur hinter der Küche verlagert, um ihre Räume für neu eintreffende Flüchtlinge freizumachen.

Judith musste über Ankes dramatischen Tonfall lächeln. »Ich

glaube, mein Einsatz ist im Moment eher in anderen Bereichen als am Schreibtisch gefragt.«

9

Tobias

Trotz seiner Erschöpfung fand er in dieser Nacht keine Ruhe. Das Büro der jungen Botschaftsangehörigen Judith Gontrau ging auf den Garten hinaus, das Fenster verfügte über keinerlei Läden, sodass das helle Mondlicht ins Zimmer fiel. Er konnte sich kaum rühren, da das Sofa äußerst schmal war und seine Tochter bäuchlings auf ihm lag, alle viere von sich gestreckt wie ein gestrandeter Krebs. In den frühen Morgenstunden schwebte er zwischen Wachen und Schlafen, zuweilen schreckte er schweißgebadet hoch, aus einem wirren Traum über die überstandene Flucht gerissen. Die Bilder, die sein übermüdetes Gehirn produzierte, waren schreckenerregend; einmal glaubte er, direkt im Wald von Stasimitarbeitern aus dem Hinterhalt überrascht und überwältigt worden zu sein, ein anderes Mal vernahm er das laute Schluchzen Jasmins, die ihren Marienkäfer verloren hatte und ihm bitterlich nachweinte. In seinem schlaftrunkenen Zustand fühlte sich alles so echt an.

Als die Sonne aufging, war er hellwach, auch wenn seine Augen brannten vor Müdigkeit und seine Gliedmaße bleischwer waren. Doch als er dem gleichmäßigen Atmen Jasmins lauschte, die ihr Gesicht in das Mutschekiepchen drückte, überkam ihn eine Art innerer Frieden, den er lange vermisst hatte. Auch wenn er seine Heimat mit nichts als den Kleidern am Leib verlassen hatte und nicht wusste, was als Nächstes geschah, spürte er doch ganz deutlich, dass ihm hier in der Botschaft nichts passieren konnte. Das Gelände war ein geschütztes Gebiet, niemand würde ihn gewaltsam von hier wegholen können.

Dieses merkwürdige und doch so beruhigende Schwebegefühl, in dem er festhing, hielt den ganzen Tag an, lediglich die Sorgen um seine Mutter rissen ihn immer wieder da heraus. Zum Glück war es ihm gestern am Telefon halbwegs gelungen, sie nach dem ersten Schrecken über seine Flucht zu beruhigen; letzten Endes war sie sogar froh gewesen, dass er diesen Staat, in dem er so unglücklich gewesen war, hatte verlassen können. Sie hatte tapfer versucht, den Schmerz, ihr Enkelkind nicht mehr zu sehen, hinter Worten der Ermutigung zu verstecken, doch natürlich wusste er, wie nah ihr die unerwartete Trennung ging. Er hätte sie ihr gern erspart, hatte aber keine Möglichkeit gesehen.

»Vielleicht kannst du uns im Westen besuchen, sobald wir dort sind«, hatte er sie getröstet. »Du weißt, Rentner dürfen ohne großes Brimborium in den Westen reisen.« Noch so eine Perfidität: Arbeitnehmer hätten sie am liebsten mit Handschellen angekettet, ältere Menschen, die keiner Arbeit mehr nachgingen und den Staat nur noch Geld kosteten, indem sie Rente bezogen, waren nur noch von geringer Bedeutung. Die Ausreiseanträge von Senioren wurden meistens wohlwollend gestattet.

»Wenn ich dann noch lebe«, hatte sie leise gemurmelt. »Mein Herz macht nicht mehr lange mit, nicht ohne meine Tabletten.«

»Natürlich lebst du noch, erzähl keinen Unsinn«, hatte er sie liebevoll getadelt. Seine Mutter hatte manchmal einen Hang zum Dramatischen, trotzdem steckte ein Körnchen Wahrheit in dem, was sie sagte.

Als seine Tochter erwachte, plapperte sie in einem fort, und er antwortete lächelnd.

»Muss ich heute in den Kindergarten? Aber das geht gar nicht, Vati, oder. Wir sind ja ganz weit von zu Hause fort.« Sie streckte die Arme in die Höhe, damit er ihr das Nicki von gestern wieder überziehen konnte. Auch er schlüpfte in die Klamotten vom Vortag, auch wenn sie verschwitzt und schmutzig waren. Das spielte keine Rolle. Es würde sich alles finden.

»Du kannst nicht in den Kindergarten.« Mit den Händen ordnete er ihr zerzaustes Haar und band es zu zwei unordentlichen Zöpfen. Besser bekam er es heute nicht hin. Dass sie ihren Kindergarten nie wieder besuchen würde, verschwieg er, zumindest vorerst. Sie war noch zu klein, um sie mit der neuen Realität zu konfrontieren, er würde sie ihr scheibchenweise servieren, sobald er wusste, wie es weiterging. »Aber ich glaube, auch hier gibt es Kinder. Sicher findest du jemanden zum Spielen.« Er hob sie hoch, damit sie einen Blick durch das Fenster in den Botschaftsgarten werfen konnte. Tatsächlich standen bereits die ersten Frühaufsteher in lockeren Grüppchen beisammen, tranken Kaffee und unterhielten sich. Ein paar Kinder jagten einem Ball nach.

»Ob sie mich mitspielen lassen?«, flüsterte Jasmin.

»Sicher.« Er küsste sie auf den Scheitel und ließ sie wieder herunter. Für die Kinder und Jugendlichen würde der Tag in der Botschaft lang werden. Irgendwie musste er Jasmin bei Laune halten, Gesellschaft würde dabei helfen.

»Und jetzt lass uns schauen, ob wir ein Frühstück bekommen.« Er nahm sie an die Hand, und sie verließen das Büro. Überall wimmelte es von Menschen, in den Gängen, auf den Treppen.

Eine junge Frau mit Lockenkopf, offenbar eine Botschaftsmitarbeiterin, verteilte Kaffee aus großen Thermoskannen und Brötchen. Dankbar griff Tobias zu, Jasmin biss so heißhungrig in ihr Brötchen, dass große Krümel auf den Boden fielen.

102

»Pass bitte auf«, mahnte er.

»Lassen Sie sie nur.« Die Mitarbeiterin sah nachsichtig zu Jasmin herab, die ihr Frühstück verschlang, als habe sie seit Tagen nichts mehr bekommen. »Aber vielleicht könnten Sie nachher ein bisschen beim Fegen und Staubsaugen helfen. Unser Putzteam kommt bei den vielen Menschen nicht mehr hinterher.«

»Natürlich«, beeilte sich Tobias, zu versichern. Es war das Mindeste, mitanzupacken, sie waren schließlich nicht zu Gast im Luxushotel.

Da er merkte, dass sie im Weg herumstanden – weitere Botschaftsangestellte mit Akten unter den Armen drängten sich an ihnen vorbei –, ging er mit Jasmin in den Garten und gesellte sich zu den anderen Zufluchtsuchenden. Er vermochte es kaum zu glauben – gestern noch fürchtete er um seine Freiheit, Sicherheit und Zukunft, ja, um sein Leben, heute befand er sich in diesem stillen Park, der am Fuße eines kleinen Wäldchens lag. Tautropfen benetzten die Grashalme, und in den hohen Bäumen rauschte eine leichte Brise. Nun nahm er auch erst mal das Palais Lobkowicz in Augenschein, tags zuvor hatte er das barocke Gebäude ja nur von der Straßenseite aus gesehen. Es wirkte wie ein verspieltes, buttercremefarbenes Lustschlösschen. Über dem Eingangstor befand sich wie auf der Straßenseite ein Balkon mit steinerner Brüstung, und auf den Torpfosten, die das schmiedeeiserne Tor zum Garten begrenzten, standen verwitterte Statuen.

Jasmin vergaß ihr halb gegessenes Frühstück und beobachtete gebannt, am Daumen lutschend, die Ball spielenden Kinder. Tobias legte ihr die Hand auf die Schulter. »Na los, Minchen, spiel mit.«

Sie bedurfte keiner weiteren Aufforderung und drückte ihm ihr Brötchen in die Hand, um zögerlich auf die Kinder zuzugehen. In dem Moment sah er aus dem Augenwinkel die Botschaftsmitarbeiterin, die sie gestern in Empfang genommen hatte. Sie trug einen Korb voller Äpfel, die sie ringsum verteilte.

Und dann stand sie vor ihm und hielt ihm den Korb hin. Heute Morgen sah sie weitaus frischer aus als am Abend zuvor, ihr braunes Haar war zu einem tadellosen Pferdeschwanz zurückgebunden, ein Lächeln in den warmen Augen, die grau wie der Himmel an einem gewittrigen Spätsommertag waren. Im Gegensatz zu den Flüchtlingen, die leger in Hosen und T-Shirts gekleidet waren, allesamt nicht mehr allzu sauber, trug sie einen eleganten, sorgfältig gebügelten hellen Hosenanzug und eine teuer wirkende eisblaue Bluse.

»Bedienen Sie sich, und nehmen Sie auch einen Apfel für Ihre Tochter.«

Er wählte zwei besonders rotbackige Äpfel. »Danke«, sagte er heiser. Die Gastfreundschaft, auf die er stieß, ging ihm nah.

»Im Laden gab es besonders viele Äpfel, deswegen haben wir zugeschlagen. Letzte Woche gab es nirgends welche zu kaufen«, erzählte sie und hielt den Korb den neben ihnen Stehenden hin.

Ein Familienvater, der von seiner Frau und drei blonden Kindern, die wie kleine Rauschgoldengel aussahen, umringt wurde – er stellte sich als Dirk Lemke vor –, gab ein schnaubendes Geräusch von sich. »Da fühlt man sich ja gleich wie daheim in Wernigerode. Dort ist auch meistens gähnende Leere in den Regalen der Kaufhalle.«

»Na ja, wir sind ja immer noch im Ostblock. Auch hier gibt es sozialistische Planwirtschaft«, warf ein junger Mann mit Vokuhila-Frisur, der sich Marco nannte, verschmitzt ein. »Wir können nicht erwarten, plötzlich im Schlaraffenland zu sein, wa?«

Judith Gontrau hob bedauernd die Schultern, als trage sie persönlich die Verantwortung dafür, dass es auch in der Tschechoslowakei nicht alles zu kaufen gab, was man begehrte. Tobias mochte

104

ihre offene Art. »In der ČSSR herrscht eine ebensolche Mangelwirtschaft wie in der DDR, schätze ich. Man muss nehmen, was man kriegen kann.«

»Darin haben wir Übung«, sagte Tobias leichthin. Als Judith weiterging, begleitete er sie ein paar Schritte. »Ich möchte mich noch bedanken für gestern Abend. Wenn Sie nicht gewesen wären, hätten uns die tschechoslowakischen Polizisten niemals in die Botschaft gelassen.«

»Keine Ursache, das ist doch selbstverständlich.« Sie stellte den Korb ins Gras und drehte an ihrem goldenen Ring mit einem kleinen roten Stein, vielleicht einem Rubin, er kannte sich da nicht aus. »Wir lassen niemanden draußen stehen.«

»Auch wenn Sie voll sind bis unter das Dach.«

Sie erwiderte sein Lächeln. »Nein, auch dann nicht.« Einen Moment wich sie seinem Blick aus – hatte er sie zu intensiv angestarrt? – und sah zu der Villa, die in der Morgensonne leuchtete wie eine mehrstöckige Torte, verziert mit goldenen Ornamenten. »Die Tschechoslowaken haben die offizielle Anweisung, Flüchtlinge aus der DDR daran zu hindern, die Botschaft zu betreten. Manchmal halten sie sich daran, so wie in Ihrem Fall. Einige wenige Polizisten gehen sehr rabiat vor, sie schrecken nicht davor zurück, Schlagstöcke einzusetzen.«

Ein eiskaltes Prickeln lief ihm über den Nacken. Er verbot sich die Vorstellung, wie die Sicherheitskräfte möglicherweise auf Jasmin eingeschlagen hätten. Wie schwer sie das zarte, kleine Geschöpf hätten verletzen können!

»Aber die meisten Polizisten gehen nicht gegen die Ostdeutschen vor.« Judith folgte mit den Blicken Jasmin. Ein paar Jugendliche hatten ihr den Ball überlassen, dem sie selig hinterherjagte. »Sie lassen sie unbehelligt herein. Seit Gorbatschow politisches Tauwetter eingeläutet hat, sind sie nicht mehr so hart und übersehen so einiges, was sie laut Vorschrift melden oder wogegen sie vorgehen müssten.«

»Glasnost und Perestroika haben überall Einzug gehalten, in der Sowjetunion, in Ungarn, zum Teil auch in der ČSSR, nur in der DDR nicht. Schade.« Er hörte selbst, wie bitter er klang, und spürte den neugierigen Blick der Botschaftsmitarbeiterin auf sich ruhen. Erwartete sie, dass er ausholte und ein paar Worte zu seiner persönlichen Lage verlor? Das konnte er nicht, noch fühlte er sich nicht bereit dazu; zu frisch waren noch die Eindrücke der gestrigen Flucht. Sie mussten sich erst einmal setzen, verarbeitet werden.

»Danke auch für das Büro, das Sie uns so großzügig zur Verfügung gestellt haben.« Er rieb den Apfel an seiner Hose sauber, ohne zu bemerken, was er da eigentlich tat. Es war alles so überwältigend – das prächtige Schlösschen mit dem gepflegten Garten, die Menschen, die müßig herumstanden und Kaffee tranken, seine Tochter, die mit den größeren Kindern Fußball spielte, und diese Frau mit dem Korb voller Äpfel. Er spürte ihr Interesse an der Geschichte, die er so gut verbarg. Sie wirkte zurückhaltend und anteilnehmend zugleich. Er riss sich zusammen und wandte sich halb ab, um zu schauen, wo Jasmin war. Einer der Jugendlichen kickte ihr den Ball zu, und sie kreischte vor Vergnügen. Wärme durchflutete ihn.

»Das ist doch selbstverständlich.« Die Botschaftsmitarbeiterin winkte ab.

Er sah sie ruhig an. »Ist es nicht. Nachher hole ich unser Gepäck, dann ziehen wir auf den Dachboden um wie die anderen.«

»Das müssen Sie wirklich nicht. Ihre Tochter ist noch so klein, sie braucht bestimmt Ruhe zum Schlafen. Sie ist mit Sicherheit das jüngste Kind in der Botschaft.« Sie steckte einem vorbeischlendernden Jungen, der zehn oder elf sein mochte, einen Apfel hin. »Nimm, Janik.«

Ob sie die Namen aller Flüchtlinge wusste? Auf jeden Fall verhielt sie sich so umsichtig und fürsorglich, als hätte sie nie etwas anderes getan, als Lebensmittel zu verteilen. Nebenher musste sie sich bestimmt noch um ihre eigentliche Arbeit kümmern.

»Und wo arbeiten Sie, wenn wir Ihr Büro okkupieren?«

»Ich bin nicht die einzige Botschaftsangehörige, die ihren Raum für die Gäste zur Verfügung stellt. Mehrere von uns arbeiten provisorisch im Flur hinter der Küche.« Sie sagte das so, als sei es keine große Sache, doch seine Bewunderung wuchs. Und seine Dankbarkeit.

»Ich habe keine Ahnung, wie lange dieser Zustand anhalten wird ...« Er ließ den Apfel von einer Hand in die andere rollen, unsicher, was er mit seinen Fingern anstellen sollte.

»Das wissen wir auch nicht. Niemand weiß das. Auch der Botschafter persönlich hat keinen Schimmer.«

Plötzlich mutlos ließ er den Kopf hängen. »Halten Sie es für möglich, dass wir ... dass man uns einfach in die DDR zurückschickt?« Ein Aufenthalt im *Roten Ochsen* wäre ihm schon mal sicher, so viel war klar; womöglich sogar lebenslänglich. Ihm schnürte es die Kehle zu.

»Das kann ich mir nicht vorstellen. Die Bundesrepublik hat noch nie DDR-Bürger in Notsituationen hängen lassen. In den letzten Jahren hat Bonn mehrere zehntausend Menschen, die aufgrund einer missglückten Flucht im Gefängnis saßen, für viel Geld freigekauft.«

Er horchte auf. »Tatsächlich? Davon habe ich noch nie gehört.«

Sie lächelte. »Das denke ich mir. Die Bundesrepublik hängt solche Vorgänge nicht an die große Glocke.«

»Das ist sehr interessant. Wirklich«, murmelte er gedankenversunken. Vielleicht bestand ja doch Hoffnung. Vielleicht würde es ihm und Jasmin und all den anderen Menschen, die sich hinter dem hohen Zaun der Botschaft verschanzten, irgendwie gelingen, ein neues Zuhause im Westen zu finden.

»Wie geht es Ihrer Mutter? Ich hoffe, sie war nicht allzu erschrocken, als Sie sie plötzlich aus der Tschechoslowakei angerufen haben?«, fragte sie mitfühlend.

»Im ersten Moment war es natürlich ein Schock, aber wie jeder andere vernünftige Mensch hat sie gleich verstanden, dass ich diesen Schritt gehen musste. Ich wünschte, ich hätte sie mitnehmen können.«

»Sie können ruhig noch einmal das Telefon benutzen, wenn Sie sie anrufen wollen. Nun muss ich aber weiter.« Sie klang noch immer freundlich, doch nun auch geschäftsmäßig. Natürlich, sie hatte anderes zu tun, als den ganzen Morgen zu verplaudern.

»Verzeihen Sie, ich wollte Sie nicht aufhalten.« Er trat ein Stück zur Seite, um sie vorbeizulassen, und sah ihr grübelnd nach.

Am späten Vormittag machte sich Tobias tatsächlich nützlich, indem er beim Staubsaugen und Fegen half. Bei so vielen Menschen unter einem Dach fiel eine Menge Schmutz und Abfall an. Auch die anderen Flüchtlinge betätigten sich, es gab ja sonst nichts zu tun, und man wollte seiner Dankbarkeit, so wohlwollend aufgenommen worden zu sein, gern Ausdruck verleihen. Dirk, der Vater der drei Mädchen mit den Engelsgesichtern, war von Beruf Klempner, er bot sogleich an, die tropfenden Wasserhähne in der Wohnung des Botschafters zu reparieren; seine Frau Jeannette, die mit ihren langen blonden Haaren und der zierlichen Figur den gemeinsamen Töchtern ähnelte, hatte in der DDR als Erzieherin gearbeitet und beschäftigte in der Zeit, in der sich jeder auf die eine oder andere Weise einbrachte, die Kinder mit Spielen und Basteln.

Später, als alle Arbeiten verrichtet waren, fand sich Tobias mit seinen neuen Bekannten wieder im Garten ein, wo sie sich ins warme Gras setzten und ihren Kindern beim Spielen zusahen.

»Darf ich?«, fragte eine junge Frau mit kupferroten, lockigen Haaren, die eine grellbunte Bluse trug, und deutete auf die Picknickdecke, auf der noch ein Eckchen frei war.

»Natürlich.« Jeannette rückte ein Stück zur Seite, und die Frau setzte sich.

»Danke. Ich bin Luzie.«

Dirk betrachtete sie. »Wie lange bist du schon hier, Luzie? Ich habe dich bisher noch nicht gesehen.«

Es fühlte sich ganz natürlich an, dass sich alle duzten. Sie saßen im selben Boot, waren nach der kurzen Zeit, die sie gemeinsam verbracht hatten, bereits eine Schicksalsgemeinschaft.

»Ich bin heute Morgen erst angekommen.« Luzie griff nach einem Keks, den Tobias ihr auf einer Schale hinhielt. Christina Leuchner, die Botschaftsmitarbeiterin, die am Morgen das Frühstück verteilt hatte, war vorhin mit einem Nachmittagssnack vorbeigekommen. Tobias kannte inzwischen die Namen fast aller Mitarbeiter, auch sie schienen ihm Teil ihres eingeschworenen Teams.

»Per Auto, Zug oder zu Fuß?«, fragte Jeannette, während sie Jasmin half, einen Turm aus Bauklötzen zu stapeln. Tobias schaute seiner Tochter liebevoll zu. Es war schön, wie viel Spaß sie hatte; sie wirkte in sich ruhend, und offenbar genoss sie es, so viel Zeit an seiner Seite verbringen zu dürfen. Daheim – dieses Wort sollte er vorläufig aus seinem Wortschatz streichen – hatten sie nur die Wochenenden gemeinsam gehabt, ansonsten hatte Jasmin sich fast bis zur Schlafenszeit im Kindergarten aufgehalten.

109

»Mit dem Zug. Ich habe zu Hause …« Das sommersprossige Gesicht Luzies verdüsterte sich für einen Moment; auch sie schien, wie alle hier, Probleme mit dem Begriff zu haben. Das verband, schmiedete sie zusammen. »Na ja, zu Hause, das war einmal … Also, in Rostock, wo ich gearbeitet habe, habe ich allen Kollegen erzählt, ich treffe mich in Prag mit meiner tschechoslowakischen Brieffreundin. Und hier bin ich.«

»Gibt es diese Freundin tatsächlich?« Tobias reichte Jasmin einen Baustein, der von der Decke gekullert war.

»Ja. Das heißt, es gab sie.« Luzie grinste verlegen. »Wir haben seit Ende unserer Schulzeit keinen Kontakt mehr. Aber das ist ja auch egal. Die Hauptsache ist, dass ich unbehelligt in die ČSSR einreisen konnte. Und hier bin ich also.«

»Was ist deine Geschichte?«, fragte Tobias leise. Die Scheu, sich bei völlig Fremden nach den Gründen für ihre Flucht zu erkundigen, hatte er inzwischen abgelegt. Auf die eine oder andere Art ähnelten sich ihre Erzählungen, allen war gemein, dass sie Abscheu gegen das sozialistische Regime empfanden, Unwillen, ja, Unfähigkeit verspürten, die Schikanen des Staates weiter zu ertragen. Weiter zu leiden.

»Keine besondere …« Luzie biss gedankenverloren in einen Keks, ihr Blick wanderte zu der kleinen Anhöhe mit dem Wäldchen jenseits des Botschaftszaunes. »Mir sind nur ein paar Dinge klar geworden. Meine Mutter – sie ist letztes Jahr gestorben – war Spanischlehrerin. Sie hat alles Spanische geliebt, Bücher in sich aufgesogen, von Spanien und Südamerika geträumt, ihr ganzes Leben lang. Als sie jung war, wollte sie alle diese Orte bereisen, die Welt sehen … Aber dann wurde die Mauer gebaut, und ihr Traum ist geplatzt.«

Dirk nickte mitfühlend. »Und der Bedarf an Spanischlehrern

in der DDR ist und war ... sagen wir mal, begrenzt. Womit hat sie ihr Geld verdient?«

»Sie gab ein paar Kurse, verdiente aber nicht genug, um uns über Wasser zu halten. Mein Vater starb leider jung, kurz nach dem Mauerbau. Sie hat in einer Kaufhalle gearbeitet, dies aber gehasst. Ich kannte sie eigentlich nur als verbitterten Menschen.«

Alle schwiegen einen Moment, betroffen vom Schicksal einer Frau, der der Sozialismus die Lebensfreude geraubt hatte. Tobias betrachtete Luzie. Es tat gut, im Kopf nicht nur das eigene Elend zu wälzen, sondern zu hören, dass es anderen Personen in all den Jahren nicht besser gegangen war.

»Als sie starb und ich ihre Sachen durchging, stieß ich auf all die Spanisch-Lehrbücher, all die Romane südamerikanischer Schriftsteller, die Freunde aus dem Westen ihr besorgt hatten. Ich bin in ein tiefes Loch gefallen und fing an zu grübeln. Würde mein Leben auf die gleiche Weise verlaufen? Würde meine Welt immer an dieser verdammten Mauer enden, würde ich niemals Palmen sehen? Würde die Ostsee das einzige Meer sein, das ich jemals kennen würde?« Luzie warf den Kopf in den Nacken und schaute blinzelnd in die helle Nachmittagssonne. »Ich will mehr vom Leben, als eingesperrt zu sein. Ich bin Krankenschwester, ich kann überall arbeiten. In Westdeutschland, in Spanien oder Bolivien. Und da ich keine Eltern mehr und keine Geschwister habe, ist mir der Schritt, mich über Prag abzusetzen, leichtgefallen.«

»Hoffen wir nur, dass sich uns auch wirklich eine Möglichkeit bietet, in den Westen zu kommen«, murmelte Jeannette, dann lächelte sie und klatschte in die Hände. »Prima, Jasmin, dein Turm ist ja so groß wie du selbst.«

Jasmin strahlte über das Lob, dann schmiegte sie sich an Tobias, als hätte sie nun genug Zeit mit Fremden verbracht und suche wieder seine Nähe.

»Im Moment tut sich ja leider recht wenig.« Mit zusammengekniffenen Augen sah Dirk zur Villa, hinter deren Fensterscheiben man eilig vorüberlaufende Menschen ausmachen konnte. »Außer dass der Botschafter den ganzen Tag in der Weltgeschichte herumtelefoniert.«

»Wir müssen allen Beteiligten etwas Zeit zugestehen.« Tobias zupfte Jasmin einen Marienkäfer aus den Haaren und setzte ihn auf ihre Hand, wo sie ihn fasziniert betrachtete. »Dies ist eine völlig neue Situation. Keiner weiß, wie er agieren soll.«

Dirk beschirmte die Hände mit den Augen und blickte über den Garten. »Da kommt Marco zurück. Er wollte sich bei diesem einen Botschaftsmitarbeiter, Erlenwein heißt er, nach dem Stand der Dinge erkundigen.«

Gespannt schauten alle dem jungen Automechaniker entgegen. Er kam heran und ließ sich dann auf den Rand der Picknickdecke fallen.

»Und? Werden wir heute noch in die BRD ausgeflogen?«, scherzte Tobias. Er selbst hielt es für reichlich naiv, auf eine baldige Ausreise zu hoffen. Das SED-Regime würde dies nicht ohne Weiteres dulden, es würde einen Skandal gigantischen Ausmaßes nach sich ziehen, zumindest würde es zu diplomatischen Spannungen zwischen West- und Ostdeutschland kommen.

»Nee.« Marco stopfte sich schnaufend den letzten Keks in den Mund. »Erlenwein wollte gar nicht richtig auf meine Frage eingehen. Er beschwerte sich, dass ständig einer aus unserer Truppe bei ihm aufschlägt und sich nach der aktuellen Lage erkundigt. Er käme gar nicht mehr zu seiner Arbeit.«

»O nein, wirklich?«, entfuhr es Jeannette, die die Bauklötze wieder in die dazugehörige Schachtel räumte. Auch die anderen wirkten betroffen. Tobias dachte sich seinen Teil. Was erwarteten seine Landsleute? Sie konnten wohl kaum annehmen, sich in der

112

Botschaft einzunisten und augenblicklich sämtliche Wünsche erfüllt zu bekommen. Zumal die Botschaftsangehörigen nicht in der Position waren, weitreichende Entscheidungen zu treffen. Dies war die Aufgabe der Politiker, und dass deren Mühlen langsam mahlten, wusste wohl jeder.

»Erlenwein meint, wir sollen einen Sprecher wählen, der alle Anliegen sammelt und sie dem Personal einmal pro Tag vorträgt. Das wäre effizienter, als wenn wir ständig einzeln bei ihm klopfen.«

Dirk nickte. »Klingt plausibel.«

»Dann sollten wir uns nachher alle zusammensetzen und beratschlagen, wer diese Rolle übernehmen könnte.« Tobias stand auf, Jasmin an der Hand. »Bis später. Die junge Dame muss jetzt dringend ihren Mittagsschlaf halten.«

Jasmin kicherte über die Bezeichnung *Dame*, rieb sich die Augen und hüpfte neben ihm her ins Gebäude.

10

Judith

Ihre Hand schwebte über der Türklinke. Sollte sie klopfen oder einfach eintreten? Wahrscheinlich hielten Tobias Seibold und seine Tochter sich ohnehin im Freien auf, das war bei dem herrlichen Sommerwetter angenehmer, als in dem engen Büro zu hocken. Sicherheitshalber klopfte sie trotzdem, zu ihrer Überraschung wurde die Tür von innen geöffnet.

»Kommen Sie nur herein«, flüsterte Tobias und warf über die Schulter einen Blick zu dem schmalen Sofa, auf dem die Kleine schlummerte, die Decke, die Judith ihnen überlassen hatte, bis zum Kinn hochgezogen. Sie drückte ihr Gesicht in ihr leuchtend rotes Plüschtier. »Jasmin macht gerade Mittagsschlaf.«

Ihr erster Impuls war, zurückzuweichen. »Ich will nicht stören, ich brauche bloß eine Akte, aber die kann ich mir auch später holen.«

Er öffnete die Tür ein Stück weiter und bedeutete ihr, einzutreten. »Kommen Sie bitte herein. Es ist ja immer noch Ihr Büro, in das wir uns eingenistet haben. Außerdem hat Jasmin einen tiefen Schlaf, so schnell weckt sie nichts.«

Sie lächelte und trat über die Schwelle, ein bisschen befangen, so als dringe sie in einen privaten Bereich ein, der sie nichts anging, auch wenn nur wenige persönliche Gegenstände herumlagen. Wechselkleidung hatten die Seibolds anscheinend keine da-

114

bei, offenbar hatten sie außer Proviant nichts mitgenommen. Bei dem Gedanken zog sich ihre Kehle zusammen. Sie selbst besaß so viele Gegenstände, an denen ihr Herz hing, undenkbar, dies alles zurückzulassen. Und dennoch hatte sie genau dies bereits einmal getan ...

Rasch ging sie auf ihren Schrank zu und suchte die Akte, die sie benötigte. Als sie sich wieder umwandte, stand Tobias direkt vor ihr, die Hände in den Hosentaschen. Er war unrasiert, sah aber dennoch ausgeruhter aus als bei seiner Ankunft. Es lag etwas in seinem Blick, das ihr Rätsel aufgab ... War es Verlegenheit? War es ihm unangenehm, dass er ihr Büro belegte und sie klopfen musste, wenn sie etwas brauchte?

Alles in ihr drängte danach, ihm dieses Gefühl zu nehmen, sie konnte sich gut vorstellen, wie unangenehm es sein musste, sich wie ein mittelloser Bittsteller vorzukommen. »Brauchen Sie noch etwas?«, fragte sie leise, die Akte gegen die Brust gedrückt.

Er schien mit sich zu kämpfen, dann sagte er gedämpft: »Es gibt tatsächlich etwas. Wir ... ich ...« Unbehaglich fuhr er sich durch sein dichtes dunkelbraunes Haar, das sicher seit gestern keinen Kamm mehr gesehen hatte. Natürlich nicht. Seltsamerweise tat sein leicht derangiertes Aussehen seiner Attraktivität keinerlei Abbruch. »Hätten Sie vielleicht ein Stück Seife?«

»Aber ja.« Sie wandte sich nochmals zum Schrank um, bückte sich und öffnete die unterste Schublade, in der sie ein Notfallarsenal an Hygieneartikeln aufbewahrte. Seit sie im letzten Winter einmal heftig eingeschneit waren und eine Nacht in der Botschaft verbringen mussten, sorgte sie vor. Sie erhob sich so abrupt, dass ihr kurz Sternchen vor den Augen tanzten, und hielt ihm ein Stück Seife, eine noch in der Verpackung steckende Zahnbürste, Zahnpasta und eine lavendelfarben geblümte Bürste hin, die sehr nach Mädchenkram aussah. Doch er griff kommentarlos

115

danach. »Tausend Dank. Ich weiß, wie unbedacht es wirken muss, ohne alles hier aufzuschlagen, aber wir konnten nichts einpacken. Wir mussten damit rechnen, von der Polizei angehalten und durchsucht zu werden. Hätte man Waschzeug und Kleidung gefunden, wäre unsere Flucht schlagartig zu Ende gewesen.« Er sprach ein wenig atemlos, das Thema schien ihm emotional sehr zuzusetzen. Er warf einen kurzen Blick zu seiner Tochter, doch sie schlummerte friedlich.

Sie nickte. »Natürlich. Machen Sie sich keine Gedanken, wir helfen gerne aus.«

Er legte die Bürste, die Zahnbürste und die Zahnpasta auf dem Schreibtisch ab, behielt aber die Seife in der Hand. Eine gewisse Unruhe ging nun von ihm aus.

»Ach, herrje.« Was sollte er mit einer einzelnen Zahnbürste? Die Kleine brauchte schließlich auch eine. Rasch dachte Judith nach. »Entschuldigen Sie, ich bin nicht ganz bei mir. Ich glaube, Christina, eine unserer Mitarbeiterinnen, hat Zahnbürsten besorgt ... Ich suche gleich nach ihr und frage sie. Ansonsten bringe ich Ihnen eine von ... von zu Hause mit.« Was redete sie da, wieso verhaspelte sie sich? Würde sie sich auf diese kopflose Art mit den tschechoslowakischen Ansprechpartnern unterhalten, mit denen sie tagtäglich bezüglich der Deutschkurse zu tun hatte, würde sie niemand ernst nehmen. »Die ... die Gästetoilette befindet sich gleich den Gang runter, aber das wissen Sie ja.« Eine Dusche konnte sie ihm leider nicht bieten. Wie unangenehm, sich nicht duschen zu können, vor allem bei den sommerlichen Temperaturen.

»Ja. Sie denken an alles, danke schön.« Er lächelte schief. Da es nichts mehr zu sagen gab, ging sie an ihm vorbei zur Tür. Einen Augenblick stieg ihr sein herber Geruch nach leichtem Schweiß, Wald und Gras in die Nase.

Sie suchte sich ein ruhiges Plätzchen hinter der Küche und versuchte, mit einer Sekretärin der Karls-Universität verschiedene Sprachkurse für das kommende Herbstsemester zu terminieren, doch das Gespräch verlief recht unerquicklich.

»Am besten melde ich mich nächste Woche noch mal.« Frustriert legte sie den Hörer auf die Gabel. »Meine Güte. Egal, mit wem ich telefoniere, jeder möchte alle erdenklichen Einzelheiten über unsere ostdeutschen Gäste erfahren, unmöglich, ein normales Gespräch zu führen.«

»Wem sagst du das.« Elias Trauth, der neben ihr auf der Kante eines der eilig herbeigeschafften Tische hockte, die als Schreibtischersatz dienten, rieb sich erschöpft über die Stirn. »Ich hatte vorhin den Bürgermeister in der Leitung, um ein paar Termine mit ihm abzuklären, aber das interessierte ihn alles nicht. Er wollte wissen, wie wir die Flüchtlingssituation zu klären gedenken! Wie, um Himmels willen, sollen wir das klären, kannst du mir das verraten?«

Judith schüttelte den Kopf und biss sich auf die Lippe.

»Wann wir endlich die Autos entfernen, die in der Vlašská parken, wollte er allen Ernstes wissen.« Elias empörte sich immer mehr. »Wir sollten die Trabis und Wartburgs, mit denen unsere *Gäste* gekommen sind, anderswo abstellen, sie würden die enge Straße verstopfen. Außerdem störe es das Stadtbild.«

»Ich denke, wir können sein Anliegen getrost ignorieren.« Judith schlug ihre Akte zu. Heute würde sie nichts mehr geschafft bekommen, so viel war sicher. »Wir haben andere Probleme als abgestellte Autos. Sag mal, weißt du, wo die Zahnbürsten sind, die Christina für die Flüchtlinge besorgt hat?«

Als sie später durch das Erdgeschoss eilte, um Markus Erlenwein

117

zu suchen, von dem sie eine Unterschrift benötigte, wäre sie fast in Tobias gelaufen, der gerade aus der Gästetoilette kam.

»Hoppla.« Im letzten Moment lehnte er sich gegen die Wand, um einen Zusammenstoß zu vermeiden.

Errötend blieb sie stehen. Seine Haare waren feucht, und der dezente Duft der Rosenseife, die ihre Mutter ihr immer schickte, ging von ihm aus. Shampoo. Sie musste ihm noch Shampoo mitbringen, Seife war auf Dauer nichts für die Haare. Das hieß, natürlich musste sie Shampoo für alle besorgen, nicht nur für ihn ...

»Ich hoffe, ich kann nun guten Gewissens wieder unter Menschen gehen.« Um seine Mundwinkel zuckte es, und sie lächelte.

»So schlimm war es gar nicht.«

»Na, dann bin ich ja beruhigt.«

Als sie ihm einen amüsierten Blick zuwarf, entdeckte sie einen leichten Schmutzstreifen hinter seinem Ohr, den er beim Waschen übersehen haben musste. »Sie haben da noch was ...« Sie deutete auf die Stelle, und er wischte sich ziellos im Nacken herum, ohne den Schmutz zu erwischen.

»Weg?«

»Nein ...« Es zuckte sie in den Fingern. Untersteh dich, warnte sie sich, es wäre absolut unangebracht, Hand anzulegen. Doch ehe sie es sich versah, hatte sie ein Tempo aus ihrer Hosentasche gekramt, fragte: »Ich darf doch?«, und wischte ihm den Flecken ab, der aussah, als sei er ein Überbleibsel seiner abenteuerlichen Flucht durchs Erzgebirge.

Sie war ihm so nah, dass sie die Wärme spürte, die seine Haut abstrahlte, und sie sah, wie sich seine Pupillen überrascht weiteten und das Blau der Iris verdrängten. Aber er hielt still.

In weniger als drei Sekunden war die Aktion vorüber, und sie zerknüllte das Taschentuch in ihrer Hand. Schweigend gingen sie ein paar Schritte. Milde Nachmittagssonne fiel durch die hohen

Fenster und tupfte helle Lichtkreise auf Tobias' dunklen Haarschopf.

»Sie sind ja vielseitig im Einsatz«, sagte er schließlich, und in seiner Stimme klang Heiterkeit mit.

Gott sei Dank, er hielt sie nicht für übergriffig. Sie wusste selbst nicht, was sie eben überkommen hatte. Zumindest war er nun überall sauber.

»Das bringt der Job so mit sich«, erwiderte sie leichthin.

»Es muss schön sein, in einem Beruf zu arbeiten, der einen in die ganze Welt führt.«

Klang sein Tonfall wehmütig, oder interpretierte sie das nur hinein? Auf jeden Fall hatte sie in den vielen Gesprächen, die sie in den letzten Tagen mit anderen DDR-Bürgern geführt hatte, herausgehört, wie sehr diese darunter litten, nicht reisen zu dürfen.

»Das ist es.« Sie gab sich bewusst einsilbig; auf keinen Fall würde sie von den Orten erzählen, an denen sie bisher tätig gewesen war, und ihm damit demonstrieren, welch privilegiertes Dasein sie im Gegensatz zu ihm führen durfte.

»Und wie kommt man zu diesem Job?«

Sie zögerte. »Nun ja, es gibt verschiedene Laufbahnen, die man einschlagen kann.«

»Und welche haben Sie eingeschlagen?«

Er schien echtes Interesse an ihrem Beruf zu haben, deshalb gab sie ihre heimliche Rücksichtnahme auf und erzählte. »Zugang zur höheren Laufbahn erhält man durch ein Studium. Ich habe die gehobene Laufbahn eingeschlagen, das heißt, ich bin nach dem Abitur an die Fachhochschule des Bundes gegangen, wo ich mich drei Jahre lang für den Auswärtigen Dienst habe ausbilden lassen.«

»Und nach diesen drei Jahren waren Sie bereit, die Welt da draußen zu erobern.« Er klang beeindruckt.

119

»Wenn Sie es so nennen wollen. Nicht, dass die Welt auf mich gewartet hätte. Ich bin nur eine von vielen in diesem Job.«

»So wie ich das sehe, erledigen Sie einen fantastischen Job.« Einen Moment lang musterte er sie, sein Blick war dunkel, unergründlich; sie verzichtete darauf, aus falscher Bescheidenheit eine lapidare Bemerkung zu machen.

»Vati!«

Beide schnellten herum. Am Ende des Gangs hatte sich Judiths Bürotür geöffnet, und Jasmin stand auf der Schwelle. Ihre Haare standen nach dem Schlafen in alle Richtungen ab wie die Fühler eines Käfers, und sie hielt dieses rote Plüschtier, das Judith bereits ein paar Mal gesehen hatte, fest im Arm. »Ich bin wach. Krieg ich was zu essen?«

Tobias und Judith lächelten sich an.

»Klar, Minchen.« Er nickte Judith zum Abschied zu und drehte sich auf dem Absatz um, um zu seiner Tochter zu eilen.

Judith beobachtete, wie er das Kind hochhob und einmal im Kreis herumschwang, wobei sie vor Entzücken quietschte wie eine kleine Maus. Rasch wandte sie sich ab. Was wollte sie gerade erledigen? Ach ja, sie musste Markus finden, damit er ihr einen Antrag unterschrieb. Danach würde sie sich um eine Zahnbürste kümmern.

Punkt einundzwanzig Uhr begann das Schauspiel der astronomischen Uhr am Altstädter Rathaus. Judith, die mit Anke gegenüber des Rathausturmes im Außenbereich eines Bistros saß, beobachtete das weniger als eine Minute andauernde Spektakel, bei dem sich die Fenster der Uhr öffneten und die Apostel vorbeizogen. Gleichzeitig läutete der Sensenmann die Todesglocke und schwenkte eine Sanduhr. Die Uhr war ein wahres Meisterwerk aus drei Zeigern, dem Sonnen- und dem Mondzeiger sowie einem, der das Sternzeichen des Monats anzeigte. Obwohl Judith die kleine Vorführung, die stets zur vollen Stunde stattfand, bereits mehrmals gesehen hatte, faszinierte sie sie noch immer. Prag war eine Stadt voller Schätze und Kostbarkeiten, und sie war froh, dass ihr Beruf sie hierher verschlagen hatte; zugegebenermaßen nicht nur wegen der Sehenswürdigkeiten und der vielen Türme, die in der untergehenden Abendsonne golden glänzten, nein, auch die Vorgänge im Innern der Deutschen Botschaft gestalteten sich zurzeit sehr spannend.

»Endlich mal wieder ein bisschen Feierabend-Feeling.« Anke, die ihren professionell wirkenden Hosenanzug gegen ein Sommerkleid mit großen roten Mohnblumen getauscht hatte, trank einen kräftigen Schluck ihres Staropramen, während Judith, die kein Bier mochte, an einem Fernet mit Zitrone nippte. »Die letzten Tage ging es ja drunter und drüber. Wenn du mich fragst, ist es an der Zeit, dass mal wieder ein bisschen Ruhe einkehrt. In der Botschaft geht es zu wie in einem Taubenschlag.«

»Ich glaube kaum, dass sich das in absehbarer Zeit ändert.« Judith starrte noch immer die astronomische Uhr an, obwohl das Schauspiel bereits zu Ende war. Die Touristen mit ihren Fotoapparaten zerstreuten sich. »Bisher ist noch kein einziger der Flüchtlinge wieder abgereist. Ich denke, dass es eher noch mehr werden.«

»Lieber Himmel.« Anke wischte sich Bierschaum vom Mund. »Ich verstehe, dass sie alle einen Ausweg aus ihrem Leben in der DDR suchen, aber wo sollen wir die ganzen Leute unterbringen?«

»Keine Ahnung. Es muss irgendwie gehen.«

Anke schenkte ihr ein spitzbübisches Lächeln und betrachtete sie von der Seite. »Du unterhältst dich auffallend oft mit diesem alleinerziehenden Vater, ich weiß gar nicht, wie er heißt.«

Judith nestelte am Kragen ihrer ärmellosen türkisblauen

Bluse, die sie nach der Arbeit angezogen hatte. »Unsinn. Ich rede genauso oft mit ihm wie mit den anderen Flüchtlingen. Es ist doch klar, dass sie alle Fragen haben und unsicher über das weitere Vorgehen sind, wir müssen uns doch um sie kümmern.« So ganz stimmte das nicht, das war ihr klar. Tobias Seibold hatte etwas an sich, das sie anzog – in rein professioneller Hinsicht natürlich. Seine ernste und durchdachte Art, der Mut, den er bewiesen hatte, indem er bei Nacht und Nebel – gut, das war wohl nur in ihrer Fantasie so gewesen – zu Fuß über die Grenze im Erzgebirge gewandert war, noch dazu mit einem Kleinkind, um das er sich ganz allein kümmerte, all das erweckte in ihr den Wunsch nach mehr. Mehr über ihn zu erfahren, zu verstehen, woher er kam und wie er zuvor gelebt hatte. Die anderen Flüchtlinge hielten sich da nicht so bedeckt. Marco hatte ihr gleich zu Beginn seine ganze Lebensgeschichte erzählt, und auch mehrere seiner ... konnte man sie Leidensgenossen nennen? Auch mehrere seiner Leidensgenossen hatten ihre Geschichten in aller Ausführlichkeit erzählt.

»Jaja, schon klar, rede dir dein Interesse an ihm nur schön.« Anke winkte dem Kellner, um ein Wasser zu bestellen.

»Hör auf, dir Dinge einzubilden, die gar nicht da sind.« Zuweilen ärgerte sie Ankes unverblümte Art. »Die Flüchtlinge sind unsere Schutzbefohlenen, mit manchen redet man mehr, mit anderen weniger.«

»Schon gut.« Anke schlug einen versöhnlichen Ton an. »Vielleicht sehe ich manchmal Gespenster. In unserem Beruf wird man so, oder nicht? Alte Jungfern, die alle paar Jahre woanders hinziehen und vor lauter Einsamkeit wunderlich werden.«

Judith lachte. »Da hast du natürlich auch wieder recht.«

Wehmütig starrte Anke in die untergehende Sonne, die den Turm des Altstädter Rathauses in ein glühendes Licht tauchte. »Denkst du auch manchmal darüber nach, was das Leben noch für

122

uns bereithält? Schließlich werden wir älter – ich werde bald drei-unddreißig! Ich hätte schon gerne eine eigene Familie ... und Kinder. Du nicht?«

»Doch, natürlich.« Judith legte die Hände um ihr Glas, das angenehm kühl war. Trotz der späten Stunde war es noch recht warm. Der Kellner brachte Anke das Wasser, er trug ein Tablett mit Speisen mit sich, deren verführerischer Duft in der Luft schwebte. »Aber wie sollen wir das in unserem Job verwirklichen?« Das Bild der kleinen Jasmin Seibold blitzte vor ihr auf. Es berührte sie jedes Mal, wenn sie voller Vertrauen die Hand ihres Vaters ergriff oder wenn sie mit ihren großen blauen Augen zu ihm aufsah. Ob sie so etwas auch einmal erleben durfte? »Haben sie dich beim Auswahlgespräch in Bonn damals auch gefragt, wie du dir deine familiäre Zukunft vorstellst? Wie du Mann und Kinder mit deinem Beruf vereinbaren willst?«

Sie erinnerte sich noch gut daran, wie sie mit neunzehn, kurz vor dem Abitur, in den Gebäuden des Auswärtigen Amtes vor die Auswahljury getreten war. Klein und bedeutungslos hatte sie sich gefühlt, als sie den sechs Männern in Anzügen gegenüberstand, die alle gemütlich dasaßen, eine Tasse Kaffee vor sich, und sie auf Herz und Nieren prüften.

»Ja.« Stirnrunzelnd versuchte sich Anke zu erinnern. »Ich weiß nicht mehr, was ich geantwortet habe. Wahrscheinlich habe ich eine nichtssagende Antwort gemurmelt. Was soll man auf so eine Frage schon antworten?«

»Ich habe gesagt, man sucht sich am besten einen Partner innerhalb des Auswärtigen Amtes und lässt sich gemeinsam an neue Orte versetzen.« Selbst in der Rückschau zog sich alles in Judith zusammen. Sie war so jung und unbedarft gewesen. »Die Mitglieder der Jury haben nur gegrinst und wahrscheinlich gedacht:

Welch ein naives Küken. Na ja, genommen haben sie mich trotzdem ...«

»Zum Glück, sonst säße ich jetzt allein hier.« Anke prostete ihr mit ihrem Wasserglas zu. »Ich frage mich nur, ob die männlichen Bewerber diese Frage auch beantworten mussten.«

»Wahrscheinlich nicht.« Judith verzog das Gesicht. »Bei ihnen setzt man ja voraus, dass die liebe Gattin ihnen überallhin folgt und ihre eigene Beschäftigung zurückstellt. Ich habe mich letztens beim Einkaufen mit Frau Huber darüber unterhalten.« Sie schlang die Arme um die Brust, jetzt, wo die Sonne allmählich verschwand, wurde es kühl. Der Himmel wurde von federgrauen und altrosa Schleiern durchzogen. »Es ist spät, wir sollten los. Morgen wird wieder ein anstrengender Tag.«

»Darauf kannst du dich verlassen.« Anke seufzte und winkte den Kellner herbei.

11

Judith

Juli 1989, Prag

»Guten Morgen allerseits.« Hermann Huber nickte in die Runde, während Timo, der junge Küchenhelfer, eine große Kaffeekanne und einen Teller mit Teekuchen auf den Tisch stellte. Die Morgensonne fiel hell durch die hohen Fenster des Kuppelsaales und brach sich in den Kristallen des Lüsters, der über dem Tisch hing. »Zuallererst einmal möchte ich mich bei Ihnen, Herr Seibold, bedanken, dass Sie sich bereit erklärt haben, als Sprachrohr für Ihre Mitbürger aus der DDR zu dienen.«

»Nun ja.« Tobias, der Judith gegenübersaß und als Einziger an der Tafel nicht mit Stift und Notizblock ausgestattet war, grinste schief. »Ich habe mich nicht gerade um die Aufgabe gerissen, aber die anderen Flüchtlinge sind anscheinend der Meinung, ich würde zum Sprecher taugen.«

Anke, Elias Trauth, Markus Erlenwein, Christina Leuchner und der Botschafter schmunzelten, und auch Judith lächelte Tobias zu. Es war schön, ihn nun jeden Morgen bei ihren Besprechungen dabeizuhaben. Er hatte sein reichlich verschwitztes und schmutziges Hemd, mit dem er angekommen war, gegen ein dunkelblaues ausgetauscht, das die Farbe seiner Augen hatte, was ihr außerordentlich gut gefiel, wie sie sich eingestehen musste. Wo er

125

es wohl aufgetrieben hatte? Rasch versuchte sie, diese Gedanken zu verdrängen.

»Das werden Sie bestimmt. Sie verstehen sicher, dass es für uns erheblich einfacher ist, einen Vertreter in Ihren Reihen zu haben, mit dem wir wichtige Dinge besprechen können, als ständig mit einer Vielzahl von Personen reden zu müssen.«

»Natürlich. Wir bereiten Ihnen ja auch eine Menge Extraarbeit, das ist uns schon klar.« Tobias strich sich durch sein dunkles Haar.

»Darüber machen Sie sich bitte keine Sorgen.« Der Botschafter rührte Zucker in seinen Kaffee und nippte genüsslich daran. »Sie bringen sich ja auch wunderbar ins Botschaftsleben ein.«

Das stimmte. Marco hatte eine der Botschaftslimousinen, die Öl verlor, repariert, Dirk kümmerte sich um die verstopften Dachrinnen der Villa, und Luzie leistete Erste Hilfe, sobald die Kinder sich beim Spielen die Knie aufschürften oder sich jemand in den Finger schnitt.

»Apropos.« Markus Erlenwein schob seine Brille ein Stück die Nase hoch. »Sie sind doch Fotograf, Herr Seibold. Wäre es vielleicht möglich, dass Sie ein schönes Foto von meiner Familie machen? Meine Frau würde es ihrer Mutter gern zum siebzigsten Geburtstag schicken.«

»Wenn Sie mir eine Kamera zur Verfügung stellen?« Um Tobias' Mundwinkel zuckte es. »Meine Ausrüstung musste ich *drüben* zurücklassen.«

»Das sollte kein Problem sein«, versicherte Markus eifrig.

»Braucht noch jemand eine Dienstleistung, oder können wir anfangen?« Huber gab sich gespielt streng, doch sie nahmen alle die Belustigung wahr, die in seinen Worten mitschwang.

»Befindet sich jemand unter Ihren Leuten, der Haare schneiden kann?« Elias schob sich eine lange Strähne aus dem Gesicht.

126

»Bei den vielen Überstunden, die ich im Moment leisten muss, ist ein Friseurbesuch zeitlich einfach nicht drin.«

Judith sah zu Anke, bemerkte, dass auch sie ein Prusten unterdrücken musste. Selten war es in den ehrwürdigen Sälen des Palais derart heiter zugegangen.

Auch Tobias musste sich augenscheinlich das Lachen verkneifen. »Wir haben tatsächlich eine Friseurin unter uns. Kathleen Schneider aus Magdeburg. Sie freut sich bestimmt, wenn sie was zu tun bekommt.«

»Prima.« Zufrieden griff Elias nach einem Teekuchen und biss herzhaft hinein.

»Nun lassen Sie uns anfangen, sonst müssen wir heute noch mehr Überstunden schieben.« Huber verdrehte schalkhaft die Augen und schlug seine Mappe auf. »Es trudeln immer mehr Beschwerden von den tschechoslowakischen Behörden ein. Sie verbitten sich, dass ständig neue Leute bei uns klingeln, um eingelassen zu werden. Das Politbüro in Ostberlin setzt die Tschechoslowaken gewaltig unter Druck und verlangt, dass dagegen vorgegangen wird.«

»Verlangen können sie viel, nicht wahr?« Christina sah verunsichert von ihren Unterlagen auf. »Sie haben uns ja keine Vorschriften zu machen, oder?«

»Das ist richtig.« Huber nickte. »Trotzdem sehe ich die Situation problematisch. Nicht, dass ich die Flüchtlinge nicht gerne aufnehme, verstehen Sie mich nicht falsch! Allerdings verhindert das ganze Tohuwabohu am Eingangstor, dass unsere eigentliche Kundschaft – damit meine ich Westdeutsche, die ihren Ausweis verloren haben oder die Geburt eines Kindes anzeigen möchten und so weiter – rasche Hilfe bei uns bekommt. Sie sind nicht von den Flüchtlingen zu unterscheiden, daher es kommt am Eingang regelmäßig zu Diskussionen mit den tschechoslowakischen Si-

127

cherheitsbeamten. Oft ist es nicht so einfach, diese davon zu überzeugen, dass die Leute nur ein paar Formalitäten erledigen wollen und die Botschaft danach wieder verlassen.«

»Tja, aber wie lässt sich das lösen?« Markus setzte seine Brille ab und putzte sie an einem Zipfel seines Hemdes.

»Ich verstehe, dass das auf Dauer so nicht haltbar ist.« Tobias räusperte sich. »Vielleicht sollten wir die DDR-Bürger, die Zuflucht suchen, bitten, hintenrum zu kommen.«

»Hintenrum?«, fragte Anke verständnislos.

Judith begriff schneller. »Über die Gartenseite?«

Tobias nickte. »Ja. Über den Zaun. Diese Seite ist abgelegen und von der Straße nicht einsehbar. Wenn die Menschen von dort aufs Botschaftsgelände kommen, wird der normale Kundenverkehr nicht beeinträchtigt. Der Pförtner, Herr Edel, hat mir erzählt, dass in der Vergangenheit bereits öfter Menschen über den Zaun geklettert sind.«

Judith fühlte sich, als wären nur noch sie beide im Raum. »Aber der Zaun ist hoch. Es ist nicht einfach, hinüberzugelangen. Man muss schon ein bisschen Kraft haben, um ihn zu überwinden.«

»Das kriegen wir schon hin.« Auch Tobias schien nur zu ihr zu sprechen, die anderen Botschaftsangehörigen auszublenden. »Wir sind inzwischen eine stattliche Anzahl. Eine Möglichkeit wäre es, Schichten einzuteilen. Zu jeder Tages- und Nachtzeit könnten sich zwei, drei von uns am Zaun aufhalten und Neuankömmlingen hinüberhelfen.«

»Dazu wären Sie bereit?« Die Stimme Hubers riss Judith aus ihrer vermeintlichen Zweisamkeit, und ihr Kopf schnellte herum.

»Selbstverständlich.« Tobias sprach ruhig und unaufgeregt, während es in Judiths Magen rumorte. Die Vorschläge klangen abenteuerlich. Ein bisschen bereitete es natürlich auch Spaß, sich

128

den Anweisungen und Wünschen der ČSSR und der sozialistischen Nachbarländer zu widersetzen und zu zeigen, dass man im Palais Lobkowicz Freiheit und Selbstbestimmung an die erste Stelle setzte.

»Gut. Vielleicht bringt das ein wenig Ruhe ins Tagesgeschäft.« Huber schob seine Papiere hin und her. »Auch wenn es mir missfällt, Menschen über einen Zaun klettern zu lassen.«

»Meine Güte, ich glaube, ich würde es gar nicht drüber schaffen. Ich bin ja nicht gerade für meine Sportlichkeit bekannt«, ließ sich Anke vernehmen, und die eben noch angespannte Stimmung löste sich unter Gelächter auf.

Tobias lächelte. »Keine Sorge, es wird uns schon gelingen, alle über den Zaun zu hieven.«

Nach der Besprechung begaben sich alle zu ihren – meist provisorischen – Arbeitsplätzen. Judith überlegte, ob sie auf Anke warten sollte, doch diese musste anscheinend noch ein paar Formalitäten mit Huber klären. Im Korridor stieß sie auf Tobias.

»Wo lassen Sie denn Ihre Tochter während der täglichen Besprechungen?« Es drängte sie, ein Gespräch mit ihm anzufangen, und sein Kind war immer ein guter Aufhänger.

»Jeannette Lemke hütet sie.« Er streifte sie von der Seite mit einem Blick, den sie nicht richtig deuten konnte. Lag Interesse an ihrer Person darin, oder war es einfach nur Freundlichkeit? Sie sollte auf der Stelle aufhören, sich darüber Gedanken zu machen, und zu ihrem eigentlichen professionellen Selbst zurückkehren. Leider fiel ihr das bei Tobias schwer. »Wie gesagt, jeder bringt sich auf seine Weise ein. Jeannette kümmert sich um die Kinder und beschäftigt sie.«

»Sie sind alle sehr solidarisch, das finde ich großartig.«

»In der DDR ist uns nichts anderes übrig geblieben, als uns

gegenseitig zu helfen.« Er sagte dies ganz schlicht, und dennoch berührten sie seine Worte; gleichzeitig ging ihr auf, dass sie aus gänzlich verschiedenen Welten kamen. Wahrscheinlich hatten sie völlig unterschiedliche Erfahrungen gesammelt. Sie selbst hatte nie darunter gelitten, im Laden nicht alles kaufen zu können, was sie brauchte, oder in ihrer Freiheit eingeschränkt zu sein.

»Und neu eingekleidet sind Sie offenbar auch.« Sie versuchte, ihrer Stimme einen lockeren Klang zu verleihen, um ihre Neugier zu verbergen.

Er sah sie fragend an, und sie deutete auf sein dunkelblaues Hemd.

»Ach so, ja.« Er lächelte. »Hat Dirk mir geliehen. Oder geschenkt. Im Gegensatz zu mir und Jasmin sind die meisten anderen mit einem Koffer voller Kleider hier angekommen, sie haben ja vorgegeben, Urlaub in der ČSSR zu machen.«

»Steht Ihnen gut.«

»Danke.«

Sie überlegte, wie sie den Augenblick noch hinauszögern konnte. Mittlerweile hatten sie ihr Büro erreicht.

»Sonst haben Sie alles?«

Er legte die Hand auf die Klinke. »Da fällt mir tatsächlich etwas ein ... Es ist mir etwas unangenehm.«

»Nicht doch«, versicherte sie rasch. Es sprach für ihn, dass er niemandem Umstände bereiten oder auf der Tasche liegen wollte, aber es war ihr wichtig, dass er ihrer Unterstützung sicher war. Ihrer aller Unterstützung. »Was brauchen Sie?«

»Nun ja ... Ich selbst kann mir ja von den anderen Männern das ein oder andere Hemd ausleihen, aber Jasmin ist die Jüngste in der Botschaft. Die Klamotten der anderen Kinder sind ihr viel zu groß. Es wäre gut, wenn sie noch etwas zum Wechseln hätte.«

Sein Blick flackerte ein wenig, sie spürte, wie es ihm widerstrebte, sie um – seiner Meinung nach – Almosen zu bitten.

»Aber das ist doch überhaupt kein Problem. Ich besorge was.«

»Ich meinte nicht, dass Sie persönlich ...« Er strich sich aufgewühlt durch sein dunkles Haar.

»Ich kenne einen Laden, in dem gebrauchte Kleidung verkauft wird. Das ist absolut kein Problem für mich.«

Er seufzte. »Ich stehe immer tiefer in Ihrer Schuld.«

Seine Worte erschreckten sie. In ihrer Schuld stehen – das war das Letzte, was sie beabsichtigte. Sie wünschte sich ein unbefangenes Verhältnis. Sie war eine Botschaftsmitarbeiterin, er ein Zufluchtssuchender. Punktum. Doch bereits als sie sich mit einem Nicken von ihm verabschiedete, um ihren neuen Arbeitsplatz hinter der Küche aufzusuchen, wusste sie, dass das alles nicht so einfach war.

»Lass dir das Geld für die Klamotten aus dem Botschaftsfonds zurückerstatten, wenn du schon für einzelne Flüchtlinge Großeinkauf machst«, mahnte Anke, als sie nach Feierabend durch den Laden streiften. Die Freundin hatte zähneknirschend zugestimmt, sie zu begleiten, lieber wäre es ihr gewesen, in ihrem Stammcafé die Straße hinunter eine Suppe zu essen und sich auszuruhen.

»Von Großeinkauf kann man nun wirklich nicht sprechen.« Judith hielt ein winziges T-Shirt hoch, das mit einem feuerroten Marienkäfer bestickt war – Jasmin würde es sicher lieben –, und begutachtete es. Zu dumm, dass sie sich mit Kindergrößen so gar nicht auskannte. »Ich besorge eine oder zwei Wechselgarnituren, mehr nicht. Schau mal, meinst du, die Größe kommt hin?«

Anke warf einen flüchtigen Blick auf das Kleidungsstück. »Keine Ahnung. Ja, scheint passend zu sein.«

131

»Und diese niedliche kleine Hose.«

Die Freundin stöhnte auf. »Sag mal, überkommt dich gerade ein verkappter Mutterinstinkt, oder was ist mit dir los?«

Judith ließ die hellblaue Hose sinken und biss sich auf die Lippe. »Jetzt hör aber auf. Das Kind besitzt nichts anderes als das, was es auf dem Leib trägt. Jemand muss ihm was zum Anziehen kaufen. Wenn nicht ich, dann jemand anderes von uns. Aber kannst du dir Elias vorstellen, wie er nach Kinderkleidung stöbert?«

Anke verzog das Gesicht. »Ja, sehr lustig, haha. Ich habe dir schon mal gesagt, dass du für meinen Geschmack zu viel Zeit mit diesem Fotografen verbringst. Pass bloß auf, dass du professionell bleibst.«

»Natürlich.« Judith wandte sich ab. Sie wünschte, Anke würde ihre Ratschläge für sich behalten. Christina Leuchner hatte Spielsachen für die Kinder der Flüchtlinge gekauft, und Markus Erlenweins Frau hatte ihm Zeitschriften für die Erwachsenen mitgegeben. Ihnen warf niemand unprofessionelles Verhalten vor. »Ich bezahle schnell, dann kommen wir noch zu unserer Suppe.« Sie bemühte sich um einen versöhnlichen Tonfall. Anke meinte es nur gut, und sie wollte sie nicht gegen sich aufbringen, war sie doch die Person, die ihr in dem fremden Land am nächsten stand.

12

Tobias

»Trink bitte vorsichtig und halt die Tasse mit beiden Händen, Minchen.« Mit einem Tuch tupfte er die Milchpfütze von der Couch, die aus Jasmins Becher geschwappt war. Hoffentlich würde sie nicht noch mehr Spuren ihres Aufenthalts in Judiths Büro hinterlassen. »Wir sind hier nur zu Besuch, es muss nicht aussehen wie bei Hempels unterm Sofa.«

Dies brachte Jasmin so zum Lachen, dass sie Schluckauf bekam und der Milchbecher in ihren Händen gefährlich bebte. Kurzerhand nahm er ihn ihr ab und stellte ihn aufs Fensterbrett. Normalerweise frühstückten sie im Garten, aber heute hatte ein stetiger Landregen eingesetzt, lief über die offenen Fensterscheiben, versickerte in der Erde und setzte einen würzigen Geruch frei. Der Himmel war dunkelgrau, zugezogen wie ein Vorhang, und nur ein paar Hartgesottene standen mit ihren Kaffeetassen im Freien. Wahrscheinlich zogen sie die Nässe, die in die Kleider kroch, der staubigen Enge auf dem Dachboden vor.

»Wie lange bleiben wir hier, Vati?« Jasmins Frage war kaum verständlich, war doch ihr ganzer Mund mit einem großen Bissen vom Marmeladebrötchen ausgefüllt.

»Das kann noch dauern«, antwortete er vage. Was sollte er einer Dreijährigen, die die politischen Implikationen dessen, was

133

sich im Palais Lobkowicz abspielte, niemals durchschauen konnte, erzählen?

»Schööön.« Mit einem tiefen Seufzer lehnte sie sich zurück und ließ die Füße über den Sofarand baumeln, während sie auf das Polster krümelte. Wortlos sammelte er die Krümel auf, insgeheim froh, dass es ihr in der Botschaft so gut gefiel und sie ihm nicht das Leben schwermachte, indem sie ständig fragte, wann es weitergehen würde. Diese Frage konnte er ihr noch immer nicht beantworten.

»Du bist gerne hier, oder, Minchen?«, fragte er, als brauchte er noch eine Bestätigung.

»Ja.« Ihre Füße schlugen gegen die Sofabeine. »Ich bin jetzt richtig gut in Fußball. Und Jeannette will nachher mit uns Papierschiffe basteln.«

»Prima.« Solange es seiner Tochter gut ging, würde er alles bewältigen können, selbst das endlos erscheinende Ausharren in der Villa. Wobei auch er sich hier natürlich sehr wohlfühlte; mit den Gefährten aus der DDR konnte er den lieben langen Tag Erfahrungen austauschen und ungestört darüber reden, wie ihm das Leben im Osten zugesetzt hatte. Die Repressalien, die ständige Beobachtung. Nicht reisen, nicht wählen, seine Meinung nicht äußern zu dürfen. Es schien, als müssten sie so einiges in der schützenden Blase des Palais Lobkowicz nachholen. Von morgens bis abends wurde politisiert. Für einen Bruchteil der Äußerungen, die fielen, wären sie in der DDR bereits eingebuchtet worden.

Es klopfte an die Tür, und nach einem »Herein« betrat Judith das Büro. Er spürte, wie sich sein Gesicht unwillkürlich erhellte. Es war jedes Mal nett, wenn sich die Botschaftsmitarbeiterin zeigte; alle Angehörigen des Auswärtigen Amtes waren hilfsbereit und unterstützend, aber sie schien noch um einen Deut engagierter.

»Guten Morgen.« Sie lächelte. Trotz des ungemütlichen Wetters sah sie wieder sehr adrett aus. Der hellgraue Hosenanzug gebügelt, die rosa Bluse darunter makellos, eine Perle an einer goldenen Kette schimmerte in ihrem Ausschnitt. Nur ihre braunen Haare kräuselten sich am Haaransatz von der Feuchtigkeit, die der Regen mit sich brachte. »Ich hoffe, ich störe nicht.«

Das fragte sie jedes Mal, und er wünschte, sie würde es nicht tun. Er war derjenige, der störte, hatte er doch ein mittlerweile dauerhaftes Lager in ihrem Büro aufgeschlagen.

»Natürlich nicht, kommen Sie herein.«

Raschelnd zog sie eine Tüte hervor und packte einige Kleidungsstücke aus. Er schluckte, während er zusah. Jasmin vergaß vor lauter Staunen, weiterzufrühstücken und ließ ihr Marmeladebrötchen auf das Sofa sinken. Eilig nahm er es weg und legte es auf den Teller, ehe es Flecken auf dem Bezug hinterließ.

»Schau mal, Jasmin, meinst du, die T-Shirts und Hosen passen dir?«

»Ein Mutschekiepchen, auf dem Nicki ist ein Mutschekiepchen, schau mal, Vati!« Vor Aufregung sprang Jasmin wie ein Flummi auf und ab und holte wie zur Bekräftigung ihren Plüschkäfer unter der Wolldecke hervor.

»Ich sehe, es gefällt dir schon mal.« Lächelnd reichte Judith der Kleinen die Kleider, und sie begann auf der Stelle, sich das gestreifte T-Shirt, das sie seit ihrer Ankunft trug, ungestüm über den Kopf zu zerren.

»Nun mal langsam, Minchen.« Tobias half ihr beim Ausziehen, während er Judiths erwartungsvollen Blick auf sich spürte. Die Diplomatin hatte seine Bitte tatsächlich sofort in die Tat umgesetzt, musste gestern nach Feierabend gleich losgezogen sein, um für Jasmin einzukaufen. Ihm wurde es in der Brust eng. Es war nicht so leicht, tagtäglich auf die Hilfe Fremder angewiesen

135

zu sein, ja, mit diesem selbstlosen Entgegenkommen zurechtzukommen, auf das er hier überall stieß.

»Es passt, es passt!« Jasmin drehte sich wie ein aufgezogener Brummkreisel um sich selbst und befühlte mit ihren kleinen Fingern den aufgestickten Marienkäfer.

»Da bin ich aber froh.« Judith lachte und zupfte den Saum des Kleidungsstücks zurecht. Es schien, als empfinde sie genauso viel Freude an den neuen Sachen wie Jasmin, und sein Herz wurde weit. Er sah zu, wie Jasmin glücklich stillhielt, um sich den Reißverschluss der Hose schließen zu lassen; wie unbefangen sie sich Judith gegenüber verhielt. Wie so oft überkam ihn mit einem scharfen Stich die Befürchtung, als alleinerziehender Vater nicht zu genügen. Brauchte Jasmin nicht dringend eine weibliche Bezugsperson, die für all die Dinge zuständig war, die er nicht beherrschte? Die ihr ein Vorbild war? Die zarter und weicher war als er mit seinen großen, rauen Händen?

»Wie sagt man?«, forderte er seine Tochter auf. Er bemerkte selbst, dass seine Stimme plötzlich heiser klang.

»Danke!«, sagte Jasmin und fiel Judith lebhaft um den Hals. Sie lachte, hielt sie einen Moment in den Armen und strich ihr über das zerzauste blonde Haar.

»Von mir auch ein herzliches Dankeschön.« Er saß auf dem äußersten Rand des Sofas, seine Hände untätig zwischen den Knien. »Ich wünschte, ich könnte Ihnen die Kleidung bezahlen oder mich in sonst einer Form erkenntlich zeigen, aber ...«

»Ach was.« Sie winkte ab. »Die Kleidung bezahlt die Botschaft. Kein Problem.«

»Schau mal, ich habe ein neues Bilderbuch.« Jasmin, die in einer der Ecken des Büros verschwunden war, tauchte mit einem Buch wieder auf. Markus Erlenwein hatte *Das Wichteljahr* tags zuvor vorbeigebracht, seine Söhne waren zu alt dafür.

Judith strich mit den Fingerspitzen über den Einband, als stoße sie auf einen alten Schatz aus vergangenen Zeiten. »Ich erinnere mich von früher an das Buch.«

»Wirklich? Ich hatte auch ein Exemplar davon, dabei war es ein West-Kinderbuch.« Er lachte, um zu demonstrieren, wie lächerlich er die Einteilung in West- und Ostliteratur hielt.

Sie erwachte aus ihrer Erstarrung und sah ihn neugierig an. »Wie sind Sie drangekommen? Nach allem, was ich gehört habe, war es schwierig, an Bücher oder Schallplatten aus dem Westen zu gelangen.«

»Das war es auch. Meine Familie bekam das Buch von einem befreundeten Ehepaar geschickt, das rechtzeitig vor dem Mauerbau nach Hamburg gezogen war. Pakete aus der Bundesrepublik waren in der DDR heiß begehrt, wissen Sie? Aber sie wurden gründlich durchsucht, bevor sie an die Adressaten gelangten. Falls sie es überhaupt bis dorthin schafften.«

»Und das *Wichteljahr* hat es bis zu Ihnen geschafft?«

»Ja. Ich ließ es mir Tag und Nacht vorlesen, und ich habe auch meinen Spielkameraden von dem Buch erzählt. Eines Tages wurde meine Mutter zur Polizei bestellt. Wir waren alle in höchster Aufregung, wir hatten ja ständig Angst, diskreditiert zu werden. In den Augen der Genossen etwas falsch gemacht zu haben, bestraft zu werden.«

»Aber Ihre Mutter wurde doch hoffentlich nicht wegen eines harmlosen Kinderbuches vorgeladen?« Ihre Augen weiteten sich ungläubig.

Er nickte bitter. »Doch. Ich habe im Kindergarten von dem Buch geschwärmt, und das hat sich leider herumgesprochen. Meine Mutter musste sich vor den Polizisten dafür verantworten, meinen Bruder und mich mit westlich-kapitalistischen Ideologien zu indoktrinieren.«

Judith lachte auf. »Aber wie soll ein Buch, in dem es um Wichtelabenteuer geht, Kinder indoktrinieren? Das ist doch lächerlich.«

»Tja, erzählen Sie das mal den Genossen drüben. Meine Mutter versuchte, ihnen klarzumachen, dass es in dem Bilderbuch in keiner Weise um die Verherrlichung des Kapitalismus geht, doch sie stieß auf taube Ohren. Sie durfte das Buch nicht wieder mit nach Hause nehmen. Ich war todtraurig.«

»Das verstehe ich«, sagte Judith mitfühlend.

Plötzlich streckte Jasmin ihr das Kinderbuch hin. »Liest du mir vor?«

»Frau Gontrau muss arbeiten, sie hat mit Sicherheit keine Zeit, in Kinderbüchern zu schmökern«, versuchte Tobias Jasmin klarzumachen. Sie standen ohnehin schon in Judiths Schuld, auch wenn sie dies von sich wies, und es wäre ihm höchst unangenehm, noch mehr von ihrer Zeit zu beanspruchen. Auch wenn er es genoss, mit ihr zusammen zu sein. Ach du liebe Güte, wo kam dieser Gedanke nun her? Aber es stimmte. In Gegenwart von Judith Gontrau verstummten die ständig an ihm nagenden Fragen, wie es weitergehen sollte, und es wurde ganz still in ihm. Still und mit Wohlbehagen erfüllt. Wenn er in ihre grauen Augen sah, die eine ähnliche Farbe wie der vom Sommerregen verdunkelte Himmel vor dem Fenster hatten, fühlte er sich einfach wohl, ganz bei sich.

Trotzdem durfte er sie nicht aufhalten. »Gib mir das Buch, ich lese es dir vor.«

»Nein, sie soll es mir vorlesen.« Trotzig riss Jasmin an dem Bilderbuch, er hatte Mühe, sie zu besänftigen.

»Das geht nicht, Minchen. Nun setz dich schon hin, ich lese dir von den Wichteln vor.«

138

Jasmin schmollte, und er stöhnte innerlich auf. Eine Szene konnte er nun wirklich nicht gebrauchen.

»Ich lese dir vor.« Judith streckte die Hand aus, und er konnte nicht anders, als zu ihr hochzusehen und ihr das Buch zu reichen. Ihre Gesichtszüge waren weich, ja, sie schien sich sogar zu freuen, aus dem Buch vorlesen zu dürfen. Das musste ein Ende haben. Sie war nicht die persönliche Betreuerin seines Kindes. Trotzdem rutschte er zur Seite, um Judith Platz zu machen.

»Ja! Ja!«, jubelte Jasmin, kniete sich neben Judith, das Mutschekiepchen an sich gedrückt, den Daumen im Mund, und lauschte. Während Judith las, mit leiser, getragener, angenehmer Stimme, schmiegte sie ihren Kopf an deren Schulter, versank ganz in der Geschichte.

Tobias stützte den Kopf in die Hände und hörte ebenfalls zu, eingelullt von Judiths Worten und dem Regen, der gegen die Fensterscheibe prasselte. Was hätte er sonst tun sollen?

Als sie fertig war, lag ein entzückter Ausdruck auf Jasmins Gesicht. »Das war schön.« Sie schlang noch einmal den Arm um Judiths Hals, dann rutschte sie von der Couch und begann, auf dem Boden kauernd, ihr Mutschekiepchen mit imaginären Speisen zu füttern.

»Danke fürs Vorlesen ...« Nun, da mehr Platz auf dem Sofa war, hatte Tobias das Gefühl, etwas von Judith abrücken zu müssen. Er war ihr zu nah. »Sie können das sehr gut. Haben Sie auch Kinder?« Der Gedanke war ihm zuvor noch gar nicht gekommen. Zu seinem eigenen Entsetzen stellte er fest, dass ihm die Vorstellung, sie möge gebunden sein, nicht so recht behagte.

Sie schüttelte den Kopf. »Nein. Ich bin alleinstehend.«

»Dann sind Sie ein Naturtalent.« Er lächelte.

»Ich habe das *Wichteljahr* als Kind geliebt. Meine Eltern mussten mir jeden Abend vor dem Schlafengehen daraus vorlesen.«

Plötzlich verdüsterte sich ihr Gesicht, eine Wolke der Wehmut schien darüber hinwegzuhuschen. »Leider habe ich kein einziges meiner Kindheitsbücher mehr.«

Er spürte, dass sie einen alten Schmerz in sich trug, den sie aber sogleich mit fröhlicher Miene zu überspielen versuchte. Er konnte nicht anders, als mit aufgesetzter Leichtigkeit zu fragen: »Haben Ihre Eltern Ihre alten Sachen weggegeben? Oder sind sie während eines Umzugs verloren gegangen?«

»Schlimmer.« Sie spannte sich neben ihm an. »Es gab ein Feuer ...«

Er hielt den Atem an. »Ein Feuer?«

»Ja ... Eine Stromleitung war defekt, so hieß es in dem abschließenden Bericht der Versicherung. Alles wurde zerstört. Nicht nur unser Haus, auch alle unsere Besitztümer. Unsere Kleider, Bücher, Schmuck ... Unsere Fotoalben. Ich besitze kein einziges Foto mehr aus meiner Kindheit.«

Wie schrecklich! Er konnte es ihr gut nachfühlen. Auch er hatte alle Erinnerungsstücke an Jasmins erste Tage, Monate und Jahre in Halle zurückgelassen, besaß kein einziges Bild mehr. Er würde Jasmin später, wenn sie fragen würde, noch nicht einmal eine Fotografie ihrer Mutter zeigen können. Eine dumpfe Traurigkeit legte sich wie eine zu schwere Decke über ihn.

»Wie alt waren Sie?«

»Zehn.«

»Es muss schlimm gewesen sein, von einer Minute auf die andere alles zu verlieren.«

Sie sah ihn mit einem schwachen Lächeln an. »Ihnen geht es doch genauso. Auch wenn Ihre Besitztümer nicht verbrannt sind.«

»Stimmt.« Er räusperte sich. Im Büro war es auf einmal sehr still, außer dem Rauschen des Regens und Jasmins Geräuschen beim Spielen hörte man nichts. »Aber bei Ihnen war es ein fürchterliches Unglück. Sicherlich waren Sie traumatisiert.«

»Das war ich.« Sie zuckte die Schultern, als hätte sie die Auswirkungen des Brandes bereits verarbeitet, aber er erkannte, wie sehr all die Verluste ihr noch zu schaffen machten. »Nicht nur ich, auch meine Eltern. Sie haben sich sehr verändert. Früher waren sie offene und gesellige Leute, reisten gerne. Danach haben sie sich in der neuen Wohnung, die man uns zur Miete anbot, eingeigelt und verließen sie nur noch zum Arbeiten. Sie saßen ausschließlich zu Hause herum. Es war, als ob sie sich und mich bewusst zu Hause einsperrten.«

Er verstand sie besser, als ihr womöglich klar war. »Sie hatten das Gefühl, das neue Zuhause bewachen zu müssen. Auf der Hut zu sein, falls noch einmal Ähnliches geschähe.«

»Ja.« Sie senkte den Kopf und drehte an ihrem Rubinring. »Als Heranwachsende fühlte ich mich wie in einem Gefängnis.«

Sie besaßen mehr Gemeinsamkeiten, als er geahnt hatte. »Sind Sie deshalb zum Auswärtigen Amt? Um zu reisen, herumzukommen, die Welt zu sehen?«

»Wahrscheinlich«, gab sie zu. »Wir sind danach nie mehr in den Urlaub gefahren, aber ich interessierte mich brennend für fremde Sprachen und Länder. Ich wünschte mir einen Beruf, bei dem ich nicht ein Leben lang an einem Ort festsitze und immer dasselbe sehe.«

»Nun, das ist Ihnen gelungen.«

Erneut trat Schweigen ein, doch es fühlte sich nicht unangenehm an. Es war, als hätten die Erinnerungen, die Judith ihm anvertraut hatte, eine der vielen Grenzen zwischen ihnen niedergerissen. Wahrscheinlich spürte sie dies auch, denn als Nächstes stellte sie eine Frage, die so persönlich war, dass sich sein Magen verknotete.

141

»Gibt es eine Mutter zu Ihrem Kind?« Sie lachte verlegen. »Ich meine, natürlich gibt es eine, muss es ja. Verzeihen Sie mir die blöde Frage. Und meine Übergriffigkeit.«

»Nein, nein, schon gut«, beeilte er sich, zu antworten. Sie hatte ihm eines ihrer Geheimnisse anvertraut, es war nur natürlich, dass auch er etwas von sich preisgab. Sie hatten in den letzten Tagen einige Zeit miteinander verbracht, immer wieder miteinander zu tun gehabt, waren keine Fremden mehr. Ein stillschweigendes Einvernehmen schien sich zwischen ihnen entwickelt zu haben, ein dünnes, vertrauensvolles Band.

Dennoch brachte er es nicht über sich, ihr seine und Doreens Geschichte zu erzählen. Es war zu früh, zu schmerzlich, außerdem hockte Jasmin auf dem Boden, und auch wenn sie in ihr Spiel vertieft schien, bekam sie meistens doch mehr mit, als man annahm. »Ja, es gibt eine Mutter.« Er flüsterte, damit die Kleine ihn nicht hörte. »Aber sie ist von der Bildfläche verschwunden. Offenbar hatte sie andere Prioritäten als Jasmin.«

Halle/Saale, 1980

»Haben wir an alles gedacht?« Doreen, die statt ihrer üblichen lässigen Kleidung ein weißes Kleid mit Lochstickerei trug, das sie brav und unschuldig wirken ließ, lief unablässig um den gedeckten Kaffeetisch im Wohnzimmer herum, wie ein Vogel, der nervös in seinem Käfig herumflatterte. Auf dem Tisch stand ein Rührkuchen mit Zuckerguss, den Tobias, der sich vorgenommen hatte, alles zu tun, um sie zu unterstützen, nach der Arbeit gebacken hatte. Sein erster Kuchen überhaupt, aber das Backwerk sah nicht allzu schlecht aus; am einen Ende war es etwas höher als am anderen, doch er glaubte nicht, dass es ihren Besuch stören würde. Die beiden Herren interessierten sich für ganz andere Dinge.

Kurz wurde ihm flau im Magen. Seit die Mitarbeiter des Ministeriums für Staatssicherheit angekündigt hatten, vorbeizukommen und etwas zu *plaudern*, befand Doreen sich im Ausnahmezustand. Es ging um so viel. Er selbst gab sich alle erdenkliche Mühe, sie zu beruhigen und ihr zu versichern, dass bestimmt alles zu ihrer Zufriedenheit verlaufen würde. Natürlich wusste er insgeheim, dass das nur Gerede war. In diesem Land konnte man nie sicher sein.

»Haben wir.« Er legte ihr die Hände auf die Schultern, um sie dazu zu bringen, einen Moment innezuhalten. Ihre blauen Augen schauten ihn fast flehend an, und so drückte er sie fest an sich, spürte ihren Herzschlag an seiner Brust. »Wenn du möchtest, könnte ich noch deine Pokale abstauben. Vielleicht möchten die Herren sie begutachten«, schlug er scherzhaft vor.

»Sicherlich nicht.« Sie schnaubte, doch merkte er, dass sie ruhiger zu werden schien. Ihr Atem ging nicht mehr so hektisch, ihr Kopf lag regungslos in seiner Halsbeuge. Wie immer umgab sie dieser feine Geruch nach Chlor, der auch nach ausgiebigem Duschen nicht verschwand. »Glaub mir, Tobias, die wissen ganz genau über alle meine Siege Bescheid. Von der Kindergartenzeit bis heute. Ich möchte nicht wissen, wie dick die Akte ist, die sie über mich angelegt haben.«

Tobias verdrängte rasch die in ihm aufblitzende Frage, ob über ihn als Ehemann einer Leistungsschwimmerin wohl auch eine solche Akte existierte; er wollte es nicht wissen. »Mach dir keine Sorgen. Es wird alles gut gehen.«

»Je eher die Schwachköpfe wieder verschwunden sind, desto besser«, murmelte sie in sein Hemd hinein. »Wegen ihnen musste ich mein Training früher abbrechen. Dabei steht am Samstag schon der nächste Wettkampf an.«

»Mit ein bisschen Glück darfst du bald an noch viel größeren

Wettkämpfen teilnehmen.« Er strich ihr zärtlich über das blonde Haar, das sie zu einem Pferdeschwanz gebunden trug. »Vielleicht ist dein Traum von Olympia nun ganz nah.«

»Ja«, flüsterte sie, und sie standen einen Moment ganz still und hielten einander umschlungen, bis die Türklingel sie aus ihrer innigen Versunkenheit riss. »Da sind sie.«

Tobias schwappte eine plötzliche Welle der Übelkeit durch den Bauch, als er den Besuch hereinließ, der sich als Müller und Schmidt vorstellte. Beide waren in ihren Vierzigern und hatten die Art von Allerweltsgesicht, an das man sich später nicht mehr so genau erinnerte. Dunkelblondes dünnes Haar, nichtssagende Mienen, Hemden und Hosen, die als Massenware angeboten wurden. An einem von beiden, Tobias erinnerte sich nicht, ob es sich um Müller oder Schmidt handelte, erschienen sie ihm doch austauschbar, entdeckte er eine teure Uhr, an die man als Normalsterblicher nicht herankam.

»Setzen Sie sich doch.« Doreen verschränkte nervös die Hände und schenkte den Besuchern, sobald sie sich um den Couchtisch herum niedergelassen hatten, Kaffee ein. Ihre Finger bebten, sodass ein paar Tropfen danebengingen und kleine Pfützen auf den Untertassen bildeten. Tobias spürte ihre Aufregung, die Angst, die seit der Ankündigung, zwei Mitarbeiter des MfS würden vorbeischauen, in ihr schwelte. »Ein Stück Kuchen? Mein Mann hat ihn selbst gebacken.«

»Da sage ich nicht Nein.« Müller lachte. Es klang wie das Gackern eines Huhnes. »Anscheinend hat Herr Seibold noch andere Qualitäten als Fotografieren.«

Tobias, der sich ebenfalls ein Stück Kuchen auf den Teller legte, hielt unmerklich in der Bewegung inne. Natürlich hatten sie auch über ihn Informationen eingeholt.

»Nett, dass Sie heute Zeit für uns haben, Frau Seibold. Muss

144

schwierig sein, sich bei Ihrem Trainingspensum ein paar Stunden freizunehmen.« Schmidt durchstach mit seiner Gabel die Luft in ihre Richtung.

»Kein Problem.« Ihre Wangen waren hochrot, und sie zerteilte den Kuchen auf ihrem Teller mehr, als dass sie ihn aß. Tobias' Herz schwoll vor Mitgefühl an. Hoffentlich fassten sich die Stasimitarbeiter kurz und ließen sie danach wieder in Ruhe.

»Sie verstehen sicher, dass wir unsere Spitzensportler auf Herz und Nieren überprüfen, bevor wir sie zu Wettkämpfen ins Ausland schicken.« Müller gab wieder diesen verstörenden Laut von sich, der fern an Gelächter erinnerte. »Wir wollen ja keine unliebsamen Überraschungen erleben.«

»Mhm.« Doreen schob sich ein Stück Kuchen in den Mund und kaute stoisch.

Tobias bemühte sich, seinen wippenden Fuß stillzuhalten. Die Stasimitarbeiter achteten auf alles, interpretierten jede noch so kleine Geste. Wer weiß, was sie ihm und Doreen unterstellten, würden sie ihre Furcht allzu offen zeigen.

»Unsere Leistungssportler zeigen im Ausland nicht nur, dass wir in der Deutschen Demokratischen Republik zu außerordentlichen Leistungen fähig sind, im Schwimmen, in der Leichtathletik und allem anderen. Nein, sie dienen gleichzeitig als Botschafter unseres Landes. Sie sorgen dafür, dass man die DDR in allen Bereichen ernst nimmt. Die Bundesrepublik hat sich bis dato nicht dazu herabgelassen, uns offiziell anzuerkennen.« Müller schnaubte verächtlich, wieder ein unschönes Geräusch, bei dem ihm Speicheltröpfchen aus dem Mundwinkel rannen. »Menschen wie Sie, liebe Frau Seibold, tragen dazu bei, dass wir internationales Ansehen gewinnen.«

»Ich weiß.« Doreen sprach leise, tonlos. Natürlich wussten sowohl sie als auch Tobias, wieso der Sport eine solch große Bedeu-

145

tung besaß. Ebenso war ihnen klar, dass all die Privilegien, die sie genossen – die schöne, geräumige Wohnung, der Telefonanschluss –, daher rührten, dass Doreens sportliche Leistungen dem Prestige der DDR förderlich waren. Eine Hand wusch die andere.

»Um sicherzustellen, dass Sie mit uns auf einer Wellenlänge sind, was die Werte unserer sozialistischen Gesellschaft betrifft, möchte ich Sie bitten, mit uns gemeinsam diesen Fragebogen auszufüllen.« Schmidt zog aus seiner dünnen Aktenmappe einen Stapel Papiere und zückte einen Kugelschreiber.

Tobias spürte, dass Doreen sich versteifte, sich jedoch Mühe gab, unbefangen zu wirken. Die beiden Herren schoben ihre Kuchenteller weit von sich – der Kaffeeklatsch war nur Vorgeplänkel gewesen –, und schon prasselten Fragen wie Kanonensalven auf Doreen hernieder.

Was war ihre Meinung zu diesem und jenen? Wie stand sie zum Klassenfeind, dem kapitalistischen Ausland? Wie stark war ihre Bindung zu ihrem Heimatland, das sie in jeglicher Hinsicht förderte und mit Vorzügen bedachte, die anderen Bürgern vorenthalten blieben?

Selbst Tobias schwirrte der Kopf von dem ganzen Fragenkatalog, dabei wurde von ihm keine einzige Antwort erwartet. Er schenkte sich Kaffee nach, um sich zu beschäftigen, eine Tasse nach der anderen; sein Herzschlag beschleunigte sich mehr und mehr, und ein Kribbeln durchlief seine Eingeweide.

»Sie schlagen sich ganz gut, Frau Seibold.« Schmidt wirkte zufrieden, während er noch einige unleserliche Notizen auf das letzte Formularblatt kritzelte.

»Pri ... prima.« Doreen lockerte ihre Finger, wenigstens ein Teil der Anspannung schien von ihr abzufallen. Die ganze letzte Woche war sie noch später nach Hause gekommen als sonst, hatte ihr Trainer sie doch so gründlich wie möglich auf das Verhör durch die Stasi vorbereitet. Schließlich hatte er zu Beginn seiner Tätigkeit ein ähnliches Interview durchlaufen müssen und kannte die ungefähren Fragen.

»Allerdings gibt es noch andere Kriterien, die entscheiden, ob wir Sie zu Wettkämpfen ins Ausland reisen lassen können.« Müller musterte sie mit einem herablassenden Blick. Tobias versuchte, seinen aufkeimenden Ärger zu unterdrücken. Diese Farce, die man ihnen aufzwang, dauerte nun bereits zweieinhalb Stunden. Konnten die Stasimitarbeiter es nicht allmählich mal gut sein lassen? Wie erbärmlich, dass sie es nötig hatten, sich durch Einschüchterung anderer zu profilieren.

»Welche?« Doreen sank wieder ein bisschen in sich zusammen.

Müller grinste und tippte sich mit seinem billigen Kugelschreiber gegen die Zähne. »Wie Sie sich denken können, haben wir Sie schon eine ganze Weile im Visier. Wir müssen schließlich wissen, mit wem Sie Umgang pflegen. Wo Sie nach dem Training hingehen. Sehr schade übrigens, dass Ihr Mann ...«, obwohl er über Tobias sprach, ignorierte er ihn vollkommen, waren seine stechenden Augen ausschließlich auf Doreen gerichtet, »... sich sämtlichen sozialistischen Organisationen entzieht. Von Kindheit an.«

Tobias krampfte die Finger um die Sessellehnen. Bedeutete dies nun das Aus für Doreens Karriere? Verweigerte man ihr die Ausreise aus der DDR, da die Stasi ihm, ihrem Ehemann, nicht über den Weg traute? Die Gedanken rauschten so laut durch seinen Kopf, dass sie die unaufgeregte Stimme des widerlichen Stasi-Mannes übertönten. Er würde es sich nie verzeihen, Doreens Karriere behindert zu haben; aber was sollte er tun – in die Partei eintreten, um eine regimetreue Gesinnung vorzutäuschen?

»Das mag sein, aber ich bin die Sportlerin. Es geht um mich,

147

nicht um meinen Mann.« Er wusste, wie viel Mut es sie kostete, zu widersprechen, und fühlte sich ganz klein. Wieso konnten sie nicht wie der Rest Europas in einem Land leben, in dem Sport nicht mit dem Staat verknüpft war?

Zu seinem Erstaunen nickte Schmidt knapp. »Das stimmt. Solange wir keine verdächtigen Aktivitäten feststellen, dürfte vorläufig nichts dagegensprechen, dass Sie Mitglied des Reisekaders werden, Frau Seibold.«

Doreens Augen leuchteten auf, doch sie unterdrückte jeglichen weiteren Ausdruck der Freude. Kurz flog ihr Blick zu Tobias hin. Er nickte ihr zu, froh, dass ihr trotz seines Einzelgängertums anscheinend keine Steine in den Weg gelegt wurden.

»Um sicherzugehen, dass Sie nicht auf abwegige Ideen kommen, werden Ihre Ausweispapiere bei einer Auslandsreise eingezogen. Das verstehen Sie bestimmt.« Müller lächelte schmierig. »Und damit wir uns verstehen, junge Frau: Jeglicher Versuch Ihrerseits, sich im Ausland abzusetzen, wird streng geahndet. Und bestraft.«

»Das ist mir durchaus klar.« Nur Tobias hörte den leicht trotzigen Ton aus ihrer Stimme heraus, an den beiden Beamten prallte er ab.

Als die Stasimitarbeiter die Wohnung endlich verlassen hatten, fiel Doreen Tobias stürmisch um den Hals und bedeckte seine Schläfen und Wangen mit liebevollen Küssen. »Ich habe es geschafft! Geschafft, ich kann es kaum glauben! Ich darf ausreisen, um an großen Wettkämpfen teilzunehmen! Olympia 1980 in Moskau, und ich werde dabei sein!«

»Du hast es dir verdient.« Tobias drückte sie fest an sich. »Du wirst die Welt sehen. Anders als wir anderen, die wir hier nicht wegdürfen.«

»Ach, Tobias.« Sie rückte ein Stück von ihm ab, um ihm besser in die Augen sehen zu können. Eine Falte des Bedauerns war auf ihrer Stirn erschienen. »Bist du traurig darüber? Sicher würdest du auch gerne ...«

»Nein.« Er küsste ihr ihre Bedenken weg. »Ich bin glücklich, solange ich mit dir zusammen bin. Außer dir brauche ich nichts anderes.« Das stimmte. Man konnte nicht alles haben im Leben, aber was gab es Wichtigeres und Schöneres als die Liebe? Die Liebe war es, die einen nachts warm hielt und die Leere aus der Seele vertrieb.

Doreen griff nach einem restlichen Kuchenstück und schob sich die Hälfte davon in den Mund, als müsse sie die überstandene Angst und Aufregung durch Zucker kanalisieren. »Das waren zwei komplette Idioten, findest du nicht? Als ob Müller und Schmidt ihre richtigen Namen gewesen wären, wer ist so blöd, ihnen das abzukaufen? Für wie wichtig die sich hielten ... Außer Leute ausspitzeln und unter Druck setzen können die wohl nichts im Leben ...«

Er musste ihr recht geben. Insgeheim befürchtete er, dass die beiden ihnen nun regelmäßige Besuche abstatten würden, um zu überprüfen, ob Doreens angebliche Regimetreue noch gegeben war. Er verlor jedoch kein Wort darüber, wollte sie nicht beunruhigen. Es war rührend, zu beobachten, wie unbändig sie sich darüber freute, ihre Karriere nun vorantreiben zu können.

13

Tobias

August 1989, Prag

»Kieken Se mal, wat 'ne Frau am Tor abjejeben hat.« Walter Edel, beladen mit einem großen Korb voller Obst, Kuchen und Brot, keuchte die Treppe hinauf in den Korridor, wo sich die Botschaftsangehörigen mitsamt Tobias zu einer kurzen Besprechung versammelt hatten. Der Kuppelsaal war belegt, da Jeannette mit den Kindern auf alten Tapetenrollen, die Christina im Keller gefunden hatte, eine übergroße Dschungellandschaft malen wollte. Auch Jasmin war Feuer und Flamme für den Vorschlag, ein mehrere Meter langes Wandgemälde anzufertigen, und hatte sich nicht rasch genug von Tobias verabschieden können. Er war froh, dass sie so viel Spaß hatte.

Schnaufend stellte der Pförtner den Korb auf dem Marmorboden ab.

»Meine Güte. Die Hilfsbereitschaft der Prager ist überwältigend.« Hermann Huber ging in die Knie und inspizierte den Inhalt des Korbes. »Es ist der dritte Korb dieser Art binnen weniger Tage.«

»Dabei ham die Prager selber nüscht viel.« Edel schüttelte mitfühlend den Kopf und gönnte sich einen Schluck aus seinem Flachmann, was ihm einen missbilligenden Blick von Markus Er-

150

lenwein und Elias Trauth einbrachte. Doch niemand wies ihn zurecht. Noch immer herrschte Ausnahmezustand in der Deutschen Botschaft, ja, von Tag zu Tag wurde es in den altehrwürdigen Räumen beengter. Und Tobias konnte durchaus verstehen, dass der Pförtner ein bisschen die Nerven beruhigen musste.

»Es ist großartig, wie wir von allen Seiten unterstützt werden.« Tobias' Stimme klang rau. Er und seine Landsleute waren sowohl den Pragern – den Sicherheitsleuten, die sie ohne großes Aufhebens über den Zaun klettern ließen, der Bevölkerung mit ihren Hilfsgütern – als auch den Westdeutschen zu großem Dank verpflichtet. Das Rote Kreuz schickte Hilfspakete – er hatte mittlerweile Wechselkleidung erhalten und Jasmin eine Puppe; und dass sie in der Botschaftsküche mitverpflegt wurden, war für den Koch selbstverständlich. Nur – seine Landsleute würden sich nicht unbegrenzt in der Rolle der Hilfsbedürftigen wohlfühlen.

»Ich bringe den Korb gleich in die Küche«, sagte Judith. »Die Lebensmittel können gut für das Abendessen verwendet werden.«

Sie war so praktisch und zupackend, das imponierte ihm von Tag zu Tag mehr. Während ihre dunkelblonde Kollegin und Freundin, die, keine Frage, auch sehr hilfsbereit war, an den meisten Tagen irgendwann an ihrem Schreibtisch hinter der Großküche verschwand, war Judith unermüdlich unterwegs, um ihm und den anderen Flüchtlingen das Leben zu erleichtern. Sie schien sich keine Pause zu gönnen. Ob das mit ihrer persönlichen Geschichte zusammenhing, die sie ihm anvertraut hatte? Sie wusste ganz genau, wie es sich anfühlte, vom guten Willen anderer abhängig zu sein, hatte sie doch auch einmal alles verloren.

»Ich helfe Ihnen«, bot er, ohne zu überlegen, an, und sie lächelte ihm zu, dieses warme Lächeln, das es ihm angetan hatte. »Der Korb scheint doch recht schwer zu sein.«

»Danke.«

»Ganz kurz noch, Herr Seibold.« Der Botschafter räusperte sich. »Wie ist die Stimmung unter den Leuten?«

»Gut.« Das war sie wirklich, noch immer spürte man nichts als Solidarität, enge Verbundenheit. Er hoffte inständig, dies möge so bleiben. Lagerkoller wäre das Letzte, was sie brauchten. »Unverändert gut. Hat sich inzwischen etwas Neues ergeben?«

Huber seufzte. »Nein. Die SED fühlt sich offensichtlich stark unter Druck und wirft der BRD vor, eine groß angelegte Kampagne zu führen, um die Leute auf illegalen Wegen in den Westen zu bringen. Bonn würde sich grob in die souveränen Angelegenheiten der DDR einmischen.«

»Und was sagt Bonn?«

»Bemüht sich um Schadensbegrenzung«, murmelte Elias. »Kanzleramtsminister Seiters hat alle DDR-Bürger beschworen, nicht mehr in den Botschaften Zuflucht zu suchen.«

»In der Deutschen Botschaft in Budapest gestaltet sich die Lage ähnlich«, warf Markus bedrückt ein. »Man munkelt, die Botschaft dort soll demnächst geschlossen werden.«

»Ich gehe davon aus, dass Kohl und Honecker geheime Gespräche führen«, sagte Huber. »Auch wenn davon nichts an die Öffentlichkeit gelangt. Noch nicht, zumindest.«

»Okay.« Tobias rieb sich über die Stirn. »Hinter den Kulissen tut sich also einiges, wenn auch noch nicht mit spürbaren Ergebnissen.« Die eben gewonnenen Informationen würde er an seine Mitbürger weitergeben, sie löcherten ihn nach jeder Besprechung, ob denn gar nichts in ihrer Sache getan würde.

»Noch was, Herr Seibold.« Huber sah ihn durchdringend an. »Ich habe ab morgen Urlaub und werde in die Schweiz reisen. Wenden Sie sich in dieser Zeit in allen Belangen an Herrn Erlenwein. Er vertritt mich.«

Tobias nickte. »In Ordnung.«

152

»Ich weiß wirklich nicht, ob das ein guter Zeitpunkt für Urlaub ist«, sagte Huber wie zu sich selbst. »Aber meine Frau drängt darauf. Sie hat wirklich einen Tapetenwechsel nötig.«

Sie auch, dachte Tobias im Stillen. Der Botschafter schien Tag und Nacht auf den Beinen zu sein. Zusätzlich zu seiner eigentlichen Arbeit war er unermüdlich auf dem ganzen Gelände unterwegs, um Gespräche mit den Flüchtlingen zu führen, sich nach ihrem Befinden, vor allem dem der Kinder, zu erkundigen.

Die kleine Gruppe löste sich auf, und er half Judith, den Korb zur Küche zu tragen. Der Koch zeigte sich hocherfreut über die Spende, war das Essen in letzter Zeit doch des Öfteren zu knapp bemessen. Er bot ihnen einen Kaffee an, den sie dankend annahmen. Judith steuerte einen kleinen Balkon im zweiten Stock an, und er folgte ihr, vorsichtig seine heiße Tasse balancierend. Judith stellte ihre auf die steinerne Brüstung ab und schaute auf den Garten hinunter. Ein paar Flüchtlinge saßen im Gras und unterhielten sich, die Kinder waren wohl noch mit der Gestaltung der Dschungellandschaft im Kuppelsaal beschäftigt. Der Geruch nach Gras und Blüten schwebte in der warmen Luft, und er atmete tief ein, wie um diesen Augenblick mit allen Sinnen zu speichern. Es war das erste Mal, dass er mit Judith allein war – ganz allein. Zwar hatten sie sich bereits in ihrem Büro aufgehalten, doch da war Jasmin dabei gewesen. Dieses plötzliche Gefühl der Zweisamkeit war ganz neu, und er wusste im ersten Moment nicht, wie er damit umgehen sollte.

»Ich glaube, da bringt schon wieder jemand einen Korb voller Lebensmittel.« Judith spähte über den Zaun am Ende des Gartens. Er folgte ihrem Blick; tatsächlich, ein älteres Paar trug schwer an seinem Gepäck. Dirk und Marco sprangen auf, kletterten am Zaun hoch und halfen ihnen, den Korb hinüberzuhieven.

»Unglaublich«, sagte er. »Welche Sympathien die Tschechoslowaken uns entgegenbringen!« Eine Gänsehaut überzog seine Arme. Er vermochte es noch immer nicht zu fassen, welche Güte ihm und den anderen Flüchtlingen widerfuhr.

»Die tschechoslowakische Regierung ist von alldem nicht sehr erbaut.« Judith nippte an ihrem Kaffee und sah zu, wie Dirk und Marco die Geschenke in die Villa trugen. »Aber das Volk tickt anders.«

Sie standen eng nebenaneinander, ihre Ellbogen berührten sich fast. Tobias war sich ihrer Nähe nur allzu bewusst. Hatte Judith ihn hierhergebracht, um allein mit ihm zu sein? Welch alberner Gedanke, schalt er sich sogleich. Sie wollte in Ruhe ihren Kaffee trinken, im ganzen Haus ging es zu wie in einem Taubenschlag, unmöglich, ungestört eine kurze Pause einzulegen. Er wusste nicht, wieso ihm solche Gedanken kamen. Sicher, sie zog ihn an mit ihrer zugleich professionellen und fürsorglichen Art, aber er durfte sich nicht einbilden, dass sie irgendein Interesse für ihn aufbrachte, das über seinen Status als Flüchtling hinausging.

»Als mein Zuhause damals abgebrannt ist, haben uns die Nachbarn auch erst mal mit allen möglichen Naturalien über Wasser gehalten.« Die Erinnerung brach dumpf aus ihr heraus.

»Wo sind Sie untergekommen, nachdem das Haus unbewohnbar war?«, fragte er leise nach. Er wollte keine alten Wunden aufreißen, aber schließlich hatte sie das Thema angeschnitten.

»Die erste Nacht bei Nachbarn, am nächsten Tag sind wir zu meiner Tante gezogen, wo wir ein paar Wochen geblieben sind. Eine Mietwohnung fand sich in so kurzer Zeit nicht.« Sie biss sich auf die Lippe, schien zu überlegen, ob sie weitersprechen sollte, entschied sich dann aber dafür. »In meiner Schule haben sie Kleiderspenden gesammelt, damit ich etwas zum Anziehen hatte. Es hat sich seltsam angefühlt, in den abgelegten Kleidern meiner Klassenkameradinnen herumzulaufen.«

»Ich weiß genau, was Sie meinen.« Er betrachtete sie aus dem Augenwinkel und hätte am liebsten ihre Hand ergriffen. Natürlich gehörte sich das nicht. »Schauen Sie mich an. Von Kopf bis Fuß in Rot-Kreuz-Spenden gekleidet.«

Sie lächelte schwach. »Ich fühlte mich damals wie ein Almosenempfänger. Es war kein schönes Gefühl, die alten Klamotten der anderen Kinder zu tragen, auch wenn meine Eltern mir ständig eintrichterten, ich müsse dankbar sein.«

»Als junger Mensch empfindet man dies wahrscheinlich doppelt so schlimm«, sagte er mitfühlend. Ihm war es gleich, woher seine Kleidung stammte, aber Kinder waren in dieser Hinsicht wahrscheinlich sensibler.

»Ja, vielleicht.« Sie straffte sich, als wolle sie die alten Erinnerungen abschütteln, und trank einen weiteren Schluck Kaffee. »Aber nun Schluss damit. Ich sollte Sie wirklich nicht mit meinem Kindheitstrauma belästigen.«

»Ich höre gerne zu.« Und insgeheim freute er sich auch darüber, dass sie ihm Dinge über sich anvertraute, die gewiss nicht jeder wusste. Gleichzeitig fühlte er sich ihr auf seltsame Weise verbunden; ihre Lebenslinien hätten nicht unterschiedlicher verlaufen können, und doch gab es Erfahrungen, die sie teilten.

»Ich habe mir ein gutes Leben aufgebaut, lebe in dieser fantastischen Stadt, wenigstens zurzeit.« Sie holte tief Luft. »Und ich hoffe, Sie können sich auch bald ein neues Leben aufbauen und die Zeit in der Botschaft hinter sich lassen.«

Seltsamerweise fühlte er sich derart in der Gegenwart gefangen, dass er sich kaum vorstellen konnte, etwas Neues zu beginnen. Das Botschaftspalais, der immer gleiche Tagesablauf – Besprechungen mit den Mitarbeitern, Unterhaltungen mit seinen Leidensgenossen, falls er sie überhaupt als solche bezeichnen konnte, Mithelfen bei der Instandhaltung der Villa, Schichtdienst am Zaun, Spielen mit Jasmin – hielt ihn wie in einem Kokon gefangen, aus dem er es nicht eilig hatte, herauszuschlüpfen. Ob dies an Judith, an ihren täglichen Begegnungen lag? Er wusste es nicht. Klar war, dass die anderen Flüchtlinge es weitaus eiliger hatten, auf welchem Weg auch immer in die Bundesrepublik zu gelangen.

»Wir werden sehen, wie sich die Dinge entwickeln. Bisher sind Kohl und Honecker ja offenbar noch zu keinem Ergebnis gekommen«, erwiderte er unbestimmt.

»Ewig können sie die Situation nicht hinnehmen.« Judith nahm ein Blatt zwischen die Finger, das der Wind auf die Brüstung geweht hatte. »Der gute alte Erich muss sich was einfallen lassen. In ein paar Wochen finden die Feiern zum vierzigjährigen Bestehen der DDR statt, sicher wird er nicht tatenlos zusehen, wie seine Bürger flüchten.«

»Nein, das alles wird Erich nicht sehr erfreuen«, gab er lakonisch zurück, und sie lächelte.

Ein kurzes Schweigen hing leicht und schwerelos zwischen ihnen. Er empfand es nicht als unangenehm, im Gegenteil, er fühlte sich wohl dabei, an Judiths Seite an die steinerne Brüstung gelehnt zu stehen, die Augustsonne auf den Wangen zu spüren und in das frische Grün des Gartens zu blicken. Dahinter rauschten die Bäume auf der kleinen Anhöhe im Wind. Fast hätte er sich wie auf einer Datsche gefühlt. Nicht, dass er je einen Aufenthalt auf einer solchen hätte genießen dürfen. Was sich wohl hinter dem Zaun und dem Wäldchen verbarg? Als er und Jasmin mit dem Bus durch die Stadt gefahren waren, war er zu angespannt, ja geradezu gelähmt gewesen vor Furcht, ob sie es bis ins Botschaftsviertel schaffen würden, und hatte die Umgebung kaum wahrgenommen. »Prag muss eine wunderschöne Stadt sein.«

»Das ist es«, bestätigte sie. »Eine der schönsten Städte, in de-

156

nen ich je gearbeitet habe. Der Hradschin, die Burg, wirkt wie eine Filmkulisse, an der man die tollsten Monumentalschinken drehen könnte. Die Altstadt ist sehr malerisch, am liebsten schlendere ich an der Moldau entlang und betrachte die Ausflugsboote. Die Brücken sind wunderschön, es ist bereits ein Erlebnis, einfach darüberzuspazieren. Vor allem natürlich über die Karlsbrücke mit ihren Heiligenskulpturen auf den Pfeilern. Aber am allerliebsten gehe ich durch die Laubengänge. Es ist toll, dort abends im Schatten in einem Café zu sitzen. Meine Güte«, sie brach ab, Röte kroch ihr zart ins Gesicht. »Ich höre mich an wie ein Reiseführer. Es ist nicht nett von mir, Ihnen von Prag vorzuschwärmen, wo Sie doch keine Möglichkeit haben, auch nur einmal einen Fuß vor die Botschaftstore zu setzen.«

Sie schien aufrichtig verlegen, ihm so unbedacht die schönen Ecken der Stadt beschrieben zu haben. Er schmunzelte. Prags Sehenswürdigkeiten waren ihm gleichgültig. Das, was seine Lebensqualität in den letzten Wochen angehoben hatte, war nicht die Schönheit der neuen Umgebung, sondern die Tatsache, dass er zum ersten Mal im Leben keinen vom Staat verordneten Maulkorb trug. »Erzählen Sie ruhig weiter, ich höre Ihnen gerne zu. Falls es tatsächlich dazu kommt, dass ich mit Jasmin im Westen leben kann, besteht vielleicht auch für mich irgendwann die Möglichkeit, zu reisen. Und vielleicht ... vielleicht hat der Sozialismus nicht ewig Bestand, und auch die zurückgebliebenen DDR-Bürger können sich eines Tages ein paar schöne Fleckchen auf dieser Erde ansehen.« Er verlieh seiner Stimme einen ironischen Tonfall, um zu verdeutlichen, dass diese Vision allzu utopisch war.

Sie lachte. »Ja, sicher, wenn die Mauer fällt ... in dreihundert Jahren oder so.«

»Na, so schnell wird's wahrscheinlich nicht gehen, etwas Geduld ist schon angebracht.«

157

Ihr Heiterkeitsausbruch gefiel ihm. Meistens war sie so ernst, mit mehreren Dingen gleichzeitig beschäftigt, die sie erledigen musste. Doch nun, allein mit ihm auf dem Balkon, schien es, als öffnete sich der professionelle Vorhang, der sie umgab, ein wenig und gab den Blick auf die Frau frei, die sie im Privaten war.

»Was ich Ihnen noch sagen wollte – scheuen Sie sich nicht, mein Telefon zu benutzen, um Ihre Mutter anzurufen«, sagte sie dann, als handele es sich bei diesem Angebot um eine Kleinigkeit. Dabei war es alles andere als das. Die Botschaft konnte unmöglich allen Flüchtlingen Auslandstelefonate erlauben, die Gebühren wären enorm. Außerdem wusste man nicht, ob die Daheimgebliebenen Schwierigkeiten bekamen; hörte die Stasi die Telefone ab? Falls man seiner Mutter die Telefonleitung inzwischen nicht stillgelegt hatte, denn als Mutter eines Republikflüchtlings stand ihr diese Vergünstigung nicht mehr zu.

»Das ... das ist mehr als großzügig von Ihnen.« Seine Stimme klang auf einmal brüchig. Eigentlich bemühte er sich, keine zusätzlichen Mühen oder Kosten zu verursachen, doch er musste ihren Vorschlag einfach annehmen. Die Angst um seine Mutter war ständig in seinem Hinterkopf. Wie es ihr wohl ging, ob sie ihre Medikamente endlich bekommen hatte? »Ich danke Ihnen sehr.«

»Ach was. Ihre Mutter ist gesundheitlich angeschlagen, Sie müssen sich doch bei ihr melden.«

»Hier steckst du!« Eine Stimme hinter ihnen ließ sie beide herumschnellen wie Kinder, die man beim unerlaubten Griff in die Bonbondose erwischt hatte. Anke Wegener stand im Türrahmen und schaute Judith mit einem seltsamen Ausdruck an. War sie verärgert oder einfach nur abgekämpft? »Waren wir nicht zur Mittagspause verabredet? Wir wollten doch ein bisschen spazieren und vielleicht eine Kleinigkeit essen gehen.«

»Stimmt, entschuldige.« Er spürte, wie unangenehm es Judith

war, ihre Verabredung vergessen zu haben. Er war sich sicher, dass sie normalerweise äußerst zuverlässig war. War er der Grund für ihre Gedankenlosigkeit? »Ich komme gleich, Anke.«

»Gut. Dann hole ich schon mal meine Tasche.« Die Kollegin machte auf dem Absatz ihrer eleganten Pumps kehrt und eilte davon.

»Ich habe einfach die Zeit vergessen«, sagte Judith und griff nach der leeren Kaffeetasse.

»Geben Sie mir die Tasse, ich bringe sie in die Küche zurück. Heute steht nichts mehr auf meiner Agenda«, sagte er mit einem Zucken um die Mundwinkel. Sie gab ihm die Tasse, und kurz berührten sich ihre Hände. Der Moment schien ihm jedoch viel länger zu sein. Ob sie auch spürte, dass kurz etwas zwischen ihnen gewesen war – ein Prickeln, als wäre die Luft elektrisch aufgeladen?

»Danke, nett von Ihnen. Dann beeile ich mich mal, Anke scheint schon sauer genug.«

Er nickte. »Tun Sie das. Wir sehen uns.«

Den letzten Satz konnte er sich nicht verkneifen. Natürlich sahen sie sich, sogar mehrmals täglich. Ständig liefen sie sich über den Weg, etwas anderes wäre in der Villa überhaupt nicht möglich gewesen, außer, man verschanzte sich die ganze Zeit in einem einzigen Raum.

»Ja, bis bald.« Sie lächelte ihn über die Schulter hinweg noch einmal an, dann war sie verschwunden. Jasmin. Er musste dringend nach Jasmin schauen, nicht, dass sie mit ihrer Malerei fertig war und ihn suchte. Doch noch während er ins Gebäude zurückging und durch den Korridor lief, sah er deutlich Judith vor sich. Die grauen Augen, der Porzellanteint, die geschwungenen Lippen, die lächelten, sobald sie ihn erblickte.

Schluss jetzt! Innerlich stöhnte er auf. Voraussichtlich würde

159

er sich nur wenige Wochen im Palais Lobkowicz aufhalten, dann würden sich ihre Wege für immer trennen. Eine Liebelei wäre das Letzte, was er in seiner Situation brauchen konnte. Außerdem: Er hatte eine Tochter, um die er sich kümmern musste, für etwas – oder jemand – anderes blieb keine Zeit.

14

Judith

Nach einem kurzen und etwas steifen Mittagessen mit Anke klopfte sie an die Tür ihres Büros, doch da niemand antwortete, trat sie rasch ein und nahm die zwei Akten sowie die Briefmarken, die sie für ihre Korrespondenz benötigte, aus dem Wandschrank. Auf dem Sofa lag ordentlich zusammengefaltet die Decke, die Tobias und Jasmin zum Schlafen benutzten, der Plüschmarienkäfer, den die Kleine mit diesem seltsamen Namen titulierte, den sie noch nie gehört hatte, und die neue Puppe aus dem Rot-Kreuz-Fundus. Viel Platz hatten die beiden auf dem schmalen Sofa nicht, aber Tobias beklagte sich nicht. Nie. Er nahm alles, wie es kam, und versuchte, daraus das Beste zu machen. Das bewunderte sie an ihm. Besonders die jüngeren unter seinen Mitbürgern, allen voran Marco, der sich schon in einer schicken Zweizimmerwohnung in München oder Köln gesehen hatte, zeigten mittlerweile Ungeduld, weil sich noch immer nichts in ihrer Sache tat. Tobias beschwichtigte sie stets und verdeutlichte ihnen, dass sie in einer noch nie da gewesenen, schwierigen Situation steckten, die niemand so einfach zu lösen vermochte. Er war der ruhende Pol unter den Flüchtlingen; sicherlich hatten sie ihn auch deshalb zu ihrem Sprecher gewählt. Wahrscheinlich war es die erste demokratische Wahl ihres Lebens gewesen, dachte Judith, während sie einen Blick aus dem Fenster in den Garten warf.

Wie lebendig es draußen zuging! Sie kannte den Botschaftsgarten nicht anders als still, beinahe verwaist, doch seit ein paar Wochen ähnelte er einem Park, in dem sich die Menschen zum Spazierengehen oder zu Begegnungen tummelten. Eigentlich fand sie das schön. Abgesehen von der vielen Arbeit, die sie und ihre Kollegen hatten, herrschte Leben in der Villa, in der es sonst leise und beschaulich zuging.

Sie ertappte sich dabei, wie sie nach Tobias Ausschau hielt, dann wandte sie sich abrupt vom Fenster ab. Anke hatte ja recht. Ihre ständige Beschäftigung mit ihm war ... nun, nicht sehr gewinnbringend. Sie mochte ihn, sehr sogar, und sein kleines Mädchen war süß, doch spätestens in ein paar Wochen würde er, auf welchen Wegen auch immer, sang- und klanglos aus der Botschaft verschwinden, nichts mehr sein als eine verblassende Erinnerung, und sie würde allein zurückbleiben.

Als sie das Büro verließ, kam ihr auf dem Korridor Jasmin entgegengerannt, die Arme weit ausgebreitet wie die Flügel eines Schmetterlings. »Es gab Blaubeeren im Garten! Eine Frau hat uns Blaubeeren geschenkt, die waren so gut!«

»Man sieht dir an, dass sie geschmeckt haben.« Judith wechselte einen verständigen Blick mit Tobias, der hinter seiner Tochter lief, und lächelte über dessen schiefes Grinsen. Das T-Shirt der Kleinen zeigte große blaue Flecken, und auch das kleine Gesicht war um den Mund herum verschmiert bis zu den Ohren.

»Willst du auch ein paar? Ich hab noch welche übrig.« Jasmin hielt Judith ihre offene, ebenfalls reichlich verfärbte Handfläche mit zwei zerdrückten Beeren hin.

»Ich glaube nicht, dass Frau Gontrau Lust darauf hat«, schaltete sich Tobias rasch ein und hob gespielt hilflos die Schultern, um Judith zu signalisieren, dass er alles tat, um sie vor den unappetitlich zerquetschten Blaubeeren zu retten.

»Hat sie wohl.« Jasmins Hand kam Judiths weißer Bluse bedrohlich näher.

»Danke schön.« Judith wollte das Kind nicht abweisen, deshalb griff sie mit spitzen Fingern nach den Beeren.

Kopfschüttelnd, aber dennoch amüsiert sah Tobias zu, dann kratzte er sich am Kopf. »Was stellen wir nun mit deinen Kleidern an, Minchen? Die Flecken kriege ich doch nie wieder raus.«

»Das macht nichts.« Unbesorgt hüpfte Jasmin den Gang entlang und verschwand in Judiths Büro. »Ich mag Blau.«

Judith hatte sich bisher kaum Gedanken darüber gemacht, wie die Flüchtlinge ihre Kleidung sauber hielten. Plötzlich schämte sie sich dafür. Es musste so vieles geben, was für die Menschen ein Problem darstellte, womit sie und ihre Kollegen sich jedoch noch nicht auseinandergesetzt hatten. Waschmaschinen standen natürlich nicht zur Verfügung, die Botschaft war ja nicht für Übernachtungen eingerichtet.

»Ich nehme an, Sie waschen Ihre Kleidung normalerweise per Handwäsche im Waschbecken?« Sie biss sich auf die Lippe. Eine reichlich dumme Frage, hoffentlich hielt er sie nun nicht für naiv.

Doch er nickte nur. »Ja. Allerdings trotzen die Blaubeerflecken mit Sicherheit jeglicher Handwäsche. Das ist ärgerlich, Jasmin hat ja wenig Wechselkleidung.«

Sie spürte, wie es in ihm arbeitete. Offenbar war es ihm wichtig, dass er und seine Tochter gepflegt aussahen, er bürstete der Kleinen täglich die Haare und band ihr sorgfältig Zöpfe, die er liebevoll mit bunten Haarspangen zierte.

»Ich verstehe.« Beide starrten sie auf die Bürotür, die hinter Jasmin ins Schloss gefallen war, als fände sich dort die Lösung. Und ehe Judith den Gedanken, der ihr durch den Kopf schoss, zu fassen bekam, brach er auch schon aus ihr heraus. »Ich nehme die Kleider mit nach Hause und wasche sie dort in der Maschine. Es gibt spezielle Fleckenentferner, damit bekomme ich bestimmt alles wieder sauber.«

Er schaute sie an, als müsse er den Sinn ihrer Worte erst mühsam verarbeiten. Dann schüttelte er langsam den Kopf. »Nein, Frau Gontrau. Das können wir nicht annehmen. Es ist nicht Ihre Aufgabe, sich um die Wäsche meiner Tochter zu kümmern.«

»Ich mache es gerne«, beteuerte sie. »Wirklich. Die wenigen Kleidungsstücke von Jasmin bereiten keine Umstände. Im Gegenteil, für eine einzige Person zu waschen füllt die Waschmaschine doch gar nicht.«

Er seufzte, weniger verdrossen als vielmehr hilflos, als wisse er nicht, was er noch tun oder sagen sollte. Wieder eine Situation, in der er sich wie ein Bedürftiger fühlte, der sein Leben nur mithilfe anderer bewältigen konnte, sie verstand ihn nur zu gut. Sie wünschte, er würde die Angelegenheit pragmatisch angehen; seine Tochter hatte nicht viel Kleidung und konnte dieses T-Shirt nicht mehr tragen, wenn es nicht gründlich gereinigt würde.

»Nun gut«, gab er schließlich nach. Der Blick, den er auf sie richtete, fühlte sich seltsam innig an. Als würde es etwas in ihm auslösen, wenn er sie ansah. Ihr jedenfalls ging es so. In ihrem Innern schienen kleine Funken zu sprühen, wenn sie mit ihm zusammen war, und ihr Kopf fühlte sich an, als stecke er in einer Wolke fest, sodass ihr etwas schwindelte, sie gleichzeitig aber alles geschärft wie durch eine Lupe wahrnahm.

»Sie lassen uns eine Vorzugsbehandlung angedeihen, und ich weiß nicht, ob mir das angenehm ist.« Er trat etwas näher an sie heran, so als wolle er vermeiden, dass Markus Erlenwein, der gerade mit einem Stapel Papier eilig an ihnen vorbeiging, oder Jeannette Lemke, die mit Handtüchern beladen in Richtung Dachboden lief, etwas davon mitbekamen. »Sie wissen doch, ich komme aus der DDR. Im Sozialismus sind alle gleich, niemand ist besonders.«

In seinen Augen blitzte es, und seine Mundwinkel zuckten. Sie wartete, bis Jeannette vorbeigelaufen war, dann gab sie ebenso verschwörerisch zurück: »Das ist nur auf dem Papier so, in Wirklichkeit läuft das etwas anders, das sollten Sie am besten wissen.«

»Sie kennen sich drüben aus?« Er klang belustigt, dabei schaute er auf ihren Mund, als habe er ganz anderes im Sinn als ihr Geplänkel, das nur dazu diente, den Moment zu verlängern.

Hitze stieg ihr in den Kopf, und ihre Wangen glühten, ein ganz und gar nicht unangenehmes Gefühl. Sie war ihm so nah, dass sie sich als Spiegelbild in seinen Pupillen sah. »Man hört so einiges.«

Er lachte, und sie spürte seinen Atem, der ihre Haut streifte. Er roch nach Blaubeeren, süß und fruchtig. Die Sehnsucht, seine Lippen, die so sanft geschwungen waren, würden sich auf ihre legen, überkam sie wie ein plötzlicher Schmerz. Auf dem Korridor war es still, man vernahm lediglich das Getrappel von Kinderfüßen aus dem oberen Stockwerk.

»Vati! Wo bleibst du?« Mit einem Mal stand Jasmin in der Bürotür, die sie geöffnet hatte, ohne dass Judith es bemerkt hätte. Auch Tobias schrak zurück, als wache er aus einer traumartigen Versunkenheit auf, und trat einen Schritt zurück. Diese plötzliche Distanz, betrug sie auch nur ein paar Handbreit, tat weh.

»Ich komme«, murmelte er, den Blick noch immer auf Judith gerichtet. Erkannte sie Bedauern darin? »Danke für Ihr … Angebot, Frau Gontrau. Wenn ich mich doch nur erkenntlich zeigen könnte.«

»Das ist nicht nötig.« Aufgewühlt folgte sie ihm in das Büro, wo er seiner Tochter das T-Shirt über den Kopf zog, um es Judith zu geben. Ihre Gefühlsverwirrung erreichte mittlerweile fast einen Zustand der Verzweiflung. Was war das eben nur gewesen,

165

was hatte sich zwischen ihnen abgespielt? Zweifellos hatte er es auch gespürt, denn seine Stimme klang rau, und er betrachtete sie verstohlen von der Seite. Doch es konnte nie zu dem kommen, was sie sich eben so sehnsüchtig erhofft hatte: einer Berührung oder gar einem Kuss. Er lebte inmitten Dutzender anderer Flüchtlinge im Botschaftsgebäude – und wer wusste schon, wie lange noch? –, und seine kleine Tochter war stets an seiner Seite, so wie es auch sein sollte. Welten trennten sie.

Am Abend begleitete Anke sie in der Straßenbahn nach Hause. Judith hatte versprochen, für sie beide zu kochen, das schlechte Gewissen, die Freundin in der letzten Zeit vernachlässigt zu haben, plagte sie. Aber in ihrem Leben war so viel los; die ständigen Überstunden in der Botschaft, ohne die die Versorgung der Flüchtlinge nicht gewährleistet werden konnte, und dann war da noch Tobias, der ihr ständig durch den Kopf spukte. Jede Minute war er präsent. Die Momente, in denen ihr Verstand ihr eintrichterte, sie solle ihn sich schleunigst aus dem Kopf schlagen, zermürbten sie.

»Ich freue mich richtig auf Nudeln.« Anke hielt sich an der Haltestange fest, als die Straßenbahn durch das Viertel Malá Strana rumpelte und sie in den Kurven gegen die anderen Fahrgäste gedrückt wurden. Die Abendsonne fiel durch die schmierigen Fenster und auf das Kopfsteinpflaster. »Wir haben schon lange nicht mehr miteinander gekocht.«

»In letzter Zeit geht ja auch alles drunter und drüber.« Judith klammerte sich ebenfalls an der Haltestange fest, denn beinahe wäre sie auf einen beleibten Mann gefallen, der unangenehm nach Knoblauch roch. »Der absolute Ausnahmezustand.«

»Das kann man so sagen. Was schleppst du da eigentlich in

166

diesem Beutel mit dir herum?« Anke deutete auf die Stofftasche, die Judith an sich presste.

Ihrer Freundin entging aber auch nichts. Die nächste Unstimmigkeit war vorprogrammiert, wenn sie ihr erzählte, was sich in dem Beutel befand. Aber sie konnte sie schlecht anlügen. »Kleidung.«

»Kleidung?«

Judith wich Ankes Blick aus und starrte aus dem Fenster. Hoffentlich kam die Haltestelle Anděl, an der sie aussteigen mussten, bald in Sicht. In der Straßenbahn war es stickig, sie musste dringend frische Luft schnappen und ihre heißen Wangen kühlen. »Ja. Von Jasmin. Sie hat sich mit Blaubeeren eingesaut, und ich habe angeboten, ihre Sachen zu waschen.« Um jeglichen Widerspruch Ankes zu ersticken, fügte sie resolut hinzu: »Du weißt doch, dass die Flüchtlinge keine Möglichkeit haben, ihre Kleidung zu waschen.«

»Trotzdem.« Sie spürte Ankes forschenden Blick. »Du kannst nicht einem Flüchtling eine Extrabehandlung zukommen lassen, den anderen aber nicht. Das ist …«

»Unprofessionell, ich weiß.« Judiths Schultern sackten herab. Zum Glück hielt die Straßenbahn nun an ihrer Haltestelle, und sie stiegen aus, um an den alten Bürgerhäusern entlang zu ihrer Wohnung zu gehen.

»Nicht nur das.« Anke folgte ihr atemlos bis ins Dachgeschoss des Hauses. Im Treppenhaus roch es nach Kohl, und in einer der Wohnungen schrie ein Kind und stampfte wütend mit dem Fuß auf. Die Mutter antwortete in einem so schnellen Tschechisch, dass sie kein Wort verstanden. »Du tust es dem Vater zuliebe, und das ist falsch. Denn der ist bald weg.«

»Nein.« Mit bebenden Fingern kramte Judith in ihrer Handtasche nach dem Schlüssel. »Ich tue es nicht nur Tobias zuliebe.

167

Versetz dich doch mal in die Kleine hinein. Sie ist mutterlos und durch den Wald nach Prag geflüchtet. Wo ein unbestimmtes Leben auf sie wartet. Jeder würde sich ein bisschen um das Kind kümmern, wirklich jeder!«

»Na schön.« Anke seufzte und betrat nach Judith die Wohnung. Stille empfing sie.

In der kleinen Küche bedeutete Judith der Freundin, sich zu setzen, und goss ihr ein Glas Saft ein, bevor sie einen Topf aus dem Schrank nahm und mit Wasser füllte. »Du möchtest auch der Kleinen etwas Gutes tun. Trotzdem – halt dich von dem Vater fern. Ich sehe dich so oft in ein Gespräch mit ihm vertieft, ich hoffe, das rührt nur daher, dass er der Sprecher der Truppe ist.«

»Natürlich.« Judith stellte den Topf auf den Gasherd und riss eine Packung Nudeln auf, wobei sie Anke geflissentlich den Rücken zuwandte.

»Ihr führt doch keine persönlichen Gespräche, oder?« Ankes Tonfall klang so inquisitorisch, dass Judith sich abrupt zu ihr umdrehte.

»Doch. Auch. Aber selbst Huber ist vor seinem Urlaub stundenlang durch den Garten gelaufen und hat sich mit den Flüchtlingen ausgetauscht, wollte ihre Geschichten hören.«

Anke schob ihr Glas gedankenverloren auf der Tischplatte hin und her. »Das ist etwas anderes.«

»Ja, klar«, versetzte Judith halb ironisch, halb bitter. Sie holte eine Pfanne aus dem Schrank, um die Soße zuzubereiten, und verursachte dabei mehr Geräusche als nötig.

»Judith«, sagte Anke ungewohnt sanft. »Tobias Seibold ist höchstens noch ein paar Wochen hier. Vielleicht einigen sich Kohl und Honecker schon morgen, und die ganze Meute wird nach Deutschland ausgeflogen.«

»So schnell geht das nicht.« Äußerlich gelassen gab sie gehackte Tomaten in die Pfanne, doch innerlich schnürte sich ihr der Brustkorb zusammen. Was, wenn Anke recht hatte? Natürlich hatte sie recht. Aber gegen ihr dummes Herz, das sich nach nichts anderem sehnte als nach Tobias' Nähe, kam sie nicht an. Doch sie musste gegen ihre Gefühle ankämpfen, musste es mit aller Kraft versuchen, erzwingen. Der Schmerz wäre groß, wenn sie der Zuneigung erlaubte, zu wachsen, und ihr dann bei Tobias' Abreise das Herz brechen würde.

»Ach, Anke.« Sie ließ die Soße vor sich hin köcheln und sank neben die Freundin auf einen Küchenstuhl. Ihre defensive Haltung verblasste. Wem sollte sie etwas vormachen? »Es ist alles so schwer.«

»Ich weiß.« Anke legte ihre Hand auf Judiths und drückte sie tröstend. »Aber denk doch nur an die Beziehungen, die du früher hattest. Sind die nicht auch zerbrochen, weil deine Partner in ein anderes Land versetzt wurden? Mit Tobias wäre es das Gleiche in Grün.«

Judith schlug die Hand vor den Mund, sodass ihre Antwort nur erstickt zu hören war. »Ja.«

Anke stand auf, rührte in der Pfanne und gab die Nudeln in das kochende Wasser. »Außerdem, überleg doch mal, wie es aussehen würde, wenn Huber mitbekäme, dass zwischen dir und Tobias etwas läuft. Dann könntest du dich von deinen Karriereplänen verabschieden. Tobias und du, ihr steht in einem Abhängigkeitsverhältnis, alles andere als ein höfliches Miteinander ist undenkbar.«

»Ja. Ja, es stimmt alles, was du sagst.« Ihr Kopf war leer, ebenso ihr Herz. Es war, als würde gerade jegliche Energie aus ihr herausgesogen. Und jegliche Freude. Als sie die Hände vom Gesicht nahm, fiel ihr Blick auf den Beutel mit Jasmins fleckigem T-Shirt. Sie rappelte sich hoch, die Glieder so schwer, als sei sie hundert Jahre alt, und packte das winzige Kleidungsstück aus. »Guckst du nach dem Essen? Ich behandle schnell das T-Shirt mit Zitronensaft und werfe es in die Waschmaschine.«

»Ist gut.« Anke legte ihr liebevoll eine Hand auf die Schulter. »Hör mal, ich sage das alles nicht, weil ich dir nicht gönne, dass du eine schöne Zeit hast und dich verliebst. Aber du weißt genauso gut wie ich, dass eine Beziehung mit einem Flüchtling nur von sehr kurzer Dauer sein kann.«

»So wie alle Beziehungen in unserem Beruf«, murmelte Judith niedergeschlagen.

»Ja, leider. Aber wir beide passen aufeinander auf, haben wir uns versprochen, nicht wahr? Wir haben hier nur uns, auf die wir uns verlassen können.«

»Wir haben nur uns, ich weiß.« Judith lehnte sich einen Moment an Anke. Natürlich wusste sie tief im Innern, dass auch sie beide eines Tages getrennte Wege gehen würden. Irgendwann würde das Auswärtige Amt sie in verschiedene Himmelsrichtungen versetzen, und eine jede müsste neu anfangen. So wie es in ihrem Beruf üblich war. Die Vorstellung, ihre Habseligkeiten zu packen und sich an einem anderen, fernen Ort auf fremde Menschen einzustellen, verursachte ihr heute geradezu Magenschmerzen. Was war nur mit ihr los? Einer der Beweggründe, eine Laufbahn im Diplomatischen Dienst einzuschlagen, war doch gewesen, die Enge und Beklommenheit ihrer Jugendjahre abzuschütteln und in die Welt hinauszugehen!

15

Tobias

»Vati, mir ist langweilig. Wann können wir reingehen?« Jasmin hängte sich mit ihrem ganzen Körpergewicht an sein Bein, und er hatte Mühe, ihren Klammergriff zu lösen, um sie hochzunehmen. Gedanklich war er noch bei seiner Mutter, die er am Vorabend nach einigen technischen Schwierigkeiten angerufen hatte. Ihr Zustand war unverändert.

»Ich war in der Poliklinik, wo sie mir meine Medikamente verschrieben haben«, hatte sie berichtet. Sie klang kurzatmig, die Stimme schwach wie die eines verletzten Vögelchens, das hatte er trotz der schlechten Verbindung deutlich gehört. »Aber was nützt mir das, wenn ich mein Rezept nicht einlösen kann? Martin ist in sechs verschiedene Apotheken gefahren, nirgends hatten sie meine Tabletten.«

»Konnten sie sie nicht wenigstens bestellen?«, hatte er verzweifelt gefragt.

»Ach, Tobias.« Seine Mutter hatte nur geseufzt. »Du weißt doch, dass kein Nachschub kommt, du kennst das doch aus deiner Fabrik. Es ist überall das Gleiche.«

Und ob er das wusste. Plötzlich fühlte er sich elend; er und Jasmin waren durch ein Nadelöhr aus dem maroden System geschlüpft, während seine Mutter noch immer dort war und litt. Als ob sie sein schlechtes Gewissen und seine Sorge spürte, sagte sie:

»Aber mach dir keine Gedanken, mein Lieber. Die Hauptsache ist, dass ihr beide in Sicherheit seid. Selbst Martin denkt so, selbst wenn er das natürlich nie offen zugeben würde.« Sie kicherte kurz, und eine schwache Erinnerung an die lebensfrohe Frau, die sie einst gewesen war, blitzte auf, doch dann schien sie wieder nach Luft schnappen zu müssen, denn trotz des Rauschens in der Leitung vernahm er ein Keuchen.

Jasmin riss ihn aus seinen Erinnerungen an das Telefongespräch, das nach wenigen Minuten abgebrochen war. Die Leitung war einfach tot gewesen. »Wie lange noch, Vaaati!«

»Meine Schicht geht noch bis neun Uhr, dann sind Dirk und Luzie dran. Aber schau, gerade wird das Frühstück verteilt. Gleich können wir essen.« Er deutete auf Judith und Christina Leuchner, die mit Körben und Thermoskannen aus dem Palais kamen und Brötchen sowie Tassen an die Flüchtlinge verteilten, die sich bereits im Garten tummelten. Bei Judiths Anblick spürte er, wie sein Herz heftig zu klopfen begann. Er beobachtete aus der Ferne, wie sie mit den Leuten plauderte. Sie war immer freundlich und interessiert, hatte für alle ein offenes Ohr und fand ein liebes Wort. So wie der Botschafter, der sich noch immer in der Schweiz aufhielt. Gewiss würde Judith früher oder später die Leiter der Botschaftshierarchie hochklettern und eine Führungsposition übernehmen. Eine beeindruckende Frau. Und doch hatte sie so etwas Sanftes an sich, wenn sie mit ihm sprach, wenn sie über etwas lachte, das er gesagt hatte, und ihre professionelle Schale Risse bekam.

»Vati! Schau doch!« Jasmins alarmierte Stimme riss ihn aus seinen Tagträumen. Er schnellte herum und sah eine Gestalt jenseits des Zauns. Er oder sie – es war schwer erkennbar – steckte den Kopf mit den lila gefärbten Haaren, die mithilfe reichlich Haarspray und Glitzergel in die Höhe standen, durch die Gitterstäbe und klammerte sich mit den Händen daran fest. Auch das

Outfit der Person war spektakulär, es glich einem aus glänzend lila-schwarzem Stoff gefertigten Astronautenanzug, dazu kamen schwere Schnürstiefel. Eine Wolke aus Alkohol und noch etwas anderem, Süßlichem, wehte von ihr herüber.

»Hilfste mir mal, über den Zaun zu klettern?« Die Stimme, die die Worte ausstieß, klang blechern, so als habe das Geschöpf die ganze Nacht durchgesungen und – gefeiert. Doch sie klang auch unverkennbar männlich.

Mit einem Ruck riss sich Tobias aus seiner Starre. »Klar, Moment.« Er sah sich Hilfe suchend um. Manfred, ein Ingenieur aus Eisenach, der mit ihm Schicht hatte, hatte sich kurz entschuldigt, um die Toilette aufzusuchen. Er wollte bereits lostraben, um eine Gruppe Mitflüchtlinge anzusprechen, die gemütlich unter einem Baum standen und ihren Kaffee tranken, da begegnete er Judiths Blick. Instinktiv schien sie zu erfassen, dass Not am Mann war, stellte das Tablett und ihren Korb ins Gras und kam zu ihm gelaufen.

»Brauchen Sie Unterstützung?«

»Ja, prima, dass Sie so schnell reagiert haben.« Er nickte zu dem Glitzerwesen, das am Zaun hing wie eine schlappe Rankpflanze und »Ich will rüber« lamentierte.

»Oje, was hat er denn eingenommen?« Judith hob die Augenbrauen, und er konnte sich ein Grinsen nicht verkneifen.

»Na los, helfen wir ihm rüber auf bundesdeutsches Gebiet.«

Jasmin stand daneben und sah gebannt zu, wie ihr Vater und Judith den Typen halb über den Zaun hoben, halb zerrten. Als der junge Mann die Spitze überwunden hatte und mit den Füßen nach unten hing, stieß Tobias bei dem Versuch, ihn zu halten, gegen Judith und spürte einen Moment die Wärme ihrer Haut unter ihrer kurzen Bluse. Sie packte einen der herabbaumelnden Oberschenkel, er den anderen, und so ließen sie den Flüchtling langsam herab, bis er auf der Gartenseite auf den Füßen landete. Waren er und Judith nicht ein gutes Team?

»Danke. Ich bin froh, dass ihr so früh auf dem Damm seid. Wie spät ist es? Ich komme gerade aus der Disko, ein Kerl aus Rostock hat mir erzählt, dass man bei euch unterkommen kann, wenn man die Biege machen will.« Seine Augen waren gerötet, die Pupillen geweitet, blau-violettes Make-up war darum verschmiert. Einige falsche Wimpern hatten sich gelöst und klebten wie Spinnenbeine an den Wangen.

Tobias ertappte sich dabei, wie er ihn fasziniert anstarrte und spürte, wie Jasmin ihre kleine Hand fast ängstlich in seine schob. »Es ist kurz vor neun ... Sie kommen direkt aus der Disko?«

»Klar. Gibt's hier 'nen Kaffee?«

»Natürlich.« Judith winkte Christina herbei.

Er spürte, dass die bizarre Situation sie insgeheim erheiterte. »Und wo kommen Sie her?«

»Na, aus der Disko.«

»Nein, ich meinte, ursprünglich.«

»Ach so. Aus der Nähe von Erfurt, aus einem spießigen kleinen Dorf. Dort ist es zu eng für solche wie mich. Werde beäugt wie die lila Milka-Kuh. Deswegen wollte ich schon lange in den Westen.«

Christina, die atemlos angelaufen kam, erfasste die Lage ebenfalls mit einem Blick und goss sogleich Kaffee in einen Becher.

»Firma dankt. Wo muss ich mich anmelden? Registrieren oder so?«

»Kommen Sie einfach mit mir. Ich nehme Ihre Personalien auf.« Christina lächelte und bedeutete dem Diskogänger, sie zu begleiten.

»Das fetzt, danke. Ich heiße übrigens René.«

174

»Und noch einer mehr.« Judith sah Christina und dem neuen Flüchtling, der mit seltsam schwingenden Bewegungen durch den Garten lief, hinterher. »Er roch so komisch. War das ...«

»Gras?« Tobias grinste. »Kann sein. Wahrscheinlich hat er in der Disko von westdeutschen Touristen etwas abbekommen. Drogen gibt es in der DDR nicht.«

»Na, hoffentlich stellt sich seine Flucht in die Botschaft nicht als Kurzschlusshandlung heraus.«

»Das glaube ich nicht. Für Menschen wie ihn ist in der DDR kein Platz.«

»Mhm.« Sie bückte sich und griff nach dem Tablett und dem Korb. »Traurig.«

»Wir sehen uns gleich bei der Besprechung«, rief er ihr hinterher. Sie nickte nur. Seltsam, sie kam ihm heute etwas distanziert vor. Aber vielleicht hatte es sie nur aufgewühlt, einmal hautnah mitzuerleben, wie einem Flüchtling über den Zaun geholfen wurde.

Da in den letzten Tagen weitere Flüchtlinge gekommen waren, die ihr Quartier im Kuppelsaal bezogen hatten, hielten sie ihre tägliche Lagebesprechung wieder im Stehen auf dem Korridor ab. Christina stellte die leeren Thermoskannen auf den Tisch, den man provisorisch gegen die Wand geschoben hatte. Die sonst so gediegene Atmosphäre des Palais Lobkowicz hatte in letzter Zeit den hektischen Charme eines Übergangslagers angenommen. Überall hatten Flüchtlinge aus Platzmangel Taschen und Koffer abgestellt, Teller mit Essenresten standen auf Fensterbrettern oder auf dem Boden, und Jacken hingen über den Treppengeländern.

Markus Erlenwein, der während der Abwesenheit Hermann Hubers den Vorsitz innehatte, drückte sich gegen die Wand, als drei Jugendliche mit einem Ball vorbeistürmten. Obwohl es erst Morgen und noch nicht besonders heiß war, hatte er sich bereits seines Anzugjacketts entledigt und die Hemdsärmel hochgekrempelt. »Guten Morgen. Es kommt mir noch beengter vor als gestern, oder? Wie viele Neuzugänge haben wir zu verzeichnen, Herr Seibold?«

»Bis gestern am späten Abend kamen fünf Personen über den Zaun, gerade eben bei meiner Schicht noch eine.«

Markus schien, als schwitze er Blut und Wasser. Tobias konnte ihm seine Anspannung nicht verdenken. Im Moment war er der Verantwortliche für alle Vorgänge in der Botschaft, und die Situation drohte ihm allmählich zu entgleiten. »Dann wären wir also bei siebzig Flüchtlingen unter unserem Dach. Ich habe es gestern nicht auf den Dachboden geschafft, weil ich stundenlang den Bürgermeister an der Strippe hatte, der in einem fort lamentierte, er würde sich das Tohuwabohu bei uns nicht mehr bieten lassen und wir sollten sofort den Tourismus über den Zaun hinweg, wie er es nannte, unterbinden.«

»Ja, ja, er wiederholt sich, der Gute.« Elias Trauth winkte ungeduldig ab. »Dann hat er sicher wieder gedroht, seine Sicherheitskräfte anzuweisen, die Flüchtlinge mit Schlagstöcken zu vertreiben, bla, bla. Die Schallplatte hat mittlerweile einen Sprung.«

»Die Schlafplätze auf dem Dachboden und in den Büros reichen nicht mehr.« Judith hatte sich nicht wie üblich neben Tobias, sondern ihm gegenüber neben ihre Freundin Anke gestellt. Auch jetzt, während sie sprach, schaute sie ihn kein einziges Mal an; merkwürdig, wieso verhielt sie sich heute beinahe abweisend? Jasmins gewaschenes T-Shirt, das dank ihrer Fleckenbehandlung nun wieder porentief rein war, wie die Werbung im Westfernsehen versprach, hatte sie ihm nach ihrer Ankunft in der Botschaft mit äußerst knappen Worten zurückgegeben und war gleich wieder verschwunden, ohne sich wie sonst zu erkundigen, wie die Nacht war. War ihm etwas entgangen, hatte er sie unwissentlich verärgert?

»Und die Lebensmittel reichen auch hinten und vorne nicht mehr, lässt der Koch ausrichten«, wandte Christina ein. »Es ist schwierig, solch große Mengen, wie wir sie derzeit benötigen, in Prag einzukaufen. Die Geschäfte sind ja auch nicht so dolle bestückt, außerdem fehlt uns das Personal, um täglich so viel einzukaufen.«

»Die Menschen müssen satt werden.« Tobias kratzte sich am Kopf. »Einigen sind die Portionen zu klein.« Bereits gestern hatte Marco sich bei ihm beschwert, dass er zum Frühstück nur ein Brötchen statt zwei bekommen hätte. Als Sprecher hatte Tobias ihm natürlich zugesichert, sein Anliegen weiterzugeben, auch wenn er persönlich der Meinung war, man könne den Gürtel auch mal enger schnallen.

»Das verstehe ich.« Markus schob nachdenklich seine Brille hoch. Eine Lösung hatte er anscheinend nicht parat.

Verzagt schob Tobias die Hände in die Hosentaschen. »Meine Mitbürger schlafen in sehr beengten Verhältnissen. Manche sind die ganze Nacht wach und finden keine Ruhe. Sie liegen nebeneinander wie die Sardinen in der Büchse. Wir müssen dringend Ausweichmöglichkeiten finden.«

»Was stellen Sie sich vor?« Auch Elias zog seine Anzugsjacke aus und warf sie sich über die Schultern. Ein älteres Ehepaar schob sich verlegen an ihnen vorbei, und am Ende des Korridors begann Luzie mit einigen anderen Frauen, lautstark zu staubsaugen und den Boden zu wischen. In der ganzen Villa wimmelte es von Menschen. Tobias empfand großes Mitgefühl mit den Botschaftsmitarbeitern, die in diesem Gewusel noch arbeiten mussten.

»Ich weiß nicht.« Tobias hob hilflos die Schultern. »Man könne vielleicht Zelte im Garten aufstellen. Die Jüngeren könnten darin schlafen. Noch ist es warm genug.«

»Zelte?« Markus schnaubte. »Wir sind doch nicht auf dem Campingplatz.« Aber etwas Besseres schien ihm auch nicht einzufallen. »Es hilft alles nichts, Leute. Ihre Exzellenz muss zurückkommen, wir sind nicht mehr Herr der Lage.«

»Aber Huber befindet sich noch im Urlaub! Er braucht dringend eine Verschnaufpause, das hat er selbst gesagt. Wir können ihn einfach nicht zurückbeordern«, fiel Christina erschrocken ein.

Markus presste die Lippen zusammen. »Wir befinden uns in einer nie da gewesenen Notlage.«

»Wir rufen ihn an.« Elias nickte seinem Kollegen zustimmend zu. »Wir brauchen ihn dringend. Die Zeiten sind vorbei, in denen nur vereinzelt Touristen aus der Bundesrepublik zu uns kamen, denen das Geld gestohlen wurde oder die ihren Pass verloren haben.«

»Vielleicht kann Herr Huber in Bonn die Erlaubnis einholen, tatsächlich Zelte im Garten aufzustellen«, warf Judith ein. »Denn ich weiß nicht, ob er das eigenmächtig anordnen kann.«

»Das weiß keiner von uns, schließlich handelt es sich um einen Präzedenzfall.« Elias schnaubte. »Als ich in den Diplomatischen Dienst eintrat, sagte meine Mutter, Junge, das ist doch ein langweiliger Job, den ganzen Tag stempelst du nur Papiere ab. Als ob!«

Tobias sah, wie Judith schmunzelte, ihn dabei aber immer noch nicht ansah, so wie sie es sonst tat, wenn jemand etwas Lustiges von sich gab. Nun ja, vielleicht hatte sie nur einen schlechten Tag. Die viele zusätzliche Arbeit setzt allen Mitarbeitern zu, dachte er und verscheuchte den Anflug des schlechten Gewissens darüber, dass auch er die Mühen verursachte.

178

»Schatz, nun mach doch schon auf.« Tobias klopfte gegen die Bad-
tür und legte das Ohr dagegen, um zu hören, ob sich drinnen etwas regte. Doreen verschanzte sich seit einer guten Stunde, obwohl heute einer der wenigen Tage war, an denen sie nicht zum
Training musste. Tobias hatte vorgeschlagen, den Zoo zu besuchen, und sie hatte ein wenig zögerlich zugestimmt. In letzter Zeit
schien es ihr nicht gut zu gehen, sie war ständig müde und abgekämpft. Das harte körperliche Training zehrte an ihr, das war
klar. Tobias wünschte, sie könnte zuweilen längere Ruhepausen
einlegen. Ein Wettkampf jagte den nächsten, und sie war oft unterwegs. Letztes Jahr hatte sie bei den Olympischen Spielen in
Los Angeles zwei Bronze- und eine Silbermedaille für die DDR
geholt, momentan bereitete sie sich auf die Europameisterschaften in Sofia vor. Ihre Pokale und Auszeichnungen standen ordentlich aufgereiht auf einem Schränkchen im Wohnzimmer, stets von
ein paar Blumen eingerahmt. In den Schubladen lagen Andenken
und kleine Souvenirs aus all den Ländern, die sie bereist hatte. Ein
kleiner Eiffelturm aus Paris, eine Amerikatasse aus L. A., eine Mi-
niaturwindmühle aus Holland, ein Fächer aus Spanien.

»Doreen, du solltest dir einen Termin beim Arzt geben lassen.
Oder lass dich von eurem Sportarzt untersuchen.« Er lehnte die
Stirn gegen die Tür. »Bitte lass mich rein.«

Irrte er sich, oder vernahm er von drinnen ein Schniefen, ein
leises Wimmern?

»Bitte, Doreen«, flehte er. Er könnte es nicht ertragen, wenn
sie ernsthaft krank war. Sie war sein Ein und Alles, er liebte sie mit
einer Intensität, die alles andere an Gefühlen, die er in seinem Leben empfunden haben mochte, in den Schatten stellte. Er freute
sich mit ihr an ihren Erfolgen, verfolgte im Fernsehen ihre Wett-

kämpfe und hielt ihr zu Hause den Rücken frei. Den Haushalt erledigte er allein, was neben seiner Arbeit bei der Azet keine allzu großen zusätzlichen Mühen darstellte. So konnte sie sich auf den Sport konzentrieren. Wenn sie von ihren Wettbewerben nach Hause kam, erwartete er sie mit einem liebevoll zubereiteten Essen und einem ihrer Lieblingsdesserts, Ameisenkuchen mit Eierlikör oder Piroggen mit Quarkfüllung. Sie konnte scheinbar unendliche Menge verschlingen, ihr Körper, der den ganzen Tag Höchstleistungen erbrachte, brauchte jedoch Kalorien, um zu funktionieren. Er mochte es nicht, wie die Mädchen, die sein Bruder Martin ihm manchmal vorstellte, buchstäblich in ein paar Krümeln herumstocherten, um nicht zuzunehmen.

»Mach mir die Tür auf, damit ich nach dir sehen kann. Ich koche dir einen Kamillentee, und du legst dich aufs Sofa. Den Zoologischen Garten verschieben wir auf nächsten Sonntag.«

»Ein Tee hilft mir auch nicht weiter.« Ihre Stimme drang schwach durch die Tür, aber wenigstens sprach sie mit ihm.

»Egal. Wahrscheinlich musst du dich einfach nur ausruhen. Kannst du dir nicht eine kleine Auszeit gönnen? Ich weiß, bald reist du nach Bulgarien, aber ... Aber du kannst dich doch nicht völlig kaputtmachen. Dein Körper braucht ein bisschen Erholung.«

In diesem Moment ging die Tür so abrupt auf, dass er beinahe ins Bad gestürzt wäre, hätte Doreen sich nicht ihn seine Arme geworfen und sich verzweifelt an ihm festgehalten. »Ich ... ich fliege nicht nach Sofia ... Es ist vorbei ... Die Europameisterschaften sind für mich gelaufen, bevor sie angefangen haben ...«

Ihre Schultern bebten vor Schluchzen, die Arme, die ihn umschlangen, waren angespannt. Er schmiegte seine Wange in ihr Haar, dessen Blond vom ständigen Aufenthalt im Chlorwasser einen leichten Grünstich hatte. Meerjungfrau, nannte er sie deswegen oft zärtlich. »Aber nein ... Vielleicht kannst du mit deinem Trainer vereinbaren, dass du ein paar Tage Urlaub machst. Zur Erholung. Zum Arzt solltest du vorsichtshalber trotzdem gehen. Ich bin sicher, für Sofia bist du wieder in Bestform.«

»Ich war schon beim Arzt.« Sie wischte sich mit dem Ärmel ihres flauschigen rosa Bademantels über die Augen, dann brachen erneut heiße Tränen aus ihr heraus. »Die Erschöpfung ist nicht das Problem.«

»Komm, setz dich.« Er zog sie ins pistaziengrün gefliese Bad, und sie sanken auf den angenehm kühlen Rand der Badewanne. Erwartungsvoll sah er in ihre blauen Augen, die vom Weinen rot geädert waren. Seine Sorge wuchs. »Und was hat der Arzt gesagt, Doreen?«

»Ich bin ... Also ... Es ist so, dass ich ....« Sie brach ab, die Lippen fast trotzig zusammengepresst.

»Was bist du?« Er runzelte die Stirn und versuchte, aus ihrem Gestammel schlau zu werden.

»Ich bin schwanger.« Sie schlang die Arme um ihren Oberkörper, als würde sie frieren. »Es ist alles vorbei.«

»Aber ...« Tausend Ausrufe des Protestes stiegen in ihm hoch, wollten ihm über die Lippen drängen, doch angesichts Doreens verlorener Miene, ihrer glühenden, tränennassen Wangen schluckte er sie alle herunter. Gleichzeitig sprudelte eine unbändige Freude in ihm hoch, aber auch sie schob er gedanklich beiseite. »Wie fühlst du dich damit?«

»Wie soll ich mich schon fühlen?«, begehrte sie auf, zerrte ein Taschentuch hervor und schluchzte haltlos hinein.

Nun, seine Frage war zugegeben äußerst dämlich gewesen. Sie war Leistungsschwimmerin auf dem Höhepunkt ihrer Karriere, wie sollte sie sich schon fühlen? Trotzdem traf ihn ein kleiner Stich der Enttäuschung, dass sie sich nicht wie er freute, ein Baby zu bekommen. Ein kleines Wesen, das das Beste von ihnen beiden in sich trug! Unfassbar.

»Wie konnte das passieren? Warum haben wir nicht besser aufgepasst?« Ihre Tränen versiegten allmählich, und sie zupfte kleine Stücke von ihrem feuchten Papiertaschentuch ab und rollte sie zu kleinen Würstchen. »Bulgarien kann ich knicken. Und ob ich, wenn das Kind da ist, jemals wieder leistungsmäßig schwimme, steht in den Sternen. Ob mein Körper sich je von einer Geburt erholen wird? Allein die Trainingspause von neun Monaten ... mein Gott, ich darf gar nicht daran denken. Es ist einfach alles furchtbar!« Er zog sie zu sich, und sie lehnte den Kopf gegen seine Schulter, gab ab und zu ein kleines Schluchzen von sich, das wie Schluckauf klang.

»Es wird alles gut, wir schaffen das.« Normalerweise verzichtete er darauf, solcherlei Allgemeinplätze von sich zu geben, aber irgendwie musste er Doreen Trost spenden, ihr versichern, dass nicht alles verloren war. Im Gegenteil – was gab es Erfüllenderes, als Eltern eines kleinen Wesens zu werden? War das nicht das Schönste, was ihnen widerfahren konnte? »Du bist nicht allein, ich bin immer für dich da.«

»Ich weiß.« Sie schloss die Augen und ließ zu, dass er ihre Hand nahm. »Ich bin so müde, ich glaube, ich lege mich ins Bett.«

»Tu das.« Er entsorgte das zerrupfte Taschentuch, das sie auf dem Badewannenrand zurückgelassen hatte, und folgte ihr ins Schlafzimmer, wo sie sich wie eine Schlafwandlerin ins Bett legte. Er kroch neben ihr unter die Decke und lehnte seine Stirn gegen ihre. Doreens Atem ging schwer, sie schien völlig erschöpft. Bald schlief sie ein, ihre Hand noch immer in seiner, und er starrte gegen die weiße Wand. Wieder stieg Freude in ihm hoch, begleitet von der immer stärker werdenden Angst: Was, wenn sie das Kind nicht behalten wollte?

16

Judith

»Ihre Exzellenzen – willkommen zurück in Prag.« Judith schüttelte Hermann und Jacqueline Huber die Hände, als sie sie in der überfüllten Flughalle des Flughafens Praha-Ruzyně in Empfang nahm. Die beiden wirkten nicht so erholt, wie man es nach einem Urlaub erwartete, allerdings hatte ihr Aufenthalt in der Schweiz auch ein unerwartet schnelles Ende gefunden.

»Sie sollen uns doch einfach Herr und Frau Huber nennen«, tadelte der Botschafter sie mit einem milden Lächeln, bevor er rasch wieder ernst wurde. »Im Auto müssen Sie uns auf den neuesten Stand bringen, Frau Gontrau.«

Der Fahrer der Botschaftslimousine schob den Gepäckwagen mit den Koffern des Ehepaares, während Judith und die Hubers hinterhereilten.

»Ich war richtig schockiert, als uns der Anruf von Herrn Erlenwein erreichte«, sagte Jacqueline Huber bekümmert. »Dass die Lage in der Botschaft in so kurzer Zeit eskaliert, hätte ich nicht gedacht.«

»Das hätte niemand von uns.« Judith half beim Beladen des Kofferraums und wartete, bis sie alle im Wagen saßen, ehe sie begann, die Hubers über die Einzelheiten zu informieren.

»Vor zwei Tagen, als Herr Erlenwein Sie bat, Ihren Urlaub vorzeitig abzubrechen … was uns übrigens allen sehr leidtut …«

Der Botschafter winkte ungeduldig ab. »Das muss es nicht, wir haben ja eine Notlage. Erzählen Sie weiter.«

Judith holte tief Luft. »Vor zwei Tagen also haben wir siebzig Flüchtlinge beherbergt. Heute sind es bereits einhundertdreiundzwanzig.«

Die Zahl war ungeheuerlich. Das Palais Lobkowicz quoll buchstäblich über, es gab kein Plätzchen mehr, an dem nicht jemand stand oder saß. Die Organisation der Sprachkurse lief nebenher, Judith kam kaum noch dazu, sich damit zu befassen. Ständig kletterten weitere Menschen über den Zaun, die registriert und versorgt werden mussten. Es war fast nicht mehr möglich, genügend Nachschub an Essen und Getränken zu liefern. Jeden Abend, wenn sie nach Hause kam, war sie dankbar für ihre Dusche, unter deren warmem Strahl sie die Strapazen des Tages abspülte. Die Flüchtlinge besaßen diesen Luxus nicht. Wie sie von Tobias wusste, war es das höchste der Gefühle, sich am Waschbecken der Besuchertoiletten kalt zu waschen. Tobias. Sie verdrängte die Gedanken an ihn augenblicklich; einerseits war sie froh, ihn die letzten Tage auf Abstand gehalten zu haben, andererseits hatte sich der verwunderte Blick, den er ihr zuweilen zuwarf, tief in ihr Herz gebohrt. Sie sehnte sich danach, mit ihm zu sprechen, zu lachen, seinen Erinnerungen aus der DDR zu lauschen, doch es war für sie beide besser, ein distanziertes, sachliches Verhältnis zu wahren.

»Hundertdreiundzwanzig? *Mon Dieu!*« Entsetzt schob Jacqueline Huber ihren eleganten blauen Hut zurück und ordnete ihre Haare darunter. »Wo sollen die denn alle hin?«

»Das ist die Frage.« Judith lächelte verlegen. »In der Botschaft herrscht ein riesengroßes Durcheinander, das werden Sie gleich sehen. Herr Seibold hatte die Idee, die Menschen in Zelten unterzubringen, da der Platz auf dem Dachboden und in den Büros hin-

184

ten und vorne nicht mehr reicht. Allerdings können wir dies ohne entsprechende Genehmigungen sicher nicht tun.«

»Die Idee mit den Zelten ist hervorragend.« Huber nickte ihr zu. »Ich werde mich heute noch mit dem Auswärtigen Amt in Verbindung setzen und um Erlaubnis bitten. Wie sieht es mit den Büros aus, den Schreibtischen? Wo arbeiten Sie?«

Judith zuckte die Achseln. »Alles unverändert. Die Zahl der Flüchtlinge, die wir in den Büros untergebracht haben, hat sich verdoppelt. Unsere Schreibtische stehen noch immer hinter der Küche, manche arbeiten auch im Keller, obwohl es dort ein bisschen duster ist. Sie sehen – *rien ne va plus*.«

»Das dachte ich mir.« Huber grummelte etwas in sich hinein und starrte aus dem getönten Fenster auf die vorüberziehende Stadt. Judith glaubte fast zu hören, wie es in seinem Gehirn ratterte. »Wir lagern die Konsularabteilung aus. Ich telefoniere heute noch herum und frage in Hotels nach, ob wir ein paar Zimmer mieten können. Vielleicht bringt dies wenigstens ein bisschen Entlastung.«

»Es wird nur ein Tropfen auf den heißen Stein sein, *chéri*«, wandte Jacqueline Huber sanft ein, und er brummte zustimmend.

»Wenn es nur für ein paar Tage hilft. Auf längere Sicht wohl wenig, da gebe ich dir recht. Ich denke, wir müssen in der nächsten Zeit mit einem erhöhten Ansturm rechnen. In der DDR tut sich was, die Menschen geben sich nicht mehr mit den Lebensbedingungen zufrieden. Die Friedensgebete, die jeden Montag in Leipzig abgehalten werden, bekommen immer mehr Zulauf. Die stille Opposition wächst, vielleicht ist sie demnächst gar nicht mehr so still. Bereits letzten März sind etliche Teilnehmer mit dem Ruf »Wir wollen raus!« zu den Gebeten erschienen, die Volkspolizei ist mehrmals eingeschritten und hat viele Menschen ver-

185

haftet. Und das, man stelle es sich nur mal vor, in Gegenwart zahlreicher westlicher Journalisten.«

Judith bekam trotz der stickigen Wärme im Wagen eine Gänsehaut. Ob ihre Eltern in Karlsruhe mitbekamen, was im anderen Teil Deutschlands vor sich ging?

»Nun gut. Hoffen wir, dass Bonn recht zügig erlaubt, die Leute in Zelten schlafen zu lassen. Wie sieht es mittlerweile mit den sanitären Einrichtungen aus, Frau Gontrau? Problematisch, nehme ich an?«

»Ja.« Judith verspürte einen Kloß im Hals, als sie an die erbärmlichen hygienischen Verhältnisse dachte. »Es sind viel zu wenige Toiletten vorhanden. Die Menschen haben keine Möglichkeit, ihre Kleider zu waschen.«

»Hm.« Huber verzog das Gesicht. »Ich kann mir kaum vorstellen, dass Genscher Waschmaschinen liefern lässt.«

»Ich würde ja helfen, chéri«, wandte Jacqueline Huber ein. »Aber mit der Maschine, die wir oben in unserer Wohnung stehen haben, kann ich schlecht die Kleidung von über hundert Menschen waschen.«

»Natürlich nicht.« Huber seufzte. »Ich kontaktiere das Rote Kreuz. Vielleicht können die Mitarbeiter noch mal einen weiteren Schub Klamotten bringen.«

Unweigerlich wanderten Judiths Gedanken zu Tobias' dunkelblauem Hemd, das so sehr mit der Farbe seiner Augen harmonierte. Wieso musste sie ständig an ihn denken, wieso hatte sie unentwegt seine ruhige Stimme im Ohr, hörte seine bedachten Worte, sein leises Lachen? Hatte sie im Moment nicht anderes zu tun, als sich diesen ständigen Tagträumereien hinzugeben, die kleine Löcher in ihre Seele fraßen? »Die Lebensmittel sind auch sehr knapp. Obwohl wir jeden Tag einkaufen gehen, bekommen wir die Leute kaum noch satt.«

»Wir müssten täglich Großeinkauf machen. Nur wo?« Jacqueline Huber drehte nachdenklich ihren Hut in den Händen. »In der Tschechoslowakei ist das nicht möglich. Die Regale quellen nicht gerade vor Waren über.«

»Wir schicken einen Bus nach Deutschland. Jeden Morgen. Dann wird kurz hinter der Grenze in großen Mengen eingekauft. Würdest du dich der Sache annehmen und mitfahren, Liebling?« Der Botschafter betrachtete seine Frau von der Seite. Deren Gesicht erhellte sich sofort.

»Aber natürlich. Ich bin froh, wenn ich helfen kann. Darf ich mir deine charmante Mitarbeiterin ausleihen?« Jacqueline Huber lächelte Judith augenzwinkernd zu.

»Natürlich.« Huber ließ den Blick wohlwollend auf ihr ruhen. »Wenn Sie nichts dagegen haben, Frau Gontrau. Ich denke, Ihre Deutschkurse können Sie zurzeit getrost hintanstellen. Wir haben andere Prioritäten.«

»Ich begleite Sie gerne, Frau Huber.« Es stimmte sie froh, sinnvoll unterstützen zu können. Wie der Botschafter sagte – jetzt war nicht die Zeit, im Büro zu sitzen und Telefonate mit der Universität und Schulen zu führen. Im östlichen Teil Deutschlands gingen Dinge vor sich, von denen man vor wenigen Jahren noch nicht zu träumen gewagt hätte. Und sie war hautnah dabei. Auch wenn sie in der letzten Zeit des Öfteren mit der Einsamkeit haderte, die ihr Beruf mit sich brachte, ging ihr in diesem Moment wieder auf, wie sehr sie ihn doch liebte.

Judith packte mit an, als der Fahrer, Jacqueline und einige andere Ehefrauen von Botschaftsmitarbeitern nach ihrer Rückkehr die zahlreichen Kisten und Tüten ins Gebäude trugen. Seit mehreren Tagen nun fuhren sie jeden Morgen ins bayerische Furth im Wald, das direkt hinter der Grenze lag, und kauften große Mengen an Lebensmitteln und Hygieneartikeln.

»Judith! Was ist das? Ist der für mich?« Jasmin, die in einem himmelblauen Kleidchen aus den Rot-Kreuz-Spenden inmitten des Gewusels im Garten Springseil hüpfte, kam mit freudig aufgerissenen Augen auf sie zugerannt.

Lächelnd präsentierte Judith den pinkfarbenen Puppenwagen, den sie mitsamt anderer Spielsachen erstanden hatte. »Ja, der ist für dich. Darin kannst du deinen Marienkäfer spazieren fahren.«

»Meinst du das Mutschekiepchen?« Jasmin legte die Stirn in Falten.

»Genau das.«

Glücklich umschlang Jasmin Judiths Beine mit beiden Händen und presste ihr nicht ganz sauberes Gesicht gegen ihren Rock. Etwas verlegen strich Judith ihr über die zerzausten blonden Haare, dann schaute sie zu Tobias auf, der sich mit unergründlichem Blick näherte.

»Sie haben tatsächlich einen Puppenwagen für Jasmin gekauft?«

»Wir haben für alle Kinder in der Botschaft Spielsachen gekauft«, antwortete sie und hörte selbst, wie defensiv sie klang.

Er sah sie einen Moment an, dann sagte er leise: »Danke.«

»Gern geschehen.« Um seinem Blick auszuweichen, der voller Fragen auf ihr ruhte – schließlich hatte sie ihn seit Tagen gemieden –, starrte sie auf das bunte Treiben ringsum. Überall halfen Flüchtlinge und Botschaftsmitarbeiter mit vereinten Kräften, große weiße Zelte aufzustellen. Bundesaußenminister Genscher hatte die Genehmigung erteilt, die Menschen im Garten unterzubringen.

»Sie machen Fortschritte mit den Zelten.« Eigentlich hatte sie sofort weitergehen wollen, um Lebensmittel aus dem Bus zu holen, doch es wäre ihr unhöflich vorgekommen, ihn einfach so stehen zu lassen. Gut, vielleicht war auch der Wunsch, nach Tagen des Schweigens wieder ein paar Worte mit ihm zu wechseln, größer als der Drang, den Anstand zu wahren. Dabei wollte, durfte sie doch den Kontakt zu ihm gar nicht suchen. Natürlich kam gerade Anke mit einem Wäschekorb voller Konserven vorbei, den Jacqueline Huber ihr in die Hände gedrückt hatte, und sah sie mahnend an.

Judith drehte ihr den Rücken zu. Ankes latente Vorwürfe halfen nicht gerade.

Tobias rieb sich über die Stirn, die Arbeit in der Mittagssonne war schweißtreibend. »Wir brauchen noch ein paar Stunden, aber heute Abend sollten alle Zelte stehen. Dann wird das Gedränge im Haus abnehmen. Obwohl – es kommen ja ständig neue Menschen nach.« Er deutete zum Zaun, über den just in diesem Moment zwei junge Männer kletterten. Marco und ein weiterer Flüchtling, ein Journalist aus Elsterwerda, die die Mittagsschicht hatten, fingen ihr Gepäck auf, das sie hinüberwarfen. Die tschechoslowakischen Polizisten standen müßig auf dem Weg, die Hände in den Hosentaschen, und schauten zu.

Auch Judith beobachtete, wie die beiden Neuankömmlinge auf der Gartenseite des Zaunes zu Boden glitten und erst mal wie betäubt stehen blieben und sich umschauten. Eine weiße Beduinenstadt schien um sie herum zu entstehen, überall ertönte Hämmern und lautes Rufen. Kinder rannten herum und spielten Fangen. Die Luft vibrierte vor Energie. Judith hatte das Gefühl, an einem Ort zu sein, an dem sich der Puls der Zeit beschleunigte. »Ich habe den Überblick verloren, wie viele Personen inzwischen da sind«, murmelte sie und drehte sich um, um zum Bus zurückzugehen.

»Ich ... Jasmin und ich ziehen noch heute in eines der Zelte

189

um.« Seine Stimme klang gehetzt, so als wolle er sie aufhalten, verhindern, dass das Gespräch, das erste seit Tagen, gleich wieder abbrach.

Mit hängenden Armen blieb sie stehen. »Das müssen Sie nicht. Bleiben Sie ruhig in meinem Büro.« Wenn er in ein Zelt umzöge, risse der letzte Faden, der sie miteinander verband. Obwohl sie natürlich gerade das wollte. Ach, warum musste alles so kompliziert sein? Aber Anke hatte ja recht. Die Situation in der Botschaft wurde immer unhaltbarer. Schneller, als sie dachte, konnte eine Lösung gefunden, die Flüchtlinge wohin auch immer gebracht werden. Es wäre vollkommen schwachsinnig, sich Tobias gegenüber Gefühle zu erlauben.

»Unsinn. Die Zelte sollen ja auch Ihnen und Ihren Kollegen Entlastung verschaffen.«

»Sie sehen doch, wie es hier zugeht. Stündlich kommen neue Menschen an. Selbst wenn Sie mein Büro räumen, müssten wir sicher bald jemand anderen darin unterbringen. Der Platz in den Zelten ist schließlich auch begrenzt. Also – bleiben Sie.« Sie beobachtete Jasmin, die ihren Marienkäfer und die neue Puppe geholt hatte und sie stolz mit dem pinkfarbenen Puppenwagen zwischen den Zelten herumkutschierte. »Für Ihre Tochter ist es sicherlich auch besser, nicht mit Dutzenden anderer Leute in einem Großraumzelt zu schlafen. Und etwas Zeit mit Ihnen allein verbringen zu dürfen.«

Sie sah, wie seine Kiefermuskeln sich anspannten. Er wollte sie nicht belasten, so gut kannte sie ihn mittlerweile. Seine Selbstlosigkeit war eine der Eigenschaften, die sie von Anfang an angezogen hatte. »Ich ... ich muss weiter.«

»Natürlich.« Sein Blick war hart. Sicher verstand er nicht, warum sie derart auf Distanz ging, nachdem sie sich zuvor doch einiges anvertraut, sich auf eine persönliche Ebene begeben hatten.

Doch auch dieses Mal schaffte Judith es nicht, sich von ihm loszueisen, denn ein paar Meter weiter gab es einen kleinen Aufruhr. Die zwei Neuankömmlinge, die gerade den Zaun überwunden hatten, zogen Schlüssel aus ihrem Gepäck und hängten sie unter dem lauten Beifall und Gejohle der Umstehenden an den Ast eines Baumes.

»Was ergibt das?« Stirnrunzelnd trat Judith näher. Sie spürte, dass Tobias ihr folgte, ihr Nacken prickelte von seiner stummen Präsenz.

Auch Hermann Huber, der tatkräftig geholfen hatte, die Zelte aufzustellen, betrachtete das Treiben. Er hatte seine Hemdsärmel hochgekrempelt und etwas Schmutz im Gesicht. Bereits des Öfteren war Judith begeistertes Gemurmel über die Nahbarkeit des Botschafters zu Ohren gekommen. Die Flüchtlinge erstaunte es, dass Ihre Exzellenz sich nicht in seinem Büro hinter seinem wuchtigen Ebenholzschreibtisch verschanzte, sondern sich unter das Volk mischte. »Ein Schlüsselbaum?«, fragte er nun belustigt und stemmte abwartend die Hände in die Hüften.

»Wieso hängt ihr eure Schlüssel auf?«, rief Luzie, die ihre kupferroten Locken unter einem Kopftuch verbarg, belustigt.

»Ich werde meinen Wohnungsschlüssel nie wieder brauchen«, antwortete einer der beiden Neuankömmlinge, ein blasser junger Mann im karierten Hemd, leise. »Egal, was kommen mag, in die DDR kehre ich nie wieder zurück.«

Hemmungsloser Applaus, Pfeifen und Stampfen brandeten auf.

»Superidee!« »Wir auch nicht!« »Nur über meine Leiche kehre ich zurück!«

Dann ging ein kollektiver Ruck durch die Menge, viele kram-

191

ten in ihren Taschen ebenfalls nach ihren Schlüsseln, andere liefen rasch auf den Dachboden, um ihre dort zu holen. Unter großem Gelächter und Beifallsstürmen wurde ein Schlüssel nach dem anderen an den Baum gehängt, der nun aussah wie ein mit merkwürdigem Schmuck behängter Weihnachtsbaum. Die Schlüssel blitzten in der Sonne.

Hermann Huber lachte. »Originelle Ideen haben unsere Gäste, das muss ich schon sagen. Wie sieht's mit Ihnen aus, Herr Seibold? Wollen Sie Ihren Schlüssel nicht auch an den Baum hängen?«

»Das überlasse ich meiner Tochter, sie hat bestimmt Spaß dran.«

»Übrigens, Herr Seibold, bevor ich es vergesse: Das ZDF hat eine Anfrage gestellt.« Aus dem Augenwinkel beobachtete Huber, wie immer mehr Menschen Schlüssel aufhängten und sich diebisch über diesen symbolischen Akt freuten. Judith konnte nachvollziehen, wie befreiend es sein musste, sich von einem diktatorischen Staat abzunabeln.

»Sie wollen einen Beitrag über die Zustände bei uns drehen, dieses Mal einen recht ausführlichen, und natürlich auch Flüchtlinge befragen. Als ihr Sprecher sind Sie ja geradezu prädestiniert, ein bisschen aus dem Nähkästchen zu plaudern.« Der Botschafter sah Tobias erwartungsvoll an.

»Ja. Natürlich, das mache ich gerne.« Tobias schien ein bisschen zerstreut. Ob es ihn genauso verstörte, Judith so nah zu sein?

»Schön.« Huber klopfte Tobias auf den Rücken, dann gesellte er sich wieder zu den Flüchtlingen und assistierte beim Zeltaufbau.

»Ich komme ins Fernsehen. Wer hätte das gedacht?« Tobias strich sich über die dunklen Haare.

Allmählich fühlte es sich recht unbehaglich an, neben ihm zu stehen, als hätte sie nichts anderes zu tun. »Sie geben bestimmt eine gute Figur ab«, meinte Judith, errötend über die Banalität ihrer Worte, ließ ihn stehen und eilte in die Villa.

17

Tobias

»Oh, so viele Pakete! Ist bald Weihnachten, Vati?« Jasmin saß auf Tobias' Schultern und bestaunte die vielen Postsendungen, die Walter Edel dem Postboten in der Eingangshalle schnaufend abnahm.

»Nein, Weihnachten ist erst in vier Monaten, Minchen.« Der Griff ihrer kleinen Hände um seinen Hals war etwas fest, doch er ließ sie gewähren. »Noch mehr Pakete, Herr Edel?« Er trat zu dem Pförtner und nahm ihm einige schwer aussehende Schachteln und Kisten ab.

»Es kommen täglich mehr, meine Jüte! So viele Menschen aus der BRD schicken euch Bücher und Zeitschriften und Krempel. Wat ein Glück, dass der allgemeine Botschaftsverkehr jeschlossen ist, ick würd der janzen Post ja nich mehr Herr werden.« Edel zog verstohlen seinen Flachmann aus der Jacketttasche und genehmigte sich einen Schluck. »Willste ooch, Herr Seibold?«

Tobias schüttelte schmunzelnd den Kopf. »Nein, lassen Sie mal, danke.«

»Die Pakete müssen weg, und so schnell wie möglich!« Anke Wegener kam stürmisch die Marmortreppe heruntergerannt und verzog das Gesicht über die Pakettürme, die die ganze Halle belagerten. »Das ZDF-Team müsste gleich eintrudeln, die können mit ihrer Ausrüstung nicht zwischen den Poststapeln herumstolpern.«

»Ach, du dicker Vata! Dit ist ja heute! Detwejen biste so chic heute, wa?« Edel zwinkerte Tobias zu.

»Bin ich doch immer«, gab Tobias amüsiert zurück und zupfte am Kragen seines grauen Hemdes aus einer weiteren Spende. Jasmins Füße schlugen gegen seine Brust.

Anke schien für Geplänkel keinen Nerv zu haben, ungeduldig winkte sie Elias Trauth und ein paar Jugendliche herbei, um die Pakete wegräumen zu lassen. »Die packen wir später aus, hier muss alles picobello sein.«

»Ich glaube, das ZDF-Team möchte das ganze Chaos sehen, das zurzeit in der Villa herrscht. Das Durcheinander, die Zeltstadt, die Warteschlangen vor den Toiletten«, gab Tobias zu bedenken. Er spürte, wie Anke sich straffte. Er war ihr nicht ganz geheuer, das wusste er. Ob dies mit Judith zusammenhing? Sie waren Freundinnen, oft sah er sie gemeinsam in die Mittagspause gehen oder abends Seite an Seite die Botschaft verlassen. Vielleicht sprachen sie dabei auch über ihn. Wenn er nur wüsste, warum Judith sich plötzlich so zurückzog. Er hatte ihre Gespräche genossen, waren sie ihm doch immer kleine Fluchten vor all dem Lärm, der täglich wachsenden Menschenmenge gewesen. Und es war schön gewesen, ihrer weichen Stimme zuzuhören, wenn sie von ihren Erinnerungen im Westen erzählte, die so ganz anders waren als seine Kindheitserinnerungen und die sich doch in vielem ähnelten. Seit sie ihn mied, fehlte ihm etwas.

»Dann lassen wir den Rest der Pakete stehen.« Anke zuckte die Achseln. »Ich weiß sowieso nicht, wohin damit.«

André, einer der Jugendlichen, der mit seinen Eltern aus Dessau geflohen war, hatte bereits eins der Pakete aufgerissen. »Comics, krass! Darf ich mir gleich einen mitnehmen?«

Anke nickte. »Von mir aus.«

Tobias nahm sich vor, nachher, wenn Ruhe eingekehrt war, in den Postsendungen nach einem Buch zu schauen. Er sehnte sich nach etwas, womit er sich in aller Ruhe beschäftigen konnte, vor allem abends, wenn Jasmin schlief. Da man in der Botschaft an jeder Ecke, in jedem noch so abgelegenen Fleckchen des Gartens auf Menschen stieß, war man den ganzen Tag am Reden. Es wurde diskutiert, philosophiert, beratschlagt, was Genscher und Kohl unternehmen sollten, um die prekäre Lage endlich zu lösen. Hatte er es am Anfang genossen, offen sprechen zu dürfen, erschöpften ihn die Debatten allmählich. Wie erholsam es doch wäre, sich abends zu Jasmin auf die Couch zu legen und, sobald sie eingeschlummert war, im Schein der kleinen Lampe zu lesen. Zu sich zu kommen.

Im nächsten Moment geschahen zwei Dinge. An der Tür läutete es, und Judith erschien am Fuß der Treppe. Ihre Blicke begegneten sich, hielten für einen Moment ineinander fest, dann riss Tobias sich los, um Platz zu machen für das Fernsehteam, das schwer beladen mit Kameras und Koffern voller Ausrüstung hereinpolterte.

»Nur hereinspaziert ins Palais Lobkowicz.« Anke, die von Huber angewiesen worden war, das Team zu begrüßen und zu betreuen, schüttelte den ZDF-Mitarbeitern die Hände. Sie schienen etwas erschlagen von dem Lärmpegel, der durch das Treppenhaus drang, und den vielen Menschen, die sich um die Pakete scharten. Vor allem Kinder und Jugendliche kamen neugierig hinzu.

»Das ist Herr Seibold, er ist der Sprecher der Flüchtlinge. Er steht Ihnen für ein Interview zur Verfügung.« Anke nickte ihm zu, freundlich und durch und durch professionell. »Ihre Exzellenz, Botschafter Huber, erwartet Sie oben zu einem Gespräch.«

Der Reporter, der die Leitung innezuhaben schien, wischte

196

sich über die Stirn. In der Halle war es stickig und warm. »Himmel, die Hütte ist voll, was? Davon können wir uns in Deutschland kein Bild machen. Gut, dass wir da sind.«

»Ich zeige Ihnen alles, die beengten Schlafstellen auf dem Dachboden, die Zelte. Die provisorischen Toiletten, die wir im Garten aufgebaut haben. Alles«, sagte Tobias. Mit einem Mal wurde ihm etwas mulmig zumute. Als Sprecher der Flüchtlinge oblag es ihm, der Welt da draußen vor Augen zu führen, unter welchen Bedingungen die Menschen in der Villa lebten. Warum sie ihre Heimat verlassen und hier Zuflucht gesucht hatten. Ob er die richtigen Worte fand, um zu verdeutlichen, wie sehr das Bedürfnis, ihrer sozialistischen Heimat den Rücken zu kehren, in ihnen allen brannte? Dass keiner von ihnen es dort noch ausgehalten hatte, eingesperrt, bevormundet, bespitzelt, ausspioniert? Dass sich die Politik dringend eine Lösung einfallen lassen musste? Er wusste, wie schwer das war – Deutschland, sowohl der Westen als auch der Osten, befand sich seit dem Zweiten Weltkrieg im Fokus der Sowjetunion, der USA und der europäischen Nachbarländer. Es ging nicht nur um ein paar DDR-Bürger, die ausreisen wollten; es ging um die Mauer, die die westliche von der östlichen Welt abgrenzte. Um Macht.

»Gut.« Der ZDF-Reporter winkte seinen Leuten zu, ihm zu folgen. »Wir wollen alles sehen. Erzählen Sie uns alles. Hier herrscht Hochbetrieb, die Öffentlichkeit hat ein Recht darauf, davon zu erfahren.«

Tobias hob Jasmin, die das ganze Treiben mit weit aufgerissenen Augen beobachtete, von seinen Schultern. »Ich habe ein bisschen zu tun, Minchen. Du bist brav und ...« Suchend schaute er sich nach jemandem um, dem er seine Tochter für eine Stunde anvertrauen konnte, sah aber niemanden, den er gut genug kannte.

197

Jeden Tag trudelten neue Menschen ein, er kannte noch nicht mal alle Namen.

In dem Moment spürte er, dass jemand hinter ihn trat, vielleicht roch er auch zuerst die Rosenseife, die Judith immer benutzte; die sie ihm kurz nach seiner Ankunft ausgeliehen hatte.

»Ich kümmere mich um Jasmin, während Sie beschäftigt sind«, sagte sie, ihre Worte fast verschluckt von dem Lärm, den das ZDF-Team mit seinen Gerätschaften veranstaltete.

Er starrte sie an, einen Moment sprachlos. Irgendetwas stand zwischen ihnen, das spürte er, trotzdem war sie sofort zur Stelle, um ihm Hilfe anzubieten, noch bevor er darum gebeten hatte. Sie war eine erstaunliche Frau. Er wünschte, sie ...

»Ich will bei Judith bleiben, Vati!« Jasmin lehnte sich Schutz suchend an Judith, den Daumen in den Mund gesteckt. Das Menschenaufkommen war ihr nicht geheuer, das wusste er. Ihr Mund verzog sich weinerlich. »Ich will nicht allein hierbleiben.«

»Das musst du nicht, Minchen.« Er hielt Judith mit einem langen Blick fest. »Danke für Ihr Angebot. Ich ...« Doch nun war nicht der Moment, sich zu zieren. »Danke.«

»Kein Problem.« Er spürte, dass auch sie aufgewühlt war. Wenn er doch nur wüsste, was los war, die Ungewissheit zerrte an seinen Nerven. »Dann ... viel Erfolg bei dem Interview. Erzählen Sie Deutschland, was bei uns los ist.«

Ein schwaches Lächeln umspielte ihre Lippen, ein kurzes Aufglimmen der alten Vertraulichkeit, die bis vor Kurzem zwischen ihnen geherrscht hatte, die aber nun verschüttet schien.

»Ich gebe mir Mühe«, gab er mit einem schiefen Grinsen zurück. »Übertreiben muss ich mit meinen Schilderungen ja nicht, die Situation ist dramatisch genug. Ich hoffe ...«

Er brach ab, merkte, dass er im Begriff war, ihr etwas Persönliches anzuvertrauen. Das interessierte sie nicht. Nicht mehr.

»Was hoffen Sie?«, fragte sie zu seinem Erstaunen.

Er biss sich auf die Lippe. »Ach, nur, dass meine Mutter und mein Bruder den ZDF-Beitrag in Halle sehen werden. Damit sie wissen, Jasmin und mir geht es gut.«

»Vielleicht sehen sie ihn ja tatsächlich.« Sie wandte sich abrupt ab, Jasmin an der Hand.

»Sollen wir zuerst hinaus in den Garten?«, wandte sich der ZDF-Reporter an Anke.

»Ja. Seien Sie vorsichtig, dass Sie nicht stolpern. Es liegen überall Kleidungsstücke, Koffer, Taschen und Teller herum«, warnte Anke und bahnte sich resolut einen Weg durch die Menge.

Halle/Saale, 1987

»Mutti kommt bestimmt gleich.« Tobias stand, Jasmin auf dem Arm, am Fenster und schaute angestrengt auf die Straße. Die Eineinhalbjährige schmiegte das Köpfchen mit dem feinen blonden Haarflaum, der noch nicht so recht wachsen wollte, an seine Schulter. Nach der Krippe war sie immer sehr quengelig oder, wie heute, zu erschöpft, als dass sie noch zu etwas anderem in der Lage war, als herumgetragen zu werden. Es war ihm recht. Auch er genoss die Nähe zu der Kleinen, und es schmerzte, dass sie außer den ein, zwei Stunden am Abend, bevor er sie zu Bett brachte und ihr eine Geschichte vorlas, keine Zeit miteinander verbringen konnten. Aber was sollte er tun? Er musste arbeiten, und Doreen war entweder beim Training oder bei einem ihrer zahlreichen Wettkämpfe, sei es im In- oder Ausland.

»Sie freut sich auf dich, ihr habt euch ein paar Tage nicht gesehen.« Vor allem würde Doreen wohl genauso ausgelaugt sein wie ihre Tochter und kaum noch die Kraft aufbringen, sich mit ihr zu beschäftigen. Seine Brust wurde eng, doch in diesem Moment bog ein Trabant in die ruhige Straße ein, und gleich darauf stieg Doreen aus. Es war eines ihrer Privilegien als dekorierte Leistungsschwimmerin, dass sie heimgefahren wurde.

Von einer Woge der Freude überrollt winkte Tobias nach unten und bedeutete Jasmin, es ihm gleichzutun, doch sie gab nur ein leises Wimmern von sich und vergrub das Köpfchen in seiner Armbeuge.

Wenig später lag Doreen in seinen Armen, das Kind zwischen ihnen, und er atmete tief ihren Duft nach Schwimmbad ein, küsste sie zärtlich und strich ihr über die vom Wasser spröden Haare.

»Wir haben dich so vermisst«, murmelte er mit geschlossenen Augen, die Stirn an ihre gepresst. »Die Zeit ist mir so lang erschienen ... Aber nun bist du endlich wieder da. Glückwunsch zum zweiten Platz, wir sind stolz auf dich, nicht wahr, Minchen?«

Doreen schnaubte. »Die ewige Zweite. Wenn ich nicht bald mal einen ersten Platz mache, suche ich mir eine Arbeit als Postbotin.«

Das war ein Running Gag zwischen ihnen, und Tobias schmunzelte. Er setzte Jasmin auf ihrer Spieldecke im Wohnzimmer ab, und sie knieten sich beide vor sie. Ihre wunderschöne Tochter. Nie hätte er an dem Tag, an dem Doreen ihm so verzweifelt von der Schwangerschaft erzählt hatte, geahnt, wie viel Freude und Erfüllung ihnen dieses winzige Wesen, das nur so vor Persönlichkeit strotzte, schenken würde. Sie war ein Geschenk, das ihrer beider Leben bereicherte, sie noch fester aneinanderband. Noch heute wurde ihm flau bei dem Gedanken, dass Doreen das Baby problemlos hätte abtreiben lassen können. Doch sie hatte keine Sekunde darüber nachgedacht, und dafür liebte er sie umso inniger.

»Ich finde den zweiten Platz ziemlich gut, und den dritten und vierten auch noch.« Er zwinkerte ihr zu, und sie stieß ihm in die Rippen.

»Schau mal, Minchen, was ich dir aus München mitgebracht habe.« Sie öffnete ihren Koffer, den sie achtlos auf den Teppich geworfen hatte, und zog ein feuerrotes Plüschtier heraus. Jasmin ergriff es mit beiden Händen und steckte einen Zipfel in den Mund.

»Es wird natürlich gleich wieder angesabbert.« Doreen küsste Jasmin auf das Köpfchen und wollte sie auf ihren Schoß ziehen, doch die Kleine strampelte wild mit den Armen, um sich zu befreien und streckte sich Tobias entgegen.

»Vati!«, heulte sie flehentlich, während ihr die Tränen aus den Augen liefen.

Tobias zögerte, bevor er sie an sich zog. Es musste schwer sein für Doreen, nach ihren Reisen heimzukommen und eine Tochter vorzufinden, die sich ihr entzog. Aber es war vollkommen natürlich für Kinder dieses Alters, zu fremdeln. Und sosehr er es auch bedauerte, war Doreen häufiger abwesend, als dass sie gemeinsam Zeit verbrachten. Das war schon immer so gewesen und ließ sich kaum vermeiden, auch jetzt nicht, wo sie Mutter war. Die Alternative – und über diese hatte Doreen in langen Nächten gegrübelt – wäre, ihre Karriere aufzugeben, doch dafür brannte sie zu sehr für das Schwimmen, solange es von ihren Kräften her noch ging. Sie war so froh gewesen, nach der Schwangerschaft einigermaßen nahtlos wieder einzusteigen. Bald würde ohnehin Schluss sein – Doreen war sechsundzwanzig, bald zu alt für Leistungssport. Was danach kam, stand in den Sternen, aber sie wollte jede Minute, die sie im Wasser verbringen konnte, auskosten, und er unterstützte sie dabei. Nicht zu vergessen waren die Auslandsreisen, von denen sie beschwingt und voller neuer Eindrücke heimkehrte, Dinge im Gepäck, von denen sie in der DDR nur träumen konnte. Die temporäre Freiheit beflügelte sie stets, und nach ihrer

201

Rückkehr erzählte sie noch tagelang begeistert davon, wie ungezwungen und locker es in den westlichen Demokratien zuging. Zugleich wuchs ihr Hass auf die Russen, die Ostdeutschland in ein totalitäres System hineingepresst hatten, aus dem es nun kein Entkommen gab, und auf deren Handlanger in der SED-Spitze.

»Nicht weinen, Minchen, es ist doch alles gut«, murmelte Tobias beruhigend. »Schau, was für ein allerliebstes Mutschekiepchen Mutti dir mitgebracht hat. Das kann in deinem Bett schlafen.« Jasmins bitterliches Schluchzen ebbte ab, und sie zupfte an dem Marienkäfer herum, bevor sie einen der schwarzen Fühler in den Mund steckte, um auf ihm herumzukauen.

»Hat sie, während ich weg war, auch nur ein Mal Mutti gesagt?« Doreens Stimme war kaum hörbar. Tränen glitzerten in ihren Augenwinkeln, die sie rasch wegtupfte.

»Hmm, ich weiß nicht mehr«, antwortete er ausweichend. Jasmin hatte ihre Mutter noch kein einziges Mal beim Namen genannt, ihr Wortschatz bestand aus Wörtern wie Vati, Oma, Auto, Ball und Milch. Aber das vermochte er Doreen nicht zu sagen, er wusste, wie verletzt sie war. Andererseits war sie natürlich nicht so unbedarft, dass sie die Wahrheit nicht gespürt hätte.

»Doch, du weißt es ganz genau«, sagte sie und rückte ein Stück von der Krabbeldecke weg. »Jasmin hat noch nie Mutti gesagt, kein einziges Mal. Für sie zählst nur du.«

»Aber, Doreen.« Er setzte die Kleine vorsichtig wieder ab, hoffte, sie würde nicht gleich wieder zu wimmern anfangen, und schlang den Arm um Doreen. Ihr durchtrainierter Körper zitterte unter ihrem dünnen Sommerkleid. »Das ... nun, das ist wohl normal. Ich bin die ganze Woche bei ihr, nach der Krippe zumindest, während du ... eben oft auf Reisen bist. Oder beim Training, auch samstags. Das ist nichts Persönliches. Sie weiß trotzdem, dass du ihre Mutti bist.«

202

»Unsinn, sie erst eineinhalb, woher soll sie das wissen? Ich bin ja nie da.« Nun war es Doreen, die zu weinen begann. Sie schlug die Hände vors Gesicht, ihre Schultern bebten; die Laute, die aus ihrer Kehle drangen, klangen wie die eines verletzten Tieres.

Hilflos strich er ihr über den Rücken. »Sobald sie nur ein paar Monate älter ist, versteht sie besser, warum du oft weg bist. Sie wird wissen, dass du sie trotzdem über alles liebst.«

»Ein paar Monate? Du meinst wohl Jahre.« Doreen schüttelte seine Hand ab; sie war untröstlich. Er wusste, nichts, was er vorbrachte, konnte ihren Schmerz lindern. »Der Preis dafür, dieses Scheißland ab und zu verlassen zu dürfen, ist so hoch, viel zu hoch. Ich bezahle ihn mit der Liebe meiner Tochter.«

Nun begann auch Jasmin wieder zu quengeln, und er wusste nicht, um wen er sich zuerst kümmern sollte. »Die Kleine ist müde, möchtest du sie ins Bett bringen?«

Doreen schüttelte den Kopf und wischte sich die Tränen aus dem Gesicht. Mühsam erhob sie sich und griff nach ihrem Koffer. »Das überlasse ich dir. Bei mir würde es doch nur wieder Gebrüll geben. Außerdem muss ich erst mal auspacken. Morgen um sechs beginnt das Training wieder, und ich will noch baden und was essen.«

Das Kind mitsamt Marienkäfer auf den Armen wiegend sah er ihr nach, wie sie den Koffer mit müden Bewegungen ins Schlafzimmer schleifte. Immer öfter fraß sich Traurigkeit in sein Herz, und eine nie gekannte Einsamkeit.

18

Judith

»Ich habe den Bericht über deine Botschaft im Fernsehen gesehen, Liebes.«

Judith klemmte sich den Telefonhörer zwischen Schulter und Ohr, während sie ihre Schuhe auszog – sie war vierzehn Stunden auf den Beinen gewesen, und ihre Füße taten höllisch weh – und ihre champagnerfarbene Bluse aus dem Rockbund zog. Ihre Mutter rief um die übliche Zeit an, nur hatte Judith nicht wie sonst bereits Feierabend. Draußen dämmerte es bereits, der Himmel war staubgrau, von ein paar rosa Wölkchen durchsetzt. Der Spätsommer hatte Einzug gehalten, die Tage wurden merklich kürzer.

»Und, wie fandest du ihn, Mama?« Noch etwas atemlos goss sie sich ein Glas Wasser ein und schlüpfte aus dem eng anliegenden Rock. Sie sehnte sich danach, ihr Nachthemd überzustreifen, sich ins Bett zu legen und noch eine halbe Stunde zu lesen, um an diesem Tag nicht nur gearbeitet zu haben. Aber wahrscheinlich würden ihr sofort die Augen zufallen, sobald sie im Bett liegen würde, wie an den vorherigen Abenden auch.

»Entsetzliche Zustände herrschen bei euch.« Ihre Mutter klang erschüttert. »Diese armen Menschen leben zusammengequetscht wie die Sardinen in der Büchse. Da muss man doch etwas tun!«

204

»Ich weiß.« Müde sank Judith in den durchgesessenen Sessel ihres winzigen Wohnzimmers.

»Wie viele Flüchtlinge habt ihr denn inzwischen?«

»Knapp zweihundert.« Judith rieb sich die brennenden Augen, selbst ihr, die sich ununterbrochen in der Botschaft aufhielt und tagtäglich mit der Enge und den Menschenschlangen vor der Essensausgabe und vor den sanitären Anlagen konfrontiert war, erschien die Zahl unglaublich. »Es kommen jeden Tag zwanzig, dreißig, manchmal auch fünfzig Menschen hinzu.«

»Unvorstellbar. Wieso lassen die Sozialisten die Leute nicht einfach gehen?«

Judith unterdrückte ein Seufzen. Ihre Mutter hatte manchmal eine etwas einfache Weltsicht. »So funktioniert das nicht, Mama. Damit würden sie vor der Welt eingestehen, dass ihre Staatsform, die sie seit Jahrzehnten als überlegen darstellen, in Wahrheit doch nicht so toll ist.«

»Der junge Mann, der interviewt wurde, hat einen ausgesprochen angenehmen Eindruck gemacht. Dein Vater fand ihn auch ganz patent. Er konnte sich gut ausdrücken und die Lage anschaulich schildern. Kennst du ihn persönlich?«

Judith spürte einen Stich im Herzen. Und ob sie Tobias kannte, besser, als wahrscheinlich gut war. Sie wusste, wie umsichtig und bedacht er war, welch liebevoller Vater, wie unbefangen man sich mit ihm unterhalten konnte, auch über ernstere Themen. Und sie wusste, wie sich die Berührung seiner Hand anfühlte, wenn er sie versehentlich streifte. Doch das durfte sie nicht denken, sie quälte sich nur selbst damit.

»Ja, ich kenne ihn. Was gibt es Neues zu Hause?«, fragte sie rasch, um vom Thema abzulenken.

»Nicht viel. Wir führen unser ruhiges Leben, weißt du. Wir gehen nicht viel vor die Tür, sondern machen es uns daheim gemütlich.« Wieder überkam Judith ein scharfer Schmerz in der Brust. *Gemütlich.* Wenn dies doch wenigstens stimmen würde; aber ihre Eltern hatten nach dem verheerenden Brand, der ihnen alles genommen hatte, verlernt, sich in den eigenen vier Wänden wohlzufühlen. Sie waren ständig auf der Hut, ständig besorgt. Vater war schon fast besessen davon, allzu regelmäßig die Batterien der Feuermelder auszutauschen. Sie blieben in ihrer Wohnung, um sie zu *bewachen.*

»Beim Einkaufen habe ich die Mutter von Caroline Schmitz getroffen, erinnerst du dich? Ihr wart in der Grundschule in einer Klasse.«

Ein undeutliches Bild eines quirligen Mädchens mit widerspenstigen blonden Haaren und unzähligen Sommersprossen tauchte vor Judith auf. »Wie geht es Caroline?«

»Sie hat vor einigen Jahren geheiratet und erwartet ihr zweites Kind. Sie hat bereits eine Tochter, die in den Kindergarten geht. Carolines Mutter hat mir Fotos gezeigt, ein wirklich niedliches kleines Ding.«

»Mhm.« Judith starrte aus dem Fenster in den sich immer mehr verdunkelnden Himmel. Die rosa Wolken hatten sich aufgelöst wie Pulver, das Grau verschwamm mit den Dächern der umliegenden Häuser. Plötzlich dröhnte ihr die Stille der Wohnung in den Ohren, sie vernahm nur noch das rhythmische Ticken der Uhr, die auf dem Sideboard stand. Mit einem Mal fröstelte sie. Es war wirklich Zeit, ins Bett zu schlüpfen. Aufs Lesen würde sie heute verzichten, sie wollte nur noch schlafen, tief und traumlos, bevor ihr die Einsamkeit zu sehr auf die Seele drückte.

»Ich muss Schluss machen, Mama.«

»Ist gut, du wirst müde sein. Überprüfst du auch regelmäßig die Rauchmelder, Liebes?«

Trotz ihrer Erschöpfung und dieser inneren Leere, die sich immer mehr in ihr anstaute, konnte sie nicht schlafen. Zu viel ging ihr im Kopf herum: die Flüchtlingssituation und ihre scheinbare Ausweglosigkeit, die organisatorischen Probleme im Palais Lobkowicz – die Toiletten reichten nicht, und würden sie die immer größere Anzahl von Menschen satt bekommen? –, und natürlich Tobias. Immer wieder Tobias. In den letzten Tagen hatte er des Öfteren versucht, ein lockeres Gespräch mit ihr zu beginnen, doch sie hatte stets abgeblockt. Er musste sie wahrhaft für zickig halten, dabei war sie das nicht im Geringsten. Nur verunsichert. Vorsichtig. Traurig.

»All hell broke loose up there at your embassy, huh?«, rief ihr die amerikanische Sicherheitsbeamtin zu, die wie jeden Morgen vor der US-Botschaft Wache schob und die ruhige Vlašská beobachtete. Erst weiter hügelwärts, auf dem kleinen Platz, an dem die deutsche Vertretung lag, herrschte mehr Leben. Judith sah, dass seit dem gestrigen Abend noch mehr Trabis und Wartburgs hinzugekommen waren, die Straße war nahezu verstopft.

»Absolutely.« Ihr Kopf war so vernebelt von den Nachwirkungen der schlaflosen Nacht, dass ihr nur die Standardantwort einfiel, die sie sonst auf die Bemerkungen über das Wetter gab.

Die tschechoslowakischen Polizisten, die vor dem Tor der Villa Lobkowicz patrouillierten, beäugten sie argwöhnisch, sprachen sie jedoch nicht an.

»Kommen Se rin, könn' Se rauskieken.« Walter Edel begrüßte sie gut gelaunt wie jeden Morgen. »Vielleicht finden Se noch 'n Plätzchen zum Arbeiten, wa, Frau Jontrau?«

»Wie viele mehr seit gestern Abend?«

Edel strahlte. »Zwoundvierzig! Ick freu mir ja über jeden, der drüben 'n Abjang macht. Dit muss dem Honni doch mal zu denken jeben.«

207

»Er wird den Teufel tun und öffentlich zugeben, dass er ein Problem hat.«

Die tägliche Lagebesprechung fand am Rande des Gartens statt, Sitzgelegenheiten für eine größere Gruppe gab es schon lange nicht mehr, sodass sie alle in einem Kreis standen, so eng beieinander, dass sich Schultern und Arme berührten. Eine kalte Windbö fegte durch den Garten, ein Vorbote des nahenden Herbstes.

»Der ZDF-Beitrag hat eingeschlagen wie eine Bombe«, verkündete Hermann Huber zufrieden. Unter seinen Augen lagen tiefe Schatten, Judith wusste, dass auch er kaum noch schlief. Allerdings war seine Schlaflosigkeit selbst gewählt, denn er wanderte bis spät im Garten umher und unterhielt sich mit den Flüchtlingen, um ein Gespür für ihre Stimmung zu bekommen. »Die Bilder von unserer Botschaft wurden nicht nur in Deutschland gezeigt, sondern auch in der übrigen westlichen Welt. Laut Bonn ist der Tonfall der Berichterstattung sehr wohlwollend, ja, mitfühlend. Das kann nur von Vorteil sein für uns.«

Der Botschafter erhob seine Stimme, da einige Jugendliche lautstark redend vorbeischlenderten und ihn übertönten. Gleich darauf jagten lachend und kreischend jüngere Kinder vorbei, die Fangen spielten. Auch das Gemurmel der Erwachsenen lag wie ein summender Insektenschwarm über dem Zeltlager.

»Hoffentlich übt das genug Druck auf die Politiker aus, damit endlich etwas geschieht«, sagte Tobias. »Wenn ich richtig informiert bin, haben die Amerikaner auch ein Wörtchen mitzureden bei der ganzen Sache. Die ehemaligen Alliierten interessieren sich sicherlich sehr dafür, wie es mit dem geteilten Deutschland weitergeht. Allen voran die Sowjetunion, die sich den Osten des Landes nach dem Krieg unter den Nagel gerissen hat.«

Er trug wieder dieses blaue Hemd, das sie so an ihm mochte

und das dunkle Blau seiner Augen betonte. Seine Haare waren unordentlich, so als habe er sie lediglich mit den Fingern durchgekämmt. Körperpflege kam zu kurz, das war Judith klar. Es waren keine Möglichkeiten vorhanden, sich zurechtzumachen. Trotzdem sah er so anziehend aus, dass die Sehnsucht, ihn zu berühren, wenn auch nur kurz, wie rein zufällig, in ihr brannte.

»Alles sehr spannend«, stimmte Huber ihm zu. »Und auch in Ungarn überschlagen sich die Ereignisse.«

Judith fand im Moment kaum die Zeit, Nachrichten zu hören oder Zeitungen zu lesen, trotzdem hatte sie mitbekommen, dass in der Deutschen Botschaft in Budapest ähnliche Zustände herrschten wie bei ihnen in Prag. »Wieso, hat sich dort was getan?«

Anke wusste anscheinend auch nicht, worum es ging, denn sie warf ihr einen fragenden Blick zu.

»Und ob!« Markus Erlenwein putzte aufgeregt seine Brille an einem Zipfel seines gelben Pullunders. »Einhundertacht ostdeutsche Flüchtlinge wurden gerade ausgeflogen!«

»Über Österreich in die Bundesrepublik«, ergänzte Christina Leuchner aufgeregt; sie wirkte an diesem Morgen ganz zittrig.

»Könnte das …«, begann Tobias, doch Elias Trauth schnitt ihm das Wort ab.

»Es hieß, dies sei eine einmalige humanitäre Aktion, der keine weitere folgen würde. Natürlich will man eine Eskalation mit der SED-Spitze vermeiden.«

»Trotzdem habe ich in einer kurzen Nachricht von meinem Amtskollegen in Budapest erfahren, dass bereits weitere Neuankömmlinge Schlange stehen«, berichtete Huber. »Was mit ihnen geschieht, steht in den Sternen …«

Ein kurzes Schweigen erfolgte. Die Botschaftsangehörigen beobachteten stumm die Menschen im Garten. Überall herrschte

Bewegung; man unterhielt sich, schlenderte umher, um sich ein bisschen die Beine zu vertreten, spielte mit den Kindern, stand wartend vor den provisorischen Toilettenhäuschen. Jacqueline Huber bahnte sich einen Weg durch die Leute, um wie so oft Snacks zu verteilen. Judith sah, dass sie Schokoriegel aus ihrem Korb zog, die sie tags zuvor in Furth im Wald in rauen Mengen gekauft hatten. Dann trat die Botschaftsgattin mit einem Lächeln zu ihnen.

»Chéri, habt ihr schon über die Schulkinder gesprochen?«, fragte sie, an ihren Mann gerichtet.

Dieser schüttelte verwirrt den Kopf, während Judith ein Blitz der Erkenntnis durch den Kopf zuckte. Die Schulkinder, natürlich! In wenigen Tagen würde der September anbrechen und überall ein neues Schuljahr beginnen.

»Die Kinder müssen unterrichtet werden«, sagte sie. »Sie unterliegen schließlich der Schulpflicht.«

»Ganz genau.« Jacqueline Huber nickte ihr zustimmend zu. »Aber keine Sorgen, ihr Lieben, ich habe bereits alles durchgeplant. Eines der Zelte wird vormittags als Schulzelt genutzt, und wir haben genügend Ehefrauen von Botschaftsmitarbeitern, die mit den Kindern den Lernstoff durchgehen können. Ihre Frau hat sich übrigens auch bereit erklärt, Herr Erlenwein, sie ist ja sogar ausgebildete Lehrerin. Ich habe gerade mit ihr telefoniert.«

»Na so was. Ich bekomme ja gar nichts mehr mit.« Markus grinste schief.

Elias, der sich verstohlen einen Schokoriegel aus Frau Hubers Korb stibitzt hatte, versetzte ihm einen gutmütigen Rippenstoß. »Das kommt wohl daher, dass wir zurzeit fast in der Botschaft wohnen. Eigentlich könnten wir auch gleich über Nacht hierbleiben.«

»Frau Gontrau?« Die Botschaftsgattin lächelte Judith zu. »Hät-

210

ten Sie wohl Lust, mit mir über die Grenze nach Bayern zu fahren, um Schultüten für die kleinen Abc-Schützen zu kaufen? Wir wollen ihnen doch am ersten September einen unvergesslichen Schulanfang bereiten.«

»Natürlich, sehr gerne.« Es wäre eine schöne Aufgabe, Zuckertüten mit kindgerechten Motiven auszuwählen und sie mit allerlei Süßigkeiten und Buntstiften zu füllen. Außerdem war es ihr ganz recht, dem Trubel in der Botschaft für einige Stunden zu entkommen und sich einer ruhigeren Tätigkeit zu widmen. Ohne dass sie es beabsichtigt hätte, blieb ihr Blick an Tobias hängen, der sie mit einem Ausdruck ansah, der sie bis ins Innere berührte. So als ... fände er ihre Begeisterung, Überraschungsgeschenke für die Kleinsten kaufen zu dürfen, rührend. Verlegen versuchte sie, in die andere Richtung zu schauen, schaffte es jedoch nicht. Seine Blicke brannten sich in ihre Augen, und sie vermochte sich nicht von ihm zu lösen.

Huber verkündete das Ende der Besprechung, und ein jeder ging seiner Wege. Judith straffte die Schultern, um in die Villa zu gehen, doch Tobias hielt sie auf. Ihr Herz begann heftig zu schlagen.

»Ich weiß nicht, ob ich es mir einbilde ...« Sein Augenlid zuckte, als sei er nervös. »Mir ist klar, dass Sie wahnsinnig eingespannt sind, so wie Ihre Kollegen auch, aber ... Gehen Sie mir aus dem Weg?«

Innerlich wand sie sich. Da gerade der Koch mithilfe einiger Flüchtlinge, die er kurzerhand zu seinen Assistenten ernannt hatte, Kaffeekannen und Geschirr an ihnen vorbeitrug, war sie gezwungen, etwas näher an Tobias zu rücken. Wieder stieg ihr der Duft der Rosenseife, die sie ihm überlassen hatte, in die Nase. »Nein. Ja.«

Sie war ihm eine ehrliche Antwort schuldig, es nützte nichts,

211

Vorwände zu erfinden. Anhand ihrer glühenden Wangen oder des flackernden Blicks würde er ihre Gefühle problemlos deuten können.

»Wieso?«, fragte er leise, übertönt von dem gewaltigen Stimmengewirr um sie herum. Er legte ihr die Hand auf den Oberarm, um sie ein wenig in Richtung des Zaunes zu ziehen, auch wenn sie dort kaum mehr als eine Handbreit Bewegungsfreiheit hatten. Seine Berührung fühlte sich wie eine Verbrennung an, seltsamerweise ohne den dazugehörigen Schmerz.

»Nun ...« Sie hob hilflos die Hände, wie um die Botschaftsvilla, die Zeltstadt und die vielen Menschen zu umfassen. »Wegen alldem hier.«

Ihr Herz war so übervoll, kurz vorm Überquellen, dass sie nicht in der Lage war, all die Gründe zu benennen, die sie auf Abstand hielten. Sie war eine Botschaftsangehörige, er ein Zufluchtssuchender. Sie musste professionell wirken, keinen Unterschied zwischen den Menschen machen. All die Argumente, die sie seit Wochen beschäftigten.

Er starrte sie nur an, als arbeite es auch in seinem Kopf.

»Budapest«, brachte sie rau hervor. »Schauen Sie nach Budapest. Innerhalb weniger Stunden wurde dort die Entscheidung getroffen, die DDR-Bürger auszufliegen. Auf einen Schlag waren sie alle weg, um in der Bundesrepublik ein neues, besseres Leben zu beginnen.«

Obwohl sie sich vage ausdrückte, schien er sie zu verstehen, denn er nickte langsam. Eine dunkle Haarsträhne fiel ihm in die Stirn, die sie ihm am liebsten sanft zurückgeschoben hätte. Sie musste sich zusammenreißen, ihre Hände ruhig herabhängen zu lassen.

»Ich weiß«, sagte er schließlich, Bedauern in der Stimme. »Sie haben recht.«

212

Er versuchte sich an einem Lächeln, das ziemlich verunglückt ausfiel, dann drehte er sich um und ging langsam davon in Richtung der Zelte. Judith musste sich erst einmal fassen. Unmöglich, sich in ihrem aufgelösten Zustand in die Villa zu begeben. Sie mochte äußerlich gelassen wirken, doch innerlich erfassten sie Schmerz und unerträgliche Wehmut. Er hatte jedes ihrer wenigen Worte begriffen; hatte nicht gesagt, dass sie sich doch weiterhin zwanglos unterhalten konnten, wenn sie sich über den Weg liefen. Denn auch er spürte dieses Knistern, das zwischen ihnen herrschte, wenn sie allein waren. Mittlerweile hatte es die Intensität eines Feuerwerks angenommen, so sehr stoben in ihrer Seele die Funken, wenn sie ihn sah. Egal. Sie musste ... Verwirrt durchforstete sie ihr Gehirn. Ach ja, sie musste Jacqueline Huber suchen und mit ihr nach Deutschland fahren, um Schultüten zu besorgen, auch wenn sie so traurig war, dass sie glaubte, ihr ganzes Ich würde in Schwermut zerfließen.

II.

September 1989

»Wir sind das Volk.«

Parole der Montagsdemonstrationen in der DDR, 1989

19

Judith

»In ganz Deutschland sind die Sommerferien nun zu Ende, liebe
Kinder, und das neue Schuljahr beginnt. Für einige von euch ist
heute ein großer Tag: euer allererster Schultag.« Hermann Huber
stand vor dem weißen Schulzelt und hielt eine feierliche kleine
Rede, wie man sie von einem Schuldirektor kannte. Alle Flüchtlinge, selbst die, die keine Kinder hatten, sowie die Botschaftsmitarbeiter standen um ihn herum. Ihre Schuhe versanken im
aufgeweichten Gras, denn pünktlich zum meteorologischen
Herbstanfang regnete es Bindfäden. »Zugegeben – euer erster
Schultag ist ein ganz besonderer, denn er findet im Garten der
Deutschen Botschaft in Prag statt. Das werdet ihr später noch
euren Enkeln erzählen können! Leider zeigt sich der Wettergott
nicht gnädig ...« Mit einem schiefen Grinsen deutete er in den
grauen regenschweren Himmel. »... aber dennoch wünsche ich
euch von ganzem Herzen einen erfolgreichen Start in euer Schul-
leben.«

Applaus brandete auf, und Judith sah, dass manch einer sich
gerührt eine Träne aus dem Augenwinkel wischte. Aber es war
ja auch ein ergreifender Moment, und der Botschafter vermochte
wie stets den treffenden Ton anzuschlagen. Sie ließ ihren Blick
über die frischgebackenen Erstklässler mit ihren erwartungsvollen Gesichtern schweifen, die ganz vorne standen. Tobias befand

sich einige Meter von ihr entfernt, Jasmin auf dem Arm. Sie ärgerte sich über sich selbst; wieso drängte es sie immer, nach ihm Ausschau zu halten, sich ständig zu vergewissern, dass er da war? Konnte sie ihn nicht endlich aus ihrem Kopf, ihren Gedanken und ihrem Herzen streichen?

»Liebe Kinder, wisst ihr, was bei einem ersten Schultag auf keinen Fall fehlen darf?«, fragte nun Jacqueline Huber, die mit einem schwarzen Schirm neben ihrem Gatten stand und die kleine Zeremonie mit bewegtem Lächeln verfolgte.

»Eine Zuckertüte!«, rief Saskia, Dirks und Jeannettes jüngste Tochter, die ganz vorne vor dem Botschafterehepaar stand, aufgeregt. In Schale werfen konnten die Eltern ihre Kinder an diesem Tag nicht, doch Jeannette hatte es sich nicht nehmen lassen, die langen blonden Haare ihres Kindes kunstvoll zu flechten und himmelblaue Schleifen einzubinden. »In dem Karton da vorne sind bestimmt welche drin!«

Überall wurde gelacht, und Jacqueline Huber nickte ernsthaft und bückte sich, um die Folie, die den Inhalt der Kiste schützen sollte, abzuziehen. »Voilà – Schultüten für unsere Erstklässler. Ich schlage vor, ihr tretet in einer Schlange zu mir vor und jeder von euch bekommt eine Tüte.«

»Und danach geht es ab mit euch ins Schulzelt, es soll endlich was gelernt werden«, rief Huber übermütig. Strahlend beobachtete er, wie die Kinder vortraten und mit strahlenden Gesichtern ihre bis oben hin gefüllten Schultüten in Empfang nahmen, bevor sie ins Zelt gingen, an dessen Eingang bereits Frau Erlenwein und andere Mitarbeiterfrauen warteten, um die Kinder zu unterrichten.

Die Menschenschar sah noch ein Weilchen zu, wie die Kinder nach und nach verschwanden, und begann sich dann aufzulösen.

»Ganz schönes Sauwetter, was?« Anke, die hinter Judith stand, hob behutsam einen Fuß hoch. »Vermatscht bis dort hinaus. Ich muss erst mal Schuhe putzen gehen.« Beide hatten ihre eleganten Absatzschuhe bereits vor Tagen gegen bequeme Turnschuhe getauscht, was zu ihren Hosenanzügen seltsam aussehen mochte, aber das einzige Sinnvolle war. Sie waren täglich viele Stunden auf den Beinen, liefen durch den Garten, das Palais, begleiteten Jacqueline Huber abwechselnd beim Einkaufen im bayrischen Furth im Wald. »Ich geh rein, kommst du?«

»Mhm.« Judith stand da wie festgefroren, vermochte sich noch nicht von der Szenerie zu lösen. Einschulung in einer Auslandsvertretung – vielleicht waren sie gerade im Begriff, Geschichte zu schreiben, und sie war hautnah dabei. Eine Gänsehaut lief ihr über die Arme unter ihrem klammen Blazer. Dann wurde sie sich wieder Tobias' Anwesenheit bewusst. Das dunkle Haar klebte ihm feucht an den Schläfen, und Jasmins dünne Zopfenden ringelten sich vor Nässe. Er unterhielt sich mit den Lemkes; Jeannette drückte sich ein Taschentuch auf die Augen, noch immer sichtlich ergriffen von der Einschulungsfeier, Dirk tröstete sie, indem er ihr den Arm um die Schultern legte.

Warum konnte sie nicht einfach in die Villa gehen, erst einmal wie Anke ihre Turnschuhe von der Erde und dem Gras befreien, das daran klebte, und ihrer Arbeit nachgehen?

»Warum weint Jeannette?«, fragte Jasmin unüberhörbar, als Tobias mit ihr in Judiths Richtung kam, um ins Haus zurückzukehren. Er war so in Gedanken, dass er sie gar nicht zu bemerken schien.

»Weißt du, für Eltern ist es ein bedeutsamer Tag, wenn die Kinder eingeschult werden.«

»Warum?« Die Erklärung stellte Jasmin offenbar nicht zufrieden, sie schaute ihren Vater mit ihren blauen Augen an.

»Weil sie dann merken, wie groß ihre Kinder geworden sind.«

»Ist Jeannette deswegen traurig?«

»Traurig und glücklich zugleich, denke ich.«

Tobias schien Judith nun wahrzunehmen und lächelte ihr verhalten zu. Selbst jetzt, während dieser flüchtigen Begegnung, spürte sie die Spannung, die zwischen ihnen lag. Die Wehmut und die Sehnsucht danach, sich einfach weiterhin mit ihm zu unterhalten, so wie sie dies in den ersten Wochen getan hatten. Zwanglos, offen, voller Neugier auf das Leben des anderen. Doch das war vorbei.

»Weinst du auch, wenn ich in die Schule komme?«, wollte Jasmin wissen. Vor lauter angestrengtem Nachdenken zog sie ihre kleine Stirn kraus.

»Das kann schon sein.« Tobias warf Judith einen gespielt verzweifelten Blick über die Fragen der Kleinen zu. Sie konnte ein Schmunzeln nicht unterdrücken.

»Wird Mutti auch dabei sein, wenn ich in die Schule komme?«

Judith sah, wie Tobias schluckte. Die Frage brachte ihn ganz offensichtlich aus dem Konzept. Wohl schien er sich nicht zu fühlen, denn ein harter Zug lag um seinen Mund. Sanft ließ er Jasmin zu Boden gleiten. »Du wirst mir langsam schwer, Minchen, lauf selbst.«

»Wo ist Mutti?« Unglaublich, dass schon eine Dreijährige ihren Vater mit Blicken fast durchbohren konnte.

»Verreist, das weißt du doch«, antwortete Tobias schwach.

»Wann kommt sie wieder?«

Tobias litt Höllenqualen, das sah Judith ihm an. Wider Willen zog sich ihr Herz zusammen, und ehe sie überlegt hatte, brach es bereits aus ihr heraus: »Lauf mal in die Küche, Jasmin, ich glaube, zur Feier des Tages gibt es Kuchen. Vielleicht ist der Koch schon fertig mit Backen, und du kannst dir ein Stück stibitzen.«

Zu Tobias' augenscheinlicher Erleichterung ließ Jasmin sich

das nicht zweimal sagen und rannte mit wippenden Zöpfen davon.

Tobias stieß stoßweise die Luft aus. »Danke. Sie haben mich gerettet.«

»Keine Ursache.« Sie versuchte, mit ihren Turnschuhen nicht allzu tief in der nassen Erde einzusinken, während sie gemeinsam zum Gebäude gingen. Überall tropfte es, vom Himmel, den Bäumen. Der Regen prasselte auf die Zeltdächer, vermischte sich mit den leisen Unterhaltungen der Flüchtlinge. Es roch nach Herbst, nach feuchter Erde, welkenden Blättern und Rauch, der aus den Schornsteinen stieg und wie ein dünner Schleier in der Luft hing. »Ich wusste gar nicht, dass Kinder in diesem Alter schon Fragen abfeuern können wie Maschinengewehre.«

»Das können sie, glauben Sie mir.« Gedankenverloren wich er einer Pfütze aus, sicherlich war er innerlich noch immer mit den Antworten auf Jasmins Fragen beschäftigt. Judith übrigens auch – nach Jasmins plötzlich aufgeflammter Neugier brannte auch in ihr wieder der Wunsch auf, mehr über Tobias' Familienverhältnisse zu erfahren. Was war damals genau geschehen, als Jasmins Mutter verschwand?

Fröstelnd zog sie ihre Jacke enger um sich, bis sie bemerkte, dass Tobias sie von der Seite ansah; er schien mit sich zu kämpfen. Schließlich sagte er: »Es ist schwierig. Ich weiß nie, was ich Jasmin erzählen soll, sie ist noch so klein. Aber natürlich merkt sie besonders an Tagen wie diesem, dass andere Kinder eine Mutter haben, sie aber nicht.«

Der Gedanke, dass dem Kind, das sie so lieb gewonnen hatte, etwas Fundamentales im Leben fehlte, versetzte Judith einen schmerzhaften Stich. »Ich denke, von Ihnen bekommt sie all die Liebe, die sie braucht.«

Was war das denn nun? Gestern noch hatte sie sich fest vor-

221

genommen, Tobias zu meiden, bevor sie sich emotional immer tiefer verstrickte, heute führte sie schon wieder eines dieser vertraulichen Gespräche, die ihr zu Beginn ihrer Bekanntschaft so viel bedeutet hatten. Sie hätte sich ohrfeigen mögen. Doch es war schlichtweg unmöglich, ihn entweder links liegen zu lassen oder unverbindlichen Small Talk mit ihm zu führen; es funktionierte einfach nicht.

»Ich habe Angst, es ist nicht genug«, gab er zu. »Ein Kind braucht eine Mutter.«

Inzwischen hatten sie das Gebäude erreicht und putzten sich sorgfältig die Schuhe ab, um keine Schmutzspuren auf dem Marmorboden zu hinterlassen.

»Es besteht keine Möglichkeit, dass Jasmin ihre Mutter ...« Sie begab sich auf ganz dünnes Eis, das wusste sie. Erstens gingen sie die persönlichen Umstände der Seibolds rein gar nichts an, zweitens führte jede Information, die er ihr anvertrauen würde, nur dazu, dass sie sich innerlich noch stärker an ihn band. Es durfte nicht sein, sie musste ...

»Nein«, antwortete er dumpf. »Seit sie vor zwei Jahren in den Westen geflohen ist, haben wir kein einziges Mal mehr voneinander gehört, und ich glaube auch nicht, dass wir je wieder Kontakt miteinander haben werden.«

Wie endgültig das klang. Seite an Seite gingen sie durch die Korridore. Überall standen Menschen herum, hielten sich an einer Tasse Kaffee fest und plauderten; in den Zelten war es wahrscheinlich recht klamm und ungemütlich.

»Käffchen?« Luzie, die Krankenschwester aus Rostock, half dem Küchenpersonal bei der Versorgung der Flüchtlinge aus und hielt ihnen eine große Thermoskanne vor die Nase.

Judith sah Tobias von der Seite an; er nickte. Anscheinend wollte auch er, dass sie ihr Gespräch fortsetzten. Zum Glück war

Christina heute dran, mit Jacqueline Huber zum Einkaufen zu fahren, und sie hatte ein wenig Zeit.

Timo, der Küchenjunge, der Luzie begleitete, reichte ihnen Tassen, und Tobias erkundigte sich nach Jasmins Verbleib. Diese assistiere dem Koch in der Küche, erwiderte Timo grinsend. Als die Tassen gefüllt waren, steuerten sie wie selbstverständlich Judiths Büro an.

»Sie war Leistungsschwimmerin«, begann er, als er auf dem Sofa saß. In der einen Hand hielt er den heißen Kaffee, in der anderen den Marienkäfer, dem er geistesabwesend über das plüschige Fell strich. »Offenbar ist sie es noch. Sportlerin mit Leib und Seele.«

»Wie hieß sie? Ich meine, wie heißt sie?« Judiths Stimme klang heiser. Auf der einen Seite berührte es sie unangenehm, über Tobias' Frau zu sprechen – Gott, war er vielleicht noch verheiratet? –, auf der anderen Seite wollte, musste die Neugier in ihr unbedingt befriedigt werden.

»Doreen.« Tobias nippte an seinem Kaffee, der offensichtlich zu heiß war, denn er verzog das Gesicht. »Spitzensportler werden in der DDR sehr privilegiert behandelt, denn sie steigern das Prestige des Landes enorm. Zumindest denken das die Genossen. Aufgrund von Doreens Verdiensten bekamen wir eine schöne Wohnung zugeteilt und genossen Vorteile, die für die anderen Bürger nicht selbstverständlich waren.«

»Welche?« Judith lehnte sich gegen die Schreibtischkante. Sie mochte sich nicht neben Tobias auf das Sofa setzen, das wäre ihr viel zu nah.

»Einen Telefonanschluss beispielsweise. Und Doreen durfte überallhin reisen. Nach Westeuropa, in die USA. Davon konnten wir Normalsterblichen nur träumen. Als Jasmin auf die Welt kam, wurde alles schwieriger.«

Judith hing an seinen Lippen, der Kaffee wurde kalt, ohne dass sie es merkte. »Sie ist zum Leistungssport zurückgekehrt?«

»Ja. Zwar hat sie überlegt, das Schwimmen aufzugeben, um Zeit für Jasmin zu haben. Aber der Wassersport lag ihr nicht nur im Blut, sie hing auch sehr an den Freiheiten, die ihr gewährt wurden. Das Reisen, oder vielmehr: die freie Welt zu sehen und in sich aufzusaugen. Kleine Fluchten zu haben in einem Dasein, das dem Menschen nicht so derart enge Grenzen setzt, wie die DDR es tut. Im Westen konnte sie ein kleines Stückchen teilhaben an dem Gefühl, alle Möglichkeiten zu haben.«

Was er alles durchgemacht haben musste. Wahrscheinlich konnte sie sich kaum einen Bruchteil dessen ausmalen, was er in der DDR erlebt hatte. Mit einem Mal fühlte sie sich klein und unwissend.

»Doreen war gegen das SED-Regime, obwohl es ihr Privilegien verschaffte?«

»Natürlich.« Er sah mit dunklem Blick zu ihr auf, und sie überlegte, ob sie etwas Dummes gesagt hatte. Aber sie vermochte sich keine umfassende Vorstellung von den Lebensumständen in der DDR zu machen, sie konnte es einfach nicht. »Sie hasste den Staat genauso wie ich. Wie die meisten von uns. Doch jeder musste gute Miene zum bösen Spiel machen. Ein falsches Wort, sei es auch nur gegenüber einem Freund oder Kollegen, und schon riskierte man Besuch von der Staatssicherheit.«

Einen Moment schwiegen sie beide, lauschten nur dem Regen, der gegen die Fensterscheibe trommelte. Der Himmel schien noch finsterer zu werden, die Wolken hingen schwer über den Baumspitzen des Wäldchens hinter der Botschaft.

»Ich kümmerte mich um Jasmin, während Doreen weiterhin unterwegs zu Schwimmwettkämpfen war. Sie wurde immer unglücklicher.« Tobias sprach so leise, dass sie sich anstrengen musste, ihn gegen das Plätschern des Regens zu verstehen. »Sie war so oft weg – die meiste Zeit eigentlich. Jasmin war auf mich fixiert, zu ihrer Mutter hatte sie wenig Bezug. Sie fremdelte, wenn Doreen nach Hause kam.«

»Das muss Doreen sehr zugesetzt haben«, vermutete Judith. Zwar hatte sie selbst keine Kinder, konnte sich aber gut in die Lage einer Mutter hineinversetzen, die ihr Kind mit Liebe zu überschütten versuchte, dabei jedoch auf Zurückweisung stieß. Doreen musste das Herz geblutet haben.

»Ja, so war es. Die Situation zu Hause wurde immer angespannter. Es kam oft zu Streit, Doreen weinte viel und beklagte sich, dass Jasmin ein viel engeres Verhältnis zu ihrer Oma, also meiner Mutter, hatte als zu ihr. Aber ... Jasmin sah ihre Großmutter einfach viel öfter.«

Judith erinnerte sich, dass Tobias zu Beginn häufig von seiner Mutter gesprochen hatte. War die alte Dame nicht herzkrank? Jetzt war es unpassend, aber sie nahm sich vor, sich demnächst nach ihr zu erkundigen. Vielleicht hatte Tobias mal wieder mit ihr telefoniert.

»Und dann fuhr Doreen zu einem Wettkampf nach München.« Er stellte seine Tasse ab und vergrub den Kopf in den Händen. Sie spürte, wie schwer es ihm fiel, die Erinnerungen wieder wach werden zu lassen. Nach kurzem Zögern rutschte sie von der Schreibtischkante und setzte sich neben ihn auf das Sofa, hielt jedoch einen gebührenden Abstand ein.

»Und dann?«, flüsterte sie. Ein paar Jugendliche rannten laut durch den Korridor, was sie zusammenzucken ließ. Doch er schien es nicht zu bemerken.

»Sie kam nicht zurück.« Er hob den Kopf und sah sie an, und sie erschrak über das Ausmaß der Fassungslosigkeit in seinem Gesicht.

»Aber ... wie ist das möglich?«

»Um Fluchtversuche zu erschweren, mussten die Spitzensportler während einer Reise ins Ausland ihre Ausweisdokumente abgeben. Und natürlich mussten sie zusammenbleiben; das Kollektiv geht schließlich über alles.« Er lächelte spöttisch. »Trotzdem gab es Momente, in denen die Überwachung Lücken aufwies. Sobald ein Sportler auf die Toilette musste. Oder nachts, wenn er im Hotelzimmer schlief.«

»Wie genau ist sie entwischt?« Die Geschichte klang wie ein Krimi. Aber – und das traf Judith bis ins Innerste – es handelte sich um die Realität, nicht um einen Film oder ein Buch.

»Sie ist frühmorgens durch den Hinterausgang des Hotels entkommen. Mit nichts als einer Reisetasche ist sie ihrem alten Leben entflohen.«

Judith fehlten die Worte. »Aber ... aber sie hatte keinen Ausweis, sie ...«

»Sie ist schnurstracks zur nächsten Polizeiwache, wo man sich um sie kümmerte. Sie bekam neue Papiere, einen westdeutschen Personalausweis, nahm sich eine Wohnung. Seitdem schwimmt sie für eine bundesdeutsche Mannschaft.«

Judith schien es, als habe sie die ganze Zeit die Luft angehalten. Nun atmete sie langsam aus, ihr war, als platze gleich ihr Kopf. Ob sie noch ein Ibuprofen in ihrem Schreibtisch hatte? Aber das musste warten, sie konnte jetzt nicht so einfach aufstehen und herumkramen.

»Nun wissen Sie Bescheid.« Tobias sah sie abgeklärt an, so als lasse er innerlich alle Rollläden herunter, um die Vergangenheit, die mit Sicherheit noch schmerzte, wieder in einen hinteren Winkel seines Gedächtnisses zu verbannen. »Doreen ist eine Republikflüchtige. Übrigens nicht die erste Spitzensportlerin, die sich abgesetzt hat. Der Schwimmer Axel Mitbauer ist bereits 1969 fünfundzwanzig Kilometer durch die Ostsee gekrault. Es gab noch andere, denen die Flucht gelungen ist, sehr zum Unbehagen der DDR-Führung natürlich. Die Geflohenen wurden als Verräter des Sozialismus bezeichnet.«

»Haben Sie je wieder von Doreen gehört?«, fragte Judith leise.

»Nicht persönlich. Sie hat von München aus mehrmals meinen Bruder angerufen, ich selbst ging nicht ans Telefon, da ich davon ausging, abgehört zu werden. Durch ihn hat sie ausrichten lassen, was geschehen ist, und auch, dass es ihr unglaublich leidtue.«

»Hat sie versucht, ihr Verhalten zu erklären? Ich meine, sie ließ ein Kleinkind im Stich.« Allein diese Tatsache erschien ihr unvorstellbar. Aber wer war sie, um das beurteilen zu können? Sie war nicht wie Doreen und Tobias in einem totalitären Staat groß geworden, der den Einzelnen bis in die privatesten Bereiche hinein überwachte.

»Sie erklärte, sie habe das Hotel aufgrund einer Kurzschlussreaktion verlassen. Sei völlig durch den Wind gewesen. Erst hinterher sei ihr klar geworden, was ihre Flucht alles nach sich zog. Sie wollte, dass ich für mich und Jasmin einen Ausreiseantrag stellte, um nachzukommen ...«

»Aber das haben Sie nicht getan?«

»Nein. Die Stasi hat mich hemmungslos unter Druck gesetzt. Ich wurde abgeführt, tage-, ja wochenlang verhört. Sie verdächtigten mich, von Doreens Plänen gewusst zu haben, dabei hatte sie ja gar keine gehabt. Sie nahmen mir die Wohnung weg und wiesen mir und Jasmin eine viel kleinere in einem renovierungsbedürftigen Altbau mit Ofenheizung zu. Es gab auch kein warmes Wasser, und das Bad mussten wir uns mit den Nachbarn teilen. Ein Telefonanschluss war mir auch nicht mehr erlaubt. Ich musste meine gesamten Ausweispapiere abgeben, in der Zeitung wurde mir gekündigt. Sie verfrachteten mich an ein Fließband in einem Chemiewerk. Nachweisen, dass ich von Doreens Flucht gewusst hatte, konnten sie nicht – wie auch? Aber seitdem bekomme ich regelmäßig unangemeldeten Besuch von der Stasi. Sie hören nicht auf, mich zu bedrohen.«

Judith wurde ganz schwindelig bei seinen Ausführungen. Unfassbar, dass in Deutschland Dinge geschahen, die man höchstens in irgendwelchen abgelegenen Kleinstrepubliken in Afrika vermutete, die von selbstherrlichen Diktatoren regiert wurden. »Womit drohen sie?«, brach es aus ihr heraus.

»Dass sie mich ins Gefängnis stecken und Jasmin in ein Heim, falls ich Informationen über Doreens Flucht vor ihnen verberge.« Er sagte das ganz sachlich, aber wahrscheinlich war dies eine Schutzreaktion. Es musste unerträglich sein, jeden Tag seines Lebens existenzielle Ängste auszustehen.

Judith lehnte sich zurück, um gegen die aufsteigende Übelkeit anzukämpfen. Sie musste Tobias' Geschichte erst einmal verarbeiten. Selbst wenn es ihr vorher nicht klar gewesen wäre, nun verstand sie wie nie zuvor: Tobias hatte keine andere Möglichkeit gehabt, als mit seiner kleinen Tochter über die Grenze im Erzgebirge zu flüchten.

Er saß mit gesenktem Kopf neben ihr, die Hände ließ er gedankenverloren zwischen den Knien baumeln. Es musste ihn emotional sehr erschöpft haben, ihr seine Erlebnisse zu erzählen. Hoffentlich hatte es den Schmerz nicht allzu sehr wieder aufgerührt.

»Danke, dass Sie mir alles erzählt haben«, flüsterte sie.

»Sie sind die Erste hier, der ich alles gesagt habe. In allen Einzelheiten. Normalerweise fällt es mir sehr schwer, darüber zu sprechen. Den anderen Flüchtlingen habe ich nur eine sehr grobe Version meines bisherigen Lebens geliefert.«

Es berührte sie, dass sie eine Sonderstellung innezuhaben schien. Der Vorsatz, sich nur noch auf oberflächliche Gespräche mit ihm einzulassen, wenn überhaupt, hatte sich längst aufgelöst. »Ich verstehe, dass man nicht so einfach darüber reden kann. Sind ... oder waren Sie mit Doreen verheiratet?« Sie hatte keine Ahnung, welchen Stellenwert die Ehe in Ostdeutschland hatte; im Westen jedenfalls lebten immer mehr junge Paare ohne Trauschein zusammen.

»Ja. Wir haben früh geheiratet, so wie es in der DDR üblich ist. Ich ...« Er legte die Hand auf den weinroten Sofabezug, nah neben ihre. Ob er sie wohl berühren würde? Die Vorstellung ließ plötzliche Panik in ihr aufsteigen, gleichzeitig wünschte sie sich nichts mehr. »Ich wollte ...«

Doch in diesem Moment wurde die Tür aufgestoßen, und Jasmin stand mit kuchenverschmiertem Gesicht vor ihnen, hinter ihr Timo, der Küchenjunge.

»Der Chef sagt, ich soll die Kleine wieder zurückbringen, so langsam hält sie ihn vom Kochen ab«, verkündete Timo.

»Ja, natürlich, ich hätte schon längst nach ihr sehen sollen. Danke fürs Zurückbringen.« Tobias stand auf und führte Jasmin an der Hand ins Zimmer.

»Ich hab leckeren Kuchen bekommen.« Sie strahlte bis über beide Ohren. »Mit Schokolade.«

»Das ist nicht zu übersehen«, antwortete Tobias trocken. Er zog ein Taschentuch aus seiner Jeanstasche und wischte ihr über das Gesicht.

Der Moment war gekommen, Vater und Tochter allein zu lassen. Judith stand auf und griff nach den beiden leeren Kaffeetassen. Es fühlte sich merkwürdig an, zu gehen, nachdem sie ein derart persönliches Gespräch geführt hatten, er ihr Dinge anvertraut hatte, von denen sonst niemand wusste, zumindest nicht hier in der Botschaft. Sie fühlte eine neue Verbindung zu ihm. Das war nicht gut. Was hatte er gerade sagen wollen, als Jasmin hereingestürmt war? Sie würde es wohl nicht erfahren. Leere machte sich in ihr breit.

»Ich geh dann mal«, sagte sie leise und schob sich an Tobias vorbei, doch er hielt sie zurück, indem er ihr die Hand auf den Arm legte.

»Danke, Frau Gontrau.«

»Wofür?«

»Fürs Zuhören.«

Sie lächelte schwach. »Bis später.«

20

Tobias

»Die Zustände werden immer unhaltbarer, vor allem wegen des Wetters«, sagte Tobias. Die Botschaftsmitarbeiter standen wie üblich in einem engen Kreis zusammen, aus Platzmangel – inzwischen befanden sich über dreihundert Flüchtlinge im Palais Lobkowicz – fand ihre tägliche Lagebesprechung im Schulzelt statt. Der Unterricht war für heute beendet, und Huber hatte das Zelt für eine halbe Stunde »reserviert«, bevor die Kinder und Jugendlichen es für den Nachmittag als Aufenthaltsort nutzten. »Dieser tagelange Regen – in den Zelten ist es feucht und kühl, das Bettzeug fühlt sich klamm an. Meine Mitbürger machen sich große Sorgen, wie es weitergehen soll, vor allem die Mütter haben Angst, dass sich ihre Kinder eine Lungenentzündung oder Ähnliches holen ... Viele, die schon eine Weile da sind, haben ja auch nur Sommerkleidung im Gepäck.«

Die Botschaftsangehörigen hörten betroffen zu, vor allem Judith wirkte angespannt. Er wusste, wie sehr sie mit den Flüchtlingen litt. Welch ein Bild sie mittlerweile allesamt abgaben! Die Schuhe und Hosensäume der Diplomaten waren schlammbespritzt, viele ließen ihre förmliche Kleidung ganz zu Hause und erschienen so leger, wie es möglich war. Außer natürlich Elias Trauth, der nach wie vor im dunkelgrauen Zweireiher mit akkurat gebundener Krawatte zur Arbeit kam.

»Der Garten gleicht einer Schlammwüste«, bemerkte Elias finster. »Die Leute wissen überhaupt nicht mehr, wo sie sich aufhalten sollen.«

Die angenehmen Sommertage, an denen sie plaudernd durch den Garten spaziert waren oder im Gras gesessen hatten, waren längst vorbei.

»Nun, sie halten sich im Haus auf«, murmelte Judith. »In den Korridoren und Sitzungssälen. Aber zum Schlafen müssen diejenigen, die nicht früh genug da waren, um ein Plätzchen auf dem Dachboden zu ergattern, wieder nach draußen.«

Tobias verzichtete wie so oft darauf zu drängen, dass endlich eine Lösung für die Flüchtlinge gefunden werden musste. Einige saßen seit Juni in Prag fest. Doch am Beispiel Ungarns hatten sie erkannt, dass schnelle Lösungen einfach nicht in Sicht waren. Nachdem Ende August einhundertacht DDR-Bürger aus der Botschaft in Budapest über Österreich ausgeflogen worden waren, wurde die deutsche Vertretung dort kurz darauf von weiteren eintausendvierhundert Menschen belagert. Die *einmalige humanitäre Aktion*, wie sie genannt wurde, war nicht wiederholt worden. Alles schien schwierig und ausweglos.

»Ich weiß, ich weiß.« Huber krempelte seine Hemdsärmel hoch; trotz der Kühle schien er zu schwitzen. Die Luft im Zelt war stickig, und wieder prasselte Regen auf das Dach und schlug gegen die Wände. »Ich habe bereits die Standortverwaltung der Bundeswehr in Weiden in der Oberpfalz kontaktiert und um rasche Hilfe gebeten. Mir wurde zugesagt, dass sie uns Munitionspaletten liefern. Die können wir als Zeltböden benutzen, damit die Schlafstätten vor Nässe geschützt werden. Der Oberkommandant hat mir zugesichert, auch Lebensmittel, Schlafsäcke und warme Kleidung zu liefern.«

Erleichterung erfasste Tobias. Einigermaßen trockene Plätzchen zum Schlafen und dicke Kleider würden seinen Mitbürgern schon mal aus der gröbsten Not helfen. Unfassbar, welche Wellen sie schlugen – sogar die Bundeswehr war nun schon involviert. Nicht nur die Bundeswehr – das Rote Kreuz, die Bundesbürger, die Spenden schickten, die westlichen Medien, die nun immer häufiger über die Zustände in Prag berichteten ... Er hoffte inständig, dass sie ihr Ziel erreichten: die Ausreise in die Bundesrepublik. Einige seiner Mitbürger waren inzwischen mächtig am Nörgeln, wie zum Beispiel Marco oder Luzie. Ihnen ging das alles nicht schnell genug, sie monierten täglich, dass sich nichts tue. Nun, steter Tropfen höhlt den Stein, dachte Tobias. Auch jetzt noch im Dauerregen kletterten viele Menschen über den Zaun; wann wäre der Punkt erreicht, an dem das Gebäude buchstäblich aus allen Nähten platzte?

Judith runzelte die Stirn. »Die Bundeswehr? Die tschechoslowakischen Behörden werden es niemals erlauben, dass Fahrzeuge der Bundeswehr durch ihr Gebiet fahren.«

»Normalerweise nicht.« Huber nickte ihr bestätigend zu. »Aber die Lieferungen erfolgen über zivile Lastwagen. Außerdem haben mir die örtlichen Behörden versichert, die Füße stillzuhalten.«

»Sehr nett von ihnen«, bemerkte Anke trocken, und alle lachten verhalten. Die Spannung lockerte sich ein wenig.

»Die Lastwagen sind schon unterwegs, in wenigen Stunden müssten sie eintreffen. Herr Seibold, kümmern Sie sich um die Verteilung der Paletten, der Schlafsäcke und der Kleidung?«, fragte Huber.

»Natürlich.« Tobias hoffte, Judith würde vielleicht assistieren. Es hatte unerwartet gutgetan, ihr die Geschichte von Doreens Flucht anzuvertrauen. Obwohl er sicher war, dass Westdeutsche nie das volle Ausmaß an Tragödien verstünden, die sich im Osten

233

abgespielt hatten und noch immer abspielten, hatte er den Eindruck, sie konnte einen Großteil von dem, was er erzählt hatte, nachvollziehen. Seine Angst, den Schmerz, das Gefühl, ein Gejagter zu sein.

»Wer hilft? Herr Trauth?«

»Da würde er sich ja seine Schuhe schmutzig machen«, warf Anke ein, und alle lachten erneut. Ein bisschen Heiterkeit schadete nicht, die Situation war ernst genug.

»Ich überlasse es gerne dir, Paletten durch den Matsch zu schleppen«, gab Elias die Augen verdrehend zurück.

»Komm, Anke, wir beide übernehmen das. Zum Glück sind wir nicht so zimperlich wie manche der Herren.« Judith erntete ebenfalls Gelächter. Hatte sie sich für die Aufgabe gemeldet, um Zeit mit ihm zu verbringen? Aber das war lächerlich. Sie war durch und durch professionell und scheute sich nicht, auch unangenehme Arbeiten zu verrichten. Auf jeden Fall hoffte er, die Eiszeit, die zwischen ihnen geherrscht hatte, wäre nun endgültig vorbei. Es hatte ihm so sehr gefehlt, täglich mit ihr zu sprechen, sie um sich zu haben. Ihr in die Augen zu schauen, die die Farbe des Herbsthimmels hatten und die ihm, wenn er mit ihr sprach, das Gefühl gaben, dass er im Moment das Einzige war, was für sie zählte. Natürlich war das ausgemachter Unsinn.

»Danke, Frau Gontrau und Frau Wegener.« Die Stimme des Botschafters riss ihn aus seinen Gedanken, und damit war die Lagebesprechung auch bereits zu Ende. Sie verließen das Zelt, vorsichtig bedacht, nicht allzu tief im Schlamm einzusinken, und gingen zurück zur Villa. Tobias lag ein paar Schritte zurück, und von hinten beobachtete er Judith, die mit Anke sprach. Der Regen tropfte aus ihren braunen Haaren, ließ sie dunkler erscheinen. Sie schien zu frieren, denn ihre Schultern waren verkrampft und nach vorn gezogen. Am liebsten wäre er neben sie geeilt und hätte den Arm um sie geschlungen, um sie zu wärmen.

Es war bereits dämmrig, als die Lastwagen der Bundeswehr die schmale Vlašská entlangholperten. Noch immer regnete es, und der Geruch von Moos und Fäulnis lag in der Luft. Judith und Anke Wegener trugen dicke Steppjacken, Tobias war hemdsärmelig. Er hatte schlichtweg keine Jacke, aber das würde sich mit der versprochenen Kleiderlieferung hoffentlich ändern. Ob die Sachen für alle reichen würden? Als Sprecher der Flüchtlinge fühlte er sich für alle verantwortlich, immer öfter lag er nachts wach und zermarterte sich das Hirn, wie lange es noch möglich war, dreihundert Menschen zu versorgen, Tendenz steigend.

»Da kommen sie«, sagte Judith, als das Dröhnen der Motoren näher kam und die Lastwagen in einer Kolonne heranfuhren.

Anke stemmte die Hände in die Hüften. »Ran an den Speck.«

»Griaß eich Gott, Munitionspaletten, Klamotten und Lebensmittel günstig abzugeben«, scherzte der Kommandeur in unverkennbarem Bayrisch, als er aus dem Führerhaus des ersten Lastwagens sprang.

»Dit nehmen wa gerne, wa«, schmunzelte Walter Edel, der das Eingangstor öffnete und die Soldaten hereinließ, die schwere Kisten trugen. »Ran an de Buletten, immer jeradeaus durch, in den Jarten!«

Tobias, Judith und Anke trugen leichtere Kisten und wiesen den Weg. Im Garten angekommen, starrte der Kommandeur fassungslos auf die von innen erleuchteten Zelte, kleine Lichttupfer im zunehmenden Dunkel. »Himmelherrgottsakrament, wie schaut's denn hier aus?«

»Zeltlager mal anders«, scherzte Tobias.

Bald war alles ausgeladen, und dann galt es, zuallererst die Pa-

235

letten in die Zelte zu befördern. Tobias und Judith verteilten die provisorischen Holzböden an die Flüchtlinge, die in einer langen Schlange standen, teils geduldig, teils über das Wetter fluchend, während Anke die Kleiderkisten öffnete.

»Hoffen wir, dass sich unsere Lage nun ein wenig bessert«, nörgelte Marco. »Ich bereue es allmählich, dass ich meinen Schlafplatz auf dem Dachboden einem älteren Mann überlassen hab. Im Zelt krieg ich so langsam Gicht oder Arthritis von der beschissenen Feuchtigkeit, und dabei bin ich gerade mal zwanzig!«

Um Tobias' Mundwinkel zuckte es. »So schnell kriegst du keine Gicht, Marco. Los, pack mal mit an.«

Verdrossen griff der Automechaniker nach einer Palette und zog in Richtung der Zelte ab.

»Ich kann schon verstehen, dass es aufs Gemüt schlägt, hier eingesperrt zu sein und darauf zu warten, dass etwas geschieht«, flüsterte Judith ihm zu, während sie weitere Böden verteilten.

»Das ist nichts im Vergleich zu dem Eingesperrtsein, unter dem wir in der DDR litten«, gab er etwas heftiger zurück als beabsichtigt. »Wir werden hier versorgt und umhegt, und wenn der junge Mann wirklich krank werden würde, bekäme er ärztliche Versorgung.«

Eine Weile arbeiteten sie schweigend weiter, dann fragte Judith leise: »Wie geht es Ihrer Mutter? Wissen Sie inzwischen etwas Neues?«

Es rührte ihn, dass sie nicht vergessen hatte, wie schlecht es seiner Mutter ging. »Nein, leider nicht. Ich möchte Ihr Telefon nicht überstrapazieren.«

»Quatsch! Es handelt sich doch schließlich um ... um einen Notfall. Ihre Mutter ist sehr krank, haben Sie gesagt, ich finde, Sie sollten so bald wie möglich noch mal zu Hause anrufen.«

Er nickte und lächelte schief. »Gut, wenn Sie darauf bestehen ...«

»Ich bestehe darauf«, gab sie zurück. »Es ist meine Aufgabe, mich um das Wohlergehen der Menschen hier zu sorgen.«

Aber nicht in diesem Maße. Die Gesundheit seiner Mutter gehörte wahrhaftig nicht in ihren Bereich. Und trotzdem nahm sie Anteil. Ihre Jacke war inzwischen völlig durchnässt, und ein Regentropfen hing an ihren Wimpern. Er konnte sich nicht von ihrem Anblick lösen, musste sich zwingen, seine Hände zu beschäftigen, um ihr den Tropfen nicht abzutupfen. Der Drang, sie zu berühren, ihre Haut unter seinen Fingern zu spüren, die Kontur ihrer vollen, rosigen Lippen entlangzustreifen, flammte in ihm auf.

Ob sie Ähnliches dachte? Sie räusperte sich, als wäre sie verlegen, und wandte sich wieder den Paletten zu.

»Ich wünschte, ich könnte meine Mutter nach Prag holen«, murmelte er, um das Gespräch wieder in Gang zu bringen. »Über kurz oder lang würde sie hoffentlich in die Bundesrepublik reisen dürfen, wo sie an ihre Medikamente käme. Ihr Zustand bringt mich um den Verstand.« Er wischte sich über die Stirn, die Angst um seine Mutter verdrängte die eben noch übersprudelnde Sehnsucht, Judith näherzukommen. Jedoch nicht vollständig. Judiths Nähe war immer präsent, in jeder Minute des Tages.

»Es ist unfassbar, dass ein weit entwickeltes Land wie die DDR es nicht schafft, genug Medikamente zu besorgen«, stimmte Judith mitfühlend zu. »Wir leben im zwanzigsten Jahrhundert! Wenn ich mir vorstelle, meine Mutter wäre krank und es könnte ihr so leicht geholfen werden ...«

»Es ist schwer, das auszuhalten«, erwiderte er.

»Judith, kommst du mal?«, hörte er Anke rufen. Sie stand ein

237

wenig abseits und verteilte warme Kleidung und Decken an die Flüchtlinge.

Judith warf ihm einen entschuldigenden Blick zu und gesellte sich zu ihrer Freundin. Während er weiterhin Holzböden verteilte, drangen leise Satzfetzen zu ihm herüber.

»Wieso begibst du dich wieder auf diese vertrauliche Ebene mit ihm?«, zischte Anke. »Sind wir nicht übereingekommen, dass das absolut nichts bringt? Keine Zukunft hat? Du machst dich nur unglücklich!«

Judiths Antwort war so leise, dass er kein Wort verstand, zumal der Regen an Intensität gewann und laut auf die Zeltdächer und die Bäume prasselte. Es war nun völlig dunkel, die Lichter in den Behelfsunterkünften erinnerten fern an kleine Leuchttürme am nächtlichen Meer. Auch innerlich wurde ihm nun kalt.

Schließlich gesellte sich Huber noch zu ihnen, und auch Dirk Lemke half tatkräftig, die letzten Decken und Kleidungsstücke zu verteilen, sodass sie irgendwann am späten Abend fertig wurden.

Judith und Anke trugen die leeren Kartons ins Haus, und Tobias beeilte sich, ihnen zu folgen und ihnen etwas von ihrer Last abzunehmen. Er musste dringend nach Jasmin schauen. Dirks und Jeannettes älteste Tochter hatte sich bereit erklärt zu babysitten, hoffentlich schlief die Kleine bereits.

»Du machst ja doch, was du willst«, raunte Anke, »ganz gleich, was du vorher versprochen hast.«

Wieder war Judiths Erwiderung lediglich ein Gemurmel. Tobias verlangsamte seinen Schritt; es wäre ihm unangenehm gewesen, die beiden Frauen bei ihrem Gespräch zu überraschen und den Eindruck zu vermitteln, er habe zugehört. Was er ja durchaus hatte, teilweise zumindest. Es tat ihm leid, dass Judith sich vor ihrer Freundin rechtfertigen musste, sie war eine erwachsene Frau.

»Steh nicht im Weg rum wie bestellt und nicht abgeholt«, ertönte Dirks Stimme von hinten. Auch er war mit Kartons beladen.

»Entschuldigung.« Rasch wich Tobias aus, um ihn vorbeizulassen, dann betrat auch er die Villa. Endlich im Trockenen. Der Korridor war nur spärlich beleuchtet, und auch hier war die Luft schwer vor Feuchtigkeit. Es zog durch alle Ritzen. In einer dunklen Ecke raschelte es – er bemerkte flüchtig die Schatten gestapelter Kisten –, und er wollte bereits achtlos die Treppe nach oben ansteuern, als er gegen eine Gestalt prallte.

Die Härchen an seinen Unterarmen stellten sich auf, seine Sinne waren auf einmal geschärft wie die eines nachtaktiven Tieres. Judith. Er nahm den Duft ihrer Rosenseife, den nassen Geruch ihres Haares wahr, bevor er ihr Gesicht erkannte. Instinktiv hielt er sie an den Armen fest, damit sie nicht das Gleichgewicht verlor.

»Oh … die Glühbirne ist kaputt, ich wollte nicht …« Sie sah zu ihm auf und unternahm nichts, um sich von ihm zu lösen. Einen Moment lebte er nur als schwaches Spiegelbild ihrer schwarzen Pupillen, im nächsten lagen seine Lippen auf ihren. Sie küssten sich, erst vorsichtig und tastend, so als sei der Kuss verboten, dann immer inniger und fordernder.

»Ich danke Gott für die kaputte Glühbirne«, keuchte er, als sie kurz Atem schöpften, und sie lachte leise, bevor sie sich noch einmal küssten. Sie schmeckte süß nach Honigbonbons, und schon jetzt wusste er, dass er das nie wieder vergessen würde.

Halle/Saale, 1987

»Ich glaube, da bekommt jemand Besuch.« Sein Kollege Michael Schulze gluckste, als habe er einen Spaß gemacht. Die ganze Redaktion der *Azet* starrte den beiden Männern in braunen Anzügen

239

entgegen, die, ohne einen Blick nach rechts oder links zu werfen, auf Tobias zukamen. Ihre Schuhe verursachten keinerlei Geräusche auf dem abgewetzten Linoleumboden.

Noch ehe sie ihn erreicht hatten, wusste Tobias, dass sie zu ihm wollten. Wie in Zeitlupe ließ er seine Kamera auf den Schreibtisch sinken. Sein Blickfeld verengte sich, wurde zu einem engen Tunnel, während ihm tausend Gedanken durch den Kopf schossen. Was war passiert? Hatte er ein Wort der Kritik geäußert am sozialistischen System, ein Foto aufgenommen, das der Partei nicht gefiel? Er vermochte sich an nichts dergleichen zu erinnern.

»Tobias Seibold?« Der ältere der beiden Männer – um die fünfzig, dunkelblondes schütteres Haar, schwarze Erich-Honecker-Brille – stand so dicht vor ihm, dass ihm dessen schaler Atem in die Nase drang.

»Ja?«, sagte er mit brüchiger Stimme. In der Redaktion war es so still, dass man eine Stecknadel hätte fallen hören.

»Wir müssen Sie für ein Weilchen mitnehmen. Zur Klärung eines Sachverhalts.« Das war der Jüngere der beiden, der sandfarbene Haare von einer Seite des Schädels zur anderen gekämmt trug und etwas angenehmer nach Big-Fun-Kaugummi roch.

»Auweia«, hörte Tobias seine Kollegin Sabrina Weber murmeln, die ein paar Schreibtische weiter weg saß. Ihm war, als würde ihm Eiswasser unter den Hemdkragen geschüttet. Jeder wusste, was die Klärung eines Sachverhalts bedeutete.

»Wieso?«, fragte er tonlos.

»Das erklären wir Ihnen unterwegs.«

Er griff nach seiner Kamera, doch der ältere Stasimitarbeiter bedeutete ihm, sie liegen zu lassen. Zu diesem Zeitpunkt ahnte Tobias noch nicht, dass seine Tätigkeit als Fotograf bei der Abendzeitung der Vergangenheit angehörte.

»Ich muss um sechs meine Tochter in der Kinderkrippe abholen«, versuchte er den Männern verzweifelt klarzumachen, als sie ihn aus der Redaktion eskortierten und einen cremefarbenen Wartburg, der im Parkverbot stand, ansteuerten. »Lassen Sie mich zuerst zur Krippe ... Meine Frau ist auf einem Wettkampf, sie ist nicht da, um sich um unsere Tochter zu kümmern.«

Der Jüngere schnaubte. »Was Sie nicht sagen.«

Tobias verstummte. Etwas lag in dem Tonfall des Stasi-Menschen, das ihn aufhorchen ließ.

»Bitte.« Im Wagen versuchte er es von Neuem. Nicht auszudenken, was mit Jasmin geschähe, wenn niemand sie abholte. Einen Moment presste er die Augen zusammen, um das Bild seines schluchzenden Kleinkinds zu verdrängen. »Die Krippe schließt demnächst, ich muss sie abholen.«

»Darum kümmern wir uns«, raunzte der Ältere ihn an und warf ihm im Rückspiegel einen Blick zu, der ihm das Blut in den Adern gefrieren ließ.

Mit hämmerndem Herzen starrte Tobias in die vorüberziehende Landschaft. »Darf ich wenigstens meine Mutter verständigen? Sie kann die Kleine abholen.«

Ein entnervtes Stöhnen war die Antwort.

»Bitte«, wiederholte Tobias mit brechender Stimme.

Die beiden Stasimitarbeiter zogen es vor, ihn von nun an zu ignorieren, und die Fahrt wurde in eisigem Schweigen fortgesetzt. Tobias saß wie gelähmt auf der Rückbank, Hände und Stirn klatschnass, die Gedanken in Aufruhr. Was geschah hier gerade? Was war passiert? Es war typisch für das totalitäre Regime, dass sie ihn zappeln ließen, statt ihm mitzuteilen, worum es ging. Was er sich angeblich hatte zuschulden kommen lassen. Dabei verhielt er sich seit Jahren äußerst unauffällig, um Doreens Zugehörigkeit zum Nationalkader nicht zu gefährden. Als ob er sich jemals anders als unauffällig und still verhalten hatte, er hatte es stets vermieden, in den Fokus der Behörden zu gelangen, die ihre Augen und Ohren überall hatten.

Sie brachten ihn zum *Roten Ochsen* am Kirchtor, jenem Gefängnis, das seinen Namen wohl der Farbe seines Gesteins verdankte, so genau wusste das kein Hallenser. Vereinzelte dürre Bäume streckten ihre Äste in den frühabendlich blassen Himmel, nur wenige Autos parkten auf der Straße.

Ihm schnürte es die Kehle zu, sodass er nur noch flach atmen konnte. In welchen Albtraum war er geraten? Was zur Hölle war hier los?

Unfreundlich führten die Männer ihn lange, von einer schwachen Funzel beleuchtete Gänge entlang, dann schubsten sie ihn unsanft in einen kleinen, fensterlosen Verhörraum mit nackten Betonwänden. Auch hier baumelte nur eine schwache Glühbirne von der Decke.

»Meine Tochter«, flehte er heiser. »Lassen Sie mich meine Mutter anrufen, damit sie meine Tochter abholt.«

Der Jüngere nickte dem Älteren gelangweilt zu. »Lass ihn. Das geht schneller, als die Kleine um diese Uhrzeit noch von der Jugendfürsorge abholen zu lassen.«

Bei dem Wort *Jugendfürsorge* überlief Tobias erneut ein Zittern, das ihm bis ins Mark fuhr.

Zu seinem Entsetzen ließ ihn der Stasimitarbeiter nicht selbst telefonieren, sondern griff höchstpersönlich zum Hörer. Das Gespräch mit seiner Mutter verlief kurz. Tobias musste sich zwingen, ruhig auf seinem unbequemen Plastikstuhl sitzen zu bleiben. Seine Mutter würde sich furchtbare Sorgen machen, was ihrem schwachen Herzen nicht gerade zuträglich war. Zumindest wäre Jasmin in Sicherheit.

Der Ältere schaute ihn durchdringend an. »Nun erzählen Sie mal, Seibold, was Sie über die Flucht Ihrer Frau wissen.«

Tobias klammerte sich an der Schreibtischkante fest; seine Welt zerbrach in eine Million Splitter, die nie wieder zu einem heilen Ganzen zusammengesetzt werden konnten.

21

Judith

»Guten Morgen, ihr beiden.« Judith kam zögerlich über die Türschwelle ihres Büros. Es fühlte sich noch merkwürdig, sehr neu an, den Raum ohne besonderen Grund zu betreten; doch seit dem Vorabend hatte sich alles verändert.

»Guten Morgen.« Tobias saß mit Jasmin auf dem Sofa und half ihr, eine mit orangeroten Herzen bestickte Strumpfhose überzustreifen. Er lächelte ihr warm zu, und sogleich war die Welt ein besserer Ort. Ein wunderbarer Ort.

»Hallo, Judith«, krähte die Kleine. »Bringst du Frühstück mit?«

Tobias verdrehte die Augen. »Wir sind hier doch nicht in einem Ferienhotel mit Bedienung, Minchen.«

Judith lachte. »Tut mir leid, du wirst dich leider in die Schlange vor der Essensausgabe stellen müssen, wie jeden Tag.«

»Die ist aber so lang«, maulte Jasmin. Tobias wechselte einen Blick mit Judith und zog seiner Tochter ein warmes, türkisblaues Sweatshirt über den Kopf, das Teil der Bundeswehrlieferung gewesen war. Draußen herrschte dichter Nebel, packte die Stadt wie in weiße Watte ein und ließ die Dächer der Häuser mit dem milchigen Himmel verschwimmen. Judiths Trenchcoat und ihre Jeans fühlten sich nach dem kurzen Fußweg von der Tramhaltestelle feucht an, und ihre Haare kräuselten sich über den Ohren. Anke hatte heute Morgen nicht auf sie gewartet, sie schien verstimmt.

Mit Unbehagen dachte sie an ihr gestriges Gespräch zurück. Sie konnte einfach nicht anders, als Tobias' Nähe zu suchen, und sie wünschte, Anke brächte ein wenig Verständnis dafür auf. Es war ja nicht so, als springe sie unbedacht in eine kopflose ... Affäre? Beziehung? Die Verbundenheit mit Tobias wuchs von Tag zu Tag, mochte sie sich noch so sehr dagegen wehren. Und seit diesem Kuss gestern spürte sie, dass es ihm genauso ging.

»Ruf deine Mutter an, genier dich nicht.« Sie nickte zum Telefonapparat auf dem Schreibtisch.

»Ich will auch mit Oma sprechen.« Jasmin war nun fertig angezogen und band ihrem Marienkäfer einen Schal um den Hals.

Tobias sah sie einen Moment stumm an, sie wusste, er wollte das Budget der Botschaft nicht durch ein weiteres Auslandsgespräch strapazieren, doch es wurde ja ohnehin durch die vielen Sonderausgaben gesprengt. Dann nickte er. »Danke.«

Sie wollte sich bereits diskret zurückziehen, um ihn in Ruhe telefonieren zu lassen, doch er bedeutete ihr, dazubleiben. So setzte sie sich zu Jasmin auf das Sofa und spielte mit ihr eine Runde Schwarzer Peter – nach den eigenwilligen Regeln der Kleinen.

»Verdammt! Nichts funktioniert.« Nach unzähligen Anläufen, durchzukommen, legte Tobias frustriert den Hörer auf die Gabel. »Aber was erwartet man von einem Staat, der nichts, aber auch gar nichts auf die Reihe bekommt?«

»Möchtest du deinen Bruder anrufen? Vielleicht klappt mit ihm eine Verbindung.«

Tobias nickte und wählte erneut. Während Judith Karten für eine neue Runde mischte und austeilte, spähte sie zum Schreibtisch hinüber. Gott sei Dank, am anderen Ende der Leitung schien jemand abzunehmen.

245

Tobias sprach hastig. »Martin, ich bin's. Ja. Ja, stimmt. Ich weiß, aber ...«

Ob Martin ihm Vorwürfe machte, so aus der DDR geflohen zu sein? Tobias hatte bei einem ihrer früheren Gespräche angedeutet, dass sein Bruder ziemlich regimetreu war.

»Ich hab ein Paar!«, quietschte Jasmin auf, doch Judith legte den Zeigefinger auf den Mund, um ihr zu zeigen, leise zu sein.

Eine Weile hörte Tobias schweigend zu, während Martins Stimme lediglich als unverständliches Gemurmel aus dem Hörer drang. Dann vergrub er das Gesicht in der Hand, als falle er in sich zusammen. »Martin ... Mutter muss raus! Es geht nicht mehr anders! Wir können doch nicht zusehen, wie sie krepiert ...!« Mit einem Blick auf Jasmin, die ihn erschrocken anstarrte, obwohl sie die Bedeutung dessen, was er sagte, sicherlich nicht verstand, sprach er gedämpfter weiter. »Wenn sie hier wäre, könnte sie versorgt werden! Ja, ich weiß, ein Ausreiseantrag auf legalem Weg würde ihr vielleicht bewilligt werden, aber du weißt doch, das würde Monate dauern, mindestens! Bis dahin ...«

Ein so verzweifelter Unterton schlich sich in seine Stimme, dass Judith einen dicken Kloß im Hals verspürte.

»Ich überleg mir was, ich habe da eine Idee ...«

Wieder lauschte er seinem Bruder, die Augen zusammengepresst.

»Du musst uns helfen, Martin, auch wenn dir die Sache nicht gefällt ... Tu es für Mutter.«

Das Gemurmel am anderen Ende der Leitung wurde so verhalten, dass es nur mehr ein kaum hörbares Brummen war. Tobias nickte, als könne sein Bruder ihn sehen. »Ja. In Ordnung. Ich melde mich wieder, und dann ...«

Judith sah, dass seine Hand zitterte, als er den Hörer langsam auf die Gabel zurücklegte. »Was ist los?«, flüsterte sie.

»Ich wollte auch noch mit Onkel Martin reden!«, beschwerte sich Jasmin lautstark und pfefferte ihren Kartenstapel auf das Sofa.

Tobias ignorierte sie. »Martin sagt, meine Mutter schafft es kaum noch, von ihrem Schlafzimmer runter in die Küche zu gehen.«

»Das ... das tut mir leid.« Sie erhob sich, zögerte einen Moment, legte ihm dann aber tröstend die Hand auf den Arm. Zwar waren sie sich erst gestern körperlich nähergekommen, und Berührungen fühlten sich noch so neu und frisch an, aber er brauchte Trost. Wie zur Bestätigung nahm er sie in die Arme und lehnte seinen Kopf an ihren. Einen Moment war es still, nur aus dem Garten drangen verhaltene Stimmen. Sie hätte ihm gerne die Sorgen genommen, aber da sie das nicht konnte, hielt sie ihn ebenfalls sehr fest.

Nach einer Weile löste er sich sanft von ihr. »Ich muss nachdenken.« Seine Stirn war gedankenvoll gefurcht, sie sah, wie es in ihm arbeitete. Was das für eine Idee war, die er seinem Bruder gegenüber erwähnt hatte? Offenbar fühlte er sich noch nicht bereit, sie mit ihr zu teilen. Sie musste ohnehin zur Arbeit. Die Liste der Aufgaben war lang.

»Okay. Wir sehen uns später.« Er versuchte zu lächeln, doch innerlich schien er meilenweit weg.

Der Tag verlief wie im Rausch. Sie half bei der Versorgung der Flüchtlinge, nahm die Personalien neu eingetroffener DDR-Bürger auf, die trotz des dichten Nebels über den Zaun kletterten, und gestattete sich zwischenzeitlich immer mal wieder kleine Fluchten, gestohlene fünf Minuten mit Tobias. Seine Berührungen, seine Zärtlichkeit, allein der Klang seiner Stimme half ihr, trotz ihrer allgemeinen Erschöpfung – mittlerweile waren Sechzehnstundentage Alltag, und die Mittagspause fiel auch meistens aus – durchzuhalten und guter Dinge zu sein. Mehr noch – sie hatte das Gefühl, vor Glück von innen heraus zu leuchten. Musste ihr das nicht jeder ansehen?

Wie im Taumel bekam sie mit, wie Huber verkündete, dass der ungarische Außenminister Gyula Horn am Vorabend die Grenze zu Österreich auf unbestimmte Dauer für DDR-Flüchtlinge geöffnet hatte. Hans-Dietrich Genscher hatte sich daraufhin im ZDF-Studio in bewegten Worten für diesen Akt der Menschlichkeit bedankt.

Wann wurde die Grenze für die Flüchtlinge in Prag geöffnet? Sosehr sie sich wünschte, sie würden rasch in die Freiheit entlassen werden, fürchtete sie doch, allzu bald von Tobias getrennt zu werden. Dann schalt sie sich ihrer Eigensüchtigkeit. Es ging nicht um sie.

Zufällig war sie zur selben Zeit wie Anke im Begriff, die Botschaft am Abend zu verlassen.

»Heute sind wir uns kaum über den Weg gelaufen, was?«

Ankes Körperhaltung schien steif, ihre Schultern verkrampft. »Du warst ja anscheinend anderweitig beschäftigt.«

»Ach, Anke.« Judith blieb in der dämmrigen Eingangshalle stehen und sah ihrer Freundin in die Augen. »Ich habe mir das alles nicht ausgesucht. Meine Gefühle kann ich nicht einfach abstellen, sosehr ich es auch versucht habe.«

»Das wird zu nichts führen. Über kurz oder lang reisen die ganzen Flüchtlinge ab, schau nur mal nach Budapest, und dann bekommst du das heulende Elend.« Anke hatte einen harten Zug um den Mund.

»Kann sein ...« Judith brannten plötzlich Tränen in den Augen; seltsam, wie emotional sie in den letzten Tagen war. Sie holte tief Luft, um sich wieder unter Kontrolle zu bekommen.

248

In diesem Moment löste sich Walter Edel aus den Schatten der Halle und winkte ihnen begeistert zu. »Habt ihr's jehört? Mir is janz blümerant! Achttausend DDRler ham nach Österreich rüberjemacht! Dit find ick knorke!«

»Ja, knorke.« Anke klang nur halb so überschwänglich wie der Pförtner, doch Judith fielen die bläulichen Schatten unter ihren Augen auf. Sie hätten alle gut ein freies Wochenende gebrauchen können.

Am Eingangstor klingelte es. Edel, der gerade nach seinem Flachmann greifen wollte, ließ die Hand sinken und öffnete einen Spaltbreit.

Eine junge Frau in Jeans und zimtbrauner Steppjacke stand auf der Straße, die blonden Haare vom Nebel ganz krisselig, die Wangen gerötet.

»Wir ham jeschlossen, junge Frau«, informierte Edel sie nicht unfreundlich. »Wenn Se 'n Flüchtling sind, bitte hintenrum, bevor die Polente Se verscheucht, wa.«

Die Frau sah ihn so bestürzt an, als pralle sie gegen eine Wand. »Ich bin Bürgerin der Bundesrepublik.«

»Die Botschaft ist seit Kurzem für den normalen Publikumsverkehr geschlossen«, mischte sich Judith ein. Das Gesicht der Frau nahm einen verzweifelten Ausdruck an, und sie empfand Mitleid mit ihr. Ob sie ihren Ausweis verloren hatte und nun auf Hilfe hoffte?

»Aber ich muss in die Botschaft!« Die Frau sah hilflos von Edel zu Judith.

»Wir ham je-schlos-sen!«

»Mein Mann und mein Kind befinden sich in der Botschaft, und ich möchte zu ihnen.« Unglücklich zerrte die Frau an der Kordel ihrer Jacke.

Judiths Haut begann zu prickeln, und sie hörte wie im Traum,

249

dass Anke hinter ihr einen Laut des Erstaunens von sich gab. Das war doch wohl absolut ... absolut unmöglich!

»Wie heißen Sie?« Die Frage kam nur mehr als atemloses Flüstern aus ihr heraus.

Die Frau sah sie mit ihren blauen Augen an, die Judith stark an jemanden, den sie kannte, erinnerten. »Ich bin Doreen Seibold, und ich möchte zu meinem Mann Tobias Seibold.«

Doreen. Judith war, als gehe sie quälend langsam in einem finsteren Gewässer unter, sinke auf den Grund, um nie wieder nach oben ans Tageslicht zu kommen.

22

Tobias

»Ist der Nebel morgen wieder weg? Darf ich dann wieder draußen spielen?« Jasmin sah bittend zu ihm auf, als er sie auf dem Sofa zudeckte und ihr das Mutschekiepchen reichte, an das sie sogleich ihre rosige Wange schmiegte.

»Schauen wir mal, wie es morgen aussieht. So viel Platz ist aber gar nicht mehr da draußen, mit den ganzen Zelten.« Er küsste sie auf die Stirn.

»Was machst du jetzt, Vati?«

»Ich setze mich ein bisschen auf den Flur und lese. Nachher komme ich auch schlafen.«

Gerade als er das Licht löschen wollte, klopfte es an die Tür. Das geschah ständig, rund um die Uhr. Meistens hatten seine Mitflüchtlinge ein Anliegen, das er in seiner Funktion als Sprecher weiterleiten sollte. Manchmal war es auch Judith. Ihm wurde ganz warm, wenn er an sie dachte, so als säße er vor einem behaglichen Kaminfeuer. Er freute sich darauf, sie morgen wiederzusehen, und übermorgen ...

»Herein?«

Die Tür öffnete sich leise, und im nächsten Moment war ihm, als schüttelte ein Tornado sein Leben durcheinander, wirbele es in die Luft, riss es in tausend Stücke, die ihm tosend um die Ohren flogen. Das konnte nicht sein ...! Niemals, unmöglich!

251

»Besuch für dich, Tobias.« Judith stand neben Doreen, doch er nahm sie lediglich am Rande seines Bewusstseins wahr. Sie klang kläglich.

Er fühlte sich mit einem Mal wie in einem Traum verfangen, wobei er nicht wusste, ob es ein schöner oder gar ein Albtraum war, oder mitten in einen Film hineinversetzt, in dem er eine Rolle spielte, doch keine Ahnung vom Drehbuch hatte. Und doch stand er ganz still, regungslos mitten im Büro und vermochte nichts weiter zu tun, als die Frau anzustarren, die er seit seinem neunzehnten Lebensjahr geliebt hatte. Wie sehr er sie geliebt hatte. Sie nun vor sich zu sehen verursachte ihm einen Schock, der einer kräftigen Ohrfeige glich.

»Hallo, Tobias.« Nicht weniger verunsichert als Judith kam Doreen nun einen winzigen Schritt näher.

»Doreen.« Sein rechtes Augenlid begann unkontrolliert zu zucken, er strich sich unbewusst darüber, als könne er den nervösen Tic damit stoppen.

»Ich lasse euch mal allein«, sagte Judith wie aus weiter Ferne, und er schreckte aus seiner Versunkenheit. Am liebsten hätte er sie gebeten, zu bleiben, doch das hätte sie sicherlich nicht gewollt.

Dann schloss sich die Tür, und sie waren allein, die klassische Familie, Vater, Mutter, Kind.

Prompt stützte sich Jasmin auf die Ellbogen und fragte neugierig: »Wer ist das, Vati?«

Tobias schaute auf Doreen, als wäre sie eine Erscheinung; noch immer vermochte er kaum zu fassen, dass sie leibhaftig vor ihm stand. Das blonde Haar trug sie kürzer, es fiel ihr in Boblänge um das Kinn, aber noch immer nahm er den schwachen Geruch von Chlor wahr; aber vielleicht bildete er sich das auch nur ein. Der Körper unter der Kleidung schien muskulös wie eh und je, die

252

Haut von zarter Röte. Einerseits stand er unter dem verwirrenden Eindruck, sie habe ihn erst gestern verlassen, andererseits fühlte es sich an, als hätten sie sich seit hundert Jahren nicht mehr gesehen. So viel war geschehen seitdem.

Doreen war die Erste, die sich aus ihrer Starre löste. »Ich bin deine Mutti, Minchen«, flüsterte sie.

Jasmin starrte sie mit weit aufgerissenen Augen an und zog sich die Decke bis zum Kinn hoch, als würde sie dahinter Schutz suchen. Von ihrem Plüschkäfer waren nur noch die schwarzen Fühler zu sehen.

»Du hast das Mutschekiepchen noch.« Doreens Stimme war schwer vor ungeweinten Tränen. »Ich habe es dir geschenkt, als du noch ganz klein warst.«

Jasmin presste die Lippen aufeinander. Es war nur allzu offensichtlich, dass sie keine Ahnung hatte, wer die Frau war, die sie kurz vorm Schlafengehen überfallen hatte. An Doreen besaß sie keinerlei Erinnerung mehr. Hilfe suchend sah sie zu Tobias. Dieser nickte ihr beruhigend zu. Er spürte, dass der Wunsch, ihre Tochter in die Arme zu schließen, heftig in Doreen brannte; aber sie konnte wohl kaum erwarten, nach zwei Jahren aufzutauchen und problemlos wieder in ihre Mutterrolle zu schlüpfen, oder? Zudem hatte sie diese Rolle ja nur sporadisch wahrgenommen. Aber ihr war ja kaum eine andere Möglichkeit geblieben.

»Setz dich doch.« Steif wies er auf den Schreibtischstuhl, über dessen Lehne die Hose und das Sweatshirt hingen, die Jasmin heute getragen hatte, und setzte sich selbst auf das Sofa. Jasmin lag in die Decke gewickelt in seinem Rücken, dicht an ihn gepresst.

»Woher weißt du, dass wir hier sind? Wieso bist du hier? Was ...« Die Fragen wirbelten ihm durch den Kopf, brachen aus ihm heraus.

253

»Ich habe dich im Fernsehen gesehen.« Obwohl es im Büro warm war, ließ sie ihre Jacke an und spielte mit unruhigen Fingern an den Knöpfen. »Ich wohne in München, aber ich war gerade auf einem Wettkampf in Hamburg. Abends im Hotel habe ich den Bericht im ZDF gesehen ... Mich hat fast der Schlag getroffen, als ich dich erkannt habe und mir bewusst wurde, dass ihr beide zu den Flüchtlingen in der Prager Botschaft gehört.« Sie blickte an ihm vorbei zu ihrer Tochter, doch die krümmte sich unter der Decke zusammen, klein wie ein Embryo.

»Wieso kommst du erst jetzt? Der Bericht wurde bereits im August ausgestrahlt.« Hatte sie gerade nichts Besseres zu tun, oder warum tauchte sie so spät auf? Doch wieder wurde ihm klar, dass lange verschütteter Groll aus ihm sprach. Doreen hatte nach ihrer Flucht mehrmals bei seiner Mutter und Martin angerufen, es war nicht so, als habe sie keinen Kontakt mehr gewollt.

»Ich ... ich musste erst in Erfahrung bringen, ob ich als ehemalige DDR-Bürgerin unbehelligt in die ČSSR reisen kann, ohne von der Stasi aufgegriffen zu werden. Du weißt, die sind überall ... Selbst im Ausland verfolgen sie uns Republikflüchtlinge ... In meiner Mannschaft in München war außer mir noch ein weiterer Sportler, der von drüben kam.«

Wie sie *drüben* sagte, so als hätte sie nie dazugehört. »Er starb unter mysteriösen Umständen. Sein Auto überschlug sich auf leerer Straße, bei bestem Wetter ... Er war weder betrunken, noch hatte er andere Substanzen konsumiert. Er war kerngesund. Der Fall wurde nie geklärt.«

Tobias nickte grimmig. Dies war nicht die erste Geschichte dieser Art, die er hörte. Natürlich wurden derlei Gerüchte nur hinter vorgehaltener Hand weitergetragen, offen sprach niemand darüber.

»Du konntest problemlos einreisen?«

»Ja. Ich habe es einfach riskiert. Ich wohne in einem Hotel am Altstädter Ring.«

Wieder machte sich ein unbehagliches Schweigen breit. Jasmin versteckte sich inzwischen völlig unter der Decke, ein kleines Bündel, das sich mit seinen Atemzügen hob und senkte. Tobias wusste, er hätte sie in den Arm nehmen sollen, aber er war wie gelähmt. Tausend Fragen schossen ihm durch den Kopf, die letztendlich auf eine einzige hinausliefen. »Warum, Doreen? Warum nur?«

Sie senkte den Blick, die Wangen nun feuerrot. »Ich wollte es dir so gerne erklären, nachdem ich damals ... nachdem ich nicht zurückgekommen bin. Ich habe deine Mutter und deinen Bruder angerufen, du warst nicht erreichbar ...«

»Nein, war ich nicht«, kam es heiser von ihm. »Tagelang wurde ich immer wieder in den *Roten Ochsen* gebracht, wo sie mich verhört haben. Sie haben versucht, auch nur die kleinste Information über deine Flucht herauszupressen, dabei wusste ich doch rein gar nichts, Doreen ...! Danach haben sie mir die Wohnung weggenommen und Jasmin und mich in einer viel kleineren Unterkunft in einem uralten Gebäude untergebracht. Ein Telefonanschluss blieb mir da natürlich verwehrt, ich war ein unerwünschtes Subjekt. Außerdem – die Leitungen wurden mit Sicherheit abgehört. Du kannst nicht im Ernst angenommen haben, zu flüchten und danach problemlos anrufen zu können, um mir zu sagen, wo du steckst?« Ihm wurde bewusst, dass nicht nur der ganze Schmerz von damals, sondern auch die unbändige Wut über ihr Verhalten ihn wieder überrollten. »Du hast mir meine Frage nicht beantwortet, Doreen. Warum?«

Tränen liefen ihr über die Wangen, doch sie schien es nicht einmal zu bemerken. In seinem Herzen regte sich etwas, ob Mitgefühl oder Ungeduld, er vermochte es selbst nicht zu benennen.

»Es geschah im Affekt«, brachte sie mühsam hervor. »Ich hatte das nicht geplant. Im Traum nicht. Aber ich war im Westen, und plötzlich schien es so einfach. Ich konnte einfach meine Tasche packen und durch den Hinterausgang des Hotels verschwinden. Wie ferngesteuert bin ich zur nächsten Polizeiwache, wo man sich fürsorglich um mich kümmerte.«

Er fuhr sich durch die Haare und seufzte bitter. »Und an Jasmin und mich hast du keinen Gedanken verschwendet?«

»Natürlich habe ich das, jede Sekunde. Aber ... aber ich war so unglücklich damals. Ich war keine wirkliche Bezugsperson für Jasmin. Du hast sie die ganze Woche versorgt, und wenn ich kam, hat sie geweint und wollte auf deinen Arm. Sie hat kein einziges Mal Mutti gesagt!«

Der Schmerz darüber saß anscheinend tief.

»Dass du geflohen bist, war auch nicht gerade förderlich für die Mutter-Kind-Beziehung.«

»Ich weiß ... Wie gesagt, in diesem Moment war ich kopflos. Und dann, als alles geregelt war, ich Papiere bekam und eine Wohnung, wurde mir erst richtig klar, was ich getan hatte. Ich habe verzweifelt versucht, Kontakt mit euch aufzunehmen, um euch zu bitten, auch in den Westen zu kommen.«

»Wir hatten leider nicht die Möglichkeit, mit dem Nationalkader in die Bundesrepublik zu reisen und uns dort aus dem Staub zu machen.« Er verabscheute sich selbst für seinen Sarkasmus, aber er konnte nicht anders; die Wunden, die Doreen ihm zugefügt hatte, brachen alle wieder auf, und er musste seinen erneut aufkeimenden Groll kanalisieren.

»Ihr hättet einen Ausreiseantrag stellen können. Zwecks Familienzusammenführung, oder nicht? Das hatte ich die ganze Zeit im Hinterkopf.«

Er schüttelte den Kopf. »Du weißt, wie sehr Menschen, die

einen Ausreiseantrag stellen, schikaniert werden. Ich hatte ein Kleinkind, durfte also nichts riskieren. Nicht, dass wir nicht trotzdem schikaniert wurden. Es fing damit an, dass sie nach deinem Verschwinden unsere Wohnung durchsuchten. Die Zeitschriften, die du dir immer im Westen besorgt hast, haben sie mitgehen lassen. Wohl zum Eigengebrauch. Einfach lächerlich. Von den regelmäßigen Besuchen der Stasi seitdem und der Tatsache, dass ich meine Arbeit verlor, will ich gar nicht erst anfangen.«

»Das wusste ich alles nicht.« Sie schluchzte auf, und er saß eine Weile regungslos auf dem Sofa. Schließlich stand er doch auf, kramte eine Packung Taschentücher aus Judiths Schreibtischschublade und reichte sie ihr.

»Danke«, murmelte sie erstickt und schnäuzte sich.

Mittlerweile regte sich Jasmin unter ihrer Decke. Vielleicht war ihr zu heiß geworden, denn als ihr Kopf auftauchte, glühte er, so als habe sie Fieber. Tobias legte ihr seine kühle Hand auf die Wange.

»Ist das wirklich Mutti?«, flüsterte sie ihm zu.

Er nickte hilflos. Die Situation war wirklich absurd. Wie sollte es weitergehen? Sollten sie nun glückliche Wiedervereinigung spielen? Was stellte Doreen sich vor? Glaubte sie, nach zwei Jahren wieder in ihrem Leben aufzutauchen und eine Mutterrolle einzunehmen, die sie nie so richtig innegehabt hatte?

»Ich habe dir etwas mitgebracht, Minchen.« Doreen holte eine längliche, pink glitzernde Schachtel aus ihrer Handtasche. Jasmin lutschte am Daumen, wagte es nicht, auf ihre Mutter zuzugehen und das Geschenk in Empfang zu nehmen, obwohl ihre Augen sich neugierig weiteten.

Doreen wartete einen langen, qualvollen Moment, dann stand sie auf und trat ans Sofa, um ihrer Tochter das Päckchen hinzuhalten. Zögernd griff Jasmin danach, dann leuchteten ihre Augen auf.

»Das ist eine Barbie, die gibt's nur im Westen«, erklärte Doreen. »Ich habe sie in München für dich gekauft.«

»Sie ist so schön! Schau doch mal, Vati!«

»Prima«, sagte er knapp. Barbie war der Traum eines jeden Mädchens, in der DDR jedoch nicht erhältlich. Natürlich nicht, war die langbeinige, blonde Schönheit doch ein ausgemachtes Symbol des Kapitalismus. Er kannte sie nur aus der Werbung im Westfernsehen.

Begeistert riss Jasmin den Karton auf und versuchte mit ihren kleinen Fingern, die Puppe von den Plastikschnüren zu befreien, mit denen sie an der Rückwand befestigt war. Doreen kniete sich vor das Sofa und half ihr. Die beiden so miteinander zu sehen verursachte Tobias einen Stich im Herzen.

»Sie ist so schöön.« Andächtig drückte Jasmin die Puppe, die in einem rosa Kleid und schwarzen Pumps steckte, an sich.

»Wie sagt man, Minchen?« Selbst jetzt konnte er nicht darauf verzichten, sie auf gutes Benehmen hinzuweisen, als gäbe es nicht gerade Wichtigeres. Er stand noch immer völlig neben sich, ein Gefühl, als befände er sich auf einer mehrspurigen Autobahn und von allen Seiten rasten die Autos an ihm vorbei.

»Danke.« Jasmin verzichtete darauf, ein Mutti hinterherzuschieben. Ob Doreen enttäuscht war? In ihren Augen schimmerten noch immer Tränen, aber die waren wohl eher der überwältigenden Freude, ihre Tochter wiederzusehen, geschuldet.

»Und nun?« Er legte die Hände auf die Knie und schaute sie an. »Wie soll es weitergehen?«

»Ich möchte vorerst in Prag bleiben und euch besuchen. Ich möchte Jasmin täglich sehen.« Fast schüchtern sah sie zu ihm auf. »Falls es dir recht ist.«

Sie fragte ihn um Erlaubnis? Er hätte ihr die Bitte, ihre gemeinsame Tochter zu sehen, niemals abschlagen können, schließlich hatte sie ein Recht darauf. Außerdem verspürte er tief in sich drinnen, wie wichtig es für Jasmin war, endlich eine Bindung zu ihrer Mutter aufzubauen.

»Natürlich ist es mir recht.«

»Dann komme ich morgen wieder.« Doreen griff nach ihrer Handtasche und hängte sie sich über die Schulter. Er sah, wie sie mit sich rang. Ob sie versuchen würde, Jasmin in den Arm zu nehmen? Das würde wahrscheinlich nach hinten losgehen, die Kleine war mit Sicherheit noch nicht so weit, Barbiepuppe hin oder her. Doch Doreen begnügte sich damit, mit zwei Fingern sanft über Jasmins Wange zu streichen, was sich diese widerstandslos gefallen ließ.

»Bis morgen, ihr beiden.«

»Bis morgen, Doreen.« Leise zog er die Bürotür hinter ihr zu. Er fühlte sich ausgewrungen wie ein alter Lappen. Gerade jetzt, wo er mit Doreen abgeschlossen hatte, trat sie wieder in sein Leben. Dabei spukte ständig Judith in seinem Kopf herum, war präsent in jedem Gedanken. Judith, die sein Herz schneller schlagen ließ.

23

Judith

»Trinken wir noch schnell einen Kaffee?« Judith hatte an der Tramhaltestelle ungeduldig auf Anke gewartet und war froh, die Freundin endlich aussteigen zu sehen.

»Nanu? Hast du es heute ausnahmsweise mal nicht eilig, in die Botschaft zu kommen?« Anke trug das dunkelblonde Haar zu einem lockeren Dutt aufgesteckt und wirkte in ihrem dunkelblauen Hosenanzug trotz der Turnschuhe wie aus dem Ei gepellt, während Judith eher etwas derangiert aussah, wie sie zugeben musste. Der Zopf war nachlässig gebunden, und sie hatte gar nicht erst den Versuch unternommen, ihre cognacfarbene Bluse zu bügeln. An ihren Schuhen klebte noch getrocknete Erde vom Vortag. Aber ihr Erscheinungsbild zählte an diesem Morgen nicht zu ihren Prioritäten.

»Ich würde gerne über all das reden, was sich gestern zugetragen hat ...« Seite an Seite steuerten sie das Café hinter den blauen Toren an, und Judith stieß die Tür auf. Der Duft von Kaffee, Tee und Frischgebackenem, der normalerweise so herrlich tröstlich war, lag in der Luft, doch heute war sie zu aufgewühlt, um ihn zu genießen.

»Du meinst die Tatsache, dass Tobias Seibolds Frau in der Botschaft aufgekreuzt ist«, sagte Anke trocken. Sie setzten sich an ihren üblichen Tisch in der Ecke, wo sie ungestört waren. Bald standen zwei dampfende Tassen mit heißem Kaffee vor ihnen, und Judith rührte gedankenversunken Zucker hinein, den Kopf auf die Hand gestützt.

»Ja. Du hast ja gestern noch mitbekommen, dass ich sie zu Tobias geführt habe. Meinst du, sie hat bei ihm übernachtet?« Allein der Gedanke daran war ihr zuwider.

»Nun mach mal halblang.« Anke nippte an ihrem Kaffee. »Das wäre doch gar nicht erlaubt. Sie ist kein Flüchtling. Eigentlich hätte sie als Westdeutsche gar nicht in die Villa gedurft, es gibt ja auf unbestimmte Zeit keinen Publikumsverkehr mehr. Außerdem – nach dem, was du erzählt hast, hat sie seit Jahren keinen Kontakt mehr zu ihrer Familie, da würde es mich wundern, wenn sie gleich wieder ein Herz und eine Seele wären.«

Ankes Worte träufelten ein wenig Balsam auf Judiths Seele. Trotzdem war sie noch nicht ganz überzeugt. »Aber sie ist Jasmins Mutter. Und Tobias ist nicht geschieden von ihr, sie sind de facto verheiratet.«

»Würde mich trotzdem wundern, wenn er sie einfach so wieder als Partnerin an seiner Seite akzeptieren würde. Sie hat ihn sitzen lassen, und das Kind auch. Ein Leben im Westen war ihr wichtiger als ihre Familie, nach allem, was du erzählt hast.« Anke schnaubte. »Ich fasse es nicht, dass ausgerechnet ich ein gutes Wort für Tobias Seibold einlege.«

»Nett von dir«, murmelte Judith. »Wo du ihn nicht sonderlich sympathisch findest.«

»Darum geht es doch gar nicht. Darum ging es nie. Ich wollte dir nur aufzeigen, wie kopflos du dich in diese … Liebelei gestürzt hast. Nun hast du den Salat.«

»Wenn auch anders als gedacht. Wer hätte geahnt, dass seine Ehefrau in Prag auftaucht? Ich dachte, sie wäre Geschichte, und Tobias war derselben Meinung.« Judith drückte sich die Daumen

261

gegen die Schläfen. »Hast du zufällig ein Ibuprofen dabei? Mein Kopf zerspringt gleich, ich habe die ganze Nacht nicht geschlafen.«

Anke lachte und zog ihre Handtasche heran. »Zufällig ja. Vielleicht solltest du deinen Vorrat aufstocken, so oft, wie du stressbedingt Kopfweh hast. Aber nun sollten wir uns sputen, bevor wir zu spät zur täglichen Lagebesprechung kommen.«

Judith spülte die Tablette mit einem Schluck Kaffee herunter und hoffte, das Hämmern in ihrem Kopf würde bald nachlassen. Herrje, was war die Situation doch verzwickt. Ob sie Tobias verlor, bevor ihre Beziehung richtig angefangen hatte? Die Enttäuschung darüber, dass ihrer Zweisamkeit, die sie so lange nicht hatte zulassen wollen, Steine in den Weg gelegt wurden, steckte ihr dumpf in der Kehle fest.

Auf dem Kopfsteinpflaster der Vlašská standen noch die Regenpfützen von den Tagen zuvor, und auch das Gras im Garten des Palais Lobkowicz glänzte noch immer vor Nässe. Da im Schulzelt Unterricht stattfand, trafen sich die Mitarbeiter in der Eingangshalle, auch wenn diese mit Koffern und Taschen zugestellt war.

»Über vierhundert Flüchtlinge.« Hermann Huber hielt sich nicht lange mit Begrüßungsfloskeln auf. »Morgen erwarten wir Rechtsanwalt Vogel aus Ostberlin, die SED-Spitze besteht darauf.«

Tobias lachte freudlos auf. »Das halte ich für überflüssig. Welcher DDR-Bürger mit ein bisschen Verstand im Kopf kehrt freiwillig zurück, selbst wenn Vogel Straffreiheit zusichert?«

Huber seufzte. »Wir werden den Versuch wagen. Meinetwegen kann Vogel kommen, wir werden sehen, was passiert.«

»So manch einer der Flüchtlinge ist unzufrieden mit der Lage in der Botschaft«, gab Markus zu bedenken. Statt seines gelben Pullunders trug er heute einen dicken blau gestreiften Norweger-

262

pullover zum Schutz gegen die Herbstkühle. »Ich könnte mir vorstellen, dass es durchaus welche gibt, die dem Angebot zur Rückkehr zustimmen.«

»Da bin ich mal gespannt«, erwiderte Tobias knapp. Judith streifte ihn mit einem Blick. Er sah genauso abgekämpft und müde aus wie sie. Seit gestern schien sich eine steile Furche zwischen seinen Augenbrauen eingegraben zu haben. Das gab ihr ein wenig Hoffnung; richtig glücklich schien er nach dem unerwarteten Auftauchen seiner Frau nicht zu sein.

»Informieren Sie die Leute?«, fragte Huber.

Tobias nickte. »Natürlich.«

Nachdem die Besprechung beendet war, begleitete Judith ihn zum Büro, wo Jasmin noch schlief. Bestimmt waren die Geschehnisse des Vorabends auch für die Kleine sehr aufregend gewesen. Nach zwei Jahren die Mutter wiederzusehen ...! Ihr lief es eiskalt über den Rücken.

»Wie ist das Treffen mit deiner Frau verlaufen?«, fragte sie leise, damit niemand ihr Gespräch mitverfolgen konnte, denn auf dem Korridor tummelte sich eine Vielzahl von Menschen, die der Kälte der Zelte entkommen wollten. Ihre Arme berührten sich fast, am liebsten hätte sie seine Hand ergriffen.

»Schwierig.« Er sah sie von der Seite an, und die Zuneigung, die in seinem Blick aufflackerte, beruhigte sie. Vielleicht würde doch nicht alles so schlimm werden, womöglich reiste Doreen bald wieder ab, ohne dass das Zusammentreffen weitere Konsequenzen haben würde. War sie zu naiv? Doch an irgendeinen Strohhalm musste sie sich klammern. »Sie hat versucht, mir die Beweggründe ihrer Flucht zu erklären. Und ja, ich habe sie einigermaßen nachvollziehen können, aber dennoch ... Ich verstehe trotzdem nicht ganz, wie sie es fertigbrachte, ihre Familie zu verlassen, nur weil sich die Gelegenheit bot.«

Doreens Beweggründe interessierten sie eigentlich weniger, viel wichtiger war: Was dachte Tobias über das unerhoffte Wiedersehen? War er froh, dass Doreen wieder in sein Leben getreten war?

»Es hat dich sicher umgehauen, sie plötzlich in der Tür stehen zu sehen, oder?«

»Ja.« Tobias' Kiefer mahlten. »Es war wie ein heftiger Schlag in die Magengrube. Nie hätte ich damit gerechnet, sie wiederzusehen. Ich dachte, mit ihrer Flucht hätten sich unsere Wege endgültig getrennt.«

Vor ihrer Bürotür angekommen, blieben sie stehen, dichter beieinander, als es für ein professionelles Verhältnis schicklich gewesen wäre. Doch auf dem Korridor herrschte ein solches Getümmel, dass sicherlich niemand auf sie achtete. »Hast du dich ein bisschen gefreut, sie zu sehen?« Sie wusste, die Antwort könnte durchaus schmerzhaft ausfallen, doch sie brauchte einfach Gewissheit. »Und Jasmin?«

Tobias rang einen Moment mit sich, als habe er Mühe, seine Emotionen in Worte zu fassen. »Wir waren beide schlichtweg überfordert. Was mich betrifft, ich war einfach fassungslos. Vielleicht eher im negativen Sinne. Doreen und ich hatten nie die Möglichkeit, uns nach ihrem Verschwinden auszusprechen, und plötzlich stürmten so viele Fragen auf mich ein, so viele Dinge, die ich nicht verstand.«

Judith nickte. Die Kopfschmerzen ließen allmählich nach, trotzdem summte es in ihrem Schädel, als flogen Bienen darin umher. »Wie stehst du heute zu Doreen?«

»Doreen ist die Mutter meines Kindes. Das wird uns für immer verbinden. Aber ich habe gelernt, ohne sie zu klarzukommen. Ich sehe keinen Platz für sie in meinem Leben – überhaupt habe ich im Moment den Eindruck, dass mein Dasein einer wilden Achterbahnfahrt gleicht ... Da ist meine Mutter, die schwerkrank ist; ständig grüble ich darüber nach, wie ich sie aus der DDR holen kann, damit sie ärztlich versorgt wird. Dann ist da noch Doreen, und die Situation in der Botschaft, die von Tag zu Tag unüberschaubarer und aufwühlender wird. Und da bist du.«

Er legte seine Hand zärtlich auf ihre Wange, und wenigstens für einen kurzen Moment war alles gut. In ihrem Kopf herrschte Stille, und ihr Magen, der sich seit gestern schmerzhaft zusammenzog, beruhigte sich.

»Du bist in meinem Herzen«, flüsterte er und zeichnete mit dem Finger die Kontur ihrer Kinnlinie nach, eine kleine und doch so liebevolle Geste. »Nur du.«

Trotz seiner Beteuerung, über Doreen hinweg zu sein, stand sie den ganzen Tag neben sich. Ihre Arbeit erledigte sie mechanisch; ohne mit den Gedanken dabei zu sein, half sie, den Bus mit den Lebensmitteln aus Furth im Wald auszuladen und die Daten neuer Flüchtlinge aufzunehmen, außerdem assistierte sie bei der Lebensmittelausgabe. Die Schlange zur Mittagszeit wurde immer länger. Ob einige Flüchtlinge ernsthaft über das Angebot, ohne negative Konsequenzen in die DDR zurückzukehren, das Rechtsanwalt Vogel sicherlich schriftlich im Gepäck haben würde, nachdachten? Doch im Grunde beschäftigte sie das nur wenig, und sie ertappte sich dabei, wie sie noch öfter als sonst nach Tobias Ausschau hielt. Wann seine Frau wohl wieder auftauchte? Jedes Mal, wenn sie einen blonden Haarschopf im Getümmel ausmachte, zuckte sie zusammen, doch es handelte sich immer um jemand anderen.

»Sie machen Ihre Sache sehr gut, Frau Gontrau.« Huber, der sich wie meistens mittendrin im Gewühl befand und überall kräftig mitanpackte, nickte ihr wohlwollend zu. »Nicht jeder bewahrt in diesem Ausnahmezustand seine umsichtige und bedachte Art.«

Wenn er wüsste, wie es in ihrem Innern aussah. Doch sie bedankte sich lächelnd.

Erst am Nachmittag entdeckte sie Tobias und Jasmin wieder – dieses Mal tatsächlich in Gesellschaft von Doreen. Sie spazierten durch den Garten, die Kleine an Tobias' Hand. Übermütig sprang sie über die Regenpfützen, in denen sich der verhangene Himmel spiegelte. Doreen hielt etwas Abstand, betrachtete ihre Tochter aber ständig verstohlen von der Seite. Es musste überwältigend für sie sein, ihr Kind nach so langer Zeit wiederzusehen. Judith konnte das durchaus nachvollziehen, auch wenn es ihr noch immer unverständlich war, wie man ein derart kleines, schutzbedürftiges Geschöpf überhaupt erst im Stich lassen konnte. Allein bei dem Gedanken daran wurde ihr flau im Magen.

»Was stehst du da herum?« Anke trat unbemerkt hinter sie und folgte ihrem Blick. »Oh … Nun, sehr begeistert wirkt Tobias nicht, mit seiner Ex umherzuflanieren, oder?«

»Bis jetzt nicht, nein«, gab Judith zu. Einen Moment beobachteten sie beide, wie die kleine … Familie war wohl das falsche Wort … wie sie vor dem Schlüsselbaum stehen blieben und Jasmin ihrer Mutter offenbar erklärte, was es damit auf sich hatte. Doreen nickte, und selbst auf die Entfernung konnte Judith die Zärtlichkeit erkennen, die aus ihrem Blick sprach.

»Du quälst dich nur selbst, wenn du die drei beobachtest«, erklärte Anke ungewohnt sanft. »Komm, die Arbeit wartet. Am Eingang wurden Pakete mit Decken und Schlafsäcken abgegeben, die müssen wir auspacken.«

Judith riss sich von dem Anblick der Seibolds los und folgte Anke stumm. Die Freundin hatte recht; es brachte absolut nichts, von nun an ständig zu lauern und Tobias' und Doreens Umgang miteinander zu interpretieren. Egal, wie sich ihr Wiedersehen weiterhin gestaltete, sie hatte keinen Einfluss darauf. Aber leider war geduldiges Abwarten noch nie ihre Stärke gewesen.

24

Tobias

Auf den Korridoren herrschte ein Gedränge wie am Berliner Ost-
bahnhof zu den Stoßzeiten. Die Luft schien vor Energie und Anspannung zu vibrieren; es roch nach Kaffee, der gerade ausge-
schenkt wurde, und der klammen Feuchtigkeit, die seit Anfang
September von draußen durch die Mauern kroch.

»Vogel soll ruhig hereinspazieren und uns seine sogenannten
Angebote unterbreiten.« Dirk Lemke, den Arm um die Schultern
seiner Frau Jeannette gelegt, zog grimmig die Augenbrauen zusammen. »Das lassen wir an uns abblitzen, nicht wahr?«

Jeannette nickte mit zusammengepressten Lippen. »Er kann
uns ein Königreich anbieten, wir gehen nicht zurück.«

»Ich auch nicht«, stimmte Marco zu. Der junge Automechaniker wirkte weit weniger selbstsicher als sonst, er war blass und sah
aus, als habe er in der Nacht überhaupt nicht geschlafen. »Auch
wenn ich meine Eltern und meine Schwester gerne wiedersehen
würde ...«

Tobias musterte ihn besorgt. Ob Marco dem Druck, seit vielen
Wochen in der Botschaft auszuharren und keinerlei Kontakt zur
Außenwelt zu haben, standhalten würde? Doch er hatte genug ei-
genen Kummer. Jasmin klammerte sich an sein Hosenbein, so-
wohl das Mutschekiepchen als auch die Barbie unter dem Arm.
Sie war anhänglicher als gewöhnlich. Aber das war wohl nur na-

türlich. Verdammt, warum musste Doreen ausgerechnet jetzt aufkreuzen und ihr Leben durcheinanderwirbeln? Hoffentlich ließ sie kein Chaos zurück. Was, wenn sie genauso schnell wieder verschwinden würde, wie sie gekommen war? Das vermochte er nicht auszuschließen, denn sie war ja bereits einmal Knall auf Fall abgetaucht.

»Arm, Vati«, drang ein leises Murmeln zu ihm. Er nahm Jasmin auf den Arm, wobei ihm der dürre Arm der Puppe beinahe in den Gehörgang stieß.

»Vogel kann mir gerne wer weiß was erzählen«, meldete sich nun Luzie zu Wort. Sie lehnte an der Wand, die Mundwinkel verdrossen herabgezogen und die Arme vor der Brust verschränkt. »Der ist doch die rechte Hand von Honecker, ich glaube kein Wort, das ihm über die Lippen kommt.«

»Die letzten Male, als er involviert war, hat er Straffreiheit garantiert. Und eine zügige Bearbeitung der Ausreiseanträge«, sagte Tobias. »Vielleicht geht er heute einen Schritt weiter mit seinen Versprechungen. Denn wie man sieht ...«, er wies auf die Menschenmengen, die sich im Korridor und gesamten Treppenhaus zusammendrängten, »... hat sein bisheriges Einschreiten wenig gebracht.«

»Wird auch jetzt nichts bringen«, brummte Dirk. »Die sollen uns einfach über die Grenze lassen wie die Leute in Ungarn.«

Tobias schaute zu Judith, die sich zu ihm durchschob. »Vogel ist eingetroffen«, flüsterte sie ihm zu. »Vor zwei Minuten. Der Botschafter heißt ihn gerade willkommen, aber er dürfte in Kürze so weit sein, zu euch allen zu sprechen.«

»Okay.« Er antwortete ebenso leise und streifte sie wie zufällig mit der Hand. Im Gedränge bemerkte das niemand.

»Aber egal, was Vogel anbietet, du gehst nicht zurück, oder?«

Es rührte ihn, welche Besorgnis in ihrer Stimme mitschwang.

269

»Wie könnte ich. Ich hätte zu viel zu verlieren. Praktisch alles«, gab er zärtlich zurück. Ein Lächeln huschte über ihr Gesicht. Auch für sie war die Situation schwer, das verstand er nur allzu gut. Nach langer Zeit der Bedenken und Ängste hatte sie sich zaghaft auf ihn, den Flüchtling mit ungewisser Zukunft, eingelassen, und da kreuzte seine verschollene Ehefrau auf. Welch ein Albtraum, nicht nur für ihn, auch für Judith.

»Freut mich, zu hören«, sagte sie und lächelte. Und auch er musste lächeln.

Doch sogleich wurde sie wieder ernst, und ein Schatten legte sich über ihre Züge. »Kommt deine ... kommt Doreen heute wieder in die Botschaft?«

»Ja.« Sie würde jeden Tag kommen, als müsse sie das, was sie in den letzten beiden Jahren versäumt hatte, in kürzester Zeit aufholen, so erschien es ihm zumindest. »Hoffentlich platzt sie nicht in dieses Chaos hinein, sondern kommt später. Hör zu ...« Obwohl sie von Menschen umringt waren und er wusste, dass Judith Zuneigungsbekundungen in der Öffentlichkeit nicht mochte, strich er ihr sanft mit dem Finger über die Wange. Er spürte, dass ihr Körper angespannt war. »... ich bin nicht glücklich darüber, dass Doreen nach Prag gekommen ist, wirklich nicht. Vor allem – ich weiß überhaupt nicht, was sie möchte. Worauf sie aus ist.«

»Du musst mit ihr sprechen«, flüsterte sie.

»Ja, das werde ich.« Er setzte Jasmin, die scheinbar abwesend die platinblonden Plastikhaare ihrer Barbiepuppe ordnete, auf die andere Hüfte. »So bald wie möglich.«

Plötzlich ging ein Ruck durch die Menge, ein kollektives Luftholen. Hermann Hubers Stimme erklang, hallte laut und getragen durch das alte Gebäude: »Bitte Platz machen, die Herrschaften, bitte zurücktreten, Rechtsanwalt Vogel müsste mal eben hier lang ...«

270

Über die Köpfe einiger Jugendlicher hinweg erhaschte Tobias einen Blick auf Vogel. Er mochte Anfang vierzig sein, trug einen edlen Zweiteiler. Als er durch die Menge schritt, die sich für ihn teilte wie das Rote Meer, war seine Miene verschlossen.

»Will bei Judith bleiben«, verlangte Jasmin und streckte die Hände nach ihr aus. Tobias rang nur einen Moment mit sich – Judith war nicht der Babysitter seiner Tochter, außerdem hatte sie genug zu tun –, doch Judith war dabei, die Kleine auf den Arm zu nehmen, sodass er nicht einschritt. Vor Nervosität war er bereits jetzt nass geschwitzt. Plötzlich war es still wie bei einer Andacht in der Kirche, denn Vogel begann zu sprechen.

»Ich bin gespannt wie ein Flitzebogen, was Sie zu berichten haben, Herr Seibold.« Aufgrund des Platzmangels hatte Huber Tobias kurzerhand in seine Privatwohnung im oberen Stock eingeladen. Markus Erlenwein saß neben ihm auf dem barocken Samtsofa, das den Mittelpunkt des Wohnzimmers, oder eher Salons, bildete, das wie ein Ausstellungssaal in einem Schloss wirkte. Tobias hätte es nicht verwunderlich gefunden, wenn eine Touristengruppe mit Reiseführern in den Händen durch die Räume geschlendert wäre. Es gab so viel zu sehen, funkelnde Kronleuchter, Ölbildnisse in verschnörkelten Goldrahmen, blank gewienerte Parkettböden mit purpurfarben und königsblau gemusterten Perserteppichen und steife, bodenlange Vorhänge neben den Fenstern, die auf den Garten hinausgingen. Das Domizil der Hubers sah fürstlich aus.

»Erst einmal eine kleine Stärkung.« Jacqueline Huber, in einem rostroten Kostüm und plüschigen Hausschuhen, was Tobias insgeheim schmunzeln ließ, goss eine bernsteinfarbene Flüssigkeit in schmale Gläser und reichte eine Packung Lindt-Pralinen herum.

»Sherry.« Tobias war beeindruckt. Seit er in der Botschaft war, hatte er keinen Tropfen Alkohol getrunken, und Getränke dieser edlen Marke hatte es in der DDR natürlich nicht gegeben, genauso wenig wie die teuer aussehenden Pralinen.

»Genießen Sie es.« Jacqueline Huber schmunzelte. »Zwei Stockwerke tiefer gibt es nur eine Gulaschkanone, nichts für Feinschmecker, fürchte ich.«

»Danke.« Er ließ eine Praline, die köstlich nussig-schokoladig schmeckte, auf der Zunge zergehen. Doch er war nicht zum Schlemmen hier, und sowohl der Botschafter als auch Markus Erlenwein sahen ihn erwartungsvoll an.

»Also, dann erzählen Sie mal.« Huber nippte an seinem Sherry. »Die Menschen hatten nach Vogels Abreise einige Stunden Zeit, sich Gedanken zu machen. Welche Entscheidungen wurden getroffen?«

Tobias wischte sich die Hand an einer Serviette ab. »Nun, es wurde heiß debattiert, wie Sie sich vorstellen können. Vogel trat sehr resolut auf, er bestand praktisch darauf, dass wir ausnahmslos alle einer Rückkehr in die DDR zustimmen. Er versprach uns, unsere Ausreiseanträge, die wir auf legalem Wege stellen sollen, sofern noch nicht geschehen, schnell zu bearbeiten und uns dabei mit Rat und Tat zur Seite zu stehen.«

»Zu bearbeiten?« Markus hob eine Augenbraue. »Bearbeiten heißt ja nicht, dass die Ausreise letztendlich genehmigt wird.«

»Aber genau das sicherte er uns zu.« Tobias konnte nicht widerstehen und nahm sich eine weitere Praline. Schade, dass er Jasmin keine mit nach unten bringen konnte.

»Und?« Huber beugte sich vor und ließ die Hände zwischen den Knien baumeln. »Hat er die Menschen überzeugt?«

»Einige. Mehr, als ich dachte. Zweihundertachtzig Personen stimmten zu, die Botschaft zu verlassen.«

»Das heißt ...« Markus schien schnell Berechnungen anzustellen. »Einhundertsiebzig müssten bleiben.«

»Richtig.« Tobias' Gedanken wanderten zu den erhitzten Diskussionen zurück, die den gesamten Nachmittag beherrscht hatten. Es hatte ihm einen Stich versetzt, als Marco kleinlaut verkündet hatte, in die Heimat zurückreisen zu wollen. Ausgerechnet er, der stets so zornig gegen die fehlende Meinungsfreiheit gewettert hatte! Auch Luzie hatte sich geschlagen gegeben. Wieso gaben nur so viele Flüchtlinge klein bei? So konnte keine Veränderung herbeigeführt werden. Überall erhoben sich die Menschen gegen den Sozialismus – vor einer Woche hatte in Leipzig die erste Demonstration stattgefunden, bei der etwa tausend Personen vor der Nikolaikirche »Stasi raus«, »Reisefreiheit statt Massenflucht« und »Wir sind das Volk!« skandiert hatten, wie er aus einer der westdeutschen Zeitungen, die Huber ihm täglich überließ, erfahren hatte. Vor Kurzem wäre das noch undenkbar gewesen. Wie konnten Marco und Luzie bei all der Bewegung, die durch die Bevölkerung ging, resignieren und zurückkehren? Was den jungen Automechaniker betraf, so konnte er dessen Sehnsucht nach seiner Familie noch nachvollziehen, doch Luzie besaß keinerlei Verwandte mehr in der DDR. »Es wird zwar etwas weniger Gedränge herrschen, aber wir werden immer noch jeden Zentimeter Platz brauchen«, fügte er mit einem schiefen Lächeln hinzu.

»Sei's drum.« Huber prostete ihm und Markus mit einem schelmischen Grinsen zu. »Ich freue mich, dass so viele den vermeintlichen Verlockungen Vogels widerstanden haben. Aber ich denke ... nun, ich denke, wir werden weiterhin Zulauf haben.«

»Den haben wir«, bestätigte Tobias. »Noch während wir über Vogels Angebot diskutierten, trafen weitere Menschen über den Zaun ein.«

Nachdem alles Nötige besprochen war, verließ Tobias die Botschafterwohnung und eilte nach unten. Er musste nach Jasmin sehen und endlich versuchen, seine Mutter und seinen Bruder zu erreichen, um mit ihnen über die – zugegeben – wahnwitzige Idee zu sprechen, die sich in langen Nächten in seinem Kopf geformt hatte. Dann war da noch Doreen. Ob sie bereits eingetroffen war? Er musste ihren Absichten dringend auf den Zahn fühlen. In seinem Kopf herrschte das reinste Chaos, er wünschte sich, zur Ruhe zu kommen, doch das war leichter gesagt als getan.

Auf dem Flur begegnete er Dirk, der nach den Strapazen des Tages etwas derangiert wirkte; das Hemd hing ihm aus der Hose, das blonde Haar zerzaust.

»Ich bin froh, dass du, Jeannette und die Kinder hierbleibt«, sagte Tobias, als sie, beide gegen das Treppengeländer gelehnt, stehen blieben. »Ich hätte mich etwas verlassen gefühlt, wenn ihr auch abgereist wärt.«

Dirk schnaubte. »Unsinn, auf die Idee wäre ich nicht gekommen, gerade jetzt nicht. Vor ein paar Wochen hat Vogel uns lediglich Straffreiheit garantiert, heute hat er versprochen, uns bei einer Rückkehr anwaltlich zu vertreten. Was bietet er als Nächstes an? Einen Charterflug in die Bundesrepublik?«

Tobias lachte. »Schön wär's.«

»Nichts ist ausgeschlossen«, brummte Dirk. »Wir sind das Volk! Und glaub mir, mich macht so schnell niemand mürbe. Jeannette und ich sind bereit, noch lange in Prag auszuharren. Wenn es sein muss, sehr, sehr lange.«

»Dito.«

Es dämmerte bereits, als es ihm endlich gelang, in Judiths Büro zurückzukehren, denn bei jedem Schritt sprachen ihn Mitflüchtlinge an. Ob die Entscheidung, zu gehen oder zu bleiben, richtig gewesen war? Doch er vermochte sie in ihren Entschlüssen nicht zu bestärken und hielt sich an seiner stoischen Aussage, das müsse jeder für sich entscheiden, fest. Obwohl Vogel bereits vor Stunden wieder nach Berlin zurückgeflogen war, lag noch immer knisternde Anspannung in der Luft. Taschen wurden gepackt, Koffer in den Flur getragen. Die Abschiedsstimmung ließ ihm die Brust eng werden. Er klopfte Marco nur kurz auf den Rücken und schlang wortlos den Arm um Luzie, denn im Lebewohlsagen war er noch nie gut gewesen. Was für ein Tag!

Der letzte Funke Energie, den er noch zu haben schien, entwich ihm wie einem kaputten Ventil, als er endlich ins Büro trat. Jasmin kauerte in ihrem rosafarbenen Schlafanzug auf dem Sofa, und Doreen saß neben ihr. Die beiden betrachteten das *Wichteljahr*. Der Anblick seiner Frau, die ihrer Tochter ein Buch vorlas, war ihm vollkommen fremd. In ihrem früheren Leben, das eine Ewigkeit zurückzuliegen schien, war dies höchst selten vorgekommen, war sie doch ständig beim Training oder bei Wettkämpfen gewesen.

»Da bist du ja«, begrüßte sie ihn verlegen und strich sich das blonde Haar aus der Stirn. »Entschuldige, dass ich einfach so eingedrungen bin, aber diese Botschaftsmitarbeiterin von gestern hat mich hereingelassen, sie sagte, das sei in Ordnung.«

Er nickte stumm. Es war großzügig von Judith, Doreen Einlass in ihr Büro zu gewähren, wusste er doch, wie sehr sie unter deren unerwartetem Auftauchen litt. Dass sie Angst hatte, ihn zu verlieren.

»Die Frau ... Mu... Mutti hat mir vorgelesen«, piepste Jasmin mit roten Wangen. Die Anrede schien ihr nur äußerst schwer über die Lippen zu kommen. Natürlich, für die Kleine hatte sich die Welt binnen weniger Stunden völlig geändert.

»Schön.« Fast hätte er wieder vergessen, was er erledigen wollte, obwohl es äußerst dringlich war. Er musste seine Mutter

275

und seinen Bruder erreichen. Erst danach würde er mit Doreen einigermaßen gefasst sprechen können. Doch wie am Vortag gingen seine Anrufe nicht durch, es herrschte lediglich ein nervenzehrendes Rauschen in der Leitung. Die Enttäuschung schien ihn fast zu ersticken. Aber er würde weiterhin versuchen, sie zu erreichen, wieder und wieder. Es ging ja praktisch um Leben und Tod.

Mit bleiernen Gliedern ließ er sich auf den Schreibtischstuhl sinken.

»Wen musst du anrufen?«, fragte sie leise, dann schob sie ein »Entschuldigung, das geht mich nichts an« hinterher. Hektische rote Flecken breiteten sich auf ihrem Hals aus. Offensichtlich war ihr klar, dass sie jedes Recht, Einzelheiten über sein Leben zu erfahren, verwirkt hatte. Er war ohnehin nicht bereit, ihr von seinem heimlichen Plan, seiner Mutter zu helfen, zu erzählen. Außer Judith würde er das, was er fieberhaft ausgeklügelt hatte, niemandem anvertrauen.

»Es ist ohnehin nicht wichtig«, log er. Bereits jetzt war ihm so unbehaglich zumute, dass er wünschte, das Gespräch wäre rasch vorüber, dennoch war er neugierig, welche Beweggründe sie in die Botschaft getrieben hatten. Jede Faser seines Körpers war angespannt, der Magen in Aufruhr.

Da Doreen schwieg, die Füße unbequem überkreuzt, eine Hand verstohlen auf Jasmins Rücken, als habe sie kein Recht, ihr Kind zu berühren, fragte er: »Warum bist du hier, Doreen? Wieso bist du nach Prag gekommen, nachdem du mich im Fernsehen gesehen hast?«

»Aber das ist doch offensichtlich.« Sie klang eindeutig verletzt. »Wie hätte ich das nicht tun können? Seit dem Moment, in dem ich mich damals in München abgesetzt habe, habe ich euch vermisst.«

»Du hättest zurückkehren können«, wandte er ein.

»Zurück in die DDR?« Sie klang so empört, als habe er etwas völlig Abwegiges vorgeschlagen. Was er ja auch hatte. Seufzend vergrub er den Kopf in den Händen. Er selbst wäre niemals auf die Idee gekommen, die Frau, die er liebte, und sein Kind allein zurückzulassen.

Sie fiel in sich zusammen und sah mit einem Mal so jung aus wie in jenem Sommer, in dem sie sich zum ersten Mal im Schwimmbad in Halle begegnet waren. Der starre Panzer, den er sich so mühsam angelegt hatte, bekam einen ersten Riss. »Ich habe doch versucht, es dir zu erklären, Tobias ... Ich habe ganz automatisch gehandelt, habe das nicht geplant. Ich war nicht wie all die anderen Flüchtlinge, die Monate vorher mit ihrem Schlauchboot Paddeln trainiert haben, um irgendwann über die Ostsee zu flüchten ...«

»Ja, das sagtest du bereits.« Seine Kiefermuskeln spannten sich an. »Aber das genügt mir nicht als Erklärung. Du warst bereit zu diesem Schritt, weil es unterschwellig Gründe gab, die dich bestärkten.«

»Ja, ich ...« Doreens Stimme zitterte, doch mit einem Blick auf Jasmin, die mit verschlossenem Gesicht in ihrem Bilderbuch blätterte, holte sie tief Luft. »Ich war unglücklich zu Hause, das weißt du.«

Er war nicht bereit, es ihr leicht zu machen. »Wir waren alle unglücklich in diesem Land.«

»Du weißt, was ich meine«, flüsterte sie. »Es war mehr als das. Du und ...«, sie nickte verstohlen zu Jasmin, um sie nicht aus ihrer Versunkenheit zu reißen, »... ihr wart ein Herz und eine Seele, und ich war ausgeschlossen. Zu Hause fühlte ich mich wie ein Fremdkörper. Sie ... sie schrie, sobald ich zur Tür reinkam.«

»Werd erwachsen«, entfuhr es ihm bitter. »Es ist normal, dass ein Elternteil präsenter ist als der andere, je nachdem, wer mehr

Zeit mit dem Kind verbringt. Das habe ich dir damals schon versucht klarzumachen. Aber du hast dich wie ein eifersüchtiger Teenie verhalten.«

»Vielleicht.« Sie schlug die Hände vors Gesicht. Er hoffte inständig, sie würde nicht in Tränen ausbrechen. Das könnte er nicht ertragen. Schon damals hatte es ihm ein Loch in die Seele gerissen, wenn sie weinte.

»Lassen wir die Vergangenheit ruhen«, sagte er, und während er die Worte aussprach, wurde ihm klar, dass er tatsächlich zum ersten Mal tief in sich drinnen die Bereitschaft verspürte, abzuschließen.

»Ist gut.« Sie schniefte und suchte in ihrer Handtasche nach einem Taschentuch.

»Hier.« Mit einem schiefen Grinsen warf er ihr ein Tempopäckchen von Judiths Schreibtisch zu; schon damals hatte sie nie Taschentücher gehabt, wenn sie sie brauchte.

»Danke.«

Jasmin sah mit geweiteten Augen zu, wie ihre Mutter sich schnäuzte.

Er lehnte sich zurück und schlug locker die Beine übereinander.

Feiner Regen sprühte gegen die Scheibe, der Himmel über dem Garten glich einem Aquarell aus Aschgrau und Blassviolett.

»Also, Doreen, wie soll es weitergehen? Was möchtest du?«

»Ich möchte eine neue Chance.« Ihr Blick flackerte, doch je länger sie ihn anschaute, desto sicherer wurde er. »Bei Jasmin ... und bei dir.«

25

Judith

Gedankenversunken starrte sie auf die dunklen Fußspuren, die die Schuhe der hereinstürmenden Kinder hinterließen. Wie so oft seit Anfang September regnete es, die Zeltstadt verschwamm mit der dunstigen Feuchtigkeit und dem Wolkengrau des tief hängenden Himmels. Die tägliche Lagebesprechung fand heute im Flur vor dem Ausgang zum Garten statt, denn obwohl fast dreihundert Flüchtlinge abgereist waren, kamen ständig neue hinzu; es herrschte unverändert Platzmangel.

»Die zweihundertfünfzig haben wir locker wieder überschritten«, gab Tobias bekannt. »In meiner Schicht, die bis heute Morgen neun Uhr dauerte, kamen bereits acht neue Flüchtlinge an.« Er hatte Judith zuvor erzählt, dass eine junge Frau darunter gewesen war, eine Architektin namens Mandy, die völlig entkräftet war. Tobias hatte Judith gefragt, ob er ihr zum Ausruhen ihr Büro überlassen dürfte, und natürlich war sie einverstanden gewesen. Er war stets aufmerksam gegenüber den Bedürfnissen seiner Mitmenschen und half, wo er konnte. Eine Eigenschaft, die sie anzog, wie so vieles mehr an ihm. Ob seine Frau bereits wieder in der Botschaft war? Vielleicht kümmerte sie sich um Jasmin, während er an der Besprechung teilnahm. Sie spürte, wie ihr das Herz schwer wurde.

»Gestern sind achtzehntausend DDR-Bürger über die Grenze

279

von Ungarn nach Österreich. Nur mal als kleine Randnotiz«, warf Elias ein. Missmutig starrte er auf seine schlammigen Schuhspitzen. Er sah müde und abgekämpft aus, wie alle Botschaftsangehörigen.

»Das würden wir uns auch für die ČSSR wünschen.« Huber klang verständnisvoll. »Leider sind die Gegebenheiten bei uns völlig anders. Die Behörden behindern zwar die Zufahrt von Gütern nicht, dennoch gefällt ihnen nicht, was sich bei uns abspielt.«

Bald danach löste sich die Gruppe auf, und die Botschaftsmitarbeiter verteilten sich auf dem gesamten Gelände. Eine Art kollektive Erschöpfung hing über ihnen wie eine finstere Wolke, die bald zu platzen drohte. Nur Judith und Tobias blieben in der offenen Tür stehen und starrten hinaus. Regentropfen sprühten ihnen ins Gesicht, aber Judith war es egal.

»Hast du schon mit Doreen gesprochen?«, fragte sie leise.

»Ja.« Er war so nahe an sie herangetreten, wie es noch als schicklich galt, und sie spürte die Wärme, die sein Körper abstrahlte. Die Sehnsucht, sich an seine Brust zu schmiegen und seine Arme um sich zu spüren, wurde fast übermächtig. Sie würde ihr noch ein Loch ins Herz sengen. Doch es gab keinerlei Aussicht auf ungestörte Zweisamkeit, keinerlei Hoffnung, einen Moment der Innigkeit zu erleben, wie es anderen Verliebten vergönnt war.

»Und was sagt sie? Welche Absichten hat sie?« Nervös zog sie sich die Pulloverärmel über die eiskalten Hände. Wollte sie wirklich wissen, was Doreen beabsichtigte? Eher nicht. Doch es half nicht, den Kopf in den Sand zu stecken.

An Tobias' Schläfe pulsierte eine Ader. »Sie möchte einen Neuanfang für uns drei.«

In ihren Ohren rauschte es, so als wäre sie unter Wasser. Sie öffnete den Mund, um etwas zu sagen, doch es kam nichts heraus.

Die Angst, Tobias gehen lassen zu müssen, bevor sich ihre Beziehung entwickeln konnte, machte sie sprachlos.

»Keine Sorge.« Tobias' Augen waren alles, was sie noch wahrnahm. Die Umgebung um sie herum verwischte zu einem farblosen Einerlei. »Ich bin nicht bereit dazu, wieder Familie zu spielen. Nicht nach allem, was war.«

»Aber ...« Sie kämpfte mit sich. Es gab Dinge, über die sie am liebsten nicht so genau Bescheid wusste, auf der anderen Seite brauchte sie Gewissheit, so brutal sie auch sein mochte. Dieses Gespräch hatten sie in ähnlicher Form schon einmal geführt, aber sie konnte sich nicht oft genug vergewissern, dass er noch immer zu ihr stand. »... hast du noch Gefühle für Doreen?«

»Nicht mehr in der Form von Liebe. Vielleicht hänge ich an dem Bild der jungen Doreen, die sie einst war. Ich habe viele schöne Erinnerungen. Aber die gehören der Vergangenheit an. Mit ihrer Flucht hat Doreen alles kaputtgemacht. Es könnte nie mehr so werden wie zuvor. Aber eins wird immer bleiben: Sie ist Jasmins Mutter.«

»Verstehe.« Sie nickte langsam, aber eigentlich verstand sie gar nichts. Waren wundervolle gemeinsame Erinnerungen nicht etwas, auf das man wiederaufbauen konnte? Wer sagte, dass Gefühle nicht wiederaufleben konnten? »Ich möchte, dass du weißt, dass ich ... nun, ich würde euch nicht im Weg stehen, wenn ihr euch entscheidet ...«

Sie konnte den Satz nicht zu Ende sprechen, denn Tobias zog sie an sich und küsste sie so heftig, dass ihr die Luft wegblieb. Ihr Widerstand bröckelte bereits in dem Moment, in dem seine Lippen die ihren berührten; ausnahmsweise war es ihr gleichgültig, ob einer ihrer Kollegen sie sah. Sie legte die Hände auf seinen Rücken und spürte seine Wärme, seine unerschütterliche Energie, die geradewegs auf sie überzufließen schienen. In seinen Armen war sie geborgen und sicher.

»Ich hoffe, nun ist dir klar, wem mein Herz gehört«, sagte er mit einem schiefen Lächeln, als sie sich voneinander lösten.

»Botschaft angekommen«, flüsterte sie und sah sich verstohlen um. Keiner ihrer Kollegen war in Sicht, auf dem Boden weiter hinten im Korridor kauerten lediglich neu eingetroffene Flüchtlinge, die darauf warteten, registriert zu werden.

»Jetzt, wo das geklärt ist, brauche ich deine Hilfe.« Er wurde ernst.

»Alles, was du willst.«

»Ich möchte meine Mutter aus der DDR herausholen.« Sein Blick hielt den ihren fest, um ihre Reaktion auszuloten.

Sie schnappte unwillkürlich nach Luft, denn sie hatte damit gerechnet, dass er sie womöglich bitten würde, auf Jasmin aufzupassen, was sie liebend gern getan hätte. Aber nicht das. Wie stellte er es sich vor, seine Mutter aus Ostdeutschland herauszuschleusen? Allein die Idee klang nach einer Räuberpistole, wie sie unrealistischer nicht sein konnte. »Aber, Tobias ...! Wie soll das gehen?«

»Leider habe ich meinen Bruder und meine Mutter nicht erreicht, um mit ihnen zu sprechen. Wenn es dir recht ist, probiere ich es gleich noch einmal von deinem Büro aus. Es ist ein Spiel auf Zeit, Judith. Das SED-Regime plant gerade mit Feuereifer die Feiern zum vierzigjährigen Bestehen der DDR, und überall werden Befürchtungen laut, dass dann sämtliche Grenzen zu den anderen Ostblockstaaten dichtgemacht werden. Ist ja auch verständlich. Wie kann man den Sozialismus als die beste Erfindung seit Menschengedenken feiern, wenn die Leute massenhaft fliehen?«

»Was hast du vor?« Ihr Puls ging schnell und flach, und sie spürte einen schmerzhaften Knoten im Magen.

»Ich brauche die Unterstützung meines Bruders. Er muss Mutter zur Grenze bringen, wo ich sie dann in Empfang nehmen und nach Prag bringen werde. Von hier aus kann sie medizinisch versorgt werden, ihre Medikamente könnten aus Westdeutschland geschickt werden.«

Judith starrte ihn fassungslos an. Er war dabei, einen kolossalen Fehler zu begehen. Wie konnte er die temporäre Freiheit, die er hier genoss, riskieren, indem er die Botschaft verließ und durch die Tschechoslowakei reiste, um seine Mutter abzuholen?

»Das ist absolut irre. Es schockiert mich, dass du ernsthaft über diesen Plan nachdenkst«, sagte sie mit zitternder Stimme. Am liebsten hätte sie ihn geschüttelt, damit er Vernunft annahm.

»Ich muss es tun«, erwiderte er stoisch. »Sonst stirbt meine Mutter.«

»So wie ich aus deinen Erzählungen und denen der anderen Flüchtlinge immer wieder heraushöre, ist die Stasi überall! Selbst im Ausland lauert sie euch auf!« Es kostete sie große Mühe, ihre Stimme zu dämpfen, denn ihr war nach Schreien zumute. »Sie werden dich aufgreifen und in die DDR zurückverfrachten! Wem wäre damit geholfen, hm? Ist Jasmin durch Doreens Verschwinden nicht schon traumatisiert genug? Was soll aus ihr werden? Und deiner Mutter wäre auch nicht geholfen! Vergiss diesen Plan, den du dir zusammengezimmert hast, Tobias, ich bitte dich! Er wird niemals funktionieren. Die Botschaft ist der einzige Ort, an dem du sicher bist.«

Tobias hörte schweigend zu, nur sein Augenlid zuckte. Als sie geendet hatte, atemlos und mit fiebrigen Wangen, strich er ihr zärtlich die Kinnlinie nach. »Du hast mit allem recht. Trotzdem muss ich es wagen. Ich kann nicht von ferne zusehen, wie meine Mutter zugrunde geht, ich kann es einfach nicht. Wenn du erlaubst, versuche ich jetzt noch mal, telefonisch zu meiner Familie durchzukommen.«

Er drückte ihre Hand, doch sie zog sie frustriert weg. Tobias beschwor gerade wissentlich eine Katastrophe herauf, und sie vermochte ihn nicht davon abzuhalten.

26

Tobias

Er legte gerade den Hörer auf die Gabel, als es an der Bürotür pochte.

»Herein«, sagte er, in Gedanken noch immer bei dem verstörenden Gespräch, das er eben geführt hatte.

Doreen trat mit einem zaghaften Lächeln in den Raum, in eine warme Jacke mit weißem plüschbesetzten Kragen gehüllt, in dem sie ihn schmerzlich an das unbefangene junge Mädchen erinnerte, das sie einst gewesen war. Er schluckte die aufkeimende Wehmut rasch herunter, dafür war nicht die richtige Zeit.

»Hallo, ihr beiden.« Sie zog die Jacke aus und hielt sie in den Händen, als wisse sie nicht, was sie damit anfangen sollte. »Hallo, Minchen.«

Jasmin lag auf dem Sofa, alle viere in die Höhe gestreckt wie ein auf den Rücken gefallener Käfer, und balancierte ihren Marienkäfer auf den Fußsohlen in der Luft. Etwas ängstlich spähte sie zwischen ihren Beinen hindurch zu der Frau hin, die ihr noch immer fremd war.

»Gibt es Probleme? Du siehst aufgewühlt aus.« Nach all der Zeit hatte sie nicht verlernt, in ihm zu lesen. Sie setzte sich auf die äußere Sofakante und strich Jasmin über die Wange.

Er atmete tief aus. »Alles in Ordnung.« Er sah keinerlei Anlass, ihr zu erzählen, was ihn so sehr beschäftigte. Gedanklich war er noch gar nicht richtig im Hier und Jetzt angekommen, innerlich drehte und wendete er immer noch jedes Wort, das er mit seinem Bruder gewechselt hatte. Martin hatte über seinen Plan, die Mutter aus der DDR herauszuschleusen, gelacht, doch bald war ihm klar geworden, dass Tobias es ernst meinte. Wie erwartet hatte er die Idee als Irrsinn abgetan und weit von sich gewiesen. Nun ja, er konnte wohl nicht aus seiner Haut.

»Es ist ein Unding, dass plötzlich alle meinen, das Land verlassen zu müssen«, hatte er protestiert, und Tobias hatte vor seinem geistigen Auge förmlich sein Kopfschütteln sehen können. »Das ist feige. Klar gibt es Missstände in der DDR, das gebe ich offen zu. Aber man führt doch keine Veränderungen herbei, indem man die Flucht ergreift.«

»Wie denn sonst? Es ist ja nicht so, als dürfe man in der DDR seine Meinung äußern oder frei wählen.« Bevor sich wie so oft eine hitzige Diskussion entspann, zwang er sich, zum eigentlichen Thema zurückzukehren. »Aber darum geht es doch gar nicht, Martin. Wir müssen Mutti da rausholen, bevor es zu spät ist. Du siehst sie doch jeden Tag und bekommst mit, wie krank sie ist.«

»Das stimmt.« Martins Stimme klang plötzlich sehr gedämpft. »Und es ist keine Änderung der Situation in Sicht. Ich bin gestern noch mal mehrere Apotheken abgefahren, sie haben Mutters Medikamente wohl bestellt, aber wann sie geliefert werden, steht in den Sternen. Mutter ist sehr schwach. Meistens sitzt sie in ihrem alten Lehnsessel am Fenster, ihr fehlt sogar die Kraft, sich etwas zu essen zuzubereiten. Ich besuche sie jeden Tag und versorge sie.«

»Siehst du?« Angespannt wickelte Tobias sich das Telefonkabel um die Finger. Das schlechte Gewissen, nicht auch für die

Mutter zu sorgen, schob er zur Seite. Er hatte unmöglich in Halle bleiben können. »Wir haben keine Zeit zu verlieren.«

Am anderen Ende hatte Martin laut geschnauft. »Trotzdem, Tobias. Dein Plan ist ... absoluter Wahnsinn. Von vorneherein zum Scheitern verurteilt. Wir würden alle in Teufels Küche kommen. Du zwingst mich nicht, da mitzumachen.«

Eine Zentnerlast schien sich auf Tobias' Brust zu legen. Die Rettung seiner Mutter durfte nicht daran scheitern, dass Martin ihn nicht unterstützte. Ihrer Mutter musste geholfen werden, und wenn sie alle durch die Hölle spazieren mussten. »Versprichst du mir, dass du wenigstens darüber nachdenkst?«

Martin brummelte etwas Unverständliches, dann sagte er unwillig: »Na schön, ja, ich überlege es mir.«

»Und sprichst du mit Mutter darüber? Zu ihr bin ich leider nicht durchgekommen.«

»Hast du sonst noch irgendwelche Wünsche?«, fragte Martin verdrossen, und Tobias konnte sich ein Lächeln nicht verkneifen. »Komm doch auch nach Prag, Bruderherz.«

»Da ist mir das Wetter zu schlecht. Nichts als Regen, wie man im Westfernsehen sieht«, meinte Martin und legte auf.

Jasmin riss ihn aus seinen Gedanken, die zwischen Hoffnung und nackter Angst, Martin würde seinen Plan letztendlich nicht unterstützen, schwankten. »Vati, gehen wir raus? In den Garten?«

Er warf einen Blick aus dem Fenster. Im Moment schien es nicht zu regnen, doch das Außengelände war nach wie vor schlammig und nass. Über den Himmel zogen ölgraue Wolken, und die Flüchtlinge, die zwischen den Zelten zu sehen waren, trugen dicke Jacken.

»Na gut.« Jasmin brauchte Bewegung, sie konnte nicht den ganzen Tag in dem kleinen Büro zubringen, so warm und behaglich es auch sein mochte. Er warf Doreen einen fragenden Blick zu. »Kommst du mit?«

»Natürlich.« Sie strahlte, als habe er ihr eine Luxusreise versprochen, nicht nur einen kurzen Spaziergang über einen matschigen Rasen. Es schien ihr wirklich viel zu bedeuten, Zeit mit ihnen verbringen zu dürfen. Bei dieser Erkenntnis löste sich etwas von der Starre und Härte, die sein Inneres im Klammergriff hielt.

Jasmin griff nach ihrer himbeerroten Jacke und lief zu ihm, um sich beim Anziehen helfen zu lassen, doch er wies auf Doreen. »Lass dir von Mutti helfen.« Er war es Doreen schuldig, sie in das Leben ihrer Tochter miteinzubeziehen, in die kleinen Dinge des Alltags.

Sie verließen das Büro und steuerten den Garten an. Von den Zweigen und Ästen tropfte es, und die Luft war noch immer schwer vor Nässe, auch wenn es im Moment trocken war. Er spürte, dass Doreen trotz ihrer warmen Kleidung fröstelte; früher hätte er den Arm um sie gelegt und sie gewärmt, aber diese Zeiten waren unwiederbringlich vorüber.

»Wie beengt die Menschen hier leben«, stellte Doreen wie zu sich selbst fest, als sie zwischen den dicht an dicht stehenden Zelten vorbeigingen. Ihre Schuhe, die neu und teuer aussahen, sanken tief in die nasse, lehmige Erde ein, aber das schien sie nicht zu stören. Eitel war sie nie gewesen.

Tobias nickte. »Aber eine Zeit lang hält man das aus.«

Jasmin hüpfte über die Pfützen. Dann entdeckte sie Saskia, Dirks und Jeannettes jüngste Tochter, die einen gelben Regenmantel und Gummistiefel trug und mit einem Stock Muster in den Schlamm zog, und gesellte sich zu ihr.

»Minchen scheint es gut zu gehen.« Gedankenverloren ruhte Doreens Blick auf ihrer Tochter.

»Ja, und darüber bin ich sehr froh.«

Sie überließen die Kleine ihrer Spielkameradin und schlenderten langsam weiter.

»Hast ... hast du dir überlegt, was ich dir vorgeschlagen habe?« Ihre blauen Augen fixierten seine, dann wandte sie das Gesicht rasch ab, die Wangen rosig überzogen.

Für einen Moment wusste er tatsächlich nicht, was sie meinte. »Hm?«

»Na, dass wir es noch einmal miteinander versuchen«, erklärte sie leise. »Sobald ihr in den Westen dürft.«

Welche Gedanken sie sich machte. Er selbst steckte vollkommen in der Gegenwart fest, sein gesamtes Denken wurde beherrscht von der quälenden Frage, ob seiner Mutter geholfen werden konnte und wie es mit Judith weitergehen sollte. Doreens Auftauchen war der zarten Bindung, die sie gerade entwickelten, nicht gerade förderlich. Er verstand, dass die Wendung der Ereignisse Judith vollkommen aus der Bahn warf, auch er selbst vermochte kaum zu begreifen, was gerade geschah.

»Wie stellst du dir das vor, Doreen?«

Nun erschienen hektische rote Flecken auf ihrem Hals.

»Nun, ihr werdet eine Wohnung brauchen. Ihr könntet zu mir nach München ziehen, auch wenn es etwas eng sein wird. Aber für den Anfang geht es bestimmt. Wir könnten uns wieder näherkommen. Als Familie. Wir könnten ...« Sie geriet ins Haspeln und verstummte.

Er schluckte. »Du denkst, das geht so einfach?«

»Du könntest Arbeit bei einer Zeitung bekommen, und ich als Trainerin oder Dozentin an einer Sporthochschule ...« Ihr Kinn zitterte, und sie sah starr geradeaus.

»Was ist mit deiner Karriere?«, fragte er ungläubig.

»Ich leide unter einem wiederkehrenden Impingement-Syndrom«, erklärte sie kaum hörbar, und als er sie verständnislos

289

ansah, fügte sie hinzu: »Das bedeutet, dass sich ständig Sehnen zwischen Oberarmkopf und der Schulter einklemmen. Ein typisches Symptom von Leistungsschwimmern. Es ist sehr schmerzhaft. Deshalb denke ich daran, mit dem Profisport aufzuhören. Es war eine schöne Zeit, aber ich sehne mich auch nach ein wenig Ruhe und Beständigkeit in meinem Leben.«

»Und da kommt dir die wiedergefundene Familie als neuer Lebensinhalt gerade recht?« Die Worte kamen heraus, bevor er darüber nachgedacht hatte. Er biss sich auf die Lippe.

»Das ist unfair, und das weißt du auch.« Sie war eindeutig verletzt.

Sofort tat ihm sein Sarkasmus leid. Doreen war nie berechnend gewesen; im Gegenteil, er kannte niemanden, der so ehrlich und unverstellt war wie sie. »Tut mir leid.«

»Ich weiß, dass du mir meine Flucht immer nachtragen wirst.« Ihre Stimme klang traurig. »Aber ich hoffe, du weißt, wie sehr ich Jasmin immer geliebt habe. Und ... und dich auch.«

Er blieb ihr eine Antwort schuldig. Was hätte er auch sagen sollen? Schweigend gingen sie weiter, während Tobias hier und da grüßte. Mandy, die junge Architektin, der er zum Ausruhen die Couch überlassen hatte, bezog gerade mit einem zusammengerollten Schlafsack unter dem Arm und einem prall gefüllten Rucksack eines der Zelte. Sie nickte ihm zu, die Züge angespannt, das schwarze Haar strähnig.

Ein Kind sprang schwungvoll in eine Pfütze vor ihnen; schmutziges Regenwasser spritzte hoch und besprühte seine und Doreens Hosenbeine, doch es kümmerte sie nicht.

»Ich verstehe deinen Wunsch«, seufzte er. »Wirklich, Doreen. Aber es ist nicht so einfach, wie du dir das vorstellst. Jasmin und ich haben uns ein neues Leben aufgebaut, das wir, wenn wir in den Westen kommen, weiterführen werden. Es ist so viel geschehen, ich kann und will nicht an das anknüpfen, was wir siebenundachtzig verloren haben.«

»Gehört zu diesem neuen Leben auch eine neue Frau dazu?«, fragte sie mit unüberhörbarer Bitterkeit.

Er streifte sie von der Seite mit einem Blick. Wusste sie Bescheid über Judith und ihn, oder war ihre Frage ins Blaue gerichtet? »Es gibt da jemanden ...«

»Die Botschaftsmitarbeiterin, ich weiß nicht, wie sie heißt. Ich habe gesehen, wie sie dich anschaut.« Sie riss sich merklich zusammen. Früher hätte sie getobt, Gegenstände nach ihm geworfen. Vielleicht spürte sie, dass sie keinerlei Besitzansprüche mehr an ihn hatte.

»Sie heißt Judith«, erwiderte er schlicht.

»Wie lange kennst du sie? Fünf Minuten?« Auch wenn sie sich besser unter Kontrolle hatte als vor einigen Jahren, brach sich ihr ungestümes Temperament wieder Bahn.

Er schüttelte nur den Kopf, nicht bereit, mit ihr seine Beziehung zu Judith zu diskutieren. Diese war noch so frisch und jung, wie ein gerade zart erblühendes Pflänzchen, dass er sie im Herzen tragen und still beim Gedeihen betrachten wollte.

»Mich kennst du seit dreizehn Jahren!«, brach es aus ihr heraus.

Er schüttelte den Kopf. »Ich dachte, ich kenne dich, Doreen. Aber nach deiner kopflosen Aktion vor zwei Jahren weiß ich nicht mehr, ob das stimmt.«

»Diesen einen Fehler wirst du mir nie verzeihen, nicht wahr, Tobias?«

»Es war nicht nur ein beliebiger Fehler. Er hat mein Leben und das unserer Tochter zerstört.«

»Vati! Schau, was Saskia mir geschenkt hat!« Jasmin kam angerannt und hielt ihnen stolz eine reichlich schiefe Bastelarbeit aus buntem Papier hin, die wohl einen Apfel mit einem zu einer Zieh-harmonika gefalteten Wurm darstellen sollte. »Das hat sie in der Schule gebastelt, weil sie gerade das A gelernt haben.«

Sie bewunderten den Papierapfel gebührend, dann war Jasmin auch schon wieder zu ihrer Freundin verschwunden.

»Ich habe eine Chance verdient«, fuhr Doreen eindringlich fort.

Hatte sie das? Oder war es reichlich unverfroren, wieder auf-zutauchen und zu verlangen, dass er die letzten beiden Jahre ver-gaß?

»Es wäre auf jeden Fall das Beste für Jasmin«, sagte sie leise, der Ton nun weniger fordernd. Wie sie, in ihrer dicken Jacke ver-sinkend, neben ihm herging, erschien sie ihm mit einem Mal ver-letzlich wie ein frisch geschlüpftes Küken. Er spürte ihre Ein-samkeit, die sie umgab wie eine dünne Eisschicht. Da sie zeit ihres Lebens Leistungsschwimmen betrieben hatte, wo der Kon-kurrenzdruck immens war, hatte sie nie viele Freunde gehabt. Ei-gentlich nur ihn.

Er wischte die Gedanken beiseite. Auch er wusste nur zu gut, was Einsamkeit bedeutete, schließlich hatten ihn die meisten sei-ner Mitmenschen in der DDR gemieden wie der Teufel das Weih-wasser. »Sie braucht ihre Mutter.«

»Ja, es wäre das Beste für sie.« An diesem Punkt gab es nichts zu rütteln. Klägliche Erinnerungen an Situationen, in denen er sich als alleinerziehender Vater, ja, als Mann, unzulänglich ge-fühlt hatte, überkamen ihn. Er vermochte keine kunstvollen Zöpfe zu flechten, außerdem wusste er nie, welche Kleidung für ein klei-nes Mädchen angemessen war. Wie sollte es erst werden, wenn Jasmin in ein gewisses Alter käme, in dem sie Fragen zu ... zu ihrer Weiblichkeit hätte? Ob er die richtigen Antworten liefern könnte, noch dazu auf einfühlsame Art?

»Wir könnten wenigstens versuchen, in Westdeutschland zusammenzuleben, uns zusammenzuraufen. Es würde euch den Anfang erleichtern, denn ich finde mich dort bereits zurecht.«

»Ich bin mir sicher, ich würde auch schnell klarkommen. Und noch sind wir nicht im Westen.«

Doreen blieb stehen und wandte sich ihm zu. Er kam nicht umhin, ihr in die Augen zu sehen, aus denen sie ihn eindringlich anschaute. Wie früher. Er musste sich hüten, um nicht in einen tiefen Schlund gemeinsamer Erinnerungen an schöne Tage hinabzutrudeln. »Wir könnten zunächst als WG zusammenleben, Tobias, weniger als Familie, falls dich dieser Gedanke abschreckt. Nicht als Liebespaar, sondern als Eltern. Wir würden beide für Jasmin da sein.«

Sie gingen weiter und befanden sich nun am hinteren Ende des Gartens. Vor dem Zaun patrouillierten tschechoslowakische Sicherheitsbeamten, sie wirkten müde und wenig motiviert, das Geschehen in der Botschaft im Auge zu behalten. Die Baumwipfel des kleinen Wäldchens hinter dem Palais Lobkowicz wurden von grauen Wolken eingehüllt; es sah aus, als trügen sie dicht gewebte Mützen.

Widerwillig musste er sich eingestehen, dass Doreens Vorschlag tatsächlich etwas Verlockendes an sich hatte. Es wäre schön, sich die Verantwortung zu teilen.

»Wir sollten Jasmin einsammeln und hineingehen. Du frierst, und es wird jeden Moment wieder zu regnen anfangen«, brummte er. Während sie zurückgingen, zermarterte er sich das Gehirn über die Frage, wo bei der von Doreen vorgeschlagenen Lösung Platz für Judith bliebe. Überhaupt – wie sollte eine Beziehung zu ihr auf Dauer möglich sein? Durch ihren Beruf würde sie immer in der Weltgeschichte unterwegs sein. Natürlich war er sich dessen von Anfang an bewusst gewesen. Doch nun, wo Doreens Vor-

293

schlag einer Wohngemeinschaft in München wie ein rosa Elefant im Raum stand, wurde ihm einmal mehr als deutlich, wie schwierig sich eine gemeinsame Zukunft mit Judith gestalten würde. Doreens Lösung wäre die einfachste, das war klar. Und die beste für Jasmin. Ein heftiger Schmerz bohrte sich in seine Eingeweide. Trotz allem, er wollte Judith nicht verlieren.

27

Judith

»Seine Frau ist wieder da«, murmelte sie geistesabwesend und starrte aus dem Fenster in den trüben Nachmittag. Es war, als wolle es heute überhaupt nicht hell werden. »Sie sind mit Jasmin nach draußen gegangen.«

»Mhm.« Anke saß neben ihr an einem der provisorischen Schreibtische hinter der Küche über eine Akte gebeugt. Zumindest sporadisch musste ein Bruchteil der eigentlichen Arbeit erfüllt werden.

»Sie verbringen so viel Zeit miteinander.« Judith schob ein Dutzend leerer Kaffeetassen, das seit Tagen auf dem Tisch stand, ohne dass jemand die Zeit gefunden hätte, sie wegzuräumen, beiseite und stützte den Arm auf.

»Na, das ist wohl normal in ihrer Situation.« Anke kritzelte eine Unterschrift auf ein Stück Papier.

»Ich darf mal kurz?« Elias griff über ihre Köpfe hinweg nach einem Stapel Unterlagen und setzte sich hektisch blätternd auf die Kante eines gegenüberstehenden Tisches.

Judith seufzte. Nie konnte man sich mal für wenige Minuten ungestört unterhalten, ständig war man von Menschen umringt. Mittagspausen und pünktliche Feierabende lagen weit zurück. Ihnen allen sah man die immense Arbeitslast an. Elias, der stets Wert auf ein makelloses Äußeres gelegt hatte, trug einen reichlich abgenutzten grauen Wollpullover, der vom vielen Waschen schon Knötchen hatte. Anke wirkte zerstreut und fahrig, und sie selbst war blass und durchscheinend wie Mondlicht. Zeit zum Schminken und Zurechtmachen fand sie morgens keine, sie mussten alle so zeitig wie möglich in der Botschaft erscheinen, um die täglich wachsende Anzahl von Flüchtlingen zu versorgen.

»Ich habe Angst, ihn zu verlieren.« Obwohl Elias kaum einen Meter von ihnen entfernt saß – unwahrscheinlich, dass er sich in den nächsten Minuten erheben würde, so kraftlos, wie er wirkte –, sprach sie leise weiter. Ihr Herz war so schwer und übervoll, dass sie sich Anke einfach anvertrauen musste.

»Na, besser jetzt als zu einem späteren Zeitpunkt, zu dem du noch mehr Gefühle investiert hast«, flüsterte die Freundin nüchtern.

Judith drückte mit ihrem Kugelschreiber so fest aufs Papier, dass sie ein kleines Loch hineinriss. »Das wollte ich nun nicht gerade hören.«

Anke erwiderte ihr schiefes Lächeln. »Ich weiß, aber ich bin realistisch.«

Judith fiel in sich zusammen. Mit hängendem Kopf begann sie, ungelenke Kreise um das Loch zu malen. »Sieht es für dich auch aus, als würden sie sich wieder näherkommen, wenn du sie miteinander siehst?« Sie wusste, sie stocherte in ihrer eigenen Wunde, doch sie konnte nicht aus ihrer Haut heraus.

»Keine Ahnung.« Anke griff zum Stempel und drückte ihn schwungvoll auf ihre Unterlagen. »Ich beobachte die beiden doch nicht den ganzen Tag lang. Ich weiß, du schon.« Mit einem Anflug von Belustigung schaute sie Judith an, wurde aber sofort ernst, als sie deren niedergeschlagene Miene sah. »Hör auf damit. Du zerstörst dich selbst. Es kommt, wie es kommt. Ich glaube, du kannst da wenig beeinflussen. Die beiden haben eine lange gemeinsame Geschichte. Dagegen kommst du nicht an.«

»Aber sie hat ihn verlassen! Sie ist bei Nacht und Nebel verschwunden und hat ihn mit einem kleinen Kind im Stich gelassen!«

Anke schob sich eine dunkelblonde Haarsträhne hinter das Ohr. »Mag sein. Ach, Hase, ich weiß doch auch nicht, was in ihm vorgeht. Sprich mit ihm.«

»Das habe ich schon.« Judith starrte auf ihre Hände in ihrem Schoß.

»Und was sagt er?«

»Er hat keine Gefühle mehr für sie. Jedenfalls nicht ... solche, du weißt schon. Aber das kann sich doch täglich ändern, oder? Womöglich möchte er sich aus Vernunftgründen wieder mit ihr zusammentun.«

»Vernunftgründe?« Anke runzelte die Stirn.

»Es wäre sehr wichtig für die Kleine, nicht nur ihren Vater, sondern auch ihre Mutter in ihrem Leben zu haben.« Sie streckte die Beine aus und warf den Kopf in den Nacken, um die Haare auszuschütteln. Eigentlich hätte sie sie gestern Abend dringend waschen müssen, aber sie war erst um zehn nach Hause gekommen, und jeder Handgriff war ihr zu viel gewesen. Ihr Körper schmerzte von zu wenig Schlaf. Heute würde sie sicher nicht sehr produktiv sein.

»Warte ab, was geschieht.« Anke schob den Stempel und die Papiere weit von sich. »Es ist doch ohnehin absehbar, dass die Situation, wie sie im Moment herrscht, nicht ewig so weitergehen wird. Die Leute treten sich doch allmählich tot in der Botschaft.«

Botschafter Huber erschien mit Markus und Christina im Schlepptau. »Der ganze Verein versammelt. Sehr schön. Dann kann ich Sie an Ort und Stelle über die neuesten Entwicklungen

297

in Kenntnis setzen.« Er lehnte sich neben Elias an die Tischkante. »Da Sie mir alle nicht mehr so sonderlich taufrisch aussehen, habe ich in Bonn Verstärkung angefragt. Wir können das nicht mehr allein stemmen.«

»Danke schön«, sagte Anke trocken. »Ein schöner Zug von Ihnen.«

»Ich habe eine Fürsorgepflicht gegenüber meinen Mitarbeitern.« Hubers Miene war ernst. »Bei der Gelegenheit habe ich im Auswärtigen Amt um weitere Kleider- und Lebensmittellieferungen gebeten. Selbst mit den täglichen Fahrten nach Furth kommen wir mit der Versorgung nicht mehr hinterher. Militärattaché Brüggemann hat versprochen, sich um Feldküchen zu kümmern, damit sich die Flüchtlinge zumindest zum Teil selbst verköstigen können.« Er spähte in die Küche, in der es nach Suppe und frischem Brot duftete. »Das Küchenpersonal steht kurz vor dem Zusammenbruch.«

»Wir auch«, murrte Elias.

»Ich weiß. Deshalb meine Anfrage, uns personell zu verstärken. Übrigens hat Brüggemann auch um mehr Zelte, Feldbetten und Schlafsäcke gebeten, hoffen wir, dass wir die Sachen bald geliefert bekommen. Von Ihrer Seite was Neues?«

»Ich wurde von den tschechoslowakischen Behörden informiert, dass in der Parteizeitung Hetzartikel über die Bundesrepublik erschienen sind«, meldete Markus. Statt seines gelben Pullunders trug er heute einen tannengrünen, und seine Schuhe waren mit Erde verschmutzt; wahrscheinlich war er gerade im Freien bei den Flüchtlingen gewesen.

»Was schreiben sie?«, fragte Huber beunruhigt.

»Westdeutschland hätte die Flüchtlingssituation von langer Hand geplant, um das System der DDR auszuhöhlen.« Markus gab ein höhnisches Schnauben von sich.

298

»Ja klar, Kohl und Genscher haben sich zusammengesetzt und einen kleinen Streich gegen Honecker ausgeheckt, das weiß doch jeder.« Anke verdrehte die Augen, doch wenigstens sorgte ihr Scherz für ein wenig Auflockerung.

»Solange die Tschechoslowaken die Flüchtlinge nicht daran hindern, über den Zaun zu steigen, und die Lebensmittel- und Warenlieferungen unbehindert passieren lassen, beschweren wir uns nicht«, erklärte Huber und rieb sich die Hände. »So viel fürs Erste, Sie können wieder ran an die Arbeit. Frau Gontrau, würden Sie Herrn Seibold die neuesten Informationen weitergeben?«

»Natürlich.« Warum fragte Huber ausgerechnet sie? War es offensichtlich, dass sie mehr mit Tobias verband als ein rein professionelles Verhältnis? Nervös wartete sie, bis die Kollegen sich verstreut hatten, bevor sie sich an Anke wandte, die wieder zu stempeln begann.

»Ahnt Huber etwas? Sind mir meine Gefühle ins Gesicht geschrieben?«

»Was mich betrifft, durchschaue ich dich wie klares Wasser.« Anke schmunzelte. »Aber keine Sorge, ich glaube nicht, dass er etwas gemerkt hat. Erstens ist er zu sehr mit der aktuellen Lage beschäftigt, zweitens ist er ein Mann.«

Sie kam erst am Abend dazu, nach Tobias Ausschau zu halten. Dirk Lemke teilte ihr mit, dass er Schichtdienst am Zaun hatte, und so zog sie ihre dicke Jacke über und eilte durch den Garten. Die meisten Flüchtlinge hielten sich in den Zelten auf, die vom Schein der Lampen von innen heraus beleuchtet wurden und warm und einladend wirkten. Das Gemurmel von Stimmen und vereinzeltes Lachen drangen nach draußen, hier und da riefen ein paar Kinder, wohl in Spiele vertieft, durcheinander. Entgegen aller Erwartungen hatte es am Nachmittag noch einmal aufgehellt, und nun präsentierte sich ein prächtiger Sonnenuntergang in glühendem Purpur und Orange.

Sie erkannte Tobias bereits von Weitem. Auf einem zusammenklappbaren Hocker saß er vor dem Zaun und starrte in das Wäldchen, das sich dahinter erhob, die Baumwipfel in die leuchtenden Farben getaucht. Er lächelte, als er sie sah.

»Manchmal stelle ich mir vor, diesen Zaun zu überwinden und durch das Wäldchen zu gehen. Es muss ein herrliches Gefühl der Freiheit sein. Manchmal träume ich sogar nachts davon«, sagte er versonnen.

»Bekommst du allmählich einen Lagerkoller?« Sie ging vor ihm in die Hocke und legte die Hände auf seine Oberschenkel.

Er lachte. »Ich glaube nicht. Die Vorstellung ist nur zu schön, einfach aus der Botschaft zu spazieren und die klare Luft des Wäldchens zu inhalieren.«

»Bald wirst du durch viel größere Wälder wandern können.« Mit dem Zeigefinger strich sie die Naht seiner Jeans entlang. Wie lange würde er noch hier sein, wie viel Zeit bliebe ihnen noch? Hätten sie außerhalb dieser Mauern und dieses Zaunes noch die Gelegenheit, sich zu sehen?

»Mhm.« Er blickte sich um, ob jemand in der Nähe war, doch der Garten war verwaist. So zog er sie kurzerhand auf seinen Schoß, schlang die Arme fest um sie und schmiegte sein Gesicht an ihre Seite. Etwas in ihr kam ins Schwingen, leise und zart, wie das unmerkliche Zittern von Schmetterlingsflügeln. »Du fühlst dich so gut an.«

Sie schloss die Lider und genoss den Moment; sie musste ihn auskosten, denn wann würden sie wieder einmal ungestört sein? »Du auch.«

Er schob seine Hände unter ihre Bluse und ertastete ihre weiche Haut. Ein Moment, nach dem sie sich so lange gesehnt hatte, der bisher jedoch unmöglich erschienen war. Sie küsste ihn, schmeckte seine weichen Lippen, auf denen ein schwacher Hauch von Kaffee und Minzbonbons lag, und wünschte sich mehr. Eine leichte Brise trug den Geruch nach welkem Laub und Erde aus dem Wäldchen zu ihnen herüber, doch sie war so auf Tobias konzentriert, sein mit Bartstoppeln bedecktes Kinn, das sich an ihrem rieb, die Arme, die sie festhielten, das dunkle Haar, in dem sie ihre Hände vergrub, dass sie für Eindrücke von außen nicht empfänglich war.

»Warum können wir das nicht jeden Tag haben«, flüsterte er, und sie spürte, wie sein heißer Atem ihre Wange streifte.

Die einzige Antwort, die sie ihm zu geben vermochte, war ein weiterer leidenschaftlicher Kuss. Doch schließlich löste sie sich widerstrebend von ihm. »Huber hat mich beauftragt, dir die neuesten Entwicklungen mitzuteilen.«

28

Tobias

»Mu... Mutti hat gesagt, vielleicht kauft sie mir ein rosa Ballkleid für Barbie.« Noch immer fiel es Jasmin schwer, ihre Mutter nicht mit *sie* oder *die Frau* zu benennen, wie sie es anfangs getan hatte.

»Tatsächlich?« Gedankenversunken streifte er ihr den Pyjama über und knöpfte ihn zu. Während seiner Schicht am Zaun hatte Doreen auf Jasmin aufgepasst. Nur widerstrebend war er auf ihr Angebot, bei der Kleinen zu bleiben, eingegangen, hatte es ihr letztendlich jedoch nicht abschlagen können. Trotz allem, was geschehen war. Doreen wünschte sich einen klaren Schnitt zwischen der Vergangenheit und der Gegenwart, aber er wusste nicht, ob er dafür bereit war. Andererseits – was spielte es für eine Rolle, ob er bereit war oder nicht? Es ging um Jasmins Wohl, und zwar ausschließlich. Ganz gleich, wie lange Doreen abwesend gewesen war, das Kind brauchte sie in seinem Leben.

Aber für ihn war es so schwer, mit ihrem Wiederauftauchen klarzukommen, so unendlich schwer.

»Ja.« Jasmin hampelte ungeduldig herum, während er den letzten Knopf schloss und ihr die Schlafanzughose hinhielt. »Aber später erst, hat sie gesagt. Hier gibt es keine Barbies.«

»Später?«, echote er. Was hatte Doreen ihrer Tochter erzählt? Sie hatte doch, um Himmels willen, keine gemeinsame Zukunft im Westen angedeutet?

»Ja, irgendwann.« Jasmin hielt die Barbie an ihrem langen blonden Haarschopf fest. Gott sei Dank besaß sie noch keinen allzu genauen Zeitbegriff, *irgendwann* war dehnbar.

Er löste ihr die Zöpfe, griff nach der Bürste und kämmte sie sorgfältig, wobei sie sich an ihn schmiegte und mit seinem Hemdkragen spielte. Zurzeit verhielt sie sich recht anlehnungsbedürftig, aber das war wohl nur natürlich. Wieder einmal war ihr Leben so kräftig durcheinandergewirbelt worden wie das Innere einer Schneekugel.

»Kommt die Frau ... kommt Mutti morgen wieder?«

Er hielt im Bürsten inne. »Möchtest du das denn, Minchen?«

Sie steckte den Daumen in den Mund und lutschte unschlüssig daran. »Weiß nicht.«

»Wir werden sehen. Ich glaube schon, dass sie kommt. Aber nun ab ins Bett mit dir. Es ist schon spät.« Er küsste sie zärtlich auf den Scheitel und trug sie zum Sofa. Wie ein Klammeräffchen hing sie an ihm, das Gesicht in seiner Halsbeuge vergraben. Er spürte, dass sie völlig durcheinander war und die Besuche ihrer Mutter nicht richtig einzuordnen wusste. Ihm ging es ja genauso.

»Gehst du noch raus zu Dirk und Jeannette, oder bleibst du bei mir?«, fragte sie, als sie unter der Decke lag und ihr Mutschekiepchen fest an sich drückte.

Eigentlich hatte er sich wie die anderen Abende auch auf den Flur setzen und lesen wollen, aber Jasmin schien ihn heute stärker zu brauchen als sonst, was er ihr nicht verdenken konnte.

»Ich bleibe bei dir.« Er schlüpfte aus seiner Hose und kroch zu ihr unter die Decke. Sein Hemd hatte dringend mal wieder eine Handwäsche nötig, aber für die Nacht ging es noch.

Jasmin schlummerte bald, doch er brauchte lange, um zur Ruhe zu kommen. Auch als er endlich schlief, hatte er den Drang, sich hin und her zu wälzen, falls dies auf dem schmalen Sofa mög-

303

lich gewesen wäre. So schreckte er nur allenthalben aus wirren Träumen auf, in denen er sich zwischen Judith und Doreen entscheiden musste; dazu kamen albtraumhafte Fetzen der abenteuerlichen Flucht durch das Erzgebirge sowie verschwommene Bilder seiner Mutter, die mit blauen Lippen auf ihrem Lehnstuhl saß.

»Heute Nacht sind vierzehn Flüchtlinge über den Zaun gekommen«, berichtete Tobias. Den dampfenden Kaffee, den Christina Leuchner ihm reichte, konnte er gut gebrauchen. Er fühlte sich wie durch den Fleischwolf gedreht, müde und kaputt. Die Nacht war wenig erholsam gewesen, und noch bevor er die Augen geöffnet hatte, waren in seinem Innern sämtliche Probleme, die er hatte, wie auf einer Drehscheibe rotiert. Seine Mutter, Judith und Doreen. Und ja, auch der Umstand, dass er seit dem Sommer in einer deutschen Auslandsvertretung wohnte, in der es immer voller wurde. Mandy und René, jener Flüchtling, der nach seinem Diskobesuch reichlich benebelt in der Botschaft aufgeschlagen war, hatten die Nachtwache gehabt und ihm bereits im Morgengrauen Bericht erstattet. »Es sind zwei Ärzte darunter.«

»Die können wir gut gebrauchen«, sagte Markus. »Gestern Abend, kurz bevor ich nach Hause bin, ist eines der Kinder die Treppen runtergestürzt, hat geschrien wie am Spieß. Seit Luzie, unsere Krankenschwester, wieder in die DDR zurückgekehrt ist, bekomme ich jedes Mal Bammel, wenn sich jemand verletzt oder krank wird. Zum Glück trug das Kind nur Schürfwunden davon, und die Mutter konnte es beruhigen.«

Unweigerlich wanderten Tobias' Gedanken zu seiner Mutter. Wenn sie doch nur hier wäre; auch sie könnte von der ärztlichen Versorgung profitieren. Er spürte Judiths Blick auf sich, voller Mitgefühl und Wärme. Sicherlich ahnte sie, was gerade in ihm vorging. Noch immer besprach er seine Sorgen mit ihr, ausschließlich mit ihr. Auf die Idee, sich Doreen anzuvertrauen, kam er nicht, obwohl sie seine Mutter – im Gegensatz zu Judith – gut kannte.

»Ärzte sind immer gut«, stimmte Huber zu. Auch er war fahl im Gesicht, sein Hemd zerknittert, so als habe er die Nacht durchgemacht. Es war nicht unwahrscheinlich, dass er vor lauter Gesprächen mit den Flüchtlingen und Anrufen im In- und Ausland nicht ins Bett gekommen war. »Auch wenn wir mittlerweile so weit sind, dass nicht jeder einen Schlafplatz bekommt.«

»Was bedeutet das?«, fragte Judith alarmiert. »Wo sollen die Menschen hin?«

»Eine Möglichkeit wäre, in Schichten zu schlafen. So könnten sich immer zwei Personen ein Plätzchen teilen.«

Anke schüttelte sich. »Meine Güte, welche Zustände mittlerweile bei uns herrschen.«

Huber rieb sich die geröteten Augen. »Es ist nun einmal so. Außerdem sehe ich keine andere Möglichkeit, als den Schulbetrieb einzustellen und das Schulzelt für die Unterbringung der neuen Flüchtlinge zu nutzen.«

»Aber die Kinder müssen doch was lernen!«, fiel Elias ihm ins Wort.

Huber zuckte erschöpft die Achseln. »Ich weiß. Aber wie soll es sonst gelingen, alle Menschen zu beherbergen? Schlafplätze gehen nun mal vor.«

Eine bedrückte Stimmung legte sich über die Botschaftsmitarbeiter und Tobias.

»In Leipzig gab es wieder zahlreiche Festnahmen bei den Montagsdemonstrationen«, berichtete Markus. »Die Leute verlangten lautstark nach demokratischen Reformen. Ein Teil der DDR-Bevölkerung flüchtet, ein anderer geht auf die Straße, um

305

gegen das Regime zu protestieren ... Merkt die SED-Parteispitze nicht allmählich, dass sie handeln muss?«

Seine Frage war eher rhetorisch gemeint, ohnehin gab es wohl keine zufriedenstellende Antwort darauf, sodass sich die Gruppe kurz darauf auflöste. Tobias wechselte einen verstohlenen Blick mit Judith, die ins untere Stockwerk eilte. Wann sie wieder die Gelegenheit hätten, einen kurzen Moment der Zweisamkeit zu teilen? Er hörte, wie es an der Eingangstür klingelte und wie Walter Edel gut gelaunt rief: »Immer rein mit den jungen Pferden, wa.« Ob das schon Doreen war? Gut möglich, dass sie so früh kam, schließlich saß sie allein im Hotel und hatte sonst nichts zu tun. Wieder einmal brach ihm der Schweiß aus und rann ihm kalt den Rücken hinab. Sie forderte eine Entscheidung von ihm. Das Zugeständnis, mit Jasmin zu ihr nach München zu ziehen, falls die Warterei in der Botschaft ein Ende hätte. Vermochte er ihr das zu geben? Aber was war mit Judith? Sollte ihre Beziehung so rasch ein jähes Ende finden?

»Guten Morgen, Tobias.« Tatsächlich war es Doreen, die geklingelt hatte und sich nun durch die Menschen, die vor der Kälte Zuflucht in den Gängen suchten, hindurchdrängte. Anscheinend regnete es wieder, denn auf ihrer Jacke glitzerten Regentropfen, und auch ihre blonden Haare waren feucht.

»Morgen.« Er wollte nicht allzu griesgrämig klingen, aber es fiel ihm schwer.

»Ist Jasmin schon wach?«

»Natürlich.«

»Gut.« Sie zögerte, schaute sich um, um sich zu vergewissern, dass niemand zuhörte – die anderen Flüchtlinge lasen oder unterhielten sich leise, zwei Kinder saßen auf den Marmorplatten und spielten ein Würfelspiel –, und sagte leise: »Hast du über meinen Vorschlag nachgedacht?«

Er biss die Zähne zusammen; über nichts wollte er weniger sprechen als über dieses Thema, doch er verstand, wie wichtig es für sie war. »Ja. Aber ich bin zu keinem Ergebnis gekommen.«

Ein Funken Enttäuschung verdunkelte ihre Augen, aber nur einen Herzschlag lang. »Verstehe. Nimm dir Zeit.«

»Mach ich.« Hilflos vergrub er die Hände in den Hosentaschen. Verdammt, er fühlte sich geradezu gezwungen, auf ihren Vorschlag einzugehen. Jasmin zuliebe. Trotzdem würde er sich alles noch einmal in Ruhe durch den Kopf gehen lassen, falls man in dieser überfüllten Villa, in der man bei jedem Schritt über jemandes Füße stolperte, von Ruhe sprechen konnte. »Ich müsste mal telefonieren. Kannst du in der Zeit ein Auge auf Jasmin werfen?«

Ihr Gesicht hellte sich auf, diese unverfälschte, tief empfundene Freude, wenn er sie kurz mit ihrer Tochter allein ließ, berührte ihn so sehr, dass es schmerzte. Ja, sie war ihre Mutter, und sie liebte sie, das durfte er niemals vergessen.

Im Büro, wo Jasmin auf dem Boden kauerte und malte, übergab er sie Doreen – sie protestierte nicht, warf ihm nur kurz einen unsicheren Blick zu, bevor sie an der Hand ihrer Mutter hinausging –, dann holte er tief Luft und wählte die Nummer seines Bruders. Dieses Mal ging der Anruf auf Anhieb durch.

»Hast du dich entschieden, ob du Mutter zur Grenze bringst? Was sagt sie dazu?« Für Höflichkeitsfloskeln blieb keine Zeit, deshalb kam er sofort zum Punkt.

Sein Bruder am anderen Ende seufzte vernehmlich. »Obwohl mir diese ganze Sache außerordentlich missfällt, Tobias, wäre ich bereit, sie gemeinsam mit dir durchzuziehen und sämtliche Risiken einzugehen. Du hast recht, es ist die einzige Möglichkeit, Mutter zu retten.«

Tobias überkam das Gefühl, mit einem Heißluftballon in der

Luft zu schweben. Alle Sorgen blätterten von ihm ab, wenn auch nur kurzzeitig. »Das ist ... großartig, danke.«

»Freu dich nicht zu früh«, knurrte Martin. »Mutter hat auch noch ein Wörtchen mitzureden. Du kannst selbst mit ihr reden, ich gebe ihr den Hörer.«

»Ist sie bei dir?«

»Ja.« Martin schnaufte ungehalten. »Bei dem Sturm, den wir letzten Dienstag in Halle hatten, ist ihr ein Ziegelstein durchs Fenster geflogen. Kein Handwerker verfügt über die nötigen Materialien, um den Schaden zu beheben, deswegen habe ich sie mit zu mir genommen.«

Kurz darauf vernahm Tobias die Stimme seiner Mutter. Sie klang leise und schwach, dennoch war er froh, dass sie in der Lage war, mit ihm zu sprechen. »Mutti! Wie schön, dich zu hören! Ich beeile mich, bevor die Verbindung abbricht. Martin hat dir von unserem Plan erzählt, dich nach Prag zu holen, nicht wahr? Von hier aus wirst du in die Bundesrepublik gebracht, wo du Medikamente bekommst, auch wenn ich nicht weiß, wie lange es sich hinziehen wird ...«

»Ohne mich, mein Lieber.« Seine Mutter hustete jämmerlich; es klang, als ersticke sie. Tobias wartete mit zunehmender Ungeduld und Besorgnis ab, bis sie wieder sprechen konnte.

»Was heißt das?«

»Ich lasse mich auf dieses waghalsige Manöver nicht ein. Was habt ihr Jungs euch da zurechtgesponnen? Euer Plan klingt wie aus einem schlechten Tatort.«

»Aber, Mutti, überleg doch mal ...«, brach es aus ihm heraus, doch sie schnitt ihm das Wort ab.

»Wenn es in der DDR weiterhin keine Medikamente geben wird, muss ich das akzeptieren. Dann ist es einfach Schicksal.«

Unter seiner ruhigen Fassade begann es zu brodeln. »Das

kann unmöglich dein Ernst sein. Du willst freiwillig mit deinem Leben bezahlen, dass die Genossen es nicht auf die Reihe bekommen, ihre Warenwirtschaft zu organisieren?«

»Ich bin alt, Tobias.«

»Du bist sechzig!« Wider Willen wurde er laut, doch anders vermochte er seine ohnmächtige Empörung darüber, dass seine Mutter sich derart gehen ließ, nicht zu kanalisieren. »Kein Alter zum Sterben, verdammt noch mal!«

Er ließ seinem Entsetzen freien Lauf und bemerkte erst, dass sein Bruder wieder am Hörer war, als dieser sich räusperte. »Wir haben deine Botschaft vernommen, Tobias, sowohl Mutter als auch ich. Ich muss Schluss machen, aber sei versichert, dass ich weiterhin versuchen werde, Mutter umzustimmen. Melde dich bald wieder.«

»Mach ich«, murmelte er und legte auf, um sich dann die Hände vor das Gesicht zu schlagen. Seine Mutter war immer etwas starrsinnig gewesen, aber sie konnte doch wohl nicht aus freien Stücken in diesem maroden Staat ausharren und warten, bis ... bis sie ihren letzten Atemzug tat?! Es war alles so schwierig, er kämpfte gegen Windmühlen. Plötzlich überkam ihn eine solche Sehnsucht nach Judith, nach ihrem ruhigen, bedachten Wesen, dass ihn ein scharfer Stich in die Brust traf. Er musste sie sehen, musste ihre angenehm kühle Hand auf seinem Arm spüren, um sein erhitztes Gemüt zu besänftigen. Nur bei ihr war er ganz bei sich, zuversichtlich und gelassen, die beste Version seiner selbst.

Er entschied, Jasmin noch ein bisschen bei Doreen zu lassen, und trat auf den Flur, um Judith zu suchen. Auf dem Flur im oberen Stockwerk herrschte ein Gerangel wie unter Schulkindern; zwei Männer im mittleren Alter und Paradiesvogel René bedrohten sich mit Fäusten und beschimpften sich.

»He, was ist hier los?« Ohne zu überlegen, stellte er sich zwischen die Streithähne und trennte sie; im Eifer des Gefechts traf ihn dabei ein heftiger Schlag zwischen die Rippen, und er atmete scharf ein.

»'tschuldigung«, brummte René, »war eigentlich nicht gegen dich gerichtet, Mann.«

»Wo liegt euer Problem?« Tobias rieb sich die schmerzende Seite. Er würde einen gehörigen Bluterguss davontragen, so viel war sicher.

René deutete auf seine beiden Kontrahenten, die sich mühsam zusammenrissen. »Die gehören zur Stasi. Die müsst ihr rausschmeißen, Tobias! Der Botschafter soll sofort kommen und sie auf die Straße setzen!«

»Ich glaub, dir geht's zu gut, du Schwulette«, rief einer der Männer, der, wie Tobias wusste, aus Potsdam stammte und von Beruf Landmaschinenschlosser war.

»Stasi raus, Stasi raus!«, kreischte René und klopfte sich rhythmisch auf die Brust. Weitere Flüchtlinge versammelten sich um die kleine Gruppe und sahen so gebannt zu, als verfolgten sie ein Theaterstück.

»Ruhe!« Tobias hob die Hand wie ein Lehrer, der seine übermütigen Schüler zu bändigen versuchte. »Was hat die verdammte Stasi mit eurem Streit zu tun?« Schon wieder war er am Fluchen, das wurde allmählich zur Gewohnheit.

»Die beiden fragen mich nonstop aus!«, begehrte René auf und bedachte die Umstehenden mit einem flammenden Blick. »Woher ich komme, was ich arbeite, wer meine Freunde sind, welche Ziele ich habe im Leben, warum ich aus der DDR rauswill ...«

»Meine Güte!« Ein Speicheltropfen hing im Mundwinkel des Schlossers. »Wir hocken hier den lieben langen Tag aufeinander, es ist doch ganz normal, dass man sich miteinander unterhält und sich füreinander interessiert!«

»Ihr stellt die gleichen Fragen wie die Stasi«, rief René finster. »Und ganz im Ernst, Leute ...« Er wandte sich den Zuschauern zu, die sich nun dicht um sie drängten. » ... es wäre höchst unwahrscheinlich, wenn die Stasi keine Maulwürfe in die Botschaft geschleust hätte, oder?«

Beunruhigtes Gemurmel erhob sich ringsum. Tobias wischte sich über die Stirn. Stasi-Verdacht in der Villa Lobkowicz, das war mehr, als er im Moment ertragen konnte.

Er atmete erleichtert auf, als Markus mit fragendem Blick den Gang entlangkam. Er würde sich sicher um die Meute kümmern und die hochgekochten Gemüter beschwichtigen. Aus immer mehr Mündern tönte: »Stasi raus! Stasi raus!«

»Nun machen wir mal halblang«, sagte Markus kopfschüttelnd und nickte Tobias zu. Dieser ergriff die Gelegenheit, zu flüchten. In der Eingangshalle stieß er endlich auf Judith, die Edel half, weitere Hilfslieferungen entgegenzunehmen. Ein Blick in sein aufgewühltes Gesicht, und sie sah, dass es ihm nicht gut ging. Das liebte er an ihr, sie war so aufmerksam und sensibel wie keine andere.

Sie sah sich um; zwei Flüchtlinge lagen in Schlafsäcke eingewickelt auf den kalten Fliesen und dösten vor sich hin. Nirgends, wirklich nirgends gab es ein Plätzchen, das man für wenige Minuten für sich allein hatte.

»Dürften wir mal kurz in Ihr Kabäuschen, Herr Edel?«

Ein Schmunzeln huschte über das Gesicht des Portiers. »Aba klar doch, is jebongt.«

Ehe er sichs versah, zog Judith Tobias in Edels Kammer und schloss die Tür hinter sich. Der Raum war so klein, dass noch nicht einmal ein Stuhl hineinpasste; unter dem schmalen Fenster stand ein Regal mit Werkzeugen, an der Wand hing ein Schlüsselbrett.

»Du bist wunderbar«, murmelte er und genoss die feste Umarmung, die sich um ihn schloss. Er spürte Judiths Wärme und den zitronigen Duft ihres Shampoos. Das Zittern, das ihn innerlich durchlief, ebbte ab. Wie konnte er ihre Liebe aufgeben, um mit Doreen zusammenzuleben, selbst wenn es nur auf eine Art Wohngemeinschaft hinauslaufen sollte?

»Es wird alles gut, du wirst sehen«, flüsterte sie, und in diesem Moment glaubte er ihr, ohne zu wissen, was genau sie meinte. »Solange wir nur zusammen sind.«

»Solange wir zusammen sind«, echote er aufgewühlt und drängte den Gedanken an Doreen fast gewaltsam aus seinem Kopf.

29

Judith

Anke wartete an der Tramhaltestelle auf sie, und gemeinsam gingen sie den Hügel in Richtung der Villa Lobkowicz hoch. Dichter Nebel hing über den Dächern. Zum Schutz gegen die feuchtkühle Luft zog Judith sich das neue, cremefarbene Seidentuch bis ans Kinn.

»Schönes Tuch«, bemerkte Anke. Sie trug einen dicken Wollschal und hatte den Mantelkragen hochgeschlagen.

»Meine Mutter hat es mir geschickt«, sagte Judith. Sie hatte dem Päckchen, das gestern Abend vor ihrer Wohnungstür gelegen hatte, wenig Aufmerksamkeit gewidmet. Wann hatte sie zuletzt die Zeit und die Muße gehabt, sich an Kleinigkeiten zu erfreuen? Sie war erst kurz vor Mitternacht heimgekommen, die Müdigkeit schien allmählich ihr Gehirn zu vernebeln, jeder Handgriff geschah langsamer als gewöhnlich. Auch Anke gähnte verhalten, als sie die amerikanische Botschaft passierten.

»Still no news up there?«, rief die Sicherheitsbeamtin, die im Eingang des Palais Schönborn stand, ihnen neugierig zu.

»No news at all«, antwortete Judith.

»Unsere bilateralen Konversationen machen Fortschritte, findest du nicht?« Anke grinste sie von der Seite an, während sie weitergingen. »Wir reden nicht mehr nur über das Wetter.«

Judith schmunzelte. »Ein Königreich für einen starken Kaf-

313

fee«, seufzte sie, als sie an ihrem Lieblingscafé hinter den blauen Holztüren vorbeikamen.

»Dafür haben wir keine Zeit. Wenn dieser Wahnsinn vorbei ist, lade ich dich zu einem wahren Schlemmerfrühstück ein.«

Judith schob den Gedanken an die Zukunft weit von sich. Die Gegenwart war alles, was sie mit Tobias hatte. Sobald die Flüchtlinge ausreisen durften – wohin auch immer –, wäre mit einem Schlag alles, was ihr in den letzten Wochen so wichtig geworden war, vorbei. Zu einem brutalen Ende gebracht. Oder vielleicht doch nicht? Die Ungewissheit setzte ihr zu.

»Ich freue mich jeden Morgen auf ihn.« Trotz der Skepsis, die Anke gegenüber Tobias empfand, musste sie einfach mit ihr über ihre Gefühle sprechen. Wem sonst hätte sie sich anvertrauen können? Wie die Freundin immer sagte, sie hatten nur sich. »Aber wenn ich sie dann zu dritt sehe, würde ich mich am liebsten umdrehen und nach Hause gehen.«

Anke musste nicht fragen, wen Judith mit ihn und sie meinte.

»Die glückliche kleine Familie«, fügte sie bitter hinzu, obwohl sie wusste, dass das nicht der Wahrheit entsprach.

»Das glücklich kannst du getrost streichen, glaube ich«, widersprach Anke auch prompt.

»Ich sollte ihn loslassen, aber das schaffe ich nicht. Meine Gefühle für ihn sind zu stark.«

Anke gab nur einen mitfühlenden Laut von sich, einen Ratschlag erteilte sie ihr nicht. Was hätte sie ihr auch raten sollen? Die Situation war verzwickt, um nicht zu sagen, hoffnungslos.

Sie klopfte an ihre Bürotür, da sie neues Schreibmaterial benötigte. Hoffentlich hielt Doreen sich nicht wieder hier auf, als wohne sie auch in dem kleinen Raum.

Jasmin rief ein fröhliches »Herein«, und noch im Eintreten begann ihr Herz dumpf zu pochen. Natürlich saßen die Seibolds vollzählig auf dem Sofa, was hatte sie erwartet? Ihr Blick fiel auf mehrere liebevoll angerichtete Teller auf dem Schreibtisch; darauf standen frisch duftendes Brot und Brötchen, ein Marmorkuchen mit Schokoladenguss, Obst und bunte Eier, daneben lagen mit einem feinen Rosenmuster verzierte Servietten.

»Die Fr... Mutti hat uns in der Stadt Frühstück besorgt«, krähte Jasmin. Wie ein kleiner Buddha thronte sie im Schneidersitz inmitten ihrer Eltern, den Mund voll mit Kuchen.

»Das ist ja nett.« Sie bemühte sich, ihre Stimme freundlich klingen zu lassen, ihre Worte kamen dennoch reichlich spitz heraus. So wollte sie nicht sein – so missgünstig und eifersüchtig. Hätte sie sich doch besser neue Kugelschreiber von Anke geliehen, statt eine Möglichkeit zu wittern, in ihrem Büro auf Tobias zu stoßen, ohne seine wiederaufgetauchte Ehefrau.

»Komm rein.« Tobias erhob sich und winkte ihr mit einer einladenden Geste zu. Nur zögerlich kam sie einen Schritt näher.

»Wir ... wir frühstücken gerade, wie du siehst.« Er strich sich durch die Haare und verlagerte sein Gewicht von einem Bein aufs andere. War er etwa verlegen, beim gemeinsamen Familienfrühstück ertappt worden zu sein?

»Ja. Guten Appetit«, sagte sie äußerst knapp. Nicht zickig sein, ermahnte sie sich verzweifelt, er tut es für Jasmin. Für seine kleine Tochter, die ein Recht auf beide Elternteile hat. Trotzdem wünschte sie sich, nicht Zeugin dieser heimeligen Szene zu sein, die wie aus einer Vorabendserie wirkte, oder besser noch: Sie wünschte, dieses Frühstück würde erst gar nicht stattfinden.

»Möchtest du ein Brot oder einen Apfel?« Jasmin hielt ihr ihren vollgekrümelten Teller hin, auf dem eine angebissene Brotscheibe, ein Apfelschnitz und der Rest ihres Marmorkuchens lagen.

315

»Das sieht nicht sehr appetitlich aus, Minchen.« Tobias schüttelte mit einem schiefen Lächeln den Kopf. Sein Blick, den er Judith zuwarf, war fast flehend.

»Danke, lieb von dir, aber ich habe schon gefrühstückt. Außerdem möchte ich nicht stören, ich brauche bloß etwas aus meinem Schrank.« Sie zog eine Schublade auf, griff wahllos nach Kugelschreibern und Bleistiften und schob sie mit hämmerndem Herzen wieder zu.

Mit fiebrigen Wangen warf sie einen letzten Blick auf Doreen, die Jasmin zärtlich Schokolade aus dem Mundwinkel wischte, bevor sie flüchtete.

Tobias kam ihr nach und blieb im Türrahmen stehen. »Wir sehen uns später«, sagte er leise, und in diesen wenigen Worten steckte so viel – eine Bitte um Verständnis, um Nachsicht –, dass sie mit zugeschnürter Kehle nickte.

»Ich würde nämlich gerne mit dir sprechen. Ich brauche deine Hilfe.«

»Wobei?« Wieder raste ihr Puls, als wolle er sich überschlagen.

»Ich habe vorhin noch einmal mit meinem Bruder telefoniert. Meine Mutter ist einverstanden, dass ich sie aus der DDR hole.«

»Oh ...« Zusätzlich zu ihrem pochenden Herzen erfüllte nun ein Dröhnen ihren Kopf. Wie sollte sie reagieren? Sie würde ihm wohl kaum zu seinem waghalsigen Plan gratulieren, dafür war ihre Angst um ihn viel zu groß.

»Herr Huber hat mir signalisiert, dass schwerkranke Flüchtlinge durchaus auf schnellem und unbürokratischem Weg in die Bundesrepublik transportiert werden. Natürlich habe ich ihm nicht gesagt, dass ich meine Mutter in die Botschaft schmuggeln möchte.«

»Das wäre nicht allzu schlau gewesen.«

Er lächelte. »Würdest du, solange ich weg bin, auf Jasmin aufpassen?«

»Natürlich.« Ihre Antwort kam spontan und ohne zu überlegen. Erst danach fiel ihr ein, dass sie Tobias unbedingt von diesem halsbrecherischen Plan abbringen musste. Gleichzeitig schoss ihr die Frage durch den Kopf, ob es ein gutes Zeichen war, dass er sie und nicht Doreen um die Beaufsichtigung seiner Tochter bat.

Am frühen Nachmittag, als sich zum ersten Mal an diesem Tag Gelegenheit für eine kurze Pause bot, verließ sie die Botschaft über das Tor auf der Vlašská und lief über den schmalen Bürgersteig hügelaufwärts, um in den Weg einzubiegen, der zum Botschaftsgarten und dem darüberliegenden Wäldchen führte. Tief atmete sie die klare Herbstluft ein, so als könne sie ihren Körper gleichzeitig mit Gelassenheit vollsaugen. Doch die Traurigkeit, die Angst, Tobias zu verlieren, überlagerte alle anderen Gefühle.

Regungslos blieb sie schließlich auf der kleinen Anhöhe des Waldes stehen und starrte auf das Botschaftsgelände herab. Wie seltsam die barocke Villa mit den vielen weißen Zelten aus der Ferne aussah! Als befände sich ein Jahrmarkt auf dem nun heruntergetrampelten und schlammigen Rasen. Dieser Ort war der Mittelpunkt ihres Lebens, und Tobias neben Anke die wichtigste Person, die sie dort hatte.

Ein rauer Wind fegte durch die Bäume, rauschte in den Wipfeln und ließ das Gras zittern. Eine aufgescheuchte Krähe stob auf und verschwand im raschelnden Laub. Trotz ihrer Jacke fror sie, außerdem bohrte ihr der Hunger ein Loch in den Magen. Seit dem Frühstück zu Hause war sie nicht mehr zum Essen gekommen. Gedankenverloren berührte sie mit den Fingerspitzen das neue Seidentuch, und ihre Gedanken flogen zu ihrer Mutter. Manchmal vermisste sie die Gespräche mit ihr. Auch wenn sie regelmäßig te-

317

lefonierten, war es nicht dasselbe wie eine Unterhaltung von Angesicht zu Angesicht.

Was die Mutter ihr wohl raten würde? Sie konnte es sich nur zu gut vorstellen. Ihre Mutter wäre entsetzt, dass sie an einem Mann festhielt, der verheiratet war. Sie selbst schockierte dieser Umstand ja ebenfalls. Falls Tobias die Beziehung zu ihr aufrechterhalten würde – sollte dies in irgendeiner Form praktikabel sein –, könnte sie sich dann verzeihen, eine Familie zerstört zu haben? Tobias behauptete, Doreen hätte diese Familie bereits mit ihrer unbedachten Flucht zerstört. Sie sei nicht mehr zu retten. Doch manchmal sah sie etwas in seinen Augen, einen flüchtigen, dunklen Schatten, der das Blau der Iris verschleierte. Zweifel an dieser Version der Geschichte? Grübelte er tief im Innern doch darüber nach, ob er Doreen den Vorzug geben sollte?

30

Tobias

»Du hättest Hubers Gesicht sehen sollen, als der belgische Botschafter angerufen und ihm mitgeteilt hat, dass siebenundzwanzig DDR-Bürger versehentlich über den Zaun seiner Vertretung geklettert sind«, flüsterte Judith und unterdrückte ein Lachen, um Jasmin nicht zu wecken, die auf dem Sofa lag und tief schlummerte.

Es war Mitternacht, in der Villa Lobkowicz war es so still, dass er fast glaubte, den Atem der Menschen wahrzunehmen, die draußen im Garten, auf dem Dachboden und den Korridoren schliefen.

»Na ja, die belgische Flagge lässt sich leicht mit der deutschen verwechseln.« Er schmunzelte. Sie saßen zu zweit im Schneidersitz auf dem Boden, um den Plan für den nächsten Morgen zu besprechen; er wollte in aller Frühe aufbrechen. Ein warmes Gefühl, die ganze Nacht mit Judith zu verbringen, erfüllte seine Brust. Er wusste, er würde nicht schlafen können, und sie ebenso wenig. Ihre Angst, dass etwas schieflaufen könnte, stand wie ein Gespenst im Raum. Er selbst blendete jeden Gedanken an mögliche Gefahren aus; er durfte einfach nicht so weit denken. »Bitten die Flüchtlinge jetzt in Belgien um Asyl?«

Judith schüttelte schmunzelnd den Kopf. »Quatsch. Huber hat postwendend einen Wagen zur belgischen Botschaft geschickt,

319

um die Leute abholen zu lassen. Sein Kollege dort war nicht sehr amüsiert über den Vorfall.«

Sie zündete die dicke weiße Kerze an, die sie im Schrank für mögliche Stromausfälle aufbewahrte, und er starrte in die Flamme, die flackerndes Licht verbreitete. Zu schwach, um Jasmin im Schlaf aufzuschrecken, aber stark genug, um Judiths Gesicht in einen glühenden Schein zu tauchen. Selten waren sie sich körperlich so nahe gewesen wie heute Nacht.

»Jasmin wacht meistens um halb sieben oder sieben auf.« Am liebsten hätte er sie einfach in den Arm genommen und festgehalten, aber er musste ihr Instruktionen erteilen, hatte er seine Flucht aus der Botschaft doch generalstabsmäßig geplant. »Ich habe ihr gesagt, dass du für sie da sein wirst, weil ich etwas erledigen muss.«

»Die Untertreibung des Jahres«, sagte sie und lehnte den Kopf mit geschlossenen Augen gegen seine Schulter. Sie musste müde sein, trotzdem harrte sie mit ihm aus. Er würde zusehen, dass sie sich gleich noch etwas hinlegte. »Als ob du rasch zum Bäcker laufen würdest, um Brötchen zu holen. Ich stehe tausend Tode um dich aus, das kannst du mir glauben.«

»Ich weiß.« Er küsste sie auf den Scheitel. »Jasmin freut sich darauf, von dir betreut zu werden, sie hat schon angekündigt, dir bei der Arbeit helfen zu wollen.«

»Ich kann jede Hilfe brauchen.« Obwohl ihr Tonfall belustigt war, spürte er die blanke Angst darin.

Er zog sie noch fester an sich. »Es wird alles gut gehen.«

»Was mache ich mit Jasmin, wenn du aufgegriffen wirst? Du sagst, es wird alles gut gehen, aber nehmen wir an, das tut es nicht ... Wenn alles schiefgeht und du ...«

Sie brach ab und verbarg das Gesicht in den Händen. Er wusste nur zu gut, was sie im Begriff war zu sagen. Was geschah, wenn er von den tschechoslowakischen Behörden, oder schlimmer noch, von Stasi-Beamten aufgegriffen wurde? Eine Erinnerung an den Verhörraum im *Roten Ochsen* in Halle blitzte in ihm auf; dieses Mal wäre ihm eine Zelle in einem der berüchtigten Gefängnisse sicher.

»Im Ernstfall kann sie nicht zu Doreen. Wie sollte das funktionieren? Ein ostdeutsches Kind und eine westdeutsche Mutter? Unmöglich. Die bürokratischen Hürden wären unüberwindbar.«

»Ich weiß«, stieß er rau hervor. »Meinst du, das weiß ich alles nicht? Was ist die Alternative? Soll ich zusehen, wie meine Mutter immer schwächer wird und schließlich stirbt? Wenn sie nur ihre Medikamente bekommt, dann wird sie rasch wieder zu Kräften kommen.«

»Du riskierst so viel.« Sie biss sich auf die Lippe und schwieg. Dann zog sie ihre Handtasche heran und kramte in ihrem Portemonnaie. »Hier, nimm das.«

Ratlos sah er auf die Geldscheine, die sie ihm hinhielt. »Was soll ich damit?«

»Das ist doch offensichtlich.« Sie verzog ungeduldig das Gesicht. »Du musst die Busfahrt zur Grenze bezahlen, und für die Rückfahrt brauchst du zwei Fahrscheine.«

»Ich habe noch ein paar Kronen übrig, die ich in Böhmisch Wiesenthal gewechselt habe.«

»Egal. Vielleicht muss es schnell gehen, und ihr braucht ein Taxi …« Ihre Stimme brach, und so steckte er das Geld ohne weiteren Widerspruch in seine Hosentasche.

»Danke.«

Sie knibbelte heißes, herabtropfendes Wachs von der Kerze und formte ein Kügelchen daraus, doch er legte ihr die Hand an die Wange und drehte ihr Gesicht zärtlich zu sich um.

»Wir sehen uns morgen Abend. Beziehungsweise ...«, er schaute auf die Uhr, »heute Abend. Mach dir keine Sorgen.«

Sie bog sich ihm entgegen, und er spürte ihre Lippen auf seinen, weich, warm und sinnlich, und sie küssten sich, als gebe es kein Morgen mehr. Vielleicht ... Doch er musste die zwanghaften Gedanken im Hinterkopf beiseiteschieben, musste sich fokussieren. Es war die einzige Möglichkeit, dies alles durchzustehen, ohne den Verstand zu verlieren. So gefasst und kaltblütig er sich Judith gegenüber gab, war er bei Weitem nicht. Aber was half es, sie noch mehr zu beunruhigen, als sie es ohnehin schon war?

»Weiß Doreen Bescheid?«, fragte sie zwischen den Liebkosungen, die immer heftiger und drängender wurden. Er berührte sie unter der Bluse und spürte ihre zarten, von einer Gänsehaut überzogenen Brüste. Zu mehr würde es auch in dieser Nacht nicht kommen; sie musste dringend noch ein wenig schlafen, und seine dreijährige Tochter befand sich im Zimmer. Außerdem – wäre es nicht fies, mit Judith zu schlafen, wo er doch noch immer mit dem Gedanken spielte, in München mit Doreen zusammenzuziehen?

Mit einem Mal kam es ihm schäbig vor, sie auch nur zu küssen. Sanft ließ er von ihr ab. »Nein, ich habe Doreen nicht eingeweiht. Je weniger Mitwisser, desto besser.«

»Habe ich etwas Falsches gesagt?« Natürlich spürte sie, dass er sich innerlich zurückzog.

Er schüttelte den Kopf und unterdrückte ein Stöhnen. Wie konnte er nur so ein Mistkerl sein? Durch seine fehlende Entschlussfreudigkeit verletzte er Judith, obwohl sie ihm so sehr am Herzen lag. Sobald er von der Grenze zurückkam – falls es ihm und seiner Mutter unbeschadet gelänge –, musste er eine Entscheidung treffen.

»Hast du nicht.« Er strich die Decke glatt, auf der sie lagen und die etwas in Unordnung geraten war. »Aber wir sollten uns nun dringend noch ein wenig ausruhen, uns bleiben nur wenige Stunden.«

»Ist gut.« Ihre Stimme klang dumpf.

Sie löschte die Kerze, und sie legten sich eng aneinander; er streckte seinen Arm aus, damit sie ihren Kopf darauf betten konnte. Er schaute in die Dunkelheit, lauschte ihren Atemzügen und denen seines Kindes. Er spürte, dass auch sie nicht einschlafen konnte.

»Wir werden es schaffen«, hörte er sich selbst flüstern, ohne zu wissen, was er eigentlich meinte. Seine Mutter einzusammeln und sie in die Botschaft zu bringen? Die Beziehung zu Judith aufrechtzuerhalten, obwohl er es seiner Tochter schuldig war, ihr ein gemeinsames Leben mit ihrer Mutter zu ermöglichen?

»Mhm.«

Sie glaubte ihm nicht. Und trotzdem lag sie neben ihm, unterstützte ihn bei seinem irrsinnigen Vorhaben und kümmerte sich um sein Kind, während er weg war. Einmal mehr kam er sich wie ein Schuft vor. Er hatte diese wunderbare Frau nicht verdient.

Judith hatte den Wecker gestellt, doch den benötigte er nicht. In den wenigen Stunden, die von der Nacht geblieben waren, hatte er kein Auge zugetan. Als er sich langsam aufsetzte, schmerzten alle seine Glieder, und der Arm, auf dem Judith gelegen hatte, war taub. Doch er hatte ihn ihr nicht entziehen wollen, vielleicht waren dies die letzten Momente der Nähe, die ihnen vergönnt waren.

Im Finstern stand er auf und knöpfte sein Hemd zu. In der Besuchertoilette wusch er sich das Gesicht mit eiskaltem Wasser, in der Hoffnung, etwas wacher zu werden, doch die bleierne Müdigkeit verließ ihn nicht. Als er ins Büro zurückkam, saß Judith mit angezogenen Knien auf der Decke und rieb sich die geröteten Augen. Stumm beobachtete sie, wie er noch einmal seinen Rucksack überprüfte. Legitimationsbescheinigung – nun, diese würde ihm im Fall der Fälle wenig helfen –, tschechoslowakische Kronen, Wasser, Schokoriegel und Kekse, die Judith ihm am Vorabend zugesteckt hatte. Was hätte er für einen starken Kaffee gegeben! Doch es bestand weder die Möglichkeit noch die Zeit dazu.

Er ging vor Judith in die Hocke. »Es ist so weit«, flüsterte er, um Jasmin nicht zu wecken.

»Ja.« Sie klang kläglich. »Ich bringe dich an die Tür.«

Während sie aufstand und mit den Fingern grob ihre zerzausten Haare kämmte, trat er ans Sofa. Wie friedlich Jasmin im Schlaf aussah, die Wangen gerötet, die Wimpern lang und seidig. Die Barbie saß mit starrem Lächeln auf der Lehne, das Mutschekiepchen war auf den Boden gefallen. Er hob es auf und legte es neben Jasmins Kopf. Es fiel ihm schwer, sich von ihrem Anblick loszureißen, gewaltsam musste er den Gedanken verscheuchen, dass es möglicherweise das letzte Mal war, dass er sie sah. Tat er das Richtige? Aber wenn er Sicherheit an die erste Stelle setzte, würde er seine Mutter aufgeben. Unmöglich. Wie furchtbar es doch war, das Zusammensein mit seinem Kind gegen das Überleben seiner Mutter aufzuwiegen.

»Bis heute Abend«, raunte er, küsste Jasmin auf die Stirn und zog die heruntergerutschte Decke ein bisschen höher. Er musste fest daran glauben, sie am Ende des Tages wieder in den Arm nehmen zu können.

Judith trat hinter ihn. »Ich gebe gut auf sie acht, keine Sorge.«

»Ich weiß, dass sie bei dir in guten Händen ist.« Er atmete tief durch, warf einen letzten Blick auf seine Tochter und folgte Judith nach draußen. In den Korridoren mussten sie einen regelrechten Slalom um die Schlafenden absolvieren, die in ihren Schlafsäcken lagen. Zum Glück wachte niemand auf und stellte unangenehme Fragen.

Die Eingangshalle wurde schwach von einem Notlicht beleuchtet, war aber ansonsten verwaist. Walter Edels Dienst würde erst in zwei Stunden beginnen.

»Ich male mir seit Monaten aus, dass ich die Botschaft erst dann verlasse, wenn unsere Ausreise in die BRD ermöglicht wird«, sagte er mit einem schiefen Lächeln. »Nicht ... so.« Mit den Händen machte er eine hilflose Geste.

»Ich weiß.« Sie lehnte sich ein letztes Mal an ihn, und er umfing sie noch einmal mit seinen Armen.

»Es wird gut gehen, hörst du?«, sagte er eindringlich. Wen wollte er überzeugen, Judith oder sich selbst? »Besorg eine Flasche Sekt für heute Abend, dann feiern wir.«

»Ich habe leider keine Zeit zum Einkaufen.« Kurz lächelte sie. »In der Botschaft befinden sich ein paar Leutchen, um die ich mich kümmern muss, weißt du?«

Er sollte den Abschied nicht noch länger hinauszögern, es würde nur umso schmerzlicher werden, zu gehen. Rasch küsste er sie, drückte sie noch einmal an sich und öffnete dann die schwere Tür zur Straße.

In ihren Augen standen Tränen, und sie presste sich die Faust vor den Mund, doch als zwei uniformierte Sicherheitsbeamte sie auf dem Gehsteig ansprachen, wechselte sie sogleich in den professionellen Diplomatenmodus. Offenbar fragten sie, was vor sich gehe.

»Vše je v pořádku, je to kolega z Bonnu«, sagte sie gefasst.

Er ist ein Kollege aus Bonn, vermutete er. Bewundernswert, wie sie die Polizisten, ohne mit der Wimper zu zucken, anlog. Zum Dank nickte er ihr zu.

Die Sicherheitsmänner ließen ihn ungehindert passieren, und er schritt die Vlašská hinab, ohne sich noch einmal umzudrehen. Die Morgenluft war schneidend kalt und stach ihm ins Gesicht.

An den Rändern des Horizonts löste sich die Dunkelheit bereits auf, um eine rauchfarbene Dämmerung willkommen zu heißen. Es würde ein langer Tag werden.

31

Judith

Jasmin öffnete die Augen und war sofort hellwach. »Vati hat gesagt, dass du heute auf mich aufpasst. Ich helfe dir beim Arbeiten, ja? Aber zuerst will ich frühstücken. Krieg ich einen Kakao? Und ein Marmeladebrötchen?«

Judith lächelte über den kindlichen Wortschwall und hob Jasmin vom Sofa; die Kleine klammerte sich an sie und schmiegte ihr vom Schlafen warmes Gesicht an ihre Wange; ein schönes Gefühl, das sie sogleich mit einer heftigen Sehnsucht erfüllte. Der Wunsch nach einem eigenen Kind flackerte bisweilen in ihr auf, aber in just dieser Sekunde wurde er beinahe übermächtig. Wie erfüllend es sein musste, ein kleines Wesen an der Seite zu haben, dem man seine Liebe schenken und das man beim Großwerden unterstützen konnte.

»Klar. Zuerst sollten wir dich mal anziehen, du möchtest bestimmt nicht im Schlafanzug zum Frühstück gehen. Was willst du anziehen?«

»Den Pullover mit dem Delfin.«

»Gut.«

Bald war die Kleine fertig angezogen und streckte ihr die lavendelfarbene Haarbürste mit den Blümchen hin, die sie Tobias an einem seiner ersten Tage in der Botschaft überlassen hatte. Erinnerungen an die erste gemeinsame Zeit, als es in der Villa noch einigermaßen ruhig und beschaulich zugegangen war und sie sich allmählich kennengelernt und lieb gewonnen hatten, kamen in ihr hoch. Der Gedanke, dass er womöglich nicht von seinem gefährlichen Ausflug zurückkehren würde, war unerträglich.

Sie versuchte, ihren Atem zu beruhigen; es half nichts, sich verrückt zu machen, Jasmin würde dies spüren und ebenfalls beunruhigt sein. Ihr Vater war doch ihr Ein und Alles.

Sie band Jasmins Haar zu zwei Zöpfen, die sie mit Erdbeerspangen zusammenhielt.

»Du kannst das viel besser als Vati, bei ihm ziept es immer so.«

»Danke für das Kompliment.«

Hand in Hand verließen sie das Büro und gingen an den zahlreichen Schlafsäcken vorbei zur Küche, wo sie sich Kaffee, Kakao und Brötchen geben ließen, danach nahm sie Jasmin mit zur Besprechung.

»Du setzt dich ganz leise hin und malst«, flüsterte sie der Kleinen zu, die den Zeigefinger auf den Mund legte und verschwörerisch nickte. Normalerweise blieb sie bei den täglichen Gesprächen bei Jeannette, doch diese war stark erkältet – kein Wunder bei dem nasskalten Wetter. Judith war dies nur recht, ungern hätte sie die Verantwortung für das Kind stundenweise abgegeben.

»Herr Seibold lässt sich entschuldigen«, verkündete sie, sobald alle Botschaftsmitarbeiter sich versammelt hatten. »Ihm geht es nicht gut.«

»Etliche Leute sind angeschlagen.« Huber wirkte besorgt. »Das gefällt mir gar nicht. Die hygienischen Verhältnisse in den provisorischen Toilettenanlagen im Garten sind nicht die besten. Ich habe Angst, dass ein fieser Magen-Darm-Virus ausbricht. Die beiden Ärzte, die sich unter den Flüchtlingen befinden, sprechen gar von möglichen Seuchen. Die Gefahr besteht durchaus, sagen sie.«

Einen Moment schwiegen alle betroffen, nur Anke bedachte Judith mit einem langen Blick, den sie zwischen ihr und Jasmin hin und her wandern ließ.

»Tobias ist krank, und du spielst Ersatzmama für die Kleine?«, flüsterte sie.

Rote Flecken überzogen Judiths Wangen. »Nein, nicht Ersatzmama. Ich passe nur ein wenig auf sie auf, das stört mich nicht.«

»Wahrscheinlich gefällt es dir ganz gut, die Kleine im Schlepptau zu haben, so wie ich dich kenne.«

»Mhm.« Auf keinen Fall würde sie mit Anke über ihre Gefühle diskutieren, nicht zu diesem Zeitpunkt. Ihre Nerven waren zum Zerreißen gespannt. Wo Tobias sich inzwischen befand? Ob bisher alles glatt gelaufen war?

»Ich denke, Herrn Seibold wird es morgen wieder besser gehen, er fällt bestimmt nicht lange aus«, erklärte sie, an Huber gerichtet.

»Es wird heute auch einmal ohne ihn gehen.« Huber goss sich aus einer Thermoskanne, die der Küchenjunge soeben gebracht hatte, Kaffee ein. Judith sah, dass seine Hände kaum merklich bebten.

»Schau mal, was ich gemalt habe.« Jasmin schlüpfte unter Elias' Beinen hindurch, um Judith ihr quietschbuntes Bild zu zeigen. Darauf war in ungelenken, groben Strichen ein Rechteck mit blau umrandeten, im Innern weißen Quadraten zu erahnen, vermutlich die Villa Lobkowicz mit der Zeltstadt im Garten.

»Du solltest es aufheben, Kleine, vielleicht kannst du es in ein paar Jahrzehnten als bedeutendes Zeitzeugnis versteigern«, bemerkte Markus trocken, und die Mitarbeiter schmunzelten.

»Sehr schön. Aber nun mal noch ein bisschen weiter.« Judith hob Jasmin hoch und setzte sie auf den Tisch, wo sie begann, weiterzumalen; vor lauter Eifer bewegte sich ihre Zungenspitze hin und her.

»Wir müssen uns auf einen weiteren Besuch Vogels einstellen«, verkündete der Botschafter. »Das Politbüro kommt den DDR-Bürgern mit einem weiteren Zugeständnis, wie sie es drüben nennen, entgegen. Auf legalem Wege gestellte Ausreiseanträge sollen schneller als bisher bearbeitet werden, nämlich innerhalb von sechs Monaten. Ich rechne schon heute oder morgen mit Vogel.«

Unauffällig wischte sich Judith die schwitzigen Hände an ihrer Hose ab. Meine Güte, hoffentlich tauchte der Ostberliner Anwalt nicht bereits im Laufe des Tages auf! Bei einem Gespräch zwischen ihm und den Flüchtlingen durfte Tobias auf keinen Fall fehlen. Seine Abwesenheit würde seltsam anmuten.

Jasmin. Sie musste sich um Jasmin kümmern, um die Panik, die sie immer wieder erfasste, niederzukämpfen.

32

Tobias

Unterwegs

Es war noch dunkel, als Tobias in den Bus stieg, allerdings zeichnete sich bereits ein leichter, milchig rosa Streifen am Himmel ab. Zum Glück waren bereits viele Menschen unterwegs, offensichtlich auf dem Weg zur Arbeit. Er hoffte, in der Menge unterzugehen, sodass ihm niemand besondere Beachtung schenken würde. Den Fahrschein bezahlte er mit ein paar Kronen, gut, dass Judith ihm noch Geld mitgegeben hatte, seines würde bestimmt nicht für die Rückfahrt reichen. Er zog sich die Kapuze seiner dunkelblauen Jacke aus dem Rot-Kreuz-Fundus über den Kopf, was albern war – schließlich wurde er ja nicht steckbrieflich gesucht. Trotzdem fühlte er sich wohler, wenn sein Gesicht nicht allzu genau zu erkennen war.

Der Bus rumpelte durch die Stadt, und wie bei seiner Ankunft vor fast drei Monaten nahm er nichts von der Schönheit Prags wahr. Die kopfsteingepflasterten Gassen, die goldenen Dächer der Türme, die Moldau, die kurz zu seiner Linken zu sehen war, zu dieser frühen Stunde noch schwarz wie Tinte, all das flog unbemerkt an ihm vorbei.

Er musste sich konzentrieren. Die Orte, an denen er umsteigen musste, hatte er auswendig gelernt, aber zur Sicherheit ging er sie im Kopf noch einmal durch. Judith hatte ihm die Fahrpläne besorgt. Judith. Er wusste, wie viel er ihr zumutete, indem er sie zu seiner Komplizin machte. Hoffentlich würde sie keinen Ärger bekommen, falls herauskäme, dass sie ihn beim Verlassen der Botschaft unterstützt hatte. Huber, Markus Erlenwein, Elias Trauth, Anke Wegener und die anderen Diplomaten würden an seinem Verstand zweifeln. Doch welcher Sohn ließ seine Mutter leiden, nahm ihren Tod in Kauf, wenn er auch nur eine winzige Möglichkeit sah, ihr zu helfen?

Sein Magen rumorte, und er nahm eine Packung Kekse aus seinem Rucksack und schlang ein paar herunter. Deutsche Doppeldecker-Schokoladenkekse. Bestimmt hatte Judith sie von einem der Pakete abgezweigt, die ihre Mutter ihr immer schickte. Er schloss die Augen und lehnte den Kopf gegen die Rückenlehne. Nach der schlaflosen Nacht war er todmüde, trotzdem kam er innerlich nicht zur Ruhe. Eigentlich hatte er vorgehabt, die lange Fahrt zu nutzen, um darüber nachzudenken, ob er Doreens Angebot annehmen sollte, mit ihr zusammenzuziehen, doch seine Gedanken wirbelten wild durcheinander, unmöglich, einen zu fassen und zu Ende zu bringen.

Wie sollte er auch in der Lage sein, seine Zukunft zu planen, wo es doch in den Sternen stand, wann diese eintreten würde? Seit Monaten befand sich sein Leben in einer Warteschleife; einer schönen Warteschleife, einem Ort, an dem er sich zum ersten Mal im Leben frei fühlte, wertgeschätzt und von Bedeutung. Und wieder geliebt. Er konnte sich durchaus vorstellen, die Beziehung mit Judith weiterzuführen, fragte sich nur, wie? Er würde nicht den Rest seines Lebens in der Botschaft verbringen, irgendwann würde er in ein neues Leben geworfen werden. Doreen würde einen Platz darin haben, so viel war klar. Sie brannte dafür, wieder für Jasmin da zu sein, und natürlich hatte sie jedes Recht dazu.

Das Einfachste wäre, mit der Kleinen zu Doreen zu ziehen, zumindest für den Anfang. Sie könnten als Freunde zusammenleben.

Im nächsten Moment schalt er sich seiner naiven Anwandlung; als ob Doreen Interesse an Unverbindlichkeit hätte!

Doch während er grübelte, schwirrte ihm immer wieder Judiths Bild durch den Kopf. Ihre grauen Augen, die einem stürmischen Wolkenhimmel glichen und doch so sanft waren, ihre helle Haut, die sich so herrlich weich unter seinen Händen anfühlte, die sinnlich geschwungenen Lippen, die er nie müde wurde zu küssen, das braune Haar, das nach Zitronen und Mandarinen duftete. Wie sollte er es über sich bringen, sie aufzugeben?

Eine laute Stimme riss ihn aus seiner Versunkenheit. Über die Köpfe der Mitreisenden hinweg blickte er nach vorn. Ein Mann in Uniform ging von Sitzreihe zu Sitzreihe und sprach die Passagiere an.

Panik schlug wie eiskaltes Wasser über ihm zusammen. War das ein Polizist? Oder womöglich ein Stasi-Beamter? Doch Letzteres war Unsinn, zwar positionierte die Stasi ihre Leute auch im Ausland, um DDR-Bürgern aufzulauern und sie zu bespitzeln, doch Tschechoslowaken in einem öffentlichen Bus zu kontrollieren ginge selbst ihnen zu weit, dazu hatten sie keinerlei Befugnis.

Trotzdem ... Er rutschte nervös auf seinem Sitz herum, umklammerte die Träger seines Rucksacks und sah sich verstört um. Da er ziemlich weit hinten saß, war eine Flucht unmöglich.

Der Uniformierte kam näher; sein Hemd unter der Kapuzenjacke war inzwischen nass vor kaltem Schweiß. War sein Ausflug hiermit beendet? Er hatte kaum die Stadtgrenzen verlassen. Was wurde aus Mutter? Aus Jasmin ...?

Als der Mann in der Reihe vor ihm angekommen war, sah er, dass er lediglich die Fahrscheine kontrollierte, doch ihm saß noch immer die Angst im Nacken. Mit zitternden Fingern holte er sein Ticket aus dem Rucksack.

»Lístek prosím.« Der Kontrolleur stand nun direkt neben ihm und warf einen kurzen Blick auf seinen Fahrschein, dann ging er weiter.

Tobias riss ein Taschentuch aus seiner Hosentasche und wischte sich den Schweiß von der Stirn. Die weitere Fahrt musste einfach reibungslos verlaufen. Ihm fehlte die Kraft, ständig gegen den Panikmodus anzukämpfen.

33

Judith

Mittags half sie bei der Essensausgabe im Garten mit. Die Schlangen davor wurden von Tag zu Tag länger. Ob der Eintopf für alle reichen würde? Jasmin stand mit ihrem Puppenwagen, in dem das Mutschekiepchen und die Barbie saßen, neben ihr und versuchte, sie tatkräftig zu unterstützen.

»Pass auf, das ist heiß!« Erneut ging ein Schöpflöffel daneben, da die Kleine den Teller schief hielt.

»Bist ja ganz schön fleißig heute, Jasmin«, sagte Dirk schmunzelnd. In einer gelben Regenjacke – es begann mal wieder zu nieseln – stand er vor dem Tisch mit den riesigen Töpfen, seine Töchter wie Orgelpfeifen neben ihm. »Wo ist denn dein Vati?«

Judith begann trotz der niedrigen Temperaturen unter ihrem Mantel zu schwitzen. Jasmin wusste zwar nicht, wo sich Tobias befand und was er vorhatte, trotzdem würde sie möglicherweise etwas herausplappern, was Dirks Argwohn auf sich zog.

»Er hat zu tun«, antwortete sie rasch und reichte Saskia den gefüllten Teller.

»Den ganzen Tag. Deshalb arbeite ich mit Judith zusammen«, erklärte Jasmin mit wichtiger Miene.

»Soso, du arbeitest. Respekt, kleines Fräulein! Dein Vati hat wohl ein paar wichtige Geschäfte in der Stadt zu erledigen«, gab Dirk mit ebenso bedeutungsvoller Miene zurück.

335

Judiths Lächeln fiel reichlich schief aus. Wenn es nur bereits Abend wäre! Was konnte im Lauf des Tages noch alles passieren!

Zum Glück bahnte sich Anke, einen transparenten Regenschirm dicht über dem Kopf, gerade ihren Weg an der Warteschlange vorbei zu ihr, und die kurze Unterhaltung mit Dirk fand ein rasches Ende.

»Judith!«, raunte sie ihr zu. »Du musst reinkommen, Tobias' Frau ist da.«

Sie spürte, wie ihre Knie weich wurden. O nein, Doreen fehlte gerade noch. Wieso musste sie sich Tobias' Bitte vom Vortag, heute nicht zu kommen, widersetzen? Er hatte ihr vorgegaukelt, den ganzen Tag in wichtigen Gesprächen zu sein. Was sollte sie ihr nun sagen?

»Ich übernehme die Gulaschkanone.« Ankes missmutiger Gesichtsausdruck sprach Bände; keiner der Botschaftsangehörigen riss sich darum, im verregneten, durchweichten Garten zu stehen und Essen an Hunderte von Flüchtlingen auszuteilen.

»Danke, du hast was gut bei mir.« Judith fühlte sich ganz klein. Lieber würde sie noch stundenlang Teller befüllen, als sich mit Doreen auseinanderzusetzen. »Komm, Jasmin, wir müssen rein.«

Vertrauensvoll schob Jasmin die Hand in ihre.

»Es geht nicht, dass diese Frau ständig hier aufkreuzt. Zum Glück herrscht so ein Chaos, dass es außer mir bisher niemandem aufgefallen ist, aber stell dir nur vor, es kommt Huber zu Ohren!«

Bei dem Gedanken daran wurde Judith ganz flau im Magen, aber Anke war noch nicht fertig.

»Stell dir vor, alle Flüchtlinge würden Besuch empfangen, dann wären bald Tausende von Leuten hier!«

»Ich weiß, du hast recht.« Wieso musste alles so kompliziert sein? Tobias war weit weg, womöglich befand er sich just in diesem Moment in großer Gefahr, vielleicht hatte ihn die Polizei oder die Stasi bereits aufgegriffen, und sie hatte diese Frau am Hals.

Mit Jasmin, die Schwierigkeiten hatte, ihren Puppenwagen durch das nasse Gras zu schieben, lief sie eilig zurück in die Villa. Überall hockten Flüchtlinge, die ihr Essen bereits erhalten hatten, auf dem Boden und löffelten ihren Eintopf. Es duftete nach Kartoffeln und Gemüse.

»Da ist die Frau … ich meine, Mutti!« Jasmin bekam große Augen, als sie Doreen vor Judiths Bürotür stehen sahen.

»Minchen!« Doreen, die einen dicken gelben Schal um den Hals gebunden trug, der feucht vom Regen war, ging in die Hocke, um ihre Tochter in die Arme zu schließen. »Wie schön, dich zu sehen.«

Judith beobachtete die Wiedersehensszene mit einem unbehaglichen Gefühl. Mit einem Mal fühlte sie sich fehl am Platz.

Dann richtete Doreen sich auf und strich sich eine blonde Haarsträhne aus dem Gesicht. »Ich habe geklopft, aber Tobias ist nicht da.«

»Er hat Ihnen gesagt, dass es heute schlecht ist für einen Besuch, da er den ganzen Tag zu tun hat.« Judith sah Doreen in die blauen Augen, die eben, als sie Jasmin umarmt hatte, noch geleuchtet hatten; nun war es, als zöge sich ein Vorhang der Ablehnung davor.

»Ich weiß. Aber ich möchte meine Tochter sehen.«

»Vati ist schon ganz früh aufgestanden, da habe ich noch geschlafen. Ich glaube, es war noch Nacht«, plapperte Jasmin, die Hände an den Griffen des Puppenwagens.

»Wirklich?« Doreen blickte Judith argwöhnisch an.

Hoffentlich stellte sie keine weiteren Fragen, die sie nicht beantworten konnte. Verflixt, sie hatte weder die Zeit noch die Lust, sich um Doreen zu kümmern!

337

»Wo steckt Tobias denn?«

»Oben beim Botschafter«, flunkerte sie. Sie betete, Huber möge nicht gerade in diesem Augenblick um die Ecke biegen und ihre Worte Lügen strafen.

Das Misstrauen in Doreens Augen wurde tiefer. »Aber er wird doch zwischendurch mal runterkommen und nach Minchen sehen!«

»Nee, heute verbringe ich den ganzen Tag mit Judith!« Jasmin sah strahlend zu ihrer Mutter auf, als erwarte sie, dass diese sich genauso freue wie sie. Diese starrte noch immer Judith an, als zöge sie ihre eigenen Schlüsse. Was wohl in ihrem Kopf vorging? Judith zog ihre Jacke aus und hängte sie sich über den Arm; sie schwitzte erneut, obwohl es im Palais kalt war und zog.

»Vielleicht kommen Sie morgen wieder«, schlug sie vor. Sie rang mit sich, ob sie Doreens Besuche gänzlich verbieten sollte. Das Recht dazu hatte sie allemal, Ankes Äußerung, dass es ein Ding der Unmöglichkeit war, in dieser prekären Situation Gäste aus der Bundesrepublik zu empfangen, traf absolut zu. Allerdings war Doreen nicht nur ein beliebiger Gast – sie war Jasmins Mutter.

»Ja, mach ich«, sagte Doreen, doch als Judith bereits aufatmete, fügte sie hinzu: »Aber wo ich schon einmal da bin, möchte ich ein bisschen Zeit mit meiner Tochter verbringen.«

Um Himmels willen. Doreen konnte sich doch nicht einfach in der Botschaft einnisten! Wie sollte sie reagieren? Was würde Tobias wollen?

Doreen nutzte die Zeit, in der Judith einen innerlichen Kampf ausfocht, um eine Tüte aus ihrer Handtasche zu ziehen. »Schau mal, Minchen, ich habe dir doch ein Kleid für die Barbie versprochen. Das habe ich in einem Spielzeugladen gefunden, es ist zwar nicht original Barbie, aber ich denke, es wird passen.« Sie hielt ein knallpinkes Abendkleid in Miniaturformat in die Höhe; Jasmin griff begeistert danach und befühlte die glitzernden Rüschen und schwingenden Volants.

»Wie schööön!«

»Sollen wir gucken, ob es Barbie passt? Wir könnten ihr Haar auch noch passend frisieren.«

Die Kleine nickte eifrig und riss die Klinke der Bürotür herunter. »Komm, Mu... Mutti.«

In Judith versteifte sich alles. Sollte sie Doreen wirklich erlauben, sich ohne Tobias in ihrem Büro aufzuhalten? Der Gedanke widerstrebte ihr so, dass sie sie am liebsten am Ellbogen gefasst und herausbefördert hätte. Aber wo sollten sich Mutter und Tochter sonst aufhalten? In den Korridoren, wie auf einem Präsentierteller? Sie atmete tief durch; wohl oder übel musste sie in den sauren Apfel beißen. Mochte dieser schreckliche Tag doch rasch ein Ende nehmen. Aber es war noch immer Mittag, selbst wenn alles gut ging, würde Tobias erst am späten Abend zurückkehren.

»Ich schaue später wieder nach dir«, verkündete sie in Jasmins Richtung, aber diese war zu sehr darin vertieft, das Kleid über den Haarschopf der Puppe zu stülpen, als dass sie geantwortet hätte, und Doreen gab nur ein unbestimmtes Brummen von sich.

Als sie bereits auf dem Korridor war und die Tür hinter sich zuziehen wollte, stand Doreen plötzlich vor ihr, so nah, dass ihr die Kopfhaut vor Unbehagen kribbelte.

»Ich weiß, dass sich zwischen Tobias und Ihnen etwas angebahnt hat.« Doreens Worte kamen lediglich als heiseres Flüstern aus ihrem Mund. Ihr Blick flackerte, offensichtlich fiel es ihr schwer, Judith in die Augen zu sehen. »Bitte ... bitte beenden Sie das, was zwischen Ihnen ist.«

»Ich ...« Das Wort erstarb auf ihren Lippen, ihr war, als habe sie einen kräftigen Fausthieb in den Magen bekommen.

»Sie kennen ihn noch nicht lange, ich fast die Hälfte meines

339

Lebens. Wir sind verheiratet und haben ein Kind. Drängen Sie sich nicht zwischen uns, bitte.«

Es gab keine Beziehung mehr, in die sie sich einmischen konnte, seit zwei Jahren nicht. Doch der Einwand, der aus Judith herauswollte, blieb ihr in der Kehle stecken. Mit den hektischen Flecken auf den Wangen und dem erstarrten Körper sah Doreen so unglücklich aus, dass sie ihr die Bitte, so übergriffig sie auch sein mochte, nicht übel nehmen konnte. Im Gegenteil, an Doreens Stelle würde sie genauso handeln, den Mann, den sie noch immer liebte, und das Kind, das sie schmerzlich vermisst hatte, mit allen Mitteln zurückgewinnen wollen. Sie vermochte die abgrundtiefe Verzweiflung, die in Doreens Augen lag, vollends nachzuvollziehen, empfand sie selbst doch ähnlich.

»Ich muss arbeiten«, stieß sie aufgewühlt hervor. »Sie können eine Stunde bleiben. Ich komme nachher und bringe Sie zur Tür.«

»Bist du sie losgeworden?«, zischte Anke ihr zu, als sie wieder bei der Essensausgabe eintraf. Die Schlange war nicht kürzer geworden, im Gegenteil, sie schien kein Ende zu nehmen.

»Nein«, gestand sie dumpf, während sie einen Schöpflöffel nahm und Mandy, die noch genauso blass und verängstigt wirkte wie am Tag ihrer Ankunft, Eintopf auf den Teller gab. Sie sollte mit den Portionen nicht allzu großzügig sein, denn sie bezweifelte, alle Flüchtlinge satt zu bekommen.

Anke verdrehte die Augen. Ihre Haare klebten ihr wie nasse Schlangen an Schläfen und Wangen. »Was ist so schwer daran, ihr klarzumachen, dass sie hier nicht ein und aus gehen kann wie in ihrem Hotel?«

»Ach, Anke.« Sie war zu energielos, um der Freundin zu erklären, weshalb es ihr schwerfiel, Doreen die Besuche zu verbieten.

»Sitzt sie nun an Tobias' Krankenbett und hält ihm Händ-

340

chen?« Anke füllte einen weiteren Teller und reichte ihn einem kleinen, braunhaarigen Jungen mit unzähligen Sommersprossen, der in seinem dünnen Pullover zu frieren schien.

»Hm.« Sie konnte Anke unmöglich beichten, dass Tobias die Botschaft verlassen hatte, die Freundin würde sicherlich außer sich sein, und das zu Recht.

»Was hat er überhaupt? Die Grippe?«

»So ungefähr.« Abrupt wandte sie sich ab und ließ sich auf ein Gespräch mit René ein, um Ankes Fragen zu entgehen. Sie hasste es, sie anzulügen. Wenn alles vorbei wäre, würde sie ihr von Tobias' waghalsiger Aktion erzählen, doch im Moment war ihr das zu viel. Sie musste sich konzentrieren, um eine Aufgabe nach der anderen zu erledigen, äußerlich gelassen zu bleiben und nicht jede Minute auf die Uhr zu schauen.

»Der Eintopf reicht mal wieder hinten und vorne nicht.« Anke schnaufte.

»Was?« Aus ihrer Versunkenheit gerissen, starrte Judith in die leeren Töpfe. Auch das noch.

»Macht nix, wirklich.« Zwei Jugendliche in abgetragenen Langarmshirts winkten lässig ab, als sie bedauernd die Hände hob. »War schon öfter so. Geben Sie uns einfach Besteck, wir teilen unsere Portionen untereinander.«

»Es tut mir leid, glaubt mir.« Heute ging aber auch alles schief.

»Kein Problem.« Ein Fünfzehnjähriger mit flammend rotem Haar lächelte ihr beruhigend zu, als sie ihm Löffel und Gabeln reichte.

Während sie mit Anke die Töpfe in die Küche trug, spähte sie wieder auf die Uhr. Es war mehr als eine Stunde vergangen, seit sie Doreen mit Jasmin in ihrem Büro allein gelassen hatte. Zeit, Doreen höflich klarzumachen, dass sie nun in ihr Hotel zurückkehren musste.

341

»Wir sehen uns später«, sagte sie zu Anke, nachdem sie dem Koch das Geschirr gebracht hatten, dann eilte sie zu ihrem Büro.

Doch es war leer. Ihr Herz begann zu hämmern. Wo steckten die beiden nur? Doreen würde wohl kaum mit der Kleinen durch die Villa wandern. Trotzdem lief sie alle Korridore ab, immer neue Schreckensszenarien im Kopf.

Im Garten lief sie im Slalom um die Zelte, schaute in die weißen Behausungen hinein, von deren Dächern der Regen tropfte, stieß aber lediglich auf verwunderte Blicke. Mit dem Gefühl zunehmender Ohnmacht rannte sie am Zaun entlang, fragte die zwei wachhabenden Flüchtlinge, ob sie eine blonde Frau in Begleitung eines kleinen Kindes gesehen hatten, doch sie schüttelten nur verständnislos den Kopf. Als ob Doreen mit der Kleinen über den Zaun klettern würde! Sie betrat und verließ die Botschaft täglich durch den Haupteingang.

Walter Edel! Sie musste dringend in die Eingangshalle, vielleicht hatte der Pförtner etwas gesehen. Ihr Magen fuhr Achterbahn, Übelkeit schwappte in Wellen in ihr hoch, so als befände sie sich auf hoher See, als sie zur Villa zurücklief. Ihre Schuhe sanken tief im Schlamm ein, braune, feuchte Erde spritzte auf und hinterließ hässliche Flecken auf ihren Hosenbeinen, aber das war ihr egal.

»Hat dich der Hafer gestochen?«, fragte Markus, der ihr mit Akten beladen entgegenkam. Sie biss sich auf die Lippe und hastete weiter.

Edel saß in der Halle und spielte mit einem Flüchtlingstrio, bestehend aus Männern mittleren Alters, Karten. Er schaute besorgt auf, als er sie keuchend nahen sah, und erhob sich.

»Wat is los, Frau Jontrau? Brennt die Hütte, oder wat?«

Sie beugte sich vor und stützte die Hände auf den brennenden Oberschenkeln ab, bemüht, wieder zu Atem zu kommen.

342

»Is wat passiert?«, fragte er beunruhigt und legte ihr fürsorglich eine Hand auf die Schulter.

»Hat eine Frau die Botschaft verlassen, Herr Edel? Diese blonde Frau, die jeden Tag kommt, um Tobias Seibold zu besuchen? Hatte sie Tobias' Kleine bei sich?« Sie richtete sich wieder auf, konnte nun wieder frei atmen, und das schwarze Flimmern, das ihr Momente lang vor den Augen getanzt hatte, hatte sich aufgelöst.

»Ja, die beeden sind vor 'ner Viertelstunde hier rausmarschiert«, gab Edel zu. »Die Kleene war janz aufjekratzt, wa.«

»Sie haben sie einfach gehen lassen?« Sie war völlig aus der Fassung. Doreen und Jasmin waren fort – welch eine Katastrophe!

»Nu, ick hab mir jedacht, sie is doch Minchens Mutter. Dit hat se mir letztens erzählt.« Edel wirkte so erschrocken, dass er seinen Flachmann aus der Uniformtasche kramte und einen kräftigen Schluck nahm. »Auch eenen?«

»Nein.« Heißer Groll auf Edel stieg in ihr auf.

»War wohl nich die Idee des Jahres, wa?« Offenbar spürte der Pförtner ihre Wut und Verzweiflung, denn er blickte sie mit seinen von feinen Runzeln umgebenen Augen flehentlich an. »Da hab ick wohl jewaltig wat vabockt, tut mir leid.«

»Hat ... hat Frau Seibold gesagt, wo sie mit der Kleinen hinwollte?« Judith versuchte, ihre wachsende Ungeduld zu bezwingen, für Edels Entschuldigungen hatte sie nun wahrhaftig keine Zeit.

Der Portier schien angestrengt nachzudenken, dann schüttelte er voller Bedauern den Kopf. »Ick hätte se aufhalten sollen, ick weeß ooch nich, wat in mich jefahren is.«

Judith ließ ihren Blick über das Grüppchen schweifen, das sich beim Kartenspiel amüsierte. »Schon gut, Herr Edel.« Machten sie nicht alle Fehler? Auch der gutmütige Pförtner stand seit

343

Monaten unter Strom, sie konnte es ihm nicht verdenken, dass er sich ein wenig Ablenkung gegönnt und nicht so genau aufgepasst hatte, was im Eingangsbereich vor sich ging. Außerdem trug sie an Jasmins Verschwinden genauso viel Schuld wie er. Wie hatte sie das Kind mit Doreen allein lassen können? Hätte sie sich nicht denken können, dass diese die Gelegenheit nutzen würde, um die Kleine zu entführen? »Ich ... ich muss Frau Seibold suchen ... Sie kann kommen und gehen, wie sie möchte, aber Jasmin kann nicht in der Stadt herumspazieren! Sie ist ein ostdeutsches Kind, wenn sie den falschen Leuten in die Hände kommt, verfrachten diese sie postwendend in die DDR zurück. In ein Heim oder eine Pflegefamilie ...« Tränen brannten hinter ihren Augenlidern, doch jetzt war nicht der Moment, sich gehen zu lassen. Sie musste handeln, und zwar schleunigst, verhindern, dass Tobias' schlimmster Albtraum – der Verlust seines Kindes – eintrat.

»Kann ick helfen?«, fragte Edel verlegen.

»Nein. Doch ... Falls jemand mich sucht, sagen Sie, ich schnappe ein wenig Luft, mir wäre schlecht.« Das war nicht einmal gelogen. Sie schloss den Reißverschluss ihrer Jacke, stellte den Kragen auf und trat durch die schwere Tür hinaus auf die Vlašská. Der Regen traf wie feine Nadelstiche auf ihr Gesicht, ihre Haare kräuselten sich binnen Sekunden vor Feuchtigkeit. Wo, um Himmels willen, sollte sie anfangen zu suchen? Die Stadt war riesig, ihr war, als suche sie die sprichwörtliche Nadel im Heuhaufen. Doch sie durfte nichts unversucht lassen. Sie musste Jasmin finden, sie musste einfach.

344

34

Tobias

Es war Mittag, als er im böhmischen Grenzort Bublava ankam. Durch die sechs Stunden Fahrt inklusive fünfmaligem Umsteigen war er zwar erschöpft, dennoch pulsierte eine nervöse Energie in ihm. Zu keinem Zeitpunkt hatte er sich entspannen können, seine Sinne waren ständig geschärft. Unter seiner weit in die Stirn gezogenen Kapuze heraus beobachtete er seine Mitmenschen, doch keiner schien ein gesteigertes Interesse an ihm zu haben. Vielleicht war der starke Regen, der gegen die Scheiben der Busse und Bahnen, mit denen er unterwegs war, trommelte, von Vorteil. Wer hatte schon Lust, bei diesem Wetter unnötige Kontrollen durchzuführen?

Als er in Bublava ausstieg, war er binnen Sekunden klatschnass. Einen Moment blieb er stehen, um sich zu orientieren, verloren inmitten eines Meers aus Regenschirmen. Nachdem seine Mitreisenden sich verstreut hatten, ging er strammen Schrittes auf den Grenzübergang zu, der gut ausgeschildert war. Das Erzgebirge ragte vor ihm auf, ein grauer Koloss, der im Regen verschwamm, die Gipfel verschleiert vom Dunst. Zu seiner Seite plätscherte der Schwaderbach dahin; die Regentropfen, die auf die Wasseroberfläche trafen, zogen weite Kreise. Tief atmete er die frische Bergluft in sich ein; unter anderen Umständen hätte er die Natur um sich herum, die Freiheit, die das kleine Dorf und die bewaldeten Hügel versprachen, genossen. Seit Monaten sah er nichts anderes als die Villa Lobkowicz und das Gartengelände, er hatte fast vergessen, wie es sich anfühlte, durch eine weite Landschaft zu wandern. Doch natürlich wurde dies alles überlagert von der wachsenden Spannung, ob er auf dem Parkplatz, den er und Martin als Treffpunkt vereinbart hatten, auch wirklich auf Mutter und Bruder stoßen würde.

Regenwasser spritzte auf, als ein Auto durch eine tiefe Pfütze fuhr, und durchweichte seine Hose. Je näher er dem Parkplatz kam, umso heftiger ging sein Puls. Tausend Gründe, warum seine Familie es nicht bis nach Bublava geschafft hatte, schossen ihm durch den Kopf und rissen an seinen Eingeweiden. Sie waren in eine Kontrolle geraten; Stasi-Leute hatten sie aufgehalten. Honecker hatte just an diesem Morgen beschlossen, die Grenze zwischen Ostdeutschland und der Tschechoslowakei zu schließen, um einen weiteren Exodus zu verhindern. Oder: Mutter hatte in letzter Minute ihre Meinung geändert und war nun doch nicht bereit, an diesem wahnwitzigen Abenteuer teilzunehmen. Die schlimmste Vorstellung von allen war, dass sie mittlerweile so schwach geworden war, dass Martin sie nicht zur Grenze hatte bringen können.

Er versuchte, sich abzulenken, indem er an Jasmin und Judith dachte, sich die beiden vorstellte, wie sie ihren Tätigkeiten in der Botschaft nachgingen. Vielleicht hatte Judith heute Dienst bei der Essensausgabe, und die Kleine half tatkräftig mit. Hoffentlich würde niemand mitbekommen, dass er das Gelände verlassen hatte; Huber würde ihn nach seiner Rückkehr – falls diese problemlos gelänge – eigenhändig auf die Straße befördern, wenn er erfuhr, welch Wagnis er eingegangen war. Vielleicht aber auch nicht. Der Botschafter hatte sich in den letzten Monaten als sehr einfühlsam und verständig gezeigt.

Der Parkplatz kam in Sicht. Wenige Autos standen darauf. Der beigefarbene Trabant seines Bruders – Tobias zitterten die Knie vor Erleichterung, als er ihn sah – stand am hinteren Ende unter Bäumen. Seine Schritte beschleunigten sich, bis er rannte. Die Vorfreude auf seine Mutter rauschte ihm heiß durch die Adern, ließ die Angst vergessen, die er um sie ausgestanden hatte. Er sah seinen Bruder aus dem Auto steigen, war aber noch zu weit weg, um ihn zu rufen. Im nächsten Moment stoppte er so abrupt, dass die kleinen Steine auf dem Weg nur so aufstoben. Ein Mann in dunkler Hose und Jackett, der aus dem Nirgendwo aufzutauchen schien, trat an den Trabi und sprach Martin an.

Tobias' Lunge brannte vom schnellen Laufen. Wer war das, und was wollte er? Ein Stasimitarbeiter? Verdammt, diese Leute waren überall! Aber eigentlich war es naheliegend, dass die leidigen Spitzel sich in Grenzorten herumtrieben, um fluchtwillige DDR-Bürger aufzuspüren.

Das Entsetzen dröhnte ihm mit einem schrillen Pfeifton in den Ohren. Sein Bruder und seine Mutter waren kaum hundertfünfzig Meter von ihm entfernt, dennoch konnte er nicht zu ihnen. Er musste sich verstecken, auf keinen Fall durfte er gesehen werden. Er war ein Republikflüchtling, noch dazu ohne Ausweis. Fieberhaft sah er sich nach allen Seiten um, dann steuerte er ein paar Büsche an und ging dahinter in die Hocke. Dort verharrte er und spähte durch die dürren Zweige zu seinem Bruder hinüber. Was beredete er so lange mit dem Fremden? Von seiner Mutter keine Spur, wahrscheinlich saß sie noch im Auto, aber aus der Entfernung konnte er sie nicht ausmachen. Ohnmächtig ballte er die Fäuste. Er war seinem Ziel so nah gewesen.

Judith

Es begann stark zu regnen, aber natürlich hatte sie keinen Schirm dabei. Dieser hätte sie auf ihrer verzweifelten Suche ohnehin nur behindert. Kopflos rannte sie über das Kopfsteinpflaster hinunter, an der amerikanischen Botschaft blieb sie so ruckartig stehen, dass sie fast das Gleichgewicht verlor.

»Did you see a blond woman and a little girl, about three years old, coming along? An hour ago maybe, or earlier?«, stieß sie keuchend hervor. Ihr Herz hämmerte heftig in ihrer Brust.

Die Miene der amerikanischen Wachhabenden blieb professionell ausdruckslos, doch zu Judiths grenzenloser Erleichterung nickte sie. »Indeed, I did. About one and a half hour ago, I guess. They seemed in a bit of a hurry.«

»O mein Gott!«, brach es aus Judith heraus, dann wechselte sie wieder ins Englische. »Where were they headed?« Hoffentlich, hoffentlich konnte die Amerikanerin ihr einen Hinweis darauf geben, in welche Richtung die beiden unterwegs gewesen waren! Wo sonst sollte sie suchen? Prag war eine riesige Metropole!

Die Wachbeamtin hob entschuldigend die Schultern. »Just down the road, I don't know.«

»Okay.« Judiths so jäh aufgeflammte Hoffnung erlosch wie eine kleine Flamme, die man mit der Schuhsohle austrat. Ratlos starrte sie die Straße hinunter. Ihr blieb nichts anderes übrig, als in alle Gassen zu schauen, jeden Park und jeden Spielplatz abzuklappern – was wahrscheinlich idiotisch war. Bei gutem Wetter hätte Doreen mit ihrer Tochter einen solchen Ort womöglich aufgesucht, nicht jedoch bei diesem Platzregen. Kalt rann ihr das Regenwasser in den Nacken und tropfte aus ihren Haaren. Vielleicht waren Mutter und Tochter in eine Straßenbahn gestiegen und längst über alle Berge, möglich war auch, dass Doreen mit dem

Auto nach Prag gekommen war und sie nun in Richtung München abdampften. Ein trockenes Schluchzen würgte ihr in der Kehle, doch sie schluckte es schmerzhaft hinunter. Wie sollte sie sich vor Tobias rechtfertigen? Er würde ihr nie verzeihen, dass sie nicht auf Jasmin achtgegeben hatte, nicht gut genug zumindest. In diesem Moment hasste sie sich selbst.

»East German refugees?«, erkundigte sich die Amerikanerin sanft. In ihren moosgrünen Augen lag echtes Interesse.

»Yes. No. It's complicated.« Judith putzte sich die Nase und bemühte sich um eine aufrechte Haltung, auch wenn sie sich am liebsten auf dem Bordstein zusammengekauert hätte. »I have to find them quickly.«

»Good luck.«

Judith bedankte sich und hastete die Straße hinunter. Sollten sich Doreen und Jasmin bereits auf der Autobahn befinden, wäre alles verloren. Aber vielleicht hatten sie zuerst das Hotel aufgesucht, in dem Doreen abgestiegen war. Doch wie sollte sie herausfinden, um welches es sich handelte? Es gab unzählige Unterkünfte in Prag. Krampfhaft zermarterte sie sich das Hirn, während sie in jeden Winkel und jede Nische spähte. Welch ein Unsinn, als ob die beiden sich zwischen zwei Häusern verbergen würden. Hatte Tobias nicht gesagt, Doreen wäre in einem Hotel am Altstädter Ring abgestiegen? Sie musste es dort versuchen, Tür für Tür abklappern, auch wenn es ein schwieriges, wenn nicht aussichtsloses Unterfangen war. Wie viele Unterkünfte gab es am Altstädter Ring? Wenn sie doch nur nicht auf sich allein gestellt wäre! Aber sie hätte schlecht Anke um Hilfe bitten können, zwei abtrünnige Botschaftsmitarbeiterinnen wären dem übrigen Personal sicherlich aufgefallen. Die Polizei einzuschalten war ebenfalls ein Ding der Unmöglichkeit. Wie die tschechoslowakischen Behörden reagieren würden, war klar.

Ungeduldig auf der Stelle tretend, wartete sie an der Tramhaltestelle, um in Richtung Innenstadt auf der anderen Seite der Moldau zu fahren.

Tobias

Warum verschwand der Fremde nicht endlich? Seine Knie knackten bereits vor Anstrengung, so lange in der Hocke zu sitzen. Der Regen, der ihm über das Gesicht rann und seine Schuhe durchweichte, half nicht gerade. Was sollte er tun, schließlich konnte er nicht ewig hinter dem Gebüsch verharren?

Seine Augen brannten, so intensiv starrte er zum Parkplatz hinüber. Der dunkel gekleidete Mann beendete sein Gespräch mit Martin und setzte sich ein paar Meter entfernt auf eine Bank. Was wurde das nun? Am ganzen Körper von eiskaltem Schweiß überzogen, beobachtete Tobias, wie er Proviant aus seiner Tasche zog, wahrscheinlich in Folie gepackte Butterbrote – erst jetzt bemerkte er, wie groß das Gepäckstück war, das der Mann mit sich führte –, und zu essen begann. Höchst seltsam. Welcher Stasispitzel verzehrte seelenruhig einen Imbiss, statt verdächtige Subjekte schnurstracks abzuführen? Merkwürdig war auch, dass der Fremde gar nicht mit dem Auto gekommen zu sein schien, jedenfalls konnte Tobias keines ausmachen, das ihm gehört hätte.

Nervös verlagerte er sein Gewicht. Sein Rücken schmerzte von der unbequemen Haltung, ein scharfer Stich pikste in seine Wirbelsäule. Ein Hexenschuss würde ihm jetzt gerade noch fehlen. Ob er es wagen sollte, sich aufzurappeln und seinem Bruder entgegenzugehen? Rasch überdachte er seine Möglichkeiten. Würde es ihm gelingen, schnell genug zu flüchten, falls der mutmaßliche Stasi-Mann es auf ihn abgesehen hätte?

Martin lief nun den Parkplatz ab, sich unruhig in alle Richtungen umsehend. Ganz klar, er wartete auf ihn und fragte sich, wo er wohl blieb. Ein ungeheuerlicher Gedanke schoss Tobias durch den Kopf. Ob Martin dem Stasi-Beamten einen Wink gegeben hatte, dass er sich mit seinem Bruder treffen würde, um diesem die Gelegenheit zu geben, ihn aufzugreifen und zu verhaften? Vor Unbehagen prickelte es ihm auf den Armen. Aber nein, Martin war zwar linientreues SED-Mitglied, aber so weit würde er nicht gehen. Er war immerhin sein Bruder, und er vertraute ihm. Tobias zu verraten hieße außerdem, die gemeinsame Mutter aufzugeben. Niemals wäre Martin zu so etwas fähig.

Er stützte die Hände auf die Knie und stand leise stöhnend auf. Seine Beine waren taub vom Kauern hinter den Büschen, doch sobald er ein paar Schritte tat, wurde es besser.

Vorsichtig näherte er sich dem Parkplatz, spähte durch die Regenwand, die in der Luft hing. Dann erkannte ihn auch Martin, kam schnell auf ihn zugelaufen. Einige Herzschläge später lagen sie sich in den Armen. Es fühlte sich gut an, Martins Geruch nach Leder und zitronigem Pitralon, dem typischen DDR-Rasierwasser, zu inhalieren.

»Ich bin so froh, dich zu sehen, Bruderherz«, stieß Martin, die Stimme brüchig vor Emotionen, hervor und klopfte ihm unbeholfen auf den Rücken.

»Dito.« Auch Tobias räusperte sich. Wie hatte er je annehmen können, Martin würde ihn an die Stasi verraten?

»Auch wenn du vollkommen durchgeknallt bist.«

»Es dient einem guten Zweck.« Tobias lächelte schief. »Ist Mutti im Wagen? Und wer, um Himmels willen, ist dieser Kerl, der gemütlich auf der Bank sitzt und Brote in sich hineinstopft? Was wollte er von dir? Ich hatte Angst, er ist von der Stasi.«

Martin lachte rau. »Von der Stasi? Er ist Oberschullehrer aus

351

Plauen, und er sucht eine Mitfahrgelegenheit nach Prag. Er will in der Botschaft Zuflucht suchen, falls dir das bekannt vorkommt.«

Erleichterung spülte über Tobias hinweg wie eine warme Dusche. »Dann kann er mit uns mit dem Bus fahren.«

»Darüber sprechen wir später.«

»Du hast recht. Erst mal will ich Mutti begrüßen.« Erleichtert lief Tobias zum Wagen, in dem blass und schmal seine Mutter Hella saß.

»Mutti.« Er hielt sie in den Armen und spürte, wie seine Augen feucht wurden. Die Hoffnung, sie bald wiederzusehen, hatte er all die Wochen und Monate im Palais Lobkowicz weit von sich geschoben, um nicht an der Aussichtslosigkeit zu ersticken, doch nun überwältigte ihn die Wiedersehensfreude.

»Mein Schatz.« Auch sie hielt ihn umschlungen, aber er spürte, wie kraftlos ihre Arme waren. Sie schien noch dünner als zuletzt im Juni, und ihre Lippen waren bläulich. »Ich würde aussteigen, aber die kleinste Bewegung verlangt mir alles ab. Dann bekomme ich kaum noch Luft. Das elende Herz.«

»Bald wird dir geholfen.« Er verlor sich in ihren Augen, die genauso blau waren wie seine und Martins. Sein ganzes Leben war sie für ihn und Jasmin da gewesen, hatte ihn während der letzten beiden Jahre, in denen ihm so viel genommen worden war, nie im Stich gelassen. Er war froh, ihr nun etwas zurückgeben zu können. »Am Abend sind wir in der Botschaft, dort setzen wir alle Hebel in Bewegung, dass du schnell in den Westen transportiert wirst.«

»Ich kann es kaum glauben, dass der Botschafter dir erlaubt hat, durch die halbe Tschechoslowakei zu reisen, um mich alte Frau einzusammeln.« Hellas Atem pfiff beim Sprechen, und sie rang immer wieder nach Luft.

»So ganz erlaubt hat er es nicht«, gestand Tobias. »Aber das ist kein Problem. Auf jeden Fall hat er zugesichert, schwerkranken Flüchtlingen medizinische Behandlung in Westdeutschland zu gewährleisten. Und in der Botschaft befinden sich Ärzte, die fürs Erste ein Auge auf dich haben können.«

»Ich bin nun auch ein Flüchtling, ich kann es kaum glauben.« Fassungslos schüttelte sie den Kopf. »Täglich habe ich in ARD und ZDF die Berichte über die Prager Botschaft verfolgt – und nun gehöre ich bald dazu.«

Tobias schmunzelte. »Bleib noch ein wenig sitzen, ich unterhalte mich kurz mit Martin. Unser Bus geht erst in einer Dreiviertelstunde.«

Hella nickte, lehnte den grauen Haarschopf gegen die Kopfstütze und schloss die Augen. Das Gespräch schien sie immens erschöpft zu haben.

»Du musst zurück, schätze ich.« Tobias lehnte sich wie Martin gegen die Motorhaube; der Regen schien dem Bruder nichts auszumachen, er starrte gedankenversunken in die wolkenverhangenen Berge.

»Nein. Wahrscheinlich bin ich genauso schwachsinnig wie du, aber ich chauffiere euch nach Prag.«

Tobias glaubte, sich verhört zu haben. »Was?«

Martin schnalzte ungeduldig mit der Zunge. »Wir können es Mutter nicht zumuten, sechs Stunden mit öffentlichen Verkehrsmitteln durchs Land zu zuckeln. Sie wäre völlig am Ende.«

»Du ... du fährst uns?«

»Habe ich doch gesagt. Ganz legal. Mutter und ich haben unsere Ausweisdokumente dabei und sind, wie alle DDR-Bürger, befugt, in die Tschechoslowakei zu reisen. Oh, ich vergaß – außer dir natürlich, kleiner Bruder.« Der Schalk blitzte in Martins Augen auf. »So was wie einen Ausweis besitzt du natürlich nicht.«

»Nimm den Mund nicht zu voll, du Halbblut-Genosse.« Tobias

353

versetzte seinem Bruder einen Rippenstoß. »Aber das ist großartig von dir – vielen Dank. So werden wir viel schneller zurück sein. Ich möchte so bald wie möglich wieder zu Jasmin.« Dass er sich auch danach sehnte, zu Judith zurückzukehren, verschwieg er natürlich. Jetzt war weder die Zeit noch der Ort, über seine Gefühle für sie zu sprechen.

»Klar, das verstehe ich.«

»Möchtest du nicht auch mit in die Botschaft kommen? Ich helfe dir auch, deine alten Knochen über den Zaun zu hieven.«

Martin schüttelte den Kopf, plötzlich ernst. »Nein. Ich möchte wieder nach Hause. Wie gesagt kann ich dein Verhalten verstehen, nach allem, was du durchgemacht hast. Aber ich selbst möchte nicht flüchten. Eine Massenflucht unserer Leute wird nichts verändern. Reformen müssen von innen heraus geschehen, und da müssen wir alle mitarbeiten, auch ich.«

»Okay.« Ein Gedanke blitzte in Tobias auf, vergällte ein wenig die Nähe, die er gerade zu seinem Bruder empfand. »Der Gedanke, Mutter zu kutschieren, hätte dir ruhig ein wenig früher kommen können. Dann hätte ich mich nicht in Gefahr begeben müssen, sondern hätte in der Botschaft in Sicherheit bleiben können. Weißt du, was ich alles riskiert habe? Immer noch riskiere?«

»Ich weiß.« Martin senkte schuldbewusst den Kopf. »Aber für mich ist das Ganze auch nicht einfach, Tobias. Ich möchte nicht negativ auffallen, und das werde ich, falls die Behörden spitzbekommen, dass ich mich als Fluchthelfer betätige. Ich mache mich strafbar.«

Tobias schluckte eine Erwiderung herunter. Seine eigene Lage war prekär, aber auch sein Bruder musste mit Konsequenzen rechnen, falls herauskäme, was er im Begriff war, zu tun.

»Ich bin kein Parteibonze, Tobias. Niemand Wichtiges. Wenn sie mich aufgreifen, droht mir eine Gefängnisstrafe.«

»Tut mir leid. Ich möchte nicht, dass du dich in Gefahr begibst. Vielleicht ist es vernünftiger, wenn wir doch mit dem Bus und dem Zug fahren.« Plötzlich fühlte er sich hundsmiserabel; etwas in ihm hatte sich immer gesträubt, seinen Bruder in die ganze Sache mit hineinzuziehen, aber ohne dessen Hilfe war es nun mal nicht möglich, seine Mutter zu retten.

»Nein, ich fahre euch. Mitgefangen, mitgehangen. Ich tue es für Mutti.«

Tobias nickte, dann fragte er heiser: »Und was machen wir mit ihm?«

Martin folgte seinem Blick und sah zu dem Oberschullehrer auf der Bank, der nachdenklich in die Berge starrte.

»Den nehmen wir natürlich mit. Auf einen mehr oder weniger im Auto kommt es nicht an.«

Judith

Als sie in der Staré Město – der Altstadt jenseits des Flusses – aus der Tram stieg, zog sie den Kopf ein, als könne sie sich so gegen den heftigen Regen schützen. Ihre Strümpfe klebten unangenehm feucht an ihren Beinen, und trotz des hochgestellten Kragens rieselte ihr das Wasser in den Nacken. Am Altstädter Ring blieb sie atemlos stehen und sah sich kopflos nach allen Seiten um. Was tat sie hier eigentlich? Sie konnte ja wohl kaum annehmen, dass Doreen und Jasmin einfach so an ihr vorüberspazieren würden.

Verzweifelt lief sie um das Denkmal des Reformers Jan Hus herum, das in der Mitte des großen Platzes stand. Wie sollte sie Tobias je wieder ins Gesicht schauen können? Sie hatte kläglich versagt, hatte es noch nicht einmal geschafft, ein paar Stunden auf seine Tochter aufzupassen. Wenn doch nur Doreen nicht in der Botschaft erschienen wäre! Sie war die Ursache dieser ganzen Tragödie.

Denk logisch, ermahnte sie sich, obwohl ihr der ganze Kopf flirrte vor angestrengtem Grübeln. Wohin würde Doreen mit dem Kind gehen? Das Naheliegendste war wohl tatsächlich, dass sie die Kleine in ihr Auto gesetzt hatte und nun auf dem Weg nach Deutschland war. In diesem Fall konnte sie wenig ausrichten. Ein Albtraum, falls sie das Kind wirklich außer Landes gebracht haben sollte. Wie sollte man Jasmin und Tobias dann je wieder zusammenführen?

Sie eilte an dem gotischen Bau der Teynkirche mit dem hohen Giebeldach und den Türmen vorbei und entdeckte ein Hotel vor sich. Unter dem tropfenden Baldachin vor den gläsernen Eingangstüren blieb sie kurz stehen, um zu Atem zu kommen, und strich sich die vom Regen krisseligen Haare glatt, dann betrat sie die marmorne Stille der Empfangshalle. Eine makellos geschminkte junge Frau in weißer Bluse und schwarzer Weste stand hinter dem Tresen.

»Prominte.« Trotz ihrer Entschuldigung sah die Empfangsdame sie pikiert an; die nassen Spuren, die ihre Schuhe auf den glatten Bodenfliesen hinterließen, waren unübersehbar.

»Ich ... möchte zu Doreen Seibold, ist sie da?« Ihr Kopf war wie leer gefegt, ihr ganzes Tschechisch war vergessen, deshalb wechselte sie ins Englische.

Die junge Frau blätterte mit spitzen Fingern in einem dicken Gästebuch, dann schüttelte sie den Kopf und musterte Judith argwöhnisch. »Eine Dame dieses Namens ist nicht bei uns abgestiegen.«

»Oh!« Unschlüssig, was sie als Nächstes sagen oder tun sollte, strich Judith sich eine Haarsträhne aus dem Gesicht. »Trotzdem danke – dík.«

356

Die Frau lächelte dünn, und sie trat den Rückzug an. Unter dem Baldachin blieb sie stehen und atmete tief durch. Natürlich war Doreen nicht im erstbesten Hotel zu finden – was hatte sie erwartet? Es half nichts, sie musste weiter, sämtliche Unterkünfte am Altstädter Ring abklappern, denn dies war die einzige Möglichkeit, die ihr blieb, bevor sie sich geschlagen geben und erfolglos in die Botschaft zurückkehren musste.

35

Tobias

Mit dem Auto verlief die Fahrt recht zügig, und nach knapp zweidreiviertel Stunden kamen sie in Prag an. Zielsicher lenkte Martin den Wagen durch die engen Gassen, doch gerade auf den letzten Metern brach Tobias noch einmal der Angstschweiß aus. Bis hierhin waren sie gekommen, hoffentlich, hoffentlich geschah kurz vor der Ankunft nicht noch etwas Unvorhergesehenes.

»Ist hier ein Volksfest, oder was?« Die Trabis und Wartburgs der Flüchtlinge parkten so dicht an dicht, dass es kaum ein Durchkommen gab.

»Lass uns hier aussteigen«, bat Tobias auf der Höhe der amerikanischen Botschaft. »Wir werden nicht bis zur Villa Lobkowicz durchkommen. Mutti, schaffst du ein, zwei Minuten Fußweg?«

Hella, die während der gesamten Fahrt mit bleichem Gesicht vor sich hin gedöst hatte, nickte mit schmerzverzerrter Miene. »Es bleibt mir wohl nicht anderes übrig, mein Junge.«

Martin stellte den Motor ab, stieg aus und half seiner Mutter aus dem Wagen. Unterdessen gab Tobias ihrem Mitfahrer, dem Oberschullehrer aus Plauen, Anweisungen, wie er zum rückwärtigen Teil der Botschaft gelangte, um über den Zaun zu kommen.

»Vielen Dank für die Mitnahme.« Der Mann schulterte sein Gepäck und machte sich auf den Weg.

»Was machen wir mit Mutter? Wir bekommen sie niemals

über den Zaun hinüber.« Martin stützte seine Mutter am Ellbogen, sie atmete pfeifend und schien zu schwach, um selbstständig zu stehen.

»Natürlich nicht. Wir müssen es wohl oder übel am Haupteingang versuchen.« Tobias hoffte, Walter Edel wäre sofort zur Stelle und würde sie hineinlassen, bevor die tschechoslowakischen Sicherheitskräfte, die das Tor belagerten, ihn daran hindern konnten.

»Okay.« Martin drückte nervös Hellas Hand. Wie Tobias spürte er wohl, dass der Moment des Abschieds gekommen war. Er blinzelte seine Tränen weg und umarmte seine Mutter. »Wir sehen uns bald wieder, Mutti, hoffe ich zumindest. Irgendwann können wir uns alle in Prag treffen, du und Tobias könnt aus der BRD anreisen, ich aus Halle ...«

Den Schmerz in der Stimme seines älteren Bruders zu hören versetzte Tobias einen Stich. Er wandte sich ab, um Fassung zu bewahren, aber dann schlang Martin den Arm um ihn.

»Pass gut auf die alte Dame auf«, flüsterte er mit brechender Stimme, und Tobias vermochte lediglich zu nicken.

»Ich danke dir« war alles, was er schließlich hervorstoßen konnte.

Er stützte seine Mutter, nahm ihr Gepäck, und langsam folgten sie der Straße auf das Palais Lobkowicz zu. Tobias drehte sich nicht noch einmal nach seinem Bruder um, der Anblick, wie er neben seinem Auto stand, verloren und wehmütig, hätte ihm das Herz zerrissen.

Panik stieg in Wellen in ihm auf, ebbte ab, um gleich darauf wieder hochzukommen, als sie sich dem Tor der Botschaft näherten. Hella setzte unsicher einen Fuß vor den anderen, es fiel ihm schwer, sich auf ihr langsames Tempo einzulassen. Alles in ihm drängte danach, auf das Gebäude zuzurennen, ungestüm zu läuten, hineingelassen zu werden und wieder den Schutz der dicken Mauern um sich herum zu spüren. Doch es ging nun einmal nicht schneller.

Zwei Polizisten standen vor dem Tor und sahen ihnen entgegen. Tobias biss die Zähne zusammen und sah starr an ihnen vorbei.

»Wir werden doch keinen Ärger bekommen?«, fragte seine Mutter ängstlich.

»Lass mich nur machen.«

Am Tor angekommen, klingelte er Sturm. Der ältere der beiden Polizisten legte ihm die Hand auf die Schulter und sprach auf Tschechisch auf ihn ein, doch er starrte stoisch geradeaus, hoffte, betete, bangte, dass sie nichts weiter unternehmen würden. Sie würden es nicht wagen, eine ältere Dame zu behindern, oder?

Edel, mach auf, mach auf, wiederholte er innerlich wie ein Mantra, den Wortschwall des Tschechoslowaken ignorierend. Es dauerte wohl keine zehn Sekunden, bis das Tor tatsächlich aufschwang, auch wenn es ihm wie eine Ewigkeit vorkam.

»Die Botschaft is jeschlossen«, tönte ihm der Pförtner entgegen, doch dann, als er Tobias erkannte, riss er die Tür weiter auf, um sie hereinzulassen. Kaum einen Moment später donnerte sie geräuschvoll zu.

Geschafft! Tobias ließ kurz seine Mutter los und stützte die Hände auf den Oberschenkeln ab, um Atem zu schöpfen. Er vermochte es kaum zu glauben, es war ihm gelungen, seine Mutter in die Botschaft zu schleusen. Nun würde alles gut werden, es musste einfach. Er wartete auf das Gefühl der Erleichterung, doch es herrschte lediglich eine große Leere in ihm, die wahrscheinlich der Schlaflosigkeit und der Angst geschuldet war. Er musste die Ereignisse des Tages erst einmal verarbeiten, bevor er so etwas wie Freude empfinden konnte.

»Woher kommst du denn, Seibold?« Edel starrte ihn fassungslos an. »Und wen haste da mitjebracht?«

»Meine Mutter.« Kurz schilderte Tobias ihm, weshalb und auf welchem Weg er Hella hergebracht hatte. Der Pförtner nickte nach jedem Satz, schien völlig überwältigt von der Geschichte. Nicht nur das, auf eine merkwürdige Art wirkte er betreten, so als quäle ihn etwas. Als Tobias seinen Bericht beendet hatte, wich Edel gar seinem Blick aus und sagte, er müsse wieder an die Arbeit. Wirklich sehr seltsam. Aber vielleicht war Edel einfach überarbeitet, so wie alle Botschaftsangehörigen. Als er seine Mutter weiter ins Haus führte, nahm er die lauten Stimmen wahr, die durch die Räume hallten, tumultartiges Getrampel. Nanu, was war nun schon wieder los?

Zum Glück lief ihm Dirk über den Weg. Auch ihm musste er natürlich erzählen, was es mit dem plötzlichen Erscheinen seiner Mutter auf sich hatte, dann fragte er: »Wieso herrscht hier so ein Lärm? Ich meine, noch mehr als sonst?«

»Vogel ist wieder da«, erwiderte Dirk achselzuckend. »Er hat Verstärkung mitgebracht. Einen weiteren Rechtsanwalt namens Gregor Gysi. Die beiden versuchen verzweifelt, ihre Angebote an den Mann zu bringen, aber ich musste mal kurz raus. Ich kann diese Leier nicht mehr ertragen.«

Vom Stockwerk über ihnen erklangen schrille Pfiffe und heftiges Füßescharren.

»Vogels und Gysis Vorschläge scheinen nicht auf Gegenliebe zu stoßen, nehme ich an?«

Dirk machte eine wegwerfende Handbewegung. »Kein Mensch glaubt noch an die Geschichte von einer straffreien Rückkehr. Als er mit seinem Sermon begann, haben ihn die Leute richtiggehend ausgebuht. Eine köstliche Vorstellung war das, du hättest es sehen müssen. Na ja, bestimmt gibt es trotzdem wieder

361

ein paar Dumme, die sein Angebot annehmen und in die DDR zurückgehen.«

Tobias lachte bitter auf. Auch er konnte nicht verstehen, wie man sich dazu hinreißen lassen konnte, freiwillig in einer Diktatur zu leben. Lieber hätte er den Rest seines Daseins auf engstem Raum in der Botschaft verbracht.

»Ich geh dann mal wieder zur Märchenstunde.« Dirk grinste schief und verschwand die Treppe hoch.

»Mein Gott, dieser Lärm«, flüsterte Hella. »Es klingt, als wären Tausende von Menschen hier.«

»Vielleicht sind wir inzwischen vierstellig, ich habe den Überblick verloren.« Tobias grinste schief. »Nun komm, Mutti. Möchtest du zuerst Minchen begrüßen? Danach suchen wir den Botschafter auf, um ihn um Hilfe zu bitten.«

»Das kleine Ding.« Mutter wischte sich über die Augen. »Ich habe sie seit drei Monaten nicht mehr gesehen. Hoffentlich erinnert sie sich noch an ihre alte Großmutter.«

»Aber natürlich.« Tobias schmunzelte. Sein Herz schlug höher, als er Judith auf sie zukommen sah. Doch im nächsten Moment sank ihm das Herz, denn sie sah nicht glücklich aus. Ihre Haut war fahl, die Augen gerötet, die Haare klebten feucht und zerzaust an ihrem Kopf.

»Judith!« Er griff nach ihren Händen, die schlaff in seinen lagen. »Was ist los?«

Sie wandte sich seiner Mutter zu, die Lippen zu einem Lächeln verzogen, das reichlich misslang. »Guten Tag, Frau Seibold. Ich bin so froh, dass Sie es hergeschafft haben, ich hatte Angst, es würde etwas schiefgehen.«

»Danke für das freundliche Willkommen.« Hella warf ihm einen Blick zu. Natürlich, mit ihrem Röntgenblick durchschaute sie sofort, dass mehr zwischen Judith und ihm war als eine rein professionelle Beziehung.

»Ich muss dir etwas Schreckliches beichten.« Judiths Augen schienen nur aus riesigen Pupillen zu bestehen, schwarze Löcher, in denen er mit wachsender Nervosität versank. »Doreen hat Jasmin entführt.«

Judith

Unbewusst hielt sie den Atem an. Sie wusste nicht, was sie erwartete – dass Tobias laut wurde, ihr Vorwürfe machte, sie beschuldigte, nicht gut genug auf Jasmin aufgepasst zu haben? Doch er stand ganz still, hielt noch immer fürsorglich den Arm seiner Mutter.

»Es tut mir so leid«, brach es aus ihr heraus. »Sie war den ganzen Tag an meiner Seite, jede Minute, das musst du mir glauben! Dann erschien Doreen und wollte Zeit mit Jasmin verbringen ...«

Tobias' verstörter Blick huschte durch die Halle, als würde Jasmin jeden Moment aus einer Nische springen. »Ich hatte sie gebeten, heute nicht zu kommen.«

»Was bedeutet das, Tobias?«, fragte Hella ängstlich. »Wo ist das Kind?«

»Ich weiß es nicht ...« Judiths Stimme überschlug sich, ihr Brustkorb war so eng, dass es schmerzte. »Ich ... ich habe die beiden in meinem Büro allein gelassen, ich dachte, das wäre in Ordnung ... Ich nahm mir vor, Doreen nach einer Stunde zu bitten, zu gehen, aber als ich wieder ins Büro kam, waren sie beide fort ...! Edel hat mir berichtet, er habe sie die Botschaft verlassen sehen ...«

»Deswegen hat er sich eben so merkwürdig verhalten«, sagte Tobias tonlos.

Hella schien kaum noch aufrecht stehen zu können, sie hing am Arm ihres Sohnes, als knickten ihr gleich die Beine weg. Bevor sie etwas unternehmen würden, mussten sie sich erst um sie kümmern. Nicht, dass sie noch einen Herzanfall erlitt!

»Wollen wir Sie erst einmal in mein Büro bringen, Frau Seibold? Dort können Sie sich hinsetzen, und ich bringe Ihnen etwas zu trinken.«

Gemeinsam hakten sie und Tobias die Mutter unter und begleiteten sie ins Büro. Judith hätte weinen mögen angesichts der zurückgeschlagenen Decke auf dem Sofa, der Kinderkleider, die über dem Schreibtischstuhl hingen. Nur der Marienkäfer und die Barbiepuppe schienen zu fehlen.

Schwer sank Hella auf das Sofa. Judith besorgte ihr und Tobias in der Küche einen großen Krug Wasser, dann saßen sie schweigend beisammen, jeder mit seinen Gedanken beschäftigt. Sie vermochte fast das Rattern in Tobias' Kopf zu hören, während aus dem darüberliegenden Stockwerk die erbosten Buhrufe unzähliger Flüchtlinge die Mauern der Villa zu sprengen schienen.

»Was machen wir jetzt? Wir können schlecht die Polizei verständigen ...« Judith verknotete das feuchte Taschentuch, das sie in den Händen hielt. »Wirklich, Tobias, wenn ich geahnt hätte, dass sie die Kleine mitnimmt ...«

Im Gegensatz zu ihr wirkte Tobias merkwürdig gefasst. »Dich trifft keine Schuld. Jeder hätte Jasmin in Doreens Obhut gelassen. Schließlich ist sie ihre Mutter.«

»Eine vollkommen verantwortungslose Mutter.« Hellas Gesicht war gerötet vor Aufregung. »Du musst etwas tun, Tobias!«

»Ich nehme an, Doreen nimmt Jasmin mit nach München.« Tobias fuhr sich durch die Haare, den Kopf auf die Brust gesenkt.

»Sie hat einen bundesdeutschen Ausweis, und wenn alles gut geht, möchte an der Grenze niemand Jasmins Ausweispapiere sehen. Was um Himmels willen soll ich anstellen ...? Ich kann ihr nicht hinterherreisen ...! Das heißt ... ich könnte durch die Tschechoslowakei, es ist mir ja bereits gelungen ... und mich dann über die grüne Grenze durchschlagen ...«

»Auf keinen Fall!« Judith versuchte, ihren hämmernden Herzschlag unter Kontrolle zu bekommen. Ihr war, als berste ihre Brust. »Noch einmal wird das nicht gut gehen!«

Hella lehnte sich mit geschlossenen Augen gegen die Rückenlehne des Sofas, ihre Lippen wirkten bläulicher als zuvor, und sie sog schnaufend die Luft ein. »Minchen muss zur Fahndung ausgeschrieben werden! Tobias, das musst du veranlassen, und zwar sofort!«

»Mutter, beruhige dich, sonst bekommst du hier und jetzt einen Herzkasper!« Tobias drängte ihr ein weiteres Glas Wasser auf, das sie zitternd an ihre Lippen setzte. »Aber ja, du hast recht, etwas muss geschehen. Es bleibt mir wohl nichts anderes übrig, als mich an Botschafter Huber zu wenden.«

»Tu das.« Judith nickte ihm ermutigend zu. Huber hatte in den letzten Monaten stets kühlen Kopf bewahrt, sicher fiele ihm eine Lösung ein, auch wenn er nicht begeistert sein würde, dass Tobias unerlaubten Besuch empfangen hatte. Dass Tobias die Botschaft verlassen hatte, würden sie ihm wohl besser verschweigen, die etwas geschönte Version, Martin habe seine Mutter bis vor die Tür gefahren – die ja auch größtenteils der Wahrheit entsprach, wie Tobias ihr auf dem Weg durchs Treppenhaus mitgeteilt hatte –, musste genügen.

Welch ein Schlamassel! Ob Jasmin verängstigt war? Zumindest war sie sicherlich verwirrt, wenn nicht gar verstört, von ihrem Vater getrennt zu sein. Wahrscheinlich verstand sie mit ihren drei

Jahren gar nicht, was sich gerade abspielte. Dennoch ging es ihr bestimmt gut, zumindest körperlich, immerhin befand sie sich bei ihrer Mutter, die sie liebte.

Tobias stand auf und strich sich mit der Hand das zerwühlte Haar glatt. »Ich suche den Botschafter. Würdest du dich in der Zeit bitte um meine Mutter kümmern?«

Sie nickte stumm. Er legte gerade die Hand auf die Klinke, als von außen an die Tür geklopft wurde.

»Ick hab da wen mitjebracht.« Walter Edel grinste schief, trat einen Schritt zur Seite und gab den Blick auf Doreen und Jasmin frei. Das Gesicht der Kleinen war verweint, fest drückte sie ihren Marienkäfer an sich, der Regen abbekommen zu haben schien; ihre Mutter legte ihr verlegen eine Hand auf die Schulter, hektische rote Flecken auf den Wangen.

»Vati!« Jasmin ließ ihr Plüschtier fallen, stürzte auf Tobias zu und warf sich ihm in die ausgebreiteten Arme.

Tobias

Er wiegte Jasmin in den Armen, als wären sie Jahre getrennt gewesen, küsste sie auf die weiche Wange, sog den Duft ihres nach Erdbeershampoo duftenden Haares ein. Über ihren Kopf hinweg sah er, dass Walter Edel sich diskret zurückzog.

»Vati! Mu... Mutti wollte mir ihre Wohnung zeigen, und am Anfang wollte ich das auch, aber dann habe ich dich so vermisst, und Mutti musste umkehren!«, sprudelte es aus Jasmin heraus. Dann fiel ihr Blick auf ihre Großmutter, die sichtlich bewegt auf dem Sofa saß, die Hände wie zum Gebet gefaltet, und sie ließ jäh von ihm ab, um auf sie zuzustürmen. »Oma! Oma! Wohnst du jetzt auch hier?«

Hella schüttelte lächelnd den Kopf, Tränen glitzerten in ihren Augen. »Wenn alles gut geht, bin ich nur auf der Durchreise. Komm her und lass dich drücken, Minchen.«

Während Jasmin auf den Schoß ihrer Großmutter kletterte und sich an sie schmiegte, wandte sich Tobias Doreen zu, die noch immer mit hängenden Schultern im Türrahmen stand. Wut kochte in ihm hoch und verdrängte die Erleichterung, die im ersten Moment über ihn hinweggespült war.

»Was hast du dir nur dabei gedacht, Jasmin mitzunehmen? Das war Kindesentzug! Hast du auch nur einen Moment an die möglichen Konsequenzen gedacht? Stell dir vor, ihr wärt angehalten worden! Du bist das Risiko eingegangen, dass ich für immer von Jasmin getrennt werden würde!« Er dämpfte seine Stimme, Jasmin musste von alldem nichts mitbekommen, es würde sie im Nachhinein nur ängstigen.

»Tut mir leid.« Doreen senkte den Kopf und nestelte am Verschluss ihrer Handtasche herum, das Gesicht gerötet. Wie sie so vor ihm stand, beschämt und schuldbewusst, wirkte sie wie ein kleines Mädchen, das unerlaubt ins Bonbonglas gegriffen hatte. Etwas in ihm wurde weich, die Erinnerung an das junge, impulsive Geschöpf mit den braun gebrannten Armen und den rosigen Wangen, das sie einst gewesen war, blitzte vor ihm auf. Doch noch war er nicht bereit, einen Schlussstrich zu ziehen.

»Es tut dir leid? Ich verstehe dich nicht, Doreen – wolltest du mir Jasmin wegnehmen? Hast du wirklich gedacht, du kannst mit ihr nach München durchbrennen und mich aus ihrem Leben ausschließen?« Verdammt, er musste wirklich leiser reden. Kurz drehte er sich zu Jasmin um, doch diese hockte selig auf dem Schoß ihrer Oma und führte ihr gerade ihre Barbie vor.

Doreen schlug die Hände vor das Gesicht, als könne sie seinem Blick nicht mehr standhalten. »Ich hab doch gesagt, es tut mir leid ...! Ich wollte sie dir nicht wegnehmen, bitte glaube mir ...! Ich ... ich weiß gar nicht, was ich gedacht habe ... du warst weg, und ich war mit Jasmin allein, und es war so schön, und ich dachte, so könnte es immer sein ... Ich habe nicht richtig überlegt, der Gedanke, sie mitzunehmen, schoss mir einfach durch den Kopf, ja, er erschien mir richtig. Zumindest in diesem Moment. Es war eine ganz spontane Entscheidung.«

»Du hast das also nicht geplant.« Mit einem Mal wich alle Kraft aus ihm, und seine Beine drohten, nachzugeben. Er lehnte sich gegen die Schreibtischkante, um Halt zu finden. Judith saß auf dem Schreibtischstuhl, den sie in die hinterste Ecke geschoben hatte, als wolle sie sich so weit wie möglich zurückziehen. Er spürte ihre stille Präsenz in seinem Rücken, was sich tröstlich anfühlte.

Doreen schüttelte heftig den Kopf. Tränen standen in ihren Augen. »Nein, habe ich nicht. Du musst mir glauben.«

Er nickte langsam. Natürlich glaubte er ihr – dass außer dem Marienkäfer und der Barbie, die Jasmin überall mit hinschleppte, nichts fehlte, sprach für sich. Auch die Tatsache, dass sie Jasmin postwendend zurückgebracht hatte, als die Kleine Sehnsucht nach ihrem Vater bekundete, zeigte, dass sie letztendlich doch zum Wohl ihrer Tochter gehandelt hatte.

»Es war eine Art ... Kurzschlussreaktion«, beteuerte Doreen. Sie vermochte das Schluchzen nicht mehr länger zu unterdrücken, Tränen traten ihr aus den Augen, ihre Schultern bebten.

»Eine Kurzschlussreaktion. So etwas hatten wir schon mal, nicht wahr?« Wider Willen musste er lächeln, doch etwas in ihm brach entzwei, und eine unendliche Traurigkeit überkam ihn. Er nahm sie in die Arme, hielt sie ganz fest, drückte sein Gesicht in ihre Haare, die nicht mehr nach Chlor, sondern nach einem vanilleartigen Shampoo dufteten, spürte die Hitze ihres glühenden

Körpers. Der Schmerz war so heftig, als habe er einen geliebten Menschen verloren – und das stimmte ja auch. Die Trauer um das vor Lebendigkeit und Fröhlichkeit sprühende Mädchen von früher, das ihm so freigebig sein Herz, seine Liebe, sein ganzes Leben geschenkt hatte, bohrte sich wie ein Messer in seine Brust.

»Ich wollte es nicht«, flüsterte Doreen heiser, den Kopf gegen seine Schulter gepresst. Mit den Fingern umklammerte sie seinen Kragen, als wäre sie eine Ertrinkende auf hoher See, die sich verzweifelt an einem Stöckchen festhielt.

»Ich weiß doch, ich weiß«, murmelte er mit geschlossenen Augen und wiegte sie wie zuvor Jasmin. Er küsste sie auf den blonden Haarschopf, schmeckte das Regenwasser darauf, eine letzte Geste der Intimität, bevor er sie für immer gehen ließ. Er spürte Judiths Blick, hoffte, sie verstand, dass er die Nähe zu Doreen brauchte, um sich endgültig von ihr zu lösen. Die Trauer um die verlorenen Jahre, die verlorene Liebe war so übermächtig, dass ein kleines Stück in ihm starb. »Trotzdem solltest du ein bisschen an deiner Impulskontrolle arbeiten.«

Sie lachte, während sie gleichzeitig noch schluchzte, und bekam Schluckauf. »Verzeih mir.«

Er begriff, dass sie nicht nur den Kindesentzug im Sinne hatte, sondern von allem sprach, was zum Ende ihrer Beziehung geführt hatte. Vor zwei Jahren hatte sie ihn im Stich gelassen, das würde sie sich nie vergeben. Für sie beide gab es kein Zurück mehr; noch nie war dies so klar gewesen wie in diesem Moment.

»Es ist gut. Alles ist gut.« Und das meinte er ehrlich – er trug ihr nichts nach. Sie würde immer Teil seines und des Lebens ihrer gemeinsamen Tochter sein. Mit dem Daumen tupfte er ihr sanft die Tränen von den Wangen und hob ihr Kinn an, um ihr in die Augen zu blicken, die verweint und geschwollen waren. »Wir werden eine Lösung finden, wie wir beide eine Rolle in Jasmins Leben spielen können.«

»Gut.« Ihre Stimme klang leise wie die eines verletzten Tieres, noch immer zitterte ihr ganzer Körper vom Weinen.

»Was hast du nun vor, Doreen?« Er ließ sie aus seiner Umarmung, stand aber noch immer vor ihr, umfasste mit den Händen ihre Ellbogen.

Sie zog die Nase hoch, eine kindliche Angewohnheit, die sie offenbar noch immer nicht abgelegt hatte. »Ich fahre nach München zurück. Es ist keine Dauerlösung, jeden Tag in die Botschaft zu kommen. Ich weiß, dass das eigentlich nicht erlaubt ist.«

»Okay. Weißt du, ich denke, es ist nur eine Frage der Zeit, bis auch wir die Botschaft verlassen dürfen, hoffentlich in Richtung Bundesrepublik. Dann wird alles einfacher werden, und es wird sich ein Weg finden, wie wir beide uns um Jasmin kümmern können.« Dass der Vorschlag einer Wohngemeinschaft vom Tisch war, war Doreen wohl klar. Es gab andere Möglichkeiten.

»Redet ihr von mir?« Tobias wandte sich zu seiner Tochter um. Sie hatte die ganze Zeit brav bei ihrer Oma gesessen und mit ihr gespielt und geplaudert, nun hielt sie es offenbar für nötig, sich wieder in Erinnerung zu rufen.

»Ja, wir reden von dir, junge Dame. Verabschiede dich von deiner Mutti. Es dauert ein bisschen, bis du sie wiedersiehst.«

Die Aussicht auf eine weitere Trennung brachte Doreen wieder zum Weinen, doch sie zog ihre Tochter in eine lange Umarmung und flüsterte ihr Abschiedsworte ins Ohr. »Bis bald, Minchen! Vergiss mich nicht.«

»Du bist doch meine Mutti!«, entgegnete Jasmin entrüstet, so als sei Doreen von jeher in ihrem Leben präsent gewesen.

Tobias spürte einen dicken Kloß, der in seiner Kehle saß und ihm das Atmen erschwerte. Abschiednehmen war scheußlich.

Während Doreen und Jasmin sich noch in den Armen lagen, drehte er sich zu Judith um. Waren die emotionalen Szenen, die sich in der letzten halben Stunde abgespielt hatten, zu viel für sie? Fühlte sie sich zurückgestoßen, ausgeschlossen? Würde sie Abstand zu ihm suchen, um diesen Familiendramen, die sein Leben bestimmten, aus dem Weg zu gehen?

Er forschte in ihren Zügen, doch sie lächelte warm und nickte ihm zu. Natürlich verstand sie, was in ihm vorging, vermochte sein Gefühlschaos nachzuempfinden. Wie hatte er je daran zweifeln können? Sie war eine wundervolle Frau, und sie würde ihn immer unterstützen.

36

Judith

Wie die Nacht zuvor verbrachten sie auch diese gemeinsam in ihrem Büro; undenkbar, nach den ausgestandenen Ängsten in ihre Wohnung zurückzukehren. Sie musste in Tobias' Nähe sein, sich vergewissern, dass er heil und unbeschadet war, seinen sagenhaften Ausflug an die Grenze zu einem guten Ende gebracht hatte. Und sie wollte seine Haut auf ihrer spüren, seinen Atem an ihrer Wange, begreifen, dass er sich für sie entschieden hatte und Doreens Besuch in Prag sowie ihre Eskapaden bezüglich Jasmin der Vergangenheit angehörten. Die Ereignisse dieses wahnsinnigen Tages erschienen ihr nun, wo die Botschaft in Stille und Dunkelheit lag, bereits zu verblassen; vielleicht würde ihr morgen alles wie ein Traum erscheinen, irreal, einem überreizten Gemüt entsprungen.

»Denkst du an deine Mutter?«, flüsterte sie. Von draußen flackerte ein schwacher Lichtschein durch die Scheibe, wahrscheinlich war einer der unzähligen Flüchtlinge mit einer Taschenlampe unterwegs zu den provisorischen Sanitäreinrichtungen.

»Mhm.« Auch Tobias klang schläfrig. Das Frottee seines Schlafanzuges fühlte sich herrlich weich und nach zu Hause an. »Ich bin Elias so dankbar, dass er sie noch am frühen Abend über die Grenze nach Bayern gefahren hat. Mit seinem Diplomatenausweis war es ja wenig wahrscheinlich, dass er sich an den Grenzkontrollen verantworten musste. Und mithilfe der Papiere, die Huber meiner Mutter zähneknirschend ausgestellt hat, bestand auch von dieser Seite keine Gefahr.«

»Bestimmt kann sie morgen vom Krankenhaus aus mit dir telefonieren.«

»Ja. Ich bin sicher, man kümmert sich gut um sie.« Tobias zog sie näher an sich, legte ihr von hinten den Arm um den Bauch und küsste sie in den Nacken. Sie wünschte, diese Nacht würde ewig dauern. Nach diesem Tag, der ihr wie ein aufreibender emotionaler Marathon erschienen war, gab es nichts Schöneres, als sich in einen Kokon der Zuneigung einzuspinnen und von einer Zukunft zu träumen, die irgendwo hinter dem hohen Botschaftszaun auf sie wartete, verheißungsvoll und wunderbar. Eine Zukunft mit diesem Mann und seiner Tochter, die friedlich auf dem Sofa schlummerte. Doch eigentlich war sie zu müde, um sich Fantasien hinzugeben, und genoss lediglich die warme Berührung der Arme, die sich um sie schlangen.

»Ich danke dir, dass du alles, was ich dir aufgebürdet habe, mitgetragen hast«, sagte er. »Dass Doreen so plötzlich aufgetaucht ist, und die Ansprüche, die sie an mich stellte. Dass ich mich gestern abgesetzt habe. Ich weiß, welche Angst du um mich ausgestanden hast. Jede andere Frau hätte sich gar nicht erst auf mich eingelassen und längst die Flucht ergriffen.«

»Ich nicht.« Sie rekelte sich und schmiegte ihren Kopf an ihn. »Ich liebe dich.«

Es war das erste Mal, dass sie ihm ihre Gefühle so vorbehaltlos gestand; einen Herzschlag lang schwebte sie im Nichts, wie ein Stern, der aus seiner Umlaufbahn geworfen worden war – was, wenn er ihre Gefühle nicht teilte? –, doch er raunte »Ich liebe dich auch« in ihr Haar.

Aber es gab noch etwas, das ihr auf die Seele drückte. »Du bist noch immer mit Doreen verheiratet.«

»Glaub mir, ich denke an wenig anderes als an die Scheidung. In Gedanken habe ich die Papiere bereits unterzeichnet, eines der ersten Dinge, die ich tun werde, wenn ich in den Westen komme, ist, einen Anwalt aufzusuchen.«

»Okay«, wisperte sie. Der Gedanke, dass Tobias verheiratet war, behagte ihr nicht gerade, aber momentan war die Situation wohl nicht zu ändern. Das war nicht schlimm, sie waren zusammen – vorerst zumindest – , das war alles, was zählte.

»Es wäre zu viel für Doreen gewesen, wenn ich heute auch noch mit der Scheidung angefangen hätte. Sie war so verzweifelt, dass ich mir vorgenommen habe, das längst fällige Gespräch zu verschieben.«

»Das war sehr rücksichtsvoll von dir.« Sie liebte ihn dafür, wie behutsam und bedacht er mit den Gefühlen seiner Mitmenschen umging. »Ich kann verstehen, wie elend Doreen sich fühlen muss ... Wieder einmal musste sie sich auf unbestimmte Zeit von ihrem Kind trennen.« Selbst ihr würde es wehtun, Jasmin verlassen zu müssen, und sie hatte sie erst vor Kurzem in ihr Herz geschlossen.

»Falls wir demnächst in die Bundesrepublik ausreisen dürfen, müssen wir uns in der Nähe von Doreen niederlassen, oder umgekehrt.« Tobias sprach schleppend, die Müdigkeit würde ihn nicht mehr lange wach halten. »Jasmin muss ihre Mutter regelmäßig sehen.«

Falls ... Die Möglichkeit einer baldigen Ausreise schien mit jedem Tag dringlicher, wahrscheinlicher. Judith spürte dieses Vibrieren der Ungeduld tagtäglich, wenn sie über das Botschaftsgelände ging oder mit den Flüchtlingen sprach. Einige unter ihnen, wie Tobias, hielten sich seit Juni in der Villa Lobkowicz auf. Ausgeschlossen, dass dieser Zustand noch lange anhalten würde. Sie war die letzten Tage zu sehr mit ihren eigenen Problemen beschäftigt gewesen, hatte nur am Rande mitbekommen, dass Außenminister Genscher, ihr oberster Dienstherr, sich nach einem Herzinfarkt selbst aus dem Krankenhaus entlassen hatte, wohl mit der Absicht, zur UN-Vollversammlung nach New York zu fliegen. Ein absoluter Wahnsinn in seinem Zustand. Aber vermutlich wollte er die Gelegenheit nutzen, um am Rande der Versammlung mit seinem sowjetischen Amtskollegen zusammenzutreffen.

Ob sich damit eine Lösung für die Flüchtlinge abzeichnete? Einerseits hoffte sie es, andererseits bereitete ihr die Aussicht Magenschmerzen. Von ihr aus hätte der Status quo ewig anhalten können. Sie und Tobias im Mikrokosmos der Prager Botschaft, eingeschlossen in eine schillernde Seifenblase. Was, wenn diese plötzlich zerplatzte?

Am Morgen brachte Tobias Jasmin zum Spielen zu Jeannette, während Judith sich ihren Kollegen für die morgendliche Besprechung im Garten anschloss. Obwohl sie sich Tobias so fest verbunden fühlte wie nie zuvor, war es wohl noch immer am besten, ihre Beziehung vorerst nicht publik zu machen und nicht gleichzeitig zu erscheinen.

»Du siehst etwas derangiert aus.« Anke musterte sie mit zusammengekniffenen Augen und zog ihre dicke Steppjacke enger um sich. Der September neigte sich allmählich dem Ende zu, und es war empfindlich kalt, besonders am Morgen, wenn das Gras feucht vom Tau war und die Regentropfen des gestrigen Schauers noch von den Bäumen fielen. »Irre ich mich, oder trägst du den dritten Tag in Folge dasselbe Outfit?«

Judith sah an ihrer zerknitterten Hose herab. »Dir entgeht aber auch nichts.«

375

Anke sah sie fragend an. »Sag nicht, du hast in der Botschaft übernachtet, um mit Tobias ...«

»Pscht!« Instinktiv legte Judith den Zeigefinger an ihre Lippen. Ihr Geheimnis musste unter Verschluss bleiben, sie wollte nicht zum Gesprächsthema Nummer eins unter den Kollegen werden. Markus, der normalerweise die Flöhe husten hörte, sah bereits interessiert zu ihnen herüber. »Ich erzähle dir später, was gestern los war.«

In diesem Moment kam Tobias in den Garten, und ihre Blicke trafen sich. Judith spürte, wie Anke sie von der Seite misstrauisch beäugte, und bemühte sich um einen neutralen Gesichtsausdruck. Ihre Glückseligkeit war angesichts der klammen Zelte um sie herum und der frierenden Menschen, die in der Schlange vor der Frühstücksausgabe standen, wahrscheinlich etwas unangebracht, doch sie leuchtete einfach von innen heraus, sie konnte es nicht ändern.

Tobias stellte sich neben Elias. »Ich muss mich noch einmal bei Ihnen bedanken, dass Sie meine Mutter gestern Abend nach Regensburg gebracht haben. Sie haben ihr wahrscheinlich das Leben gerettet.«

»Keine Ursache.« Elias lächelte. »Ich habe den Ausflug genutzt, um mir ein paar Gläser meiner heiß geliebten Nutella zu kaufen und mich neu einzukleiden.«

Judiths Blick wanderte zu seinen blank polierten schwarzen Schuhen und dem eleganten Wollmantel, den er trug.

»Was zur Hölle ...?«, fragte Anke.

»Ich sagte doch, ich berichte dir nachher«, raunte Judith ihr zu.

Anke schnaubte. »Ich habe den Eindruck, in den letzten beiden Tagen gar nicht da gewesen zu sein. Während ich die Personalien unzähliger neuer Flüchtlinge aufgenommen habe, scheint sich hinter den Kulissen einiges abgespielt zu haben.«

Jacqueline Huber ging mit einer Thermoskanne herum und goss Kaffee ein, den sie angesichts der kühlen Temperaturen gut gebrauchen konnten.

»Guten Morgen, die Herrschaften«, eröffnete Huber die Runde. »Wir kratzen an der neunhundert, gestern befanden sich sage und schreibe achthundertfünfundsechzig DDR-Bürger auf unserem Gelände.«

»Wir kriegen keine einzige weitere Person in den Zelten unter«, erklärte Markus und spähte besorgt zu den Unterkünften hinüber. Eine Familie mit zwei kleinen Jungen, die erst gestern angekommen war, drängte sich an ihnen vorbei, und die Botschaftsmitarbeiter rückten noch enger zusammen.

»Ich weiß. Es bleibt uns nichts anderes übrig, als weiteren Platz zu schaffen. Ich habe bereits mit Edel gesprochen, er rückt nachher mit Spaten und Handsäge an, um Sträucher zu entfernen. Auf diese Weise kriegen wir hoffentlich noch weitere Zelte unter. Wer meldet sich freiwillig, um ihn zu unterstützen?« Huber schaute feixend in die Runde.

Markus hob seufzend die Hand. »Ich. Frische Luft hat noch niemandem geschadet.«

»Ihr braucht mich gar nicht so anzugucken. Mit meinen neuen Schuhen trampele ich nicht in der nassen Erde herum«, wehrte Elias ab, woraufhin alle in Gelächter ausbrachen.

»Natürlich nicht. Bleib du mal schön drinnen und repräsentiere«, rief Anke übermütig.

Nachdem die Welle der Heiterkeit abgeklungen war, wurde Huber wieder ernst. »Unser Außenminister ist inzwischen in New York eingetroffen. Ich hoffe, er hält durch. Es ist absoluter Wahnsinn, sich in seinem Zustand nicht nur selbst aus dem Krankenhaus zu entlassen, sondern auch noch den anstrengenden Flug auf sich zu nehmen. Sein Herzinfarkt ist erst vier Tage her.«

Judith lief unwillkürlich ein Schauder über den Rücken. Sie war ein großer Bewunderer Genschers. Was er zum Wohle der DDR-Bürger nicht alles auf sich nahm! Sie hoffte inständig, der Außenminister würde die weite Reise unbeschadet überstehen.

»Du würdest an Genschers Stelle doch genauso handeln, chéri«, warf Jacqueline Huber, die nun belegte Brötchen aus ihrem Korb verteilte, verschmitzt ein.

»Hm, ja. Natürlich.« Huber schien fast verlegen, als er in ein Brötchen biss. »Zum Glück ist er so vernünftig, einen Kardiologen mit entsprechender Ausrüstung mitgenommen zu haben.«

Alle schwiegen betroffen. Judith wusste, die ganze Welt schaute dieser Tage nicht nur nach Prag, sondern auch nach New York. Würde der Außenminister in Gesprächen mit seinen Kollegen aus der Sowjetunion, der Tschechoslowakei und der DDR etwas bewirken?

»Tobias, Tobias!«

Wie ihre Kollegen schnellte Judith herum, alarmiert von den durchdringenden Rufen. Mandy, die junge Frau mit den glatten schwarzen Haaren, die noch nicht allzu lange in der Botschaft war, kam mit hochroten Wangen angerannt. Sie wurde noch röter, als sie sah, dass Tobias sich in Gesellschaft der wichtigsten Botschaftsmitarbeiter befand. »Verzeihung, aber ...«

»Was ist los, Mandy?« Tobias legte ihr die Hand auf den Arm, um sie zu beruhigen.

»Ein paar unserer ...«, sie schöpfte Atem, »... ein paar unserer Männer drehen durch.«

»Wo?«, fragte Huber knapp.

Sie wies auf eines der Zelte in Zaunnähe. »Dahinten ... im Zelt. Sie reden schon die ganze Woche von einer Protestaktion ...«

Schnurstracks steuerte Huber mit Tobias auf das Zelt zu, Judith und die anderen Botschaftsangehörigen folgten. Das Herz hämmerte in ihrer Brust. Hoffentlich probten die Flüchtlinge keinen Aufstand ... Ihre Lage war prekär, und das lange Warten, das Ausharren im Palais Lobkowicz zermürbte manch einen. Im Ernstfall wären sie, die Diplomaten, deutlich in der Minderzahl.

Tobias riss den Zelteingang zur Seite, sie sah, wie angespannt seine Kieferpartie war.

»Was geht hier vor sich?«

Judith trat neben ihn. Im Zeltinneren stand inmitten eines Durcheinanders aus zusammengeknüllten Schlafsäcken, Reisetaschen und feuchten Handtüchern ein Dutzend Männer. Einer von ihnen – es war René – rasierte den anderen die Haare ab, er selbst hatte sich seiner lila gefärbten Mähne bereits entledigt. Wie Glitzerfäden lagen die Haare auf dem Boden, zu einem Häufchen zusammengefegt.

»Wir protestieren!« René würdigte sie kaum eines Blickes und rasierte munter weiter. Einen Moment war das Summen des Rasierapparates das einzige Geräusch im Zelt. Die Luft hier drinnen war so feucht und kalt, dass Judith sich instinktiv näher zu Tobias stellte, als würde seine Wärme auf sie überfließen.

»Und deswegen schert ihr euch die Köpfe kahl?«, fragte Tobias verständnislos. »Was soll das bringen?«

»Es ist ein Ausdruck unseres Widerwillens, noch länger in der Botschaft zu verharren.« René klang reichlich verschnupft, kein Wunder, bei dieser Witterung und der notdürftigen Unterbringung musste man ja krank werden. Heftiges Mitgefühl für die Männer wallte in Judith auf, gleichzeitig musste sie ein zwanghaftes Lachen unterdrücken. Sie spürte, dass es Anke, die hinter sie getreten war, genauso ging. Die Situation war zu skurril.

»Ihre Protestaktion in allen Ehren, meine Herren.« Huber

schüttelte den Kopf, als verkneife auch er sich ein Lächeln. »Sparen Sie Ihre Energien besser für gewinnbringendere Aktivitäten auf. Die Außenminister, die gerade bei den Vereinten Nationen tagen, werden kaum Notiz davon nehmen, ob Sie sich die Köpfe rasieren oder nicht.«

René biss die Zähne zusammen und rasierte weiter, der junge Mann, der ihm seinen vollen blonden Haarschopf hinhielt, schien jedoch nervös zu werden, denn er zuckte hin und her.

»Vielleicht sollten wir es doch lieber lassen ...«

»Unsinn!«, fauchte René. »Irgendwie müssen wir die Weltöffentlichkeit auf unsere Not aufmerksam machen. Welche Möglichkeiten haben wir denn noch?«

Betretenes Schweigen trat ein.

»Leute.« Tobias ging unruhig ein paar Schritte auf und ab, stieß aber ständig gegen Gepäckstücke, sodass er wieder stehen blieb. »Ob sich zehn oder zwölf Mann eine Glatze rasieren, interessiert da draußen niemanden. Oder meint ihr, Honecker sieht eure Köpfe im Fernsehen und denkt: Meine Güte, sie haben keine Haare mehr, ich muss ihnen dringend die Ausreise in die BRD erlauben?«

Judith schaute in die betretenen Mienen der Männer; auch René ließ seinen Rasierapparat sinken. Frustriert hob er die Arme. »Aber irgendetwas müssen wir doch tun!«

Es berührte Judith, wie verzweifelt er klang. Im Sommer noch hatte die Stimmung in der Botschaft der eines Ferienlagers geähnelt, doch spätestens mit Herbstbeginn und den dauernden Regenfällen waren die Nerven der meisten Flüchtlinge zum Zerreißen gespannt, das konnte sie gut nachvollziehen. Eigentlich ein Wunder, dass es bisher so friedlich geblieben war.

»Vertrauen wir auf Genscher.« Huber trat einen Schritt vor und heftete seinen Blick auf die Männer, die mit hängenden Schultern um René herumstanden. »Er riskiert gerade seine Gesundheit, wenn nicht gar sein Leben, um eine Lösung für euch zu finden.«

Die Männer gaben sich geschlagen, und René verstaute den Rasierer fast beschämt in einem Beutel. Schweigend traten die Botschaftsmitarbeiter und Tobias den Rückzug an.

»Meine Güte, es fängt schon wieder an zu regnen.« Seufzend sah Huber in den Himmel, an dem dunkle Wolken hingen, so tief, dass man den Eindruck hatte, sie berühren zu können. »Es ist ein Elend. Ich verstehe die armen Menschen. Man kann ihnen nicht verübeln, dass sie manchmal über die Stränge schlagen.«

»Würde ich nicht so sehen.« Markus vergrub die Hände in den Hosentaschen. »Die Rasieraktion war ja harmlos, aber als gestern die Messer verschwunden sind, wurde mir schon ein wenig bange.«

»Was? Was war mit den Messern?« Judith schlang die Arme um ihren Oberkörper, um ihr Zittern zu verbergen. Dicke Regentropfen prasselten auf die Zeltdächer und versickerten im ohnehin bereits matschigen Boden.

Anke sah sie mit einem merkwürdigen Ausdruck an. »Gestern meldete der Koch, dass sämtliche Brotmesser verschwunden sind. Ihre Exzellenz ...«, sie nickte zu Huber hin, »hat nachgeforscht und schließlich herausbekommen, dass mehrere Flüchtlinge die Messer einfach an sich genommen haben.«

»Oje.« Judith spürte, wie sich ihr Magen zusammenzog. Anscheinend war gestern einiges los gewesen, während sie in der Stadt nach Jasmin gesucht hatte. Sie musste Anke nachher unbedingt beichten, was sich alles zugetragen hatte. »Haben sie die Messer wieder rausgerückt?«

Huber winkte lässig ab. »Ja, auf gutes Zureden hin.«

»An Ihrer Stelle wäre ich nicht so unbesorgt«, warf Elias ein. »Die Flüchtlinge behaupteten zwar, sie hätten die Messer eingesteckt, weil man ja nie wisse, wann man eins brauche, um sich ein Brot zu schmieren, aber ich bitte Sie ...!«

»Wie wir eben gesehen haben, sind manche unserer Bewohner recht hitzköpfig«, fügte Christina hinzu. »Wenn bei einem eine Sicherung durchbrennt ...«

»Die Nähe zu den Flüchtlingen ist schön und gut, Herr Huber, aber an Ihrer Stelle würde ich meine nächtlichen Wanderungen durch den Garten einstellen.« Markus wirkte besorgt. »Wer weiß, was passieren könnte. Womöglich werden Sie angegriffen, oder es kommt zu einer Geiselnahme.«

»Das predige ich ihm seit Wochen!« Jacqueline Huber schwenkte aufgewühlt die leere Thermoskanne. »Aber mein Mann hört nicht auf mich, er ist stur wie ein Ziegenbock, nicht wahr, chéri?«

Huber grinste wie ein kleiner Junge, der seinen Eltern nicht gehorchen wollte. »Ach, alles halb so wild. Die Stimmung unter den Leuten kocht manchmal hoch, das ist doch ganz verständlich, aber letztendlich sind es doch friedliche Menschen. Nicht wahr, Herr Seibold?«

Tobias verzog das Gesicht, als hätte er Zahnschmerzen. »Natürlich. Aber trotzdem darf man nicht vergessen, dass wir alle unter extremem Druck stehen. Da kann dem einen oder anderen schon mal der Kragen platzen. Aber ich werde ein Auge auf die Situation haben und mich bemühen, die Gemüter zu besänftigen.«

»Danke, Seibold.« Huber klopfte ihm kameradschaftlich auf den Rücken. »Sobald Sie einen westdeutschen Pass haben, können Sie bei uns anfangen. Wir brauchen Leute wie Sie.«

Judith schaute zu Tobias. Er lächelte, doch in ihr weckte Hubers Scherz wieder die quälende Frage, wie ihre Zukunft aussehen würde.

Am Abend – es war wieder weit nach neun Uhr – küsste sie Tobias lange und zärtlich zum Abschied. Nachdem sie zwei Nächte in der Botschaft geschlafen hatte, musste sie dringend wieder einmal nach Hause, um zu duschen und sich frische Kleidung anzuziehen. Außerdem schmerzten ihr vom Liegen auf dem Boden alle Knochen; sie fühlte sich wie eine Hundertjährige, zumindest körperlich. In ihrem Innern war sie verliebt wie ein Backfisch, und der Abschied von Tobias fiel ihr schwer.

»Nun mach kein Drama, Judith, du kommst doch morgen wieder«, sagte Jasmin altklug, die sich an ihr Bein hängte. Wo sie diese Redewendung wohl aufgeschnappt hatte? Judith lachte und strich ihr über das zerzauste Haar.

»Schlaf dich aus.« Tobias lehnte zärtlich seine Stirn an ihre. »Nach den ausgestandenen Strapazen hast du dringend Ruhe und Erholung nötig.«

Sie nickte mit geschlossenen Augen, sog seinen Duft nach Rosenseife in sich ein. »Zum Glück konntest du mit deiner Mutter telefonieren und weißt, dass es ihr den Umständen entsprechend gut geht. So brauchst du dir heute Nacht keine Sorgen zu machen.«

»Ich werde schlafen wie ein Stein«, versprach er.

Am Vormittag hatte er die Klinik in Regensburg angerufen und mit seiner Mutter gesprochen. Hella war guter Dinge gewesen und hatte erzählt, dass sie ihre dringend benötigten Medikamente bekommen habe. Sie fühlte sich von den Ärzten und Krankenschwestern gut umsorgt, müsse aber noch einige Tage bleiben.

Am Botschaftstor wartete bereits Anke. Judith hatte sie zu einem späten Abendessen zu sich nach Hause eingeladen. Die ganzen letzten Tage hatten sie wenig Zeit zum Reden gehabt, und sie war der Freundin noch eine Erklärung schuldig, wo sie gestern gewesen war und was sich alles zugetragen hatte. Judith hoffte, der Besuch würde nicht so lange dauern, denn sie war so müde, dass ihr schwindelig war, und sie sehnte sich nach ihrem weichen Bett.

»Welch ein Kontrastprogramm deine Wohnung doch zu unserer überlaufenen Botschaft ist«, seufzte Anke, nachdem sie mit der Tram zur Haltestelle Anděl gefahren waren und den kurzen Fußweg zu dem alten Haus, in dem Judith wohnte, zurückgelegt hatten. Judith musste ihr zustimmen; ihr bescheidenes Zuhause erschien ihr nach dem Trubel im Palais Lobkowicz mit seinen mittlerweile über neunhundert Flüchtlingen wie eine Oase der Stille und der Ruhe. Doch nachdem sie sich so daran gewöhnt hatte, Tobias den ganzen Tag um sich zu haben, drückte ihr die Leere der Wohnung aufs Gemüt. Trotz ihrer Erschöpfung war sie froh, Gesellschaft zu haben.

Anke warf ihre Jacke über einen Küchenstuhl und setzte sich auf den anderen, die Beine weit von sich gestreckt. Sie gähnte ungeniert. »Was gibt's zu essen? Ich habe mächtigen Kohldampf – seit dem Frühstück bin ich nicht mehr zum Essen gekommen.«

Frustriert inspizierte Judith ihren Kühlschrank. »Ich fürchte, heute ist Schmalhans Küchenmeister. Ich bin seit mindestens drei Wochen nicht mehr zum Einkaufen gekommen. Außer zwei Eiern, einer Packung Käse, die bereits abgelaufen ist, und drei schimmligen Möhren habe ich nichts mehr.«

»Sieht bei mir daheim auch nicht besser aus. Ich habe gehofft, mich heute bei dir durchessen zu können«, unkte Ankte.

Judith griff nach einem Päckchen, das seit mindestens einer Woche ungeöffnet in der Ecke des Raumes stand. Staub wischen müsste sie auch einmal wieder, zudem hing ein riesiges Spinnennetz über der Schachtel. Aber da sie an den meisten Tagen einen Sechzehn- bis Zwanzig-Stunden-Job ausübte, blieb alles andere auf der Strecke. »Mal schauen, was meine Mutter in ihr neu-

384

estes Päckchen gepackt hat. Sie schickt mir immer Carepakete in den Ostblock, weißt du?«

Anke schmunzelte. »Ach, deine auch?«

Judith nahm eine Schere aus der Küchenschublade und schlitzte das braune Paketband auf. »Wenn du dich mit Chips, Pralinen und Müsliriegeln zufriedengibst, ist unser Abendessen gerettet.«

»Eine Tüte Chips stellt eine vollwertige Mahlzeit dar, immer her damit.«

Sie zogen mit einer Flasche Rotwein ins Wohnzimmer um. Anke ließ sich auf die Couch fallen, Judith sank auf den Sessel, hängte die Beine über die Lehne und riss die Chipstüte auf. Draußen herrschte eine undurchdringliche Dunkelheit, und ein Hubschrauber kreiste mit brummendem Motor über der Stadt.

»Was für ein Tag!« Anke stopfte sich eine Handvoll Chips in den Mund. »Eigentlich müsste man Tagebuch führen, damit wir unseren Kindern in zwanzig oder dreißig Jahren erzählen können, was sich 1989 in Prag abgespielt hat. Und wir waren live dabei!«

»Welche Kinder?«, fragte Judith und spülte ihre Chips mit einem Schluck Rotwein herunter.

»Hast du mitbekommen, dass Huber den tschechoslowakischen Vizeaußenminister gebeten hat, uns ein paar städtische Gebäude zu vermieten, um die zusätzlichen Flüchtlinge unterzubekommen? Natürlich hat er abgelehnt. Meine Güte, unsere lauschige Villa ist für wenige Dutzend Leutchen ausgelegt, nun wohnen fast tausend darin!«

»Habe ich nicht mitbekommen.« Judith lehnte den Kopf gegen die Rückenlehne. Die Augen fielen ihr fast zu, und der Rotwein tat sein Übriges, um sie noch schläfriger zu machen. Aber es war eine angenehme Art der Erschöpfung; Tobias war wieder in Sicherheit, Doreen vorerst kein Thema mehr, und Hella Seibold wurde im

Krankenhaus gut versorgt. »Ich war den ganzen Nachmittag mit Geburtshilfe beschäftigt.«

»Ach ja.« Anke lachte leise. »Demnächst kannst du als Hebamme anheuern.«

»Wir haben die Frau ja noch rechtzeitig in die Klinik bekommen.« Carolin, eine hochschwangere Fünfundzwanzigjährige, war erst vor einer Woche mit ihrem Lebensgefährten in die Botschaft gekommen. Nach dem Mittagessen war die Fruchtblase geplatzt, obwohl ihr noch drei Wochen bis zum errechneten Termin blieben, und Wehen hatten eingesetzt. Die drei Ärzte, die sich unter den Flüchtlingen befanden, konnten ihr nicht helfen – ihre Fachgebiete waren Zahnheilkunde, Hals-Nasen-Ohren und Orthopädie –, doch Carolin weigerte sich, in einem Prager Krankenhaus betreut zu werden. Als Komplikationen auftraten, hatte sie einem Transport letztendlich doch zugestimmt. Judith hatte sie begleitet, zu ihrer großen Erleichterung hatten die tschechoslowakischen Sicherheitsbeamten, die die Botschaft umstellten, nicht eingegriffen, als die Diplomatenlimousine mit ihr und dem jungen Paar losgefahren war.

»Sie hat einen süßen kleinen Jungen zur Welt gebracht. Timon.«

»Schöner Name.« Anke klang wehmütig. Auch Judith hatte es tief berührt, das Baby, das bereits eine Stunde nach Ankunft im Krankenhaus geboren worden war, halten zu dürfen. Doch sie war zu müde, um die übliche Sehnsucht nach einer eigenen Familie zu spüren. Außerdem – falls die Beziehung zwischen Tobias und ihr sich weiterentwickeln und Bestand haben sollte, wäre Jasmin so etwas wie ihr Ziehkind, oder nicht? Der Gedanke war so süß und verlockend wie ein Traum, dem man nach dem Aufwachen nachspürte, blass, aber trotzdem noch zum Greifen nah.

»Aber nun erzähl doch mal. Was war gestern los? Was hat es

mit dieser Geschichte von der Fahrt nach Regensburg auf sich? Was hat Elias mit alldem zu tun?«

Da die Chips zur Neige gingen, öffnete Judith die Pralinen, schob die Schachtel Anke zu und wählte sich dann selbst eine mit Cremefüllung aus. »Tobias hat die Botschaft im Morgengrauen verlassen, um seine kranke Mutter am Grenzübergang Klingenthal in Empfang zu nehmen und nach Prag zu bringen. Elias hat sie nach Deutschland in eine Klinik gebracht.«

Anke stand der Mund offen, als sie das alles hörte. Während sie erzählte, erkannte Judith selbst, wie abenteuerlich die ganze Odyssee klang, und sie bekam noch im Nachhinein weiche Knie.

»Sag mal, bist du irre, diese ganzen Risiken eingegangen zu sein? Und Tobias kann ja auch nicht ganz zurechnungsfähig sein. Flieht mit seinem Kind über die grüne Grenze, um einige Zeit später die Sicherheit der Botschaft wieder aufzugeben und sich größter Gefahr auszusetzen?« Anke starrte sie an, als habe sie plötzlich eine völlig Fremde vor sich.

»Ich weiß. Aber er hat es für seine Mutter getan. Und dafür liebe ich ihn. Er hat ein großes Herz, er würde sich für die Menschen, die ihm nahestehen, zerreißen.«

»Wie darf ich das verstehen? Seid ihr inzwischen ein ... ein echtes Paar? Seid ihr richtig zusammen?«

Judith nickte, die Kehle so eng vor übersprudelnden Gefühlen, dass sie sich erst räuspern musste. »Ja, das sind wir. Auch wenn es in den Sternen steht, wie es mit uns weitergeht.« Im Moment war alles gut so, wie es war, dachte sie, und diese Gewissheit legte sich wie ein warmer Balsam auf ihre Seele. Als sie nach dem letzten Schluck Rotwein griff, sah sie, dass Anke ihre letzten Worte anscheinend gar nicht mehr gehört hatte. Ihr Kopf lag auf dem Sofakissen, und sie schlief fest.

Judith schaffte es gerade noch, ihr leeres Glas wieder abzustellen, dann sank auch sie in einen tiefen Schlummer.

37

Tobias

»Hast du wenigstens diese Nacht schlafen können?« In Judiths Büro küsste er sie lange und leidenschaftlich. Der Morgen war gerade angebrochen, der Garten vor den Fenstern lag in eine schneeweiße Nebeldecke gehüllt.

»Ja. Anke und ich waren so müde, dass wir auf dem Sofa und dem Sessel eingeschlafen sind. Wir sind erst heute Morgen aufgewacht.« Judith schmiegte sich an ihn. »Meinem Kopf hat die unbequeme Haltung nicht gutgetan, deshalb gab es zum Frühstück erst mal ein Ibuprofen.«

»Du Arme.« Mit dem Finger strich er ihr zärtlich übers Gesicht, wurde jedoch von Jasmin unterbrochen, die die Arme zu ihm hochstreckte.

»Arm, Vati.«

Lächelnd hob er sie hoch, und sie hing wie eingeklemmt zwischen ihm und Judith.

»Ich will auch einen Kuss.«

Er küsste sie auf die zarte Wange, doch sie gab sich noch nicht zufrieden damit und streckte sich Judith entgegen. Diese wechselte einen Blick mit ihm, überrascht, aber augenscheinlich so selig, dass sich ihr Gesicht mit feiner Röte überzog, und drückte der Kleinen einen Kuss auf die Stirn.

Auf den Fluren herrschte ein Getrampel wie bei einer Massenwanderung – er hatte bis Mitternacht Dienst am Zaun gehabt und allein in diesen beiden Stunden an die hundert Menschen auf das Botschaftsgelände geholfen –, aber tief in seinem Inneren herrschte solch eine friedvolle Ruhe, ein stilles Wohlbehagen, dass ihn das Chaos ringsum nicht berührte. Er war glücklich.

»Junge Dame, nimm dein Mutschekiepchen und die Puppe und was du sonst noch brauchst. Ich bringe dich zu Jeannette, weil Judith und ich gleich an unserer Besprechung teilnehmen müssen.«

Jasmin stopfte sogleich das Plüschtier und auch die Barbie in ihren Puppenwagen. Er bezweifelte, dass sie das Gefährt mühelos durch das von Menschen belagerte Treppenhaus bis auf den Dachboden bringen würde, ließ sie jedoch gewähren.

Auf dem Korridor gab es kein Durchkommen; die Menschen saßen oder lagen eng beieinander, es roch nach Schweiß, feuchter Kleidung und Kaffee. Kurzerhand übernahm er den Puppenwagen und trug ihn über dem Kopf. Jasmin, die der Anblick der erneut gewachsenen Menschenmasse zu verunsichern schien, trottete hinter ihm her, den Daumen im Mund. Die Geräuschkulisse glich dem Grollen des Donners, bevor ein Gewitter losbrach.

»Vati!«, hörte er seine Tochter jämmerlich hinter sich rufen. Er blieb stehen, drehte sich um und sah, dass sie kaum an den Leuten vorbeikam, die ausgestreckt auf den Treppenstufen lagen. So weit war es schon gekommen: Die Flüchtlinge schliefen auf den Marmorstufen, die Plätze in den Zelten, auf den Korridoren und dem Dachboden reichten hinten und vorne nicht.

»Warte! Gleich hab ich dich.« Er stieg über ausgestreckte Beine, klemmte sich die Kleine unter den rechten Arm, unter den linken quetschte er den Puppenwagen. Hoffentlich fielen die Insassen nicht heraus und purzelten die Treppe herunter, das würde Geheul nach sich ziehen.

Er war völlig durchgeschwitzt, als er nach einer Viertelstunde in der Dachkammer ankam und Jeannette sein Kind überreichte. »Man bräuchte Gefahrenzulage, um zu euch hochzukommen.«

Jeannette, die inmitten ihrer drei Töchter auf einer Matratze saß, blickte erschöpft zu ihm auf. »Ich weiß. Es gibt kaum noch ein Durchkommen. Wir versuchen gar nicht erst, es nach unten oder in den Garten zu schaffen.«

Tobias schaute zu den Mädchen, die über Mathebücher gebeugt saßen und angestrengt Aufgaben lösten. Es beeindruckte ihn, dass Jeannette trotz der tumultartigen Zustände dafür sorgte, dass die Kinder etwas lernten, auch wenn geregelter Unterricht nicht mehr möglich war. »Ihr seid ja gut beschäftigt.«

»Ich will auch rechnen«, verkündete Jasmin und plumpste neben Saskia auf die Matratze.

Jeannette schmunzelte. »Ich schreibe dir ein paar Aufgaben auf ein Blatt.«

Tobias beobachtete, wie sie mit einem Buntstift Äpfel zeichnete, dann verabschiedete er sich von Jasmin. Trotz der beengten Zustände war sie in guten Händen.

Die Besprechung fand in der Eingangshalle statt. Ein eiskalter Luftzug drang durch die Ritzen, und sie standen frierend zwischen den auch hier aufgestellten Feldbetten und Schlafsäcken.

»Wie ist die Lage unter Ihren Leuten, Herr Seibold?«, fragte Hermann Huber. Sein Gesicht war aschfahl, unter seinen Augen lagen tiefe Schatten.

»Im Großen und Ganzen würde ich sagen, den Umständen entsprechend gut. Die Nächte draußen werden zwar immer eisiger, und obwohl die Menschen inzwischen auf jedem verfügbaren Zentimeter schlafen, reicht der Platz nicht. Selbst Treppenplätze sind heiß begehrt. Wir haben vereinbart, ab sofort in Schichten zu schlafen.«

Huber fuhr sich über das Haar. »Meine Güte, so weit ist es schon gekommen. Aber gut, uns bleibt keine andere Möglichkeit. Die Tschechoslowaken weigern sich, uns Gebäude zur Verfügung zu stellen. Der Ton wird rauer.«

»Dirk Lemke erzählte mir gestern, dass die tschechoslowakischen Sicherheitskräfte einen Flüchtling, der während seiner Schicht den Zaun überwinden wollte, bewusstlos geschlagen haben.« Die Botschaftsangehörigen schienen schockiert.

»Ich werde sofort eine offizielle Beschwerde einlegen«, versprach der Botschafter düster. »Die Behörden werden sich für diesen Angriff, der sämtlichen Menschenrechten zuwiderhandelt, verantworten müssen.«

»Ein Mann, der Vogels letztes Angebot, straffrei in die DDR zurückzukehren, angenommen hat und zur Rückreise zum Bahnhof gebracht wurde, wurde von der tschechoslowakischen Polizei festgenommen. Sie nahmen ihm das Begleitschreiben ab, das wir für ihn ausgestellt haben«, berichtete Markus bedrückt. »Zum Glück gelang es ihm, den Polizisten zu entwischen und wieder in die Botschaft zu kommen.«

»Ich werde diese Nachricht gleich nachher unter den Flüchtlingen verbreiten. Ich hoffe, es kommt niemand mehr auf die Idee, Vogels *Angebot* ...«, Tobias malte mit den Fingern Anführungszeichen in die Luft, »anzunehmen.«

»Das alles meinte ich mit: Der Ton wird rauer«, warf Huber ein. »Heute wurden mir in aller Herrgottsfrühe wieder Beschwerden von den Behörden übermittelt. Sie wehren sich gegen die Ruhestörungen, die vom Palais Lobkowicz ausgehen; wir würden mit unserem Lärm das ganze Viertel drangsalieren, zudem würden die Zufluchtssuchenden die Bausubstanz der Villa Lobkowicz, die ja immerhin ein wertvolles Kulturdenkmal darstellt, beschädigen.«

»Was erwarten die Beamten?« Elias blickte missmutig in die Runde. »Wie viele Menschen leben zurzeit bei uns?«

»Tausendsechshundert«, antwortete Tobias. Ein Raunen kam wie eine geflüsterte Welle von den Diplomaten. Vor wenigen Tagen waren es nur einige Hundert Flüchtlinge gewesen, die Anzahl derer, die Zuflucht suchten, potenzierte sich stetig.

»Tausendsechshundert«, wiederholte Elias, als müsse er sich die Zahl erst laut vorsprechen, um sich ein Bild davon machen zu können. »Eine solch gewaltige Menschenmasse produziert nun mal Geräusche. Lärm. Die ČSSR kann wohl kaum davon ausgehen, dass wir den Leuten Maulkörbe verpassen, um die Nachbarschaft nicht zu behelligen. Außerdem können wir sie schlecht festbinden, um Schäden zu vermeiden.«

»Auch in der DDR überschlagen sich die Ereignisse«, berichtete Christina. »An der letzten Montagsdemonstration nahmen achttausend Menschen teil. Die Volkspolizei kam anscheinend gar nicht nach damit, die Leute zu verhaften und abzuführen.«

Tobias sah zu Judith hinüber, die sich in ihrer Jacke zu verkriechen schien. Die klamme Kälte setzte ihnen allen zu, zudem schien das gesamte Personal unter einer stillen Atemlosigkeit zu stehen. Die Grenzen der Erschöpfung waren bei allen überschritten, und nun blieb ihnen nichts, als dem historischen Verlauf der Geschehnisse zuzuschauen, so wie Kinobesucher, vor deren Augen der Film vorüberflimmerte.

Der Botschafter sah auf seine Uhr. Die Liste der Aufgaben schien auch an diesem Tag endlos. »Ich weiß, die Situation ist seit Langem untragbar. Ich bitte Sie dennoch alle darum, durchzuhalten. Denn im Moment geht es nur darum. Die Weltgeschichte ist dabei, sich zu verändern, ich denke, wir stehen kurz vor einem großen Knall.«

Ein eisiger Schauer lief Tobias' Rücken hinab. Zum ersten Mal, seit er sich in der Botschaft aufhielt, wurde ihm richtig bewusst, dass sie Geschichte schrieben. Und er war mittendrin.

Jasmin lag über seiner Schulter wie ein zusammengerollter Teppich, als er über die Körper der Schlafenden hinweg zu der Botschafterwohnung im oberen Stockwerk stieg. Sie trug ihren lila-orange gestreiften Schlafanzug und schlummerte fest, den Marienkäfer im Arm. Er unterdrückte einen Fluch, als ein Schlafender sich regte und ein Bein vorstreckte, um ein Haar wäre er mitsamt der Kleinen darübergestolpert. In diesem Moment wünschte er sich, das alles möge ein baldiges Ende finden. Es war kein Zustand für Jasmin, auf einem Sofa in einem Büro zu schlafen und nachts durch die Villa getragen zu werden, weil ihr Vater mit dem Botschafter sprechen musste.

Noch bevor er an Hubers Tür klopfen konnte, wurde diese geöffnet, und der Botschafter stand vor ihm, in dicker Jacke und wetterfesten Schuhen.

»Ach, Herr Seibold, ich wollte gerade meine Runde durchs Haus und den Garten drehen.«

Von hinten erschien Jacqueline Huber in einem flauschigen hellblauen Bademantel, den sie über einem Nachthemd trug. »Gut, dass Sie da sind, Monsieur! Kommen Sie nur herein, Ihr Besuch hält meinen Mann hoffentlich davon ab, wie jede Nacht durch den Garten zu geistern wie ein Schlossgespenst.«

Tobias packte Jasmin, die von seiner Schulter zu rutschen drohte, fester. »Ich möchte nicht stören, es gab nur ein kleines Vorkommnis, von dem ich Ihnen berichten will.«

394

Huber winkte ihn herein und schlüpfte aus seiner Jacke. »Herein mit Ihnen. Trinken wir ein Gläschen.«

Einem Glas Wein war er nicht abgeneigt. Es wäre schön, zu entspannen, nachdem seine Nerven in der letzten Stunde bis aufs Äußerste strapaziert worden waren. Er setzte sich Huber gegenüber auf das Samtsofa im Wohnzimmer und ließ wie bei seinem ersten Besuch hier oben die stilvolle Atmosphäre auf sich wirken. Die funkelnden Lichter des Kronleuchters verliehen dem Raum eine warme Atmosphäre. Durch einen Spalt zwischen den bodenlangen Gardinen erkannte er die Schwärze, die über der Landschaft lag.

Er bettete Jasmin auf seinen Schoß, und Jacqueline Huber breitete fürsorglich eine Decke über sie. Im Schlaf sprach sie von ihrer Barbiepuppe. Die Botschaftergattin lächelte. »Ein niedliches Kind. Ich lasse euch allein, gute Nacht. Herr Seibold, bitte sorgen Sie dafür, dass mein Mann nicht doch noch draußen lustwandelt. Ich stehe täglich Ängste aus, er wird im Dunkeln hinterrücks überfallen. Wenigstens ein Mal möchte ich ruhig schlafen können.«

Tobias grinste schief. »Ich gebe mein Bestes.«

Nachdem sie sich zurückgezogen hatte, tranken sie schweigend einen Schluck des Rotweins, den Huber geöffnet hatte. In Tobias regte sich ein leiser Funke der Sehnsucht, der Wunsch nach Normalität; abends gemütlich mit einem Freund oder der Frau, die er liebte, auf dem Sofa zu sitzen, etwas trinken und plaudern – wann würde dies wieder möglich sein?

»Schießen Sie los«, bat Huber.

»Ich war den ganzen Abend draußen in einem der Zelte.« Behutsam setzte Tobias sein Glas ab. »Die Flüchtlinge, die darin wohnen, haben mit Hungerstreik gedroht.«

»Ach du meine Güte.« Huber rieb sich müde über die Stirn.

»Offenbar haben sie bereits seit gestern Morgen jegliche Nahrung verweigert, was aber erst vorhin aufgefallen ist.«

»Und was soll das Ganze?«

»Nun, sie haben gehofft, Ostberlin und Bonn dadurch zu zwingen, die sofortige Ausreise in die Bundesrepublik zu erlauben.«

Huber sah gedankenverloren in die bordeauxrote Flüssigkeit in seinem fein geschliffenen Glas. »Es ist beachtlich, auf welche Ideen die Menschen in ihrer Verzweiflung kommen. Was stellen wir nun mit ihnen an? Wir können es nicht zulassen, dass auch nur einer von ihnen zu Schaden kommt.«

»Die Sache hat sich bereits erledigt.« Tobias strich Jasmin, die ihre Schlafposition änderte, sacht über das blonde Haar. »Ich saß zwei Stunden mit ihnen zusammen, und wir haben das Ganze durchdiskutiert. Letztendlich haben sie eingesehen, dass ihre Aktion keinen großartigen Erfolg haben wird, genauso wenig wie das Scheren ihrer Köpfe. Sie haben eingewilligt, wieder zu essen.«

Huber lächelte. »Gut gemacht, danke, Herr Seibold. Ich bin froh, dass Sie damals als Sprecher und Verbindungsperson zwischen den Flüchtlingen und dem Personal gewählt wurden – Sie schaffen es immer, zu vermitteln.«

»Ich kann meine Mitbürger durchaus verstehen. Man möchte manchmal aus der Haut fahren, um die Dinge zu beschleunigen, aber so funktioniert das nicht.«

»Haben Sie irgendeine Idee, wie Ihr Leben aussehen soll, sobald Sie hier rauskommen? Hier rauskommen – ich rede, als säßen Sie im Gefängnis.« Schmunzelnd schenkte der Botschafter Tobias Rotwein nach.

Dieser genoss die weiche Süße, die seine Kehle herunterrann, das angenehm gelöste Gefühl, das der Alkohol in ihm verursachte. »Keine Angst, ich empfinde die Villa Lobkowicz nicht als

Gefängnis, im Gegenteil. Sie ist mir ein Zuhause geworden.« Mehr als das – hier hatte er wieder gelernt, zu lieben, zu vertrauen; aber das war nichts, was für die Ohren Seiner Exzellenz bestimmt war. »Es würde mich freuen, wieder als Fotograf arbeiten zu können.«

»Ich bin sicher, es werden sich Möglichkeiten finden; vielleicht schneller, als wir denken. Ich habe erfahren, dass Außenminister Genscher heute von seinem sowjetischen Amtskollegen Schewardnadse zum Mittagessen eingeladen wurde. Sie haben wohl intensive Gespräche geführt. Genscher hat ihm die Zustände bei uns haarklein geschildert, und Schewardnadse hat zugesagt, Generalsekretär Gorbatschow unverzüglich zu unterrichten.«

»Das ist gut.« Tobias spürte, wie ihm ein dicker Kloß im Hals saß. Die UN-Hauptversammlung war wohl nur Kulisse; im Hintergrund wurde fieberhaft nach einer Lösung für ihn, Jasmin und die anderen Flüchtlinge gesucht.

»Danach hat Genscher den DDR-Außenminister Fischer zu einem Vieraugengespräch getroffen. Wie das Auswärtige Amt durchsickern ließ, hat Genscher vorgeschlagen, die Ausreiseformalitäten für Sie und Ihre Mitbürger direkt hier in der Botschaft zu erledigen. Konsularbeamte der DDR könnten hierherkommen und die Papiere ausstellen, danach könnten Sie ausreisen.«

Tobias wischte sich über die Augen. »Das ... das klingt sehr konkret.«

Huber nickte. »Das sehe ich auch so. Ich denke, Ihre Tage hier sind gezählt.«

Die Nachricht sickerte tröpfchenweise in Tobias' Bewusstsein. Seine Tage in der Botschaft waren gezählt. Womöglich durfte er mit Jasmin binnen kurzer Zeit ausreisen. Genscher führte in New York Gespräche auf höchster Ebene, es musste mit dem Teufel

397

zugehen, wenn er nichts erreichte! Aber was war mit Judith? Er würde Prag verlassen, und sie müsste zurückbleiben, denn hier war ihre Arbeit. Plötzlich war ihm alles zu viel. Am liebsten wäre er aufgestanden und ziellos im Raum umhergegangen, um seine Gedanken zu ordnen, doch das ging nicht. Jasmin lag quer über seinem Schoß, ihr Brustkorb hob und senkte sich kaum wahrnehmbar, und ihre Lider zuckten, als träume sie.

»Laut Insiderinformationen aus dem Auswärtigen Amt ist noch von einer zweiten Möglichkeit die Rede. Sie könnten über DDR-Gebiet ausreisen, und während der Fahrt würden Beamte der DDR die nötigen Papiere ausstellen.«

Tobias horchte auf. DDR-Gebiet? Niemals. Im Geiste sah er bereits eine Meute Stasi-Beamter, die die Busse oder Züge mit den Ausreisenden stürmte, ihnen die Papiere abnahm und auf die umliegenden Gefängnisse verteilte. »Das halte ich für keine gute Idee«, erwiderte er.

Huber nickte bedächtig. »Ich verstehe Sie. Warten wir ab. Auf jeden Fall hat Fischer versprochen, zügig mit Honecker zu sprechen.«

38

Judith

»Es stinkt überall.« Jasmin hielt sich die Nase zu, als ein Schwall nach Urin und Müll riechender Luft durch das Fenster in den kleinen Flur hinter der Küche wehte.

Die Erwachsenen, die dicht gedrängt um Huber saßen und standen, konnten sich ein Lachen nicht verkneifen. Aber die Kleine hatte recht, üble Gerüche waberten durch das Haus und den Garten. Die Aufnahmekapazität der Botschaft war längst erschöpft, in den letzten Stunden waren neunhundert neue Flüchtlinge hinzugekommen, nun befanden sich zweitausendfünfhundert DDR-Bürger in der Villa Lobkowicz. Judith vermochte sich diese große Zahl kaum vorzustellen. Bis zur Küchentür lagen die Menschen mittlerweile auf Gummimatten und Luftmatratzen oder auf dem blanken Boden.

»Wo du recht hast, hast du recht«, stimmte Elias naserümpfend zu. Er kauerte dicht neben Judith, doch der herbe Duft seines teuren Rasierwassers konnte den Gestank nicht überdecken. Tobias stand zu ihrer Linken, und sie spürte die Wärme seiner Haut unter seinem marinefarbenen Pullover.

»Ich habe heute Morgen noch mal mit den Prager Stadtwerken telefoniert, aber sie sagen, die Belastungsgrenze der Kanalisation ist überschritten«, berichtete Elias. »Das System schafft die Abflüsse der Toilettenhäuschen im Garten einfach nicht. Eigentlich wollte ich darum bitten, noch einige neue Sanitäranlagen anschließen zu lassen, da die Leute ja stundenlang anstehen, wenn sie müssen, aber mir wurde gleich klargemacht, dass das utopisch ist.«

»Was sollen die Leute tun? In den Garten pinkeln?«, fragte Anke unverblümt.

Elias nickte angeekelt. »So schaut es aus.«

Indessen hatte der Botschafter, der bis eben telefoniert hatte, sein Gespräch beendet und legte frustriert den Hörer auf. Sie unterbrachen ihre leisen Einzelunterhaltungen, um zuzuhören. »Das war mal wieder nichts. Erzbischof Tomasek lehnt es rundheraus ab, die dazugekommenen Flüchtlinge in kirchlichen Gebäuden unterzubringen.«

»Das wundert mich nicht«, sagte Markus, der sich in die Ecke zwischen Tür und Schreibtisch zwängte. »Es ist doch ein offenes Geheimnis, dass er von der KPTsch überwacht wird. Die Partei gängelt ihn und setzt ihn unter Druck, das ist doch klar. Er kann uns nicht helfen, selbst wenn er wollte.«

Huber stützte den Kopf in die Hände. »Ich mache mir große Sorgen. Wir schaffen es nicht mehr. Es sind einfach zu viele Menschen da.«

Judith wechselte einen bangen Blick mit Tobias. Auch er wirkte beunruhigt. Wie man hörte, liefen die Verhandlungen in New York auf Volltouren, doch jede Minute, die mit fruchtlosen Gesprächen verbracht wurde, war verloren. Wobei – fruchtlos waren sie wohl nicht, wie man hörte, gab Genscher trotz seines Herzinfarkts vor einigen Tagen alles, um die Erlaubnis zur Ausreise der Zufluchtssuchenden zu erwirken.

Das Telefon läutete, und Huber hob erschöpft ab. »Das Auswärtige Amt«, raunte er seinen Mitarbeitern zu. Mit einem Mal herrschte eine Totenstille in dem engen Flur. Selbst Jasmin, die auf Judiths Schoß saß und mit ihrem Rubinring spielte, schien den Atem anzuhalten.

Huber lauschte angespannt, was der Gesprächspartner am anderen Ende sagte, dann verdeckte er kurz die Sprechmuschel, um seine Mitarbeiter auf den neuesten Stand zu bringen. »Nach geheimen Informationen hat Schewardnadse Genscher aufgefordert, ihn sofort in der sowjetischen Botschaft aufzusuchen.«

Wieder hörte er zu, die Augen geschlossen, versunken in äußerster Konzentration. Judith spürte, wie Kopfschmerzen hinter ihrer Stirn aufzogen; der Tag hatte schrecklich begonnen – die Registrierung Hunderter neuer Flüchtlinge erledigte sich nicht nebenbei – und ging genauso weiter. Ihr Magen knurrte, aber an Essen war nicht zu denken.

»Genscher wurde mit Blaulicht und Sirene über die Third Avenue kutschiert, wo die Autos in kilometerlangem Stau standen«, flüsterte Huber. »Im Streifenwagen ...!«

Judith hatte das Gefühl, zu versteinern. Doch nicht nur sie stand unter dem Bann der neuen Informationen, auch ihre Kollegen schienen zu vergessen, Luft zu holen.

»In der sowjetischen Botschaft standen dem Personal die Münder offen, die spektakuläre Anfahrt im Polizeiauto und das Heulen der Sirenen sorgten für einigen Aufruhr.« Huber lächelte, während er das Gehörte weitergab. »Im darauffolgenden Gespräch drängte Genscher auf unverzügliche Hilfe für unsere Flüchtlinge. Schewardnadse zeigte sich mitfühlend und fragte, ob Kinder darunter seien.«

»Ich!«, rief Jasmin mit heller Stimme, und das daraufhin erfolgende unterdrückte Gelächter lockerte die angespannte Atmosphäre etwas auf.

»Ja, du natürlich«, flüsterte Huber ihr erheitert zu, bevor er sich wieder auf das Telefonat fokussierte. »Genscher antwortete:

Es sind viele Kinder dabei, woraufhin Schewardnadse seine uneingeschränkte Unterstützung versprach.«

Judith traten die Tränen in die Augen, und sie drückte Jasmin fest an sich; sie spürte, dass auch die Kollegen ergriffen waren, Christina zog sogar ein Taschentuch hervor, um sich über die feuchten Augen zu wischen.

»Verstehe«, sprach Huber in den Hörer. »Ja, das ist gut, hervorragend sogar.« Wieder wandte er sich der kleinen Versammlung zu, um das Gehörte wiederzugeben. »Der französische Außenminister Dumas und sein tschechoslowakischer Kollege Johanes versprechen im Namen der zwölf Mitgliedsstaaten der Europäischen Gemeinschaft Hilfe, ebenso US-Außenminister James Baker.«

»Dann kann nichts mehr schiefgehen«, sagte Tobias. Judith sah ihm in die Augen, und für einen Moment vergaß sie die anderen um sich herum. Instinktiv wusste sie, dass die letzten gemeinsamen Tage, ja vielleicht Stunden angebrochen waren. Ihr Herz schäumte über – vor Euphorie, dass das Flüchtlingsdrama bald ein Ende finden würde, und gleichzeitig vor Kummer. Bald würde sie Tobias gehen lassen müssen. An seinem Mienenspiel erkannte sie, dass er denselben Gedanken nachhing, und wünschte sich mit aller Kraft, auch nur eine Minute mit ihm allein zu haben, um ihn zu umarmen und seine Nähe zu spüren. Allzu bald wäre alles vorbei, mit einem Schlag konnten sie auseinandergerissen werden.

»Ich bleibe heute Nacht hier«, flüsterte Judith, als sie sich verstohlen wie Kinder, die etwas Verbotenes im Sinn hatten, an den Luftmatratzen und Schlafsäcken vorbei ins Freie zwängten. Tiefblaue Dämmerung stülpte sich wie eine Glocke über die Stadt, und die ersten Sterne funkelten am Himmel.

Tobias nickte und griff nach ihrer Hand. Zuerst wollte Judith sie rasch wegziehen, aus Angst, jemand könne bemerken, wie nah sie sich waren, doch dann ließ sie die Hand in seiner. Es war gleichgültig, ob jemand sie zusammen sah. Die dreitausend Flüchtlinge interessierte es wenig, dass sie eine Beziehung hatten – überhaupt waren die Zeiten, in denen man sich untereinander kannte, längst vorbei, die Menschenmenge war einfach zu groß und unübersichtlich –, und sollten ihre Kollegen etwas ahnen, war dies mittlerweile bedeutungslos. Der Gedanke, dass ihre gemeinsamen Tage gezählt waren, verfolgte sie bereits den ganzen Tag, und sie wusste, dass Tobias dies ebenfalls spürte.

»Ich freue mich darüber«, sagte er leise und legte ihr den Arm um die Schultern, um sie über den schmalen Pfad zwischen den Zelten zu führen. »Wir müssen jede Minute auskosten.«

Ihre Schuhe versanken im feuchten, platt getrampelten Gras, dem unangenehme Gerüche entströmten. Sie machten einen möglichst großen Bogen um René, der neben seinem Zelt stand und ungeniert urinierte. Kurz dachte Judith an den gepflegten Garten mit den farbenfroh angelegten Blumenbeeten zurück, der sich im Frühsommer noch hier befunden hatte. Niemals hätte sie damals geahnt, dass der sorgfältig gestutzte Rasen und die samtigen Blüten bald unter Zeltböden und Müll begraben würden; genauso wenig hätte sie damit gerechnet, ausgerechnet in diesem bunt zusammengewürfelten Durcheinander aus verzweifelten und doch so hoffnungsvollen Flüchtlingen die große Liebe zu finden.

Dirk kam ihnen im silbrigen Licht der Sterne entgegen, müde und abgespannt. »Wieder hundertzwanzig Neue in der letzten Stunde. Ich bin froh, dass Schichtwechsel ist, ich kann nicht mehr.«

Tobias machte sich nicht die Mühe, den Arm von Judith zu

403

nehmen, und sie fühlte sich geborgen wie nie zuvor; festgehalten auf einer Insel inmitten eines vom Sturm aufgewühlten Meeres. »Es gibt keinen einzigen Schlafplatz mehr. Keinen einzigen.«

Sie sah, wie seine Stirn sich besorgt kräuselte, und folgte seinem ratlosen Blick über den Garten hinweg. Die Menschen standen und saßen auf Planen und Jacken bis an den Zaun, die Köpfe gegen die Gitterstäbe gelehnt.

»Ich stelle die Schlafsäcke meiner Familie auf dem Dachboden zur Verfügung«, sagte Dirk und rieb sich über die Stirn. Er war durchgeschwitzt, obwohl eine kühle Brise durch den Garten wehte. »Viele der Neuankömmlinge haben eine strapaziöse Anreise hinter sich und brauchen Ruhe.«

Tobias nickte ernst. »Danke.« Dann schaute er Judith an, eine flehentliche Bitte in den Augen. »Bist du einverstanden, dein Büro auch anderen Flüchtlingen zur Verfügung zu stellen? Sobald Jasmin morgen früh aufgewacht ist, kann eine Handvoll Leute darin schlafen.«

»Natürlich.«

Dirk bahnte sich seinen Weg an den Zelten vorbei zur Villa, und sie gingen weiter. Wohin, wussten sie nicht, Hauptsache, sie konnten ein wenig frische Luft schnappen und die Nähe des anderen auskosten.

»Es wird nicht mehr lange dauern«, sagte Judith leise, als sie sich dem Zaun näherten. Mit brennenden Augen starrte sie auf die Menschen, denen von wachhabenden Flüchtlingen hinübergeholfen wurde. Eine Familie mit einem Kleinkind, jünger als Jasmin, befand sich darunter. Der Kleine wurde wie ein Paket über den Zaun gereicht, danach folgte eine große Reisetasche, zum Schluss die Eltern. »Huber wartet jede Minute auf eine Nachricht aus New York, Bonn oder Berlin.«

»Ich weiß.« Er klang tonlos, doch sie hörte die aufgeregte

Hoffnung und innere Rastlosigkeit aus seiner Stimme heraus. Und die Traurigkeit. Ihre Trennung stand unvermittelt bevor. Sie hasste es, nicht zu wissen, ob und wann sie ihn wiedersehen würde. Wohin ihn die Reise wohl trug? Würde es in seinem neuen Leben überhaupt Platz für sie geben?

»Wir müssen planen, wie es mit uns weitergeht. Ich möchte nicht kopflos abreisen, wenn der Moment gekommen ist, sondern Klarheit haben, wie die nächsten Schritte für uns aussehen werden. Für uns beide. Oder für uns drei, ich bin ja nur mit Anhang zu haben.« Er lächelte, doch seine Miene war angespannt.

Trotz des drohenden Abschiedsschmerzes löste sich ein verhärteter Knoten in ihrem Bauch. Ein Plan bedeutete Sicherheit, die Gewissheit, dass er fest damit rechnete, dass sie weiterhin eine Rolle in seinem Leben spielen würde. »Du musst erst einmal in der Bundesrepublik ankommen. Und dir dann einen Wohnort suchen. Eine Arbeit. Es wird schwierig werden, euch einzugewöhnen, nach einem Leben in der DDR und den Monaten in der Botschaft, in der ihr wie in einer Parallelwelt existiert habt ...« Sie lehnte sich an ihn und schloss für einen Moment die Augen. Es war nun völlig dunkel, von der Erde unter ihren Füßen stieg kalte Feuchtigkeit auf, und der Wind, der aus dem Wäldchen jenseits des Zaunes pfiff, wehte ihr die Haare ins Gesicht. Trotz der warmen Jacke stellte sich Gänsehaut auf ihren Armen auf, nicht nur wegen der kühlen Temperaturen. Ihr Leben war dabei, umgestülpt zu werden wie ein Handschuh.

Gedankenverloren strich er ihr eine Haarsträhne von der Wange. »Das bekommen wir hin, denke ich. Die Frage ist: Wie schaffen wir beide es, zusammenzukommen?«

Sie lehnte den Kopf gegen ihn, glaubte fast, unter der Jacke seinen Herzschlag zu hören, stetig und zuverlässig wie ein Uhrwerk. »Ich weiß es nicht ... ich weiß es wirklich nicht. Mein Berufsleben findet im Ausland statt, wenn nicht in der Tschechoslowakei, dann anderswo ...«

Er schien ihre jäh aufflammende Panik zu spüren, denn er küsste sie beruhigend auf den Scheitel. »Es gibt sicher einen Weg, zusammenzukommen. Alternativen für dich. Oder für mich.«

Ein bitterer Geschmack breitete sich in ihrer Kehle aus. »Du und Jasmin könnt nicht mit mir von Botschaft zu Botschaft ziehen. Theoretisch würde es natürlich funktionieren, aber was wäre mit Doreen? Jasmin muss in ihrer Nähe bleiben, damit sie sich regelmäßig sehen.«

»Das stimmt wohl. Trotzdem. Wir werden eine Möglichkeit finden. Alles ist möglich, wenn man nur möchte. In der Zeit, in der Jasmin und ich uns in Westdeutschland einrichten, kannst du dich um berufliche Optionen kümmern. Vielleicht kommt Innendienst im Auswärtigen Amt infrage?«

Ein kleines Lächeln huschte über ihr Gesicht, und der Felsbrocken, der auf ihrer Brust lag, schien ein wenig zu verrutschen. Wahrscheinlich war alles nicht so düster, wie es aussah, sicherlich gab es berufliche Alternativen, die ihr nur noch nicht bewusst waren. »Vielleicht. Ich werde mich, so schnell es geht, schlaumachen.«

Er zog sie fester an sich, und sie küssten sich innig. Sie verlor sich in ihren Berührungen, jede Umarmung, jeder Kuss trug den faden Beigeschmack des Vergänglichen; jede verstohlene Zärtlichkeit konnte die vorerst letzte sein. Sein Körper war fest und warm unter ihren Händen, und sie sehnte sich nach mehr. Sie wollte nicht nur seine Lippen spüren, die sanft und sinnlich waren, sondern alles an ihm; sie wollte ihn mit Haut und Haaren. In einer mit Tausenden von Menschen vollgestopften Botschaft war dies natürlich undenkbar, geradezu utopisch, aber dennoch – ihre Zeit würde kommen.

»Wir müssen wieder rein.« Bedauernd löste er sich von ihr. »Ich muss Jasmin bei Jeannette abholen, es ist höchste Zeit, sie ins Bett zu bringen. Kommst du mit? Bestimmt möchte sie, dass du ihr wieder eine Gutenachtgeschichte vorliest.«

Sie nickte. »Natürlich, das lasse ich mir nicht entgehen. Schließlich bin ich ein großer Fan von *Hirsch Heinrich*.«

Durch das Labyrinth an Zelten und herumstehenden und -sitzenden Menschen schlängelten sie sich wieder ins Gebäude zurück.

»Ich hoffe, du willst mich noch, wenn wir uns ein gemeinsames Leben aufbauen und den Alltag teilen«, sagte Tobias mit zuckenden Mundwinkeln. »Jetzt leben wir in einer Seifenblase. Wie wird es sein, wenn du merkst, dass ich im Bett Socken trage oder die Zahnpastatube nicht richtig zudrehe?«

»Dann muss ich unsere Beziehung womöglich noch einmal überdenken.« Sie tat, als denke sie angestrengt nach, dabei konnte sie das Lachen kaum unterdrücken; natürlich war ihr klar, dass Tobias' Worte nicht aus der Luft gegriffen waren. Viele Beziehungen scheiterten an den Widrigkeiten des Alltags, der Gewohnheit. Aber ihre Liebe würde stark genug sein, diese Hürden zu überwinden. Sie kämpften zu sehr dafür, sie möglich zu machen, als dass sie sie bei der erstbesten Schwierigkeit aufgeben würden. »Im Gegenzug hoffe ich, dass es dich nicht stört, wenn ich stundenlang mit meiner Mutter telefoniere oder mir zum siebzehnten Mal *Dirty Dancing* anschaue.«

»Damit kann ich leben«, versprach er lächelnd und küsste sie ein letztes Mal, bevor sie das Gebäude betraten.

Sie schmiegten sich im Sitzen am Sofaende zusammen, während Jasmin sich auf der Liegefläche ausstreckte. Ihr kleiner Körper hob und senkte sich gleichmäßig, überhaupt schien das gesamte

407

Palais den kollektiven Atem Tausender Menschen wiederzugeben, der wie ein kaum hörbares Flüstern und Wispern durch die alten Mauern kroch.

Judiths Wange ruhte auf Tobias' Schulter, der bald eingeschlafen war, doch sie selbst war trotz ihrer Erschöpfung hellwach. Zu viele Gedanken wirbelten ihr durch den Kopf. Sie sah sich mit Tobias und Jasmin in einer Wohnung in ... ja, wo nur? Irgendwo in Westdeutschland. Vor ihrem inneren Augen entstand aus diffusen Farben und Formen ein Kinderzimmer, wurde so deutlich, dass sie einen Puppenwagen wahrnahm, in dem die Puppen unter einer kuscheligen weißen Decke kauerten, ein Barbiehaus mit langbeinigen Schönheiten auf hochhackigen Schuhen, einen Eimer Legosteine, dessen Inhalt auf einen bunten Teppich ausgekippt lag. Mit Marienkäfern bedruckte Bettwäsche, unter dem Fenster eine gepolsterte Bank, auf der sie mit Jasmin sitzen und ihr Bilderbücher vorlesen konnte ... Die Wunschbilder, die ihre Fantasie produzierte, schienen zum Greifen nah, und doch waren sie noch weit weg. Sie würden es schaffen, ihre Träume Wirklichkeit werden zu lassen, das wusste sie. Wenn nur der drohende Abschiedsschmerz ihr nicht das Herz abdrücken würde.

Sie sollte dringend schlafen, um wenigstens ein bisschen Erholung zu finden, doch sie konnte es nicht; wie so oft zogen Kopfschmerzen hinter ihrer Stirn auf. Es half nichts, sie musste eine Tablette schlucken, sonst wäre sie morgen zu nichts zu gebrauchen. Vorsichtig löste sie sich aus Tobias' Umarmung – er regte sich nur leicht im Schlaf – und schlüpfte in ihre Turnschuhe, zu müde, um die Schnürsenkel zuzubinden. Zum Glück befand sich in ihrer Handtasche ein angebrochener Blister Ibuprofen, sie musste nur rasch in die Küche, was angesichts der Menschen, die auf den Korridoren lagen, nicht so einfach war, und sich etwas zu trinken holen.

408

In den Gängen war es stockdunkel; normalerweise fiel etwas Mondlicht durch die Fenster, doch es herrschte Neumond, und die Sterne, die zu Beginn der Nacht am schwarzen Himmel gefunkelt hatten, verbargen sich hinter dichten Wolkenschleiern. Vorsichtig tapste sie an den Schlafenden vorbei; die Villa erinnerte sie an ein Gespensterhaus aus einem Film. Sie zuckte fürchterlich zusammen, als sie fast gegen eine Gestalt stieß, die wie sie herumzugeistern schien.

»Ihre Exzellenz!« Der Schreck fuhr ihr bis ins Mark, sodass sie für einen Moment vergaß, den Botschafter schlicht mit seinem Namen anzusprechen.

»Frau Gontrau!«, raunte er. »Was schleichen Sie da herum? Wieso sind Sie nicht zu Hause?«

Brennende Röte schoss ihr ins Gesicht, doch es war zu dunkel, als dass es Huber auffiel; hoffte sie zumindest.

»Ich ...«, stammelte sie, brach dann aber ab, zu ausgelaugt, um ihr Hirn nach einer plausiblen Ausrede zu durchforsten.

»Ich verstehe schon.« Die Finsternis verwischte das Lächeln, das sich auf sein Gesicht stahl. »Gewisse Dinge sind mir nicht unbemerkt geblieben, müssen Sie wissen.«

Zusätzlich zum Glühen ihrer Wangen begann sie zu schwitzen. »Sie wissen, dass Herr Seibold und ich ...?«

»Natürlich. Anfangs habe ich nichts gemerkt, aber meine Frau hat gesagt, es sei meilenweit erkennbar, dass Sie beide bis über beide Ohren verliebt sind.«

»Oh!« Was der Botschafter nun von ihr dachte? Hielt er sie für unprofessionell, weil sie Beruf und Privates nicht zu trennen vermochte? Missfiel es ihm, dass sie sich mit einem ... Schutzbefohlenen eingelassen hatte? Musste sie disziplinäre Konsequenzen befürchten?

»Keine Sorge, Ihre Romanze stört mich nicht im Geringsten.«

409

Huber senkte seine Stimme, da der junge Mann, der direkt neben ihnen gekrümmt auf einer Matte lag, im Schlaf murmelte: »Haltet endlich die Klappe, ich bin müde.«

Huber zog Judith in eine Nische im Mauerwerk, doch auch hier stießen sie mit den Füßen an ein junges Mädchen, das in Embryohaltung in einen Schlafsack gewickelt schlummerte. »Ich gönne es Ihnen von Herzen, Frau Gontrau. Sie haben wie alle Ihre Kollegen in diesem Sommer und Herbst schier Unmenschliches geleistet. Ein bisschen persönliches Glück muss auch sein. Ich hoffe, dass Sie einen gemeinsamen Weg finden, wenn der ganze Spuk hier vorbei ist. Das könnte früher der Fall sein, als wir alle denken.«

Ihr Puls beschleunigte sich. »Haben Sie neue Informationen?«

Der Botschafter nickte. »Die habe ich in der Tat. Vor einer halben Stunde bekam ich einen Anruf aus dem Auswärtigen Amt.«

»Dort scheint man nie zu schlafen. Genau wie Sie«, sagte Judith.

»Wer schläft, verpasst das Wichtigste im Leben. Wie auch immer – mir wurde mitgeteilt, dass der Prager DDR-Botschafter Ziebart der ČSSR auf Geheiß Honeckers hin kurz vor Mitternacht mitgeteilt hat, dass die SED-Spitze bereit ist, die DDR-Bürger ohne Verzögerung mit Spezialzügen in die Bundesrepublik ausreisen zu lassen.«

Die Flüchtlinge durften ausreisen. Wie oft in den vergangenen Monaten hatte sie sich in ihren Tagträumen vorgestellt, wie es sein würde, diese befreiende, alles verändernde Nachricht zu vernehmen? Und doch herrschte nun, wo es so weit war, Leere in ihrem Kopf, und ihr Herz war wie betäubt.

Ihre Finger krampften sich um den Tablettenblister, sie hatte völlig vergessen, warum sie ihn bei sich trug und wo sie überhaupt hinwollte. »Das ist ... das ist ... Ich weiß gar nicht, was ich sagen soll. Das ist fantastisch.«

»Legen Sie sich schlafen. Morgen wird ein anstrengender Tag werden, der uns noch einmal alle fordert.« Huber trat zur Seite, da das junge Mädchen zu seinen Füßen sich auf die andere Seite drehte. »Ich erzähle Ihnen und den Kollegen morgen früh alle Einzelheiten.«

»In Ordnung.« Tobias und Jasmin und all die anderen durften ausreisen ... sie durften ausreisen ... Plötzlich war ihr schwindelig, und sie hielt sich einen Moment an einer Stuckverzierung an der Wand fest.

»Ist Ihnen nicht gut?« In der Dunkelheit hörte sie die Besorgnis in Hubers Stimme mehr, als dass sie sie an seinem Gesicht ablesen konnte.

»Doch, alles bestens.« Sie straffte sich. Es würde gehen, alles war gut. Sie würde sich ein Glas Wasser holen, das Ibuprofen schlucken und den kurzen Rest der Nacht an Tobias geschmiegt verbringen, schlaflos, ruhelos, bange und euphorisch zugleich. »Wollen Sie sich nicht auch noch ein bisschen ausruhen?«

Huber schüttelte den Kopf. »Nein. Ich werde meinen letzten nächtlichen Rundgang unternehmen.«

39

Tobias

»Nun schießen Sie schon los.« Anke hockte auf der Tischkante und sah den Botschafter auffordernd an. Wie in den letzten Tagen auch hatte sich die Belegschaft hinter der Küche versammelt, bei einer Tasse Kaffee saßen und standen sie in dem engen Vorraum zusammen.

Tobias griff nach Judiths Hand und drückte sie fest. Nachdem sie ihn im Morgengrauen mit der Nachricht geweckt hatte, dass die Flüchtlinge unverzüglich ausreisen durften, schien seine ganze Welt aus den Angeln gehoben. Noch spürte er eine seltsame Ruhe in sich, doch er wusste, sobald die Neuigkeit sich in ihm setzen würde, dann würde er in ein Wechselbad der Gefühle getaucht. Der Beginn eines neuen Lebens. Abschied von der Frau, die er liebte. Ungewissheit, Bangen, ob alles gut gehen würde. Unbändige Freude, sich von nun an in Sicherheit zu fühlen, seine Meinung frei äußern zu dürfen.

»Gerne.« Huber schlug die Beine übereinander und lächelte. Obwohl er laut Judith keine Sekunde geschlafen hatte, wirkte er gelöster als in den ganzen Wochen zuvor. Auch ihn musste die Tatsache, dass das Flüchtlingsdrama bald ein Ende fand, immens erleichtern, war er doch derjenige, der die Verantwortung für alles trug, was sich im Palais Lobkowicz abspielte. »Meine Quellen im Auswärtigen Amt haben mir geflüstert, dass DDR-Außenminister

Fischer von New York aus ein Telegramm an Honecker geschickt hat – sein sowjetischer Amtskollege hat ihn nach dem Gespräch mit Genscher dringend aufgefordert, die Flüchtlinge ausreisen zu lassen, um einen Skandal zu vermeiden. Daraufhin hat Genosse Honecker über Möglichkeiten nachgedacht, wie dies am besten zu bewerkstelligen sei, und hat mit dem tschechoslowakischen Parteichef Jakeš Rücksprache gehalten.«

Wie die Botschaftsmitarbeiter lauschte Tobias gebannt. Niemand stellte eine Frage, alle standen zu sehr unter dem Bann von Hubers Bericht. In den letzten Stunden musste es Schlag auf Schlag gegangen sein, ein Gespräch, eine Verhandlung hatte sich offenbar an die andere gereiht. Den Auslöser hatte wohl der bundesdeutsche Außenminister Genscher gegeben, der in New York mit unaufgeregter Penetranz dafür gesorgt hatte, dass man ihn erhörte.

»Die Tschechoslowaken drohten indirekt damit, selbst tätig zu werden, falls die SED-Spitze das Problem weiterhin auf die lange Bank schiebt. Es gab ein weiteres Telegramm – von Prager DDR-Botschafter Ziebart an das Politbüro in Ostberlin. Honecker und andere Honoratioren haben das Schreiben während einer Festveranstaltung in der Berliner Oper erhalten ... Im Anschluss an die Feierlichkeiten trommelte Honecker die Politiker im Apollosaal der Oper zusammen – unter höchster Geheimhaltungsstufe.«

»Ob in einigen Jahren oder Jahrzehnten jemand einen Film über diese Ereignisse drehen wird?«, überlegte Elias, seine Kaffeetasse umklammernd.

»Vielleicht schreibt jemand einen Roman darüber«, schlug Markus augenzwinkernd vor. »Das klingt alles spannend wie ein Krimi.«

Huber schmunzelte. »Im Apollosaal wurde wohl heiß diskutiert. Man befürchtete, die ČSSR würde die Flüchtlinge eigenmächtig ausreisen lassen, das will man offenbar um jeden Preis verhindern.«

»Klar, dass die tschechoslowakischen Behörden die Nase gestrichen voll haben von den Zuständen in der Botschaft. Der Menschenauflauf, die mit Trabis vollgestopften Straßen, die Umweltverschmutzung, die Statik der alten Villa, die durch unsere fast viertausend Bewohner höchst gefährdet ist ...«, erklärte Christina.

Tobias sah Judith verstohlen von der Seite an. Sie war blass, aber dennoch gefasst. Im Gegensatz zu ihren Kollegen nahm sie die aktuellen Geschehnisse nicht nur aus politisch interessierter Sicht wahr; niemand war persönlich so sehr in die Ausreisemodalitäten verstrickt wie sie. Ihr Glück hing von den Entscheidungen der mächtigsten Politiker ab.

»Honecker möchte, dass die Ausreise der Flüchtlinge über DDR-Gebiet erfolgt«, fuhr Huber fort, und ein Schatten der Beunruhigung legte sich über seine Miene.

»Wieso?« Verstört blickte Judith ihn an. »Wieso dürfen die Menschen nicht den einfachen Weg direkt in die Bundesrepublik nehmen?«

Sie machte sich Sorgen um ihn, hatte Angst, auf dem Weg durch Ostdeutschland könne etwas schiefgehen. Diese Gedanken quälten auch ihn. Konnte man dem Wort eines Despoten trauen? Würden die Züge, die Tausende von Flüchtlingen transportierten, tatsächlich unbehelligt durch die DDR fahren können? Bilder von Stasi-Beamten mit Waffen im Anschlag zuckten vor ihm auf, doch er verdrängte sie rasch. Die Welt schaute auf Prag. Honecker würde es nicht wagen, auch nur einem von ihnen ein Haar zu krümmen. Und wenn doch?

Der Botschafter seufzte. »Für andere ausreisewillige DDR-Bürger soll die Fahrt durch den Osten wohl abschreckend wirken. Die DDR wird Züge bereitstellen, die über Dresden in die BRD fahren.«

Während der Reise sind ostdeutsche Beamte an Bord, die die notwendigen Papiere ausstellen.«

Das Bild Michael Schulzes tauchte vor Tobias auf; würden Menschen wie er die Züge begleiten und die Formalitäten erledigen? Vor Widerwillen stellten sich ihm die Härchen auf den Armen auf.

Wie würden seine Mitbürger reagieren, wenn sie erfuhren, dass die Ausreise in die BRD mit solch Tücken und Gefahren verbunden war? Einen Massenaufstand konnten sie in der Villa Lobkowicz nun wirklich nicht gebrauchen. Nicht jetzt, wo ein Ende der Warterei in Sicht war.

»Wann?« Seine Stimme war so heiser, dass er sich räuspern musste. »Wann soll das alles stattfinden?«

Der Botschafter ließ seine Blicke nachdenklich auf ihm ruhen. »Wir müssen weitere Anweisungen abwarten.«

Tobias nickte, während seine Gedanken Achterbahn fuhren. Vielleicht blieben ihm noch vierundzwanzig Stunden mit Judith, oder achtundvierzig.

»Bonn wird uns Bescheid geben, sobald man Weiteres weiß. Genschers Flug nach Hause startet heute Nachmittag«, sagte Huber. Noch immer fixierte er ihn. Ob er ahnte, dass seine Gefühlswelt einem aufgepeitschten Meer glich?

»Natürlich. Gedulden wir uns noch ein wenig.« Er vermochte nur noch, zu krächzen. »Darin haben wir ja Übung.«

Die Botschaftsangehörigen schmunzelten, während er Judiths Blick suchte. Sie biss sich auf die blutleere Lippe, nickte ihm jedoch aufmunternd zu. Er rechnete es ihr hoch an, dass sie ihre eigenen Emotionen hintanstellte, ihren Schmerz über die bevorstehende Trennung hinter einem Schleier der Gefasstheit verbarg. Trotzdem las er in ihr wie in einem offenen Buch. Ihr Leben war

415

wie ein Stück Papier, das ihr wie in tausend Schnipsel gerissen um die Ohren flog.

Auch die folgende Nacht verbrachte Judith bei ihm in der Botschaft. Tagsüber schliefen einige Studenten in ihrem Büro, doch diese räumten es am Abend, um am Zaun Wache zu halten, sodass sie ungestört waren.

Nebel lag schwer über dem Garten vor dem Fenster, verschmolz mit dem Weiß der Zelte. Er beobachtete Judith, wie sie mit einem Schluck Wasser eine weitere Kopfschmerztablette herunterspülte; die wievielte war das für heute?

»Geht es dir gut?«, fragte er leise, und sie nickte. Sie gab vor, tapfer zu sein, doch er sah, wie blass und angespannt sie war. Mit Sicherheit gäbe es am Morgen Neuigkeiten, und die Warterei hätte ein Ende. Es war, als hielte die Welt in dieser Nacht den Atem an, stand still.

»Alles gut«, gab sie zurück und versuchte sich an einem schwachen Lächeln.

»Liest du mir noch eine Geschichte vor?« Jasmin trug bereits ihren Schlafanzug. Mit ihrem Marienkäfer unter dem Arm krabbelte sie auf Judiths Schoß und hielt ihr das *Wichteljahr* unter die Nase.

Tobias setzte sich neben die beiden auf das Sofa. Es war wohltuend, zu sehen, wie gut die beiden miteinander auskamen; Judith würde sich wunderbar um die Kleine kümmern, wenn sie erst einmal ... Aber das war Zukunftsmusik, erst musste er wissen, wie es in den nächsten Stunden, Tagen weiterging. »Ich muss mit dir reden, Minchen.«

»Warum?« Jasmin lehnte ihr Gesicht, das rosig vom Waschen mit eiskaltem Wasser war, gegen Judiths Brust. Ein kleiner Zahnpastafleck klebte in ihrem Mundwinkel.

416

Er nahm ihre Hand, die so klein war, dass sie völlig in seiner verschwand. »Es ist bald so weit, Minchen. Wir dürfen die Botschaft verlassen und nach Westdeutschland ziehen.«

Natürlich war ihm klar, dass *Westdeutschland* ein abstrakter Begriff war, unter dem sie sich nichts vorzustellen vermochte. Ihr Universum bestand aus Halle, das in ihrem Gedächtnis bereits zu verblassen begann, und der Villa Lobkowicz. Der Zaun um den Garten herum bildete die Grenze ihrer Vorstellungswelt.

»Wo ist das?«, flüsterte sie in den roten Plüsch ihres Mutschekiepchens hinein.

»Ein Stück weit weg von hier.« Er rang nach Worten. Es war gar nicht so leicht, einer Dreijährigen die komplexen Vorgänge ihrer Ausreise zu verdeutlichen. »Da, wo Mutti wohnt und wo Oma gerade im Krankenhaus ist.« Eine sehr grobe Vereinfachung, doch was sollte er sonst sagen? Einen Moment schaute er Judith in die Augen, die sich voller Vertrauen, dass er das Richtige sagen würde, auf ihn hefteten.

»Ziehen wir in Muttis Haus?« Jasmin begann, am Daumen zu lutschen. Ihr schien aufzugehen, dass sich ihr Leben in Kürze ändern würde, und das überforderte sie. Das verstand er, fühlte er doch ähnlich.

Kurz zögerte er. »Nein, wahrscheinlich in die Nähe. Aber wir müssen abwarten, wo wir eine Wohnung finden werden. Vielleicht zieht Oma zu uns, aber darüber müssen wir noch mit ihr sprechen.«

»Bekomme ich wieder ein Kinderzimmer?«

»Natürlich.« Seine Stimme klang rau. Was hatte er seinem Kind nur zugemutet? Er hatte sie monatelang auf einem schmalen Sofa in einem Büro schlafen lassen. Doch dies war der einzige Weg in die Freiheit gewesen. Außerdem – Jasmin war den ganzen

Sommer und Herbst über glücklich gewesen, gelöst und fröhlich. Sie hatten so viel Zeit miteinander verbracht wie nie zuvor.

»Krieg ich neue Spielsachen?«

Er lächelte. »Na klar.«

Ihr Gesicht erhellte sich vor Freude, bevor sich ihre kleine Stirn wieder vor angestrengtem Nachdenken kräuselte. »Und gehe ich wieder in den Kindergarten?«

»Wir suchen dort, wo wir wohnen werden, einen neuen Kindergarten für dich. Aber das hat Zeit.«

In sich versunken spielte sie mit einem Knopf an Judiths Bluse; er konnte förmlich hören, wie es in ihrem Gehirn ratterte und sie versuchte, das Gehörte zu verarbeiten. Wieder wechselte er einen Blick mit Judith. Er wünschte, die drängenden Fragen, welche Zukunft ihnen als Paar bevorstand, ließen sich ebenfalls durch kurze und prägnante Sätze beantworten.

Jasmin hob den Kopf und sah von ihm zu Judith. »Kommt Judith mit uns?«

Er sah, wie Judith die Lippen aufeinanderpresste und kaum merklich den Kopf schüttelte.

»Nein, vorerst nicht, Kleines«, antwortete er sanft. »Aber wir überlegen uns eine Möglichkeit, wie sie auch bei uns sein kann.«

Judith küsste Jasmin auf die Wange. »Aber das wird ein wenig dauern, Minchen.«

Er spürte ihre Traurigkeit und schlang den Arm um sie. So saßen sie eine Weile schweigend im schwindenden Licht, miteinander verbunden wie die kleine Familie, die sie hoffentlich bald sein würden. Er wünschte es sich so sehr, dass es in seiner Brust heftig schmerzte.

»Liest du mir jetzt vor?« Jasmin machte sich aus der Umarmung frei.

»Ja.« Judith griff nach dem Bilderbuch und begann vorzulesen.

Jasmin lauschte andächtig, und auch Tobias hörte zu, in Tagträume abdriftend. Es wird alles gut, es wird alles gut, wiederholte er innerlich wie ein Mantra.

Noch während des Lesens schlief Jasmin ein, und er hob sie vorsichtig von Judiths Schoß, bettete sie auf das Sofa und deckte sie zu. Vor den Fenstern hing eine grauschwarze Dämmerung.

»Schau mal, was Huber mir geschenkt hat.« Tobias nahm eine Flasche Rotwein vom Schreibtisch und hielt sie in die Höhe. »Wir sollen uns einen schönen Abend machen, meinte er.«

Judith sah ihn überrascht an. »Nicht dein Ernst.«

Er schmunzelte. »Doch. Du kannst dich glücklich schätzen, so einen Chef zu haben.« Den Gedanken, dass dies ihr letzter gemeinsamer Abend sein würde, verdrängte er; aber zurzeit haftete allem, was er tat oder dachte, der traurige Glanz des Vergänglichen an. Jedes Mal starb er einen kleinen Tod.

»Huber ist der Beste.« Ihre Stimme klang belegt. »Wie ich sehe, hast du auch für stilechte Gläser gesorgt.«

»Natürlich. Der Koch hat mir ausgeholfen.« Mit dem Korkenzieher öffnete er die Flasche und goss Wein in die Gläser. Die Flüssigkeit war tiefrot, fast schwarz, und roch herb und würzig. An der Hand zog er Judith vom Sofa und drückte ihr das Glas in die Hand.

»Auf uns.«

»Auf uns«, echote sie und hob ihr Glas an die Lippen. »Und auf die Freiheit.«

Er küsste sie, schmeckte das fruchtige Aroma des Alkohols auf ihren Lippen und umschlang sie mit der freien Hand noch fester. Alles, was ihnen vorerst blieb, war diese Nacht, aber diese würden sie auskosten.

Es war der 30. September 1989. Die Morgendämmerung sickerte ins Büro. Weder Judith noch er hatten mehr als ein, zwei Stunden

419

geschlafen, lediglich Jasmin hatte die ganze Nacht friedlich geschlummert.

Er zog sich einen warmen Pullover über und beobachtete Judith, wie sie ihre Bluse zuknöpfte, sich das zerzauste Haar richtete und sich einen Spritzer Parfum hinter die Ohren gab, um sich frisch zu machen. Sie war zu müde zum Reden, deshalb schwieg er. Auch seine Lider waren bleischwer und brannten vor Erschöpfung. Trotzdem empfand er eine innere Ruhe, die fast unheimlich anmutete. Vielleicht entsprang diese der Gewissheit, dass die Dinge nun ihren Lauf nehmen würden; niemand konnte etwas daran ändern.

Er beugte sich über seine schlafende Tochter und strich ihr zärtlich über die schlafwarme Wange. »Minchen, aufstehen«, flüsterte er in ihr blondes Haar. Sie regte sich, griff nach ihrem Marienkäfer und ließ sich von ihm hochheben. Sie klammerte sich an ihn, die Augen halb geschlossen. »Fahren wir heute zu Mutti?«, murmelte sie an seiner Schulter.

»Ich weiß es noch nicht.«

Judith verstaute ihren Parfumflakon in ihrem Schrank und trat zu ihnen. »Wir sehen uns nachher bei der Besprechung.«

Er nickte und gab ihr einen leichten Kuss. Jasmin hängte sich um Judiths Hals, dass er befürchtete, sie würde ihr den Kopf abreißen.

»Nicht so stürmisch, junge Dame«, mahnte er, doch Judith lächelte nur.

Auf dem Korridor – er wollte gerade die Besuchertoiletten ansteuern, um Jasmin zu waschen – trafen sie den Botschafter. Eine nervöse Energie ging von ihm aus, und seine Augen hatten einen fiebrigen Glanz, der wohl der Schlaflosigkeit, zu viel Koffein und zu viel Aufregung geschuldet war.

»Genscher ist gerade in Bonn gelandet!«, verkündete er. »Es werden sofort weitere Gespräche stattfinden.«

»Mit wem?«, fragte Judith.

»Mit dem Chef des Bundeskanzleramtes, Rudolf Seiters, und Horst Neubauer, dem ständigen Vertreter der DDR in der Bundesrepublik.«

Tobias nickte. Der Ausreise der Flüchtlinge hatte die SED-Spitze bereits zugestimmt, nun wurden höchstwahrscheinlich weitere Einzelheiten ausgehandelt.

»Wie man in Kreisen des Auswärtigen Amtes vermutet, soll Genscher darauf bestehen, gemeinsam mit Seiters die Sonderzüge zu begleiten, die Sie und Ihre Mitbürger in den Westen bringen sollen. Zur Sicherheit der Ausreisewilligen.«

Tobias fühlte sich, als sei ihm eine schwere Last genommen. »Das wäre wunderbar. Meine Leute würden große Ängste ausstehen, wenn sie ohne Schutz durch DDR-Gebiet reisen müssten. Wer weiß, was passieren würde. Der Stasi traut man alles zu.«

»Wie heißt das Sprichwort? Tee trinken und abwarten. Obwohl ich eher einen Kaffee brauche, und zwar einen starken. Wir sehen uns gleich bei der Besprechung.« Huber nickte ihnen zu und eilte weiter.

Die Stunden rieselten dahin wie die Körner in einer Sanduhr. Tobias spielte mit Jasmin, unternahm einen Rundgang durch den Garten mit ihr, dann packte er schon einmal vorsorglich ihre wenigen Habseligkeiten in seinen Rucksack. Er und Jasmin hatten in der Botschaft mehrere neue Kleidungsstücke geschenkt bekommen, sie würden nicht alle in das Gepäckstück passen. Auch die neuen Spielsachen bereiteten Platzprobleme. Den Puppenwagen, den Judith der Kleinen aus Furth im Wald mitgebracht hatte, würde sie auf keinen Fall mitnehmen können. Er hoffte, es würde kein Theater deswegen geben. Vielleicht konnte Judith das Stück verwahren, bis sie sich wiedersahen; vielleicht konnte sie ihm auch eine Tasche für die zusätzliche Kleidung geben. Mit nichts als einer Hose und einem Nicki auf dem Leib waren sie im Juni in der Villa Lobkowicz angekommen ... Er durfte nicht daran denken, er war heute so emotional, dass die Wehmut gar nicht von ihm weichen wollte.

In der täglichen Besprechung verkündete Huber, dass Genscher am Abend in Prag eintreffen würde, um mit den Flüchtlingen zu sprechen. Der Außenminister in der Deutschen Botschaft ...! Er war fassungslos, konnte kaum begreifen, welch schwere Geschütze die Bundesrepublik auffuhr, um die Ausreisewilligen zu unterstützen. Auch die Botschaftsangehörigen waren zutiefst beeindruckt, dass sich ihr oberster Dienstherr herbegeben würde. Judith war ganz kribbelig vor Erwartung.

Dann hieß es wieder Warten, Warten und Warten. Tobias saß mit Dirk und Jeannette, die ihrerseits Zukunftspläne sponnen, um im nächsten Moment wie betäubt zu schweigen, in einem der Zelte zusammen. Die weißen Plastikwände waren feucht, und es war so kalt, dass er Jasmin, die auf seinem Schoß saß und hingebungsvoll ihre Barbie kämmte, mit beiden Armen umschlang, um sie zu wärmen.

Sechzehn Uhr. Laut Huber war dies der Zeitpunkt, zu dem Genscher und Seiters mit einer Entourage aus Staatssekretären, Ministerialdirigenten und weiteren hohen Beamten in einer Bundeswehrmaschine aus Bonn abflogen.

»Und morgen frühstücken wir auf dem Marienplatz in München«, sagte Dirk versonnen, »oder laufen an der Alster in Hamburg entlang ...«

»Ich glaub, dir geht's zu gut«, schnitt Jeannette ihm das Wort ab. »Falls wir wirklich so rasch wegkommen, werden wir höchstwahrscheinlich erst einmal in irgendwelchen Sammelunterkünften untergebracht. Du nimmst doch nicht im Ernst an, dass wir uns wie Touristen sofort das schönste Plätzchen im Westen aussuchen können, geschweige denn, dass sofort eine Wohnung für uns parat steht.«

Dirk schien beleidigt. »Man wird wohl noch ein bisschen träumen dürfen.«

Sechzehn Uhr dreißig. Siebzehn Uhr.

Auf dem Weg zum Büro – Jasmin hatte sich mit der Schokolade, die Jacqueline Huber ihr zugesteckt hatte, das Sweatshirt verschmiert, und er wollte ihr etwas Frisches anziehen – lief ihm Judith über den Weg. Ihr Atem ging hektisch.

»Ich soll Huber zum Flughafen begleiten«, keuchte sie. »Um achtzehn Uhr landet der Außenminister, und da er von einigen Beamten begleitet wird, passen sie nicht alle in einen Wagen. Ich soll die eine Limousine begleiten, Huber die andere.«

»Gut. Jetzt geht es Schlag auf Schlag.« Die Zeit reichte lediglich für einen kurzen Kuss, dann eilte sie auch schon davon. Er starrte ihr hinterher, der Kopf plötzlich leer gefegt. Die unnatürliche Ruhe, die sich seiner bereits am Morgen bemächtigt hatte, nahm zu; er fühlte sich wie ein Roboter, ferngesteuert. Eins nach dem anderen. Jasmin den schokoverschmierten Mund waschen, sie umziehen. Warten.

40

Judith

»Da kommen sie.« Huber wies diskret zu einem versteckten Seiteneingang, wo, verborgen vor den Augen der gewöhnlichen Flugreisenden, der Außenminister, Rudolf Seiters und die anderen Beamten in dunklen Mänteln und mit Aktentaschen das Gebäude des Flughafens Praha-Ruzyně betraten, eskortiert von Sicherheitskräften.

Judiths Herz hämmerte wie ein Maschinengewehr. Hans-Dietrich Genscher, den sie nur aus dem Fernsehen kannte, leibhaftig vor sich zu sehen war ein ganz besonderer Moment, den sie ihr Leben lang nicht vergessen würde. Ob er wohl seinen berühmten gelben Pullunder trug? Sie reckte den Hals. Nein, sie sah lediglich ein weißes Hemd mit schwarzer Krawatte. Welch albernen Gedanken sie sich hingab! Als ob es im Moment nichts Wichtigeres gab als die Garderobe des Außenministers.

Huber trat auf Genscher und Seiters zu und schüttelte ihnen sowie den anderen Beamten die Hand. Auch Judith begrüßte sie, auch wenn sie sich erst verstohlen die verschwitzte Hand an ihrer Jacke abwischte. Der Außenminister hielt sie kurz mit einem Blick aus seinen wachen Augen fest, als wolle er sich ihr Gesicht einprägen, dann war der Moment auch bereits vorüber. Sie musste sich bemühen, mit den Herren Schritt zu halten. Während sie nach draußen eilten, unterrichtete Huber die Gäste über die prekäre Lage im Palais Lobkowicz.

Judith setzte sich zusammen mit Ministerialdirigent Duisberg und den Ministerialdirektoren Kastrup und Jansen in die zweite der bereitstehenden Limousinen, Huber, Genscher und der Rest der Gruppe stiegen in die erste. Vor und hinter den beiden Fahrzeugen befanden sich Polizeiautos, die sie mit eingeschaltetem Blaulicht durch Prag eskortierten. Die Lichter der abendlichen Stadt verschwammen vor den dunkel getönten Fensterscheiben, eisblau, geistergrün und feuerrot.

Vor den Toren des Palais stiegen sie aus den Limousinen. Walter Edel hatte das Tor bereits weit geöffnet. Westliche Reporter drängten sich auf dem kleinen Platz vor der Botschaft zusammen, die Kameras auf den hohen Besuch gerichtet.

»Herein, herein, willkommen die Herren.« Edel schien so beeindruckt von dem hohen Besuch, dass er dienerte. »Ick freu ma, dass Se den weiten Weg zu uns jefunden ham ...«

Genscher bedankte sich, im nächsten Moment drängten von allen Seiten die Flüchtlinge in die Halle und bestürmten ihn mit Fragen. Er ging in der Menge unter, und Judith verlor ihn aus den Augen.

»Zurücktreten«, versuchte Huber, sich Gehör zu verschaffen, »bitte treten Sie zurück und lassen die Herren Minister erst einmal hereinkommen ...«

Das Gejohle, das begeisterte Rufen, das Genschers und Seiters' Ankunft begleitete, erstickte seine Worte. Hilflos sah Huber in die Runde, doch da trat Walter Edel in sein Pförtnerkabäuschen und kam eine Sekunde später mit einer Trillerpfeife zurück. Er blies so durchdringend hinein, dass der schrille Pfiff, hoch und kreischend wie eine Sirene, das Gewirr Tausender Stimmen zerriss und sich eine gespannte Stille über die Halle legte.

»Ruhe im Karton!«, brüllte Edel. »Ihr habt Ihre Exzellenz je-hört ... oder wie auch imma. Ejal, zur Seite treten, Platz machen, husch, husch ... Wa sind hier nich uffm Jahrmarkt ...«

Irgendwo in der Menschenmenge erspähte Judith Tobias – Jas-min saß auf seinen Schultern – und wechselte einen raschen, er-heiterten Blick mit ihm.

Die Flüchtlinge taten wie ihnen geheißen und ließen einen schmalen Gang frei, durch den der Besuch aus Bonn nun ging, ge-folgt von Botschafter Huber und Judith. Aus dem Augenwinkel be-kam sie mit, wie ihr Vorgesetzter Tobias bedeutete, sich ihnen an-zuschließen.

Wie eine Prozession kämpften sie sich ihren Weg durch die vielen Menschen, die das Treppenhaus und die Stufen bevölker-ten, bis sie endlich oben in Hubers Wohnung ankamen. Judith war nass geschwitzt, der kurze Marsch fühlte sich an, als habe sie ei-nen Marathon zurückgelegt.

Oben wurden sie von Jacqueline Huber empfangen, die Erfri-schungen vorbereitet hatte.

»Dafür haben wir keine Zeit«, fertigte ihr Mann sie ungewohnt unwirsch ab, fügte aber entschuldigend hinzu: »Tut mir leid, Lie-bes, vielleicht später.«

»Ich muss dringend zu den Menschen sprechen«, verkündete Genscher. Er stand inmitten des Wohnzimmers, der Kronleuchter warf glänzende Reflexe auf sein schütteres dunkles Haar. »Unter ihnen muss eine unerträgliche Spannung herrschen. Ich bin si-cher, sie warten sehnlichst auf Details ihrer bevorstehenden Ab-reise.«

»Das tun sie seit Monaten«, konnte Anke, die wie die anderen Botschaftsmitarbeiter in einem Halbkreis um Huber stand, sich nicht verkneifen, einzuwerfen. Judith funkelte sie an; konnte die

Freundin nicht einmal in einem solch feierlichen Augenblick den Mund halten?

Ein Lächeln huschte über Genschers Gesicht. »Natürlich. Heute werden sie erlöst. Allerdings ...« Seine Miene wurde wieder ernst, als er sich Huber zuwandte. »... allerdings gab es in letzter Minute noch eine Planänderung.«

Judiths Herz begann zu flattern. Was sollte das heißen? Schob die DDR der Ausreise der Flüchtlinge in letzter Minute doch einen Riegel vor? Waren sämtliche Zusagen nichts als heiße Luft?

»Ich habe darauf gedrängt, die Ausreisewilligen auf ihrer Fahrt durch DDR-Gebiet zu begleiten. Zusammen mit Minister Seiters.« Genscher nickte zu seinem Kollegen, der mit gefalteten Händen neben ihm stand. »Heute Nachmittag, nur Minuten vor meinem Abflug nach Prag, teilte mir Neubauer, der Ständige Vertreter der DDR in Bonn, mit, dass man uns nicht mehr erlaube, die Züge zu begleiten.«

»Wir konnten nichts dagegen tun, unser Widerspruch blieb ohne Erfolg.« Seiters schob seine Brille hoch.

»Das wird meinen Mitbürgern nicht behagen«, murmelte Tobias. »Es ist ein Albtraum, ohne besondere Schutzvorkehrungen die DDR zu durchqueren.«

»Das ist übrigens Herr Tobias Seibold, der Sprecher der Ausreisewilligen«, stellte Huber kurz vor.

»Ich werde alles tun, was in meiner Macht steht, um Ihnen trotz allem eine sichere Reise durch die DDR zu gewährleisten.« Genscher sah Tobias fest an, und dieser nickte langsam. Der Außenminister wirkte so Vertrauen einflößend und zuverlässig, dass man ihm einfach glauben musste. Judith zweifelte nicht daran, dass die Fahrt durch – fast hätte sie in Gedanken den Begriff *Feindesland* benutzt – die Deutsche Demokratische Republik ohne besondere Zwischenfälle verlaufen würde. Aber vielleicht war dies nur Wunschdenken?

»Ich glaube Ihnen«, sagte Tobias mit belegter Stimme. »Aber ... Wer weiß, welche Tricks die SED und die Staatssicherheit auf Lager haben?«

»Ich verstehe Ihre Sorgen«, mischte Huber sich ein. »Aber die Lage ist mittlerweile derart eskaliert, die ganze Welt beobachtet Prag mit Argusaugen ... Honecker und seine Genossen können es sich schlichtweg nicht leisten, die Flüchtlinge festzuhalten.«

»Die DDR wäre außenpolitisch noch stärker isoliert«, gab Markus zu bedenken. »Sogar der sowjetische Außenminister Schewardnadse drängt auf eine humanitäre Lösung.«

»Ostberlin wird stillhalten.« Genscher klang zuversichtlich. »Die DDR steht kurz vor dem Zusammenbruch. Schauen Sie nur, wie viele Menschen jeden Montag demonstrieren. Das Regime wird seine Macht nicht mehr allzu lange aufrechterhalten können. Die SED hat andere Sorgen, als Flüchtlingszüge zu kapern.«

»Meinen Sie, die Mauer fällt?«, fragte Elias.

Stille senkte sich über den Raum, ein atemloses Schweigen, durchbrochen nur von der tickenden Wanduhr, die über einer antiken Kommode hing. Obwohl sie so erhitzt war, lief es Judith eiskalt den Rücken herab.

»Wir erleben gerade historische Momente«, sagte Genscher und ließ seinen Blick über die Runde schweifen. »Und ja, die Mauer wird fallen.«

Judiths Kopf war die ganze Zeit über wie in Watte gepackt, doch nun drängte wieder der Lärm von viertausend Stimmen, die durch die Villa wogten, an ihr Ohr.

Huber schüttelte sich, als erwache auch er aus einer Trance. »Die Menschen ... sie warten auf Informationen ...«

»Es ist fünf Minuten vor sieben. Höchste Zeit, zu ihnen zu

428

sprechen. Von wo aus kann ich das am besten tun?« Genscher trat ans Fenster und schaute auf den Garten hinunter, der in herbstlicher Dämmerung lag.

»Vor dem Kuppelsaal ein Stockwerk tiefer befindet sich ein Balkon. Von dort aus können Sie sich an die Flüchtlinge wenden.« Mit hektischen Bewegungen lief Huber voran, und alle folgten ihm.

Tobias

Zwei Minuten vor sieben Uhr schritt Genscher durch den Kuppelsaal, der mit Betten vollgestellt war, er schritt über Matratzen und Reisetaschen hinweg und trat auf den Balkon, gefolgt von Seiters, den anderen Beamten und Huber. Letzterer bedeutete Tobias mit einer Handbewegung, auch ins Freie zu kommen, und er folgte zögernd, während das Botschaftspersonal im Hintergrund blieb. Er spürte, wie Judiths Blick an ihm hing, voller Liebe und Erwartung.

Laternen tauchten die viertausend Menschen, die im dunklen Garten standen, in ein blasses Licht. Alle schauten angespannt zum Außenminister hoch, der an die steinerne Brüstung trat.

Kurz flogen seine Gedanken zu Jasmin; sie spielte oben auf dem Dachboden mit den Lemke-Töchtern. Inständig hoffte er, die Kinder würden nicht auf die Idee kommen, in den Garten zu kommen. Was wäre, wenn seine Kleine in der Menge übersehen und totgetrampelt würde?

Brandender Applaus und zustimmende Pfiffe ertönten, als die Flüchtlinge erkannten, wer über ihnen auf dem Balkon stand.

»Liebe Landsleute«, setzte Genscher an, unterbrochen von noch stärkerem Klatschen und jubelndem Beifall, »zugleich im

Namen meiner lieben hier stehenden Kollegen, Bundesminister Seiters ...«

Wieder unterbrachen euphorische Zwischenrufe seine Worte.

»... begrüße ich Sie herzlich im Namen der Bundesregierung.«

Die Menge klatschte haltlos. Tobias starrte auf die matt beschienenen Gesichter, konnte jedoch aus der Entfernung keines erkennen. Er fühlte sich, als stecke er in dickem Nebel, der ihn seine Umgebung nur wie durch Watte wahrnehmen ließ. Kurz wandte er sich um, sah die Botschaftsangehörigen an der Schwelle der Balkontür stehen. Judith stand dicht neben Anke, sie wirkte gleichzeitig gefasst und fassungslos.

»Sie werden mir erlauben ...«

»Lauter!«, schrie es aus dem Garten.

Genscher hob die Stimme. »Sie werden mir erlauben, dass ich den unter Ihnen befindlichen Hallensern ein besonderes ...«

Das Ende des Satzes ging in unbändigem Freudenjubel unter. Tobias lief es eiskalt über den Rücken. Wie er selbst stammte der Außenminister aus Halle, das verband. Im Gegensatz zu den anderen ehemaligen Einwohnern seiner Heimatstadt – viele waren erst in den letzten Tagen eingetroffen, er kannte kaum einen von ihnen persönlich – blieb er stumm, kein Wort drang über seine Lippen, seine Hände hingen herab, ohne zu klatschen, die Füße standen still, ohne zu trampeln und zu stampfen. Er war wie verzaubert.

»Wir sind gekommen ...«

»Ruhe!«, brüllten einige der Zuhörer vehement, und mehrere Stimmen echoten: »Ruhe! Ruhe!«, bevor der Geräuschpegel etwas abebbte.

»Wir sind zu Ihnen gekommen«, fuhr Genscher mit getragener Stimme fort, »um Ihnen mitzuteilen, dass heute Ihre Ausreise ...«

Der Rest ging in einem Jubel unter, der weithin durch das Viertel Malá Strana schallte; stürmischer Beifall ertönte, begeisterte Schreie, darunter ersticktes Schluchzen. Erneut wandte Tobias sich zu den Botschaftsmitarbeitern um – Huber hatte die Hände gefaltet wie zum Gebet, Elias und Markus reckten die Hälse, um jedes im unglaublichen Radau verschwimmende Wort des Ministers zu verstehen, Anke und Christina schienen wie versteinert, ungläubig, Zeugen dieser historischen Szene zu sein, und Judith ... Judith rannen die Tränen über die Wangen. Sein Herz zerriss, während sein Gehirn Mühe hatte, die tumultartigen Zustände im Garten zu begreifen.

»Ruhe! Ruhe!«, kreischte es unter ihm.

»Es werden insgesamt fünf Züge von Prag abfahren«, ergriff Genscher wieder das Wort.

Erneut brandete freudiges Geschrei auf, unterbrochen von Rufen nach Ruhe.

»Die Züge ...«

»Ruhe! Ruhe!«

»Die Züge verlassen in Abständen von zwei Stunden Prag; der erste Zug wird um einundzwanzig Uhr drei ...«

Aus Tausenden von Kehlen erklang Geschrei, ein Begeisterungssturm, wie ihn der Außenminister wahrscheinlich noch nie erlebt hatte. Tobias sah, wie Judith auf ihre Armbanduhr schaute. Noch zwei Stunden. Ihnen blieben noch zwei Stunden. Aber vielleicht würden er und Jasmin an Bord eines späteren Zuges sein, Genscher hatte von fünf Zügen gesprochen ...

»Gen-scher! Gen-scher!«, skandierte die völlig kopflose Menge nun. Der Lärm, der über der Villa lag, glich einem Dröhnen, dem Tosen eines aufbrandenden Sturms.

»Das Ergebnis ...« – Kreischen, Rufen, Klatschen, Stampfen –

»Das Ergebnis, das wir Ihnen jetzt mitteilen können, ist das Ergebnis von Gesprächen, die in New York geführt worden sind ...«

»Gen-scher! Gen-scher!«

»Ruhe, verdammt noch mal!«

Unbeirrt fuhr der Außenminister fort: »... und die wir heute Morgen mit dem Ständigen Vertreter der DDR in der Bundesrepublik Deutschland geführt haben.«

»Genscher, du bist klasse! Gen-scher!«

Der Minister wandte sich kurz seinem Begleiter Seiters zu; Tobias verstand nicht, was er ihm zuraunte, sah aber im Licht der hellen Lampe, die über der Balkontür hing, wie ein Lächeln um seine Lippen zuckte. Gebannt beobachtete er, wie Genscher sich wieder an die Zuhörer wandte, die kaum noch zu halten waren. Tobias wusste, dass er diese Minuten nie wieder vergessen würde.

»Ich werde jetzt ...«

»Ruhe! Ruhe!«

»Ich werde jetzt über den Ablauf ...«

»Ruhe! Ruhe!«

»Ich werde jetzt über den Ablauf der Ausreise informieren ...«

Wieder erklang das Klatschen Tausender Hände, die Begeisterung war grenzenlos.

»Sie werden mit Autobussen von hier zum Hauptbahnhof in Prag gebracht. Ich schlage Ihnen vor, dass zunächst die Familien mit den kleinen Kindern ...«

Genscher verstummte, um abzuwarten, bis der aufbrandende Applaus nachließ; die Stimmung schlug hohe Wellen. Tobias' Hände waren feucht; Familien mit kleinen Kindern ... Das schloss Jasmin und ihn ein. Er würde tatsächlich im ersten Zug sitzen, der in die Bundesrepublik fuhr. Wieder warf er einen Blick über die Schulter. Judith sah ihn an, die Miene ernst, auch wenn sie sich bemühte, ihm ein Lächeln zu schenken. Die Nachricht, dass er einer der Ersten war, der die Botschaft verlassen würde, musste auch bei ihr eingeschlagen haben wie ein Blitz.

»Der Zug ... jeder der Züge wird begleitet ...«

»Ruhe!«

»... von hohen Beamten der Bundesregierung.« Genscher wandte sich um und stellte jeden seiner Begleiter aus Bonn namentlich vor.

Pfiffe und Applaus zerrissen die Finsternis, zusätzlich begann das Publikum, lautstark zu skandieren: »Danke schön! Danke schön! Danke schön! Danke schön!«

»Sie werden ...«

Tobias erkannte vage, wie sich die Menschen unterhalb des Balkons in den Armen lagen. Der anhaltende Lärm übertönte die Worte des Ministers. Er wünschte, er wäre so uneingeschränkt glücklich wie seine Landsleute; aber die bevorstehende Trennung von Judith versetzte ihm einen Stich ins Herz.

»Sie werden, aus der Tschechoslowakei kommend, bei Schöna die Grenze zur DDR überqueren ...«

Die Stimmung, die eben noch ausgelassen wie bei einem Fußballländerspiel gewesen war, drohte zu kippen. Die Ankündigung, dass der Weg in die Bundesrepublik über DDR-Gebiet gehen würde, schien den Flüchtlingen einen kollektiven Schock zu versetzen. Auch Tobias machte die Nachricht noch immer nervös.

Genscher bemühte sich, das entsetzte Geschrei zu übertönen. »Es ist von der Regierung der DDR freies Geleit zugesichert, die Beamten, die mit Ihnen reisen, garantieren das.«

»Nein! Nein!« – »Buuh! Buuh!«, erscholl es aus dem Garten.

»Liebe Landsleute, ich habe denselben Weg, dieselbe Entscheidung, die Sie jetzt treffen, auch getroffen, als ich meine Heimat verlassen habe«, sagte Genscher. »Ich würde Ihnen diese

433

Empfehlung nicht geben, wenn ich sie nicht vor meinem Gewissen verantworten könnte.«

Tobias hatte davon gelesen, dass der Außenminister Anfang der Fünfzigerjahre als Tourist getarnt – Westberlin war DDR-Bürgern damals noch frei zugänglich – in die Bundesrepublik geflüchtet war; als Systemkritiker war er in seiner Heimat Halle immer wieder negativ aufgefallen. Genscher wusste, wovon er sprach, als er seine eindringlichen Worte an die Ausreisewilligen richtete – er hatte all dies selbst erlebt.

»Der Zug wird ...«

Ungehaltene Zwischenrufe, Buhrufe und Pfiffe ... Die Unruhe wuchs hörbar.

»Der Zug wird auf dem Gebiet der DDR einen technischen Stopp haben, dabei werden Angehörige der dortigen Behörden ...«

Weitere ungehaltene Zwischenrufe wurden laut.

»Ich bitte Sie, zuzuhören!«, entfuhr es Genscher. »Dabei werden Angehörige der dortigen Behörden zusteigen, um Ihnen die Ausreisedokumente auszuhändigen.«

Das »Jaaa!« Tausender Stimme ertönte.

Genscher gab bekannt, wann die einzelnen Züge in der Bundesrepublik eintreffen würden. Tobias' Herz hämmerte. Sein Zug würde das bayrische Hof um sechs Uhr am nächsten Morgen erreichen. Nur noch wenige Stunden, dann wäre er ein freier Mensch. Er schluckte seine Rührung herunter, während er erneut Blickkontakt zu Judith suchte. Sie blinzelte die Tränen weg.

Nachdem der Außenminister die Ankunftszeiten der fünf Züge in Hof verkündet hatte, setzte er hinzu: »Für mich ... für mich ist diese Stunde hier in unserer Vertretung in Prag die bewegendste Stunde in meiner ganzen politischen Arbeit.«

Erneut Jubelrufe, euphorisches Kreischen, ein gewaltiger

Sprechchor, der wie eine Welle durch die Zuhörer ging. »Gen-scher! Gen-scher! Gen-scher! Gen-scher!«, das Ganze übertönt von entnervtem »Ruhe! Einmal Ruhe!«.

»Im Namen der Bundesrepublik erkläre ich Ihnen: Wir heißen Sie herzlich bei uns willkommen!«

Die Menge tobte. »Hoch soll er leben, hoch soll er leben, drei-mal hoch! Hoch! Hoch!«

»Liebe Landsleute, es besteht hier kein Anlass, jemanden zu feiern.« Tobias verzog schmerzhaft das Gesicht, als das Megafon, in das Genscher sprach, einen schrillen Quietschton von sich gab. »Alle, die wir hier stehen, mein Kollege Seiters, unsere Beamten, fühlen mit Ihnen und können Ihnen sagen, wir sind glücklich, dass wir Ihnen diese Mitteilung machen können. Wir heißen Sie ...«

»Gen-scher! Gen-scher! Hoch soll er leben ...«

»Wir heißen Sie herzlich willkommen als Deutsche unter Deutschen.«

Der Sprechchor verlegte sich auf ein neues Mantra. »Deutsch-land! Deutschland!«

»... und nun wünsche ich Ihnen allen eine gute Reise«, endete der Außenminister. »Auf Wiedersehen in der Bundesrepublik Deutschland!«

Judith

Nach Genschers Rede löste sich die Menschenmenge im Garten auf. Huber begleitete den Außenminister und seine Begleiter noch einmal in seine Wohnung; in Kürze würden sie wieder an den Flughafen gebracht, wo das Bundeswehrflugzeug wartete.

Auch ihre Kollegen verstreuten sich. Obwohl es bereits zwanzig Uhr und stockdunkel war, lagen noch einmal kräftezehrende Aufgaben vor ihnen, die Verteilung der viertausend Flüchtlinge auf die fünf Sonderzüge musste organisiert werden.

Anke berührte sie leicht an der Schulter. »Ich bin für dich da, wenn du mich brauchst.«

Judith war kaum fähig, zu nicken. »Danke«, flüsterte sie.

Dann war Tobias an ihrer Seite und nahm ihre Hand; seine war eiskalt, so als sei jegliches Blut aus ihm gewichen. Er blickte sich um, als habe er die Orientierung verloren. Der Lärm aus dem Garten ebbte nicht ab, offenbar stürmten die Ausreisewilligen die Zelte, um ihre Habseligkeiten zu packen. Auch im Palais donnerten Tausende von Füßen durch das Treppenhaus. »Ich muss Jasmin holen ...«, sagte er. »Sie ist noch oben bei den Lemke-Mädchen.«

»Ich warte in meinem Büro«, erwiderte sie gepresst.

Sie sah ihm nach, wie er davoneilte, dann begab sie sich nach unten. In ihrem Büro atmete alles Abschied aus. Auf dem Sofa stand der gepackte Rucksack, daneben lag die kleine Kindertasche von Jasmin. Eine Plastiktüte mit den Gegenständen, die nicht mehr ins Gepäck gepasst hatten, lehnte daneben, die dünnen Beine der Barbie ragten heraus. Hoffentlich vergaß die Kleine ihr Mutschekiepchen nicht; sie wäre untröstlich.

Langsam ließ sie sich auf das Sofa sinken und stützte den Kopf, der unendlich schwer war, in die Hände. Drei Monate lang war der kleine Raum voller herumliegender Kleidung, angebissenen Äpfeln und feuchten Handtüchern gewesen, die zum Trocknen über der Heizung hingen; in wenigen Stunden wären jegliche Spuren, dass hier jemand gewohnt, gelebt hatte, vollends verschwunden. Bereits jetzt versetzte ihr der Anblick des ordentlich aufgeräumten Büros einen Stich ins Herz.

Die Tür wurde leise geöffnet, und Tobias trat herein, Jasmin auf dem Arm. Sie lutschte am Daumen, völlig übermüdet.

»Ich will nicht weg, ich will mich aufs Sofa legen und schlafen«, quengelte Jasmin; mit ihren kleinen Fäusten rieb sie sich die Augen.

Offenbar hatte Tobias ihr auf dem Weg durchs Treppenhaus erklärt, dass sie die Botschaft verlassen würden. Er lachte heiser. »Das ist das erste Mal in deinem Leben, dass du freiwillig ins Bett möchtest, Minchen. So kennt man dich gar nicht.«

»Du kannst nachher im Zug schlafen«, fügte Judith mit brechender Stimme hinzu. »Ihr seid lange unterwegs.«

»Kommst du mit?« Jasmin sah sie mit ihren großen blauen Augen an.

»Nein, das haben wir dir doch erklärt. Ich bleibe vorerst hier, während du und dein Vati eine schöne neue Wohnung sucht, in der Nähe deiner Mutti und deiner Oma ... und vielleicht, irgendwann ...«

»Wir müssen uns von Judith verabschieden«, sprang Tobias ein, »aber wir sehen sie bald wieder.«

Sie spürte, dass seine Worte viel mehr an sie als an seine Tochter gerichtet waren, dass er ihnen Trost und Zuversicht zu verleihen versuchte. »Nicht wahr?«

»Ja.« Sie straffte die Schultern. Sie würde sich zusammenreißen und stark sein; was half es, sich ihrem Schmerz hinzugeben? Tobias sollte hoffnungsvoll und guten Mutes in sein neues Leben starten, die letzte Erinnerung an die Zeit im Palais Lobkowicz sollte nicht die einer völlig aufgelösten Frau sein. »Ruf mich an, sobald du die Möglichkeit dazu hast.«

»Das werde ich tun«, versprach er. »Und wenn wir eine Unterkunft gefunden haben, gebe ich dir unsere neue Adresse.« Plötzlich funkelten seine Augen. »Hast du nicht bald mal Urlaub?«

Sie lächelte. Urlaub. Natürlich. Daran hatte sie noch gar nicht gedacht. »Weihnachten fahre ich nach Deutschland. Spätestens dann können wir uns wiedersehen.«

»Wie viel mal noch schlafen?«, fragte Jasmin.

Tobias tat, als zerbreche er sich den Kopf. »Lass mal überlegen ... Es müssten ungefähr noch zwölf Wochen sein.«

»Noch zwölfmal schlafen?«

Judith und Tobias wechselten einen erheiterten Blick. »Nein, Minchen, schon noch etwas mehr.«

»Du wirst sehen, die Zeit vergeht wie im Flug«, beteuerte Judith. »Wenn ihr euch erst einmal in eurer neuen Wohnung eingerichtet habt und du dich im Kindergarten eingelebt hast, ist es bald so weit.« Seltsam, die aufmunternden Worte, die sie an die Kleine richtete, hatten auch auf sie selbst eine beruhigende Wirkung.

»Komm her.« Tobias zog sie in eine feste Umarmung, und so standen sie minutenlang still, Jasmin zwischen sich. Ein letztes Mal sog sie die Nähe der beiden ein, nahm den süßen Geruch der zarten Kinderhaut wahr, roch den herben Duft von Tobias' Rasierwasser. Sie wünschte, diesen Moment konservieren zu können, ihn in eine Flasche zu stecken und immer, wenn sie Sehnsucht empfand, den Stöpsel herauszuziehen und sich in die Erinnerung an diese letzte Stunde zu versenken.

Um kurz vor einundzwanzig Uhr öffnete Walter Edel die große Tür an der Hauptseite der Botschaft und ließ die Flüchtlinge, die zuerst abreisen würden, hinaus auf die Vlašská. Es war das erste Mal seit Langem, dass diese wieder einen Schritt aus der Botschaft taten.

Hermann und Jacqueline Huber sowie die Botschaftsmitarbeiter standen Spalier, um die Menschen zu verabschieden, die die größte Reise ihres Lebens antraten.

»Ein Prosit auf euch alle!«, rief Edel, der ungeniert einen Schluck aus seinem Flachmann nahm. Seine Dienstzeit war ja bereits zu Ende. »Es lebe Jenscher, es lebe die Freiheit!«

»Freiheit!«, rief Dirk Lemke, dessen Augen fiebrig glänzten, und streckte eine Siegerfaust in die Höhe.

Judith schlang die Arme um sich; trotz ihrer Jacke fror sie in der spätabendlichen Herbstluft. Der Himmel war bedeckt, vereinzelte Sterne blitzten auf, wurden aber bald von vorbeiziehenden Wolken verschluckt.

Busse fuhren vor, die die Flüchtlinge zum Bahnhof bringen würden. Ein großes Hallo ging durch die Menge, als sie mit quietschenden Bremsen hielten und die Fahrer die Gepäckfächer öffneten, um die Koffer und Taschen einzuladen. Dirks und Jeannettes Töchter waren als Erste zur Stelle und schoben ihre bunten Kinderkoffer hinein, während ihre Eltern sich vom Botschafter und den Mitarbeitern verabschiedeten.

»Vielen Dank für alles. Sie waren großartig.« Jeannette hatte Tränen in den Augen, und auch Dirk war sichtlich bewegt. »Sie haben uns zu einem neuen Leben verholfen. Das werden wir Ihnen nie vergessen. Die ganze Welt wird niemals vergessen, was in diesem Herbst in Prag geschehen ist. Hoffen wir, dass dies der Anfang vom Ende der DDR ist.«

»Ich bin zuversichtlich, dass sich in der Beziehung noch so einiges tun wird.« Huber schmunzelte, aber auch er wirkte gerührt.

»Auf Wiedersehen, Frau Gontrau.« Dirk schüttelte ihr die Hand, nachdem er sich von Anke, Markus, Elias und Christina verabschiedet hatte. »Vielleicht hört man mal wieder voneinander.« Er zwinkerte ihr zu. »Mit Tobias bleiben wir auf jeden Fall in Kontakt, und Sie und Tobias ja sicherlich auch ...«

439

Sie lachte und winkte Dirks Töchtern zu, die in den Bus stiegen. »Richtig.«

Die übrigen Flüchtlinge stiegen nach und nach ebenfalls ein, und der kleine Platz vor der Botschaft leerte sich. Schließlich waren nur noch Tobias und Jasmin übrig.

Judith wandte sich ab, als er sich von ihren Kollegen verabschiedete, sah nur aus dem Augenwinkel, dass der Botschafter ihn in eine kurze Umarmung zog. Es war zu viel für sie. Plötzlich war alles zu viel.

»Machen wir es kurz«, flüsterte sie, als er schließlich bei ihr ankam. »Bitte.«

Er nickte und umschlang sie, Jasmin auf dem Arm. Sie schmiegte ihre Wange an ihn, äußerlich ganz ruhig, während die Emotionen in ihr tobten. Noch nie hatte sie einen Mann so geliebt, doch sie musste ihn ziehen lassen.

»Wir sehen uns bald.« Mit einem Ruck löste er sich von ihr und eilte mit der Kleinen zum Bus. Keine Minute später schlossen sich zischend die Türen hinter ihnen, und die Fahrzeugkolonne setzte sich in Bewegung.

Sie starrte die Straße hinab, sah die Rücklichter, die in der geisterhaften Finsternis am Ende der Straße verschwanden.

»Lass uns reingehen.« Anke hakte sich bei ihr unter. »Es ist so schweinekalt, wir holen uns noch den Tod.«

»Okay.« Willenlos wie eine Puppe ließ sie sich von der Freundin hineinführen, den anderen Kollegen hinterher. In der Eingangshalle scharten sich bereits erwartungsvoll Hunderte von Menschen, warteten auf die nächsten Busse, die in knapp zwei Stunden abfahren würden.

41

Tobias

Auf dem Weg von der Tschechoslowakei in die DDR

Er saß mit Lemkes am Ende eines Großraumwaggons. Deren drei Töchter sowie Jasmin schliefen ein, sobald sich der Zug ruckelnd in Bewegung setzte. Tobias warf einen letzten Blick auf Prag, als sie losfuhren. Seine Seele fühlte sich wund und müde an; am liebsten hätte er auch geschlafen, um zu vergessen. Was sich in den letzten Stunden zugetragen hatte, war zu viel, als dass er es auf die Schnelle verarbeiten konnte. Immer wieder musste er an die Szenen denken, die sich tief in sein Gedächtnis gegraben hatten. Die Ankunft Genschers, die Rede, die er auf dem Balkon gehalten hatte. Der unbändige Jubel, der durch die Menschenmenge gebrandet war. Die darauffolgende Aufbruchsstimmung; die ganze Villa Lobkowicz war in Bewegung gewesen. Der Abschied von Judith. Er schloss die Augen, die Erinnerung an ihr Lebewohl war zu schmerzlich.

Dirk starrte unablässig aus dem Fenster in die Dunkelheit. »Bald müssten wir an der Grenze sein.«

»Der Grenzort heißt Děčín«, sagte der Beamte des Außenministerbüros, der sich ihnen als Frank Elbe vorgestellt hatte. Auch wenn die SED-Spitze Genscher und Seiters die Mitfahrt im Zug untersagt hatte, war es doch ein beruhigendes Gefühl, dass andere ranghohe Beamte mit an Bord waren.

Verschwommen sah Tobias die nahenden Lichter der Kleinstadt, doch plötzlich kam der Zug zum Stehen.

»Was ist los?«, fragte Jeannette, die wie ihre Kinder vor sich hin gedöst hatte, alarmiert.

»Keine Sorge, wir sind nur an der Grenze angelangt«, beruhigte Dirk sie.

Tobias strich Jasmin, die sich auf seinem Schoß regte, über das Haar, doch sie schlief weiter. Der Bahnhof war hell erleuchtet, auf dem Bahnsteig schien Chaos zu herrschen. Er beugte sich dichter an die schmutzige Scheibe. »Was da wohl vor sich geht?«

Auch Dirk spähte angestrengt nach draußen. »Sieht nach einem Polizeiaufgebot aus.«

Tatsächlich sperrten einige tschechoslowakische Uniformierte den Zugang zum Zug ab. Menschen mit Reisetaschen und Koffern versuchten, sich an ihnen vorbeizudrängen.

»Was sind das für Menschen?«, rief Dirk Elbe zu, der einen nervösen Eindruck machte.

»Höchstwahrscheinlich DDR-Bürger, die in den Zug steigen wollen, um in die Bundesrepublik zu kommen.«

Tobias und Dirk warfen sich einen Blick zu, dann standen sie in wortlosem Einvernehmen auf und schoben sich zur nächsten Tür durch.

»Wir wollen mit!« – »Lassen Sie uns rein!« – »Wir wollen in den Westen!«, scholl es ihnen zusammen mit einem Schwall eisiger Nachtluft entgegen.

Ohne zu überlegen, streckten Tobias und Dirk den Menschen – Frauen, Männern und Kindern – die Hände entgegen und zogen sie in den Zug. Die Polizisten traten zur Seite und sahen reglos zu.

»Geschafft.« Dirk rieb sich vergnügt die Hände. »Toll, dass wir noch dem einen oder anderen Landsmann eine Mitreisemöglichkeit verschaffen können.«

Tobias schmunzelte. Die Fahrt ging weiter, der Zug rollte durch die Dunkelheit.

»Schöna«, verkündete Elbe schließlich.

Tobias wurde es mulmig zumute, auch ringsum entstand Unruhe. In wenigen Augenblicken würden sie sich auf DDR-Gebiet befinden. Irrationale Ängste wallten in ihm hoch, doch er versuchte, sie niederzuatmen. Elbe und andere bundesdeutsche Beamte begleiteten den Zug, was konnten da die ostdeutschen Autoritäten schon ausrichten?

Die Bahn fuhr weiter, ohne dass etwas geschah. Tobias glaubte, ein kollektives Aufatmen ringsum wahrzunehmen. Jeannette lockerte ihre verkrampfte Körperhaltung, lehnte sich gegen Dirk und schlummerte weiter.

Im Bahnhof Reichenbach kam der Zug abrupt zum Stehen. Tobias, der sich in einer Grauzone zwischen Schlafen und Wachen befand, schreckte hoch. Auch Dirk blickte sich verstört um.

Hundert Beamte der Staatssicherheit stürmten den Zug, die Mienen hart und entschlossen.

Tobias hielt Jasmin so fest auf seinem Schoß, als würde sie ihm gleich gewaltsam entrissen. Die Stasi. Sein schlimmster Albtraum wurde wahr. All die Sicherheitsgarantien von Genscher, die Anwesenheit der Mitarbeiter des Auswärtigen Amtes ... alles umsonst. Sein Körper war starr vor Schreck, und er vermochte nichts zu tun, als den Männern hilflos entgegenzustarren.

»Was zur Hölle ...?«, murmelte Dirk.

Elbe ging den Stasi-Leuten entgegen und erinnerte sie an die Abmachungen zwischen den Staaten; Tobias konnte nicht jedes seiner Worte verstehen, sah aber, dass die Beamten Elbe keines

Blickes würdigten, ihn beiseitedrängten und mit verkniffenen Mienen die Sitzreihen abgingen.

»Ausweis!«, blafften sie. In sich immer wiederholenden Sequenzen riss einer ihrer Gruppe das Dokument an sich, ein anderer blätterte es durch, bevor ein dritter es einsteckte. Protest erhob sich.

Eine Ader zuckte unter Tobias' Augenlid, während er wortlos seine Legitimationsbescheinigung überreichte. Dirk war mutiger. »Was wollen Sie damit? Sie können uns doch nicht unsere Ausweise abnehmen!«

»Her damit!« Der Stasi-Mann nahm ihm die Papiere ohne weitere Diskussion ab, dann zog die Gruppe weiter.

»Na toll.« Dirk zitterte vor Wut.

Tobias erhob sich mit Jasmin auf dem Arm und rief den Beamten hinterher: »Wie sieht es mit Ersatzdokumenten aus? Teil der Regelung ist, dass wir im Zug neue Unterlagen ausgestellt bekommen ...!«

Keiner der Stasi-Leute ließ sich zu einer Antwort herab, sie sammelten weiterhin links und rechts Ausweise ein.

»Uns wurde versprochen, dass wir auf der Fahrt durch die DDR neue Unterlagen bekommen«, versuchte er es noch einmal.

»Die Bundesrepublik ist so kulant, die nimmt euch auch ohne Papiere«, knurrte einer der Männer schließlich.

Wie betäubt sank Tobias auf seinen Sitz zurück und bettete Jasmins Köpfchen an seine Brust. Sein Atem ging heftig. »Diese Vollidioten. Ich wusste, dass sie sich an keinerlei Vereinbarung halten.«

Dirks Gesicht war rot angelaufen vor unterdrückter Wut. »Wahrscheinlich wollen sie uns noch einmal richtig eins reinwürgen, bevor sie uns in die Freiheit entlassen.«

Beide drehten sich um, als im hinteren Teil des Waggons ein

Tumult losbrach. Ein junger Mann hatte die Fensterscheibe heruntergeschoben und warf Geldscheine hinaus. Andere folgten seinem Beispiel und übersäten den Bahnsteig mit ihrem letzten Ostgeld. Tobias jubelte innerlich. Welch herrlicher Akt der Auflehnung!

»Da sehen die Widerlinge mal, was ihr Geld noch wert ist. Einen Dreck!«, entfuhr es Dirk.

Die Stasi-Beamten verließen mit einem Koffer voller Ausweise den Zug, und die Fahrt ging weiter. Tobias war nass geschwitzt vor Nervosität; hoffentlich war dies die letzte unliebsame Überraschung gewesen!

Tatsächlich geschah auch auf der Fahrt durch Plauen Unerwartetes – Hunderte von Menschen standen trotz der frühen Stunde an den Fenstern ihrer Mietshäuser und schwenkten weiße Tücher und Bettlaken. Auf dem Bahngleis standen gar zwei junge Männer, die ein Transparent mit den daraufgepinselten Worten »Lebewohl in die Freiheit« hochhielten.

Im Abteil herrschte plötzlich Totenstille. Tobias spürte, wie ihm die Augen brannten, nicht nur vor Müdigkeit.

»Es war richtig«, brach es aus Jeannette heraus, der die Tränen liefen, »alles, was wir auf uns genommen haben, war richtig. Sogar die Menschen, die hierbleiben, sind auf unserer Seite und begrüßen unsere Flucht.«

Dirk drückte sie fest an sich, zu bewegt, um etwas zu sagen.

Judith

Prag, 8 Uhr morgens

»Eine Geisterstadt«, flüsterte sie. Zusammen mit ihren Kollegen

445

stand sie im frühmorgendlichen Garten und überblickte die nun leeren Zelte, den Müll, der dazwischen lag, hier und da ein vergessenes Handtuch oder ein verwaister Strumpf. »Als ob hier niemals an die viertausend Menschen gelebt hätten.«

»Fast unheimlich«, stimmte Anke ihr zu. »Wie ein Traum ...«

»Die Büsche sind niedergetrampelt, und ob sich der Rasen wieder erholt?« Markus schlenderte umher, unnatürlich aufgekratzt, die Stimme höher als sonst.

»Als Erstes müssen wir wohl die Müllberge entsorgen«, seufzte Elias und sah betreten auf seine schlammverkrusteten Schuhe.

Huber schwieg als Einziger. Er schien völlig neben sich zu stehen, wanderte unaufhaltsam zwischen den Zelten umher, als versuche er zu begreifen, welche Dramen sich in den letzten Wochen und Monaten auf dem Gelände seiner Botschaft abgespielt hatten.

»Chéri«, rief Jacqueline Huber ihm ängstlich hinterher. »Ich habe Kaffee gekocht, du musst wieder zu Kräften kommen ...« Ihre Stimme erstarb im frühmorgendlichen Dunst, der um die Bäume waberte.

»Sie hat Angst, dass er zusammenbricht«, flüsterte Anke Judith zu. »Er sieht auch aus wie der Leibhaftige.«

»Wir doch auch«, gab Judith mit einem schwachen Lächeln zurück. Ankes Haare waren zerzaust, um ihre Augen lagen bläuliche Schatten, die Lippen waren ausgetrocknet und rissig. Sie wusste, sie selbst sah keinen Deut besser aus. Vielleicht ... vielleicht würde sie nun, wo Ruhe einkehrte – in der Botschaft, in ihr Leben – wieder mehr Zeit für sich haben. Ein Schaumbad wäre schön, eine Haarkur, und die Nägel müsste sie sich auch dringend wieder feilen – daheim stand im Badezimmer sicherlich noch der zartrosa Nagellack herum, den ihre Mutter ihr in einem ihrer Pakete geschickt hatte. Ach ja, ihre Mutter ... Wie lange hatten sie nicht mehr telefoniert? Es war einfach keine Zeit gewesen. Das alles würde sie nun nachholen. Doch noch während sie sich ausmalte, wie sie die wiedergewonnene Freizeit nutzen würde, wurde die Vorfreude auf diese alltäglichen Dinge von einer Woge heftigen Schmerzes davongespült. Tobias. Wo wohl er und Jasmin gerade waren? Sie mussten bereits in der Bundesrepublik angekommen sein. Lebhaft konnte sie sich ihre Freude, die unbändige Begeisterung über die Ankunft im Westen vorstellen. Sie vermisste die beiden so sehr, dass ihr einen Moment buchstäblich die Luft wegblieb und sie verstört Atem schöpfen musste. Ohne Tobias fühlte sie sich unvollständig, die Hälfte eines zerbrochenen Ganzen. Monatelang war er jeden einzelnen Tag präsent gewesen, nun war er weg, und sie ganz allein. Mit jedem neuen Luftzug, den sie holte, stach ihr der Kummer erneut in die Brust, scharf wie ein Messer.

Huber ließ sich von seiner Frau einen Becher Kaffee aufdrängen, und auch Judith und Anke nahmen dankbar ein heißes Getränk entgegen. Die Kälte fuhr ihnen in alle Knochen; ein neuer Monat war angebrochen, es war Oktober.

»Ich fühle mich so leer.« Huber seufzte, während er auf seinen Kaffee pustete, damit er abkühlte. »Monatelang habe ich so gut wie nicht geschlafen, war Tag und Nacht auf den Beinen. Habe mich um die Flüchtlinge gekümmert, gesorgt, habe mit ihnen gesprochen und diskutiert ... und plötzlich ist da ... nichts mehr. Ein großes Nichts.«

»Ich verstehe Sie«, flüsterte Judith und umklammerte ihren Becher. »Mir geht es genauso.«

Huber streifte sie mit einem verständnisvollen Blick. Er wusste, dass ihre Art der Trauer eine andere war, und doch waren ihre Gefühle ähnlich.

Jacqueline Huber schüttelte den Kopf. »Ich würde vorschlagen, alle gehen nun ins Bett und holen eine Mütze Schlaf nach. Philosophieren könnt ihr später noch.«

Der Botschafter seufzte. »Du hast recht.« Dann legte er die Hände um den Mund und trompetete in die Weiten des Gartens: »Alle herkommen!«

Markus, Elias und Christina kamen erschöpft herangetrottet.

»Wir legen uns alle hin. Sofort. Sie sehen alle aus wie Figuren aus Madame Tussauds Wachsfigurenkabinett.«

»Aber ich möchte mein Büro wieder einräumen«, protestierte Markus, doch Huber unterbrach ihn. »Das ist eine dienstliche Anordnung, der Sie zu folgen haben.«

»Na gut.« Markus gähnte verhalten.

Ohne sich zu verabschieden – sie würden sich in wenigen Stunden wiedersehen, schließlich war heute ein ganz normaler Arbeitstag –, gingen sie einzeln oder zu zweit zum Palais Lobkowicz.

Anke hakte sich bei Judith unter. »Fährst du nach Hause, oder legst du dich auf das Sofa in deinem Büro?«

»Ich bleibe hier.« Auf dem Sofa zu schlafen war die einzige Option. In den Polstern und der Wolldecke hing noch der Geruch von Tobias und Jasmin, der sie in den Schlaf begleiten, ihre Einsamkeit betäuben sollte.

»Ich auch, denke ich. Wie wär's? Sollen wir beide heute Abend mal wieder etwas unternehmen? Wie wäre es mit einem Feierabendcocktail am Altstadtring?«

Judith rang sich ein schwaches Lächeln ab. Sie liebte die Freundin für ihre Versuche, ihr den Kummer zu nehmen. »Warum nicht?«

»Du hast mich jetzt wieder jeden Abend am Hals«, sagte Anke leichthin. »Glaub ja nicht, dass du dich genüsslich in deinem Elend suhlen kannst. Das lasse ich nicht zu.«

»Danke«, flüsterte Judith und drückte Ankes Hand.

»Mach dir keine Gedanken – deine Liebesgeschichte wird weitergehen.«

Judith nickte, während plötzliche Zuversicht ihr Herz dehnte, bis es kurz vorm Zerspringen war. Ja, die Geschichte zwischen Tobias und ihr würde weitergehen – irgendwann –, denn sie liebten sich genug, um trotz der misslichen Umstände aneinander festzuhalten. »Ich weiß, Anke. Ich weiß.«

Untergehakt betraten sie die Villa, während sich der Himmel über den Dächern allmählich orange und purpurrot verfärbte und die Sonne wie eine glühende Kugel über Prag aufging.

Tobias

Nahe der deutsch-deutschen Grenze, eine Stunde früher

Jasmin rieb ihren Kopf an Tobias und erwachte allmählich. Schlaftrunken schaute sie sich um, schien im ersten Moment nicht zu begreifen, wo sie war. »Wo sind wir, Vati? Wann kommen wir an? Ich habe Hunger.«

»Es dauert nicht mehr lange«, sagte Tobias mit rauer Stimme.

Frank Elbe, der pausenlos zwischen den Sitzreihen umherging, um Fragen zu beantworten oder die Sorgen der Reisenden zu beschwichtigen, hatte mitgehört. »In wenigen Kilometern erreichen wir die deutsch-deutsche Grenze, junge Dame.«

Jasmin starrte ihn verständnislos an, während sie an einem Keks knabberte, den Tobias ihr gegeben hatte. Er jedoch verstand dafür umso besser, was Elbes Aussage implizierte: den endgültigen Abschied von der DDR, die Reise in ein neues Leben. Sobald sie die Grenze passierten, läge alles hinter ihm: die Angst, das Gefühl, eingesperrt zu sein, das ständige Misstrauen. Seine Hände zitterten, und wie durch einen Schleier nahm er wahr, dass es den Mitreisenden ähnlich ging. Jeannette kaute an den Fingernägeln wie ein kleines Mädchen, Dirk wippte mit dem Fuß, was Tobias, unruhig, wie er war, als nervtötend empfand; doch er sagte nichts, jeder ging anders mit seiner Beklommenheit um. Im gesamten Waggon herrschte wie bei der Passage durch Plauen Stille, sämtliche Gespräche waren erstorben.

Der Zug rollte durch die Dunkelheit, die sich an den Rändern bereits grau verfärbte. Die Sterne am frühmorgendlichen Himmel verblassten, auch wenn die Umgebung noch zu schlafen schien. Der Zug fuhr mit monotonem Dröhnen an endlosen Sicherheitsanlagen vorbei, durchquerte gespenstisches Niemandsland.

»Jetzt!«, rief Elbe euphorisch, als die Bahn an einem schwarz-rot-goldenen Pfeiler vorbeibrauste. »Willkommen in der Bundesrepublik Deutschland!«

Jubel brandete auf, laut und hemmungslos. Menschen lagen sich in den Armen, Tränen flossen. Tobias küsste Jasmin, die die Begeisterung um sich herum nicht deuten konnte, auf den Kopf, dann schlang er einen Arm um Dirk, den anderen um Jeannette, drückte die drei Töchter an sich.

»Wir haben es geschafft«, flüsterte er immer wieder, während auch er nun haltlos weinte. »Wir haben es geschafft.«

»Warum weinst du, Vati?« Jasmin sah ihn mit weit aufgerissenen Augen an. Der Anblick ihres Vaters, der ihr ganzes Leben lang ein Leuchtturm der Gelassenheit gewesen war – zumindest dem äußeren Anschein nach –, verstörte sie. »Bist du traurig?«

»Im Gegenteil«, antwortete er gepresst und zog sie nur noch enger an sich.

»Jetzt schauen wir nie wieder zurück, nur noch voraus«, raunte Dirk, dann brach er schluchzend zusammen. Jeannette sank neben ihn auf die Sitzbank, während Tobias mit Jasmin auf der Hüfte durch die schmutzige Scheibe schaute. Die Bundesrepublik empfing ihn mit samtener Finsternis; die weichen Lichter des ersten Westbahnhofs zogen vorüber, verschwommen wie Kerzen im Nebel. Er war todmüde, jeder Knochen tat ihm weh, doch durch die trunkene Hochstimmung, die er empfand, nahm allmählich eine vollkommene Ruhe von ihm Besitz. Egal, was geschehen würde, er war zu Hause. Da, wo die Freiheit war.

Epilog

Judith

3. Oktober 1990, Bonn

Rund um den kleinen Pfad, der zur Haustür führte, wuchsen violette Astern, rosafarbene Herbstanemonen und cremeweiße Sterngladiolen. Ein Geruch von feuchter Erde, Moos und Holzfeuer hing über dem kleinen Vorgarten, und der Himmel war bereits dabei, sich zu verfinstern.

Sie schloss die Tür auf, ging an der Wohnung im Erdgeschoss – hier wohnte Tobias' Mutter Hella – vorbei und stieg die Treppe hoch in ihr eigenes Reich. Im Eingangsbereich stapelten sich noch einige unausgepackte Umzugskartons, aber zumindest waren das Schlafzimmer, die Küche und Jasmins Kinderzimmer – ein lilafarbener Prinzessinnentraum mit Himmelbett und Puppenhaus – bereits wohnlich eingerichtet.

Rasch zog sie den Mantel aus und streifte die Schuhe ab, während sie durch das rückwärtige Flurfenster einen Blick in den kleinen Garten hinter dem Haus warf, wo Jasmins Schaukel einsam im kühlen Wind hin und her schwang.

»Ich bin wieder da«, rief sie.

Ein Murmeln kam aus dem Badezimmer, und sie gesellte sich zu Tobias, der bereits in dunklem Anzug und blau-grau gestreifter Krawatte vor dem Spiegel stand und sich kämmte. Seine Haare waren ordentlich geschnitten, überhaupt sah er viel gepflegter aus als noch vor einem Jahr, als er bunt zusammengewürfelte Kleidung aus dem Rot-Kreuz-Spendensack trug. Aber ganz gleich, ob er strubbelig oder wie aus dem Ei gepellt wirkte, ihre Liebe zu ihm war so groß und überwältigend, dass sie manchmal befürchtete, ihr Herz würde zerspringen.

Seine blauen Augen leuchteten auf, als sie sich hinter ihm auf den Badewannenrand setzte, er ließ den Kamm sinken und küsste sie innig auf den Mund. »Hast du Minchen gut bei Doreen verstaut? Lustig, dass sie seit Neuestem darauf besteht, von dir hingebracht zu werden statt von mir.«

Judith lachte. »Dabei hat sie mich kaum noch eines Blickes gewürdigt, als wir angekommen sind. Die Aussicht, mit Doreen Pizza zu backen, hat sie mich schnell vergessen lassen. Aber jetzt muss ich mich sputen, um mich auch in Schale zu werfen.«

Unglaublich, wie sich alles gefügt hatte. Während sie ins Schlafzimmer ging, um in ihr smaragdgrünes Satinkleid zu schlüpfen, das für die Party im Auswärtigen Amt auf einem Bügel am Schrank hing, grübelte sie wie so oft über das letzte Jahr nach, das ihr Leben gründlich umgekrempelt hatte. Vor sechs Wochen erst hatte sie in Prag ihren Abschied genommen und war nach Bonn gezogen, wo sie nach langem Bangen eine Stelle im Innendienst des Auswärtigen Amts erhalten hatte. Die Monate der Warterei hatte sie durch gelegentliche Besuche bei Tobias und Jasmin überbrückt, aber es war doch etwas ganz anderes, endlich als richtige Familie zusammenzuleben. Vater, Mutter, Oma, Kind und sie selbst. Dass Jasmin ihre Eltern in Karlsruhe mittlerweile als Ersatz-Großeltern sah, freute sie zusätzlich.

Sie schlüpfte aus ihrer Jeans und dem Ringelshirt und zog sich das festliche Kleid über, das sich kühl und glatt um ihren Körper schmiegte. Heute war ein besonderer Tag, nicht nur für Deutsch-

453

land, sondern auch für sie persönlich. Welche Zukunftsängste sie damals in Prag ausgestanden hatte! Hätte sie sich in der Botschaft jemals träumen lassen, dass sich eine solch gute Lösung für alle Beteiligten finden würde? Tobias arbeitete als Fotograf beim *General-Anzeiger Bonn*, liebäugelte jedoch damit, sich mit einem Fotostudio selbstständig zu machen – in der Bundesrepublik würden ihm nicht wie in der DDR Steine in den Weg gelegt –, und Doreen hatte eine Stelle als Schwimmtrainerin bei einem Verein in Köln gefunden. Bonn – Köln, die Strecke war ein Katzensprung. Jasmin konnte problemlos von einem Elternteil zum anderen gebracht werden.

»Mmh, du siehst zum Anbeißen aus.« Tobias war hereingekommen und küsste sie in den Nacken.

»Lass das, hilf mir lieber, meine Kette anzulegen.« Lächelnd machte sie sich von ihm frei, und er schloss seufzend den Verschluss ihrer goldenen Kette. »Allzu sehr dürfen wir nicht trödeln. In einer Stunde beginnt die Wiedervereinigungsparty im Auswärtigen Amt. Schalt doch mal den Fernseher ein, dann können wir nebenbei noch ein bisschen mitansehen, was in Berlin gerade vor sich geht.«

»Na gut. Ein kleiner Aperitif gefällig?«

»Aber immer doch.«

Tobias ging ins Wohnzimmer, um Getränke zu holen, und während sie sich die Wimpern kräftig tuschte und roten Lippenstift auftrug, lauschte sie mit halbem Ohr dem Bericht aus Berlin. Schon um Mitternacht hatten Bundespräsident Richard von Weizsäcker, Bundeskanzler Helmut Kohl, Außenminister Hans-Dietrich Genscher und Altkanzler Willy Brandt auf einer Ehrentribüne vor dem Reichstagsgebäude gestanden. Ein Jahr, nachdem Tausende von Menschen aus der DDR Zuflucht in den Botschaften von Prag, Budapest und Warschau gesucht hatten, ein Jahr nach

454

Beginn der großen Montagsdemonstrationen, hatte die friedliche Revolution ihr Ziel erreicht: Das seit dem Zweiten Weltkrieg in zwei Hälften gespaltene Deutschland wurde wieder ein Ganzes, und zwar heute. Ein geschichtsträchtiger Tag, den sie nie wieder vergessen würde, genauso wenig wie jenen 30. September, an dem die Botschaftsflüchtlinge nach Genschers inzwischen legendärer Rede ausreisen durften.

Tobias kam zurück und reichte ihr einen Prosecco. »Auf uns.«

»Auf uns.«

Erneut küssten sie sich, den süßen kribbelnden Geschmack des Alkohols auf den Lippen.

Mit einem Kopfnicken wies Tobias auf den Fernsehapparat. »In Berlin geht heute die Post ab. Über kurz oder lang werden wir dorthin umziehen müssen, oder?«

Judith schob den Gedanken von sich. Sicher, irgendwann würde es so weit sein, dass das Auswärtige Amt wie die anderen Ministerien auch seine Zelte in Bonn, das als Hauptstadt stets nur ein Provisorium war, abbrach. Aber auch das würden sie als Familie schaffen. Hella war flexibel, sie würde sie überall hinbegleiten; wahrscheinlich würde sie sich über einen Umzug nach Berlin freuen, denn auf diese Weise wäre sie Martin geografisch wieder näher. Natürlich sah sie ihn auch hier regelmäßig, für die Bewohner der neuen Bundesländer, wie man es nun so schön nannte, galten keine Grenzen mehr. Und auch Doreen hatte angedeutet, dass sie ihnen überall hin folgen würde, war Jasmin doch ihre oberste Priorität.

»Das wird sich alles finden«, sagte sie leichthin. »Heute wird erst einmal gefeiert.«

Vor dem Fenster zerriss ein grellroter Feuerwerkskörper die rauchige Dämmerung, kurz darauf verursachten Knallfrösche einen donnernden Lärm. Das ganze Land war wie im Rausch, bereits auf der Fahrt nach Köln und zurück waren überall am Straßenrand Feiernde zu sehen gewesen.

»Die Nachbarn sind ein bisschen früh dran, was?« Tobias schmunzelte. Dann fiel sein Blick auf den runden Beistelltisch, auf dem sie die Post sammelten. An die weiß getünchte Wand darüber hatten sie eine bunte Postkarte von Jeannette und Dirk gepinnt, die eine Wohnung in Hamburg bezogen und dort Arbeit gefunden hatten. Sie sparten auf einen Urlaub auf Mallorca. »Du hast den Brief von Anke noch gar nicht gelesen, er kam gestern an.«

»Post von Anke?« Judith stellte ihr Glas ab und riss den Brief auf, der eine spanische Briefmarke trug. Seit drei Monaten arbeitete die Freundin in der deutschen Vertretung in Madrid. Der Abschied von ihr war schmerzlich gewesen, aber sie hatten sich versprochen, in Kontakt zu bleiben, und Anke hatte zugesichert, bei ihnen vorbeizuschauen, wenn sie Weihnachten ihre Eltern in Wiesbaden besuchte.

»Was schreibt sie?« Tobias reckte den Hals, um mitlesen zu können, doch Judith zog ihm den Brief lächelnd weg.

»Den genauen Wortlaut lese ich dir lieber nicht vor, nur so viel – Anke hat in Spanien jemanden kennengelernt.«

»Das freut mich für sie.«

»Er heißt Jorge und berät die Botschaft als Rechtsanwalt.« Judith las den Brief zu Ende. Wehmut an ihre gemeinsame Zeit in Prag stieg in ihr hoch, hielt aber nur einen kurzen Moment lang an. Die Aufregung über den Fall der Mauer und die Wiedervereinigung nahm sie so stark gefangen, dass sie nicht anders konnte, als im Hier und Jetzt zu verweilen.

Tobias stellte den Fernseher lauter, und sie starrten gebannt auf den Bildschirm. Hunderttausende von Menschen drängten sich vor dem Brandenburger Tor und skandierten: »Hel-mut! Helmut! Hel-mut!« Kohl war der Kanzler der Wiedervereinigung, als solcher würde er in die Geschichtsbücher eingehen. Und Genscher, der neben ihm stand, sichtlich bewegt, hatte die Herzen der Deutschen in Prag erobert. Niemals würde Judith seine Worte vergessen, die im aufbrandenden Jubel der Flüchtlinge untergegangen waren.

Dann trat Altkanzler Brandt ans Mikrofon und sprach mit Tränen in den Augen: »Nun wächst zusammen, was zusammengehört.«

Judith wusste, die Vereinigung Deutschlands war von jeher sein erklärtes Ziel gewesen, sein Lebenswerk. Ein sehnlicher Traum, genau wie für sie selbst. Tobias und sie waren zusammengewachsen wie die beiden Teile dieses einst zerrissenen Landes, von nun an untrennbar miteinander verbunden.

Unter dem frenetischen Beifall der Berliner auf dem Bildschirm zog Tobias Judith an sich, und sie lehnte sich an ihn und spürte seinen Herzschlag. Sie gehörten zusammen, von nun an, für immer.

Ein junges Mädchen kämpft ums Überleben, um ihren Traum und die Liebe

Köln, 1941. Anna wächst bei ihrer Tante Marie und ihrem Onkel Matthias auf, einem Bäckerehepaar. Das Mädchen liebt die Backstube über alles. Doch mit dem Krieg kommt das Unglück: Matthias wird eingezogen und die Bäckerei bei Luftangriffen zerstört. Während Köln in Trümmern liegt und vom kältesten Winter des Jahrhunderts heimgesucht wird, schließt Anna sich einer Schwarzmarktbande an. Als sie am wenigsten damit rechnet, verliebt sie sich sogar – eine verbotene Liebe mit gefährlichen Folgen. Von Kälte, Hunger und Neidern bedroht, halten Anna und ihre Tante verzweifelt an dem Traum fest, die Bäckerei wiederaufzubauen. Und an der Hoffnung, dass die Männer, die sie lieben, irgendwann zu ihnen zurückkehren.

Lilly Bernstein
Trümmermädchen
Annas Traum vom Glück

Deutschen von
Taschenbuch
Auch als E-Book erhältlich
www.ullstein.de

ullstein

Das Wirtschaftswunder und die Nachwehen des Krieges: Eine junge Frau erkämpft sich ihren Weg

Köln 1955: Die 15-jährige Helga und ihr Bruder Jürgen leben endlich wieder bei ihrem aus russischer Kriegsgefangenschaft heimgekehrten Vater. Von der Mutter fehlt seit Kriegsende jede Spur. Der Vater baut sich mit einem Büdchen eine neue Existenz auf, Jürgen beginnt bei Ford. Und Helga soll sich in der Haushaltungsschule auf ein Leben als Ehefrau vorbereiten. Während eines Praktikums im Waisenhaus muss sie entsetzt mitansehen, wie schlecht die Kinder dort behandelt werden. Schützend stellt sie sich vor ein sogenanntes »Besatzerkind«. Und sie verliebt sich. Doch die Schatten des Krieges bedrohen alles, was sie sich vom Leben erhofft hat ...

Lilly Bernstein
Findelmädchen
Aufbruch ins Glück

Taschenbuch
Auch als E-Book erhältlich
www.ullstein.de

ullstein

Drei junge Frauen. Ein Schwur. Wie stark ist eine Freundschaft?

Die drei Freundinnen Elli, Margot und Käthe kennen sich seit ihren Kindertagen in der malerischen Eifel. Aber die Zeitläufte stellen ihre Freundschaft auf eine harte Probe. Als die Nationalsozialisten die Macht übernehmen, fühlt Käthe sich von der neuen Ideologie angezogen, während die Jüdin Margot bald um ihr Leben und das ihrer Familie fürchten muss. Die gehbehinderte Elli, für die Leute im Dorf nur das »Hinkemädchen«, wird hineingerissen in einen Strudel der Gefühle: Angst und Trauer um ihre Freundinnen, Sorge um ihre überarbeitete Mutter, die einzige Hebamme im Tal. Und sie fühlt eine Liebe in sich aufkeimen, die es gar nicht geben dürfte. Doch sie weiß, dass sie nur eine Wahl hat: Margot zu helfen, um jeden Preis. Auch wenn sie sich dabei selbst in Gefahr bringt und droht, alles zu verlieren, was sie liebt.

Lilly Bernstein
Sturmmädchen
Freundinnen in dunkler Zeit

Klappenbroschur
Auch als E-Book erhältlich
www.ullstein.de

ullstein

Aufbruch in eine neue Zeit

Berlin 1911: Die Waisenschwestern Marlene und Emma Lindow können ihr Glück kaum fassen: Sie arbeiten als Lernschwestern in der Kinderklinik Weißensee. Doch schon bald fühlt sich Emma von ihrer Schwester zurückgesetzt, denn Marlene hat sich gleich doppelt verliebt: in den vornehmen Assistenzarzt Doktor Maximilian von Weilert und in das noch junge Fachgebiet Kinderheilkunde. Sie ist fest entschlossen, selbst Kinderärztin zu werden. Aber der Weg nach oben ist steinig, der in Maximilians Familie erst recht. Emma wird die eigene Schwester immer fremder. Erst als das Leben eines kleinen Jungen am seidenen Faden hängt, erkennen Emma und Marlene, dass ihnen ihre wichtigste Aufgabe nur gemeinsam gelingen kann: kranke Kinder zu retten.

Antonia Blum
Kinderklinik Weißensee – Zeit der Wunder

Klappenbroschur
Auch als E-Book erhältlich
www.ullstein.de

ullstein

Hoffnung in einer dunklen Zeit

Berlin 1918: Marlene Lindow ist überglücklich, als Ärztin in Ausbildung an der Kinderklinik Weißensee arbeiten zu können. Dort kämpft sie nicht nur um ihren geliebten Maximilian, der völlig verändert aus dem Krieg heimkehrt, sondern auch gegen die Spanische Grippe, die sich rasant in Berlin ausbreitet. Als der Sohn ihrer Schwester Emma ebenfalls erkrankt, taucht der verschollene Kindsvater auf. Er bietet Emma eine neue Heimat fern des seuchengeplagten Berlins. Eigentlich kann sich Emma ein Leben ohne ihre Schwester nicht vorstellen, und auch die kleinen Patienten an der Klinik brauchen die engagierte Kinderkrankenschwester. Doch als Emmas Sohn zu sterben droht, gibt sie ein folgenschweres Versprechen.

Antonia Blum
Kinderklinik Weißensee – Jahre der Hoffnung
Roman

Klappenbroschur
Auch als E-Book erhältlich
www.ullstein.de

ullstein

Aufbruch in eine neue Zeit: Elisabeths Kampf gegen Kinderlähmung

Berlin-Weißensee, 1948: Elisabeth „Lissi" Vogel kann es kaum erwarten, als Assistenzärztin an der Kinderklinik Weißensee endlich in die Fußstapfen ihrer Tante Marlene zu treten. Doch der Klinikdirektor schätzt die begabte, junge Frau wegen ihres verformten Beines, das von einer überstandenen Kinderlähmung herrührt, gering. Außerdem legt er ihr immer neue Steine in den Weg. Aber Lissi lässt sich so schnell nicht einschüchtern, genauso wie ihre Tante Marlene. Die musste in einer Nacht-und-Nebel-Aktion nach Westberlin fliehen und dort bei null anfangen. Als sich in Berlin Fälle von Kinderlähmung häufen, wird die frisch verliebte Lissi plötzlich mit ihrer größten Angst konfrontiert und verliert den Mut, für ihre kleinen Patienten und für den Mann ihres Herzens zu kämpfen.

Antonia Blum
Kinderklinik Weißensee – Geteilte Träume
Roman

Klappenbroschur
Auch als E-Book erhältlich
www.ullstein.de

ullstein

Licht und Schatten in der Weimarer Republik

Berlin 1929: Marlene von Weilert genießt ihren Erfolg als Ärztin an der Kinderklinik Weißensee, privat aber leidet sie, weil ihre Ehe mit Maximilian bisher kinderlos geblieben ist. Marlene entscheidet sich schließlich, für die Familienplanung beruflich kürzer zu treten. Doch dann wird das Antibiotikum Penicillin entdeckt, und Marlene brennt darauf, das Wundermittel zu erforschen. Es könnte Tausenden Kindern das Leben retten. Marlene ist hin und hergerissen zwischen beruflicher Pflicht und persönlichem Glück. Ihre Schwester Emma, inzwischen Oberschwester der Kinderklinik, hat Sorgen ganz anderer Art: Ihr Sohn Theodor verbringt immer mehr Zeit mit Freunden, die sich politisch radikalisieren. Theodor droht ihr zu entgleiten, doch Emma ist fest entschlossen, um ihren Sohn und gegen die neuen politischen Kräfte zu kämpfen.

Antonia Blum
Kinderklinik Weißensee - Tage des Lichts

Auch als E-Book erhältlich
www.ullstein.de

ullstein